RUTH SABERTON

Herzstück mit Sahne

Buch

Katy Carter weiß, dass sie nicht gerade der fleischgewordene Männertraum ist. Zum Kochen benötigt die schusselige Lehrerin aus Sicherheitsgründen einen Feuerlöscher, und Kleidergröße 38 ist längst in unerreichbare Ferne gerückt. Zum Glück hat Katy zwei wunderbare Männer an ihrer Seite: ihren besten Freund und Kollegen Ollie und den attraktiven James, einen Investmentbanker mit hochtrabenden Plänen, mit dem sie, wie sie glaubt, einer glücklichen Zukunft entgegenschreitet. Nur, warum kann Katy einfach nicht damit aufhören, während langweiliger Konferenzen herzzerreißende Schmachtromane über die erotischen Abenteuer der vornehmen Lady Millandra in die Hefte ihrer Schüler zu kritzeln? Als die standesgemäße Hochzeit mit James näher rückt, gehen Katys Männerfantasien endgültig mit ihr durch ...

Autorin

Ruth Saberton wurde 1972 in London geboren. Bei einem Urlaub in Cornwall lernte sie ihren Mann, einen Fischer, kennen, mit dem sie heute in der Nähe von Plymouth lebt. Sie unterrichtet Medien und Englisch an einer Schule und schreibt nebenher Romane.

Ruth Saberton

Herzstück mit Sahne

Roman

Aus dem Englischen
von Sibylle Schmidt

GOLDMANN

Die Originalausgabe erschien 2010 unter dem Titel
»Katy Carter Wants a Hero«
bei Orion Books Ltd., London.

Verlagsgruppe Random House FSC-0100
Das FSC®-zertifizierte Papier *München Super* für dieses Buch
liefert Arctic Paper, Mochenwangen GmbH.

1. Auflage
Deutsche Erstveröffentlichung Juli 2012
Copyright © der Originalausgabe 2010 by Ruth Saberton
Copyright © der deutschsprachigen Ausgabe 2012
by Wilhelm Goldmann Verlag, München,
in der Verlagsgruppe Random House GmbH
Umschlaggestaltung: UNO Werbeagentur, München
Umschlagmotiv: © FinePic
Redaktion: Kathrin Heigl
mb · Herstellung: Str.
Satz: IBV Satz- u. Datentechnik GmbH, Berlin
Druck und Bindung: GGP Media GmbH, Pößneck
Printed in Germany
ISBN: 978-3-442-47409-1

www.goldmann-verlag.de

Für meine wunderbare Nanny Southall,
die mich stets zum Schreiben ermutigt hat
und meine zahllosen Ponygeschichten lesen musste.
Du wirst noch immer vermisst, aber niemals vergessen.
Dieses Buch ist für dich.

I

Als die Kutsche unvermittelt zum Stehen kam, begann Millandras Herz heftig zu pochen. Sie legte ihre zarte Hand auf ihren anmutig gerundeten Busen und hielt den Atem an. War es möglich, dass ihre Kutsche vom berüchtigten Banditen Jake Delaware überfallen wurde? Jake Delaware, von dem jedermann wusste, dass er auch Küsse raubte...

Ich unterstreiche den Namen Jake. Weil ich mir nicht sicher bin, ob es diesen Namen im achtzehnten Jahrhundert schon gab, mache ich ein Fragezeichen an den Zeilenrand. Aber Jake klingt so männlich, oder? Kantig und ein bisschen gefährlich mit genau dem richtigen Beiklang von rauer Wildheit. Ein Jake ist hochgewachsen, hat starke muskulöse Oberarme, üppige dunkle Haare und klare markante Gesichtszüge. Ein Mann namens Jake trägt enge weiße Reithosen und ein pludriges weinrotes Hemd und wirkt überaus maskulin, was man von jemandem namens Nigel nicht behaupten kann.

Ich kaue an meinem Kuli.

Es bleibt also bei Jake.

»Rückt das Geld raus!« Die Stimme klang so kraftvoll und männlich, dass sich die goldenen Härchen an Millandras zierlichen Armen lustvoll sträubten.

Millandra ist ein idealer Name für eine romantische Heldin – er klingt irgendwie mädchenhaft, blond und nach Rüschen. Meine Heldin wird gertenschlank und anmutig sein und eine goldene Lockenpracht haben.

Sie wird jedenfalls ganz anders aussehen als ich. Ich bin nämlich ziemlich klein und habe fuchsrote Haare.

Nie im Leben würde man Millandra in Doc-Martens-Stiefeln und abgeranztem Hoodie zu Gesicht kriegen. Sie würde sich auch nicht nach einem nervigen Arbeitstag die Hucke vollsaufen – weil sie nämlich gar nicht arbeiten muss. Stattdessen wandelt sie den lieben langen Tag in zarten Blumenkleidern umher und erwehrt sich ihrer Verehrer.

Wenn *sie* eine Reifenpanne hätte, würde Jake bestimmt nicht von ihr erwarten, den Platten zu wechseln und sich dabei schmutzig zu machen. Er würde von seinem Pferd springen, ihr die Hand küssen und umgehend selbst zu Werke gehen. Kein Mann unter der Sonne käme auf die Idee, Lady Millandra zu sagen, sie solle den Wagenheber holen und schon mal anfangen, weil man das von einer modernen Frau wohl erwarten könne. Nein, Millandra würde niemals mit Radmuttern kämpfen müssen, die offenbar ein Kugelstoßer zugedreht hat, während ihr Verlobter ihr vom Kühler des Autos Durchhalteparolen zuschreit.

Die hat Schwein.

Hätte ich doch bloß im achtzehnten Jahrhundert gelebt.

Germaine Greer sollte man mal zur Rechenschaft ziehen.

Ich frage mich jedenfalls, ob Kutschen Reifen haben.

Und nehme mir vor, das zu recherchieren. Nicht dass es heutzutage im Westen von London allzu viele Kutschen gäbe, aber eigentlich müssten die so ähnlich funktionieren wie Autos, oder?

Die Tür der Kutsche wurde aufgerissen.

»Guten Abend, werte Damen und Herren, verzeiht die Störung, aber ich muss Euch um einen bescheidenen Wegezoll erleichtern, bevor Ihr Eure Reise fortsetzen könnt.«

Millandra zitterte unwillkürlich wie Espenlaub. Würde er sie erschießen? Oder in seine Arme reißen und schänden?

Ist das nicht ein fantastischer Ausdruck? Ich bin noch nie geschändet worden, aber ich finde, das hört sich ziemlich vergnüglich an. James, mein Verlobter, ist nicht so der Schänder-

Typ. Der hätte viel zu viel Schiss, dass sein Chef dahinterkäme und damit seine Aussicht auf Beförderung den Bach runterginge – was wohl schon okay ist, einer von uns beiden muss schließlich halbwegs vernünftig sein. Aber wäre es nicht toll, so unwiderstehlich zu sein, dass der Mann nicht mehr an sich halten könnte?

Na ja. Dergleichen kommt wohl in der Realität nicht vor. Jedenfalls nicht in der von Katy Carter. Zurück zu Millandra also ...

»Meine Dame«, sagte der Bandit und nahm ihre zarte Hand. Millandra spürte die Hitze seiner Haut durch ihren Handschuh, und ihr Herz pochte noch heftiger. »Gestattet mir, Euch aus der Kutsche zu helfen.«

Und im Nu umfassten seine Hände ihre grazile Taille, und sie wurde an seine starke Brust gedrückt.

Als James mich zum letzten Mal getragen hat, war ich so besoffen, dass ich nicht mehr allein die Treppe hochkam. Nach der Aktion hatte er eine Woche lang Hexenschuss. Millandra dagegen hat – praktisch für meinen Helden – eine Nullgröße. Würde den Roman verderben, wenn Jake sich irgendwelche Muskeln zerren würde. Ich habe nämlich auf den nächsten Seiten mit einem bestimmten Muskel von ihm noch allerhand vor.

Während er sie festhielt, fühlte Millandra sich von dem Blick seiner jadegrünen Augen magisch angezogen. Obwohl die untere Gesichtshälfte des Wegelagerers vom schwarzen Dreieck seiner Maske verhüllt war, spürte sie, dass auf seinen sinnlichen Lippen ein Lächeln lag. Unter ihrem eng geschnürten Korsett flatterte Millandras Herz wie ein gefangener Vogel. Als die Hand des Banditen höher wanderte, empfand Millandra ...

»Katy? Sind Sie auch für diesen Vorschlag?«

Vorschlag? Was für ein Vorschlag?

Ich schaue auf und stelle erschüttert fest, dass ich mich in der Konferenz des Fachbereichs Englisch befinde. Jake verschwindet, während neun Augenpaare mich abwartend anblicken.

Ich schiebe mein Werk unter meinen Lehrerkalender. Unterdessen werde ich von Cyril Franklin, dem Fachbereichsleiter, mit der üblichen Mischung aus Ungeduld und Frustration betrachtet. Dabei klopft er mit einem Bleistift an seine ungepflegten Zähne. »Und, was ist nun, Katy? Sind Sie auch dieser Meinung?«

Welcher denn? Dass Marmite super schmeckt? Dass Brad Pitt sexyer ist als George Clooney? Ich laufe mal wieder Gefahr, wie der letzte Trottel dazustehen, was an sich nichts Ungewöhnliches ist. Allerdings habe ich meinem Verlobten unlängst versprochen, ein neues Kapitel im Leben zu beginnen und mich endlich auf meine Karriere zu konzentrieren. Schluss mit endlosem Schmökern. Schluss mit Zigeunerröcken und Plateausohlenstiefeln. Und vor allem – in diesem Punkt ist James besonders strikt – Schluss mit Träumen von einem Dasein als Autorin von Bestseller-Liebesromanen. Und ich bemühe mich ernsthaft! Aber es verhält sich so ähnlich, wie wenn man die Kippen aufgeben will (zum Glück kriegt James nie mit, dass ich mir ab und zu heimlich im Heizungskeller eine genehmige; er kann es nämlich nicht ausstehen, wenn ich rauche): Ich *muss* einfach schreiben. Deshalb entsteht *Das Herz des Banditen* im Englischheft meines Schülers Wayne Lobb.

Die Lehrerkollegen warten auf eine Antwort, was an sich kein Problem wäre, wenn ich die Frage kennen würde.

»Ähm«, bringe ich hervor, »das ist eine wirklich wichtige Frage.« Da alle nicken, habe ich offenbar ins Schwarze getroffen. Wenn ich Cyril jetzt beipflichte, wird er mich in Ruhe lassen, und wir können hoffentlich alle früh nach Hause gehen. Ich hole tief Luft, werfe ihm meinen überzeugendsten *Ich interessiere mich leidenschaftlich für alle pädagogischen Themen*-Blick zu und sage: »Ich halte das für eine hervorragende Idee.«

»Im Ernst?«, fragt Cyril verblüfft. »Sie stehen auf meiner Seite?«

»Komplett«, verkünde ich mit Nachdruck. »Hundertprozentig.«

Eisiges Schweigen tritt ein, und mir wird leicht mulmig. Was kann denn so wichtig sein? Soll der Schulabschluss verändert werden? Oder wollen sie Jamie Oliver einladen, um unsere erbärmliche Schulküche auf Vordermann zu bringen?

Die Kids an der Sir Bob Geldof Community School würden dem armen Jamie den Garaus machen. Die würden ihm seine Wraps schneller in den Hintern stecken, als man »fette Würstchen« sagen kann. Für unsere Schüler bräuchte es schon jemanden vom Zuschnitt des ruppigen Gordon Ramsey.

»Dann steht es jetzt fest!« Cyril tippt irgendwas in seinen Laptop. »Katy steht mir zur Seite, und alle anderen stimmen auch zu, nehme ich doch an?«

Das Schweigen wird noch eisiger. Mein Freund Ollie wirft mir giftige Blicke zu und streicht mit dem Zeigefinger quer über seinen Hals. Miss Lewis, eine ältere Kollegin, steckt sich ein Minzbonbon in den Mund und zerbeißt es geräuschvoll.

»Alle anderen stimmen auch zu?«, zischt Cyril so drohend, wie es jemandem möglich ist, der mit Vorliebe Polyester trägt. Die Kollegen wittern gemeine Stundenpläne als Retourkutsche und halten hastig die Hand hoch. Ich höre das Gejammer schon jetzt.

»Prächtig«, sagt Cyril lächelnd. »Damit ist die Sommerschule offiziell ins Leben gerufen. Sie beginnt am ersten Tag der Ferien.«

»Sommerschule?«, frage ich Ollie mit Lippenbewegungen.

Er nickt. »Verräterin!«

Sommerschule? Unter keinen Umständen! Ich brauche diese sechs Wochen dringend! Ich freue mich jetzt schon darauf, und dabei ist erst April. James allerdings würde wohl begeistert sein. Er meckert sowieso immer darüber, dass Lehrer zu viel Ferien haben. Typische Äußerung von jemandem, der noch nie freitagnachmittags pubertierende Jugendliche unterrichten oder einen Berg von Kursarbeiten korrigieren musste, gegen den der K2 ein flaches Hügelchen ist.

»Katy kann auf keinen Fall Sommerschule machen«, verkündet Miss Lewis in scharfem Tonfall und spuckt dabei versehentlich Pfefferminzsplitter auf Ollie. Sie greift über den Tisch und tätschelt meine tintenbeschmierte Hand. »Sie heiratet doch im August. Da kann sie unmöglich eine Sommerschule planen.«

»Ach du meine Güte«, rufe ich und versuche ob dieses Verlusts an Karrierechancen so bestürzt wie möglich dreinzublicken. »Was für ein Jammer. Ich fand die Idee so aufregend, dass ich nicht richtig nachgedacht habe. Aber mit den Hochzeitsvorbereitungen schaffe ich es wirklich nicht, so einem Projekt gerecht zu werden.«

Gerettet!

Unterdessen ereignet sich in meinem Schmachtfetzen Folgendes:

»Lasst mich umgehend los, Sir!«, keuchte Millandra. »Ich bestehe darauf!«

Jake warf den Kopf in den Nacken und lachte. Millandra war wider Willen fasziniert von seiner dunklen kehligen Stimme.

»Um diesen Wald zu durchqueren, muss man einen Tribut entrichten«, erwiderte er.

»Ich trage kein Geld bei mir«, sagte sie.

»Dann«, entgegnete Jake fest, »müsst Ihr auf andere Art bezahlen.«

Er legte seine Hand auf ihre Brust. Millandra spürte, wie ihre Nippel ...«

»Mach weiter!«, zischt Ollie. »Jetzt nicht aufhören!«

Ich funkle ihn erbost an. Ollie weiß, dass ich es nicht ausstehen kann, wenn man meine Texte liest. Ein bisschen ungünstig, wenn man die nächste Jackie Collins werden möchte, aber damit befasse ich mich dann, wenn die Zeit reif dafür ist.

Ollie zuckt bedeutungsvoll mit den Augenbrauen und fächelt sich Luft zu.

Ich gehe jede Wette ein, dass Jane Austen sich niemals mit derartiger Ignoranz herumschlagen musste.

Warte nur, bis ich die Bestsellerliste der *Sunday Times* anführe. Wenn Ollie nicht aufpasst, kriegt er die Rolle von Millandras widerwärtigem Verlobten ab. Dann ist er bestimmt ganz klein mit Hut. Und wenn Spielberg erst die Filmrechte gekauft hat, kann Ollie sich vor Ärger sonst wohin beißen. Ich werde im Fernsehen verkünden, dass das Vorbild für meinen pusteligen, buckligen Erzschurken ein Englischlehrer aus Ealing namens Oliver Burrows gewesen ist. Danach kann er sich in der Schule vermutlich nicht mehr blicken lassen.

Das merkt er sich vielleicht mal!

Ich kenne Ol schon seit Ewigkeiten. Als wir uns zum ersten Mal begegneten, tappten noch Dinosaurier durch Ealing. Na gut, das ist ein bisschen übertrieben. Ich habe ihn während meiner Referendarzeit kennengelernt, und wir waren uns auf Anhieb so nah, wie es sonst nur Kriegsgefangene oder Traumaopfer von Übergriffen durch Jugendgangs sein können. Was es für ein Horror ist, eine Klasse Kaugummi kauender Jugendlicher, Experten in Langeweile, zu unterrichten, kann nur verstehen, wer das selbst durchgemacht hat. Ollie und ich teilen seit acht Jahren unser Leid und haben zahllose trunkene Abende zusammen verbracht. Er ist einer meiner engsten Freunde; vermutlich auch deshalb, weil unsere Freundschaft nie dadurch getrübt wurde, dass ich in ihn verknallt war. Nicht dass Ollie nicht attraktiv wäre; wenn man auf klug aussehende Typen steht, die ihre gesamte Freizeit mit Klettern, Kanufahren und anderen aufregenden Sachen zubringen, bei denen man Beanies und Sachen von Quiksilver trägt, dann ist er genau der Richtige. Es ist eben nur so, dass ich ein Idealbild vom romantischen Helden im Kopf habe. Und der trägt keine Armeehosen und keine Nickelbrille, und ganz bestimmt trinkt er keine Milch aus der Packung! Er kauert auch nicht stundenlang vor einer Xbox und bringt die arme Lara Croft dazu, sich aberwitzig zu verrenken. Nee, Ol ist zwar wirklich süß, aber überhaupt nicht mein Typ – im Gegensatz zu meinem Verlobten James mit seiner lässigen Frisur, den coolen Anzügen und seiner vielversprechenden Karriere bei der Handelsbank Millward Saville. James, der zum Vergnügen die *Financial Times* liest anstatt Comiczeitschriften wie Ollie. James, der Wert legt auf Beförderung und Altersversorgung und ...

Au Scheiße.

Und auf ein Menü für den Bankdirektor, morgen Abend bei uns zu Hause. Mit dieser Einladung möchte mein Verlobter unter Beweis stellen, dass er perfekt als Vorstandsmitglied geeignet wäre. Die Wohnung muss ebenso picobello sein wie das Essen, das ich selbst kochen soll, um meine Qualifikation als perfekte Gattin unter Beweis zu stellen. Was Rollenvorstellungen angeht, ist Millward irgendwo im Mittelalter anzusiedeln, und obwohl von mir im Prinzip erwartet wird, dass ich eine Karrierefrau bin, soll ich außerdem eine fantastische Köchin und Gastgeberin sein – eine Frau also, die Soufflés zaubert, um ihren Mann auf dem Weg zum Erfolg zu unterstützen.

Es ist auch nicht gerade hilfreich, dass die Frau von James' Erzrivalen Ed Grenville eine geniale Köchin ist. Gegen Sophie mit ihrem akkuraten Pagenschnitt, ihrem makellosen Haus und perfekten Kindern sind die Frauen von Stepford schludrige Schlampen. Es mit Sophie aufzunehmen ist eine echte Herausforderung.

Es macht mich schon völlig fertig, nur daran zu denken.

Und ich frage mich allmählich, ob ich wirklich tauge für dieses Dasein als Managerfrau. Jake erwartet von Millandra bestimmt nicht, dass sie für seine Banditenkumpane Essen kocht. Er entführt sie gewiss lieber auf seinem Pferd in ein lauschiges Tal im Wald, wo an einem plätschernden Bächlein eine Flasche kühler Wein und ein Picknick auf einer Decke auf sie warten.

Dort wird er sie mit Erdbeeren füttern und ihren Hals küssen, während er sie an sich zieht. Sie wird nie den gesamten Samstag damit zubringen müssen, irgendwas Grandioses mit Lebensmitteln aus dem Supermarkt zu zaubern. Ach, was ist bloß aus der guten alten Zeit geworden, als man noch Orgasmen vortäuschen konnte anstelle von Kochkünsten!

Millandra allerdings hat es nicht nötig, Orgasmen vorzutäuschen.

Falls ich jemals die Zeit finde, welche für sie zu schreiben.

Ollie fragt mich mit Lippenbewegungen: »Pub?«

Ich nicke. Da mir jetzt das Essen wieder eingefallen ist, könnte ich einen Drink gut gebrauchen. Oder auch sechs.

Natürlich werde ich Ollie nicht zum Schurken machen. Ich werde ihm ein Pint ausgeben und versuchen, ihn für die glänzende Idee zu erwärmen, die mir gerade in den Sinn kam.

Vorsicht Pub, wir kommen.

2

Ein Weißwein und eine Tüte Schweineschwartenchips!«

Ollie platziert die Beute seines Ausflugs zur Bar auf dem Tisch. »Hab ich dir schon mal von meinem Schlachthausjob erzählt?«

Ich verziehe das Gesicht. Ollie ist berühmt-berüchtigt für seine diversen widerlichen Studentenjobs. Vom Truthahnrupfen bis zum Ausnehmen von Hühnern am Fließband hat er alles zu bieten. Aber ich habe gerade echt keine Lust, mir Schilderungen von ekligen Hautkrankheiten bei Schweinen anzuhören. Auf die Schweineschwartenchips bin ich plötzlich auch nicht mehr allzu scharf.

Ollie betrachtet mich über sein Guinness-Glas hinweg. »Erzähl mir von den neuesten Entwicklungen in deinem Werk. Geht's zur Sache? Kam mir vor, als hätte dein Heft gedampft.«

»Du musst wie alle anderen auch warten, bis es gedruckt ist«, erwidere ich und betrachte lustlos die Chips. Bilde ich mir das ein, oder habe ich da eine Pustel entdeckt?

»Aber ich platze, wenn ich nicht erfahre, wie es mit Millandra weitergeht«, beklagt sich Ollie. »Das war das Einzige, was mich in der Sitzung bei Laune gehalten hat. Und außerdem«, er blickt mich durch seine modische Nickelbrille an, »ist das ja wohl das Mindeste, was du für mich tun kannst, nachdem du uns allen die Sommerschule eingebrockt hast.«

»Tut mir leid. Hab nicht zugehört.«

»In Gedanken bei Millandras Nippeln, wie? Na ja, kann

ich dir nicht verdenken. Ich hatte ja selbst kaum was anderes im Kopf.«

Ich werfe einen Chip nach ihm.

Ollie fängt ihn auf. »Kein Essen vergeuden.«

»Aber du isst doch so was gar nicht!«

»*Ich* nicht«, seine Augen funkeln, »aber Sasha!« Aufs Stichwort taucht sein Irish Setter auf, der fürchterlich auf die Sägespäne am Boden sabbert und den Eindruck erweckt, als hätte er wochenlang nichts zu fressen bekommen. »Hier, Süße!«

Jetzt oder nie. »Ol, ich bräuchte was von dir.«

»Ist es wieder was Körperliches?« Er grinst.

Mein Gesicht nimmt die Farbe einer Ketchupflasche an. Der verflixte Kerl weiß genau, wie er mich in Verlegenheit bringen kann.

Obwohl ich nicht auf Ollie stehe, gab es bei Ferienbeginn vor vier Jahren eine Party, bei der ich völlig zugeknallt war von einem berauschenden Cocktail aus billigem Weißwein und der Aussicht auf sechs teenagerfreie Wochen. Auf dem Heimweg beschloss ich dann in typischer Suffblindheit, dass Ollie Brad Pitt in der Rolle eines Lehrers ziemlich nahekam, und verblüffte uns beide, indem ich ihn überschwänglich abknutschte. Zu meiner Verteidigung kann ich nur anführen, dass ich sturzbesoffen war und Ollie ausnahmsweise gerade keine Freundin hatte. Zum Glück brach er gleich am nächsten Tag zu einer Wandertour in den Anden auf, und als er wiederkam, war ich mit James zusammen, und alles war wieder ganz normal.

Aber Ollie bringt mich gerne aus dem Tritt, indem er auf diesen Ausrutscher verweist.

»Du bist scharf auf mich«, behauptet er jetzt. »Du willst es nicht zugeben, aber es ist so.«

»Nicht die Bohne. Dein Körper ist völlig sicher vor mir. Ich brauche keine fleischlichen Genüsse von dir.«

»Wie langweilig«, seufzt Ollie. »Was dann?«

»Es ist eher ein ›wer‹. Hast du in letzter Zeit mal die Fiese Nina gesehen?«

Ol droht mir mit dem Zeigefinger. »Ich dachte, es sei abgemacht, dass du sie nicht mehr so nennst. Nina ist echt okay, wenn man sie näher kennt.«

Ich finde meine Skepsis in dieser Sache verzeihlich, denn Nina mit ihrer scharfen Zunge muss von allen Freundinnen Ollies eine der übelsten sein. Sie sind zwar ausnahmslos alle fies, aber Nina belegt einwandfrei den Spitzenplatz. Es wäre nur taktisch ungünstig, wenn ich Olli jetzt widerspräche.

»Entschuldige, stimmt. Bist du eigentlich zurzeit mit ihr zusammen?«

»So halb«, antwortet Ollie mit undurchdringlicher Miene.

Sie vögeln also.

Männer.

Nina mit ihren blonden Haaren und ihrem Atombusen ist vermutlich für die meisten Kerle attraktiv. Ol war monatelang völlig verknallt. Zu Anfang waren die beiden wie an der Zunge zusammengewachsene siamesische Zwillinge, aber als Ollie sich dann an seinen Freundeskreis erinnerte, zog Nina die Zügel an. Ich hege den Verdacht, dass er zeitweise nicht mal mehr allein aufs Klo gehen durfte, weil sie so paranoid und besitzergreifend ist. Der arme Ollie hätte wirklich was Besseres verdient, aber ich behalte meine Meinung in dieser Sache für mich. Es bringt nichts, die Partner von Freunden zu dissen, oder?

Ollie verengt jetzt misstrauisch seine honigfarbenen Augen. »Wieso interessierst du dich plötzlich so für Nina? Du kannst sie doch nicht ausstehen.«

Tja. Offenbar ist meine Sympathieheuchelei ziemlich misslungen. Was nicht heißt, dass ich Ninas Fähigkeiten nicht zu schätzen weiß. Ihre Kochkünste zum Beispiel.

»Hat sie nicht eine Catering-Firma?«

»Doch, Domestic Divas.«

»Sind die teuer?«

Ollie zuckt die Achseln. »Ich glaube, vierhundert Mäuse oder so pro Abend. Wieso? Willst du die anheuern?«

Mist. Ich bin derzeit so abgebrannt, dass mir diese Summe wie vier Millionen vorkommt. James hat sich gerade meine kümmerlichen Restersparnisse geborgt, um wieder flüssig zu sein, und meine Kreditkarte ist total am Anschlag. Hilfe durch Catering fällt also aus.

Stinkt mich das alles an.

»Worum geht's denn?«, fragt Ollie.

Seufzend erzähle ich ihm, dass James' Beförderung davon abhängt, ob er mit diesem Abendessen bei seinem Chef Eindruck schinden kann, und dass ich total Schiss habe, es zu vermasseln. Mal wieder.

»Du weißt, was für eine Niete ich in der Küche bin«, jammere ich. »Ich werd alles verbocken. Und James ist diese Beförderung furchtbar wichtig. Er meint, wir bräuchten das Geld dringend und ich dürfe ihn jetzt nicht im Stich lassen. Nicht nach dem letzten Mal.«

»Ach ja«, sagt Ollie. »Als du dich bei der Henley Regatta besoffen hast und in den Erdbeeren eingepennt bist.«

»Ja, ja! Schon gut!« Wieso haben meine Freunde immer meine schwächsten Momente so gut in Erinnerung? Warum erinnern sie sich nicht an meine tollen Seiten, wie zum Beispiel... zum Beispiel...

Na, es gibt bestimmt jede Menge Beispiele. So viele, dass man sie gar nicht alle in Erinnerung behalten kann – da liegt das Problem. Aber mich in Anwesenheit von James' Boss bei der Henley Regatta volllaufen zu lassen hat keinen sonderlich guten Eindruck hinterlassen.

»Hat Nina dir eigentlich Kochen beigebracht?«, frage ich so gedehnt, als sei mir der Gedanke gerade erst gekommen. »Ich meine mich zu erinnern, dass sie dich zu ihrem Assistenten ausbilden wollte.«

»Ich musste marinieren, sautieren und Braten begießen bis zum Umfallen.« Ollie trinkt einen Schluck Guinness. »Es war überhaupt nicht wie in *9 ½ Wochen* – ich hatte solche Sehnsucht nach Corned Beef.« Dann schaut er mich an und stöhnt. »Oh nein, Miss Carter! Jetzt verstehe ich, worauf du hinauswillst.«

Ich blicke ihn so flehentlich und hoffentlich gewinnend an wie möglich. »Ollie, du würdest mir echt das Leben retten, wenn du mir beim Kochen für diese elende Einladung helfen würdest. Ich schaff das nie allein. Du weißt doch, was für ein hoffnungsloser Fall ich bin.«

»Stimmt«, bestätigt Ollie. »Du lässt Wasser anbrennen.«

»James' Boss erwartet bestimmt irgendwas Besonderes. Komm schon, Ol, ich werd für immer und ewig deine beste Freundin sein. Ich korrigiere Arbeiten für dich. Ich geh mit Sasha spazieren und übernehm deine Vertretungsstunden. Na, was meinst du?«

»Dass ich noch was zu trinken brauche.« Ollie blickt sehnsüchtig zum Tresen. »Du verlangst von mir, kostbare Trinkzeit am Samstagabend damit zu verplempern, für zwei Banker Essen zu kochen.«

»Bitte! Ich bin am Rande der Verzweiflung.«

Ollie leert sein Glas. »Und wieso musst du diese Idioten beeindrucken? Wenn sie dich nicht mögen, wie du bist, sollen sie sich zum Teufel scheren.«

»Ich kann nicht so sein, wie ich bin«, sage ich kläglich. »Dann blamiere ich James.«

Ollie zieht einen Geldschein aus der Brieftasche. »Wenn das so ist, Katy – wieso will er dich dann heiraten?«

Er überlässt mich dieser berechtigten Frage und drängt sich durch die Freitagabendmeute zum Tresen durch. Ich starre betrübt in mein Weinglas. Wie soll James mich denn auch so lieben können, wie ich bin? Ich bin weder anmutig und liebreizend wie Millandra noch dünn und blond wie Nina. Ich bin klein und rothaarig und gebe häufig unpassende Bemerkungen von mir. Außerdem kann ich nicht kochen, trage die falschen Kleider und bin eine komplette Enttäuschung für James' Mutter. Ich bemühe mich wirklich nach Kräften, James' Karriere zu fördern und an mir zu arbeiten, aber es will mir einfach nicht gelingen.

James kenne ich sogar noch länger als Ollie, weil er früher neben meiner Patentante, Tante Jewell, in Hampstead gewohnt hat. Wir sind sozusagen fast zusammen aufgewachsen. Meine Schwester Holly und ich waren in den Ferien immer bei Tante Jewell, während unsere Eltern nach Marrakesch oder Marokko oder sonst wohin fuhren, wo sie Dope rauchen und ihre Kinder vergessen konnten.

Ich bin nicht verbittert oder so. Es wäre nur einfach nett gewesen, normale Eltern zu haben, die sich die Hausaufgaben anschauen und einem regelmäßig was zu essen machen. Tarotkartenlesen vor dem Frühstück ist schon in Ordnung, und natürlich bin ich froh, dass ich heute weiß, wie ich meine Chakren reinigen kann, aber eine Siebenjährige kann mit einer Schale Frosties und einem Pausenbrot eben mehr anfangen.

Aber ich schweife ab.

Tante Jewell ist eigentlich gar nicht meine Tante; ich glaube, wir sind nur ganz entfernt verwandt, so etwa wie Cousinen achten Grades. Ich weiß aber, dass Jewell sehr eng mit meiner Großmutter befreundet war und dass unsere Familien seit damals in Verbindung stehen. Es wurde oft erzählt, dass Jewells Eltern ihre ungebärdige Tochter loswerden wollten, deshalb die Kohle für die Londoner Gesellschaftssaison investierten und das Mädchen auf die nichtsahnende Hautevolee losließen. Ich habe Fotos von Jewell beim Debütantinnenball gesehen; sie war atemberaubend hübsch damals, obwohl ich sie ohne ihre langen silbergrauen Haare und ihren Haustier-Kleinzoo kaum erkannte. Wie zu erwarten war, erzürnte sie ihre Altersgenossinnen, indem sie einen Heiratsantrag vom höchst begehrten Rupert Reynard, dem Duke of Westminster, erhielt. Die Hochzeit der beiden war das gesellschaftliche Ereignis des Jahres, an dem sogar Mitglieder des Königshauses teilnahmen. Das Paar verbrachte seine Flitterwochen in Cannes und zog dann in Ruperts altehrwürdiges Familienanwesen. Ab diesem Punkt variiert die Geschichte nun je nach Erzähler. Unserer Version nach ist Jewell mit dem Gärtner durchgebrannt, weil sie die Affären ihres Gatten satthatte. Rupert Reynard hat das vermutlich anders dargestellt. Jewell ließ nie ein Wort über ihre Beweggründe verlauten, aber das Verhältnis der beiden Familien ist seither angespannt – nicht zuletzt deshalb, weil Rupert ihr nicht einen Cent vermachte.

»Man kann am Ende sowieso nichts mitnehmen«, sagt Jewell immer achselzuckend, wenn man auf diese ungerechte Behandlung zu sprechen kommt. »Außerdem«, pflegt sie dann munter hinzuzufügen, »ging es mir ja trotzdem gut.«

Was auch stimmt. Sie wurde Fotomodell und war in den frühen Sechzigern die Muse des berühmten zügellosen Künstlers Gustav Greer. Seine blubberigen rosa Gemälde von der nackten Jewell hängen in allen Galerien von der Tate Modern bis zu Saatchi. »Grässlich.« Jewell schüttelt sich immer, wenn man sie darauf anspricht. »Der arme Kerl hatte kein Geld, um mich zu bezahlen, deshalb habe ich Zeichnungen und Gemälde als Entgelt angenommen.«

Was eine gute Idee war. Aus unerfindlichen Gründen beschloss die Kunstwelt, dass Greers übelkeiterregende Darstellungen von Jewells Möpsen fantastische Kunstwerke und enorm wertvoll seien. Gustav selbst förderte seine Berühmtheit, indem er passenderweise an Dämpfen erstickte, während er versuchte seinen eigenen Körper zu malen. Und Jewell befand sich schlagartig im Besitz einer sehenswerten Sammlung moderner Kunst, die sie umgehend bei einem Freund gegen dessen Haus in Hampstead eintauschte. Dort lebt sie seither, hegt ihren Kräutergarten und wird immer exzentrischer.

Die Zeiten, die ich bei Jewell verbracht habe, gehören zu meinen schönsten Kindheitserinnerungen, und ich war immer völlig verzweifelt, wenn meine Eltern mich wieder abholten. Es war so wunderbar normal, dort zur Schule zu gehen und Jewell farbtropfende DIN-A3-Blätter zu zeigen, die sie dann in der Küche aufhängte, anstatt von dem jeweils weniger zugekifften Elternteil in den Himmel gehoben zu werden. Es war nett, bei Mädchen namens Camilla und Emily zum Tee eingeladen zu sein, ohne mich besorgt fragen zu müssen, ob ich sie nun zum Ausgleich in die chaotische Unterkunft meiner Eltern einladen müsse. Wie hätte das denn ausgesehen? Die anderen Kinder wohnten alle in adretten Doppelhaushälften mit Farbfernseher und Teppichböden. Wir dagegen lebten in einer verlotterten umgebauten Scheune, in der es von Hunden und Katzen wimmelte. Einen Fernseher gab es nicht, und auch Teppichböden waren meinen Eltern fremd. Bei Freundinnen zu Hause gab es Fischstäbchen und Pommes; bei mir musste man sich überraschen lassen, was meine Mutter gerade auf dem unberechenbaren Herd zusammenbraute. Und wie hätte ich den anderen Kindern erklären sollen, dass meine Eltern Hippies waren und immer noch wie in den Siebzigern lebten? Zu Hause verzichtete ich deshalb lieber ganz auf Freunde, aber wenn ich bei Jewell war, fing ich ein neues Leben an und genoss es, einfach nur ein Schulmädchen zu sein und nicht Katy Carter von dieser sonderbaren Familie in der Tillers' Barn.

James St. Ellis wohnte neben Jewell, und ich fand sein Leben wunderbar. Wenn er von der Schule nach Hause kam, machte er eine Stunde Hausaufgaben, gefolgt von einer Stunde Musik, und tauchte danach in Jewells Garten auf. Den Sommer verbrachten wir damit, auf Bäume zu klettern und uns Hütten zu bauen – zumindest das bisschen Sommer, das ihm blieb, bevor seine Eltern ihn nach Südfrankreich schleiften oder in die Sommerschule schickten. Wir dachten uns Geschichten aus, aßen als Mutprobe Insekten und rannten einmal sogar weg – bis zum Ende der Straße. James kreuzte für sein Leben gern in Jewells Küche auf, wo wir dann an dem alten Holztisch Würstchen und Pommes futterten und, wenn das Glück uns hold war, ein Eis am Stiel aus dem Gefrierschrank. Aber meine Schwester Holly und ich wurden nie zu James eingeladen, und wenn seine Mutter uns dabei erwischte, dass wir in ihrem Garten spielten, scheuchte sie uns mit angewidert gerümpfter Nase davon. James war das einerlei. Er hätte sowieso lieber bei Jewell gewohnt und hatte einen ganzen Sommer lang Splitter in den Händen, weil er ein Loch in den Holzzaun gebohrt hatte, damit er zu uns in den Garten schleichen konnte.

Aber irgendwann in den Weihnachtsferien wollte James nicht mehr rüberkommen. Er war seit dem Herbst auf einem Eliteinternat und hatte jetzt spannendere Freunde als uns. Unsere Hütten verfielen, der Gärtner seiner Eltern reparierte das Loch im Zaun, und es schien, als hätte es James nie gegeben. Manchmal sahen wir ihn, wie er aus dem Auto seiner Eltern stieg oder mit einem Freund auf der Terrasse saß. Er war größer, wirkte distanziert und ließ sich nicht mehr dazu herab, mit uns zu sprechen. Was auch nicht viel machte, denn meine Eltern beschlossen zu dieser Zeit umzuziehen, und wir hatten wahrlich andere Probleme als James. Holly und ich wurden nach Totnes verschleppt und in den folgenden Jahren zwischen Devon und London hin- und hergeschickt wie zwei mürrische Pakete. James' Eltern trennten sich, das Haus wurde verkauft, und unser Kinderfreund geriet in Vergessenheit. Holly vergrub sich in ihren Schulbüchern, und ich entdeckte Groschenromane für mich. Jedes einzelne abgegriffene Exemplar las ich immer wieder, bis meine Welt bevölkert war von geheimnisumwitterten Scheichs, stattlichen schweigsamen Moguln und Millionären mit kantigem Kinn. Und eines Tages wurde mir klar, dass ich meinen eigenen romantischen Helden finden musste, der von meiner (rothaarigen) Schönheit betört wäre und den ich mit meiner Liebe zähmen würde. Er würde mich von meiner verrückten Familie erlösen und in seine glamouröse Welt der Leidenschaft entführen, und wir würden glücklich und zufrieden sein bis ans Ende unserer Tage. So ein Leben verhießen die Liebesromane jeder Heldin, von der bescheidenen Kammerzofe bis zur beherzten Sklavin. Ich musste nur in aller Ruhe abwarten. Früher oder später würde mein Held kommen und mein Herz im Sturm erobern.

Doch leider geschah nichts dergleichen.

All meine schmucken Prinzen legten die unangenehme Angewohnheit an den Tag, sich in Frösche zu verwandeln, sobald ich sie küsste. Wie enttäuschend.

Als ich den Verwendungszweck meiner Geschlechtsorgane schon fast vergessen hatte und gerade erwog, Verlage von Liebesromanen wegen Vortäuschung falscher Tatsachen zu verklagen, beschloss das Schicksal, dass es an der Zeit sei, mich von meinem Elend zu erlösen. An einem Abend vor vier Jahren machte ich mich schick für Tante Jewells Geburtstagsparty, nichtsahnend, dass mein Leben sich in Kürze grundlegend verändern würde.

Jewells Geburtstagspartys sind legendär. Alljährlich setzt sie eine Anzeige in die *Times* und verschickt Einladungen an ihre illustren Freunde und Verwandten – die daraufhin alles stehen und liegen lassen, um an ihrem rauschenden Fest teilzunehmen. In jenem Jahr war das Motto *Ein Sommernachtstraum*, und ich hatte wochenlang gehungert, um mich in ein grün schillerndes Feenkostüm zu zwängen.

Na schön, in Wahrheit hatte ich zehn Mäuse in ein Miederhöschen investiert. Aber meine Vorsätze waren wirklich gut gewesen.

Kurz bevor ich losfahren wollte, erreichte mich eine SMS von meinem damaligen Freund, der beschlossen hatte, sich auf diesem Wege von mir zu trennen. So dass ich vor der Entscheidung stand, so lange zu heulen, bis ich wie ein Gnom aussah, oder allein zum Fest zu gehen. Für gewöhnlich hatte ich Ollie auf diesen Partys im Schlepptau, weil Jewell ihn vergötterte, aber in jenem Sommer stapfte er in den Anden herum. Ich beschloss, mich meinem gebrochenen Herzen später zu widmen, und machte mich in voller Montur – Feenkostüm, Flügel und Zauberstab – in Ollies launischem VW-Käfer zum Fest auf. Nun konnte ja eigentlich nichts mehr schiefgehen.

So kann man sich irren. Das Schicksal spielt mir nämlich mit Vorliebe Streiche. Wer noch nicht im Feenkostüm auf einer Autobahn liegen geblieben ist, hat jedenfalls keine Ahnung, was peinlich ist. Zu Pfiffen und trötenden Lasterhupen suchte ich verzweifelt unter der Kühlerhaube nach dem Motor, bis mir einfiel, dass der beim Käfer hinten ist. Nicht dass ich eine Vorstellung davon gehabt hätte, was zu tun war. Ich fühlte mich nur besser, wenn ich irgendetwas machte, anstatt mich vor den nächsten Sattelschlepper zu werfen. Der Pannenservice wollte leider nichts von mir wissen, weil Ollie seinen Monatsbeitrag nicht bezahlt hatte.

Der hatte wirklich Schwein, dass er sich in den Anden rumtrieb...

Ich hätte mich am liebsten auf den Boden geschmissen und geheult. Komplett gestrandet. Was um alles in der Welt sollte ich jetzt tun?

Und dann geschah es. Der Augenblick, von dem ich seit meinem zwölften Lebensjahr geträumt hatte. Ein eleganter Mercedes hielt neben mir, die Tür ging auf, und ein schlanker, hochgewachsener Männerkörper entfaltete sich.

»Kann ich Ihnen behilflich sein?«

Ich schaute auf, und es verschlug mir auf Anhieb die Sprache, was bei mir so gut wie nie vorkommt. Versuchsweise machte ich den Mund auf, aber es fühlte sich an, als hätte der Mann die Stummtaste gedrückt – ich brachte keinen Laut hervor. Dieser große dunkelhaarige Fremde war einfach zu schön, um wahr zu sein. Er hatte hinreißend eisblaue Augen, Wangenknochen, die so fein geschwungen waren, dass die Königsfamilie auf ihnen hätte Skifahren können, anstatt nach Davos Klosters zu wandern, und lange schwarze, vom Wind gezauste Zigeunerlocken. Die Sonne umgab ihn mit einer Art Heiligenschein. Oder vielleicht war er ja tatsächlich ein Engel.

»Ist Ihr Auto kaputt?«

Das Auto hatte ich völlig vergessen, aber mein Sprechorgan war in der Tat kollabiert, so viel stand fest. Dieser Bursche hätte direkt aus einem meiner Schmachtfetzen stammen können.

Und ich steckte in einem blöden Feenkostüm.

Der Mann trat auf mich zu, und kleine Lachfältchen erschienen um seine Augen, als er (mit kraftvollem Blick) auf mich hinuntersah. Dann sagte er: »Hol's der Geier. Bist du das, Katy?«

Ich kniff die Augen zusammen, um ihn im Gegenlicht besser erkennen zu können, aber er sah noch immer aus wie eine Romanfigur.

»Ich bin's, James«, sagte der Fremde, nahm meine Hand und zog mich von der Motorhaube hoch. »Ich hab früher neben deiner Tante Jewell gewohnt, weißt du nicht mehr? Wir haben oft zusammen gespielt.«

Meine Kinnlade klappte fast bis zum Gulli runter. Diese göttliche Gestalt war der kleine rotznasige James? Dieses Alphamännchen, das nach edlem Aftershave duftete, war derselbe wie jener kleine Nervbold, der Fliegen die Flügel ausriss und mich an meinem Pferdeschwanz zog?

Nie. Ausgeschlossen.

»Ich bin's wirklich«, grinste James und küsste mich leicht auf den Mundwinkel. »Aber ich versprech dir, dass ich keine Würmer auf dich werfe. Du siehst toll aus, Katy. Wer hätte gedacht, dass du mal so eine Schönheit werden würdest?«

Zum Glück für James hatte die Süßholzpolizei schon Feierabend, aber mir war das ohnehin schnuppe. Als eins zweiundsechzig große Rothaarige weiß ich, dass ich keine Schönheit bin, aber hey! Ab und an darf sich ein Mädchen ja mal den Kopf verdrehen lassen, oder?

Und das war genau das, was James mit mir machte. Er bestand darauf, mich zum Fest zu chauffieren, wo er von Jewell überschwänglich empfangen wurde, wich mir nicht von der Seite und ließ meine Hand kaum einmal los. Noch am selben Abend entführte er mich in ein hinreißendes Hotel, wo wir ... ähem, das könnt ihr euch wohl denken! Der Rest ist jedenfalls Geschichte, und als Ollie zurückkehrte, wohnte ich schon fast in James' schicker Wohnung und war bis über beide Ohren verliebt in meinen romantischen Helden. Und immer wenn Ollie grantig war und spitze Bemerkungen machte, wies ich ihn darauf hin, dass er sich das selbst eingebrockt hatte – was hatte er auch seinen Beitrag beim Pannendienst nicht geblecht.

So sieht die Sache also aus. James St. Ellis ist perfekt. Und ich verstehe immer noch nicht recht, was ein derart überirdischer Mann an einem plumpen kleinen Ding wie mir findet. Na schön, manchmal kommandiert er mich ein bisschen herum, aber das ist nur zu meinem Guten. Er wirkt nur deshalb ab und zu etwas unsensibel, weil er immer mein Bestes will. Wenn ich darüber nachdenke, hat er doch recht mit vielem, was er sagt: Ich sollte mich eleganter kleiden, mindestens sechs Kilo abnehmen und mehr an meine Zukunft denken, wenn ich zur Hochform auflaufen will. Meine abgebrochene Ausbildung ist nämlich keine gute Grundlage – und kein Vergleich mit seinem

Abschluss von einer Eliteuni –, und was Finanzen, Politik und Karrierefragen angeht, sollte ich lieber auf ihn hören. Wenn er mir Vorhaltungen macht, dann nur, weil ich ihm wichtig bin – im Gegensatz zu meinen Eltern, die sich einen Dreck um mich geschert haben. Mein Leben mit James ist eine Million Mal besser als mein früheres Dasein. Ich bin wirklich von einem schönen Prinzen gerettet worden und führe ein märchenhaftes Leben. Da macht es auch nichts aus, wenn ich mich ein bisschen verändern und verbessern muss, damit ich meines Prinzen würdig bin. James hat es verdient, denn er ist der Mann, den ich mir schon als junges Mädchen erträumt habe.

Er ist mein romantischer Held, und auch wenn ich nicht gerade die perfekte romantische Heldin bin, so bemühe ich mich doch, es zu werden, weil ich James wirklich liebe. Dessen bin ich mir sicher. Wenn er autoritär oder übellaunig ist, rufe ich mir in Erinnerung, wie anstrengend es ist, in der Stadt zu arbeiten, vor allem während der Bankenkrise, und sage mir, dass er es oft nicht so meint, wenn er etwas zu mir sagt. Er ist angespannt; wer wäre das nicht, wenn er tagtäglich erleben muss, wie Freunde und Kollegen ihre Jobs verlieren? Ich bin diejenige, zu der er heimkommen kann, die ihm zuhört und seine üble Laune abkriegt. Dass ich das toll finde, kann ich nicht behaupten, aber es ist nun mal nicht einfach, eine Beziehung zu führen; man muss laufend daran arbeiten, nicht wahr?

Obwohl es seit einiger Zeit in wirklich harte Arbeit ausartet, James' Launen zu ertragen ...

Aber darum geht es doch bei erwachsenen Partnerschaften: etwas gemeinsam durchzustehen und den anderen auch dann zu lieben, wenn er sich nicht gerade liebenswert benimmt. Wahre Liebende halten Konflikte aus, anstatt die Flucht zu ergreifen, wie meine Eltern es immer getan haben. Wenn sie Streit hatten, sprang Dad in seinen VW-Bus und verschwand für ein paar Monate, und Mam war inzwischen mit irgendeinem Typen namens Rain oder Baggy zusammen, bis Dad dann schließlich mit Taschen voller Hasch zurückkehrte und irgendwelche Lügengeschichten erzählte. Nicht gerade ein tolles Vorbild! Meine bevorzugte Methode der Rebellion war, ein totaler Spießer zu werden, mich dem System anzupassen, zu schuften wie eine Sklavin und mich dem Patriarchat zu unterwerfen – das ist die Ausdrucksweise meiner Mutter, nicht meine –, anstatt meine innere Göttin zu finden oder nach Marrakesch abzuhauen.

Ich bilde mir gerne ein, aus härterem Stoff zu sein als meine Eltern. James und ich haben nur eine Durststrecke. Bestimmt wird es bald einen Aufschwung in der Wirtschaft geben, James wird seine Beförderung kriegen, und alles wird wieder wie früher sein. Ich muss nur geduldig abwarten und darf nicht gleich aus der Haut fahren, wenn er gereizt ist – was allerdings leichter gesagt als getan ist. In letzter Zeit habe ich mir so oft auf die Zunge gebissen, dass die Schulpsychologen mich wahrscheinlich demnächst zu den Selbstverletzerinnen zählen werden...

Ich kann James auf keinen Fall hängen lassen mit seiner Essenseinladung. Er macht sich in letzter Zeit so viele Sorgen um Geld, weil die Hochzeit bezahlt werden muss, seine Mutter ihn ständig anschnorrt und seine Aktien nichts mehr wert sind. Da ich mich mit einem Lehrergehalt durchschlagen muss und Kirchenmäuse verglichen mit mir reich sind, kann ich zur Verbesserung unserer Finanzlage auch nicht viel beitragen. James braucht diese Beförderung also dringend. Er betont immer wieder, dass alles davon abhängt.

Ich muss dieses Essen perfekt hinkriegen.

Dann sind wir alle Sorgen los.

Gut, dass ich im Pub bin. Ich muss unbedingt noch was trinken, um vernünftig über den morgigen Abend nachdenken zu können.

Ollie kehrt zurück, diesmal mit einer Flasche Wein, und fixiert mich mit stählernem Blick.

»Na schön, ich mach's. Aber«, fügt er rasch hinzu, bevor ich mich ihm in überschwänglicher Dankbarkeit und Erleichterung zu Füßen werfen kann, »unter einer Bedingung.«

»Alles, was du willst!«

»Ich darf selbst an eurem Essen teilnehmen und einen Gast mitbringen. Wenn ich den ganzen Tag am Herd stehe, will ich abends wenigstens was zu futtern kriegen.«

Ich zögere einen Moment. Was wird James davon halten? Er ist nicht gerade ein Fan von Ollie. Andererseits ist Ollie klug und kann sich kultiviert unterhalten. Was er über die Literatur des achtzehnten Jahrhunderts nicht weiß, ist auch nicht wissenswert. Ich muss allerdings dafür sorgen, dass er nicht von *Fanny Hill* anfängt. Das käme bei einer Runde spießiger Banker so gut an wie ein Schlag ins Gesicht.

»Und wer soll der Gast sein?«, frage ich argwöhnisch. »Doch nicht etwa Nina?«

»Beruhig dich. Die muss arbeiten. Ich werd mir was einfallen lassen. Wir brauchen jemanden, der geistreich und unterhaltsam ist, damit der Abend ein Erfolg wird.«

Obwohl ich Ollie nicht attraktiv finde – was ich ja, glaube ich, schon erwähnt habe –, empfindet das Gros der weiblichen Bevölkerung das offenbar anders, so dass Ollie nie Mangel an Verehrerinnen hat. Die meisten von ihnen sehen zwar blendend aus, haben aber einen niedrigeren IQ als Salat und stellen für James' Gäste eher keine Bedrohung dar. Julius Millward ist ein alter Knacker, und wenn wir dem ein ansehnliches Mädchen präsentieren, kann das der Stimmung nur förderlich sein.

Dieses Essen wird ein Bombenerfolg werden!

Ich strahle Ollie an. »Du kannst natürlich mitbringen, wen du willst.«

»Cool«, sagte Ollie. »Dann gieß dir mal den Wein hinter die Binde und hör gut zu. Wir müssen ein Menü planen.«

3

Die seidene Augenbinde kitzelte sanft an Millandras Lidern. Sie konnte nichts sehen, doch stieg ihr der betörend süße Duft wilder Blumen in die Nase, und das weiche Moos unter ihren zierlichen Füßen verriet ihr, dass sie sich im Freien befanden. Ein sachter Wind streichelte ihre Wangen und spielte mit ihrem Haar. Jake geleitete sie durch den dichten Wald, seine Hand lag in ihrem Nacken.

»Nun, werte Dame«, sprach er, als sie stehen blieben. »Vertraut Ihr mir?«

Millandra war wohl bewusst, dass es tausendundeinen Grund gab, diesem Mann nicht zu vertrauen. Jake Delaware war der meistgesuchte Verbrecher Englands, ein berüchtigter Wegelagerer, der die königlichen Handelsstraßen heimsuchte und Degen und Donnerbüchse so schnell handzuhaben wusste wie der Blitz. Eine Edeldame sollte sich gewiss nicht mit einem solch zwielichtigen Gesellen allein in einen Wald wagen. Doch die zärtlichen Küsse des Wegelagerers und die Berührungen seiner kundigen Hände hatten sie jeglicher Vernunft beraubt.

»Ich vertraue Euch«, hauchte sie.

Im Nu wurde die Binde von ihren Augen gelöst und sank ins feuchte Moos.

»Oh!«, rief Millandra staunend aus.

Das üppige Festmahl, das sich ihren Augen darbot, wäre einer Prinzessin würdig gewesen. Auf einem mit Wiesenblumen bestreuten Samtumhang waren erlesene Pasteten, Erdbeeren und andere Früchte, Wachteleier und eine Flasche Champagner angerichtet. Ab und an spielten Sonnenstrahlen auf der schattigen Lichtung mitten im Wald. Noch nie hatte Millandra etwas so Zauberhaftes erblickt.

»Ich versprach Euch doch, Euch so reich zu bewirten wie Lord Ellington«, sagte Jake, »wenn nicht gar üppiger.«

Und als Millandra lächelnd zu ihm aufsah und ihr Blick auf seinem kräftigen sonnenbraunen Hals, seinen funkelnden smaragdgrünen Augen und dem gelockten nussbraunen Haar ruhte, war sie gewiss, dass Jake Delaware ihre anderen Verehrer mühelos aus dem Feld schlagen konnte ...

Nun gut, ich nehme mal an, dass Jake sich nicht an einem Freitagabend durch einen Supermarkt kämpfen musste, in dem sich sämtliche Möchtegern-Starköche des Landes drängen. Vermutlich musste er auch nicht acht ächzende Tüten mit dem Bus nach Hause befördern. Aber die Botschaft kommt rüber, oder? Und obwohl er nur ein erfundener romantischer Held ist, bin ich bis jetzt doch ziemlich beeindruckt von dem Burschen. Millandra hat es wirklich gut. Außerdem ist sie vermutlich eine von der Sorte, die nur anmutig an einer Brotrinde knabbert und dann verkündet, sie sei satt – im Gegensatz zu gewissen anderen weiblichen Wesen, die sich die Leckereien reinschaufeln, bis sie sich wie eine Wurst fühlen, die gleich aus der Pelle platzt. Und Millandra nippt gewiss auch nur an ihrem Champagner, anstatt sich das Zeug so zügig hinter die Binde zu gießen, als gäbe es demnächst Champagnernotstand. Tja, sie ist eben eine romantische Heldin; ich schätze mal, da gehört solches Benehmen zur Jobbeschreibung.

Ich stecke mein Notizbuch weg und wende mich der anstehenden Aufgabe zu, aus dem Bus zu kommen ohne a) die Waden anderer Fahrgäste schwer zu beschädigen und b) mir mit den verdrehten Griffen der Plastiktüten die Finger zu amputieren. Ich habe keine Ahnung, weshalb Ollie so viel Zeug haben möchte. Für diesen Einkauf habe ich soeben das Haushaltsbudget eines Monats ausgegeben, und nun bin ich stolze Besitzerin von zahllosen Filetsteaks, Sahne, Pfefferkörnern, Foie gras und diversen anderen Artikeln, deren Verwendungszweck ich nicht mal erahnen kann. Ollie hat den Einkaufswagen so vollgeladen, dass ich beim Anschauen Höhenangst bekam.

Jedenfalls bin ich auf Siegeszug, was dieses Essen angeht. Ollie wird uns ein fantastisches Mahl bereiten, und ich werde eine strahlende Gastgeberin sein und James' Vorgesetzte bezaubern.

Kann also nichts mehr schiefgehen. Wir haben James' Beförderung schon so gut wie in der Tasche.

Der Bus kriecht im Feierabendverkehr auf Ealing Common zu. Es regnet ununterbrochen, und die Fenster beschlagen. Draußen hasten die Leute, unter Regenschirme geduckt, über den grauen Asphalt und weichen Pfützen aus. Man muss keine Hellseherin sein, um voraussagen zu können, dass ich pitschnass zu Hause eintreffen werde. Ich vermute mal, Millandra sieht umwerfend aus, wenn sie nass wird, mit zart geröteten Wangen und feuchten Locken. Im Gegensatz zu mir, die ich mit meiner fuchsroten Chaoskrause und knallroter Nase eher Chris Evans mit Schnupfen ähnele. Das Leben kann schon ätzend sein.

Wie befürchtet bin ich nass bis auf die Unterwäsche, als ich in Allington Crescent Nummer 12b eintreffe, und habe außerdem hundsmiserable Laune. Meine Finger sind schaurig weißgrün, weil die Blutzufuhr zu lange abgeschnitten war, und meine Doc-Martens-Stiefel sind offenbar undicht. Ich hege außerdem den schrecklichen Verdacht, dass die Kursarbeiten der zehnten Klasse im Bus liegen geblieben sind, was zwar kurzfristig den Vorteil hat, dass ich sie nicht stundenlang korrigieren muss, langfristig aber einen weiteren Besuch im Fundbüro bedeutet. Ich bin quasi auf Du und Du mit der Lady, die dort arbeitet, was wohl ein deutliches Licht auf meine Zerstreutheit wirft. Die PIN-Nummer für mein gemeinsames Konto mit James habe ich auch vergessen, denn die Karte wurde abgelehnt, weshalb ich meine eigene benutzen musste.

Ich bin vielleicht etwas schusselig.

Oder, wie James es ausdrückt: desorganisiert.

Aber ich kann es einfach nicht ändern. Wenn ich in mein Notizbuch vertieft bin und über erotische Banditen nachdenke, habe ich eben für das einundzwanzigste Jahrhundert nicht viel Platz in meinem Kopf. Und, ganz ehrlich: Wenn ich die Wahl hätte zwischen einer Waldwiese mit Jake und der Schlepperei von Einkaufstüten, wüsste ich, wofür ich mich entscheiden würde.

Ich wuchte die Tüten die Stufen zu unserer Haustür hoch und bleibe einen Moment keuchend stehen. Schon seit Wochen versuche ich angestrengt, für die Hochzeit noch ein paar Kilo abzunehmen, aber es will einfach nicht klappen. Zum Teil gebe ich die Schuld daran dem Schuft, der im Lehrerzimmer einen Süßwarenautomaten aufgestellt hat. Ganz im Ernst: Nach zwei Schulstunden würde ich für ein KitKat meine Großmutter verkaufen – weshalb jede Hoffnung, dieser Versuchung zu widerstehen, vergeblich ist.

Unsere Wohnung befindet sich im Obergeschoss eines großen viktorianischen Reihenhauses, und wir haben eine fantastische Aussicht, was einen beinahe dafür entschädigt, drei Treppen hochsteigen zu müssen. Außerdem ist sie – wie James gerne jedem erzählt, der ihm Gehör schenkt – eine Investition mit hohem Marktwert. James versteht *viel* mehr von Geld als ich, was nicht schwer ist, da meine Finanzkenntnisse auf einer Briefmarke Platz finden würden. Er hat sicher recht. Ebenso wie er mit seiner Entscheidung für helles Parkett und spärliche Möblierung recht hatte. Das sieht bestimmt besser aus als mein ganzer Krimskrams, aber die Wohnung ist nicht so richtig gemütlich. Einmal ließ ich mich schwungvoll auf das Futonbett fallen, wonach mein Rücken zwei Wochen lang im Eimer war – ganz abgesehen davon, dass ich zwei Latten zerbrochen hatte, was James echt aus der Fassung brachte. Noch während ich stöhnend zwischen den Trümmern lag, raste er zum Telefon und rief den Designerladen an, um sich zu erkundigen, ob das Bett versichert sei. Es ist schön, einen Mann zu haben, der sich für Einrichtungsfragen interessiert, aber manchmal geht mir das, ehrlich gesagt, monumental auf den Zünder. Das viele Weiß macht mich nervös; bei uns könnte sich eine Horde Eisbären tummeln, ohne dass es jemandem auffiele. Ich hätte viel lieber ein paar knuddlige Kissen und eine Indianerdecke, um ein bisschen Farbe in die Räume zu bringen. Aber James meint, ich sei keine Studentin mehr und solle endlich einen erwachsenen Geschmack entwickeln.

Vermutlich hab ich zu viel mit Jugendlichen zu tun.

»Bin zu Hause!«, rufe ich, während ich in Rekordzeit die Einkäufe in den Flur schleppe und meinen Mantel ausziehe. Wasserflecken ruinieren nämlich das Parkett, weshalb ich auch noch hastig meine Schuhe abstreife und sie ins Regal stelle.

Ich höre keinerlei Laute aus dem Wohnzimmer, was vermutlich bedeutet, dass James mit Kopfhörern auf den Ohren am Computer hockt. Seufzend schleife ich die Tüten in die Küche, wo ich den schimmernden Chromwasserkocher anschalte und nach der Keksdose greife. Ich muss unbedingt einen großen Schokokeks vernichten. Scheiß auf die Hochzeitskleiddiät. Immerhin habe ich sehr oft daran gedacht. Ganz intensiv.

Und der Gedanke ist es schließlich, der zählt, oder?

Während ich zufrieden mümmle und überall Krümel verteile, packe ich die Einkäufe aus und staune über die Mengen von Lebensmitteln, die ich in Ollies Auftrag erstanden habe. Ich halte Zutaten in der Hand, von denen ich noch nie im Leben gehört habe. Was um alles in der Welt macht man mit einer Vanilleschote? Ich schüttle das Päckchen, um so vielleicht eine Antwort auf diese Frage zu bekommen, was damit endet, dass die Teile überall herumfliegen. Na super. Erst zehn Minuten zu Hause, und schon habe ich es geschafft, die Bude zu verwüsten. Zwischen dieser Küche und mir läuft irgendwas, das mich dazu bringt, hier jedes Mal ein Chaos zu veranstalten, das eines aufwendigen Katastrophenfilms würdig wäre. Mit meinen klebrigen kleinen Pfoten hinterlasse ich Abdrücke auf dem Chromkocher, der funkelnde Edelstahlmülleimer kotzt den ganzen Abfall meiner kulinarischen Misserfolge aus, und meine Füße pappen irgendwie von selbst am Boden fest.

Die traurige Wahrheit ist einfach, dass diese Küche zu edel für mich ist. Und ich habe das grässliche Gefühl, dass diese Tatsache eine Metapher für meine Beziehung mit James sein könnte – dem Helden, der zu edel ist für die Heldin. So ein Szenario habe ich allerdings noch in keinem Groschenroman gefunden.

Aber es ist Freitagabend, eine weitere anstrengende Woche, die ich mit überdrehten Jugendlichen zugebracht habe, ist überstanden, und ich werde mich jetzt nicht diesen bedrückenden Gedanken ergeben, die manchmal wie dunkle Falter durch mein Hirn flattern. Hastig verscheuche ich sie. An alldem ist nur der Stress wegen der Hochzeit schuld. Und ich kenne eine hervorragende Arznei gegen Stress! Sie befindet sich in der Tür unseres italienischen Designerkühlschranks und heißt... Alkohol!

Ich greife nach einer Weinflasche und entkorke sie. Die hellgoldene Flüssigkeit gluckert fröhlich ins Glas und noch fröhlicher in meine Kehle; genau das brauche ich nach einem Freitagabend im Supermarkt. Ich hatte ja keine Ahnung, dass man sich beim Einkaufen so besessen aufführen kann. Jemand sollte all diesen Frauen, die da herumrasen wie Möchtegern-Rennfahrerinnen, mal verklickern, dass es supergeile Pizza-Lieferservices gibt!

Beim Gedanken an eine Salami de luxe mit Rindfleischbällchen und extra Käse führt sich mein Magen auf wie der Vesuv kurz vor dem Ausbruch. Vielleicht sollte ich mir eine bestellen. Klar, ich weiß, dass ich mir derzeit kein Fast Food einverleiben sollte, aber eine Pizza kann doch nicht schaden, oder? Und vielleicht eine Portion Knoblauchbrot dazu. Ich mache auch bestimmt ein paar Sit-ups mehr zum Ausgleich.

Mehr Sit-ups? Wen will ich verarschen? Ich werde *überhaupt* ein paar Sit-ups machen.

Als ich mich Richtung Speisekarte bewege, komme ich an der Keksdose vorbei, was ich als Zeichen des Allmächtigen deute, dass ich mir noch ein paar Schokokekse genehmigen soll. Sobald ich die Pizza bestellt habe, werde ich die Einkäufe weiter auspacken und sogar die Krümel aufkehren. Das ist auch schon sportliche Betätigung.

Vielleicht nehme ich sogar das mit *Käse* überbackene Knoblauchbrot.

Aber ihr wisst ja, was der Volksmund über Pläne und so weiter zu sagen hat. Denn gerade als meine Fingerchen sich den Telefonhörer angeln wollen, fliegt die Küchentür auf, und meine künftige Schwiegermutter kommt hereingefegt.

Stellt euch Cruella De Vils fiese ältere Schwester vor, und ihr habt ein ziemlich exaktes Bild von Cordelia St. Ellis. Tadellos gepflegt, gezupft, gewachst und minutiös abgesaugt, hat sie ziemlich viel Ähnlichkeit mit einem ausgedörrten Skelett – das allerdings in Klamotten von Joseph gehüllt ist und dessen dürre Krallen mit Chanel bepinselt sind. Es kostet fraglos eine Menge Geld, sich so nachhaltig zu konservieren, weshalb Mrs Ellis auch froh sein kann, dass ihr Sohn einen gutbezahlten Job hat. Cordelia arbeitet nämlich nicht. Gott bewahre! Sie hätte keinen Schimmer, wie sie ihre Brötchen selbst verdienen soll. Außerdem ist es eine Vollzeitbeschäftigung, ihren alternden Körper einzubalsamieren.

Oder aber sie steckt mit dem Teufel unter einer Decke.

Während ich schuldbewusst versuche, meinen Keks möglichst schnell zu zerkauen und runterzuschlucken, lehnt Cordelia elegant im Türrahmen und betrachtet mich mit einem Blick, den man sonst einem Kaugummi angedeihen lässt, in den man reingetreten ist. Ihre Augen sind schiefergrau, und ihr Mund ist so missbilligend zusammengezogen, dass er aussieht wie ein Katzenarsch. Ich bin mal wieder in Ungnade gefallen.

Das ist nichts Neues.

Sie konnte mich schon nicht leiden, als ich sieben Jahre alt war, und die Zeit konnte ihrer Meinung nichts anhaben.

»Was tust du denn da?«, zischt sie, wobei sie sich so schockiert anhört, als hätte sie mich beim Foltern von Säuglingen ertappt. Ich bin mir ziemlich sicher, dass ihr das erheblich lieber wäre, als dass ich mich mit Kalorien vollstopfe. Dafür gibt es keine mildernden Umstände.

»Ich hatte ein bisschen Hunger«, versuche ich zu antworten, aber es hört sich an, als spräche ich Klingonisch, und ich spucke dabei halbzerkaute Keksplitter auf die blitzsaubere Marmorarbeitsfläche. »Hab nur einen Keks gegessen.«

»Versuchst du vorsätzlich die Hochzeit meines Sohnes zu torpedieren?«, verlangt Cordelia zu wissen und stützt dabei die Hände in ihre Hüften, die so knochig und spitz sind, dass sie damit Steine zerteilen könnte. »Willst du noch fetter werden, als du schon bist? Na? Willst du das?«

Das ist eine schwierige Frage, da die Kekse wirklich lecker sind. Es ist schon merkwürdig, dass ich mich erst als übergewichtig betrachte, seit ich mit James zusammen bin. Ein bisschen mollig war ich immer schon, dazu reichlich Oberweite, na klar, aber fett? Mrs St. Ellis jedoch, Profi-Körperfaschistin, hat mich ein für alle Mal von der irrigen Vorstellung abgebracht, irgendwie passabel auszusehen.

»Aber ich bin am Verhungern!«, wende ich ein.

»Nein, das bist du nicht.« Cordelia befördert den Inhalt der Keksdose in den Mülleimer. »Kinder in Afrika verhungern. Du bist bloß verfressen. Wenn du zwischen den Mahlzeiten was brauchst, dann iss einen Apfel.«

Ist die völlig verrückt? Wer will denn schon Äpfel essen statt Schokoladenkeksen?

»Wenn du so weiterfrisst, kriegen wir dich nie in dieses Vera-Wang-Kleid Größe 38.«

Ganz ehrlich: Es ist wahrscheinlicher, dass ich zum Mars fliege, als dass ich jemals in ein Hochzeitskleid Größe 38 passen werde. An guten Tagen habe ich – wenn ich den Bauch einziehe und omamäßige Miederhöschen trage – Größe 42.

»Äm, Cordelia«, wage ich einen Vorstoß, »ich bin mir sowieso nicht ganz sicher mit diesem Kleid. Bei Debenhams hab ich eins gesehen, das mir echt gut gefällt...«

»Debenhams!«, ruft Cordelia so entsetzt, als hätte ich kundgetan, splitternackt mit Quasten auf den Brüsten heiraten zu wollen. »Debenhams! Bist du wahnsinnig? Ein Laden auf einer Shoppingmeile?«

Ich weilte, offen gestanden, in dem Glauben, dass die meisten Leute ihre Kleidung *genau* dort kaufen, bis ich Cordelia St. Ellis näher kennenlernte. Sie muss ihr Dasein auch nicht mit einem Lehrergehalt bestreiten und kann es sich erlauben, alles außer Harrods und Harvey Nicks mit Verachtung zu strafen.

Es muss eine echte Zumutung für sie sein, eine Schwiegertochter zu kriegen, deren Vorstellung vom Paradies ein Großeinkauf bei Topshop ist. Wenn sie nicht so ein altes Schrapnell wäre, könnte sie einem leidtun.

»Ja«, erwidere ich tapfer. »Es ist ein zauberhaftes Kleid, und es kostet nur sechshundert Pfund.«

Und es ist wirklich mein Traumkleid. Nicht das elegante beige Etuikleid, das Cordelia ausgesucht hat und in dem ich vielleicht einen meiner Oberschenkel unterbringe, sondern ein schulterfreier romantischer Traum. Genau die Sorte Kleid, die Millandra zu einem Ball tragen würde, ehe Jake es ihr zärtlich von der seidenweichen Haut streift...

Steigere ich mich gerade in etwas rein? Das passiert schnell, wenn ich nichts aufschreiben kann. Jedenfalls habe ich das Kleid anprobiert, und es saß einfach perfekt. Es kaschierte alle weniger wohlgeformten Stellen, und meine Möpse sahen darin aus wie weiche, perfekt gerundete Pfirsiche. Der cremefarbene Satinstoff hatte genau den richtigen Farbton für meine blasse Haut und ließ sie warm und lebendig wirken. Dieses Kleid ist tatsächlich das einzige, in dem ich mir jemals gefallen habe!

Ich hätte geradezu von mir selbst schwärmen können.

Ich muss es einfach haben!

Aber Cordelia schaut mich an, als sei mir soeben ein zweiter Kopf gewachsen.

»Debenhams!«, wispert sie theatralisch und platziert eine ihrer knöchernen Krallen dort, wo ihr Herz sitzen würde, wenn sie eines hätte. »Ich nehme dich mit zu Vera Wang, *wo Jennifer Aniston einkauft*, und du willst zu Debenhams?«

Ich bin versucht zu antworten, dass ich bereitwillig mitkäme zu Vera Wang, wenn Brad Pitt in dem Angebot auch enthalten wäre. Aber da für Cordelia ihr Sohn Brad Pitt, Einstein und das Jesuskind in einer Person ist, halte ich die Klappe.

»Was ist nur mit dir los?«, fragt Cordelia und lehnt sich geschwächt an unseren elektrischen AGA-Herd. »Willst du deine eigene Hochzeit ruinieren?«

»Natürlich nicht!«, erwidere ich, obwohl ich ihr den Vera-Wang-Prospekt am liebsten sonst wohin gesteckt hätte. »Ich habe nur gestern dieses andere Kleid anprobiert, und es stand mir viel besser. Freunde haben mir gesagt, dass ich ganz bezaubernd darin aussehe.«

Es empfiehlt sich wohl, ihr nicht mitzuteilen, dass es sich lediglich um einen Freund handelte, Ollie nämlich, und dass er im O-Ton gesagt hatte, ich sähe »total groovy« darin aus. Was wohl das netteste Kompliment ist, das mir jemals zuteilwurde.

Skeptisch ist gar kein Ausdruck für Cordelias Miene. Aber sie hat schließlich auch nicht mit angesehen, wie ich versucht habe, mich in dieses seidene Designerfutteral Größe 38 zu zwängen, an dem sie einen Narren gefressen hat. Es sah aus wie Schlangenhäutung im Umkehrverfahren.

»Und«, fuhr ich fort, »ich kann es quasi von der Stange haben. Man muss es nur ein bisschen kürzen lassen.«

»Von der Stange?«, wiederholt Cordelia erschüttert. »Wohl eher nicht. Bei dieser Hochzeit wird es nichts Billiges oder Geschmackloses geben. Wenn James darauf besteht...«, sie unterbricht sich, und die Worte »dich zu heiraten« hängen fast so sichtbar in der Luft wie etwas aus *Harry Potter*, »Hochzeit zu feiern, dann werde ich mein Bestes geben, damit sie perfekt wird. Und dazu gehört nun einmal, dass die Braut ein Designerkleid trägt.«

Cordelia kann von Glück sagen, dass ich diese Woche an der Schule Antiaggressionstraining gemacht habe, denn sonst würde jetzt die Bratpfanne auf ihrem Kopf landen. Und da es sich dabei um eine gusseiserne Le-Creuset-Pfanne handelt, die nicht mal ein Mann im Alleingang anheben kann, hätte Cordelia keinen schönen Anblick geboten. Da sie aber meine künftige Schwiegermutter ist, atme ich tief durch und zähle bis zehn, während sie sich weiter über meine (zahllosen) Schwächen ereifert, von denen die schlimmste offenbar meine Abstammung von exzentrischen Eltern ist. Was ich freilich etwas ungerecht finde, da ich davon selbst nicht begeistert bin. Als sie schließlich wieder davon anfängt, wie Dad 1989 auf der Schwelle ihres Hauses das Bewusstsein verlor – er war nicht mehr ganz sicher, wo sich Jewells Haus befand – , nutze ich die Chance, um das Wort zu ergreifen. Wer weiß, wann ich das nächste Mal Gelegenheit dazu bekomme?

»Mir gefällt dieses Kleid am allerbesten«, sage ich zähneknirschend. »Dad hat übrigens gesagt, dass er es für mich kaufen will, du brauchst es also nicht zu bezahlen. Ich hatte vor, heute noch eine Anzahlung zu machen.«

»Das ist nicht nötig«, sagt Cordelia hastig, weil sie mich

nun zweifellos in irgendeinem Hippiefummel, von Haschischwolken umwabert, zum Altar schreiten sieht. »Ich kaufe der Verlobten meines Sohnes natürlich nur allzu gern ihr Hochzeitskleid. Nun sag doch mal: Wie war denn die Anprobe heute?«

Die Anprobe.

Au Scheiße.

Ich habe die Anprobe vergessen.

Ich öffne den Mund, aber ausnahmsweise hat es mir die Sprache verschlagen. Was soll ich auch sagen? Dass ich, anstatt in einer der exklusivsten Boutiquen Londons an mir herumzupfen und mich beäugen zu lassen, mit meinem besten Freund saufen war? Dass ich mit Ollie im Supermarkt Hindernisrennen mit Einkaufswagen gemacht hatte, anstatt Entscheidungen über Farben und Seidenpumps zu treffen?

»Ähm«, krächze ich, während Wein und Kekse unangenehm in meinem Magen herumbrodeln, »ich konnte den Anprobetermin nicht wahrnehmen. Tut mir leid.«

»Nicht wahrnehmen!«, kreischt Cordelia und hört sich dabei an wie Lady Bracknell, als sie sich über das Handköfferchen auslässt. »Was soll das heißen?«

»Dass ich nicht dort war!«

Nun könnte man den Eindruck gewinnen, ich hätte auf Cordelia geschossen. Jegliche Farbe weicht aus ihrem Gesicht, und sie taumelt fast zur Tür.

»Ist dir klar, was du getan hast? Ich musste meine Beziehungen spielen lassen, damit sie sich auf eine Anprobe für dich eingelassen haben. Meinen eigenen guten Namen musste ich ins Spiel bringen und eine höhere Summe bezahlen. Dieses Kleid war ursprünglich für ein Supermodel vorgesehen!«

Na ja, kein Wunder, dass es mir nicht gepasst hat. Das Einzige, was Kate Moss und ich gemein haben, ist die Tatsache, dass wir beide Luft zum Atmen brauchen.

»Tut mir wirklich leid«, wiederhole ich.

»Es tut dir leid? Das ist mir vollkommen einerlei, du dummes, undankbares Ding!« Cordelias Stimmlage erinnert jetzt an eine startende Boeing 747. Ich höre eine Tür aufgehen und Schritte auf dem Parkett. Na super. James im Anmarsch. Der alles andere als begeistert sein wird, dass er bei seiner Vorbereitung auf das wichtige Geschäftsgespräch gestört wurde. Sobald er in Erscheinung tritt, wird Cordelia zur liebenswerten Lichtgestalt mutieren, und mir wird die Rolle des Oberschurken zufallen, auch ohne dass ich schnurrbartzwirbelnd in schwarzem Cape dastehe. Wie Cordelia das immer wieder hinkriegt, ist mir ein Rätsel; muss irgendeine übersinnliche Gabe sein.

»Ich kann nicht fassen, dass du mir das angetan hast! In meinem ganzen Leben bin ich noch nie so verletzt worden!« Cordelias Stimme legt noch ein paar Dezibel zu, während ihr Blick Richtung Flur huscht. Sie hört, dass James näher kommt, und bereitet sich auf eine oscarreife Darbietung vor. Ihre schiefergrauen Augen legen sich mächtig ins Zeug, um Tränen zu produzieren, und ihre Hand flattert zu ihrem Hals. Nicht mal ich kann mich dieser Dramatik entziehen, und ich bin jemand, der täglich miterlebt, wie Kinder auf die Tränendrüse drücken.

»Was um alles in der Welt ist hier los?«, verlangt James zu wissen. Er hat seine Brille auf, und seine dunklen Locken sind zerzaust, weil er sich beim Arbeiten immer durch die Haare fährt. Dunkle Schatten liegen unter seinen vor Anstrengung geröteten Augen, und er tut mir von Herzen leid. Er steht so sehr unter Druck, und nun mache ich alles noch schwerer.

»Wenn du wissen willst, warum ich so außer mir bin, musst du Katy fragen!«, schluchzt Cordelia, der nun wahre Niagarafälle aus den Augen stürzen. »Frag sie doch, warum sie mich ständig vorsätzlich verletzt und zurückweist. Ich hab mich immer um ein gutes Verhältnis zu ihr bemüht, aber deine Verlobte hasst mich!«

Ob dieser Niedertracht bleibt mir der Mund offen stehen. »Ich hasse dich doch nicht! Das ist nicht wahr!«

Sie holt zittrig tief Luft, und ihre Augen drohen schon wieder überzulaufen. Wow. Wundert mich, dass die Royal Shakespeare Company nicht schon hier ist, um sie vom Fleck weg zu engagieren. »Ich wünschte, ich könnte das glauben, Katy, aber immer wenn ich versuche, etwas Nettes für dich zu tun, haust du es mir um die Ohren.«

Ich zermartere mir das Hirn, um mich zu erinnern, wann Cordelia jemals etwas wahrhaft Nettes – ohne gehässige Hintergedanken – für mich getan hätte, aber mir will nichts einfallen. Nada. Totale Fehlanzeige.

»Wie damals, als ich dir eine Woche in der Schönheitsfarm spendiert habe«, erklärt sie nun und tupft sich die Augen mit einem Taschentuch ab, das James ihr gereicht hat, »und du wolltest nicht hingehen.«

Das ist so dreist, dass es mir die Sprache verschlägt. Die sogenannte Schönheitsfarm war eine Art Rekrutenlager, in das ich von meiner Schwiegermutter verschickt worden war, um »diesen Rettungsring loszuwerden, weil niemand eine fette Braut sehen möchte«. Da sie ausgesprochen gerissen ist, sagte sie mir das freilich erst, als ich zurückkam. Die »hübsche Überraschung für mich« hatte sie mir in Anwesenheit von James präsentiert, und ich in meiner gnadenlosen Naivität reiste nach Hampshire und freute mich auf Schlammwickel und heiße Bäder – um dann festzustellen, dass ich mich auf Dauerlauf im Morgengrauen, Hindernisparcours und einen sadistischen Trainer eingelassen hatte, der mir Befehle zubrüllte. Das hielt ich ganze dreißig Minuten durch, bevor ich flüchtete, über die Mauer kletterte und Ollie am Telefon anflehte, sofort zu meiner Rettung zu eilen.

Wenn man der Sache etwas Positives abgewinnen will, hatte ich wohl seit Jahren nicht mehr so viel Bewegung, es war also nicht komplett für die Katz...

»Das war völlig daneben, Pummel«, seufzt James, nimmt seine Brille ab und reibt sich den Nasenrücken. »Ma hat ein Vermögen dafür ausgegeben.«

»Aber es war einfach nicht mein Ding«, versuche ich mich begreiflich zu machen, werde aber übertönt von Cordelia, die sich jetzt noch lauter greinend über meinen Mangel an Dankbarkeit beklagt und sich dann an James' Schulter ausheult, wobei sie sein teures Paul-Smith-Hemd beschmaddert. James klopft ihr beruhigend auf den Rücken und wirft mir über ihren Kopf hinweg finstere Blicke zu.

Na toll. Wieder mal ab in die Hundehütte. Warum gibt er mir nicht gleich einen Knochen und nennt mich Rover?

»Ich versuche an dem Bericht für Amos und Amos zu arbeiten, der, wie du weißt, entscheidend ist für meine Beförderung«, sagt James mit diesem gereizten Unterton, der mir zusehends vertrauter wird. »Was ist denn jetzt schon wieder?«

»Ich habe einen Anprobetermin für das Kleid versäumt«, erkläre ich. »Nichts Schlimmes.«

»Nicht schlimm?«, heult Cordelia. »Die Anprobe war bei Pilkington Greens! Sie haben Vera Wang eigens gefragt, ob wir dieses Kleid bekommen könnten. Ich musste...«, sie legt eine dramatische Pause ein, »regelrecht katzbuckeln.«

»Du hast den Anprobetermin für dein eigenes Hochzeitskleid versäumt?«, fragt James ungläubig.

»Nicht absichtlich! Aber ich habe auch schon selbst ein Kleid gefunden.«

»Siehst du«, greint Cordelia. »Sie stößt mich ständig zurück. In meinem ganzen Leben bin ich noch nie so verletzt worden!«

»Ich musste das Essen für deine Einladung einkaufen,

James«, erkläre ich hastig. »Ich habe einfach vergessen, dass ich in Kensington sein sollte.«

»Nun ist also mein Sohn daran schuld?«, keucht Cordelia empört und fasst sich an die Kehle. »Du schiebst die Schuld auf den armen James ab?«

»Das habe ich nicht gesagt, aber er möchte, dass ich dieses Essen gestalte. Das ist wirklich sehr wichtig, nicht wahr, James?«

»Nicht so wichtig wie meine Mutter«, antwortet er patzig.

»Ich kann mir keine Sekunde länger anhören, wie Katy dich beschuldigt.« Cordelia greift über die Kochinsel hinweg nach ihrer Louis-Vuitton-Tasche. »Ruf mich später an, Schatz, ich bin einfach zu *verletzt*, um sie noch länger anzuschauen. Du weißt ja, wie sensibel ich bin.«

Sensibel? Ein Elefant im Porzellanladen hat mehr Feingefühl als sie, aber das kann ich natürlich jetzt nicht einwenden, sonst stehe ich noch schlechter da. Ich schüttle traurig den Kopf und frage mich, wie es ihr immer gelingt, mich zum Bösewicht abzustempeln. James wird sich auf ihre Seite stellen, wie er es grundsätzlich tut, und ich darf zu Kreuze kriechen. Wieder mal.

»Oh!« Cordelia fasst sich an die Stirn und schwankt theatralisch. »Ich spüre, dass eine Migräne im Anzug ist! Du musst mich heimfahren, mein Engelchen, ich kann nicht mehr klar sehen.«

»Keine Sorge, Mutter«, sagt das Engelchen beruhigend. »Natürlich fahre ich dich nach Hause.« Über ihren Kopf hinweg wirft er mir einen noch böseren Blick zu. Jetzt muss er die weite Strecke nach Richmond fahren und morgen auch noch Cordelias Wagen zurückbringen, das heißt, er kann sich in dieser Zeit nicht auf dem Golfplatz bei seinen Bossen einschleimen. Und für mich hagelt es weitere Strafnoten.

»Ich kann dir ein Taxi rufen, Cordelia«, biete ich an.

»Das lässt du schön bleiben!«, faucht James. »Meine Mutter hat sich dank deiner Rücksichtslosigkeit viel zu sehr aufgeregt. Ich werde sie selbst heimfahren.«

Die beiden tappen in den Flur und die Treppe runter, wobei Cordelia weiter vor sich hin winselt und James beruhigend auf sie einredet. Ich versuche krampfhaft, an schöne Dinge zu denken. Wie ich schon sagte: Ich hatte Antiaggressionstraining diese Woche, was mir jetzt sehr zupasskommt. Sobald die Haustür zugefallen ist, schreie ich aus Leibeskräften, wie ich es im Training gelernt habe. An schöne Dinge zu denken gestaltet sich schwieriger, weil die im Moment Mangelware sind in meinem Leben. Ersatzweise zerschmettere ich drei Teller. An sich keine gute Idee, weil James sein Crown-Derby-Geschirr liebt und nun noch wütender auf mich sein wird als ohnehin schon.

Eigentlich sollte es doch nicht so stressig sein, jemanden zu lieben, oder?

Zumindest habe ich jetzt wunderbare anderthalb Stunden ganz für mich allein. Cordelia wird James unter keinen Umständen nach Hause fahren lassen, ohne ihm zuvor ein Gourmet-Dinner aufzutischen. Sie lebt in dem Glauben, dass er unfähig ist, den Herd auch nur zu entdecken und ein Fertiggericht reinzuschieben, und dass ich eine Feministin von der BH-Verbrennersorte bin, die ihren armen Jungen sich selbst überlässt.

Als ob ich meinen BH verbrennen würde!

Das wäre ziemlich idiotisch, wenn man Körbchengröße D hat.

Ich schenke mir ein großes Glas Wein ein und klaube die Nummer vom Pizzaservice aus der Mülltonne. Da ich jetzt dringend Seelentrost brauche, bestelle mir die größte und fetteste Variante. Den Teufel werd ich tun und jetzt noch in dieses Kleid von Cordelia passen. Und was Sit-ups angeht – die können mir gestohlen bleiben!

Als ich auf dem Hocker an der Kochinsel sitze, eine rauche und die Minuten bis zum Erscheinen des Pizzalieferanten zähle, fällt mein Blick auf meinen Rucksack, aus dem Wayne Lobbs Heft herausragt – nass vom Regen und mit Eselsohren. Sofort beruhigt sich mein Puls ein wenig, und meine Wut lässt nach. Ich ziehe das Heft raus, schlage eine neue Seite auf und suche in dem Plunder am Boden des Rucksacks nach einem Stift. Nachdem ich mehrere Tampons, ein Bonbon voller Fusseln und diverse konfiszierte Schmuckstücke zutage gefördert habe, ist mir das Glück hold, und ich bekomme einen klebrigen Kuli zu fassen. Ein Weilchen beiße ich auf dem Plastikende herum, als könne ich so meine zukünftige Schwiegermutter zerbeißen.

Dann trinke ich einen großen Schluck Wein und beginne zu schreiben.

Millandras böse Stiefmutter, die Gräfin Cordelia, war eine der schrecklichsten Frauen von ganz London ...

Hat nicht mal jemand behauptet, die Feder sei mächtiger als das Schwert?

4

Normalerweise liebe ich Samstagvormittage. James stürzt meist zu unchristlicher Zeit zum Golfplatz davon, was mir Gelegenheit gibt, bis mittags im Bett herumzuhängen, Toast zu essen, Tee zu trinken und Schundromane zu lesen.

Himmlisch!

Dann wurstle ich für gewöhnlich eine Weile in der Wohnung herum und überlege, ob ich irgendwas im Haushalt machen sollte, ehe ich in die Stadt gehe und meine Kreditkarten Gassi führe. Ich streife für mein Leben gern durch den Camden Market, stöbere in Secondhand-Klamotten, krame in Schatztruhen voller Krimskrams und probiere klobige Stiefel an, die mich so riesig machen, dass ich fast eine Sauerstoffflasche brauche. Dann kaufe ich mir im überdachten Teil eine Pita mit Hummus und wandere zum Kanal, wo ich mir die interessanten, Händchen haltenden Paare anschaue, die knallbunte Klamotten und coole Hüte tragen und so glücklich wirken. Manchmal überlege ich mir, wie es wohl wäre, dort selbst einen Stand zu haben. Ich glaube, ich würde auch Secondhand-Klamotten verkaufen: Kleider aus schwerer burgunderfarbener Seide und dunkellila Samt, cremefarbene Rüschenblusen und Tücher mit lebhaftem Paisleymuster. Ich würde lange Haare und Piercings haben. Das wollte ich schon immer. Einen Bauchnabelring zum Beispiel, aber James hält das für ordinär. Er hat auch ziemlich unverblümt darauf hingewiesen, dass es ohnehin ein sinnloses Vorhaben wäre, weil ich keinen flachen Bauch habe. Ich weiß, dass er mich nur anspornen will, fitter zu werden, aber manchmal würde ich mir wünschen, er täte das etwas weniger schonungslos.

Mein Camden-Traum gefällt mir trotzdem. Er ist fast so gut wie der, in dem ich als Bestsellerautorin in einem Cottage auf einem einsamen Kliff lebe. Ich sehe aus wie Meryl Streep in *Die Geliebte des französischen Leutnants*: lange wehende Röcke und windgezauste Locken, und ich starre gedankenverloren übers Meer, ehe ich dann weiterschreite und im Nebel verschwinde.

Das Problem ist bloß, dass James in beiden Träumen nicht vorkommt. Nicht weil ich das nicht möchte, sondern weil er beide Lebensformen verabscheut. Camden kann er nicht ausstehen, weil da seiner Meinung nach nur »Hippie-Schnorrer« herumhängen. Und was die Natur und das Land angeht, hält er sich dort nur auf, um mit seinen Arbeitskollegen bedauernswerte Fasane abzuschießen oder bei Landhauspartys Kontaktpflege zu betreiben. Wenn es keine asphaltierte Straße in der Nähe gibt, wird er nervös. Das bedeutet wohl, dass wir immer Stadtbewohner sein werden, was ich sehr bedaure, weil ich seit jeher gerne auf dem Land leben wollte.

Aber in der Ehe muss man lernen, Kompromisse zu schließen, nicht wahr? Und da James mein Held und mein Seelenverwandter ist, muss ich mich wohl an eine Zukunft in der Stadt gewöhnen.

Dieser Samstag heute ist jedenfalls kein gewöhnlicher Samstag. James kam gestern erst gegen Mitternacht von Cordelia zurück und saß dann eine Stunde an seinem Laptop, ohne mich eines Blickes zu würdigen. Weshalb ich mich mit Jake und Millandra in der Küche aufhielt und mir dabei eine ganze Flasche Wein zu Gemüte führte, während er bis spät in die Nacht hinein auf die Tasten einhackte und seine schlechte Laune unschwer zu erkennen war.

Ich war echt übelst in Ungnade gefallen.

Als ich mich zum Boden der Weinflasche durchgetrunken

und dabei eine besonders perfide Szene geschrieben hatte, in der Millandras abgetakelte alte Stiefmutter von Jake zurückgewiesen wird, fühlte ich mich sowohl mutiger als auch wahrhaft ungerecht behandelt. Es war ja wohl mein gutes Recht, mir mein Hochzeitskleid selbst auszusuchen! Und wenn mir der Sinn danach stand, das gesamte Lager einer Schokokeksfabrik zu verputzen, ging das auch nur mich was an! Nach meinem achten Glas Wein packte mich jedenfalls der gerechte Zorn.

Cordelia sollte sich ab jetzt gefälligst aus meiner Hochzeit heraushalten, und das würde James nun als Erster erfahren!

Es überrascht euch wahrscheinlich wenig, dass diese Forderung bei ihm nicht sonderlich gut ankam. Wir hatten einen Riesenkrach, und ich schlief danach auf der Couch.

Wie es dazu kommen konnte, ist mir, ehrlich gesagt, nicht ganz klar. Ich bin immer noch der Überzeugung, dass ich im Recht war. Allerdings war es wohl nicht gerade hilfreich, dass James Wayne Lobbs ehemaliges Schulheft in die Finger bekam und das letzte Kapitel las.

»Was ist denn das für eine Scheiße?«, brüllte er und wedelte mit dem Heft vor meiner Nase herum. »›Lady Cordelias dünne Lippen zogen sich zurück und entblößten ihre fleckigen Zähne. Jake erschrak wie ein Kaninchen vor der Schlange. Die bösen dunklen Augen schienen ihn förmlich zu verschlingen, während ihre knochigen Finger mit eisernem Griff seine Manneszierde umklammerten.‹ Bist du von allen guten Geistern verlassen?«

»Das gehört mir!«, schrie ich und riss ihm das Heft aus der Hand. »Das ist mein Roman!«

»Das ist verfluchte Verleumdung!«

»Ähnlichkeit mit lebenden Personen ist rein zufällig«, versetzte ich, was ein Fehler war. Niemand kann Klugscheißer ausstehen, am allerwenigsten aber James.

»Das ist erbärmliches Geschmiere!« Er versenkte das Heft in der Mülltonne. »Wach endlich auf, Katy! Du bist keine

Schriftstellerin. Du bist eine mittelmäßige Lehrerin an einer Proletenschule, und du solltest meiner Mutter auf Knien dafür danken, dass sie sich überhaupt Zeit für dich nimmt. Von deinen Eltern steht ja wohl niemand hier auf der Matte.«

Einen Moment lang war ich so getroffen von diesem Angriff, dass ich nichts zu erwidern wusste. »Sie behandelt mich aber schrecklich«, sagte ich schließlich. »Sie schreibt mir vor, was ich essen soll, und lässt mich nicht mal mein eigenes Hochzeitskleid aussuchen.«

»Sie will nur dein Bestes«, erwiderte James so geduldig, als rede er mit dem Dorftrottel, obwohl er mich für diese Rolle wohl für überqualifiziert hält. »Na, komm, Pummel, du kannst ruhig zugeben, dass du nicht sonderlich geschmackssicher bist.«

Ich hasse es, wenn er »Pummel« zu mir sagt. Mir ist klar, dass es ein Kosename sein soll, aber ich fühle mich nicht gerade sexy und begehrenswert, wenn er mich so nennt. Ich hatte schon mal versucht, ihm das begreiflich zu machen, aber da lachte er nur und meinte, er könne mich wohl kaum »Bohnenstange« nennen. Er hat wohl recht – wenn man jemanden mit Kleidergröße 42 als pummelig betrachtet. Jedenfalls meinte er dann noch, ich könne ja jederzeit Diät machen, wenn mir mein Kosename nicht gefiele.

Ollie dagegen findet, ich solle lieber 83 Kilo nutzlosen Mann abstoßen, anstatt abzunehmen ...

»Du musst doch zugeben«, fuhr James fort, der merkte, dass er gerade die Oberhand hatte, »dass du dich immer noch wie eine Studentin kleidest. Und wenn ich mich nicht durchgesetzt hätte, wäre unsere Wohnung mit irgendwelchem Ethno-Mist zugerümpelt. Um ehrlich zu sein: Ich war enorm erleichtert, als meine Mutter sich erboten hat, uns mit den Hochzeitsvorbereitungen zu helfen. Ich hatte schon befürchtet, du würdest zum Karaoke einladen und wie eine Melkerin aufkreuzen, mit monströsem Ausschnitt und zig Rüschen.« Er schauderte vornehm, und ich sah mein Traumkleid zerplatzen wie eine Seifenblase. »Also, Pummel, morgen entschuldigst du dich bei meiner Mutter, und wenn wir Glück haben, lässt sie sich darauf ein, dir bei der Rettung unserer Hochzeit zur Seite zu stehen. Natürlich nur falls du mich immer noch liebst und heiraten willst«, fügte er hinzu, um auch noch den Schuldtrumpf auszuspielen. Er kennt mich gut genug, um zu wissen, dass ich Expertin für Schuldgefühle bin und die katholische Kirche im Alleingang in Atem halten könnte. »Oder bist du absichtlich nicht zu dem Anprobetermin erschienen?«

»Natürlich nicht!«

»Vielleicht wolltest du mir auf diese Art sagen, dass es aus ist zwischen uns? Ich liebe dich zwar trotz allem immer noch, aber vielleicht liebst du mich nicht mehr?« Seine Augen schimmerten beunruhigend, und er biss sich tapfer auf die Unterlippe. »Ich habe mich so sehr bemüht, dir zu helfen, Katy. Ich habe versucht, dich beim Abnehmen zu unterstützen, habe deine vielen gesellschaftlichen Fauxpas entschuldigt und will dich trotz deiner Herkunft immer noch heiraten – aber vielleicht bin ich dir nicht mehr gut genug?«

Daraufhin führte James zahllose Beispiele von Kränkungen und Demütigungen an, die er durch mich erlitten hatte. Ich muss zugeben, dass die Liste einigermaßen erschreckend war. Die Hälfte der Vorkommnisse hatte ich gar nicht mehr in Erinnerung, wie zum Beispiel, als ich bei TV-Star Anthea Turners Wohltätigkeitsball kotzen musste (Anthea war übrigens ganz reizend zu mir), oder als ich mit James' heißgeliebtem Audi TT durch eine große Pfütze fuhr (na gut, es war ein kleiner See, aber wie sollte ich das im Dunkeln erkennen?) und das leugnete. Als er das Ende dieser furchtbar langen und erschütternden Aufzählung erreichte, fand ich es erstaunlich, dass er mich immer noch heiraten wollte, und heulte so heftig, dass ich aussah wie ein Frosch.

»Tut mir leid«, schluchzte ich. »Ich werd mir mehr Mühe geben mit deiner Mutter.«

»Und mit allem anderen«, setzte er hinzu, während ich schniefte und hickste. »Ich sage das nur um deinetwillen, Pummel: Du musst disziplinierter sein. Nicht jeder ist so tolerant wie ich, weißt du.«

»Ich weiß«, jammerte ich. »Tut mir leid.«

»Es tut dir immer leid, nicht wahr, Pummel? Aber trotzdem richtest du jedes Mal wieder Chaos an.« Er wuschelte mir durch die Haare und gähnte. »Aber du kannst das alles wiedergutmachen, indem du morgen ein fantastisches Essen kochst und meinen Boss beeindruckst. Du kennst Julius Millward – wenn er sich vollstopfen kann, ist er zufrieden und hoffentlich in der Stimmung, mich zu befördern. Wir müssen der Tatsache ins Auge sehen, dass wir die Beförderung brauchen, um die Hochzeit finanzieren zu können.«

»Wir müssen aber keine riesige glamouröse Hochzeit haben«, wandte ich rasch ein. »Ich heirate sehr gern im Stillen. Wir könnten sogar verreisen.«

»So ein Blödsinn! Das würde mir meine Mutter niemals verzeihen«, erwiderte James. »Und jetzt muss ich diesen Vertragsvorschlag für Amos und Amos fertig formulieren. Heute Nacht möchte ich übrigens in Ruhe schlafen, ohne dass du neben mir schniefst bis in die frühen Morgenstunden. Ich schlage vor, du pennst auf der Couch und überlegst dir, wie du dich mit meiner Mutter versöhnen kannst.«

Damit verschwand er im Schlafzimmer, und ich verbrachte eine schlaflose Nacht auf dem Sofa, gegen das ein Nagelbett komfortabel gewesen wäre. Während ich dalag und dem gnadenlosen Reigen der Scheinwerferlichter an der Decke zusah, sann ich darüber nach, wie sehr mir die Katzen und Hunde fehlten, die wie ein freundliches haariges Meer durch Tante Jewells Haus wogten. Es wäre schön gewesen, mein Gesicht in flauschiges Fell drücken und mich bei einem warmen lebenden Wesen ausweinen zu können anstatt bei einer kratzigen Couch. Ich hätte zu gern eine Katze gehabt, aber James mag Tiere nicht; er findet, sie riechen schlecht und verlieren zu viele Haare. So brachte ich also die Nacht allein zu, lauschte dem Zischen von Autoreifen auf den nassen Straßen und dem entfernten Rumpeln der U-Bahn. Da sich der Schlaf nicht einstellen wollte, gab ich den Kampf schließlich auf. Stattdessen fischte ich mein Heft aus der Mülltonne, setzte mich wieder an den Küchentisch und schrieb, bis mir die Hand wehtat und die Küchenuhr mir mitteilte, dass es acht Uhr fünfunddreißig war. Dann kochte ich mir einen Kaffee, der so stark war, dass der Löffel quasi aufrecht in der Tasse stand, griff zum Telefon und atmete tief durch.

Jetzt war zu Kreuze kriechen angesagt, und wie ich Cordelia kannte, würde sie das weidlich ausnutzen.

Zwei Stunden später habe ich immer noch Magenschmerzen. Nach zwanzig Minuten Süßholzraspeln meinerseits hat sich meine zukünftige Schwiegermutter gnädig dazu herabgelassen, einen neuen Anprobetermin zu vereinbaren und mir großmütig zu vergeben.

Sie hat *mir* vergeben? Während ich in der Küche hocke und die Keksdose zu übersehen versuche, komme ich mir vor, als lebe ich in einem absurden Paralleluniversum. Mein Verlobter und seine Mutter haben mich auf die emotionale Streckbank befördert, und ich bin sicher, dass ich das nicht verdient habe. Es kann ja wohl nicht zu viel verlangt sein, wenn man sein Hochzeitskleid selbst aussuchen möchte. Alle meine Freunde finden, ich solle Cordelia nun endlich Kontra geben, aber die haben gut reden, sie müssen es ja nicht machen.

Während ich meinen Kaffee schlürfe, denke ich darüber nach, weshalb ich so eine Lusche bin, wenn es darum geht, mich gegen James und seine Mutter zur Wehr zu setzen. Ich bin nicht immer so, ehrlich. Ollie behauptet, in der Schule sei ich wie eine Mischung aus Robocop und einem Feldwebel, und es stimmt tatsächlich, dass in meinen Klassen Ruhe herrscht. Siebzehnjährige Rabauken kriegen das Zittern, wenn ich sie anschreie, und das will was heißen. Was also läuft in meinem häuslichen Leben schief? Vermutlich bin ich so erledigt davon, mich den ganzen Tag lang durchschlagen zu müssen, dass ich das nach halb vier nicht weitermachen kann. Wenn die Glocke schrillt und die Kids von meiner Schule auf die unschuldigen Bewohner von West London losgelassen werden, will ich nur noch eines: bei einem großen Glas Wein in mich zusammensacken, die Augen schließen und mich von meinem traumatischen Tag erholen. Mein Lehrerjob raubt mir alle Kraft, und nach den täglichen Gefechten mit Jugendlichen will ich einfach nur noch meine Ruhe haben.

Aber die scheine ich nicht zu kriegen. Ganz im Gegenteil.

War meine Beziehung zu James immer so unausgewogen? Als ich ihm erzählte, dass ich Cordelia angerufen und mich entschuldigt hatte, nickte er, machte sich einen Espresso und fragte mich dann, was ich zum Abendessen kochen wolle. Keine Umarmung und keine entschuldigenden Worte, weil er mich zu einer Nacht auf der Couch verdammt hat – ich kam mir vor wie ein ungezogenes Schulmädchen, das vom Direktor abgestraft wird. Fehlte nur noch ein schriftlicher Verweis und Aufenthalt im Karzer.

Ich seufze und lege die Hände um meinen Kaffeebecher. Gestern Abend war ich mir absolut sicher, im Recht zu sein, aber nun kommen mir doch Zweifel. Und davon kriege ich echt eine Matschbirne, wie meine Schüler sagen würden.

»Ich gehe Golfspielen mit Julius Millward«, verkündet James und greift nach den Schlüsseln für seinen BMW. »Solltest du dich nicht so langsam an die Vorbereitungen für heute Abend machen?«

Ich zwinge mich zur Konzentration. In der Tat sollte ich wohl längst marinieren, flambieren und sautieren. Würde ich auch, wenn ich wüsste, was das alles zu bedeuten hat. Nigella Lawson, die TV-Köchin, ist schuld. Diese Haushaltsgottheit hat eine ganze Frauengeneration der Gehirnwäsche unterzogen.

»Das klappt schon alles«, sage ich leichthin. Jedenfalls hoffe ich es.

James fixiert mich mit stählernem Blick. »Dir ist die Bedeutung dieses Abends doch bewusst, Katy? Oder?«

Wie auch nicht, nachdem er sich schon seit Wochen darüber auslässt.

»Ich weiß, dass wir denen zeigen müssen, wie gut du als Partner für sie geeignet bist«, bete ich folgsam herunter.

James beäugt mich noch immer argwöhnisch. »Ich kann mich also darauf verlassen, dass du es nicht vermasselst?«

»Absolut!«, beteuere ich. »Du hast die Beförderung quasi in der Tasche.«

»Das kann ich nur hoffen«, erwidert James und nimmt seine Golfschläger aus dem Schrank. »Die Hochzeit kostet uns ein Vermögen, und der neue BMW war auch nicht billig. Und, Pummel«, ruft er mir noch über die Schulter zu, »zieh bitte was Anständiges an, ja? Versuch ein bisschen mehr wie Sophie auszusehen. Das ist die Stilrichtung.«

Ich knirsche förmlich mit den Zähnen vor Wut. Sophie sieht aus, als hätte sie einen Spazierstock verschluckt und als sei Humor steuerpflichtig. Die geht mir sagenhaft auf den Keks.

Apropos Keks: Ich werde gerade etwas genäschig. Ich wünschte, Kummer und Sorgen würden mich zu Appetitlosigkeit und zum Abmagern veranlassen, aber leider tritt in meinem Fall immer das Gegenteil ein. Und das übrigens auch bei Glück, Angst, Ärger und überhaupt jedem nennenswerten Gefühl. Pech gehabt. Ich wette, Millandra würde sich vornehm zu Tode hungern, während ich am Ende Jabba the Hutt in den Schatten stellen werde.

Als ich gerade den letzten Schokokeks verputzt und Cordelia im Geiste eine lange Nase gedreht habe, klingelt es an der Tür. Ich spähe aus dem Fenster und sehe Ollie mit einer riesigen Kiste unten stehen und wild winken. Ich drücke den Türöffner und warte gespannt.

»Lieber Himmel«, sagt Ollie zur Begrüßung, »du siehst vielleicht scheiße aus.«

»Dir auch einen schönen guten Morgen«, erwidere ich.

Ollie hievt die große Styroporkiste auf die Arbeitsfläche.

»Ganz im Ernst, ich mache mir Sorgen. Was ist passiert?«

»Schlechte Nacht«, sage ich und winke ab. Ich habe nicht die Absicht, mit Ollie meine Beziehung zu erörtern. Er hält James schon unter normalen Umständen für ein Arschloch, und ich kann es mir nicht leisten, dass er jetzt den Dienst quittiert, weil mein Verlobter sich mies benommen hat. Ollie und ich haben uns bislang nur einmal gestritten, und zwar wegen James. Der weigerte sich nämlich, mich bei seinem neuen BMW mitversichern zu lassen, mit dem Argument, dass ich mühelos mit dem Bus und der U-Bahn fahren könne und keinen Wagen brauche. »Außerdem fährst du auch nicht so toll Auto, oder, Pummel?«, hatte er hinzugefügt und auf die Kratzer und Dellen verwiesen, die ich seinem alten Audi TT zugefügt hatte. Damals hatte ich den Fehler begangen, Ollie von dieser Sache zu erzählen, und er hatte sich wahnsinnig aufgeregt.

»So ein elender Rüpel!«, hatte Ollie sich ereifert. »Stell dich endlich auf die Hinterbeine, Katy, und mach dem Kerl klar, dass er dich mitzuversichern hat. Du bist seine Verlobte, um Himmels willen!«

Ich versuchte zu argumentieren, dass James doch nur an den Wagen gedacht hatte, und Ollie machte einige echt herbe Bemerkungen, worauf ich so verletzt war, dass wir eine ganze Woche lang nicht miteinander redeten. Schließlich schlossen wir bei einer heimlichen Zigarette im Heizungskeller der Schule wieder Frieden und kamen überein, dass wir künftig nicht mehr über unsere jeweiligen Beziehungen reden würden. Bislang hat sich das bewährt.

Ollie blickt mich mit seinen karamellbraunen Augen forschend an, fragt aber nicht nach. »Gut, stell einen Topf mit Wasser auf und lass uns loslegen.«

Ich hieve einen unserer gusseisernen Le-Creuset-Töpfe hoch und verrenke mir dabei fast das Kreuz.

»Zu klein«, kommentiert Ollie und puhlt das Klebeband vom Deckel der Styroporbox ab. »Er muss so groß sein, dass«, er lüftet stolz den Deckel, »dieser Prachtbursche hier reinpasst.«

Oh. Mein. Gott. Ich starre Ollie entsetzt an. Aus der Box winkt mir munter eine Krebsschere, die in etwa die Größe einer Männerfaust hat.

»Was um alles in der Welt ist das?«

»Die Vorspeise«, verkündet Ollie zufrieden. »Ist er nicht eine wahre Schönheit? Und er war auch noch spottbillig.« Es gelingt ihm irgendwie, das Ungeheuer aus der Schachtel zu holen, ohne dabei Schaden zu nehmen. Ich starre auf den größten Hummer aller Zeiten, der mit seinen schwarzen Knopfaugen zurückstarrt.

»Aber der lebt ja noch!«

»Natürlich lebt er, du Dödel.« Ollie wackelt mit dem Hummer hin und her und macht »Grrr!«

Ich trete hastig einen Schritt zurück. Diese Scheren sehen gemein aus.

»Aber dann müssen wir ihn ja töten?«

»Ganz recht«, antwortet der mordlustige Ollie. »Deshalb hab ich ja gesagt, du sollst Wasser aufsetzen.«

»Wir kochen ihn lebendig?«

»So macht man das. Man könnte ihm wohl auch ein Messer durchs Hirn stechen. Aber ich kann nicht behaupten, dass ich darauf sonderlich scharf bin.«

Ich schaue den Hummer an, und der Hummer schaut mich an. Bilde ich mir das ein, oder liegt ein flehender Blick in den schwarzen Augen?

»Also macht man es am besten mit heißem Wasser«, fährt Ollie munter fort und klemmt sich den Hummer unter den Arm, während er unseren allergrößten Topf volllaufen lässt. »Schau nicht so bedröppelt. Es geht schnell.«

Der Hummer wedelt panisch mit den Scheren. Ollie stellt unterdessen den Topf auf den Herd und setzt den Deckel drauf. Mir ist leicht übel. Ich weiß, dass ich eine Heuchlerin bin, weil ich sonst auch Fleisch esse, aber ich bin es nicht gewohnt, der Tatsache ins Auge zu blicken, wo mein leckerer Burger eigentlich herkommt. Im Supermarkt kauft man seine Steaks schön abgepackt; sie stehen nicht vor mir und machen Muh. Ich schaue wieder den Hummer an, und ich schwöre bei Gott, dass er zu zittern anfängt. Er weiß, welch grauenhaftes Schicksal ihm bevorsteht. Ich höre ihn förmlich betteln.

Eine lebhafte Fantasie zu haben kann ein Fluch sein!

Das Wasser dampft und brodelt jetzt wie Höllenfeuer. Ollie streut Meersalz hinein und hebt das bedauernswerte Krustentier hoch.

»Nein!«, schreie ich, stürze auf Ollie zu wie eine Sprinterin am Start und stelle mich vor den Herd. »Das darfst du nicht!«

Nun stehe ich dem Hummer direkt gegenüber. Seine Fühler zittern verzweifelt, und ich höre ihn förmlich schluchzen. Hinter mir blubbert munter das Wasser.

»Katy«, sagt Ollie geduldig. »Tritt bitte beiseite.«

»Das ist barbarisch!«, kreische ich. »Wir dürfen ihn nicht töten!«

»Er gehört aber zu deinem Essen, und ich vermute mal, deine Gäste wollen ihn nicht lebend verspeisen.«

»Können wir ihnen nicht Melone oder so was auftischen? Irgendwas, das wir nicht umbringen müssen?«

Ich bin mir ganz sicher, dass der Hummer bekräftigend nickt.

»Nicht annähernd so eindrucksvoll wie mein Hummer Thermidor, serviert in seinen Scheren«, erwidert Ollie und hält das Ungeheuer über das brodelnde Wasser. »Und ich dachte, diese Wichser zu beeindrucken sei Zweck der Übung? Mit einem frischen Hummer gelingt uns das garantiert.«

Er hat natürlich recht, aber das ist mir im Moment völlig schnuppe. Ich weiß nur, dass dieses arme Lebewesen nicht in einem Topf kochendem Wasser landen darf. Unter keinen Umständen!

»Ollie, schau ihn doch an«, sage ich verzweifelt. »Er hat furchtbare Angst.«

»Du darfst ihn nicht vermenschlichen«, versetzt Ollie streng. »Du hast mit deinen Schülern zu oft *Farm der Tiere* gelesen. Er ist das Abendessen, kein Haustier.«

»Ollie! Bitte!« Ich bin kurz davor, in Tränen auszubrechen. »Ich will nicht, dass hier was gekocht wird, das lebt und mich anschaut. Bitte lass es!«

»Oh Gott.« Ollie lässt den Hummer resigniert sinken. »Rick Stein würde sich jetzt im Grab umdrehen, wenn er schon tot wäre.«

»Vergiss Rick Stein.« Mein Herzschlag beruhigt sich langsam, was vermutlich für den Hummer auch gilt. »Ich würde jahrelang Alpträume haben und wahrscheinlich Vegetarierin werden.«

»Also gut, dann eben Melonenbällchen«, seufzt Ollie. »Aber dann haben wir ein kleines Problem.«

»Was denn?« Ich bin nur unendlich erleichtert.

»Was sollen wir mit einem neun Pfund schweren Hummer anfangen? Irgendwelche Vorschläge?«

»Kann er nicht ins Meer zurück?«

Ollie fängt an zu lachen. »Ich hab ihn doch nicht aus dem Meer geholt, sondern vom Markt. Und da es jetzt«, er wirft einen Blick auf seine Uhr, »halb zwei ist, kann ich ihn nicht mehr zurückgeben.«

»Na ja«, sage ich in einem Anfall von *Free Willy*-Stimmung, »du musst auch nicht mehr zum Markt, mein lieber Zwicki. Ich werde dich ins Meer zurückbringen.«

»Zwicki?«, schnaubt Ollie. »Bist du jetzt völlig durchgedreht?«

Ich werfe ihm einen erhabenen Blick zu. »*Ich* koche jedenfalls keine Tiere bei lebendigem Leib.«

Ol zuckt die Achseln. »Punkt geht an dich. Aber was sollen wir jetzt mit ihm machen? Gibt wenig Ozean in Ealing.«

Ich denke fieberhaft nach. »Wir müssen ihn eben hierbehalten, bis wir ihn zum Meer bringen können«, sage ich dann. »Aber James darf es nicht mitkriegen.«

»Was soll das ›wir‹ bedeuten?«

»Du hast ihn hierhergebracht. Du sitzt mit im Boot.«

»Ich wollte ihn kochen«, protestiert Ollie, während er den dankbaren Zwicki im Spülbecken absetzt, »keinen Streichelzoo einrichten. Und wo willst du so ein Riesenvieh überhaupt verstecken?«

Da kommt mir eine geniale Idee. Kurz darauf nimmt Zwicki ein schönes Bad in der Wanne, in die ich eine halbe Tonne Meersalz geschüttet habe, und scheint sich ausgesprochen wohl zu fühlen. Ich ziehe den Duschvorhang zu und *voilà!* Unser Geheimhummer, den ich vor einem grauenhaften Tod bewahrt habe, ist gut versteckt.

Was sagst du dazu, Brigitte Bardot?

Und James wird es nie erfahren, klarer Fall.

Während mein neues Haustier es sich bei uns gemütlich macht, werde ich in den Supermarkt geschickt, um Melone und Parmaschinken zu kaufen. Ich flitze durch die Gänge wie Speedy Gonzales an einem superschnellen Tag, aber dennoch muss ich laufend bremsen, um gestressten Familien auszuweichen, und als ich nach Hause komme, ist Ollie schon umgeben von blubbernden Töpfen und fantastischen Düften.

»Du hast echt Talent«, verkünde ich, nachdem ich den Finger in eine Sahnesoße mit Brandy gesteckt und abgeleckt habe. »Das schmeckt ja unglaublich.«

»Finger weg!« Ollie versetzt mir mit dem Kochlöffel einen Klaps auf die Hand. »Ich schätze, in einer Stunde bin ich fertig. Dann hau ich ab, und du kannst so tun, als hättest du den ganzen Nachmittag geschuftet.«

»Ich stehe tief in deiner Schuld«, erkläre ich leidenschaftlich. Der gute Mann hat sogar den Tisch gedeckt, und das Ergebnis sieht aus wie in einer edlen Wohnzeitschrift.

»Keine Sorge.« Ollie wirft fein geschnittene Filets in eine Pfanne, wo sie sofort zu brutzeln beginnen. »Ich werd dich schon beizeiten dran erinnern. Zum Beispiel hab ich zu Hause einen Stapel Prüfungsarbeiten für den MSA rumliegen, die korrigiert werden müssen...«

»Was immer du willst!«, verspreche ich. »Du hast mir echt das Leben gerettet.«

»Stimmt«, bestätigt Ollie und fügt den Filets eine Handvoll Pfefferkörner bei. »Aber das passt schon... Lass das!« Er haut mir auf die Hand, die sich Richtung Pfanne bewegt hat. »Du lenkst mich ab. Zieh lieber los und kauf dir was zum Anziehen. Wenn du wiederkommst, verschwinde ich, und du kannst so tun, als hättest du das alles im Alleingang erledigt und dich obendrein noch hübsch gemacht.«

Wenn der heutige Abend ein Erfolg wird, korrigiere ich gerne haufenweise Arbeiten. Ich puste Ollie ein Küsschen zu und mache mich aus dem Staub, froh, die ganze Kocherei hinter mir lassen zu können. Zuerst verbringe ich ein paar frohe Stunden im Bahnhof Ealing Broadway, wo ich mir einen Big Mac hinter die Kiemen schiebe und ewig im Buchladen rumhänge, um die Romance-Regale zu durchforsten und mich davon zu überzeugen, dass es auf jeden Fall einen Markt für Jake und Millandra gibt. Dann mache ich mich an die schwerwiegende Aufgabe, ein passendes Outfit für den Abend aufzutreiben. Im Grunde müsste ich mir etwas von Laura Ashley zulegen, mit Blümchenmuster und Samtborten, aber das bringe ich einfach nicht fertig. Schließlich entscheide ich mich für eine grüne Samthose mit Schlag und einen weichen grauen Pulli mit U-Boot-Ausschnitt, den ich kultiviert und sexy zugleich finde. Dann erstehe ich bei Accessorize die Hälfte aller vorrätigen Armreifen und Halsketten und genehmige mir bei Toni & Guy Haarwäsche mit Föhnen. Ich will Zwicki zwar unbedingt retten, lege aber keinen gesteigerten Wert darauf, mit ihm gemeinsam zu baden. Er hat so eine Art, die Gliedmaßen von Leuten zu betrachten, die mich etwas nervös macht. Zum Glück duscht James im Golfclub. Aus irgendeinem Grund fürchte ich, dass er Zwicki in Käsesoße bevorzugen würde, anstatt ihm im Jacuzzi zu begegnen.

Als ich schließlich kurz vor sechs nach Hause zurückkehre, fühle ich mich ziemlich spitzenklasse. Meine Haare sind frisch und lockig, die Tüten mit meinen neuen Klamotten fühlen sich angenehm schwer an, und das Mädel am Clinique-Stand hat ausnahmsweise mal gute Arbeit geleistet. Ich bleibe im Flur stehen und bewundere mich im Spiegel. Sieht das Augen-Make-up vielleicht doch ein bisschen nach Transvestit aus? Ich lecke meine Fingerspitze und entferne etwas von dem grüngoldenen Lidschatten. Es ist wohl schon gut, für Julius Millward und Co. einen guten Auftritt hinzulegen, aber allzu theatralisch sollte er auch nicht ausfallen. Außerdem brauche ich keinen weiteren Vortrag von James über Sophie, die angeblich immer so frisch und natürlich aussieht. Wenn ich ein Au-pair-Mädchen, Kleidergeld und einen Teilzeitjob in einer Kunstgalerie hätte, würde ich auch ohne Make-up frisch aussehen. Aber mein Klassenzimmer hat mehr Ähnlichkeit mit Beirut als mit Bayswater, deshalb darf ich wohl auch etwas angegriffener wirken. Wenn ich allerdings versuche, James das begreiflich zu machen, ernte ich lediglich sarkastische Kommentare, da ich doch ständig Ferien und jeden Tag schon um halb vier Schulschluss habe. Was soll's, sage ich mir, während ich meinen Mantel aufhänge und in die Küche schlendere, wenn die verfluchte Sophie tagtäglich gegen Apathie und Amok laufende Hormone zu kämpfen hätte, würde sie mit Sicherheit mindestens so erledigt aussehen wie ich. Außerdem bin ich die schnellste Schulheftkorrektorin von ganz London und kenne immer die neuesten Slang-Ausdrücke. *Ich* habe jedenfalls Zugang zu meiner Generation.

Na gut, der nächsten Generation.

In der Küche riecht es himmlisch, und Ollie hat obendrein auch noch alles blitzsauber hinterlassen. Auf der Frühstückstheke liegt ein Blatt Papier mit etlichen Anweisungen. Ich überfliege sie rasch und sehe nach, ob ich auch alles finde. Die Jäger-Steaks entdecke ich ebenso mühelos wie den Topf mit Jungmais, Zuckererbsen und Karotten und den Duftreis, der abgegossen ist und nur noch warm gemacht werden muss. Die Melonenstücke mit Parmaschinken stehen im Kühlschrank, schon auf Tellern angerichtet, und in einer Silberschale wabbelt eine köstlich schimmernde Mousse au Chocolat, die so gut aussieht, dass ich mich nur mit Mühe davon abhalten kann, darüber herzufallen.

Ich gieße mir zur Feier des Tages ein Glas Weißburgunder ein und mache mich daran, Ollies Anweisungen zu befolgen. Bald blubbert es munter in den Töpfen, Norah Jones singt mit samtiger Stimme, und die dicken weißen Kerzen am Kamin flackern romantisch. Ich klopfe mir im Geiste lobend auf den Rücken, dann kippe ich mir den Wein hinter die Binde und wandere mit meinen neuen Klamotten ins Badezimmer. Dabei fühle ich mich wie von einem weichen warmen Kokon umhüllt. Alles wird gut, dessen bin ich gewiss.

»So«, sage ich zu Zwicki, während ich Jeans und Pulli auf den Boden fallen lasse, »und du musst heute Abend schön still sein, ja?«

Zwicki beäugt mich prüfend. Er ist nicht gerade gesprächig, weshalb unsere Unterhaltung etwas einseitig ausfällt. Das ist aber auch beruhigend, da ich jetzt getrost davon ausgehen kann, dass er nicht auffallen wird. Er wackelt nur mit seinen Fühlern und spaziert gemächlich in der Wanne herum.

»Na also.« Ich streiche meine neue Hose glatt und sprühe mir etwas Coco ins Dekolleté. »Was meinst du? Ziemlich sexy, oder?«

Aber Zwicki ist mit Paddeln beschäftigt und würdigt mich keines Blickes. Typisch, nicht mal Hummer wissen mich zu schätzen. Ich finde dennoch, dass ich respektabel aussehe, als ich mir vor dem Spiegel die Haare auftoupiere und einen Schmollmund mache. Aus dem Hippie-Mädel ist die stilvolle Verlobte eines Bankers geworden. Hocherfreut über diesen Akt der Verwandlungskunst, ziehe ich den Duschvorhang wieder zu und überlasse Zwicki seinen Wasseraerobic-Übungen.

Nach einem weiteren Glas Wein empfinde ich eine wunderbare alkoholselige Wärme und Zuversicht. Das ist allerdings ein ziemlicher Balanceakt. Ich möchte gern in dem Zustand verweilen, in dem ich mich wie das prachtvollste Wesen unter der Sonne fühle, weiß aber, dass ich mit ein klein wenig zu viel Alkohol im Nu zu einem wandelnden Desaster mutieren kann. Heute ist ganz gewiss nicht der richtige Abend, um sich die Kante zu geben.

»Das riecht ja grandios hier.« James ist hinter mich getreten und umfasst meine Taille. Seine Lippen streifen mein Ohrläppchen, und ich kriege eine wohlige Gänsehaut. Ich schmiege mich an ihn, fast bewusstlos vor Erleichterung. Der Kalte Krieg zwischen uns scheint beendet, die betörenden Düfte von Ollies kulinarischen Köstlichkeiten haben den Mann entwaffnet. »Du bist echt 'ne Wucht, Pummel.«

Das stimmt tatsächlich. Ich kann *Beowulf* im Original lesen und weiß alles über trochäische Versfüße, aber das interessiert James nicht die Bohne. Für ihn zählt vornehmlich, eine Frau zu haben, die kochen und den Haushalt führen kann.

Mit dem *Beowulf* wäre er besser beraten. In den anderen Punkten bin ich nämlich eine Vollniete.

Dennoch lächle ich strahlend und bin froh, dass mir das Debakel mit Cordelia offenbar vergeben wurde. »War mir ein Leichtes«, sage ich. »Hat echt kaum Mühe gemacht.« Was ja nicht direkt gelogen ist, oder?

»Tut mir leid, dass ich so grantig war«, erklärt James, legt die Hände auf meine Brüste und küsst mich auf den Hals. Ich warte darauf, dass sich eine La-Ola-Welle der Lust einstellt, doch nichts tut sich. Ganz und gar nichts. Auch wenn mein Kopf offenbar nicht mehr gekränkt ist, scheint mein Körper anderer Meinung zu sein.

»Ich bin einfach unglaublich gestresst im Moment«, führt James nun zu seiner Verteidigung an und haucht Küsse auf meine bloßen Schultern. »Diese Hochzeit kostet ein Vermögen, und wenn ich bei Millward ernsthaft was erreichen will, muss dieser Abend ein absoluter Erfolg werden.«

»Aber«, wende ich ein, weil mir das ein sinnvoller Gedanke zu sein scheint, »sollten die dich nicht befördern, weil du in deinem Job gut bist, und nicht, weil deine Verlobte gut kochen kann?«

»Das ist alles eine Imagefrage«, sagt James, stellt seine Bemühungen, mich scharfzumachen, ein und wendet sich stattdessen dem Wein zu. »Die Vorstandsmitglieder müssen eine Menge Kontaktpflege betreiben, und deren Ehefrauen spielen dabei eine wichtige Rolle. Bevor Julius mich befördert«, ein verstohlenes Lächeln tritt auf James' Gesicht, »und ich denke, das wird er tun, will er wissen, was in dem Paket alles drin ist. Wenn wir häufig Gäste einladen, müssen wir uns natürlich ein Haus zulegen, und du musst lernen, welches Besteck man wozu benutzt und welche Weine man serviert. Einladungen gehören zu den Aufgaben einer Ehefrau. Es riecht wahrhaft himmlisch hier. Du wirst das bestimmt gut hinkriegen.«

Ihr kennt doch sicher die Szene in *Titanic*, in der Kate Winslets Figur ihre Zukunft vor ihrem inneren Auge sieht und sich vom Schiff stürzen will? Nun, so fühle ich mich, während ich in den Töpfen rühre, ein todesstarres Lächeln auf dem Gesicht. Kann ich wirklich für den Rest meines Lebens eine Rolle spielen, anstatt ich selbst zu sein? Ich kann mir kaum vorstellen, dass Ollie mir die nächsten vierzig Jahre zur Seite stehen wird.

Trotz all meiner guten Vorsätze schenke ich mir noch ein Glas Wein ein. Ich muss James die Wahrheit sagen, was dieses Essen angeht, oder meine Ehe wird auf einer Lüge begründet sein.

»Schatz ...«, setze ich an, werde aber von der Türklingel unterbrochen.

»Ich mach auf!«, ruft James. »Das muss Julius sein. Er war im Clubhaus direkt hinter mir.«

Ich verstumme und lasse ihn zur Tür rennen. Wenn James ein Hund wäre, würde er jetzt bellen und mit dem Schwanz wedeln. Scheint, als müsste ich den Rest des Abends dreist lügen und erst danach beichten.

Oh welch verwirrt' Geflecht ...

»Katy!«, schreit James und kommt in die Küche gelaufen. »Julius und Helena sind da!«

»Das ist ja wunderbar«, trällere ich wie eine Figur aus einem Noël-Coward-Stück. »Wie schön, euch zu sehen!« Ich gebe der pfeildürren Helena Luftküsschen und versuche das auch bei Julius. Der ist aber leider ein geiler alter Bock der übelsten Sorte, weshalb er mir jetzt seine nassen Schlabberlippen auf den Mund drückt und mich dabei in den Hintern kneift. Ich muss mich beherrschen, nicht in die Möhren zu kotzen.

»Irgendwas riecht hier göttlich«, dröhnt Julius, während James ihm ein Glas Wein eingießt.

Helena späht in die Töpfe.

»Was ist hier drin?«, erkundigt sie sich und schnüffelt argwöhnisch. »Ist das etwa Sahne? Ich esse keine Milchprodukte.«

»Ähm«, gebe ich hilflos von mir. Ich habe keinen blassen Schimmer, was die Soße enthält.

Helena fixiert den Topfinhalt mit starrem Blick. »Sieht aus wie Sahne. Und Brandy? Du weißt doch, dass ich keinen Alkohol trinke. Ich mache gerade eine Detox-Diät.«

Mir steht der Sinn danach, ihren Kopf zu packen und ihn in den Soßentopf zu stopfen. Wieso geht sie zu einer Essenseinladung, wenn sie gerade eine Entgiftungsdiät macht?

»Steck dir deine Entgiftung doch in den Arsch, du schrumplige alte Schachtel«, sage ich.

Natürlich tue ich das nicht, auch wenn mir absolut der Sinn danach steht. Stattdessen murmle ich, es sei nur ein winziger Schuss Sahne in der Soße, was ja möglicherweise stimmen könnte. Zum Glück rettet mich Julius aus der Misere, indem er verkündet, er wolle jetzt endlich einen ordentlichen Happen essen, und seine Frau ins Wohnzimmer zieht. Dann klingelt es wieder an der Tür, und ich höre das alberne Gelächter von Ed und Sophie Grenville.

Ich knirsche so heftig mit den Zähnen, dass sie fast abbrechen, und fordere mich streng auf, gastfreundlich zu sein.

»Katy!«, kreischt Sophie, und wir vollführen die Luftkussnummer. »Was für ein süßes Outfit! Wo hast du es gekauft, bei Agnès B?«

Irgendetwas an Sophie – möglicherweise die Tatsache, dass sie sich aufführt, als sei sie noch immer Schulsprecherin und könnte mich herumkommandieren – stachelt mich zu übelstem Benehmen an.

»Hose von Topshop, Pulli von Oxfam«, antworte ich leichthin und stelle befriedigt fest, wie sie erschrocken ihre Hand von meiner Schulter wegzieht. »Da gibt es echt günstige Sachen. Muss ich dir mal zeigen.«

»Ach ja! Super!«, sagt Sophie so begeistert, als hätte ich angekündigt, dass es Würmer zum Essen gäbe.

James wirft mir einen Blick zu, den ich zu ignorieren beliebe. Nach dem dritten Glas Wein fühle ich mich ziemlich mutig. Der kann mich mal.

»Ich geh schon!«, verkünde ich munter, als es wieder an der Tür klingelt. »Das werden Ollie und seine Begleiterin sein.«

»Bestimmt irgendeine Tussi«, bemerkt James gehässig. Manchmal finde ich meinen Verlobten ziemlich unerfreulich, und ich habe das deutliche Gefühl, dass jetzt einer dieser Momente ist.

Ich mache die Tür auf, und Sasha kommt hechelnd und sabbernd mit fliegenden Ohren hereingefegt. Nicht unbedingt meine Vorstellung von einer gepflegten Begleitung.

»Spinnst du?«, zische ich. »James kann Hunde nicht ausstehen! Er ist allergisch!«

Ollie fixiert mich mit stählernem Blick. »Ich werd sie aber nicht den ganzen Abend allein lassen, nachdem ich mich hier reingehängt habe, um deinen Hals zu retten. Und schon gar nicht wegen«, äußert er angewidert, »James.«

»Schon gut.« Ich schaue nervös zur Wohnzimmertür. »Stecken wir sie ins Büro, da kann sie schlafen.«

Ollie blickt einigermaßen gekränkt, schiebt Sasha aber in das kleine Zimmer, das als Abstellkammer und Büro fungiert und in dem James' Mac, umgeben von ordentlichen Aktenstapeln, auf dem Schreibtisch vor sich hin surrt. Ansonsten befindet sich in dem Zimmer nur noch James' Aktenkoffer, der an der Tür Wache steht. Da kann ein harmloser Setter gewiss nicht viel Schaden anrichten.

Ollie zieht seinen Mantel aus und legt ihn unter den Schreibtisch. »Platz, Sasha!«

Sasha faltet sich gehorsam zusammen und blickt hoffnungsvoll hechelnd zu uns auf. Ich seufze erleichtert.

»Braves Mädchen.« Ollie streichelt der Hündin über den seidenweichen Kopf und zieht dann behutsam die Tür zu. Ein paar Momente bleiben wir im Flur stehen wie beunruhigte Eltern, die horchen, ob ihr Baby zu weinen anfängt. Dann klingelt es wieder, und ich schieße mich vor Schreck fast in den Orbit.

»Beruhige dich!« Ollie geht mit weit ausholenden Schritten zur Tür. »Das ist bestimmt meine Begleitung.«

Ich lehne mich geschwächt an die Wand. Diese Einladung strengt mich so an, dass ich wahrscheinlich schon um Jahre gealtert bin, und wir haben noch nicht mal mit dem Essen begonnen. Unter keinen Umständen kann ich so was noch vierzig Jahre machen. Da entleibe ich mich lieber.

»Komm rein«, höre ich Ollie rufen. »Super, dass du's geschafft hast.«

Ich kann nicht umhin, mir den Hals zu verrenken, um zu sehen, welche unglückselige Maid sich diesmal in Ollie verschossen hat. Kann mir zwar einerlei sein. Aber ich möchte doch unbedingt wissen, wer es schafft, mit Ollies Stinkesocken, seinem schaurigen Musikgeschmack und seinem sabbernden Hund zurechtzukommen. Für gewöhnlich sind das gertenschlanke Surfer-Girls mit großen Möpsen und leerem Blick. Ich wette mein Monatsgehalt, dass das auch diesmal nicht anders sein wird.

Zum Glück bin ich nicht der Typ Frau, der Wetten abschließt.
Denn die Gestalt, die da in unseren schmalen Flur trippelt, ist ganz gewiss keine Surfer-Maid. Es ist nicht mal eine Frau. Sondern ein Mann.
Glaube ich jedenfalls.
»Schätzelchen«, flötet die in ein wehendes violettes Gewand gehüllte Gestalt. »Diese Hose ist ja *umwerfend*! Samtschlaghose! Total retro! So absolut Seventies!«
Ich glotze die Gestalt verblödet an. Zu etwas anderem bin ich nicht imstande. Ich habe noch nie einen Mann mit lila Lidschatten und knallrosa Lippenstift gesehen. Na ja, jedenfalls nicht mehr seit 1985. Und ganz sicher habe ich noch nie einen Mann gesehen, der eine Art violetten Umhang trägt. Man stelle sich eine Mischung aus Doctor and the Medics und Michael Praed in seiner Robin-Hood-Zeit vor, dann bekommt man einen ungefähren Eindruck von dem Anblick, der sich mir bietet. Der Besucher wäre jedenfalls als durchgeknallter Neuzugang bei Big Brother eher am Platz als bei einer Essenseinladung für spießige Banker.
Es handelt sich um Frankie, Ollies Cousin und Sänger der Screaming Queens, außerdem Experte für Kitsch und Schockeffekte.
Verfluchte Scheiße.
»Hallo, Schätzelchen«, äußert besagter Gast vergnügt. »Hab dir ein Geschenkchen mitgebracht.« Mit diesen Worten fördert er aus seinem Umhang einen riesigen Kaktus in einem blauen Porzellantopf zutage. Ich betrachte das Teil beunruhigt. Es sieht ziemlich lebensgefährlich aus. Die Klingen von New Yorker Straßengangs sind bestimmt stumpfer als die Stacheln von diesem über einen halben Meter hohen Ungetüm.
Frankie drückt mir den Kaktus in die Arme, wobei er beinahe Haschee aus mir macht. »Haben wir extra für dich besorgt.«
»Der soll dir als Ersatz für deinen Verlobten dienen, wenn

er mal wieder Golf spielt«, erklärt Ollie und dreht das Ding vorsichtig um. Auf der Rückseite steht in grüner Leuchtfarbe der Name meines Liebsten. »Ich finde, der ist diesem anderen Giganto-Schwanzaffen bei weitem vorzuziehen.«

»Sehr witzig«, fauche ich. »Beim nächsten Mal bringt ihr bitte eine Flasche Wein mit.«

»Ich liebe Giganto-Schwanzaffen«, säuselt Frankie, dessen Wimperntusche zu verlaufen beginnt. »Kann es gar nicht erwarten, den echten James kennenzulernen.«

»Du brauchst nicht mehr zu warten«, sagt Ollie grinsend, und in der Tat kommt James gerade aus dem Wohnzimmer, um neuen Wein zu holen. Bevor er den Kaktus sichtet und die Hölle losbricht, weiche ich rasch in unser Schlafzimmer zurück und trete die Tür zu.

Ich werde Ollie umbringen. Ich hätte mir ja denken können, dass er so eine Nummer abziehen würde. So viel zu »geistreich und unterhaltsam«.

Während ich den Kaktus unter dem Haufen Mäntel auf dem Bett verstecke, überlege ich mir in allen Einzelheiten, was ich mit Ollie anstellen werde, sobald ich ihn in die Finger kriege.

Auf dem Rückweg zum Esszimmer mache ich einen Umweg über die Küche und genehmige mir noch ein Glas Wein. Irgendwie ahne ich, dass ich diesen Abend nur betrunken durchstehen kann.

»Jedenfalls«, erklärt Frankie gerade wild gestikulierend – wobei seine lila Fingernägel besonders augenfällig sind –, »hab ich meinen Job aufgegeben, um eine eigene Rockband zu gründen.« Zwischen den dezent gekleideten anderen Gästen wirkt er wie ein Papagei zwischen Spatzen.

»Ach ja?«, sagt Ed, wie es scheint, mit echtem Interesse.

»Hab die Demo dabei.« Frankie kramt in seinen Gewändern und bringt eine CD zum Vorschein. »Wollen wir die mal auflegen?«

James nimmt die CD mit versteinerter Miene entgegen, und Sekunden später ertönt statt Norah Jones ein ohrenbetäubender Lärm, der sich anhört, als schlügen Hyänen auf Kochtöpfen herum. Man kriegt fast Ohrenbluten davon.

»Ist das nicht genial!«, ruft Ollie. Er scheint es ernst zu meinen, was wirklich Anlass zur Besorgnis gibt. »Die Queens werden mal groß rauskommen.«

»Suck on it, baby!«, kreischt Frankie mit geschlossenen Augen und wippt im Rhythmus. »Give it to me hard!«

James drückt die Stopptaste, und peinliches Schweigen tritt ein.

»Wollen wir essen?«, frage ich munter. »Hilfst du mir mit den Horsd'œuvres, Schatz?«

»Was soll die Scheiße?«, faucht James, als wir in die Küche marschieren. »Versuchst du vorsätzlich meine Beförderung zu ruinieren?«

»Ich kann nichts dafür«, versuche ich mich zu verteidigen, während ich die Vorspeisen aus dem Kühlschrank hole und sie ihm reiche. Solange er die Hände voll hat, kann er wenigstens nicht Ollie verhauen. »Ich wusste doch nicht, dass er Frankie mitbringen würde.«

»Du hast diesen Blödmann Ollie eingeladen«, knurrt James, »und trägst also in jeder Hinsicht die Verantwortung für das Ganze. Sieh bloß zu, dass du ihn jetzt im Griff behältst.«

Die Drohung ist nicht zu überhören. Ich schlucke nervös. In meiner Badewanne paddelt ein Hummer, im Büro hockt ein durchgedrehter Setter, und in meinem Wohnzimmer sitzt der Sänger der Screaming Queens. Keine verheißungsvolle Kombi.

Ich serviere die Horsd'œuvres, und alle machen höflich Konversation. James und ich bemühen uns, daran teilzunehmen, aber wenn wir uns mit »Schatz« oder »Liebling« ansprechen, klingt das eher giftig als liebevoll, und die Luft ist so dick, dass man eine Kettensäge bräuchte, um sie zu schneiden. Frankie erzählt eine skandalöse Geschichte von einem Bandmitglied, Sophie und Helena besprechen einen gemeinsamen Aufenthalt in einem Wellness-Hotel, und James versucht mit Julius Geschäftsthemen zu erörtern, was wegen Frankies aufgeregtem Gekreisch und Gefuchtel eher schwierig ist. Ich versenke mein Messer in meiner Vorspeise und wünsche mir, sie wäre eine Voodoo-Melone. Dann würde Ollie sich jetzt am Boden wälzen und sich den Bauch halten. In meinem eigenen scheint sich jedenfalls gerade die gesamte Truppe von *Riverdance* warmzutanzen.

Wir gehen zum Hauptgang über, und ich muss zugeben, dass Ollie gute Arbeit geleistet hat. Frankie ist jetzt zu sehr mit Essen beschäftigt, um schockierende Storys zum Besten zu geben, und Julius macht mir Komplimente für meine Kochkünste. Helena nimmt demonstrativ nur Gemüse zu sich. Selbst schuld. Ollie mag sich aufführen wie der Leibhaftige, aber er kann kochen wie ein Engel. Das Steak zergeht auf der Zunge, und die Soße ist eine Offenbarung für die Geschmacksnerven. Julius verleibt sich genüsslich einen Nachschlag ein, und sogar James macht einen besänftigten Eindruck. Vielleicht geht ja doch alles reibungslos vonstatten.

Aber ich muss in meinem letzten Leben furchtbar böse gewesen sein, denn das Karma zahlt es mir doppelt heim. Als ich aufs Klo sause, um den Wein abzulassen, spähe ich hinter den Duschvorhang.

Zwicki ist nicht in der Wanne.

Scheiße.

Ich sinke auf den Klositz, und mir bricht der kalte Schweiß aus, als ich mir vorstelle, dass ein neun Pfund schwerer Hummer in meiner Wohnung umgeht. Wo zum Teufel ist er hin, das undankbare Ungeheuer? Jetzt gerade wünsche ich mir, Ollie hätte ihn doch bei lebendigem Leibe gekocht. Noch nie fand ich Hummer Thermidor verlockender.

Nur die Ruhe, sage ich mir, während ich möglichst ruhig atme, um meinen Herzschlag auf ein normales Tempo zu senken. Die Wohnung ist klein, und der Hummer ist ein Riesenoschi. Er kann nicht weit gekommen sein. Einen Hummer verliert man nicht so leicht.

Hoffe ich jedenfalls.

Mit etwas Glück hat er sich in irgendeine Ecke verkrochen und ist verendet. Oder er macht Winterschlaf. Oder was Hummer sonst in ihrer Freizeit tun.

Ich husche aus dem Bad, schleiche in die Küche und trinke den Chardonnay gleich aus der Flasche. Keine Zeit für ein Glas, solange Zwicki frei herumläuft. Meinen guten Vorsatz, mich nicht volllaufen zu lassen, trete ich jetzt endgültig in die Tonne, was ich auch gerne mit Zwicki tun würde. Ich mache mich über das Käsebrett her, scheiß auf die Kalorien. Wenn mein Herz noch länger derart rast, werde ich nicht lange genug leben, um mir darüber den Kopf zu zerbrechen. Ich suche mir einen schönen reifen Brie aus und packe ein großes Stück davon auf einen Cracker, den ich mir in den Mund stopfe und genüsslich mampfe.

Pummel? Ich?

»Ach, hier bist du!«, schnauft Julius, der unversehens mit lüsternem Blick in der Küchentür lehnt und mir mit dem Finger droht. »Den ganzen Brie auffuttern, du kleines Luder!«

Heiliger Strohsack! Offenbar haben auch noch andere einen sitzen. Julius walzt auf mich zu wie ein Tsunami und presst mich gegen den Herd, wohl in der Annahme, dass ich scharf darauf bin. In der Geschichte der Menschheit gab es nie einen größeren Irrtum. Aber ich befinde mich in einer brenzligen Lage, und das nicht nur, weil der Herd meine Samthose anschmort. Soll ich Julius sagen, dass er sich zum Teufel scheren soll – was eventuell zur Folge hat, dass er die Stelle aus Gehässigkeit an Ed vergibt? Oder soll ich mir auf die Zunge beißen und ans Vaterland denken?

Nennt man so was nicht eigentlich Prostitution?

Während ich noch überlege und Julius sich schon förmlich die Lippen leckt, ertönt draußen im Flur lautes Gebrüll. Vielleicht ist es allerdings auch ein Schrei, ich bin mir nicht ganz sicher. Jedenfalls ist das meine Rettung, denn Julius macht jetzt einen Satz nach hinten wie Skippy das Buschkänguru.

»Was zum Teufel...?«, höre ich James brüllen. Dem folgt ein drohendes: »Katy!«

»Entschuldige mich«, verkünde ich fröhlich und ducke mich unter Julius' Arm durch. »Ich glaube, James braucht mich.«

Mein Verlobter steht im Flur und starrt, puterrot vor Wut, in unser spartanisch eingerichtetes Büro, das sich in die Schneelandschaft von Narnia verwandelt hat. Und zwar komplett. Alles ist mit weißem Papier bedeckt. Papierfetzen sinken zu Boden wie selbstgemachtes Konfetti. Der Laminatboden ist unter zahllosen Blättern verschwunden, James' Mac ist umgekippt und piept kläglich, und die italienische Aktentasche sieht aus, als sei Godzilla darüber hergefallen.

Inmitten dieses Tohuwabohus sitzt Sasha, blickt uns aus ihren schokoladenbraunen Augen unschuldig an und klopft mit ihrem Schwanz einen vergnügten Trommelwirbel auf den Boden, weil sie endlich Besuch bekommt in ihrem einsamen Kämmerlein. Ich verweise tunlichst nicht darauf, dass ihr wahrscheinlich furchtbar langweilig war, da das James wohl ziemlich gleichgültig sein dürfte.

Aus Sashas Maul hängen die Überreste eines blauen Aktenordners; jenes blauen Aktenordners, der den Bericht enthielt, an dem James wochenlang gearbeitet hat. Den Bericht, den er Julius heute Abend überreichen wollte, um ihm zu beweisen, was für einen hervorragenden Teilhaber er abgeben würde. Wenn ich daran denke, wie viel Zeit er in dieses Schriftstück investiert hat, wird mir ganz übel. Und ich möchte mir lieber nicht vorstellen, wie James nun zumute ist.

»Ich kann das erklären!«, sage ich rasch und lege ihm die Hand auf den Arm, aber er schüttelt mich ab, als habe ich die Pest.

»Nicht nötig«, faucht er.

»Aber Ollie hat mir geholfen und ...«

»Ich sagte, nicht nötig!« James macht auf dem Absatz kehrt und marschiert den Flur entlang, ein wandelnder Vorwurf vom Scheitel bis zur Sohle. Dann knallt er die Schlafzimmertür hinter sich zu.

»Ach du meine Güte!«, sagt Sophie so laut, dass die Indianer im Amazonasgebiet nach Ohrenschützern greifen. »War das etwa der Bericht für Amos und Amos? Wie fahrlässig, ihn offen herumliegen zu lassen, wo er doch so wichtig ist. Das wäre meinem Edward nie passiert.«

»Unter keinen Umständen«, pflichtet Helena ihr bei. »Und du hättest auch einen anständig erzogenen Hund, nicht so einen verwahrlosten Köter.«

»Sie ist kein verwahrloster Köter«, knurrt Ollie. »Sie hatte nur Langeweile.«

»Kann ich gut verstehn«, nölt Frankie. »Soll ich uns 'n Joint drehn?«

Ich möchte im Erdboden versinken oder auf dem Mond sein. Hauptsache irgendwo anders.

Julius Millward späht verwirrt in das Büro.

»Schatz«, haucht Helena genüsslich. »Du wirst nicht glauben, was James angerichtet hat.«

»Das war er nicht«, stelle ich klar. »Es ist meine Schuld.«

Helena wirft mir einen bohrenden Blick zu. »Die Gattin eines Millward-Managers sollte ihren Mann unterstützen, Katy. Sie muss seine Gehilfin sein.«

Ich will ihr gerade mitteilen, dass sie sich ihre Weibchennummer aus den Fünfzigern sonst wohin stecken soll, als ein weiterer Schrei von James zu vernehmen ist. Diesmal ist es allerdings eher ein Schmerzens- als ein Wutschrei.

»Großer Gott!«, stottert Julius, als mein Verlobter aus dem Schlafzimmer geschossen kommt. »Was ist denn da los?«

Diese Frage ist berechtigt, denn James hüpft wie besessen auf und ab und hält sich dabei das Gesäß. Julius, Helena und Sophie starren ihn an und klappen den Mund auf und zu wie Goldfische. Bei genauerer Betrachtung zeigt sich, dass Hunderte kleiner Stacheln aus James' Hosenboden ragen.

»Pummel!«, brüllt James. »Wieso liegt in unserem Bett ein riesiger Kaktus?«

Ich öffne den Mund, um eine Erklärung abzugeben, bin aber außerstande dazu. Frankie dagegen biegt sich vor Lachen.

Julius wird bleich.

»Ich glaube, wir sollten jetzt besser gehen«, verkündet er. »Das ist ja ein Irrenhaus hier.«

»Nicht nötig«, sage ich hastig. »Es ist alles ein Missverständnis. Ich kann es erklären.«

»Überflüssig«, faucht Julius. »Ich sehe genau, was hier vor sich geht. Du bist eine Schande.«

»*Ich* bin eine Schande? Was habe ich denn getan?«

»Du hast diese... diese...«, Julius weist vage auf Frankie und Ollie, »diese Schwuchteln eingeladen! Und du hast dich zulaufen lassen und dann auch noch versucht, mich in der Küche anzubaggern.«

»Ich bin nicht schwul«, protestiert Ollie.

Ich starre Julius Millward fassungslos an. »Wieso sollte ich dich wohl anbaggern?«

»Wegen der Beförderung, denke ich mal«, antwortet er.

»So ein Schwachsinn! Du hast mich doch in der Küche in die Enge getrieben! Hat er wirklich!« Ich schaue James an, aber der wendet den Blick ab.

»Dein Verhalten ist blamabel«, versetzt Julius. »Wie sollte ich nach diesem Abend noch Vertrauen haben, wenn James Kunden von Millward Saville zu sich nach Hause einlädt? Du bist nicht die Art von Ehefrau, die ich bei meinen Teilhabern sehen will.«

»James heiratet mich, weil er mich liebt! Nicht weil er jemanden braucht, der seine Kunden bewirtet«, entgegne ich. »Nicht wahr, James?«

James schweigt und betrachtet eingehend den Fußboden. Oh. Nun gut, dann eben nicht.

»Hol deinen Mantel, Helena«, bellt Julius.

»Ich hole ihn«, schleimt Sophie.

»Und du«, fährt Julius fort und funkelt James wütend an, wobei sein gelblicher Schnurrbart empört zuckt, »solltest dir lieber genau überlegen, mit welchen Leuten du Umgang pflegst, wenn du es bei Millward zu etwas bringen willst.«

»Bitte, Julius«, sagt James flehentlich und löst den Blick vom Parkett. »Das ist alles ein Missverständnis.«

Ach ja? Plötzlich fängt sich vor meinen Augen alles zu drehen an, und ich merke, dass ich ziemlich betrunken bin.

»Ist es nicht«, verkünde ich und fühle mich dabei sehr mutig. Von Frankie und Ollie abgesehen kann ich diese Leute hier nämlich alle nicht leiden. Ein Haufen Idioten. Warum mache ich mir überhaupt Gedanken darüber, was die von mir halten? Warum können sie nicht einfach lachen und fröhlich sein? Sasha hat den Bericht ja nicht absichtlich zerlegt; und ich habe meinen Verlobten nicht aufgefordert, sich in einen Kaktus zu setzen. Ich werfe James einen verstohlenen Blick zu und versuche möglichst unauffällig Stacheln aus seinem Hosenboden zu ziehen. Dabei muss ich mir das Lachen verkneifen. Das ist doch wirklich superkomisch! Was haben die nur alle?

Es gelingt mir halbwegs, ernst zu bleiben. Aber als Sophie dann Helena deren Louis-Vuitton-Umhängetasche reicht und eine rote Hummerschere herausragt, als wolle sie das Siegeszeichen machen, ist es um mich geschehen. Das Lachen bricht aus mir heraus wie Wasser aus einem Geysir.

»Wir verschwinden«, bellt Julius. »Ich bleibe keine Minute länger in diesem Irrenhaus. Und, junger Mann«, er wendet sich an James, »wenn du befördert werden und dich in den richtigen gesellschaftlichen Kreisen bewegen willst, solltest du dir tunlichst eine passendere Verlobte zulegen!«

Der Flur dreht sich nun wie wild. Und ich fühle mich frei, rebellisch und stark.

Und vielleicht ein klein wenig beschwipst...

Meine Knie geben nach, und ich sinke zu Boden, während mir vor Lachen Tränen über die Wangen laufen, weil die Schere mir jetzt vergnügt zuwinkt.

»Da... da... sche«, ächze ich atemlos in dem Bemühen, auf die Tasche hinzuweisen.

»Wie kannst du es wagen, mich eine Flasche zu nennen?«, keift Helena empört. »In meinem ganzen Leben bin ich noch nie so beleidigt worden!«

»Ach ja?«, murmelt Ollie.

»Taaa...sche«, ächze ich und halte mir dabei die Seite, die vor Lachen wehtut. »In... der...«

Weiter komme ich nicht, da Helena schreit wie am Spieß, als sie den blinden Passagier entdeckt. Julius Millward läuft dunkelrot an vor Wut, James schwankt entsetzt, und Frankie lacht so heftig, dass seine Wimperntusche auf den Boden tropft. Der Flur rast an mir vorbei wie ein Jahrmarktskarussell, und ich schließe erschöpft die Augen. Plötzlich wird alles schwarz.

Was wohl auch ganz gut so ist.

5

Ich sterbe.

Ganz im Ernst, ich bin fest davon überzeugt, dass ich in Kürze vor meinen Schöpfer treten werde. Wenn ich meine jüngste Pechsträhne in Betracht ziehe, bin ich aber vielleicht auch in die andere Richtung unterwegs.

Ich hoffe jedenfalls, dass mich das Ende schnell ereilt, denn jemand kurvt in meinem Kopf herum und baggert große Brocken matschiges Hirn aus. Und damit es sich so richtig lohnt, hat er auch noch einen Pressluftbohrer, mit dem er irgendwo über meinem linken Auge mit gnadenlosem Kreischen zu Werke geht. Von wegen dem Tod liebe Namen geben, damit er mich herzlich empfängt, und dieser ganze Schmus von Keats. Das hier fühlt sich an, als benutze der Terminator mich als Sandsack.

»Oh Gott«, stöhne ich und presse mir die Fingerknöchel in die Augen. »Bitte nimm mich zu dir.«

»Da hat der bestimmt keinen Bock drauf«, näselt jemand amüsiert. »Du siehst nämlich voll furchtbar aus.«

Ich bin nicht allein?

Vorsichtig strecke ich die Hand aus, taste herum und spüre warmes Fleisch. Warmes, lebendiges, *männliches* Fleisch.

Was habe ich getan?

»Uuuh!«, kreischt der namenlose Mann, der neben mir liegt. »Finger weg, du freches Ding!«

Jetzt fällt der Groschen tonnenschwer und zerschmettert meine Todesfantasie in tausend Stücke. Szenen vom vergangenen Abend rasen mir durch den Kopf wie ein gruseliger Trailer für einen Katastrophenfilm – dessen Handlung darin besteht, wie ich meine Beziehung und James' Aussicht auf Beförderung ebenso effektvoll ruiniere wie – seien wir ehrlich – mein gesamtes Leben.

Oh Gott. Da möchte ich doch lieber sterben. Bitte mach, dass die Erde mich jetzt sofort verschlingt. Lass mein Bett in Flammen aufgehen. Ich möchte bitte nur nicht wach werden und mir klarmachen müssen, dass ich wieder mal alles verpfuscht habe.

Ich kneife die Augen fest zu und warte darauf, dass mich der Blitz trifft, aber meine flehentlichen Bitten stoßen auf taube Ohren. Weshalb ich schließlich mühsam meine bleischweren Lider hochklappe und versuche, mich gegen einen Tag zu wappnen, der ganz gewiss die Nummer eins auf der Top-Ten-Liste von Katy Carters Scheißtagen sein wird.

»Morgen!«, flötet Frankie. »Du siehst echt beschissen aus.«

Das wundert mich, offen gestanden, wenig, denn genauso fühle ich mich auch. Ich kann nicht einmal etwas erwidern, da jemand meine Zunge mit Sekundenkleber in meiner Mundhöhle fixiert hat. Dafür sieht Frankie prächtig aus. Seine Gesichtshaut wurde vor dem Schlafengehen gereinigt und mit Feuchtigkeitscreme verwöhnt, und seine Augen sind so klar wie ein Gebirgsbach. So gut würde ich nicht mal aussehen, wenn man mich ein Jahr lang in Edelkosmetika einlegen würde – geschweige denn, wenn ich so viel gesoffen hätte wie Frankie gestern.

Es steht also fest. Gott ist schwul.

Ich klappe die Augen wieder zu und stöhne. Und bete, dass dies alles ein abscheulicher Traum ist und ich gleich neben James aufwachen werde, der nörgelt, dass ich ins Fitnessstudio gehen soll, anstatt mir ein fettes Sandwich mit Bratspeck zu machen.

Ich öffne die Augen wieder, um festzustellen, dass das Leben es nicht gut mit mir meint. Denn ich befinde mich in Ollies Gästezimmer und teile das Bett mit einem schwulen Rocksänger. Der letzte Abend hat sich also tatsächlich ereignet.

Scheiße.

Katy Carter hat ihren absoluten Tiefpunkt erreicht.

»Morgen!« Die Zimmertür fliegt auf, und Ollie kommt hereinmarschiert, gefolgt von der munter hopsenden Sasha. Und vom Duft gebratenen Specks, der mir trotz meiner monströsen Kopfschmerzen das Wasser im Mund zusammenlaufen lässt. Ollie weiß genau, wie ich meine Bratspeck-Sandwiches liebe, und nicht nur eine unserer Sauforgien endete damit, dass wir einen Berg davon verputzt haben, der sich mit dem Mount Everest messen konnte. Er wird mal ein prima Ehemann werden für irgendein Mädel – obwohl ich ihn aufgrund der Tatsache, dass auch er nach einer durchsoffenen Nacht quietschvergnügt und frisch hier hereinsprintet, am liebsten würgen würde. Niemand hat es verdient, so energiegeladen zu sein, nachdem man förmlich im Alkohol geschwommen ist.

»Wie geht's dir?«, erkundigt sich Ollie.

»Puh!«, äußert Frankie, setzt sich auf und zieht die Decke an seine enthaarte Brust. »Schau dir nur die arme Kleine an. Ich hab schon gesünder aussehende Leichen erlebt.«

»Auweh, so schlimm?«, sagt Ollie mitfühlend, stellt die Sandwiches auf die Fensterbank und reißt gnadenlos die Vorhänge auf. Sogar das englische Wetter beschließt, mir eins auszuwischen – im Nu ist das Zimmer von goldenem Sonnenlicht durchflutet. Dracula im Morgengrauen könnte es nicht eiliger haben, vor dem Licht zu flüchten, als ich, die ich mich nun hastig unter der Daunendecke vergrabe. Dabei schwappt mein Hirn höchst unerquicklich in meinem Kopf herum, und mein Magen probt den Aufstand. Wenn meine Elftklässler mich jetzt sehen könnten, würden sie ihr Leben lang keinen Tropfen Alkohol mehr anrühren.

Ollie zieht mir die Decke weg und schwenkt ein Bratspeck-Sandwich vor meiner Nase. »Bringt gar nichts, sich zu verstecken. Du musst aufstehen und den Tatsachen ins Auge blicken.«

»Lass mich in Ruhe, du Mistkerl.«

»Iss mich! Iss mich!«, quiekt Ollie und wedelt dabei mit dem Sandwich vor meinem Gesicht herum. Ich wünschte, ich könnte dieser Versuchung widerstehen. Millandra würde das gewiss mühelos gelingen. Aber ich bin leider keine zierliche Romanheldin, sondern die rundliche Katy Carter aus Fleisch und Blut, die gerade unter einem mörderischen Kater leidet und ihr Leben verpfuscht hat. Trotz Herzeleid und Grummelbauch muss ich plötzlich lachen.

»Kann ich nicht mal in Frieden sterben?«, jammere ich. »Ach, na gut. Dann gib mir halt ein Sandwich. Oder zwei.«

»Nichts für mich.« Frankie schaudert, als habe man ihm gekochtes Hirn angeboten und nicht besten dänischen Bratspeck. »Bloß keine Kohlenhydrate.«

»Umso besser, dann fällt mehr für uns ab«, sagt Ollie munter und wirft Sasha ein Stück Speck zu. Zufrieden futtern wir ein Weilchen. »Geht's besser?«, fragt Ollie schließlich.

Ich nicke und merke erfreut, dass mein Hirn nicht mehr in meinem Kopf herumeiert. Ollie ist Experte im Kurieren meiner Brummschädel. Niemand geht fürsorglicher mit mir um als er; das Debakel vom Vorabend allerdings kann ich ihm noch nicht ganz vergeben.

Nachdem die Sandwiches verputzt sind und ich mehrere Becher Tee intus habe, fühle ich mich einigermaßen menschlich. Ich werde mir den Rest des Tages Alka-Seltzer einpfeifen müssen, aber wenigstens kann ich wieder sehen und sprechen. Jetzt muss ich mich lediglich nach Ealing trollen und bei James katzbuckeln, dann ist alles wieder gut. Er wird noch eine Weile sauer sein, sich aber letztendlich abregen. Fehler macht schließlich jeder, nicht wahr?

»Ähm, nette Idee«, meint Ollie bedächtig, als ich ihm diesen raffinierten Plan vortrage. »Aber vielleicht solltest du James noch ein bisschen mehr Zeit geben. Er war etwas aufgebracht gestern Abend.«

»Etwas aufgebracht?«, kreischt Frankie. »Der hat förmlich Feuer gespien! Zum Glück konnte ich den armen Hummer retten!«

»Dieser Hummer war zum Essen gedacht«, stellt Ollie klar, »und wäre nicht alles einfacher gewesen, wenn wir ihn gekocht hätten? Jetzt hockt das elende Vieh in meiner Badewanne; der muss inzwischen mehr Luxusbäder gehabt haben als Kleopatra.«

»Diese unheimliche Frau ist fast umgekippt, als sie den Hummer in ihrer Tasche entdeckt hat«, rekapituliert Frankie. »Ich hab echt gedacht, ihr Mann würde James verprügeln. Aber Zwicki trifft keine Schuld. Der wollte nur ein bisschen die Gegend erkunden.«

»*Zwicki* ist natürlich unschuldig«, sage ich finster.

»Also bin ich jetzt schuld daran, dass James ein Vollidiot ist?« Ollie fährt sich mit beiden Händen durch die Haare, die daraufhin zu Berge stehen. »Und wieso?«

»Du weißt genau, was ich meine.« Ich hieve mich aus dem Bett und erblicke dabei mein erschreckendes Konterfei im Spiegel. Die Samthose ist zerknautscht, und mein Make-up würde Alice Cooper alle Ehre machen. Obwohl meine Beine sich wie gekochte Spaghetti anfühlen und kleine Kinder wahrscheinlich schreiend vor mir davonlaufen werden, bin ich wild entschlossen, nach Hause zurückzukehren und die Wogen zu glätten. James liebt mich, nicht wahr? Wenn wir alt und grau sind, werden wir über diese Anekdote lachen. Immerhin kann ich sogar bei Cordelia lieb Kind machen, da sollte mir das bei dem Mann, den ich liebe, ein Leichtes sein.

»Du spinnst.« Ollie schüttelt den Kopf. »Du hast echt nicht alle Tassen im Schrank. Du solltest lieber froh sein, dass du gestern ohnmächtig geworden bist. James hätte dich am liebsten umgebracht.«

Nun gut. James will also Blut sehen, vorzugsweise meines. Da ich weiß, wie wichtig ihm dieser Abend war, kann ich verstehen, wenn er ein bisschen verärgert ist.

»Ein bisschen verärgert?«, echot Ollie, als ich diesen Gedanken äußere. »Er hat dich rausgeschmissen! Was glaubst du, warum du hier bist? Wir hätten eine besoffene Irre wohl kaum ohne Grund in ein Taxi geschafft und ihr die ganze Fahrt beim Kotzen zugeguckt.«

Die Frage, warum ich eigentlich hier bin, hatte ich mir in der Tat noch gar nicht gestellt. Ich lande nämlich immer bei Ollie, wenn ich Stress habe. Wenn ich was vermassle, kümmert er sich um mich. Dass ich nach einem Katastrophenabend bei Ollie aufwache, gehört sozusagen zum Programm.

»War James sehr sauer?«, erkundige ich mich. Da könnte ich genauso gut fragen, ob die Erde rund ist. Katy verpfuscht was, und James ist sauer. Das ist quasi ein physikalisches Gesetz.

»Sauer? Der war vollkommen außer sich vor Wut! Vor allem als du auch noch den Seegrasteppichboden im Bad vollgekotzt hast«, berichtet Frankie.

Mir läuft es kalt den Rücken hinunter. James ist völlig vernarrt in diesen Teppichboden. Er hat monatelang nach der richtigen Struktur und Farbe gesucht. Ich finde das Seegras ziemlich kratzig an den Füßen, aber hey! Wie er immer sagt: Es ist doch super, dass ich von ihm was über Stil lernen kann, denn ich habe keine Ahnung davon.

»So ein Theater wegen einem Teppichboden.« Ollie blickt verständnislos. Für ihn sind Teppiche dazu da, Krümel und Staubflocken aufzufangen. Wenn eine seiner Kurzzeitfreundinnen es nicht mehr ertragen kann, wird auch mal gestaubsaugt, aber ansonsten sind Bodenbeläge für Ollie etwas zum Betreten, nicht etwas zum Beweinen.

Frankie zieht eine Augenbraue hoch. »Schätzelchen, ist er womöglich schwul?«

Ich schenke den beiden keine Beachtung. Natürlich ist James nicht schwul. Nur weil er nicht so versessen auf Sex ist und eine Schwäche für Inneneinrichtung hat, muss er ja nicht gleich schwul sein. Wenn ich schlanker wäre, würden wir uns wahrscheinlich alle naselang im Heu wälzen. Und wenn nur schwule Männer sich für Möbel und Teppiche interessieren, wer kreuzt dann, bitte schön, am Wochenende bei IKEA auf?

»Ich gehe nach Hause und entschuldige mich«, verkünde ich so würdevoll, wie das jemandem möglich ist, der wie ein Bandmitglied von KISS aussieht. »Ich habe James enttäuscht, und der Abend war eine Katastrophe. Und du«, ich werfe Ollie einen stählernen Blick zu, »hast entscheidend dazu beigetragen.«

Ollie macht den Mund auf, vermutlich, um einmal mehr kundzutun, dass James ein Arsch/Wichser/Vollidiot ist, aber angesichts meiner Miene besinnt er sich eines Besseren. Ich bin nicht umsonst dafür bekannt, dass ich die übelsten Rabauken unterrichten kann und Kids, die doppelt so groß sind wie ich, das Fürchten lehre.

»Sasha war vielleicht als Gast nicht so der Bringer«, räumt Ollie ein und folgt mir, als ich die Treppe runterstapfe. »Und vielleicht wollte ich auch ein bisschen provozieren, indem ich Frankie eingeladen habe.«

»Das hab ich gehört!«, flötet Frankie aus dem Hintergrund.

Über dem Treppengeländer hängt mein Mantel. Ich schlüpfe hinein, Ollie geflissentlich übersehend. Ab durch die Mitte. Ich habe eine Mission zu erfüllen. Ich werde zu Kreuze kriechen wie noch nie jemand zuvor, und ich werde meine Beziehung retten.

Denn, raunt eine niederträchtige kleine Stimme in meinem Kopf, was hast du überhaupt sonst noch im Leben?

»Du hast es darauf angelegt, Stunk zu machen, weil du weißt, was für ein Spießer Julius Millward ist. Wie konntest du nur, Ollie? Ich habe dir doch gesagt, wie wichtig diese Einladung war, und du hast alles dafür getan, sie zu torpedieren. Und ich habe geglaubt, du seist mein *Freund*.«

»Katy!« Ollie packt mich und dreht mich zu sich herum. Er hält mich an beiden Armen fest und zieht mich an sich, bis sein Gesicht ganz dicht vor meinem ist und ich beinahe seine dunklen Bartstoppeln spüre.

Millandra fühlte sich magisch zu Jake hingezogen. Als er sie in seine starken Arme zog, schlug das Herz in ihrer zarten Brust so schnell ...

Ich rufe mich zur Ordnung. Ollie ist kein Jake. Ollie hat so gar keine Ähnlichkeit mit einem romantischen Helden. Er rülpst, er klappt den Klodeckel nicht runter, er findet Sitcoms wie *Dad's Army* witzig, er braucht eine Lesebrille ... Die Liste ließe sich endlos fortsetzen.

Dennoch vergesse ich manchmal, wie stark er ist. Beim Surfen und Skifahren kriegt man mehr Muskeln als beim Korrigieren von Arbeiten.

»James behandelt dich wie Scheiße«, sagt Ollie unverblümt. »Für den bist du der Fußabtreter, mach dir das doch endlich mal klar. Er ist ein oberflächlicher, selbstsüchtiger, eitler Snob, und ich weiß, dass ich das schon mal gesagt habe, aber scheiß drauf: Er ist ein echter Wichser.«

»Du magst ihn also nicht?«, versuche ich zu witzeln, aber Ollie ist nicht in der Stimmung dafür.

»Der hat dir schon so oft eingeredet, wie unfähig du bist, dass du es inzwischen selbst glaubst«, fährt Ollie fort. »Ich musste mit ansehen, wie dir der letzte Rest Selbstvertrauen flöten gegangen ist, und das kann ich nicht länger ertragen. Der Typ ist kein Romanheld, Katy, sondern einfach nur ein Arschloch. Also servier ihn endlich ab, um Himmels willen.«

Ich glotze ihn an.

»Er interessiert sich ohnehin nur wegen des Geldes für dich«, fügt Ollie hinzu. »Für James ist Geld das einzig Wichtige im Leben.«

Ah ja. Das Geld.

An sich habe ich kein Geld, oder habt ihr schon mal einen reichen Lehrer gesehen? Gegen mich ist eine Kirchenmaus Krösus. Ollie spielt wohl darauf an, dass Tante Jewell ziemlich begütert ist und immer schon vieldeutige Bemerkungen über ihr Testament gemacht hat. Die aber niemand ernst nimmt.

Dachte ich jedenfalls bis jetzt...

»Das ist doch albern«, sage ich.

»Ach ja? Hat Jewell nicht kurz vor eurer Verlobung James zehn Riesen geliehen?«

»Aber dafür gab es einen guten Grund: James' Aktienpaket hat nicht genug für meinen Ring abgeworfen.«

»Er ist ein gottverfluchter Banker!«, donnert Ollie. »Der verdient in einer Woche mehr als wir in sechs Monaten! Wieso muss er sich da von irgendwem Geld borgen?«

Darauf weiß ich auch keine Antwort, aber sagen wir's mal so: Meine Kreditkartenabrechnungen sind nicht die einzigen, die sich unter der Küchenspüle stapeln.

»James betrachtet dich als die perfekte Gelegenheit«, setzt Ollie seine Brandrede etwa so dezent fort wie ein wutschnaubendes Nashorn. »Das liegt doch auf der Hand. Er glaubt, du würdest Jewells Haus in Hampstead erben. Und kann es kaum erwarten, es in seine dreckigen Pfoten zu kriegen.«

»Das ist doch Blödsinn! Außerdem wär das ja wohl ein ziemlich langfristiger Plan.«

»Meinst du?« Ollie zuckt die Achseln. »Mir scheint, seine Liquiditätsprobleme lösen sich ein bisschen zu leicht durch die gute alte Tante Jewell.«

Ich starre ihn aufgebracht an und wünsche mir, ich hätte mir bei der Geburt die Zunge entfernen lassen. Wieso habe ich Ollie nur von James' Liquiditätsproblemen erzählt? Ol ist Englischlehrer – der hat doch keine Ahnung von Termingeschäften, Optionen und Staatsobligationen.

Na ja, das gilt natürlich für mich auch, aber darum geht es jetzt nicht, oder? Wie James sagt: Finanzmärkte sind schwankend, und manchmal muss er eben etwas wagen. Jewell hat ihm immer gerne ausgeholfen. Manchmal kauft sie sogar Aktien bei ihm.

»Tut mir leid, dass ich das so hart formulieren muss«, fährt Ollie fort, der mein Schweigen offenbar als Zustimmung deutet, »aber du solltest jetzt zu dir kommen und Lunte wittern. ›Tough Love‹ nennt man das heutzutage.«

Ollies verfluchte Vorliebe für Psycho-Fernsehshows. Als Jerry Springer in England war, lebte ich wochenlang in Angst. Ich würde es Ollie durchaus zutrauen, dass er mich aus Jux und Tollerei in irgendeine Show mit dem Titel ›Wach auf, Mädel, du bist in einen Wichser verliebt!‹ zerren würde.

»James glaubt, er sei mit seinem ganz persönlichen Geldautomaten verlobt«, behauptet Ollie nun. »Der muss sich gefreut haben wie ein Schneekönig, als ihr euch wiedergetroffen habt und du ihn zu Jewells Fest mitgenommen hast. Kein Wunder, dass er dir einen Heiratsantrag gemacht hat.«

»Schönen Dank auch.«

»Das musste einfach mal gesagt werden.«

»Nein, musste es nicht!« Bestürzt merke ich, dass mir heiße Tränen in die Augen steigen und in meinem Hals ein golfballgroßer Kloß sitzt. »Du musstest mir nicht sagen, dass ein Mann nur mit mir zusammen sein will, weil ich eine großzügige Patentante habe und eines Tages was erben werde.«

Ich schlucke die Tränen runter und beschäftige mich damit, meine Stiefel anzuziehen. Die Schnürsenkel wollen sich aber nicht binden lassen, weshalb ich sie einfach in die Schuhe stopfe. Hoffentlich falle ich beim Rausgehen hin und breche mir das Genick. Das hat Ollie dann davon.

»Das habe ich nicht gesagt!«

»Doch, hast du.« Ich eile jetzt mit einem Tempo zur Tür, mit dem ich mich als Sprinterin für die nächste Olympiade qualifizieren könnte. »Ganz genau das hast du gesagt. Dass ich so scheiße und unbrauchbar und hässlich und fett bin, dass kein Mann mich mag. Dass ich jeden mit einer Erbschaft bestechen muss.«

»Das habe ich überhaupt nicht gesagt.« Ollie blickt verstört. »Ich habe niemals gesagt, du seist fett oder hässlich oder scheiße. Ich glaube, du verwechselst mich mit deinem charmanten Verlobten.«

»Ach, halt die Klappe, Ollie!« Dreck, jetzt heule ich wirklich. Wie nervig. Ich wünschte, ich wäre eine dieser starken Frauen, die kalt und würdevoll ihren Zorn zum Ausdruck bringen und dann einen abgefeimten Racheakt durchziehen. Aber wenn ich mich aufrege, muss ich natürlich am Ende aussehen wie ein Baumfrosch. »Wenigstens weiß ich jetzt, was du von mir hältst.«

Ich reiße die Tür auf und haste den Weg entlang, schiebe das morsche Gartentor beiseite und gebe dann auf dem Gehweg Fersengeld. Mit offenen Stiefeln zu rennen ist nicht einfach, aber ich tue, was ich kann.

Ollie schickt sich an, mir zu folgen, hat aber schlechte Karten, weil er zuerst Schuhe auftreiben muss, die Sasha noch nicht zerlegt hat, und dann mit dem Zubinden seines flatternden Morgenmantels beschäftigt ist. Mrs Sandhu von nebenan beobachtet das Drama durch die Gardine, jederzeit bereit, sich zu ereifern. Ich habe jedenfalls einen Vorsprung von einigen Minuten, den ich auch brauche, denn – seien wir ehrlich – ich bin etwa so sportlich wie eine Schnecke mit Arthritis. Wenn ich noch weiterrennen muss, kriege ich wahrscheinlich einen schweren Herzinfarkt, aber das wird dann eine willkommene Erlösung sein. Ich keuche und japse, jeder Atemzug tut weh, und das Seitenstechen ist infernalisch.

Nächstes Jahr werde ich auf jeden Fall meinen Vorsatz, fit zu werden, in die Tat umsetzen und ins Sportstudio gehen. Ich werde mich James anschließen und mich getreu mit den caramacfarbenen Klonen vergleichen, die dort an den Maschinen rackern wie muskulöse Zombies. Und bald werde ich auch so aussehen.

Dann wird Ollie sich eines Besseren besinnen.

Und James wird erfreut sein.

Der Bus 207 nähert sich, meine Rettung, und ich bewege mich so zielstrebig und rasant auf ihn zu, dass die Sportlehrer an unserer Schule echt beeindruckt wären. Normalerweise bewege ich mich nur so schnell, wenn ich vor den Schülern in der Kantine sein will. Zahlreiche Elftklässler haben schon Bauklötze über die schrullige Lehrerin mit Plateaustiefeln gestaunt, die wie der Blitz den Flur entlangrennt.

»Katy!« Ollie kommt im Roadrunner-Stil um die Ecke der Milford Street geflitzt. »Warte! Ich hab das nicht so gemeint. Ich meinte doch nur ...«

Der Rest des Satzes geht im Getöse des Busses unter. Für den Bruchteil einer Sekunde bin ich hin und her gerissen zwischen dem Impuls, in den Bus zu hechten, und dem Wunsch, mir Ollies Erklärung anzuhören. Ol ist für gewöhnlich alles andere als brutal – wiewohl Zwicki da vielleicht anderer Meinung wäre –, und sich mit Olli zu streiten fühlt sich ganz falsch an. Andererseits ist seine Überzeugung, dass James lediglich mit mir zusammen ist, weil ich vielleicht irgendwann Geld erbe, wirklich enorm verletzend.

Und außerdem habe ich einfach recht. Ich will auch mal die Moral gepachtet haben.

Ich springe in den Bus, und die Türen schließen sich zischend hinter mir. Erleichtert keuche und ächze ich ein Weilchen, genehmige mir eine Dosis Atemspray, die mir von einer alten Dame angeboten wird, lasse mich dann auf einen Sitz plumpsen und warte darauf, dass der Bus mich nach Ealing karrt.

Ollie kommt in dem Moment an, als der Bus losfährt.

Er macht den Mund auf und zu, was aussieht, als hätte ich den Ton am Fernseher abgedreht, und ich sehe, dass er meinen Namen ruft. Seine kastanienbraunen Haare sind vom Wind zerzaust, er ist barfuß und hat sogar vergessen, seine Brille aufzusetzen. Weiß der Himmel, wie er es bis hierher geschafft hat.

»Geh weg!«, sage ich stumm, und die Scheibe beschlägt von meinem Atem.

Aber Ollie rennt jetzt neben dem Bus her, und sein Morgenmantel kommt dabei prekär ins Flattern.

»Meine Güte!«, schnauft die alte Dame neben mir, fixiert mit starrem Blick Ollies untere Gefilde und benutzt hastig ihr Atemspray. Ich wage kaum hinzugucken.

»Ich finde dich nicht scheiße!«, schreit Ollie, fällt aber zurück, als der Bus auf der Uxbridge Road an Tempo zulegt. »Das habe ich noch nie gedacht! Ich finde dich ...«

Aber inzwischen sind wir zu weit weg, und als ich noch mal zurückschaue, sehe ich, wie der braungebrannte, kraftvolle Mann, der in dem blau-weiß gestreiften Morgenmantel einigermaßen lächerlich aussieht, nach und nach kleiner wird, während er immer noch unverständliche Worte in die kühle Morgenluft schreit.

Ich sinke zurück und schließe die Augen. Meine linke Schläfe schmerzt, und ich bin den Tränen schon wieder lächerlich nahe. Mein Verlobter hasst mich, und mein Freund hält mich für eine Totalniete.

Man ist wohl ziemlich einsam, wenn man die Moral gepachtet hat.

6

»Und den nimmst du auch mit!«

Peng! Ein schwarzer Müllsack landet zu meinen Füßen und leistet den anderen zwölf Säcken Gesellschaft, die ich bereits im Treppenhaus entdeckt habe. James hat einen sehr arbeitsreichen und kathartischen Abend, denn er ist damit beschäftigt, meine sämtlichen Besitztümer aus der Wohnung zu feuern.

»Es tut mir leid!«, schreie ich zum Küchenfenster hoch, an dem James ab und an vorbeifegt, auf der Suche nach weiteren Dingen, die mir gehören. »Lass mich doch bitte rein, damit wir über alles reden können.«

»Was gibt's da noch zu reden?« James taucht am Fenster auf und starrt bitterböse zu mir hinunter. »Julius hat die Stelle Ed gegeben. Ich kann froh sein, wenn ich überhaupt noch einen Job habe nach deiner tollen Vorstellung gestern Abend. Nee, Katy, wir haben nichts mehr zu bereden. Dank dir steck ich jetzt noch übler in der Scheiße.«

Wusch! Der nächste Sack saust an meinem Ohr vorbei und landet mit grässlichem Krachen auf dem Boden. Ich springe hastig zurück. Offenbar ist James doch noch echt sauer auf mich.

»Aber das wollte ich nicht!«, jammere ich. »Ich habe das nicht mit Absicht gemacht. Es war alles ein Versehen!«

»Versehen?« James gibt ein entsetzliches, gnadenloses Lachen von sich. »Das ist ja ganz was Neues. Der Hund von deinem idiotischen Freund zerfetzt meinen Bericht, ein Hummer spaziert durch die Wohnung, du lädst irgendeinen Schwulen ein, baggerst Julius an und kotzt den Seegrasteppichboden voll...«

Wusste ich doch, dass das vermaledeite Seegras noch zur Sprache kommen würde.

»... du nennst Helena eine Flasche...«

»Das hab ich nicht! Ich wollte ihr nur sagen, dass Zwicki in ihrer Tasche ist.«

»Sei nicht so haarspalterisch!«, kreischt James. »Du bist Lehrerin in einer miesen Prol-Schule, hast du das vergessen? Keine Anwältin. Ich habe genau gehört, was du gesagt hast. Und dann noch das da!«

Er verschwindet, und kurz darauf kommt ein weiterer Gegenstand auf mich zugesegelt. Ich gehe schnellstens in Deckung, was ein Segen ist, weil James der Kaktus mir ansonsten die Augen ausgestochen hätte. Nachdem ich dem Schicksal, gespickt zu werden, entgangen bin, denke ich dankbar daran, dass Ollie und Frankie so umsichtig waren, Zwicki zu retten. Die Vorstellung, mit dem Arnold Schwarzenegger der Hummerwelt beworfen zu werden, finde ich gar nicht verlockend.

»Der hat mich um ein Haar getroffen!«, schreie ich.

»Schade, dass er danebenging«, höhnt James und schleudert meine Plateaustiefel zum Fenster raus. »Vielleicht kann ich diesmal besser zielen.«

Alle Neune, denke ich, als ich mich rasch hinter unsere grüne Mülltonne ducke; er meint das wirklich ernst. Solange James mich als Zielscheibe benutzt, werde ich nicht dazu kommen, ihm schönzutun und ihn um Vergebung anzuflehen. Auch mein zweiter raffinierter Plan, ihm nämlich einmal Blasen anzubieten, scheint nicht umsetzbar zu sein – die Lage ist also wirklich vertrackt. Während ich im Rinnstein kauere und meine weltliche Habe auf mich niederprasselt, kommt mir der Gedanke, dass ich offenbar ziemlich tief in der Patsche sitze.

Womöglich hatte Ollie doch recht. Vielleicht war der Plan wirklich nicht so gelungen.

Mir waren schon Zweifel gekommen, als der Bus die Uxbridge Road entlangtuckerte und Ollie zurückblieb. In Hanwell fing ich an, Fingernägel zu kauen, in West Ealing sehnte ich mich nach einer Kippe, und als der Bus an der Station Allington Crescent hielt, war ich am Zittern. Bereits traumatisiert von Ollies Weisheiten, kramte ich aus meiner Jackentasche die letzten Münzen raus, weil ich kein Geld für den Bus dabeihatte, und verlor zusehends die Überzeugung, dass James mich freudig wieder aufnehmen würde. Ich war Veteranin vieler tränenreicher Abende auf dem Sofa und voll und ganz darauf vorbereitet, dass ich angebrüllt/mit Stillschweigen gestraft/gedemütigt würde – aber von meinem eigenen Hab und Gut torpediert?

In Liebesromanen passiert so was nie. Ich weiß ganz genau, was eigentlich geschehen sollte. Ich klopfe an die Tür, vergieße ein paar Tränchen, woraufhin James weich wird und mich in seine starken Heldenarme zieht. Richtig?

Ähem, nee. Offenbar ein Irrtum.

»Verzeih mir, Jake«, seufzte Millandra, während die Tränen wie makellose Diamanten über ihre pfirsichfarbenen Wangen rollten. »Verzeih mir, dass ich dem schurkischen Sir Oliver dein Versteck preisgegeben habe. Ich schwöre, ich bin keine Spionin!«

Jake verschränkte die Arme vor der starken Brust.

»Wie soll ich dir jemals wieder vertrauen?«, fragte er zähneknirschend. »Deinetwegen wurde heute ein guter Mann in Tyburn aufgeknüpft. Woher soll ich wissen, dass du nicht geschickt wurdest, um mich ins Verderben zu stürzen?«

»Weil ich dich liebe!«, schluchzte Millandra und sank, überwältigt von Kummer, vor den Spitzen seiner Reitstiefel zu Boden.

Über ihrem eng geschnürten Korsett hoben und senkten sich ihre kecken Brüste mit jedem Schluchzer. Trotz seines Zorns empfand Jake Verlangen nach ihr. Er ergriff ihre zarte Hand und zog Millandra an sich.

»*Oh Gott*«, stöhnte er in ihr seidiges Haar. »*Du machst mich wild.*«

So sollte es zwischen Held und Heldin nach einem großen Zerwürfnis zugehen. Ich muss es wissen, denn ich habe so gut wie jeden existierenden romantischen Roman gelesen, von den Brontë-Schwestern bis zu Jilly Cooper, und ich meine, mir kann verziehen werden, dass ich mich betrogen fühle. Ich kann mich nicht erinnern, dass Mr Darcy einen Kaktus nach Elizabeth Bennet geworfen hätte, und ich habe auch noch nie im Unterricht eine Szene durchgenommen, in der Romeo Julia aus der Bude der Montagues schmeißt.

So etwas darf nicht vorkommen! James ist *mein* romantischer Held.

Da ihm wohl allmählich die Wurfobjekte ausgehen, lässt der Hagel nach, und ich spähe vorsichtig hinter der Tonne hervor. Eine eindrucksvolle Sammlung meiner Habe ist auf der Straße verstreut. Meine Handtasche ist aufgegangen, und der Inhalt quillt heraus wie Innereien. Zum Glück hat mein Handy den schmählichen Absturz überlebt. Das rosa Gehäuse hat einen Riss, aber das Display ist noch intakt und teilt mir mit, dass ich sechs Anrufe in Abwesenheit habe. Meinem Handy kann ich nie widerstehen, und obwohl ich gerade mitten in einem Beziehungskollaps stecke, muss ich unbedingt nachschauen, wer angerufen hat. Ollie hat es fünfmal probiert und fünf Nachrichten hinterlassen, die ich lösche, ohne sie mir anzuhören. Außerdem hat Maddy, meine beste Freundin von der Uni, einmal angerufen. Ich bekomme einen Anflug von schlechtem Gewissen, weil ich mich seit Wochen nicht bei ihr gemeldet habe. Nicht weil ich keine Lust auf sie hatte, sondern weil so viel los war. Dabei finde ich Mads absolut wunderbar. Sie ist impulsiv und eigensinnig und oft ziemlich schräg drauf, und von dem Moment an, als wir beide als verschreckte Studienanfänger unsere winzigen Zimmer in einem wahrhaft grausigen 6oer-Jahre-Wohnsilo bezogen, war mir klar, dass ich eine Seelenverwandte gefunden hatte.

Ich will sie aber nicht gleich anrufen, weil Maddy dem Teufel ein Ohr wegreden kann und ich unbedingt nachher ein ausgiebiges Schwätzchen brauche. Außerdem muss ich wohl später ohnehin nach Lewisham traben und um Unterkunft für die Nacht bitten, denn James macht nicht den Anschein, als wolle er sich umstimmen lassen.

Es gibt bei dieser Erwägung allerdings ein Problem. Ich habe jedes Mal, wenn ich Maddy besuche, den Eindruck, dass ihr Mann Richard mich nicht besonders gut leiden kann.

Na schön, ich will ehrlich sein. Ich verstehe Richard nicht, und Richard versteht mich nicht. Wir haben etwa so viel Vertrauen zueinander wie Tom und Jerry. Richard glaubt, dass ich einen schlechten Einfluss auf Maddy habe, und ich habe einfach keine Ahnung, wie ich mit dem Mann umgehen soll.

Während des Studiums war Mads ein wilder Feger. Sie knutschte mit unseren Dozenten, schrieb Referate in einer Nacht und entführte sogar den Dekan zum Unistreich. Sie soff wie ein Loch, buk exzellente Haschkuchen und war mit diversen total unpassenden, aber furchtbar aufregenden Männern zusammen. Drei Jahre lang war unser Dasein ein Wirbel aus Partys, wildem Liebesleben, Dramen wegen unbrauchbarer Männer und gelegentlich mal einem Seminar, falls wir es schafften, uns vom Frühstücksfernsehen zu lösen. Ich befand mich in ihrem Gefolge, während Mads das Original-Partygirl war, immer auf Spaß versessen und mit einem Haufen verrückter Ideen im Kopf.

Weshalb ich den Schock meines Lebens kriegte, als sie einen Pfarrer heiratete.

Versteht mich nicht falsch: Ich habe nicht grundsätzlich etwas gegen Religion oder Kirche. Und Mads liebt Richard abgöttisch, deshalb habe ich damit auch kein Problem. Es ist nur so, dass ich sie mir nie als Pfarrersfrau vorgestellt hätte. Richard ist zehn Jahre älter als wir und seinem Beruf sehr verbunden, weshalb Mads das auch sein muss. Sie muss Mittagessen kochen, Sonntagsschule unterrichten und nett zu den ganzen absonderlichen Schäfchen der Gemeinde sein, die zu jeder Tages- und Nachtzeit an die Tür des Pfarrhauses klopfen. Richard feiert keine Partys, trinkt keinen Alkohol, raucht nicht, flucht nicht und hat die unerfreuliche Angewohnheit, mich zu fragen, wie ich zu Gott stehe – eine Frage, die recht schwer zu beantworten ist für ein Mädel, das nicht mal weiß, wie sie zum Direktor ihrer Bank steht. Obwohl Mads sich nie dazu geäußert hat, kann ich mich des Eindrucks nicht erwehren, dass Reverend Richard Lomax mich nicht sehr schätzt. Weshalb ich befürchte, dass er wohl eher für James Partei ergreifen wird, wenn ich mit zig Müllsäcken, meinem Haushummer und meinen Moritaten von der verhunzten Essenseinladung bei ihnen aufkreuze. Maddy hat sich segensreicherweise kein bisschen verändert (wobei ich nur hoffen kann, dass sie nicht mehr reihenweise mit irgendwelchen Kerlen herumvögelt) und ist immer noch hinreißend, witzig und vollkommen schusselig. Vielleicht konnte sie mit Richards Hilfe einen Teil ihrer Getriebenheit ablegen, und er ist durch sie im Gegenzug ein bisschen lockerer geworden? Jedenfalls scheint ihre Beziehung für beide gut zu sein.

Das Pfarrhaus in Lewisham kommt also für mich nur als Notlösung infrage. Dort tummeln sich zum einen so viele geplagte Seelen, dass eine sechsspurige Autobahn dagegen wie ein Ort der Stille wirkt, und zum anderen lege ich keinen Wert darauf, meine Vergehen mit Richard zu erörtern. Er denkt ohnehin schon, dass ich James nicht die Wahrheit sage. »Aufrichtigkeit in Beziehungen ist dir nicht so wichtig, Katy, oder?«, hatte Richard einmal geäußert, als ich panisch versuchte, James' Audi repariert zu kriegen, damit James a) nicht merkte, dass ich ihn mir ausgeborgt und b) demoliert hatte. Und als ich dann antwortete, ich würde nicht lügen, sondern James lediglich nicht die ganze Wahrheit sagen, zog Richard missbilligend eine Augenbraue hoch.

Hmm. Irgendwas sagt mir, dass ich in Flammen aufgehen werde, wenn ich heute über die Schwelle des Pfarrhauses trete.

Ich werde es noch einmal bei James probieren. Er kann doch nicht im Ernst all die gemeinsamen Jahre wegen einer verpfuschten Einladung vergessen wollen. Ich weiß, dass er mich aufrichtig liebt. Warum sonst wäre er so lange mit mir zusammengeblieben?

Kühner als Captain Kirk marschiere ich zur Haustür und klingle bei uns Sturm.

»Was?«, knurrt James, drei Etagen weiter oben, durch die Sprechanlage.

»Lass mich rein«, flehe ich. »Es tut mir wirklich leid. Ich kann alles erklären.«

»Es gibt nichts zu erklären«, verkündet er in einem Tonfall, der so eisig ist, dass meine Lippen fast am Lautsprecher festfrieren. »Julius Millward hat sich unmissverständlich ausgedrückt. Entweder du oder meine Stellung bei der Bank.«

Was?

WAS?

Ich traue meinen Ohren nicht. »Du hast diesen lüsternen alten Dreckskerl der Frau, die du liebst, vorgezogen?«

»Tut mir leid, Pummel«, erwidert mein (Ex-)Verlobter. »Aber mir blieb keine Wahl, oder? Ich kann es mir nicht leisten, meinen Job zu verlieren.«

»Aber du kannst es dir leisten, mich zu verlieren?«

Das folgende Schweigen spricht Bände, und mir schießen Tränen in die Augen. Er hat sich wirklich entschieden.

»Also gut«, sage ich mit erstickter Stimme. »Ich verstehe.« Doch das stimmt nicht. Wie kann er mich zuerst lieben und dann rauswerfen? Nicht mal der Wind schlägt so schnell um. Jake würde Millandra niemals so achtlos abservieren. Er würde Julius sagen, er solle sich den Job in den Arsch stecken. Oder ihn zum Duell herausfordern.

»Ach, und übrigens«, fügt James hinzu, »könntest du den Ring in den Briefschlitz stecken? Da du meine Beförderung verhunzt hast, muss ich einige unserer Rechnungen mit anderen Mitteln begleichen.«

Ich blicke auf meinen Verlobungsfinger, an dem dieser Riesenklunker mit einem Haufen glitzernder Diamanten steckt und förmlich »Los, raub mich!« schreit, wenn ich den Ealing Broadway entlangschlendere. Ich kann nicht behaupten, dass er mir jemals wirklich gefallen hätte, aber James bestand darauf, dass wir zu Asprey gingen. Und er war ganz vernarrt in den Ring, weshalb es mir undankbar vorgekommen wäre, ihm zu sagen, dass ich lieber den kleinen Smaragdring aus dem Antiquitätenladen gehabt hätte. Und da er dann den Ring überall vorzeigte und stolz verkündete, dass er mehr als zwei Monatslöhne gekostet hatte, war wenigstens er damit glücklich. Ich hatte, offen gestanden, die ganze Zeit nur Angst, dass ich das verdammte Ding verlieren könnte.

Jetzt ziehe ich ihn vom Finger und wiege ihn auf der Handfläche. Dabei kommt mir ein Gedanke.

»Wo ist mein Notizheft?«, frage ich.

James grunzt. »Du meinst deinen großartigen Roman mit den lobenden Äußerungen über meine Mutter?«

Memo für die Zukunft: niemals und unter keinen Umständen schreiben, wenn man besoffen ist.

»Ähm, ja«, sage ich. »Tut mir leid.«

Ich höre, wie er irgendwo herumkramt.

»Zuerst der Ring«, fordert James.

Ich finde es reichlich kränkend, dass er nun glaubt, ich würde damit abhauen. Einen Moment lang erwäge ich, das blöde Teil zu verscherbeln und von der Kohle in den nächsten Ferien nach Griechenland zu fliegen, aber dann denke ich an meinen Roman. Sicher, im Moment besteht er lediglich aus ein paar Notizen in Wayne Lobbs Heft (keine Sorge, ich habe ihm ein neues gegeben, das übrigens auch schon wieder mit Krakeleien und Kaugummi übersät ist), aber ich könnte es nicht ertragen, mein Buch zu verlieren. Auch wenn es erbärmliches Geschreibsel ist, wie James behauptet, ist es jedenfalls *mein* erbärmliches Geschreibsel, und ich kann es kaum erwarten, mich wieder in meine Fantasiewelt mit ihren hinreißenden Helden und Maskenbällen zu flüchten.

Ich schiebe den Briefschlitz auf, und der Ring fällt auf die Fußmatte dahinter. »Kann ich jetzt mein Notizbuch haben?«

Ein Klacken kommt aus der Sprechanlage, und ich trete zurück und schaue hoch zum Küchenfenster. Gewiss möchte ich meinen Verlobten – Verzeihung, Exverlobten – nicht als berechenbar bezeichnen, aber ich muss nicht über hellseherische Kräfte verfügen, um zu erahnen, dass Jake und Millandra in Kürze zu mir herunterfliegen werden.

Was ich allerdings nicht voraussehen konnte, ist die Tatsache, dass sie in Konfettiform eintreffen würden.

Einen Moment lang bin ich so verblüfft, dass ich gar nicht verstehe, was vor sich geht. Ich stehe in einem Schneesturm kleiner weißer Papierfetzen, die im Wind herumwirbeln und durch die Luft tanzen. Einige lassen sich auf meinen Mülltüten nieder, andere landen wie Mutantenblätter auf den parkenden Autos, und der Rest segelt in den Rinnstein, wo die lila Tinte im schmutzigen Wasser verläuft. Ich bin vollkommen fassungslos. So gemein kann er doch nicht sein? So wütend er auch sein mag – er würde doch nicht meine Aufzeichnungen von vielen Wochen zerstören? Vorsätzlich meine Träume und Hoffnungen zerfetzen, als seien sie bedeutungslos?

Ich bücke mich und hebe eine Handvoll feuchter Papierfetzen auf. Der Name Jake ist kaum mehr zu entziffern, weil die Tinte so verschmiert ist. Was noch dadurch verstärkt wird, dass jetzt meine Tränen aufs Papier tropfen.

Diese vielen Stunden, meine wunderbaren romantischen Träume, die vielleicht erbärmlich sein mögen, mir aber geholfen haben, aus einem Leben zu flüchten, das ich von Tag zu Tag unerträglicher fand – es gibt sie nicht mehr. Jake und Millandra sind für mich so real, dass ich sie beinahe vor mir sehen kann. Ich weiß in jeder Situation, was sie sagen werden, was sie gerne essen, ich kenne sogar ihre Lieblingsfarben! Sie sind Freunde von mir.

Und es kommt mir vor, als habe James sie gerade ermordet.

»Siehst du?«, schreit er durch den Briefschlitz, als er drinnen den Ring aufhebt. »Es ist nicht schön, wenn etwas, an dem man hart gearbeitet hat, vorsätzlich kaputt gemacht wird, oder? Aber warum setzt du dich nicht auf deinen Kaktus? Das wird dich aufheitern.«

Ich fege mit dem Handrücken die Tränen aus dem Gesicht. So tief werde ich nicht sinken. Ich werde ihn nicht einmal einer Erwiderung für würdig befinden. Stattdessen forme ich aus den Fetzen in meiner Hand einen Ball und schleudere ihn in die Pfütze zurück. Es ist zwecklos, hier wie eine Schwachsinnige Papierfetzen aufzuklauben. *Das Herz des Banditen* ist unrettbar verloren, ebenso wie meine Beziehung und mein Zuhause.

Ich sollte mir lieber ein Taxi rufen und meine Müllsäcke einladen. Nicht dass ich wüsste, wo ich jetzt hinsoll, da ich sowohl meinen besten Freund als auch meinen Verlobten eingebüßt habe.

Ich scrolle durch die Namen in meinem Handy und halte Ausschau nach Leuten, an die ich mich in einer solchen Krise wenden kann. Denen es nichts ausmacht, wenn die rotznasige, rotäugige Katy mit ihrem verpfuschten Leben auftaucht und ein paar Tage schniefend bei ihnen herumhängt; die James einen

Dreckskerl schimpfen, mir ohne Ende Tee kochen und mich bemitleiden werden.

Ollie? Kommt nicht infrage. Noch so ein Auftritt wie heute Morgen, und ich kann mir die Kugel geben.

Meine Schwester Holly? Mein Finger schwebt über der Taste. Bin ich wirklich in der Verfassung für ihre dunkle Wohnung in Cambridge, ihre Begeisterung für Mathe und die langen psychoanalytischen Gespräche, die Holly gerne mit ihren intellektuellen Freunden führt? Da es mit meiner geistigen Kondition etwa so weit her ist wie mit meiner körperlichen, ist mir das momentan zu anstrengend.

Maddy? Kann ich es ertragen, diese ganze Moritat in Anwesenheit des heiligen Richard zu erzählen? Ich glaub, da beiß ich mir lieber die Zunge ab.

Tante Jewell? Sie würde mich aufnehmen, ohne Fragen zu stellen, aber das kann ich ihr in ihrem Alter nicht antun. Oder vielleicht doch... wenn ich nur ein paar Tage bleibe? Wir könnten Pink Gin süffeln, über den Krieg reden und uns den ganzen Tag lang Comedys im Fernsehen reinziehen. Das wäre jetzt genau das Richtige für mich.

Mein Finger senkt sich und drückt die Taste. Mit pochendem Herzen horche ich auf das Freizeichen und stelle mir vor, wie das Telefon in der schwarz-weiß gekachelten Eingangshalle des Hauses in Hampstead klingelt. Ich warte und warte, aber niemand meldet sich. Jewell könnte natürlich überall sein. In St. Tropez, bei meinen Eltern oder splitternackt beim Meditieren im Salon (fragt lieber nicht).

Dreck. Es läuft also auf eine Kartonbehausung unter der Waterloo Bridge raus.

Und wie ich mein Glück kenne, sind die wahrscheinlich alle besetzt.

Die frühe Morgensonne sieht ziemlich bleich aus, und am Himmel ziehen haufenweise zitronengelbe Wolken auf. Ein kühler Wind trägt die letzten Reste von Jake und Millandra davon, und erste Regentropfen pladdern auf die Müllsäcke. Aus Erfahrung weiß ich, dass es vermutlich gleich einen dieser typischen Londoner Regenfälle geben wird, bei denen man auskühlt bis auf die Knochen, Autos durch Pfützen tuckern und die Leute sich mit gesenktem Kopf vorwärtskämpfen. Nicht gerade die ideale Witterung, um mit meinem gesamten Hab und Gut auf der Straße zu sitzen. Mit einem tiefen Seufzer beschließe ich, dass ich wohl besser die Müllsäcke zusammenpacken und mir im Eilverfahren eine Bleibe suchen sollte, da es nicht den Anschein hat, als ob James sich meiner erbarmen wird. Er hat im Gegenteil die Jalousien runtergelassen und die Stereoanlage aufgedreht.

Na, dann viel Spaß.

Danke für die vier Jahre, Katy!

Und fürs regelmäßige Blasen.

Dreckskerl.

Es ist ein ziemlich trauriger Zustand, mit annähernd dreißig obdachlos in der Gosse zu hocken, in Gesellschaft von Mülltüten, in denen sich die letzten vier Jahre des eigenen Lebens befinden. Ich zerre die Säcke auf den Gehweg und fange beinahe zu heulen an, als die ersten aufplatzen und sich der Inhalt auf dem Asphalt verteilt. Scheiß auf Richard, beschließe ich grimmig, ich muss jetzt Maddy anrufen.

Ich krame in meiner Handtasche herum, um mein Handy ausfindig zu machen, als neben mir mit penetrantem Reifenquietschen und Hupengetröte ein Wagen zum Stehen kommt. Ein uralter gelber Ford Capri mit Melodiehupe à la *Ein Duke kommt selten allein*, der mich nur knapp verfehlt. Der beißende Geruch von verbranntem Gummi liegt in der Luft, und auf dem Asphalt zeichnen sich beachtliche Bremsspuren ab. Ich rette mich mit einem Riesensatz. Gott sei Dank hab ich die Säcke schon aus dem Weg geschafft und mich selbst auch, sonst gäbe es jetzt nur noch einen fetten Katy-Fleck. Diese Genugtuung will ich James echt nicht geben.

Ich grüße den Höllenfahrer, der mich um ein Haar von meinem Elend erlöst hätte, mit dem Siegeszeichen. Na toll. Abserviert und obdachlos und nun auch noch Opfer eines gewalttätigen Übergriffs. Was ich in meinem vergangenen Leben alles angerichtet haben muss, um dieses beschissene Karma verdient zu haben, möchte ich lieber nicht wissen.

»So viel zu Dankbarkeit!« Die Fahrertür öffnet sich quietschend, und Frankie entfaltet seine langen Gliedmaßen. Laute Furzgeräusche ertönen, als sich seine Lederhose von dem fiesen Plastikpolster löst. »Wollen wir zurückfahren?«

Die Frage ist an Ollie gerichtet, der jetzt aus dem Wagen springt und verblüfft meine Pennerhabseligkeiten betrachtet. Glücklicherweise hat er den gestreiften Morgenmantel indessen durch verwaschene Levi's und ein weites Sweatshirt ersetzt, so dass die braven Bürger dieser Wohngegend nicht erröten müssen. Dafür aber ich, als ich an unseren erbitterten Streit von vorher denken muss.

»Das ist doch niemals dein Auto«, sage ich zu Frankie.

»Hab's mir ausgeliehn.« Frankie pflückt sich die Ray-Ban vom Gesicht. »Gehört Ricky von den Queens. Ich sag dir lieber nicht, was ich dem jetzt alles schuldig bin, Schätzelchen. Ollie steht jedenfalls *tief* in meiner Schuld.«

»Ach ja?« Ich bin einigermaßen verdattert. Frankie lässt seine Federboa kreisen, und Ollie schaut wütend zum Küchenfenster hoch. Vielleicht stehe ich unter Schock, aber ich habe plötzlich das Gefühl, mich in einem sehr surrealen Traum zu befinden.

»Was ist hier los?«, fragt Ollie, während er die Mülltüten und das gesammelte Strandgut meines Lebens betrachtet.

»Ich ziehe um«, antworte ich. »James hat mich rausgeschmissen.«

Ollie schüttelt den Kopf. »Der Typ ist echt ein Arschloch, Katy. Ich weiß, dass es dir jetzt schlimm geht, aber glaub mir: Du kannst froh sein, dass du den los bist.«

Ich fühle mich eigentlich eher benommen als todtraurig. Der Verlust meines Notizhefts setzt mir übler zu als der Verlust meines Verlobten. Das Herzeleid kommt wahrscheinlich noch nach. Vermutlich werde ich nächtelang in mein Kissen heulen und verzweifelte Pläne schmieden, wie ich James zurückgewinnen kann, was dann auch die obligatorische Brutal-Diät, die lebensverändernde neue Katastrophenfrisur und das Dauerhören von tristen Enya-CDs zur Folge haben wird. Aber im Moment bin ich zu verstört, um irgendwas zu empfinden außer zunehmender Erleichterung, dass ich mich nun definitiv nicht mehr in eine Vera-Wang-Robe quetschen muss. Puh. Das hätte nämlich ausgesehen, als hätte man versucht, Zahnpasta in die Tube zurückzupressen.

»Ich werde das klären.« Ollie marschiert auf die Haustür zu. »Der kann dich nicht einfach so vor die Tür setzen. Du hast Rechte, weißt du, Katy. Das ist auch deine Wohnung.«

»Nein!« Ich packe ihn am Ärmel und halte ihn fest. Das Allerletzte, was ich jetzt brauchen kann, ist eine Szene. »Lass es.«

»Und wieso? Du hast Geld in die Wohnung gesteckt. Du kannst doch nicht zulassen, dass er dich mir nichts, dir nichts rausschmeißt. Ich werd mir den jetzt mal vornehmen.« Ollie hämmert an die Tür. »Mach auf! Ich will mit dir reden!«

Was wohl eher bedeutet, dass er ihn verhauen will. Ich gehe jede Wette ein, dass James jetzt oben an der Tür horcht, die mit Sicherheitsschloss, Kette und Guckloch ausgestattet ist. Er ist so versessen auf Sicherheit, dass Fort Knox ein schlampiger Laden ist im Vergleich zu unserer Wohnung. Ollie hat bessere Chancen, heute Nachmittag zum Mond zu fliegen, als da reinzukommen.

»Ollie, bitte hör auf«, sage ich flehentlich. »Es ist James'

Wohnung, nicht meine.« Und während ich das sage, wird mir bewusst, dass es stimmt: Die gesamte Wohnung wurde von James gestaltet, ist geprägt von seinem Geschmack und strahlt teures Understatement aus. Es ist eine volle Breitseite, dass ich mein Zuhause verliere, aber mein Herz hängt nicht an dieser Wohnung.

»Dann lass uns das Zeug mal in den Wagen schaffen.« Ollie packt die schweren Säcke, als wären sie aus Papier. »Es fängt bestimmt jede Minute zu schiffen an.«

»Was machst du da?«, frage ich.

Die Art von Blick, die ich jetzt abkriege, ist für gewöhnlich seinen begriffsstutzigeren Schülern vorbehalten. »Ich verstaue deine Sachen im Auto. Dann fahren wir nach Southall und kümmern uns um dich.«

»Mir geht es gut«, erwidere ich störrisch. »Ich wollte gerade Maddy anrufen und fragen, ob ich bei ihr unterkommen kann.«

»Wäre eine Idee«, sagt Ollie. »Aber das Zeug hier musst du trotzdem abtransportieren. Und dir überlegen, was du dem Pfarrer erzählen willst, schätze ich mal. Also nehmen wir dich jetzt erst mal mit zu mir.«

»Ich weiß nicht, ob ich das gut finde. Nicht nach allem, was du heute Morgen gesagt hast.«

»Ach, nun komm schon.« Ollie seufzt. »Ich hab das nicht so gemeint, wie du es aufgenommen hast. Ich war nur so unglaublich wütend. Im Nachhinein wünsche ich mir, ich hätte die Klappe gehalten. Und das mach ich in Zukunft auch, versprochen. Aber nun lass uns den Kram hier in den Wagen schaffen, ja? Oder möchtest du lieber im Regen rumstehen?«

»Ich bleib aber nicht lange«, sage ich verdrossen. »Nur bis ich einiges geklärt hab.«

»Gut.« Ollie schnappt sich mühelos den nächsten Sack. »Mach das, wie du willst.«

Ich zwänge mich hinten in den Capri. Dabei erhasche ich

im Rückspiegel einen kurzen Blick auf mein Gesicht, was ein abscheuliches Erlebnis ist. Ich bräuchte eine Tonne Augenbalm und Frische-Booster, um auch nur annähernd menschlich auszusehen. Kein Wunder, dass Ollie glaubt, James bräuchte die Aussicht auf Jewells Kohle, um mit mir zusammen zu sein. Im Moment würde ich ihm geradezu beipflichten.

»Was ist das denn?« Frankie beugt sich nach hinten und hält mir eine Handvoll beschrifteter Papierfetzen hin. »Ist das von dir?«

Ollie wirft einen Blick darauf und erkennt natürlich auf Anhieb meine Handschrift. Und begreift sofort, was James gemacht hat.

»Dieses verfluchte Arschloch«, knurrt er.

»Es war nicht gut«, sage ich. »James hat recht.«

»Hat er nicht.« Ollie schüttelt den Kopf. »Es war toll. Ich hab die Stellen über Millandras Nippel gern gelesen.«

Ich werfe ihm ein zaghaftes Lächeln zu. »Millandras Nippel gibt's nicht mehr, du musst dir wohl eine andere Fantasie suchen.«

»Na ja.« Ollie zuckt die Achseln. »Dann eben Busenwunder Jordan auf einem Trampolin.« Er zwinkert mir zu, und obwohl dieser Tag auf der Liste meiner Scheißtage ganz oben steht, in etwa gleichauf mit dem Tag, an dem mein Hamster gestorben ist, fühle ich mich ein wenig getröstet. Wenn meine Freunde zu mir halten, kann ich dieses Desaster vielleicht durchstehen.

Als der Wagen anfährt, schaue ich zurück auf meine ehemalige Wohnung und mein altes Leben; beides gehört ab jetzt der Vergangenheit an. Bilde ich es mir ein, oder bewegt sich die Jalousie am Küchenfenster? Ich bin mir nicht sicher.

Dann biegen wir um eine Ecke, und das Haus verschwindet.

Eigenartig, dass nun von meinem bisherigen Leben nichts übrig ist außer einem Haufen Plastiksäcke. Ich bin beinahe dreißig, und meine letzten vier Jahre lassen sich mühelos in Müllbeutel stopfen. Es kommt mir vor, als sei ich selbst in meinem Leben nicht vorgekommen.

Von ein paar Papierfetzen abgesehen, die ziellos durch die Luft wirbeln.

Ich schließe die Augen.

Ich weiß genau, wie den Schnipseln zumute ist.

Später am Abend liege ich wieder in Ollies Gästebett – diesmal segensreicherweise abzüglich Frankie – und futtere eine monströs große Schokoladentafel, mit der Ol mich fürsorglich ausgestattet hat. Dabei gieße ich mir eine Flasche Wein hinter die Binde, die ich in den finsteren Tiefen von Ollies Kühlschrank entdeckt habe. Frankie und Ol sind bei einem Gig der Screaming Queens, was bedeutet, dass ich die ganze Bude für mich allein habe – von Sasha abgesehen, die offenbar darauf achten soll, dass ich mich nicht umbringe. Bislang taugt sie als Wächterin allerdings wenig, da sie lediglich aufs Bett gehechtet und dort eingepennt ist. Nun träumt sie mit zappelnden Pfoten, zuckender Nase und wedelndem Schwanz aufregende Setterträume, in denen sie vermutlich Verträge zerfetzt und Macs den Garaus macht.

»Ich habe dir noch nicht verziehen«, sage ich streng zu ihr. »Du bist an allem schuld. Und du!«, rufe ich Zwicki zu, der im Bad in der Wanne herumpaddelt und sich ein Gourmetmahl aus sehr teurem Fischfutter einverleibt. »Ihr beide seid schuld!«

So weit ist es mit mir gekommen. Ich rede mit Hummern und trinke Wein aus der Flasche.

»Nein«, sage ich zu Sasha. »Ich muss mein Leben in den Griff kriegen. Kann ja nur besser werden, oder?«

Sasha öffnet verschlafen ein Auge und macht es wieder zu.

»Das hoffe ich jedenfalls«, murmle ich. »Sonst geb ich mir echt die Kugel.«

Ollie hat mich in diesem Zimmer untergebracht, damit ich »meinen Scheiß in Ordnung bringen« kann. Was durchaus einige Jahrtausende dauern mag, denn es ist etwa so viel Scheiß wie in einer ganzen Kläranlage.

Ich habe noch nichts ausgepackt, und die Müllsäcke sind im ganzen Zimmer verteilt, was den Eindruck erweckt, als wolle ich demnächst meine gesamte Habe auf dem Flohmarkt verscherbeln. Meine Kleider habe ich aufs Bett geworfen, und ich stecke in Ollies Jogginghose und dicken Socken, was auch Sinn macht, denn es ist eiskalt hier. Wir haben zwar Frühling, aber es ist ungewöhnlich kühl für diese Jahreszeit, und in Ollies Haus existiert Zentralheizung bisher nur als schöne Vision. Ich ziehe die Decke bis zum Kinn hoch und seufze.

James konnte echt nerven, aber Fußbodenheizung hat eine Menge für sich.

Ich habe ein Ringbuch auf dem Schoß liegen, denn ich will eine Liste machen und mein Leben in Ordnung bringen. Listen sind super! Ich bin Expertin im Listenschreiben. Für die Schule mache ich ständig Listen, in denen ich haarklein aufführe, welche Bücher ich durcharbeiten, mit welchen Schülern ich Gespräche führen und was ich im Supermarkt einkaufen muss.

Ich bin richtig gut im Listenverfassen.

Bedauerlicherweise bin ich weniger gut darin, die erledigten Punkte auszustreichen oder vielmehr – um ehrlich zu sein – sie überhaupt zu erledigen.

Aber heute muss ich mich ins Zeug legen und alles ernsthaft anpacken. Ich bin fast dreißig, ich muss mein Leben jetzt in den Griff kriegen. Kein James mehr, keine Cordelia mehr und kein Abwarten mehr. Ich will ab jetzt aktiv sein.

Und wie will ich das angehen? Ich kaue nachdenklich am Kuli. Das ist wirklich enorm aufregend. Vorausgesetzt natürlich, ich denke nicht an meinen nackten Ringfinger und die traurige Tatsache, dass all meine Träume sich in Luft aufgelöst haben.

Mein neues Leben beginnt heute. Das könnte meine Chance sein, die neue unabhängige Katy Carter zu werden! Single und schlank!

Sobald ich die Schoki verputzt habe, natürlich.

Ich klicke auf den Kuli, denke kurz an Jake und Millandra und fange an zu schreiben.

1. Bleibe finden
2. tollen neuen Freund finden
3. zehn Kilo abnehmen
4. Bestseller schreiben

Na bitte! Ich habe einen Lebensplan. Der erste Punkt ist ein Klacks. Ollie hat gesagt, dass ich hier eine Weile pennen kann, und da wir die sonderbaren Ereignisse dieses Morgens nun hinter uns gelassen haben, ist alles wieder ziemlich normal zwischen uns.

Es fühlt sich etwas merkwürdig an, in einem Männerhaushalt zu wohnen – ihr wisst schon, mit diesem ganzen Stereozeug, riesiger Glotze und DVDs, aber so was wie Kissen, Lampen und nette Einrichtungssachen sucht man vergeblich. Was aber nicht so wichtig ist, denn ich werde nicht lange hierbleiben. Sobald ich diese Liste erledigt habe, werde ich Mads anrufen und mich nach Lewisham einladen. Richard kann wohl kaum eine bedürftige Seele von der Schwelle weisen, oder? Das müsste eigentlich gegen sein Berufsethos verstoßen.

Der zweite Punkt ist schon etwas schwerer umzusetzen und wäre in der Abfolge vielleicht logischer nach Punkt drei. Und gleich zehn Kilo? Ich runzle die Stirn und streiche das durch. Ol ernährt sich fast ausschließlich von indischem Takeaway-Essen, und es wäre unhöflich, ihm dabei nicht Gesellschaft zu leisten. Vielleicht sollte ich mein Vorhaben auf fünf Kilo reduzieren. Dann esse ich eben mittags keine Pommes oder so.

Sei nicht albern, Katy! Ich schreibe »zwei Kilo« hin. Ich muss mittags was Anständiges essen. Wie soll ich es mit Elftklässlern aufnehmen, wenn ich nichts im Magen habe? Versuch das doch mal selbst, Jamie Oliver! Salat, meine Fresse! Ich halte nur mit einem großen Teller Pamps bis halb vier durch. Ich werde einfach öfter die Treppe hochrennen, das dürfte genügen.

Punkt vier. Ich zögere. Das ist nun etwas schwieriger. Dafür bräuchte ich eigentlich freie Zeit und Inspiration. Ich sehe mich schon durchs Moor streifen wie Emily Brontë und dramatische Prosa verfassen. Oder vielleicht schreibe ich einen ganzen Roman über James' böse Mutter.

Aber der wäre vermutlich ziemlich unglaubwürdig. Gegen Cordelia ist Lady Macbeth ein Lämmchen. Vielleicht frage ich Ollie, ob ich mir den Laptop aus dem Fachbereich Englisch borgen kann, um Jake und Millandra wieder zum Leben zu erwecken. Ich weiß wohl, dass der Laptop eigentlich für das interaktive Whiteboard angeschafft wurde, aber das kann noch niemand an der Schule bedienen. Ollie benutzt die Tafel lediglich, um Filme zu zeigen (»Medienstudien!«, verkündet er, wenn man ihn darauf anspricht), während der Laptop als Staubfänger herumsteht oder Ollie darauf *Tomb Raider* spielt. Auf jeden Fall würde ich Lara Croft einen Gefallen erweisen. Das arme Mädel hat bestimmt schon Gelenkbeschwerden von den ganzen anzüglichen Posen, in die sie von Ollie versetzt wird.

Außerdem muss ich mal damit aufhören, meinen Schülern Hefte zu mopsen.

Ich überlege gerade, ob ich mich aus dem Bett bewegen und auf die Suche nach dem Lap machen soll, als mein Handy sich meldet. Das ist bestimmt James, der sich entschuldigen und mich zum Heimkommen auffordern will, denke ich, während ich in dem Plunder auf dem Bett herumwühle. Wäre nicht das erste Mal. Er wird mich um Verzeihung bitten, weil er mein Notizheft zerrissen hat. Werde ich ihm vergeben? Selbstverständlich. Ich liebe ihn ja schließlich. Morgen beim Frühstück werden wir über die ganze Geschichte lachen. Wird nicht lange dauern, meine Müllsäcke in den BMW zu laden. James wird mich küssen und mir den Ring wieder anstecken, und alles wird wie früher sein. Ich werde mich entschuldigen, weil ich die Essenseinladung vermasselt habe. Bei James und auch bei Julius. Dann werde ich wieder in meinem eigenen Bett schlafen. Und nicht mehr mit annähernd dreißig obdachlos sein.

Ein Segen!

Nach fieberhafter Suche orte ich das Handy schließlich unter der Schokoladentafel. Als ich auf das leuchtende Display blicke, bin ich am Boden zerstört. »Mads« steht da. Und ich war mir so sicher, dass es James sein würde. Er hat es noch nie so lange ausgehalten, ohne mich anzurufen.

Dreck.

Sieht aus, als meint er es diesmal wirklich ernst.

»Hallo, Mads«, sage ich bedrückt.

»Dir auch einen schönen Abend!«, trällert Mads. »Du brauchst nicht so überschwänglich zu sein, weil ich dich anrufe. Wieso hast du dich so lange nicht gemeldet?«

Ich lächle, trotz meiner Enttäuschung. Ich sehe Mads förmlich in ihrer vollgestopften Küche auf der Arbeitsfläche hocken, mit einem Bleistift als Haarspange in ihren wilden, teerschwarz gefärbten Haaren und einem großen Glas Wein in der Hand. Richard wird sich wohl mit einer pietätvollen Seele in seinem Studierzimmer aufhalten, so dass Mads Zeit für ein ausgiebiges Schwätzchen hat.

»Tut mir leid.« Ich verziehe mich wieder unter die Daunendecke. »Läuft gerade ziemlich scheiße alles.«

»Wieder was mit James?«, seufzt Mads. In letzter Zeit haben wir uns viele Stunden mit der Analyse von James befasst. Da mich das Thema allmählich selbst langweilt, kann ich nur erahnen, wie meinen Freunden wohl zumute sein muss. »Was hat er denn jetzt gemacht?«

»Mich rausgeschmissen«, antworte ich und lasse mich dann in allen schauderhaften Details darüber aus. Während ich rede, kann ich mich des Eindrucks nicht erwehren, dass Mads sich zwar aufregt, aber nicht sonderlich überrascht ist.

»Und nun bin ich hier«, komme ich zum Schluss und stupse Sasha mit einem Zeh an, denn mein anderes Bein ist taub, weil ein halber Zentner Hund daraufliegt. »Fast dreißig, Single und obdachlos.«

»Scheiße auch«, kommentiert Mads, Königin des Understatements. »Du musst ja völlig fertig sein. Zum Glück ist das nicht mir passiert.«

Dazu muss ich jetzt mal was erklären: Ich liebe Mads zwar von Herzen, aber Takt und Mitgefühl gehören nicht eben zu ihren Stärken. Ich meine mich sogar zu erinnern, dass sie vom Uniradio gefeuert wurde, weil sie einem selbstmordgefährdeten Studenten sagte, er solle aufhören zu labern und endlich handeln. Mads ist klasse, wenn es darum geht, sein Leben in die Hand zu nehmen. Sie hockt nicht herum und grübelt, weshalb es mir auf jeden Fall guttun würde, bei ihr einzuziehen. Ihr Einfluss würde mir helfen, mein Leben zu ändern.

»Die Sache hat nur einen Haken.« Mads klingt ein wenig besorgt, als ich ihr mitteile, dass ich in Kürze mitsamt meinen Müllsäcken im Pfarrhaus eintreffen würde. »Es gibt einen ziemlich massiven Grund, warum das nicht geht – es sei denn, du willst dein Leben von Grund auf ändern.«

Ich hoffe inständig, dass dies nicht der Auftakt zu einer dieser Kennst-du-Jesus-Unterhaltungen ist, denn gegenwärtig tauge ich gar nicht als Sonnenscheinchen, lediglich als Gewitterwolke. Für gewöhnlich neigt Maddy nicht zu solchen Gesprächen, aber vier Jahre Ehe mit einem Pfarrer gehen gewiss nicht spurlos an einem vorüber.

»Richard?«, frage ich.

»Natürlich nicht«, lacht Maddy. »Richard findet dich wunderbar!«

»Ich ihn auch«, flunkere ich. Ich finde Richard etwa so wunderbar wie Rosenkohl.

»Nein«, fährt Mads fort, »das Problem besteht darin, dass wir nicht mehr in Lewisham wohnen. Wir sind doch letzte Woche nach Cornwall gezogen, hast du das vergessen?«

»Ach nee!« Ich schlage mir an die Stirn. Natürlich! Ich wusste doch, dass der Umzug bevorstand. Was für eine nichtsnutzige Freundin bin ich eigentlich, dass ich so ein großes Ereignis in Mads' Leben vergessen habe? »Tut mir leid. Wie ist die neue Kirche?«

»Fantastisch. Du würdest sie lieben, Katy.«

Eine fantastische Kirche? Ich versuche mir das bildlich vorzustellen. Was sind die Bewertungskriterien? Direkt gegenüber von Pizza Hut? Mit Aussicht auf einen coolen Schuhladen?

»Sie ist wunderschön«, berichtet Maddy begeistert. »Echt alt, mindestens aus dem dreizehnten Jahrhundert, sagt Richard, mit einem Wahnsinnsblick aufs Meer. Ich krieg kaum was geschafft, weil ich den ganzen Tag im Pfarrhaus aus dem Fenster schaue. Du kannst dir nicht vorstellen, wie faszinierend das Meer ist, Katy! Es verändert sich jeden Moment. Und weißt du, was? Wir haben hier einen alten weißen Gusseisenherd, auf dem könnte ich sogar kleine Lämmchen wärmen.«

»Lämmchen?«, wiederhole ich. »Bist du jetzt völlig durchgedreht? Wann hast du jemals einen Herd zu was anderem benutzt als zum Aufwärmen von Fertiggerichten?«

»Na, ich könnte es jedenfalls tun, wenn ich wollte. Hier kann ich alles Mögliche machen!« Ich spüre ihre Begeisterung sogar am Telefon. »Tregowan ist hinreißend!«

»Das ist ewig weit weg«, jammere ich. »Ich kann doch nicht nach Cornwall ziehen!«

»Zu deiner Schule zu pendeln wär nicht ganz einfach«, räumt Mads ein. »Aber du musst uns trotzdem besuchen kommen. Und wieso ziehst du nicht einfach hierher? Es würde dir gefallen, jede Wette. Du könntest über die Klippen spazieren und diesen Roman schreiben, von dem du immer redest. Der Wind und die Gischt, das ist alles sehr inspirierend.«

»James hat den Roman zerrissen«, sage ich traurig.

»So ein Arschloch! Na, scheiß auf den, Süße, ohne ihn bist du besser dran. Komm her und mach mal Pause.«

Ich seufze. »Wäre schön. Aber ich hab einen Beruf.«

»Kündige«, sagt Mads, für die sich das Leben wirklich so einfach gestaltet. »Du brauchst Abwechslung, und das ist deine große Chance, aus dem Schulbetrieb zu flüchten.«

Aus der Schule flüchten? Da ist es einfacher, aus Alcatraz zu entkommen.

»Außerdem«, fügt Mads durchtrieben hinzu, »solltest du mal die Männer hier sehen. Umwerfende Typen, sag ich dir. Echte Männer, wenn du verstehst, was ich meine. Solche Typen wie der Action-Man!«

Einen Moment lang habe ich eine absurde Vision von einem kleinen Fischerdorf, das von Plastikfiguren mit Greifhänden und Kulleraugen bewohnt wird. Und wenn ich mich recht erinnere, hatte der Action Man zwischen den Beinen nichts...

»Surfer! Farmer! Breitschultrige Fischer!«, schwärmt Maddy weiter. »Muskulös und braungebrannt, nicht solche Stadtweichlinge. Ach, Katy, du hast ja so ein Schwein, dass du Single bist! Beweg deinen Arsch hierher. Seit Ewigkeiten faselst du davon, dass du deinen romantischen Helden finden willst.«

»Ich dachte, das wäre James«, sage ich mit erstickter Stimme.

Mads schnaubt. »Wohl kaum, Süße. Der hat dich so lange

fertiggemacht, dass du jetzt glaubst, du hättest nix Besseres verdient. Aber glaub mir, so ist es nicht. Ich geh jede Wette ein, dass ich einen Haufen Typen für dich auftreiben kann, die tausendmal besser sind als er. Na los, ab nach Cornwall, du wirst es toll finden hier.«

»Klingt schon klasse«, sage ich und muss trotz Tränen lachen. »Aber ich glaube, im Moment geht das nicht.«

»Warum nicht? Weil du bei Ollie einziehst?«

»Ich ziehe nicht bei Ollie ein.« Dieses Gerücht muss gleich aus der Welt geschafft werden. »Jedenfalls nicht richtig.«

»Echt blöd«, bemerkt Mads. »Ollie ist doch geil.«

»Aber für mich nur ein guter Freund.«

»Jaja, schon recht«, höhnt Maddy. »Männer haben immer Hintergedanken. Du wirst schon sehen.«

»Ollie nicht«, erwidere ich fest.

Aus dem Hörer ist ein Gluckern zu vernehmen, als Maddy sich ihren Drink hinter die Binde kippt. »Wenn du dem nicht auf die Pelle rücken willst, hast du keine Augen im Kopf, Mädel! Aber das liegt natürlich ganz bei dir. Jedenfalls solltest du dir überlegen, uns zu besuchen. Man lebt nur einmal, weißt du.«

Ich trinke einen Schluck Wein und denke über ihre Worte nach. »Wo sind nur unsere Zwanziger hinverschwunden, Mads? Was ist mit der ganzen Zeit passiert? Wieso kenne ich niemanden mehr, wenn ich MTV schaue? Wie hab ich es geschafft, beinahe dreißig und mit mir selbst immer noch nicht im Reinen zu sein?«

»Wir haben unsere Zwanziger mit unnützen Gedanken verbracht«, ruft Maddy mir in Erinnerung. »Haben stundenlang jedes einzelne Wort und jede einzelne Geste von irgendwelchen Typen erörtert. Weißt du nicht mehr? Wird er mich anrufen? Mag er mich? Ist er aufrichtig? Ist mein Po zu dick? So ein Mist. Totale Energievergeudung.«

Ich seufze. »Ich hoffe, ich hab mit vierzig nicht dasselbe scheußliche Déjà-vu-Gefühl.«

»Na, du weißt doch, was du dagegen tun musst«, sagt Mads streng. »Gib diesen blöden Job auf, beweg deinen Arsch hierher und schreib das verdammte Buch. Das wird super werden.«

»Und ich werd meinen eigenen Mr. Rochester finden, oder wie?«

»Na klar«, antwortet sie. »Mit links.«

Wenn das Leben bloß so einfach wäre. Ich lasse nachdenklich meinen Wein im Glas kreisen. Kann ich wirklich allem den Rücken kehren, meine Taschen packen und in einen Zug springen? Wohl eher nicht. Ich habe Verpflichtungen, meine Kreditkartenrechnungen müssen bezahlt werden. Und was ist mit den Kindern in der Schule? Ich kann doch nicht einfach das Weite suchen und sie hängen lassen. Wenn ich meine Elftklässler im Stich lasse, haben die mit Sicherheit demnächst keinen Schulabschluss, sondern einstweilige Verfügungen wegen antisozialen Verhaltens am Hals. Ich kann mich nicht so mir nichts, dir nichts aus dem Staub machen.

Das versuche ich Mads begreiflich zu machen, stoße aber auf taube Ohren.

»Es ist so schwierig oder so einfach, wie du es dir machst«, erwidert sie unerbittlich. »Vergiss das nicht. Oh! Hallo, Schatz. Ist die Abendandacht schon zu Ende?«

Ich gehe davon aus, dass sie diese Frage nicht mir stellt. In der Küche, die ich mir als höhlenartiges Gewölbe mit gewaltigem Gusseisenherd und fröhlich herumspringenden Lämmern vorstelle, vernehme ich jetzt Gemurmel.

»Ach, nur eins«, höre ich Mads sagen. »Ich hab die Flasche gerade erst aufgemacht. Ja! Katy ist dran! Sie sagt alles Liebe!«

Tue ich das?

Oh, ja, natürlich!

»Muss Schluss machen«, sagt Mads jetzt. »Rich hat eine

ganze Horde Straßenkinder mitgebracht.« Sie senkt die Stimme. »Und vergiss nicht, was ich dir über die tollen Männer hier gesagt habe, ja?«

»Ich werd an nichts anderes mehr denken«, versichere ich ihr. »Und ich komm auf jeden Fall und schau sie mir an.«

»Aber mach das auch wirklich«, flüstert Mads. »Ich hab dir noch ganz viel zu erzählen, aber ich kann jetzt nicht reden. Ruf mich bald an, ja?«

»Mach ich«, verspreche ich. »Hab dich lieb.«

»Ich dich auch«, trällert sie und legt auf. Ich bin wieder allein im Zimmer, das mir jetzt fast brutal still vorkommt. Einen Moment lang bin ich regelrecht verwirrt. In meiner Vorstellung sitze ich in einer Küche in Cornwall und lausche Maddys munteren Erzählungen und dem Rauschen des Meeres. Aber was ich tatsächlich höre, ist das Rauschen des Verkehrs von der Oxbridge Road, keine Wellen, die auf zerklüftete Felsen gischten. Und die einzigen Stimmen, die ich vernehme, gehören den Sandhus nebenan, die sich mal wieder streiten.

»Kann ich das wirklich machen?«, frage ich Sasha. »Alles aufgeben und noch mal von vorn anfangen? Könnte ich mir wirklich diesen Traum gönnen, eine Weile nur zu schreiben? Und gibt es wirklich irgendwo den richtigen Mann für mich?«

Sasha weiß es auch nicht, wedelt aber bejahend mit dem Schwanz.

Ich seufze. »Schöne Vorstellung, aber so ist das Leben nicht, oder?«

Dennoch hat es mich enorm aufgebaut, mit Mads zu reden, und obwohl mein Leben immer noch leer und einsam und ziemlich scheiße ist, regt sich doch in diesem Moment ein Fünkchen Hoffnung in mir.

Ich lasse mein Handy eingeschaltet, für den Fall, dass James in den nächsten fünf Minuten beschließen sollte, doch nicht ohne mich leben zu können, wuchte mich aus dem Bett und tappe nach unten.

Wo hat Ollie den verdammten Laptop?

Wenn ich schon nicht nach Cornwall reisen und mir einen von Maddys romantischen Helden schnappen kann, so kann ich mir doch wenigstens einen eigenen erschaffen...

7

Die nächsten zwei Wochen bringe ich größtenteils im Bett zu, in trauter Zweisamkeit mit der Daunendecke. Meine Ernährung besteht aus Schokotafeln und Wein, was weder meiner Gesichtsfarbe noch meinem Masterplan, drastisch abzunehmen, um James zurückzugewinnen, förderlich ist. Ollie meldet mich in der Schule krank und versorgt mich regelmäßig mit Tee und Mitgefühl, während ich mir die Augen ausheule, ein besorgniserregendes Interesse an Talkshows entwickle, in denen die Leute hemmungslos ihre Gefühle ausagieren, und wie besessen auf den Laptop einhacke. Da es mir aber schwerfällt, mich in die zauberhafte Millandra hineinzuversetzen, wenn ich mich selbst so grottenschlecht fühle, lösche ich fast alles wieder und fühle mich danach noch mieser.

Cordelia gibt sich nicht die geringste Mühe, ihre Erleichterung darüber zu verbergen, dass sie die Hochzeit nun ad acta legen kann. Wir haben eine kurze telefonische Unterredung, in der ihre Freude fast körperlich zu spüren ist, und dies ist zugleich auch das manierlichste Gespräch, das es jemals zwischen uns gab. Von James höre ich rein gar nichts, was natürlich wehtut. Und zwar gewaltig. Ich weiß, dass zwischen uns nicht immer alles perfekt war, hatte aber doch angenommen, er liebe mich und sei nur wegen dem Stress bei der Arbeit so grantig. Keine Sekunde hatte ich geglaubt, dass seine schlechte Laune etwas mit mir zu tun haben könnte. Nun gut, ich bin recht spontan (was James als »desorganisiert« bezeichnet), und vermutlich neige ich auch zur Verträumtheit, aber das sind ja nun keine

Kapitalverbrechen. Und da James sich für mich entschieden hat, kann man wohl schließen, dass er auch einiges an mir mag.

Derlei Gedanken sind rücksichtslos genug, um vier Uhr nachts durch meinen Kopf zu wandern. Nacht für Nacht schlage ich auf mein Kissen ein, heule ein bisschen und muss mich buchstäblich auf meine Hände setzen, um keine verzweifelten SMS in den Äther zu jagen. Ollie und Mads sind sehr verständnisvoll, und ich jammere beiden nonstop die Ohren voll, aber so langsam muss ich jetzt mal die Platte wechseln. Ollie kriegt schon glasige Augen, und Maddy hat mich gestern gefragt, ob ich vielleicht am Tourette-Syndrom leide.

Seit James mich vor zwei Wochen aus seinem Leben geschmissen hat, ist Ollie schwer im Einsatz mit seinem »Entwöhnungsprogramm«. In der Küche steht eine »James-Kiste«, in die ich bei jeder Erwähnung des Namens ein Pfund legen muss. Auf dem Dartbrett im Flur wurde mit Klebestift ein Foto von James befestigt, und es ist Bestandteil meiner Therapie, das Gesicht meines einstigen Verlobten regelmäßig mit Pfeilen zu spicken. Ich habe gar keine Zeit, in eine Depression zu verfallen, weil ich ständig in Pubs und zu Partys geschleift werde, und Maddy ruft dauernd an und schildert mir die fantastischen Männer, die sie in Cornwall für mich sichtet. Alle legen sich so ins Zeug, um mich aufzuheitern, dass ich schon völlig erschöpft bin und mich am liebsten nur noch einrollen und in Ruhe vor mich hin jammern würde. Das ist doch eigentlich ganz angemessen, wenn eine Verlobung platzt, oder nicht?

Offenbar nicht. Ich finde es einigermaßen kränkend, dass meine Freunde meinen, ich hätte mehr Grund zum Feiern als zum Heulen.

Von Zeit zu Zeit verkünde ich, dass ich James nicht kampflos aufgeben kann. Worauf Ollie Kotzgeräusche von sich gibt, was er sich eigentlich nicht erlauben sollte, da die Fiese Nina ständig am Telefon hängt und zu jeder Tages- und Nachtzeit hier auftaucht. Dass ich derzeit bei Ollie wohne, findet sie wohl ganz grandios. Oder eher nicht.

Ol behauptet, er habe ihr mitgeteilt, dass es zwischen ihnen aus sei, aber Nina schert sich nicht darum. Sie klammert, und Ollie ist wie üblich zu gutmütig, um ihr klarzumachen, dass sie bitte endgültig abhauen soll. Vielleicht hätte er Nachhilfe bei James nehmen sollen. Der hat nicht lange gebraucht, um mich loszuwerden. Wahrscheinlich hätte ich einfach mehr um ihn kämpfen müssen.

Das Problem ist nur, dass ich nicht so der Kämpfertyp bin. Ich wäre zwar liebend gerne jemand, der im Mittelpunkt steht und von allen bewundert wird. Die traurige Wahrheit ist aber, dass ich mich seit jeher zurücknehme und hoffe, übersehen zu werden. Früher in der Schule saß ich immer mit gesenktem Kopf da, damit die Lehrer mich möglichst nicht bemerkten, an der Uni dito. Und dieses Verhalten setze ich nun wohl fort, denn anstatt James' Auto mit einem Bulldozer platt zu walzen und in seinem Seegrasteppich Kresse anzupflanzen, greine ich seit zwei Wochen in mein Kissen und lege meine Leber in Alkohol ein.

Ich fange sogar schon an, mich selbst langweilig zu finden.

Am dritten Montag beschließe ich, die Arbeit noch einen Tag länger zu schwänzen (zum Glück schreibt mich jeder Arzt wegen Stress krank, sobald er sieht, dass ich Lehrerin bin), aber nicht mehr die Heulsuse zu geben. Ich muss mein Leben jetzt selbst in die Hand nehmen und mich aus der Abhängigkeit von Ollie und Maddy lösen. Millandra würde um Jake kämpfen. Das sollte ich also mit James auch tun. Man muss schließlich an Beziehungen arbeiten, nicht wahr?

Sobald Ollie Richtung Schule verschwunden ist – wobei er finster irgendwas von Drückebergern murmelt, deren Stunden er übernehmen muss –, fege ich ins Bad, verpflanze Zwicki in einen Eimer und schrubbe, zupfe und peele mich, als ginge es ums Leben. Nicht ein Zentimeter meines Körpers entgeht der Pflegeattacke. Ich färbe mir sogar die Haare in einem leuchtenden Rotton. Das Badezimmer sieht zwar danach aus, als hätte Dracula hier Party gemacht, und meine Tönungscreme hat den Rand von Ollies Morgenmantel nikotingelb verfärbt – aber das Endergebnis ist jedes Opfer wert. Ich drehe mich vor dem Spiegel im Flur und bewundere meine strahlende Erscheinung. Mein Rock sitzt in der Taille lockerer, und sogar mein Gesicht wirkt schlanker. Die Heul-und-Saufdiät hat Wunder gewirkt.

Ich könnte mich geradezu in mich selbst verlieben.

Mein Masterplan kann nicht scheitern.

Es ist ein strahlender Morgen. Der Himmel über den Dächern Londons ist zur Abwechslung mal nicht bleigrau, sondern azurblau und mit rosa Wölkchen getupft. Das deute ich als gutes Omen – ich habe schließlich lange genug Sprache unterrichtet, um über Anthropomorphismus Bescheid zu wissen. Zur Feier des Tages genehmige ich mir in dem kleinen italienischen Café an der U-Bahn-Station einen Milchkaffee und einen Blaubeermuffin und leiste mir noch ein Klatschmagazin. In der U-Bahn fege ich ein paar Zeitungsblätter vom Sitz und lasse mich nieder. Der Bezug kratzt ein bisschen an meinen nackten Beinen, und ich überlege kurz, ob Jeans vielleicht doch besser gewesen wären. Aber dann hätte James meine schlankeren, frisch getönten Beine nicht bewundern können. Als ich mich im Fenster gegenüber spiegle, hebe ich im Geiste anerkennend den Daumen. Wenn James sieht, wie attraktiv ich jetzt bin, wird er mich auf jeden Fall wiederhaben wollen. Inzwischen vermisst er mich doch ganz sicher.

Die Zeit vergeht im Nu, und ich frage mich, weshalb sich die Leute immer über die U-Bahn beklagen. Bald liegt das grüne Ealing hinter uns, und draußen tauchen Reihenhäuser mit schmalen Gärten auf, in denen Plastikspielzeug herumliegt, Wäsche im Wand flattert und kahle Erde darauf wartet, bepflanzt zu werden. Als der Zug unterirdisch weiterfährt, informiere ich mich über die neuesten VIP-Trennungen, was mich enorm aufheitert. Ich meine, wenn es nicht mal Jennifer Aniston und Kylie Minogue gelingt, ihre Kerle zu halten, wie schwer fällt es dann notgedrungen uns sterblichen Frauen? Ich muss mir einfach mehr Mühe geben – und genau das tue ich jetzt. Als ich aussteige und kurz darauf im Sonnenlicht stehe, fühle ich mich schon viel besser. Alles wird gut werden, da bin ich mir ganz sicher.

Nun muss ich nur noch James' Büro finden, und alles ist paletti. Das ist allerdings leichter gesagt als getan. Wo war das Gebäude von Millward Saville gleich wieder?

Ich krame in meinem Gedächtnis, das so löchrig ist wie ein Schweizer Käse, überquere dann den Platz und nähere mich dem imposanten Bau mit den vielen Glas- und Marmorflächen gegenüber. Er ist höher als die Kuppel der St. Paul's Cathedral, die sich direkt dahinter befindet. Was irgendwie passend scheint, denn Millwards ist vermutlich eine der größten Kathedralen zur Anbetung des Mammons. Der spärlichen Besucherzahl nach zu schließen sind die Gläubigen im Inneren bereits eifrig mit Lobpreisungen beschäftigt.

Ich richte mich auf und atme tief durch. Stress ausatmen. Ruhe einatmen. Na bitte! Wusste ich doch, dass das Yoga-Video keine Geldverschwendung war. Ist mir einerlei, ob Ollie behauptet, ich hätte es mir nie bis zu den Übungen angeschaut. Die Basics habe ich mir auf jeden Fall angeeignet.

Meine Absätze machen tripp-trapp auf der Marmortreppe, als sei ich einer der drei Böcke Brausewind. Na, komm schon, Katy! Nicht fürchten! In meinem Kostümchen (das ich mal für die Schule angeschafft, dort aber nur einmal getragen habe, weil die Kids sich fast bepissten vor Lachen und mich fragten, ob ich ein Vorstellungsgespräch hätte) sehe ich genauso gut aus wie eine dieser Großstadtfrauen. Fast wie Ally McBeal.

Etwas fülliger allerdings.

»Katy!«

Ich drehe mich um, sehe aber leider nicht James mit ausgebreiteten Armen in Zeitlupe auf mich zulaufen, sondern Ed Grenville mit Wabbelkinn und verrutschter Brille die Treppe hochtrampeln. Er scheint nicht allzu erfreut über das Wiedersehen, was ich in Anbetracht unserer letzten Begegnung gut nachvollziehen kann.

»Meine Güte, Katy«, keucht er, schüttelt den Kopf und rückt mit seinem Wurstfinger seine Brille zurecht. »Mit dir hatte ich gar nicht gerechnet. Was für 'ne Überraschung.«

»Keine Sorge, Ed«, verkünde ich leichthin. »Ich habe weder Hummer noch Kaktus bei mir. Ich wollte nur mit James plaudern.«

Ed sieht so entsetzt aus, als hätte ich gerade verkündet, nur mit Nippelhütchen angetan in der Börse einen Nackttanz aufführen zu wollen.

»Der ist noch nicht da.«

Ich bin erschüttert. James kommt zu spät? Hätte Ed verkündet, die Erde sei eine Scheibe, hätte ich kaum verblüffter sein können. James ist jeden Tag um sieben Uhr morgens an seinem Arbeitsplatz. Greenwich könnte die Uhren nach ihm stellen.

»Dann muss er es aber schwer genommen haben mit der Trennung«, sage ich erschrocken. Kein Wunder, dass er er nicht eine einzige SMS von mir beantwortet und nicht ans Telefon geht. Er schämt sich zu sehr, fühlt sich so schuldig, dass er fürchtet zu kollabieren, wenn er mit mir spricht.

»Na ja, äm«, sagt Ed.

»Mach dir keine Sorgen. Ich werde ihm nicht sagen, dass du es mir erzählt hast. Ich weiß, dass es ihm unangenehm wäre, wenn so was am Arbeitsplatz zur Sprache kommt.«

Ed lächelt matt. »Ich sage James, dass du vorbeigeschaut hast.

Du kannst ruhig wieder heimfahren, ich richte ihm aus, dass er dich anrufen soll.«

Ich kann dezente Hinweise schon deuten. »Wann kommt er denn? Soll ich um die Mittagszeit noch mal vorbeischauen? Oder findet er immer noch, dass Lunch was für Weicheier ist?«

Ich lache, aber Ed verzieht keine Miene. Er schaut vielmehr mit starrem Blick auf ein feuerrotes Mercedes-Cabrio, das mit quietschenden Reifen am Fuß der Treppe zum Stehen kommt. Die Fahrerin, die eine windgezauste blonde Mähne hat und eine gigantische Sonnenbrille trägt, küsst den Beifahrer, der den Kuss so leidenschaftlich erwidert, dass die ganze Szene schwer nach Sex auf dem Armaturenbrett aussieht.

Den Beifahrer, bei dem es sich zweifellos um James handelt.

Mir gerinnt das Blut in den Adern.

»Tut mir leid, meine Gute«, sagt Ed.

Mein Magen rebelliert, und einen grässlichen Moment lang fürchte ich, dass der Muffin und der Milchkaffee gleich wieder ans Tageslicht kommen. Ich schlucke hastig.

»Wer zum Teufel ist das?«

»Alice Saville.« Ed weicht meinem Blick aus. »Sie macht hier ein Praktikum. Sie, äm ... sie wurde James zur Seite gestellt.«

»Das ist unübersehbar.« Alice – die höchstens achtzehn sein kann – und James knutschen immer noch wie die Wilden.

»Wenn der Vater Vorstandsvorsitzender ist, kann man seine Arbeitszeit selbst bestimmen«, erklärt Ed jetzt. »Sie kommt immer zu spät. Vor allem seit sie mit James zusammen ist.«

Kein Wunder, dass keine SMS von mir beantwortet wurde.

»Wie lange geht das schon?« Ich kann den Blick nicht von den beiden wenden; es kommt mir vor, als seien sie Augenmagneten oder so was. »Und komm nicht auf die Idee, mich anzulügen, Ed.«

Der arme Ed murmelt in Richtung seiner Füße: »Einen Monat?«

Ich bin kein Mathegenie, aber das ist wohl deutlich länger her als die desaströse Essenseinladung. Ich nehme Alice Saville mit ihrer Honighaut und ihren platinblonden Haaren noch mal genau in Augenschein. Nun weiß ich, warum James mich rausgeschmissen hat. Es hatte weder mit Hummern noch mit Hunden oder Kakteen zu tun. Nicht einmal damit, dass ich nicht Kleidergröße 38 habe. Er hatte einfach etwas Besseres gefunden.

»Das hält bestimmt nicht«, sagt Ed hastig. »Aber du weißt ja, wie sehr James es mit dem Geld hat.«

Kann man wohl sagen. In letzter Zeit hat er offenbar kaum mehr an was anderes gedacht. Ich weiß gar nicht mehr, wie oft er ins Telefon geschrien hat, dass Bezugsfristen verlängert oder andere Optionsanleihen erwogen werden sollten.

»Es geht das Gerücht um«, raunt Ed, »dass er ein paar Fehler beim Spekulieren gemacht hat. Vielleicht braucht er Alice, damit sie ihm aus der Klemme hilft.«

»Ed, bemüh dich nicht. Es ist nett von dir, dass du mich trösten willst, aber es hat keinen Sinn.« Ich fege mir mit dem Handrücken die Tränen aus dem Gesicht. »Sie sieht umwerfend aus, und er ist verrückt nach ihr. Das war's.«

Krampfhaft bemüht, einen Rest von Würde zu wahren, verabschiede ich mich hastig von Ed und renne los. Jetzt kann ich die Tränen nicht mehr zurückhalten, sie laufen mir über die Wangen und tropfen aufs Pflaster. Ich höre, wie Ed mir etwas nachruft, aber es ist mir egal. Ich will nur noch weg. Ich glaube, ich habe mich in meinem ganzen Leben noch nie idiotischer oder gedemütigter gefühlt.

Und das will was heißen.

8

Wusch! Ollie krault wie ein Irrer an mir vorbei und erzeugt dabei einen Tsunami, der mir mit Wucht ins Gesicht klatscht. Hustend und spuckend rette ich mich im Hundepaddelstil an den Rand des Beckens und schnappe nach Luft. Ich bin noch nicht suizidgefährdet, weshalb ich auf Ertrinken keinen gesteigerten Wert lege. Obwohl es vielleicht eine gute Idee wäre, demnächst Ollie zu ertränken, wenn er es weiterhin darauf anlegt, mich mit derart anstrengenden Methoden von meinem Elend ablenken zu wollen.

»Komm schon!« Ollie tobt an mir vorbei, diesmal auf dem Rücken. »Häng dich rein, Katy. Du weißt doch, dass es was bringt.«

»Den Teufel tut es«, murre ich grantig. Kann mir mal jemand erklären, was es bringen soll, klatschnass und frierend in den Tag zu starten? Mir ist wohl bewusst, dass mein Leben mit James bisweilen nicht einfach war. Aber wenigstens konnte ich bis halb acht im Bett bleiben, fernsehen und dabei in Ruhe frühstücken. Keiner kam auf die Idee, mich um sechs zu wecken und zu einer derart unchristlichen Zeit ins Schwimmbad zu schleifen.

Zähnekirschend paddle ich hinter Ollie her. Höchste Zeit, mich endlich bei Tante Jewell einzuquartieren. Ollie mag ja glauben, er tue mir einen Gefallen, indem er mich mit diesen sportlichen Aktivitäten von meinem Herzeleid ablenkt, aber offen gestanden wäre ich in meinem Elend wohl glücklicher. In gewisser Weise hänge ich nämlich ganz gerne im Bett rum, um mich in meinem Leid zu suhlen, ins Kissen zu heulen und diese ganze Herzschmerz-Nummer abzuziehen. Wenn das gut war für die Figuren von Jane Austen, kann es auch für mich nur gut sein.

Während ich herumpaddle, versuche ich zu ignorieren, dass ich a) total platt bin und b) schnaufe wie Thomas, die kleine Lokomotive, indem ich im Geiste an *Das Herz des Banditen* weiterschreibe. Gewiss nicht der ideale Ort dafür, aber da ich gegenwärtig von zig Hektolitern Wasser umgeben bin, bleibt mir wohl nichts anderes übrig. Außerdem möchte ich lieber über Jake und Millandra nachdenken als über das Pflaster, das gerade vor meiner Nase aufgetaucht ist. Ich werde vermutlich Cholera kriegen und sterben, bevor ich das Buch fertigschreiben kann. Literaturkritiker werden die zerfetzten Überreste finden und Tränen vergießen über das zu früh verstorbene Genie. Studenten werden sich mit Interpretationen befassen müssen, und mir zu Ehren wird man im Fernsehen einen Schreibwettbewerb abhalten.

Sieh dich vor, Joanne K. Rowling!

Millandra barg ihr Gesicht im Kissen und weinte bitterlich. Drei lange Wochen waren vergangen, seit Jake fortgeritten war, und seither hatte sie nicht ein Wort von ihm vernommen. Jeden Morgen wandelte sie durch den Garten, den zierlichen Körper in einen Samtumhang gehüllt, und stieg hinauf zur Kuppe des Hügels. Dort stand sie im wallenden Nebel und hielt Ausschau nach Jakes ebenholzschwarzem Ross.

Gewisslich liebte er sie noch?

Doch warum blieb er ihr fern?

Während ich am tiefen Ende Wasser trete, fällt mir auf, dass ich keinen blassen Schimmer habe, warum Jake sich nicht bei Millandra blicken lässt. Und mir wird klar, dass ich auch der letzte Mensch auf Erden bin, der diese Frage klären kann. Während Millandra in ihr spitzengesäumtes Kissen weint, ist Jake vermutlich irgendwo auf Sauftour, baggert in Kaschemmen Huren an oder macht Testausritte mit dem neuesten Turbopferd. Wer weiß schon, wie der männliche Geist gestrickt ist?

Ich nicht, so viel steht fest.

»Raus mit dir.« Ollie hält mir ein Handtuch hin, während ich mich aus dem Becken wälze wie ein gestrandeter Wal. »Heute warst du schon besser. Geht's dir gut?«

»Super«, murmle ich und wickle mich in das Handtuch. Ich bin nass und erschöpft, und in ungefähr dreißig Minuten darf ich die Elfte unterrichten. Oh ja. Mein Becher fließt über.

»Prima!«, strahlt Ollie. »Morgen wieder?«

»Kann's kaum erwarten«, grummle ich, hole meine Tasche aus dem Liegebereich und checke schnell mein Handy, nur für den Fall, dass James vielleicht angerufen hat, während ich im Wasser war. Aber das Display zeigt sich hartnäckig leer. Was keine große Überraschung ist. Vermutlich vögelt er irgendwo mit Alice.

»Hör auf zu seufzen«, ruft Ollie streng aus der Umkleide. »Und lass es endlich bleiben, dauernd auf das blöde Handy zu schauen.«

»Schon klar.« Ich lasse das Handy hastig in der Tasche verschwinden.

»Wir sollten uns ranhalten«, verkündet Ollie. »Trinkst du einen Kaffee mit?«

»Ich will zuerst unter die Dusche«, sage ich. Da ich schon mal hier bin, kann ich auch die Gelegenheit nutzen, mich zu säubern, ohne vorher den knopfäugigen Zwicki aus der Wanne entfernen zu müssen. Bilde ich mir das ein, oder schaut er immer besonders interessiert, wenn ich mich entblättere?

»Duschen ohne Zwicki.« Ollie nickt. »Gute Idee. Wir sollten ihn übrigens bald zur Küste bringen. Ich kann es mir nicht länger leisten, ihm ständig Meersalzbäder zu bereiten und Fischfutter zu servieren.«

»Wir sollten vor allem eine Pumpe anschaffen. Es müssen

Sauerstoffblasen im Wasser sein. Das haben sie in der Hummerfarm in Padstow auch.«

»Sauerstoffblasen?« Ollie angelt seine Schlüssel aus dem Quiksilver-Rucksack. »Er ist ein Hummer, nicht Joan Collins in ihren *Denver-Clan*-Zeiten. Je schneller wir ihn ins Meer schaffen, desto besser.«

»Ich geh Maddy bald besuchen«, gelobe ich. »Dann nehme ich Zwicki mit. Und suche mir auch gleich eine Bleibe. Jewell meint, ich kann bei ihr wohnen.«

Ollie späht hinter den Schränken hervor. »Sei doch nicht albern. Du brauchst ewig von Hampstead nach Ealing. Du kannst gerne bei mir wohnen, solange du willst. Du brauchst dich mit dem Auszug nicht zu stressen, Katy.«

Das stimmt nicht ganz, und zwar deshalb, weil Maddy recht hat. Man lebt wirklich nur einmal – sofern man nicht an andere Vorstellungen glaubt. Und außerdem kann ich Ninas nur mühsam verhohlene Genervtheit nicht mehr lange ertragen. Drei sind einer zu viel und so weiter.

Während ich unter der Dusche stehe, sinne ich darüber nach, wie verquer mein Leben momentan ist. Ich befinde mich in einer Art Niemandsland. Kein eigenes Zuhause, kein Partner, keine Zukunftspläne. Ich fühle mich wie ein kleines Boot auf hoher See, bei dunkler Nacht und Wellengang. Sogar Jake und Millandra haben mich verlassen. Sie scheinen den Laptop nicht zu mögen.

Wer meint, dass Laptops eine tolle Erfindung sind, sollte mal pausenlos einen durch die Gegend schleifen. Wayne Lobbs Heft war wesentlich praktischer. Es wog keine gefühlten hundert Kilo und schlug mir auch nicht gegen die Beine, wenn ich zum Bus renne. Aber hey! Wir leben im einundzwanzigsten Jahrhundert, und wenn ich Bestsellerautorin werden möchte, muss ich mich wohl mit so einem Teil anfreunden. Wie die anderen Kollegen schnalle ich mir jetzt jeden Tag das Teil auf den

Rücken wie eine Hightech-Schildkröte und tappe damit durch die Schule. Und in zehn Jahren werde ich dann gemeinsam mit den anderen die Schulbehörde verklagen, weil mein armer alter Rücken schlappmacht.

»Es muss sich was ändern«, sage ich zu mir selbst. »Etwas muss passieren, das mein Leben verändert.«

Und dann passiert auch etwas.

Aber nicht so, wie ich es mir erhofft hatte.

Ich meinte natürlich etwas Gutes, zum Beispiel, viel Geld im Lotto zu gewinnen, Brad Pitt nackt in der Küche vorzufinden oder von einem Verleger Millionen für *Das Herz des Banditen* geboten zu bekommen.

Mal was Gutes, zur Abwechslung.

Womit ich allerdings nicht gerechnet hatte, war, einen Knoten in meiner Brust zu entdecken.

Meine Hände tasten die eingeseifte Haut ab, und trotz des warmen Wassers ist mir plötzlich furchtbar kalt. Du bildest dir das ein, sage ich streng zu mir, du bist mal wieder übertrieben dramatisch. Die Brust ist öfter ein bisschen geschwollen, nicht? Und du hast schließlich nur einen kleinen Knubbel gespürt. Wenn du die Hand jetzt wegnimmst, wirst du ihn wahrscheinlich gar nicht mehr finden.

Ich lasse die Hand sinken und zähle zuerst bis fünf und dann sicherheitshalber gleich noch bis zehn. Na gut, sagen wir zwanzig. Dann hebe ich die Hand langsam wieder und betaste mit zugekniffenen Augen die Unterseite meiner rechten Brust. Und spüre das Ding wieder. Ein kleiner harter Knoten, kaum größer als eine Murmel, aber unzweifelbar vorhanden, direkt unter meiner Haut, wo er absolut nicht sein sollte.

»Aaah!«, schreie ich. Der Knoten lässt sich ein wenig hin und her schieben. Immer noch nicht willens, an seine Existenz zu glauben, taste und drücke ich eine Weile an dem Ding herum, bis ich es nicht mehr länger als Einbildung abtun kann.

Ich habe tatsächlich einen Knoten in der rechten Brust.

Mit zitternden Händen drehe ich die Dusche ab und stehe mindestens fünf Minuten tropfnass da. Es ist mir egal, dass meine Haut jetzt aussieht wie die von einem gerupften Truthahn und ich die Glocke zum Schulbeginn schrillen höre.

Wenn ich mir das nur einbilde, werde ich mich nie wieder über etwas beklagen. Ich werde nie wieder zetern, wenn Ollie seine Socken auf dem Sofa liegen lässt, ich werde nie wieder giftige Bemerkungen über Nina machen oder herumjammern, weil ich keinen flachen Bauch habe. Ich werde alle Schularbeiten anständig korrigieren, netter zu meinen Eltern sein, zur Kirche gehen, nichts Gemeines über Richard denken...

Also rundum ein besserer Mensch werden.

Das ist doch ein brauchbarer Vorschlag, ein fairer Handel.

Ich taste noch mal.

Offenbar nicht.

Der Knoten weicht aus. Er ist schwer zu greifen, aber zweifellos vorhanden. Ich mag eine lebhafte Fantasie haben, doch so weit reicht sie nicht. Wegelagerer und korsetttragende Heldinnen sind eher mein Stil als Ärztedramen. Auf so was steh ich nicht. Fragt Ollie. Er darf sich Krankenhausserien nur angucken, wenn ich nicht im Zimmer bin.

Ich übertreibe also nicht, und ich bin auch nicht hysterisch. Da lauert tatsächlich irgendetwas Fieses unter meiner Haut, ein merkwürdiger kleiner Knoten im Fleisch, der nun abwartet, wie ich auf ihn reagieren werde.

Und was glaubt ihr? Ich habe keinen blassen Schimmer, weil sich das alles nämlich anfühlt, als würde ich es gar nicht erleben. So was passiert nur anderen Menschen. Frauen mit Kahlköpfen und rosa Schleifen. Mutigen Menschen. Alten Menschen. Anderen Menschen.

Ich schaffe es irgendwie, mich anzuziehen, merke aber dann, dass ich mich vorher nicht abgetrocknet habe. Meine Strumpfhose pappt an meinen Beinen, und meine Füße glitschen in den Schuhen herum. Aus meinen Haaren rinnen mir kalte Tropfen in den Nacken. Ohne genau zu wissen, wie ich dort hingekommen bin, stehe ich vor dem Sportzentrum und drücke meine Tasche an die Brust, während Horden von Jugendlichen mit Kapuzenjacken an mir vorbeischießen wie Fischschwärme. Ich müsste ihnen zuschreien, dass sie sich sputen, ihre Sneakers ausziehen und ihre Kaugummis ausspucken sollen; ihr wisst schon, die ganzen wichtigen Dinge, die Lehrer zwischen den Stunden so tun – aber irgendetwas in mir ist zerbrochen. Ich fühle mich wie eine dieser Puppen, die sprechen, wenn man an einer Kordel an ihrem Rücken zieht. Aber diese Kordel ist jetzt gerissen.

Die Welt ist erschüttert worden.

Sie sieht aus wie vorher, fühlt sich aber anders an.

Ich muss mit jemandem reden. Ich *muss* mit jemandem reden, jemandem, der mich liebt, dem ich wichtig bin.

Wäre Maddy doch noch in Lewisham; sie würde mir literweise Tee kochen und mich mit Keksen vollstopfen. Mads würde nicht in Panik geraten. Sie würde auf Pfarrersfraumodus schalten und alles für mich klären. Bestimmt würde sie jemanden kennen, der das auch durchgemacht und gut überstanden hat, denn Mads ist Optimistin. Während ich Chemotherapie und rosa Schleifen vor Augen habe, würde sie mir nüchterne Statistiken darlegen und mich aufbauen. Andererseits könnte ich jetzt nach Ollie suchen, aber mit ihm möchte ich wirklich nicht über meine Brüste reden.

Ich will mit James sprechen.

Es muss James sein. James kennt meinen Körper in- und auswendig. Er wird wissen, ob da vorher schon ein Knoten war. Wir können doch trotzdem Freunde bleiben, auch wenn wir uns getrennt haben, oder?

Ich suche seine Nummer im Menü und drücke die Ruftaste.

Das Telefon klingelt endlos. Irgendwo in der Innenstadt dudelt eine Melodie von Bach jetzt immer hartnäckiger.

»Komm schon«, murmle ich. »Geh ran!«

»Sie haben die Mailbox von...«

Mist. Ich habe in letzter Zeit schon so viele Nachrichten bei dieser höflichen Frauenstimme hinterlassen, dass wir eigentlich per Du sein müssten. Wahrscheinlich stehe ich auf ihrer Weihnachtspost-Liste. Vielleicht ist James zu Hause? Manchmal arbeitet er auch von dort. Vermutlich sitzt er gerade in den Resten seines Büros, die Sasha nicht zerlegt hat. Ich sehe ihn förmlich vor mir, wie er vor dem Computer hockt, wie ein Wilder in die Tasten haut und ein ärgerliches Schnalzen von sich gibt, wenn er gestört wird (meist durch mich). Wie ich James kenne, hat er auch seine Kopfhörer auf und hört sowieso nichts.

Trotzdem kann ich es ja mal probieren. Ich scrolle auf »zu Hause«, was mir einen schmerzhaften Stich versetzt. Da ich jetzt offiziell kein Zuhause mehr habe, muss ich den Eintrag wohl ändern.

»Hallo?«

Eine piepsige, etwas atemlose Frauenstimme.

Ich bin zuerst verdutzt, dann maßlos erleichtert. Scheinbar habe ich versehentlich bei Millward angerufen! Diese atemlose Piepsstimme kenne ich. Sie gehört James' Assistentin Tilly, einer stets in Designerklamotten gewandeten Blondine mit einem Hirn wie eine Festplatte. Tilly wirkt am Telefon immer so atemlos.

»Entschuldige, Tilly«, sage ich munter. »Katy hier. Ich suche James. Ich muss versehentlich im Büro angerufen haben.«

»Oh!«, piepst die Stimme und verstummt dann. Im Hintergrund vernehme ich unverkennbar James, der sich mürrisch erkundigt, wer ihn zu Hause anruft.

Zu Hause? Also nicht Tilly. Sondern Scheißalice Saville.

»Hören Sie zu, Alice«, sage ich fest, klemme mir das Handy

unters Kinn und krame in der Tasche nach meiner eisernen Ration Zigaretten. »Geben Sie mir James, ja?«

»Er ist sehr beschäftigt«, piepst Alice.

»Richten Sie ihm bitte aus, es sei sehr wichtig.« Meine Hände zittern so sehr, dass ich das Feuerzeug fallen lasse. Ich fingere in der Zigarettenpackung herum und muss feststellen, dass sie leer ist. Dieser verfluchte Ollie! Ich bring ihn um! Hummer und Kakteen kann ich vielleicht noch vergeben, aber meine Kippen klauen? Darauf steht die Todesstrafe.

Am anderen Ende höre ich Schritte auf dem Parkett.

»Wer ist denn dran, Liebling?«

»Niemand«, sagt Alice rasch. »Nur verwählt, Schatz.« Und dann ist die Leitung tot. So eine verfluchte Frechheit!

Eine Träne rinnt mir über die Wange und fällt auf den Betonboden. Meine Gefühle schwanken zwischen Tobsucht und völliger Verzweiflung. Der verletzte und wütende Teil von mir möchte zu gerne James die Eier mit einer stumpfen Schere abschneiden, doch der andere, größere Teil ist einfach vollkommen fassungslos, dass ich so schnell ersetzt worden bin. Das habe ich nun davon, dass ich vier Jahre lang seine Socken gewaschen habe! Das ist das Dankeschön dafür, dass ich ihm eine treue Freundin war.

Und, vermeldet eine leise Stimme in mir, dafür, dass du so bereitwillig den Fußabtreter gegeben hast.

Nun gut. Scheiß auf James.

Ich stapfe über den Spielplatz zum Schulgebäude und steuere schnurstracks die Mädchentoilette an. Es ist zehn nach neun, und im Gebäude herrscht jetzt Stille. Es riecht leicht nach Rauch, und ich setze zwei pampige Neuntklässlerinnen vor die Tür, die versuchen, sich in der hintersten Kabine zu verstecken. Als sie verschwunden sind, klettere ich auf den Klositz, verrenke mich wie ein Yoga-Guru und drücke fest gegen die Deckenplatte. Bingo! Es regnet Zigaretten, Papierchen und Feuerzeuge.

Sind Teenager nicht einfach fantastisch? So berechenbar.

Ich stopfe die Beute in meine Tasche, husche an meinem Klassenzimmer vorbei und flitze in den Heizungskeller, den letzten heimlichen Zufluchtsort der Raucher in der Schule. Eine Notfluppe, eine letzte Heulerei wegen James und einige ernsthafte Sorgen wegen des Knotens sind jetzt an der Tagesordnung.

Im sicheren Heizungskeller ziehe ich heftig an der Zigarette, aber sogar der wunderbare Nikotinrausch heitert mich nicht auf. Es ist einfach zu viel, was ich an diesem Vormittag zu verarbeiten habe. Zu viele Gedanken und zu viele Fragen, auf die ich Antworten finden muss. Vor allem eine Frage drängt sich immer wieder auf.

Ich schnippe Asche auf den Boden und richte mich auf. Was zum Teufel hat es mit diesem Knoten auf sich? Soll ich ihn ignorieren? Oder vernünftig sein und ihn untersuchen lassen? Dazu wird in allen Frauenzeitschriften geraten. Neun von zehn Brustknoten sind gutartig. Ich bin im Bilde.

Aber wenn meiner nun der eine von der anderen Sorte ist? So wie mein Leben in letzter Zeit aussieht, würde mich das auch nicht mehr wundern.

Ist es schlimmer, nicht zu wissen, ob man Krebs hat, als mit der furchtbaren Nachricht konfrontiert zu sein? Will ich wissen, dass James sich eine neue schlankere und schönere Freundin zugelegt hat, oder mir lieber nichtsahnend den Kopf zerbrechen? Wäre es angenehmer vorzugeben, ich hätte den Knoten nie entdeckt, ins Lehrerzimmer zu spazieren und wie üblich meine Freistunde mit Kaffeetrinken und Surfen im Netz zu verplempern? Oder sollte ich vernünftig handeln und einen Arzt anrufen?

Das Problem ist, dass ich es noch nie hingekriegt habe, vernünftig zu sein.

Vielleicht sollte ich jetzt endlich damit anfangen.

In der Praxis des Arztes wimmelt es von schniefenden und hustenden Patienten, und das Telefon klingelt ohne Unterlass. Wir sind in einen kleinen Raum mit extrem schmalen Stühlen gepfercht, und einige Patienten müssen sich sogar stehend an die Wand lehnen oder neben dem Empfangstisch warten. Man könnte auf die Idee kommen, dass hier versucht wird, den Weltrekord für die höchste Anzahl Kranker auf kleinstem Raum aufzustellen. Jemand schnieft lautstark, ein anderer hustet erbärmlich, und ich sehe förmlich vor mir, wie die Bazillen sich vermehren und darum zanken, wer auf wem landen darf. Diese kleine Praxis in West Ealing wäre eine höchst wirksame Waffe, sollte Großbritannien sich jemals auf bakteriologische Kriegsführung verlegen wollen. Ich sitze erst eine Stunde hier und habe schon Halsweh.

»Katy Carter«, verkündet die Sprechstundenhilfe. »Dr. Allen, Zimmer 5.«

Ich lege die zerlesene Zeitschrift weg, steige über diverse Gliedmaßen und mache mich auf den Weg zum Sprechzimmer, verfolgt von missgünstigen Blicken, die ich eisern ignoriere. Die letzte Stunde habe ich effektiv genutzt, um mir in Selbstdiagnose jede erdenkliche Krankheit von der Krätze bis hin zu Krebs im Endstadium zu attestieren.

»Pass doch auf!«, beklagt sich ein Zehnjähriger, über dessen Fuß ich stolpere. »Sonst zeig ich dich wegen Körperverletzung an, du dumme Kuh.«

Sind Kinder nicht einfach wunderbar? In meiner gegenwärtigen Stimmung habe ich gute Lust, ihm detailliert zu schildern, was ich alles gerne mit ihm machen würde.

Aber ich besinne mich eines Besseren, als ich den Blick seiner Mutter auffange. Sie sieht aus, als fräße sie für ihr Leben gern kleine rothaarige Menschen zum Mittagessen. Genau der Elterntyp, mit dem ich es an meiner Schule am häufigsten zu tun bekomme.

Der Arzt schaut auf und lächelt mich an, als ich die Tür öffne. »Kommen Sie rein. Was kann ich für Sie tun?«

Ich mache den Mund auf, um mich zu erklären, bringe aber keinen Ton hervor. Unter keinen Umständen werde ich meine Titten jemandem präsentieren, der wie mein Großvater aussieht. Geht gar nicht! Ich will dem Arzt gerade mitteilen, dass ich mich geirrt habe, aber es ist schon zu spät. Er schließt die Tür hinter mir und geleitet mich zum Stuhl.

»Bitte setzen Sie sich.« Er weist auf den gelben Plastikstuhl neben sich und wirft einen Blick auf meine Unterlagen. »Lehrerin? Worum geht es? Stress?«

Stress ist gar kein Ausdruck, Kumpel.

»Meine Brust«, bringe ich schließlich hervor, wobei mein Mund sich anfühlt wie die Wüste Gobi. »Ich habe einen Knoten entdeckt.«

»Sie müssen nicht vom Schlimmsten ausgehen«, sagt Dr. Allen. »Bei einer Frau in Ihrem Alter ist es nicht sehr wahrscheinlich, dass es sich bei dem Knoten um etwas Unerfreuliches handelt. Ich werde Sie jetzt erst einmal untersuchen. Springen Sie doch bitte auf die Liege und ziehen Sie Ihren Pulli aus.«

Springen? Die Liege ist fast so hoch wie ich. Ich nehme etwas schwächlich Anlauf und ziehe mich dann hoch. Und seit wann bin ich überhaupt eine Frau? Ich bin doch noch ein Mädchen. Ich mag ausgeflippte Schuhe und rosa Kleidchen. Frauen tragen vernünftiges Schuhwerk und bezahlen pünktlich ihre Rechnungen. Frauen sind alt. Ich bin nicht alt. Ich bin erst knapp dreißig.

Oh Gott.

Knapp dreißig? Gerade war ich doch noch fünfundzwanzig. Und jetzt bin ich alt.

»Legen Sie sich hin«, sagt der Arzt und krempelt seine Ärmel hoch, was ich sehr beunruhigend finde. »Heben Sie den rechten Arm über den Kopf.« Ich nehme die Pose von Kate

Winslet in *Titanic* ein und versuche zu vergessen, dass ein wildfremder Mann an meiner Brust herumdrückt. Worüber sollen wir reden? Übers Wetter? Und wieso habe ich ausgerechnet heute meinen ältesten BH angezogen? Angegraute Spitze und faserige Träger machen nicht so einen tollen Eindruck.

»Wahrscheinlich hab ich mir was eingebildet«, sage ich, als er nach ein paar Sekunden immer noch stumm herumtastet. »Tut mir leid, dass ich Ihre Zeit verschwende. Soll ich wieder gehen?«

Ich kann es kaum erwarten, von der Liege zu hopsen und so schnell davonzurennen, wie meine kurzen Beine mich tragen. Er ist ein netter Arzt, aber er ist älter als mein Dad, und ich liege hier mit nackten Möpsen herum. Alle Achtung vor Busenstars; sehr sonderbare Art, seinen Lebensunterhalt zu verdienen. Vielleicht spricht doch einiges für den Lehrerberuf? Elftklässler sind ein hartes Los, aber wenigstens muss ich nicht meine Titten herzeigen, um sie zu beschäftigen.

Wiewohl das wahrscheinlich auch irgendwann nötig sein wird.

»Ich bin sicher, dass ich mir nur was eingebildet habe.« Diese Aussage finde ich ungemein erleichternd. Vermutlich hat mir der Stress der letzten Wochen zu sehr zugesetzt. Ich habe mir wahrscheinlich einen Muskel in der Brust gezerrt, weil ich den ganzen Tag diesen blöden Laptop mit mir herumschleppe. Oder vielleicht ist es auch eine bizarre Nebenwirkung des infernalischen Sportprogramms, das Ollie mir auferlegt hat. Ich wusste immer schon, dass Sport schädlich ist. Ab jetzt werde ich nur noch auf der Couch rumliegen und jeden anderen Faulpelz in den Schatten stellen. Ich werde ...

»Ah ja. Da ist er«, sagt der Arzt.

Ich spüre, wie mir das Blut aus dem Kopf in die Zehenspitzen schießt. Einen scheußlichen Moment lang habe ich das Gefühl, ohnmächtig zu werden.

»Ein ziemlich kleiner, weicher Knoten«, fährt der Arzt fort, wobei er bei jedem Wort noch einmal fester drückt. »Ich werde Sie zu einer weiteren Untersuchung an das Daffodil Unit überweisen.«

»Daffodil Unit?«, krächze ich. Ich muss an die Frauen im Shoppingcenter denken, die Blechbüchsen mit dem Narzissensymbol schütteln. Ein- oder zweimal habe ich auch schon ein Pfund in die Büchse gesteckt und bin dann weitergelaufen, ohne daran zu denken, dass ich selbst dort landen könnte. »Aber das ist...« Ich verstumme. Ich kann die Worte nicht aussprechen.

»Die Onkologie.« Der Arzt kehrt zu seinem Computer zurück und gibt ein paar Daten ein, während ich wie erstarrt in meiner *Titanic*-Pose daliege. »Dort wird eine Biopsie gemacht«, erklärt er. »Danach wissen wir mehr.«

Wir müssen mehr wissen? Wie war das mit »da ist nichts, gehen Sie wieder nach Hause«?

»Glauben Sie, es ist Krebs?«, flüstere ich.

»Es ist vermutlich nichts Besorgniserregendes, aber wir können an diesem Punkt noch keine Diagnose ausschließen.« Er lächelt mich beruhigend an. »Wir werden das abklären. Es könnte eine Zyste sein. Das wäre in Ihrem Alter die naheliegendste Erklärung. Oder ein Fibroadenom.«

Ein was? Wie kann ich etwas haben, das ich nicht mal buchstabieren kann?

Der Arzt kramt in seinem Schreibtisch herum und fördert einen Stapel Broschüren zutage, die er mir schwungvoll in die Hand drückt. Ich packe sie mit meinen schweißnassen kleinen Pfoten und wundere mich, dass sie so hübsch aussehen – mädchenhaftes Rosa und Pastellfarben. Was soll das? Die Aktion »Krebs ist niedlich«?

»Lesen Sie sich das durch«, sagt er. »Darin wird alles erklärt. Und machen Sie sich nicht zu viele Sorgen.«

Keine Sorgen machen? Hat der ein Rad ab? Wie würde er sich wohl fühlen, wenn er einen Knoten an seinem Pimmel gefunden hätte und ich ihm sagen würde, er solle sich keine Sorgen machen? Natürlich mache ich mir Sorgen! Ich bin eine der weltbesten Sorgenmacherinnen, quasi auf Olympianiveau!

Ich ziehe meinen Pulli wieder an. Es kommt mir vor, als hätte ich den ganzen Tag lang nichts anderes getan, als mich anzuziehen.

»Sie sollten binnen vierzehn Tagen vom Krankenhaus Nachricht bekommen. Ich schreibe heute Nachmittag die Überweisung.«

»Vierzehn Tage!«, keuche ich. »Das sind zwei Wochen!«

Für dich mögen das nur vierzehn Tage sein, Kumpel, aber für mich sind es zwei ganze Wochen! Ich werde durchdrehen! Ich weiß von diesem Knoten erst ein paar Stunden und bin jetzt schon fast reif für die Anstalt. Ich kann keine zwei Wochen warten. Bis dahin bin ich völlig plemplem. Ich bin der ungeduldigste Mensch der Welt. Als Gärtnerin völlig untauglich, weil ich sogar Samen wieder ausbuddle, um nachzusehen, ob sie schon gewachsen sind. Und was Weihnachtsgeschenke angeht ... die packe ich grundsätzlich vorher aus. Ich werde *niemals* zwei Wochen warten können. Ich werde explodieren. Oder so überdreht sein, dass ich anfangen werde zu ticken wie eine Uhr.

Kurz und gut: Ich werde wahnsinnig werden.

Und der Himmel steh Ollie bei, der mit mir zusammenleben muss.

»Wenn Sie privat versichert sind, kann ich Sie alternativ ins Nuffield überweisen«, erklärt Dr. Allen, die Finger über der Tastatur. »Da bekommen Sie binnen drei Tagen einen Termin.«

Oh ja! Danke, liebes Jesuskind! Oder vielleicht sollte ich lieber James danken, der sich im Besitz einer dicken, fetten Privatversicherung befindet? Der muss nicht mit einer gesetzlichen Krankenversicherung auskommen. Als er letztes Jahr eine Weisheitszahn-OP hatte, gab es Rund-um-Service mit allen Schikanen: flitzende Krankenschwestern, frischer Kaffee, Plasmafernseher, Zeitungen ans Bett. Ich hätte mich am liebsten dazugelegt. Ja, bitte, das Nuffield! Her damit! Ich will gerade sagen, dass mein Verlobter privatversichert ist und man mich bitte sofort dorthin überweisen soll, als mir einfällt, dass dies ja nicht mehr der Fall ist. James wird nicht angerannt kommen, um mich aus meiner misslichen Lage zu retten.

Ich stecke ernsthaft in der Klemme.

Meine Broschüren umklammernd, stolpere ich aus der Praxis und auf die Straße hinaus. Es ist ein strahlender Frühlingstag. Der Himmel ist azurblau, und die fröhlich dahintreibenden Wölkchen sind so weiß und wattig wie in einem Philadelphia-Werbespot. Im Park gegenüber machen Büroangestellte Mittagspause, liegen im Gras und genießen die unerwartete Wärme oder sitzen auf Bänken und futtern ihre Sandwiches. Kinder kreischen ohrenbetäubend, während sie auf dem Spielplatz umherpesen, Rutschen hinuntersausen oder sich auf dem Karussell im Kreis drehen. Am Teich füttert eine Mutter mit Kleinkind die Enten. Es grenzt an ein Wunder, dass sie nicht untergehen, so wie die mit Brot vollgestopft sind. Ich beobachte, wie das Kind lacht und von der Mutter auf den Arm genommen wird, kleine Pausbacke an Frauenwange, dicke Ärmchen, die sich um ihren Hals legen. Alles ist so schön.

Tränen laufen mir aus den Augen, und ich wische sie ärgerlich mit dem Handrücken weg.

Was ist los mit mir?

Ich will gar nicht unbedingt Kinder.

Ich mag Kinder nicht mal besonders – ich bin Lehrerin, um Himmels willen –, aber ich hatte immer gedacht, eines Tages vielleicht...

Mit dem richtigen Mann, versteht sich.

Und ohne Krebs.

Schluss damit!, befehle ich mir wütend. Komm zur Vernunft! Das kann alles völlig harmlos sein.

Oder auch nicht, flüstert eine niederträchtige kleine Stimme in meinem Kopf.

Ich stopfe die Broschüren in meine Tasche. Ich werde sie beim Lunch lesen und dann Ollie die ganze Geschichte erzählen. Er weiß bestimmt, wie er mich aufheitern kann. Dazu wird vermutlich ein monströses Besäufnis in einem schmuddligen Pub gehören, aber tatsächlich finde ich Besinnungslosigkeit gerade sehr verlockend.

Mit einem Seufzer wandere ich die Hauptstraße entlang. Es ist ein ganz schlechtes Zeichen, dass ich nicht das geringste Bedürfnis verspüre, in die Läden zu spazieren und meine Karte zu strapazieren. Die Schaufenster sind voll mit Strandsachen, Blümchen-Flipflops und hübschen Sarongs, die alle »Kauf mich! Kauf mich!« schreien. Normalerweise würde ich schnurstracks reinmarschieren und mit meiner Kreditkarte wedeln. Aber heute ist mir zumute, als hätte mich jemand in eine Blase gesteckt. Ich sehe alles, aber es scheint meilenweit entfernt zu sein, als würde ich hinter Glas herumtappen. Nicht einmal die goldenen Bogen von McDonald's können mich verführen, was wirklich ein dramatisch schlechtes Zeichen ist.

Und das vierzehn Tage lang?

Da werd ich verhungern.

Ich will nicht shoppen, und ich will nicht essen. Ich habe weniger Sex als Mutter Teresa, die überdies schon tot ist. Mein Verlobter hat mich durch eine andere ersetzt. Mein Roman wurde in kleine Papierstücke zerfetzt, und in meiner Badewanne, die nicht einmal meine ist, wohnt ein Hummer.

Was für ein Leben ist das denn?

Nun, es ist mein Leben.

Ich kann nur hoffen, dass ich es zumindest behalte.

9

Ihr wisst ja, dass Telefone nie klingeln, wenn man darauf wartet. Das gilt auch für Ollies Apparat. Seit dem Mittagessen tue ich so, als würde ich fernsehen und Arbeiten benoten, und das Telefon ist so still, dass ein Trappistenmönch dagegen geschwätzig wäre. Es klingelt lediglich, wenn ich auf dem Klo bin oder gerade was Cooles im Fernsehen kommt, aber nie, wenn es soll.

Wohl wieder so ein bescheuertes Naturgesetz.

»Warum rufen die nicht an?«, frage ich Sasha, die neben mir auf der Couch liegt. Wir haben gemeinsam bereits eine Packung Schokokekse und eine Tüte Hundekekse verputzt. Diese Warterei macht hungrig. Da die Kekse jetzt alle sind, mache ich mit meinen Nägeln weiter. Sie müssen ja nicht mehr hübsch sein für die Hochzeit, weshalb ich mich in aller Ruhe der guten alten Beißerei hingeben kann. Man wartet schließlich nicht jeden Tag auf die Nachricht, ob man nun Brustkrebs hat oder nicht.

»Erledigen sie zuerst die mit den schlechten Nachrichten?«, sinniere ich. »Oder heben sie die bis zuletzt auf?«

Sasha fällt dazu auch nichts ein. Sie wedelt mitfühlend mit dem Schwanz, und ich mache mich über meine rechte Hand her. Wenn der Arzt nicht bald anruft, bin ich wahrscheinlich in Kürze beim Ellbogen angelangt.

»Jetzt klingel endlich, du Scheißteil«, befehle ich dem Telefon, doch es schweigt störrisch. Wenn ein Telefon Leuten eine Nase drehen könnte, würde es das jetzt sicher tun. Ich wende mich wieder meinem Daumen zu und knabbere fleißig.

Die Zeit, seit ich diesen Knoten entdeckt habe, ist die merkwürdigste meines Lebens. Es kommt mir vor, als sei alles, worüber ich mir früher den Kopf zerbrochen habe, vollkommen unwichtig. Vorher waren diese Dinge von Bedeutung für mich, aber seit ich weiß, dass vielleicht etwas Bösartiges in mir heranwächst, das sich sekündlich ausdehnt und seine tödlichen Tentakel ausstreckt, kann mich nichts anderes mehr wirklich erschüttern. Es kommt mir vor, als habe sich die Trennung von James schon vor Ewigkeiten zugetragen. Er fehlt mir immer noch, und ich bin auch immer noch verletzt, weil er mich so mühelos ersetzt hat, aber es ist nicht mehr so wichtig wie früher.

Mads hat recht. Man lebt wirklich nur einmal. Ich hatte allerdings nicht damit gerechnet, dass meine Lebenszeit auch noch besonders kurz ausfallen würde. Das tun wir doch alle nicht, oder? So vieles verschieben wir auf später – die Orte, die wir irgendwann besuchen, die Dinge, die wir irgendwann machen wollen. Und dabei sind wir ständig in Eile. Ich haste zur Arbeit, renne durch die Schule wie der Tasmanische Teufel auf Speed und verputze mein Pausenbrot, während ich zur nächsten Stunde pese. Dann sprinte ich zum Bus, flitze durch den Supermarkt, hetze nach Hause, korrigiere Arbeiten und falle ins Bett. Und am nächsten Tag stehe ich auf, und alles fängt wieder von vorn an.

Haltet das Karussell an. Ich will aussteigen.

Warum eigentlich schufte ich so viel und schieße mit tausend Stundenkilometern durch die Gegend?

»Was soll das alles?«, sinniere ich laut. Was kann ich aus meinen vergangenen fast dreißig Lebensjahren vorweisen außer ansehnlichen Kreditkartenschulden und einer Sucht nach

Hochglanzmagazinen? Was habe ich eigentlich mit meinem Leben angestellt?

Verplempert – so sieht's aus. Ich seufze und kraule Sashas seidige Ohren. Ich habe mir nie die Zeit genommen, darüber nachzudenken, was ich eigentlich will. Ich bin in einen Beruf reingeraten, den ich nicht wirklich wollte, ich habe Jahre mit einem Mann vergeudet, der mich nicht so geliebt hat, wie ich es verdient habe, und ich war zu feige, einen ernsthaften Versuch mit dem Schreiben zu machen. Wie die meisten Menschen träume ich davon, was ich irgendwann noch machen will, und gestalte mir damit die Gegenwart erträglicher, aber was tue ich, um meine Träume umzusetzen? Nichts und wieder nichts.

Neunundzwanzig Jahre alt und so eine magere Bilanz.

Ein ernüchternder Gedanke.

Ich will nicht deprimiert sein, und ich bin es auch nicht wirklich. Eher nachdenklich. Dieser Knoten in meiner Brust hat alles Mögliche ausgelöst. Ich betrachte vieles aus einem anderen Blickwinkel. Wenn dieser hinterhältige Zellklumpen nicht in meinem Körper säße, würde ich zweifellos unbekümmert so weitermachen wie bisher und mir lediglich den Kopf darüber zerbrechen, wie viele Kalorien ich heute zu mir genommen habe und ob mein Liebesleben derzeit eine Totalpleite ist. Obwohl ich mir darüber eigentlich keine Gedanken mehr machen muss, denn die Antwort liegt ja auf der Hand.

»Aber ich sag dir was«, teile ich Sasha mit, »ein Gutes hat die Sache: Hier wird sich ab jetzt was ändern. Als Erstes gebe ich deinem Herrchen ein Bier aus, denn der Mann war echt toll zu mir.«

Wenn es hart auf hart kommt, sieht man, wer ein wahrer Freund ist.

»Das kann doch nicht wahr sein«, hatte Ollie entsetzt gerufen, als ich ihm von meinem grauenhaften Vormittag erzählt hatte. Ich war nämlich wieder in die Schule gegangen, da ich zu Hause im Eiltempo Selbstmordgedanken ausgebrütet hätte. In der Schule habe ich kaum Zeit zum Pinkeln, geschweige denn zum Grübeln.

Um halb vier stürmte die Elfte aus dem Raum und hinterließ ein Schlachtfeld. Poster lösten sich traurig von der Wand, mindestens zwei Stühle hatten Schlagseite, und zahlreiche Exemplare von *Macbeth* lagen überall auf den Tischen verstreut. Ollie, der vobeigekommen war, um schnell eine mit mir zu rauchen, eilte stattdessen davon, um Schokolade und Taschentücher zu organisieren.

»Und das hast du alles ganz allein durchgestanden?«, fragte er, brach ein Stück Schoki ab und steckte es mir in den Mund. »Wieso hast du niemanden angerufen?«

Ich verzichtete tunlichst darauf, Alice und James zu erwähnen, weil ich fürchtete, Ollie würde womöglich losziehen und meinen Exverlobten vermöbeln.

»Wusste nicht, wen ich mitnehmen sollte.«

»Und was ist mit mir? Ich hätte dich gern begleitet. Was hat der Arzt denn gesagt?«

»Er meint, es bestünde erst mal kein Grund zur Beunruhigung«, antwortete ich. »In diesen ganzen Broschüren, die er mir gegeben hat, steht, dass solche Knoten häufig vorkommen. Neun von zehn sind offenbar gutartig. Aber wenn ich jetzt Pech habe und...«

»Daran darfst du gar nicht denken!«, sagte Ollie und umarmte mich mitten in meinem Klassenzimmer. Zwei Elftklässler, die draußen vorbeigingen, pfiffen, und einer rief: »Der steht auf Sie, Miss!«

»Du ruinierst gerade deinen Ruf.« Ich löste mich von ihm und wischte mir mit dem Handrücken das Gesicht. »Außerdem brichst du Miss White vom Darstellenden Spiel das Herz.«

Die arme Ellie White ist schon seit Anfang des Schuljahrs in

Ollie verknallt. In Konferenzen versucht sie neben ihm zu sitzen, und seit Neuestem geht sie immer früh morgens schwimmen, in der Hoffnung, dass er sie bemerkt. Es muss sie wirklich schlimm erwischt haben. Ollie hat allerdings bislang weder auf ihre glühenden Blicke reagiert noch auf ihre Anfragen, ob er sie bei Schulausflügen begleitet. Was ihm gar nicht ähnlich sieht. Offenbar steht er wirklich sehr auf Nina.

»Kein Problem«, erwiderte Ollie. »Außerdem ist Ellie echt nicht mein Typ.«

»Wieso denn nicht?«, fragte ich mit gespieltem Erstaunen. »Sie atmet doch!«

Ollie nahm meine Hand und drückte sie. »Jetzt hör mal auf mit der Witzelei und sei einen Moment ernst. Was passiert als Nächstes?«

Ich erzählte ihm von der geplanten Untersuchung und der vierzehntägigen Wartezeit. Wie es mir damit ging, brauchte ich Ollie nicht zu schildern; er kennt mich gut genug, um zu wissen, dass ich mich bis dahin in meine Einzelteile aufgelöst habe.

»Ich kann das nicht selbst bezahlen«, sagte ich, als er den Vorschlag machte. »Es kostet ein Vermögen. Ich hab im Internet nachgeschaut, und glaub mir, ich müsste eine Bank ausrauben oder auf den Strich gehen, um mir das leisten zu können. So was ist schweineteuer, Ollie. Allein hundert Steine für den Arzt, von den Untersuchungen ganz zu schweigen. Da blecht man schon zweihundert Pfund für einen Bluttest.«

»Aber dein Seelenfrieden ist doch jeden Penny wert.«

Ich dachte an die Kontoauszüge, die wohl immer noch ungeöffnet unter der Spüle in James' Küche liegen. Wenn vor den Zahlen nicht dieses ärgerliche Minuszeichen wäre, stünde mein Konto gar nicht schlecht da. »Gut gemeint«, sagte ich. »Aber das ist nicht drin, daran brauche ich wirklich keinen Gedanken zu verschwenden. Ich muss eben zwei Wochen warten. Das geht allen anderen auch so.«

»Aber das ist doch eine Schande!«, tobte Ollie. »Wie sollst du denn mit dieser Unklarheit zwei Wochen lang normal weiterleben? Das ist doch kein Zustand!«

Tante Jewell war auch dieser Meinung gewesen, als ich sie angerufen hatte. Zuvor hatte ich versucht, meine Mutter ans Telefon zu bekommen, weil ich sie bitten wollte, ein paar Kristallkugeln für mich zu schwenken oder mir weißes Licht zu senden oder etwas in der Art, aber sie war in einem Retreat, um mit ihrem Schutzengel in Verbindung zu treten.

Ich konnte nur hoffen, dass sie meinem vielleicht auch begegnen würde.

Bei Jewell hatte ich es dann auf dem Rückweg vom Arzt zur Schule probiert.

»Oh mein Gott«, hatte sie entsetzt ausgerufen. Ich hatte sie förmlich vor mir gesehen: die langen grauen Haare nach hinten gebunden, die knochige Hand an die Brust gepresst. »Das ist ja eine schreckliche Nachricht! Meine arme Kleine! Wie kannst du es nur ertragen, nichts Genaues zu wissen? Das würde mich in den Irrsinn treiben.«

Ich liebe Jewell wirklich von Herzen, aber als Gott das Mitgefühl verteilt hat, stand sie ganz hinten in der Schlange. Immerhin hat sie sich wenigstens angestellt, im Gegensatz zu Mads.

»Schätzchen, ich könnte so was nicht aushalten. Wie grauenvoll. Ich könnte geradezu in Tränen ausbrechen, wirklich«, sagte Jewell dann noch.

Ich habe nicht vielen Leuten von der Sache erzählt, aber ihre Reaktionen sagten sehr viel über den jeweiligen Menschen aus. Ollie zum Beispiel war fantastisch. Er hörte zu, kochte mir wunderbares Essen, trocknete meine Tränen, lieh mir klaglos kitschige Frauenfilme aus, erlaubte mir, auf Sky herumzuzappen... Die Liste ließe sich endlos fortsetzen. Mads weinte und sagte, Richard würde mich in seine Gebete aufnehmen.

Jewell war dramatisch, aber positiv eingestellt (»Wer braucht schon Brüste, Schätzchen? Lästige Teile, die stören nur beim Trampolinspringen!«), und Frankie weigerte sich, das Wort mit K überhaupt auszusprechen, weil er sich so davor fürchtet.

Ich sitze auf der Couch, und als ich mich ein bisschen bewege, zucke ich vor Schmerz zusammen. Weil ich zwei Nähte unter der Brust habe, die mit einem dicken Verband verpflastert sind, kann ich keinen BH tragen, was an sich schon ein Alptraum ist. Ich sehe aus, als hätte ich mir von irgendwem einen Riesenbusen ausgeborgt.

Aber ich will mich wirklich nicht beklagen. Ich hätte niemals geglaubt, dass es mal einen Tag geben würde, an dem ich froh wäre, mit Schmerzen und verbundenem Oberkörper herumzusitzen, aber das Leben ist eben voller Überraschungen. Wie zum Beispiel der, dass ich am Dienstagabend einen Anruf von einem Mr Worthington bekam. Der Onkologe vom Nuffield erklärte mir, am Mittwochmorgen sei kurzfristig ein Termin frei geworden. Als ich ihm klarzumachen versuchte, dass ich Kassenpatientin sei, erwiderte er ruhig, alle Kosten würden übernommen und die Überweisung sei bereits bei ihnen eingetroffen.

Die liebe alte Jewell. Sie ist wirklich meine gute Fee. Ich nehme mir vor, einen erneuten Versuch zu starten, um mich zu bedanken, obwohl es für meine Dankbarkeit eigentlich gar keinen Ausdruck gibt. Seit zwei Tagen geht sie nicht ans Telefon, und ich will ihr doch unbedingt mitteilen, wie heilfroh ich bin. Das ist wirklich das Gütigste, was man jemals für mich getan hat. Ich meine, der Knoten ist immer noch da, und das fühlt sich scheußlich an, aber wenigstens muss ich jetzt nicht wochenlang warten.

Vielleicht habe ich doch einen Schutzengel.

Ich habe Ollie erzählt, dass Jewell offenbar die Untersuchungen für mich bezahlt hat und dass ich ihr jetzt einen gigantischen Gefallen schuldig bin. Er meinte daraufhin, jeder, der mich liebt, hätte ohne mit der Wimper zu zucken dasselbe getan – was lieb gemeint, aber nicht zutreffend ist. Meine Eltern lieben mich, aber sie sind nicht nur ballaballa, sondern auch mittellos, und was James angeht... nun ja, über den schweigt man besser.

Das Telefon gibt immer noch keinen Ton von sich. Ich wandere in die Küche, fülle den Wasserkessel, kaue gedankenverloren eine Handvoll Erdnüsse und befördere gammeliges Gemüse in die Mülltonne. Ollie war so lieb zu mir, da kann ich wenigstens die Küche für ihn ausmisten. Er hat mich sogar zur Biopsie ins Krankenhaus begleitet, was weit über einen reinen Freundschaftsdienst hinausgeht.

Und es war kein Zuckerschlecken. Beim nächsten Mal würde ich mir gern was weniger Schmerzhaftes aussuchen, eine Wurzelbehandlung ohne Narkose vielleicht – wiewohl ich freilich hoffe, dass es kein nächstes Mal geben wird. Ich unterbreche meine Teezubereitung, als mir der abscheuliche Gedanke kommt, dass im schlimmsten Fall Heerscharen unerfreulicher medizinischer Untersuchungen auf mich warten. Was Schmerzen angeht, bin ich ein totaler Angsthase. Der Himmel steh mir bei, sollte ich jemals ein Kind zur Welt bringen; wahrscheinlich werde ich dafür eine Vollnarkose brauchen. Ich bin in Ohnmacht gefallen, als meine Ohrlöcher gestochen wurden!

Da Ollie das alles weiß, hat er darauf bestanden, mich ins Nuffield zu begleiten. Was wirklich gut war, denn ich hatte die ganze Nacht im Internet gesurft und mich über jede Info mehr aufgeregt, so dass ich gegen Morgen Ähnlichkeit mit einem rothaarigen Wackelpudding aufwies. Ohne Ol, der mir Frühstück machte und mich ins Krankenhaus begleitete, würde ich wahrscheinlich immer noch mit der U-Bahn im Kreis fahren und versuchen, genügend Mut für den Gang in die Klinik aufzubringen.

Ich drücke den Teebeutel aus und schaue auf die Uhr. Halb drei. Die müssten doch jetzt mit den Labortests fertig sein und die Ergebnisse haben? Mein Puls rast, und ich habe einen derart hohen Adrenalinspiegel, dass mir die Hände zittern. Vielleicht habe ich auch zu viel Koffein intus.

»Verflucht, jetzt klingel endlich«, sage ich zum Telefon.

Die Onkologieabteilung des Nuffield ist in sonnigen Gelbtönen gestrichen, und an den Fenstern hängen zarte pastellfarbene Gardinen – ein unerwarteter Farbrausch am Ende eines zinngrauen Gangs. Wenn man die Aufnahmeformalitäten hinter sich hat, sieht man dort nirgendwo mehr typisches Krankenhausmobiliar. Die wartenden Frauen saßen auf weichen Sofas, tranken Kaffee und blätterten mit starrem Blick in Hochglanzmagazinen. In einer Ecke des Wartezimmers gluckerte eine Kaffeemaschine, doch davon abgesehen herrschte eine nahezu andächtige Stille im Raum, fast wie in einer Kirche. Ich rechnete beinahe damit, dass Richard Lomax mit seiner Soutane, umweht von Weihrauchdüften, vorbeischreiten würde.

Ollie und ich quetschten uns zusammen auf ein pfirsichfarbenes Sofa und richteten uns aufs Warten ein. Krankenschwestern eilten vorüber, dicke Akten unter dem Arm, und gelegentlich kamen auch Ärzte vorbei, die man nur an ihrem Stethoskop erkennen konnte. Einige der Wartenden sahen gesund, andere dünn und bleich aus. Auch Partner waren mitgekommen, hielten ihren Lieben die Hand oder murmelten beruhigende Worte, im verzweifelten Versuch, die spürbare Anspannung zu lockern.

Ollie blätterte ein Klatschblatt durch. Stars und Sternchen mit perlweißen Zähnen strahlten uns selbstzufrieden aus ihren perfekt eingerichteten Wohnzimmern entgegen. Beneide mich!, besagte ihre Miene, und in diesem Moment tat ich das wirklich. Eigentlich beneidete ich jeden, der nicht in diesem grausig stillen Raum sitzen musste.

»Katy Carter?« Eine Frau mit vielen Falten und dem klugen wissenden Blick der Igelin Frau Tiggel-Wiggel trat neben mich. »Ich bin Dr. Morris. Ich führe heute Ihre Untersuchung durch.«

Was sollte ich darauf antworten? Oh, prima? Sie hörte sich an, als sei ich zur Gesichtsmassage hier angetreten.

»Wenn Sie mir bitte folgen«, sagte sie, »dann können wir anfangen.«

Schlagartig verspürte ich in jedem Muskel den Impuls loszurennen – eine ganz neue Erfahrung für ein Mädel, das den Verzehr von Schokolade mit Orangenaroma für einen gesunden Lebensstil hält.

»Ihr Mann kann auch mitkommen«, sagte Dr. Morris und lächelte Ollie aufmunternd an. »Das ist vollkommen in Ordnung.«

Sie dachte, Ollie und ich seien ein Paar! Wie komisch war das denn? Ollie sprang abrupt auf. Er schien es kaum erwarten zu können, uns zu folgen. Seine Busenbesessenheit gerät jetzt aber echt außer Kontrolle, dachte ich grimmig.

»Er ist nicht mein Mann«, stellte ich klar. Meine Stimme hörte sich in der Stille seltsam schrill an. »Nur ein Freund von mir.« Unter keinen Umständen würde ich mich vor Ollie ausziehen.

»Dann warte ich hier«, sagte Ollie.

»Du kannst dir ja irgendwo ein Brötchen holen oder so.« Ich bemühte mich um einen heiteren Tonfall, hörte mich aber an, als sei ich am Rande der Hysterie. »Ich komm schon zurecht.«

»Ich warte hier«, wiederholte Ollie in dem Tonfall, mit dem er normalerweise ungebärdige Teenager zur Räson bringt. »Ich gehe nicht weg.«

Als ich das Behandlungszimmer betrat und mich auf die

Liege setzte, war ich den Tränen nahe. Eigentlich hätte ich mir nichts mehr gewünscht, als Ollie an meiner Seite zu haben, damit er meine Hand halten und mir alberne Geschichten erzählen konnte, um mich abzulenken. Aber so etwas kann man nur einem Partner zumuten, oder? Dass er zuschaute, wie man mich aufschnitt, war zu viel verlangt und fühlte sich nicht richtig an. Dass ich überhaupt den Wunsch danach verspürte, rückte unsere Freundschaft in ein merkwürdiges Licht.

Alles in meinem Leben veränderte sich, fester Boden wurde zu Treibsand, und das gefiel mir überhaupt nicht.

»Legen Sie sich hin«, sagte Dr. Morris und schaltete ein Gerät ein, das wie ein großer Fernsehbildschirm aussah. »Sie brauchen sich nur obenherum frei zu machen.«

Ein paar Sekunden später wurde kaltes Gel auf meine Brust aufgetragen, und eine Krankenschwester dimmte das Licht. Man hätte geradezu auf den Kinogong warten können.

»Das ist der Ultraschall«, erklärte Dr. Morris und bewegte irgendeine Gerätschaft über meine Haut. »Damit können wir in die Brust hineinschauen und sehen, womit wir es zu tun haben. Eine Mammografie wäre in Ihrem Alter sinnlos, weil das Brustgewebe zu dicht ist und man kaum etwas erkennen kann.«

Ich blickte auf den Bildschirm, wo ein Schneesturm zu toben schien. Fehlte nur noch der Weihnachtsmann mit seinen Wichteln.

»Hier!«, sagte Dr. Morris, als zwischen den welligen grauen Linien ein dunkler Fleck auftauchte. »Da ist der Knoten.«

Sie bewegte die Sonde ein bisschen und runzelte die Stirn.

»Was ist?«, fragte ich und merkte, wie sich mein Puls beschleunigte.

»Ich fürchte, eine Zyste ist es nicht. Es ist durchblutet.«

Durchblutet? Ich fuhr panisch hoch. Was saß da drin, Dracula?

»Das heißt«, fuhr Dr. Morris fort, »wir müssen eine Gewebeprobe entnehmen, um den Tumor genau bestimmen zu können.«

»Glauben Sie, es ist Krebs?«, flüsterte ich.

»Das kann ich an diesem Punkt noch nicht sagen.« Das Licht ging wieder an, und die Krankenschwester kramte in einem Regal herum. Raschelnde grüne Plastikpäckchen, deren Inhalt verdächtig nach Nadeln aussah, wurden neben dem Waschbecken abgelegt. »Einige Teile scheinen eine glatte Oberfläche zu haben, was auf ein Fibroadenom hinweisen könnte.«

Ich hatte die verfluchten Broschüren so oft durchgelesen, dass ich inzwischen Expertin war. Ein Fibroadenom war ein gutartiges Geschwulst, das aus Bindegewebe entstand. Mittlerweile wünschte ich mir keinen Lottogewinn mehr, sondern diese Sorte von Tumor.

»Die Chancen stehen also fifty-fifty«, sagte ich. »Es könnte alles gut sein...«

»Muss man aber immer abklären«, sagte die Schwester und wischte mir die Brust ab. »Versuchen Sie sich keine Sorgen zu machen.«

Na klar.

»Wir betäuben die Brust jetzt mit einem Lokalanästhetikum«, erklärte Dr. Morris und zog eine Spritze auf. »Dann mache ich einen kleinen Schnitt und entnehme die Probe. Kurz darauf werden Sie ein Klicken hören, das so ähnlich klingt wie ein Tacker. Das bedeutet, dass ich die Zellen entnommen habe.«

»Haben Sie ein Problem mit Nadeln?«, erkundigte sich die Schwester, der wohl mein entsetzter Blick nicht entgangen war.

Was war das für eine Frage? Wer mag denn bitte schön Nadeln? Bei mir löst schon die Vorstellung einer Spritze fast eine Ohnmacht aus. Ich war seit Jahren nicht mehr beim Zahnarzt, weil ich solchen Schiss davor habe. Meine Zähne sehen aus wie Stonehenge.

»Können Sie mich nicht vollständig betäuben oder so?«, fragte ich. Kalter Schweiß sammelte sich zwischen meinen Schulterblättern. Die Vorstellung, miterleben zu müssen, wie sie mich aufschnitten, war grauenvoll. Das wollte ich bitte lieber verschlafen.

»Sind Sie vielleicht ein bisschen zartbesaitet?«

Die Untertreibung des Jahrhunderts. Ich werde schon beim Anblick eines rohen Steaks bewusstlos.

»Nur ein bisschen«, sagte ich.

»Der Vorgang ist unangenehm, dauert aber nicht lange.« Dr. Morris klopfte mit dem Zeigefinger auf die Spritze. »Ich werde so schnell und behutsam arbeiten wie möglich. Legen Sie sich auf die linke Seite und heben Sie den rechten Arm über den Kopf.«

»Möchten Sie, dass ich Ihre Hand halte?«, fragte die Schwester.

Ich dachte einen Moment darüber nach. Mir war bewusst, dass es jämmerlich war; vermutlich war diese Prozedur ein Klacks im Vergleich zu denen, die zeitgleich in anderen Bereichen der Klinik durchgeführt wurden, aber ich hatte dennoch richtig Angst. Von Sekunde zu Sekunde erinnerte mich die Spritze mehr an eine Harpune, und die lange Silbergerätschaft, mit der das Gewebe entnommen werden sollte, wäre auch in einer mittelalterlichen Folterkammer nicht fehl am Platz gewesen.

Angst war gar kein Ausdruck mehr.

Mich packte das nackte Grauen.

»Ich hab es mir anders überlegt«, krächzte ich. »Könnte mein Freund doch reinkommen?«

Plötzlich fand ich die Vorstellung, Ollie bei mir zu haben, sehr beruhigend. Er ist ziemlich abgehärtet, weil er viel in der Natur unterwegs ist, und es würde ihm sicher nichts ausmachen, wenn ich meine Nägel in seine Hand bohrte, wohingegen die Schwester davon vielleicht nicht so begeistert wäre. Außerdem war es ja nicht so, dass er noch nie eine nackte Brust gesehen hätte, oder? Der hatte schon mehr Gespielinnen als Hugh Hefner; der Anblick meiner bedauernswerten Brust würde ihn also kaum schockieren. Und wir waren schließlich Freunde. Dass er mit einem Pimmel ausgestattet war, spielte da keine Rolle. Es gab praktisch keinen Unterschied zwischen meiner Freundschaft zu ihm und meiner Freundschaft zu Mads.

Davon abgesehen, dass ich Mads noch nie abgeknutscht habe.

Aber ich hatte ja auch gar nicht vor, Ollie abzuknutschen. Das ist Jahre her, und ich war einfach furchtbar betrunken.

»Da ist er!«, verkündete die Schwester munter, als sie mit Ollie zurückkehrte.

Er blieb unsicher stehen, seine Beanie-Mütze in der einen, die Zeitschrift in der anderen Hand, und schien nicht zu wissen, wo er hinschauen sollte.

»Setzen Sie sich hierher«, sagte Dr. Morris und verschob den Bildschirm, damit Ollie sich neben mir niederlassen konnte. »Na, dann ist doch jetzt alles prima!«

Prima? Ich sah Ollie an und musste wider Willen lachen. Mir wären für meine Lage ein paar andere Vokabeln eingefallen.

»Katy ist ein wenig nervös«, erklärte die Ärztin, die Spritze im Anschlag. »Halten Sie ihre Hand. Es brennt gleich ein bisschen.«

Brennt ein bisschen? Wieso sagte sie nicht gleich »eine dicke Nadel bohrt sich in Ihre Haut«?

»Au!«, jaulte Ollie und hielt sich die Hand. »Herrje, Katy!«

»Ich habe eine niedrige Schmerzgrenze.«

»Du hast gar keine Schmerzgrenze«, schnaufte Ollie und rieb sich die Finger. »Kann ich bitte ein Betäubungsmittel für meine Hand haben?«

Aber Dr. Morris war zu beschäftigt damit, sich in meine

Haut zu graben. Als ich an mir herunterschaute, wurde mir flau.

»Sei nicht so neugierig«, befahl Ollie streng. »Schau lieber auf den Bildschirm. Du wolltest doch immer ins Fernsehen.«

Ich schaute folgsam weg und konzentrierte mich darauf, Ollie die Finger zu brechen.

Ich will gerecht sein: Die Ärztin war gründlich und bemühte sich, möglichst behutsam zu sein. Ollie litt wahrscheinlich schlimmere Schmerzen als ich; es dauerte Stunden, bis die Abdrücke von meinen Nägeln verschwunden waren. Während Dr. Morris an mir herumschnipselte, versuchte er mich abzulenken, indem er mir aus dem Klatschblatt vorlas und die neuesten Anekdoten aus der Schule erzählte. Nachdem ich aus dem Behandlungszimmer entkommen war, mich aber noch schwach und schwindlig fühlte, marschierte er schnurstracks mit mir zur Kantine und kaufte mir das größte Stück Möhrenkuchen, das ich je gesehen hatte. Dann gingen wir ins Pub und schütteten uns zu. Ich durfte nicht einen Drink bezahlen, und Ollie wollte nicht mal eine Dankesbezeugung hören.

»Wozu hat man Freunde?«, sagte er nur.

Ja, denke ich, als ich mit meinem Tee ins Wohnzimmer zurückwandere. Ollie ist ein echter Freund. Das Mädel, das den mal abkriegt, kann sich glücklich schätzen. Ich hoffe nur, es läuft nicht auf Nina raus. Er hatte wirklich was Besseres verdient.

Ich lasse mich aufs Sofa sinken, blättere ein Frauenmagazin durch und versuche mich auf ein doppelseitiges Interview mit Gabriel Winters zu konzentrieren, diesem hinreißenden Schauspieler, der in der neuesten BBC-Verfilmung eines Brontë-Romans die Hauptrolle spielt. Allerdings finde ich es extrem beunruhigend, dass nun eine gesamte Generation von Fernsehzuschauern glaubt, Jane Eyre habe tatsächlich in einem Unwetter mit Mr. Rochester gevögelt und sei dann von Bertha Mason, die man in einem besonderen Verständnis von Heimpflege auf dem Dachboden eingesperrt hat, eine Schlampe geheißen worden. Das nenne ich mal eine sehr freie Auslegung der BBC. Charlotte Brontë wälzt sich vermutlich im Grab. Gabriel Winters kann man derzeit jedenfalls schwer entkommen, denn sein markantes Gesicht mit dem Schlafzimmerblick und dem umwerfend charmanten Lächeln sieht man ständig auf Werbetafeln, Zeitschriften und den Titelseiten der Boulevardpresse. Und er verbraucht Models, Serienstars und Mitglieder von Girlbands mit demselben Affenzahn wie ich Kleenextücher. In dem Artikel erfährt man, dass er seine Rolle als Mr. Rochester toll findet und meint, die hinzugefügte Sexszene könne dem Roman nicht schaden. Dann erklärt er, was er von der Frau an seiner Seite erwartet.

Dass sie schlank und blond ist. Eine echte Überraschung.

Wieso sind Männer so berechenbar? Das muss was Biologisches sein.

Ich lege die Zeitschrift angewidert weg, weil sie sich bestenfalls als Klopapier eignen würde. Ich nehme mir vor, sie Frankie zu geben, der völlig verschossen ist in Gabriel Winters, und fahre fort, Nägel zu kauen.

Und dann klingelt das Telefon.

Ich fahre hoch und schnappe mir den Hörer, wobei ich das Gefühl habe, dass mir gleich wie im Cartoon das Herz aus der Brust springen wird. Das wär's dann.

»Hallo?«, sagt eine ruhige, sachliche Frauenstimme. »Könnte ich Katy Carter sprechen, bitte?«

»Am Apparat.« Ich höre mich an, als hätte ich Helium inhaliert, und meine Hand zittert.

»Hallo, Katy, hier ist Dr. Morris. Wie geht es Ihnen?«

Wie es mir geht? Hat die noch alle Tassen im Schrank?

»Gut«, piepse ich, weil »ich bin kurz vorm Durchdrehen« vermutlich nicht die erwünschte Antwort ist.

»Mr Worthington und seine Kollegen haben heute Ihre Ergebnisse besprochen«, fährt sie fort, und ich höre Papiere rascheln. Mein Puls rast so heftig wie bislang nur bei meinem ersten und einzigen Versuch mit Step-Aerobic. Aus ihrem Tonfall kann ich nicht schließen, ob sie mir nun gleich die gefürchtete Nachricht mitteilen wird.

»Ach ja?«, quieke ich.

»Und ich freue mich sehr, Ihnen mitteilen zu können, dass der Tumor gutartig ist.«

Im ersten Moment bin ich völlig verwirrt. Was war gleich wieder gut- und was bösartig? Ich weiß, dass ich Sprache unterrichte, aber mein Hirn fühlt sich an wie Quark.

»Entschuldigung«, bringe ich hervor. »Können Sie das noch mal wiederholen?«

Sie lacht. »Es ist eine gute Nachricht, Katy. Sie haben ein Fibroadenom, das ist ein gutartiges Geschwulst.«

»Ich habe also nicht Krebs?« Ich muss das schlicht formuliert hören, nicht in diesem Ärztechinesisch.

»Nein, Sie haben nicht Krebs«, bestätigt Dr. Morris geduldig. »Ein Fibroadenom ist vollkommen gutartig. Wir melden uns wieder, um zu besprechen, ob Sie es entfernen lassen möchten. Ich wünsche Ihnen ein schönes Wochenende.«

Ein schönes Wochenende? Im Ernst? Dr. Morris legt auf, und ich stehe mitten im Wohnzimmer und drücke immer noch das Telefon ans Ohr. Ich bin völlig verdattert. Ich war so sicher, eine schlechte Nachricht zu bekommen, dass ich jetzt völlig von den Socken bin. Auf einen Grund zum Feiern bin ich überhaupt nicht vorbereitet.

»Es ist nichts Böses«, sage ich langsam zu Sasha, die in hündischem Entzücken mit dem Schwanz wedelt. »Es ist alles gut! Heiliger Bimbam, alles ist gut!«

Es kommt mir vor, als hätte ich tagelang zehn Tonnen Zement auf dem Kopf herumgeschleppt, die jetzt schlagartig verschwunden sind. Ich könnte wie ein Heißluftballon über die Dächer von West London schweben und in einen Himmel voll unbegrenzter Möglichkeiten aufsteigen. Tage, Monate und Jahre breiten sich vor mir aus, Abermillionen von Minuten, die ich mit beiden Händen greifen und so nutzen kann, wie ich möchte. Kein Gejammere mehr wegen James. Kein Genörgel wegen meines Berufs. Kein Aufschieben des Romanschreibens mehr in ferne Zukunft. Keine Sekunde werde ich vergeuden.

»Es ist gut! Alles gut! Alles gut!«, kreische ich wie eine Wahnsinnige und rase torpedogleich durchs Haus, gefolgt von der begeistert bellenden Sasha. »Alles gut!«, berichte ich Zwicki, der mir fröhlich zuzwinkert. »Alles gut!«

So hätte ich vermutlich stundenlang weitergemacht, wenn nicht Mrs Sandhu an die Wand geklopft und irgendwas auf Hindi geschrien hätte. Ihr Baby hat zu weinen angefangen.

Huch.

Was soll's. Ich bin so energiegeladen, dass ich monatelang die Stromversorgung fürs ganze Land übernehmen könnte. Meine Lethargie ist schneller verschwunden als Gabriel Winters' Hose in einer Sexszene, und ich verspüre nicht mehr das geringste Bedürfnis, Nägel zu kauen. Mein Leben ist wieder normal.

Von wegen.

Ich werde es so was von verändern.

10

Als Ollie von der Schule nach Hause kommt, habe ich schon eine halbe Flasche Moët intus und bin etwas heiser von einer langen lebhaften Unterhaltung mit Maddy.

»Der Mann ist ein Engel!«, kreischte sie, als ich ihr von Ollies Beistand erzählte. »Der darf dir nicht durch die Lappen gehen!«

»So ist das nicht zwischen uns«, erwiderte ich. »Ich steh überhaupt nicht auf ihn.«

»Bist du nicht mehr ganz bei Trost?«, fragte sie, und im Hintergrund ertönte zustimmendes Möwengeschrei. »Der sieht doch super aus und hat einen echt hübschen Arsch.«

»Das stimmt, rein ästhetisch betrachtet, aber du hast keine Ahnung, wie er wirklich ist: überquellende Mülltonnen, hochgeklappte Klodeckel, schmutzige Socken im ganzen Haus verstreut – er ist jedenfalls nicht mein romantischer Held, falls du das glaubst.«

»Willkommen im echten Leben«, sagte Mads. »Da geht's nicht zu wie in deinen Schnulzen, verstehst du? Richtige Männer furzen und schnarchen und reißen die Bettdecke an sich.«

»Das weiß ich. Aber Ollie...«, ich zögerte, »ist eben einfach Ollie für mich, ein großer gemütlicher Typ, der Hunde mag und mir immer aus der Patsche hilft.«

»Blödsinn!«, schnaubte Mads. »Der ist doch supersexy. Ich würd mich sofort über den hermachen. Hübsche sportliche Figur, nettes Gesicht und tolle erotische Arme. Stehst du nicht mal ein ganz kleines bisschen auf ihn?«

Mads hat bei Männern eine Fixierung auf Arme.

»Wenn man so was mag, ist er bestimmt attraktiv«, räumte ich ein.

»Also stehst du doch auf ihn!«, kreischte Maddy so laut, dass sie sogar die Möwen übertönte.

Ich hätte mir am liebsten die Zunge rausgerissen. Niemals werde ich begreifen, weshalb Bond-Schurken sich mit Haien und Laserkanonen abmühen. Sie müssten 007 lediglich mit Moët abfüllen, dann würde er singen wie ein Kanarienvogel.

»Nein! Ich hab nur zugegeben, dass er nicht gerade hässlich ist. Und selbst wenn ich auf ihn stehen würde – was ich nicht tue –, könnte das nie was werden mit uns. Ollie steht auf so dürre Latten wie Nina.«

»Er wohnt aber nicht mit Nina unter einem Dach«, wandte Mads ein. »Und mit ihr steckt er auch nicht seit zwei Wochen jeden Tag zusammen.«

»Können Männer und Frauen denn nicht einfach Freunde sein?«, wandte ich ein. »Hast du etwa *Harry und Sally* nicht gesehen?«

»Doch«, sagte Maddy. »Die beiden kommen ja dann zusammen.«

Ach so? Ich hab es nie geschafft, mir den Film tatsächlich anzuschauen, nehme mir aber vor, das in Kürze nachzuholen. Es ist einer von Ollies Lieblingsfilmen, der bestimmt irgendwo hier herumliegt. Aber ich werde ihn mir aus reiner Neugierde ansehen, nicht etwa, weil ich auf Ollie stehe.

Tue ich echt nicht, aber ich kann ihn ja schließlich auf rein platonischer Ebene gut finden, oder? Mads war gerade drauf und dran, mir zuzustimmen, als Richard in die Küche kam und irgendwas von Essensspenden laberte. Von Pfarrersfrauen wird anderes erwartet als Erörterungen über Oliver Burrows Hintern und seine sexuelle Anziehungskraft, weshalb sie hastig Schluss machte – nicht allerdings, ohne mir vorher im

Flüsterton zu raten, ich solle Ollie »die Seele aus dem Leib vögeln«.

Danach rief ich Jewell an, um ihr die gute Nachricht mitzuteilen und mich für die Privatbehandlung zu bedanken, aber sie war immer noch verschollen. Ich hinterließ eine ziemlich wirre Nachricht auf ihrem AB. Meiner Schwester schickte ich eine SMS. Komischer Gedanke, dass meine gute Nachricht nun durch den Äther wirbelt. Sogar meinen Eltern schickte ich eine, was vermutlich reine Zeitverschwendung war, weil sie bis heute noch nicht mal kapiert haben, wie man ein Handy einschaltet. Aber mein erneuertes verbessertes Ich wird auch zu seinen Eltern viel netter sein. Ich werde mich überhaupt in jedem Bereich meines Lebens tadellos verhalten. Ich werde fünfmal am Tag Gemüse essen, literweise Wasser und keinen Alkohol mehr trinken – nach dieser Flasche Sekt aus gegebenem Anlass jedenfalls – und meine Haut vorbildlich pflegen. Ollie werde ich nie mehr wegen dem Chaos im Haus nerven, mir mehr Zeit für meine Freunde nehmen und sogar nett sein zu Nina, wenn ich sie das nächste Mal am Telefon habe.

Da habe ich mir echt einiges vorgenommen, aber man bedenke: Mir wurde Gnade zuteil! Gutes Karma und so weiter. Jetzt sollte ich zum Ausgleich dem Kosmos was zugutekommen lassen.

Ach Unsinn. Offenbar bin ich besoffen. Ich denke ja schon wie meine eigene Mutter.

Ich höre, wie Ollie die Haustür zuwirft und seinen Rucksack zu Boden plumpsen lässt, und sause raus in die Diele. »Hast du meine SMS gekriegt?« Zum ersten Mal schaffe ich es, vor Sasha bei Ollie zu sein, und falle ihm um den Hals. »Es ist Fibrosoundso!«

Ein breites Grinsen tritt auf Ollies Gesicht.

»Das ist eine wunderbare Nachricht«, sagt er und hält mich mit einem Arm fest. »Meine Karte war leer, sonst hätte ich angerufen. Dafür hab ich dir das da mitgebracht.« Den anderen Arm hatte er hinterm Rücken versteckt, und was er nun zum Vorschein bringt, ist der größte Blumenstrauß, den ich je zu Gesicht gekriegt habe. Dutzende fetter rosa- und cremefarbener Rosen, umhüllt von einem Meer aus rosa Seidenpapier, schönen Farnblättern und hauchzartem Schleierkraut. Und das ganze Bouquet ist üppig mit seidenen rosa und gelben Schleifen dekoriert.

Das stammt nicht von der Tankstelle.

So einen Strauß würde Jake Millandra schenken.

»Ollie!«, schnaufe ich aufgeregt und trete einen Schritt zurück, um die Blumen in Empfang zu nehmen. »Die sind ja wunderschön. Das hättest du aber nicht machen sollen. Du hast schon so viel für mich getan.« Ich berge mein Gesicht in den samtig-weichen Blüten und atme den hinreißenden Duft ein.

»Ich hab nur getan, was ich auch tun wollte«, erwidert Ollie.

»Du bist so lieb.«

»Ach, Käse«, sagt Ollie. Er hebt die Hand und streicht mir eine Haarsträhne von der erhitzten Wange. »Katy, ich ...«

»Hey«, schrillt in diesem Moment Frankies hohe Stimme durch den Briefschlitz, gefolgt von ohrenbetäubendem Gehämmer. »Lasst mich rein!«

Ollie und ich springen auseinander. Sasha hopst wie besessen auf und ab und bellt im Takt zu Frankies Faustschlägen an die Haustür.

»Macht auf!«, kreischt Frankie, den Mund an den Briefschlitz gepresst. »Ich seh euch! Na los, ich hab auch was zum Saufen mitgebracht.«

»Dann lassen wir dich rein.« Ollie öffnet die Tür, und Frankie fällt fast in die Diele, eine Plastiktüte umklammernd.

»Hey, gratuliere! Grund zum Feiern!«, schreit er und wirbelt wie ein Irrer um uns herum. Heute ist er mit einem kotzgrünen

Catsuit, hohen Fellstiefeln und einem langen Strickschal bekleidet. »Ich hab deine SMS gekriegt, Schätzelchen!« Er schlingt mir den Schal um den Hals und küsst mich auf die Wange. »Supernachricht!«

»Bring Frankie zur Vernunft und schmeiß dich in Schale«, sagt Ollie, während er die Treppe raufhechtet. »Wir feiern heute richtig. Ich hab einen Tisch bei Antonio's reserviert.«

»Uuuuh! Zauberhaft!«, ruft Frankie aus und klatscht begeistert in die Hände. »Ich *liebe* Antonio's. Die Kellner sind soo schnuckelig.«

Ollie bleibt auf halber Höhe der Treppe stehen. »Nimm's mir nicht krumm, Frankie, aber die Einladung gilt nicht für dich.«

»Ach, nun sei kein Frosch und nimm mich mit.«

»Frankie«, sagt Ollie warnend. »Ich sagte, die Einladung gilt nicht für dich.«

»Na schön! Wie du willst, Fiesling!« Frankie wirft seine langen Haare – die heute dunkellila sind – über die Schulter. »Wollen wir eine Runde James-Dart spielen, Katy?«

Das lehne ich dankend ab. Stattdessen wandern wir zurück ins Wohnzimmer und schauen fern. Während ich weiter Sekt pichle und Ollie unter der Dusche steht, zappt Frankie durch die Kanäle und bleibt schließlich bei der Talkshow von Richard und Judy hängen.

»Ich *liebe* Richard und Judy!«, schreit Frankie begeistert. »Wenn die Screaming Queens berühmt sind, werden wir ständig bei denen auftreten!«

Ich finde es verzeihlich, dass ich nicht in Ehrfurcht erstarre.

»Und nun«, sagt Judy, beugt sich vor und lächelt in die Kamera, »ein Gast, von dem Sie gewiss ebenso entzückt sein werden wie ich.«

»Seit Wochen sorgt er dafür, dass wir alle nicht mehr vom Fernseher wegkommen«, wirft Richard ein. »Noch nie waren die englischen Klassiker so sexy. Es handelt sich natürlich um den fantastischen Gabriel Winters!«

»Oh, ich liebe ihn!«, kreischt Frankie und stürzt sich beinahe in den Fernseher, als die berühmte Sexszene gezeigt wird. »Wenn ich erst berühmt bin, wird er darum betteln, mein Sexsklave sein zu dürfen.«

»Ich dachte, das sei Robbie Williams' Job«, sage ich.

Frankie leckt fast die Mattscheibe ab. »Nein, Gabriel ist der Richtige für mich. Ich hab ihn sogar schon kennengelernt, auf einer Party von einer Plattenfirma. Er ist absolut umwerfend! Und er steht bestimmt auf mich. Er hat mir ein Canapé angeboten.«

Ich verdrehe die Augen. »Aus dem Canapé würd ich nicht zu viel herauslesen, Frankie. Der Mann ist bekannt dafür, dass er mit so gut wie jedem britischen Starlet ins Bett steigt.«

Frankie überhört das geflissentlich. »Ich weiß es einfach«, seufzt er schmachtend. »Ich kann es spüren!«

Gabriel Winters sitzt auf der Couch im Studio, einen Knöchel elegant auf das in Jeans gewandete Knie gelegt. Er trägt ein wallendes weißes Hemd mit offenem Kragen, und seine langen honigfarbenen Locken umrahmen sein Gesicht und unterstreichen die Wirkung seiner verruchten saphirblauen Augen.

»Es war ein wirklich aufregendes Jahr für dich, Gabriel«, sagt Richard. »Geht es so spannend weiter?«

»Na ja«, antwortet Gabriel und lässt dabei so perfekte Zähne sehen, dass den Zahnärzten im ganzen Land vermutlich Freudentränen kommen, »im Sommer werde ich mit der Arbeit an meiner neuen Rolle als Piratenkapitän beginnen.«

»Der Film wird in Cornwall gedreht, nicht wahr?«, fragt Richard. »Dort habe ich schon oft wunderbare Ferien verbracht.«

Ich denke an Mads und ihre leidenschaftliche Überzeugung, in Cornwall wimmle es nur so von erotischen Männern. Hmm.

Gabriel Winters im Jack-Sparrow-Outfit. Ich frage mich, ob Mads auch gerade fernsieht.

»Wir drehen in Charlestown.« Gabriels Stimme ist so dunkel und schmelzend wie Edelschokolade. »Ich habe mir vor kurzem selbst ein Haus in Cornwall gekauft, einen Rückzugsort, an dem ich mich entspannen und ganz ich selbst sein kann.«

»Oh Schätzchen!« Frankie wendet sich mir zu, und in seinen Augen leuchtet der entfesselte Irrsinn religiöser Fanatiker. »Vielleicht kennt deine Freundin Gabriel!«

»Cornwall ist ziemlich groß«, erwidere ich. »Du solltest dich lieber einem Fanclub anschließen.«

Aber Frankie hört mir gar nicht zu, sondern murmelt »eines Tages wirst du mein sein, oh ja, du wirst mein sein!« in Richtung Fernseher. Ich überlasse ihn seinem Wahn und gehe nach oben, um mich zum Essen umzuziehen.

Das ist kein Rendezvous, sage ich mir dabei streng, wir sind einfach Freunde, die zusammen zu Abend essen. Dennoch wünsche ich mir jetzt, ich hätte meine Mülltüten anständig ausgepackt. In Ollies Gästezimmer sieht es aus wie bei Hausbesetzern; meine gesamte weltliche Habe – eine ziemlich klägliche obendrein – ist über den ganzen Raum verteilt.

Ich wühle mich durch die Säcke wie ein Tornado. Was zieht man zu einem Rendezvous an, das kein Rendezvous ist? Jedenfalls nichts tief Dekolletiertes; das macht die Sache schon mal überschaubarer.

Ich entscheide mich schließlich für eine grüne Zigeunerbluse, eine weite schwarze Hose und meine Lieblingspumps mit Keilabsätzen. Dann knete ich ein bisschen Gel in meine verheddderten Locken und stecke sie lose hoch. Ein paar Strähnen an den Schläfen rausgezupft, ein bisschen Lipgloss und mehrere Schichten Wimperntusche aufgetragen, und ich bin startklar. Ich will ja schließlich nicht den Eindruck machen, als hätte ich mich stundenlang aufgebrezelt, oder?

Ich setze mich aufs Bett und hole erst mal tief Luft. Dies ist wohl einer der seltsamsten Tage meines Lebens. Wie kann sich binnen so kurzer Zeit alles so sehr verändern? Ich blicke mich in dem zugerümpelten Zimmer um, in dem meine Sachen heimatlos herumliegen, aber das ist mir gerade vollkommen egal. Vorsichtig berühre ich den Verband an meiner Brust und atme langsam aus.

Ich habe keinen Krebs.

Vielleicht hat sich das Blatt für mich endlich gewendet. Ich trage gerade noch eine Schicht Mascara auf – hellrote Wimpern sind ein Fluch –, als es an der Haustür klingelt.

Unten regt sich niemand. Frankie schaut fern und hört nichts, Ollie steht unter der Dusche. Also muss ich wohl selbst nachsehen. Die Treppe mit meinen zehn Zentimeter hohen Keilabsätzen zu bewältigen ist eine Herausforderung, aber ich schaffe es, heil unten anzukommen. Mal gerade so. Ich sollte vielleicht üben, mit den Teilen herumzulaufen; nicht dass Ollie den Abend am Ende in der Notaufnahme zubringen darf. Er hat schon lange genug mit mir im Krankenhaus rumgesessen.

Es klingelt wieder.

»Geht gleich los!«, rufe ich, während ich am Riegel herumfingere.

»Beeil dich, zum Teufel, ich hab meinen Schlüssel verloren«, knurrt jemand, als ich die Tür aufmache. »Ach so. Du bist es.«

Vor mir steht Nina, die jetzt ärgerlich über meine Schulter späht.

»Wo ist Ollie?«

Wer bin ich, der Butler?

»Hallo, Nina«, sage ich zuckersüß, obwohl ich ihr Erscheinen in etwa so erfreulich finde wie ein Truthahn den Anblick von Cranberry-Soße. Aber ich bin jetzt die neue, verbesserte Katy Carter, und wenn ich daran zugrunde gehe. »Ich fürchte, er duscht gerade.« Ich stütze mich in den Türrahmen, um ihr den Zutritt zu verwehren.

»Macht nichts«, verkündet Nina. »Ich warte.«

Wider Willen trete ich beiseite und lasse sie rein. Ich nehme ihr sogar den Mantel ab und hänge ihn auf. Dabei bin ich mir nicht ganz im Klaren darüber, warum ich das tue, aber irgendetwas an Nina gibt mir das Gefühl, vollkommen überflüssig zu sein. Was nicht nur daran liegt, dass sie supergepflegt ist und einen flachen Bauch hat, sondern auch daran, dass sie beruflich Karriere gemacht hat – womit sie in jeder Hinsicht das Gegenteil von mir darstellt. Während ich mich abrackere, gelangweilten Schülern die englische Sprache nahezubringen, hat Nina es geschafft, ihre Catering-Firma zum Spitzenreiter in ihrer Branche zu machen. Da ich, was meinen Beruf angeht, der Laissez-faire-Typ bin (weshalb meine Karriere auch öfter zum Stillstand kommt als die britischen Züge), fühle ich mich in Ninas Nähe immer höchst unfähig.

Nina betrachtet mich von Kopf bis Fuß, dann kräuselt sie verächtlich die Oberlippe.

»Du bist ja ziemlich aufgedonnert, wie?«

»Ollie geht mit mir essen«, sage ich. »Zu Antonio's.«

»Er geht mit *uns* essen«, stellt Nina klar und checkt über meine Schulter hinweg im fleckigen Flurspiegel ihren blutroten Lippenstift. »Er hat mir vorher eine SMS geschickt und mich eingeladen. Ich werde nicht so tun, als wäre ich nicht lieber mit ihm allein gewesen, aber dieses eine Mal kannst du von mir aus mitkommen. Du hast Ollie echt leidgetan wegen der Sache mit dem Knoten. Er will dich wahrscheinlich aufheitern.«

»Du weißt von dem Brustknoten?«

»Er hat mir alles erzählt«, antwortet Nina und streicht sich über die Haare. »Das war enorm anstrengend für ihn, Katy; ich finde es nicht gut, dass du ihm so viel Verantwortung aufgeladen hast. Er ist ja schließlich nicht dein Partner, oder? Du hast so viel Zeit in Anspruch genommen, die er mit anderen Menschen hätte verbringen können. Das war ziemlich egoistisch von dir. Aber du kennst ja Ollie, er würde sich nie beklagen.«

Ich schäume innerlich vor Wut. Wie konnte Ollie nur ausgerechnet Nina davon erzählen? Warum war er nicht ehrlich zu mir und hat mir einfach gesagt, dass ich eine Belastung für ihn darstelle? Als ich jetzt daran denke, wie ich ihn gebeten habe, mir während der Biopsie die Hand zu halten, wird mir ganz flau vor Scham.

»Dann wirst du dich bestimmt freuen zu hören, dass alles gut ist«, teile ich ihr mit. »Heute Nachmittag habe ich erfahren, dass ich keinen Krebs habe.«

»Gut!« Nina klatscht in die Hände. Wie sie es schafft, sich dabei mit ihren Krallennägeln nicht selbst zu verletzen, gehört zu den großen Mysterien des Lebens. »Dann hast du ja sicher nichts dagegen, mir Ollie zurückzugeben.«

»Seid ihr denn wieder zusammen?«, frage ich. Den jeweils aktuellen Beziehungsstatus der beiden zu erraten ist ein Fulltimejob.

»Aber sicher!« Nina reißt die Augen auf. »Was meinst du wohl, weshalb ich hier bin?«

»Weil du eine gemeingefährliche Horrorschlampe bist«, sage ich.

Nein, das sage ich nicht, würde es aber gerne tun.

»Was meinst du wohl, wo Ollie nach der Schule hingeht?«

»Ins Sportstudio? Ins Pub?«

»Zu mir natürlich.« Nina beugt sich vor. »Und ich sag dir was, Katy: Sich trennen und wieder versöhnen macht unheimlich Spaß!«

»Das will ich gar nicht wissen«, entgegne ich, aber Nina hört mir nicht zu.

»Ich weiß, dass Ollie dich gern mag«, fährt sie fort. »Deshalb freue ich mich für ihn, dass er dich auch zu Antonio's mitnimmt. Ich bestell uns schon mal ein Taxi.«

Sie stolziert ins Wohnzimmer, und ich sinke auf die Treppe. Unter keinen Umständen werde ich jetzt mitkommen zu Antonio's und mir Kohlenhydrate einverleiben, während Nina an einem Salatblatt knabbert. Da laufe ich lieber barfuß über Reißzwecken. Außerdem ist mir der Appetit vergangen. Ich möchte mit Ollie befreundet sein, nicht von ihm bemitleidet werden.

Erschöpft gehe ich nach oben, entledige mich meiner Ausgehklamotten und schlüpfe in meinen uralten Morgenmantel. Soll Ollie sich doch in Ruhe mit Nina befassen. Ich habe keine Lust, den ganzen Abend das fünfte Rad am Wagen zu sein.

Ich springe fast in die Luft, als es plötzlich laut an der Tür klopft. Ollie streckt den Kopf herein. »Du bist immer noch nicht angezogen? Beweg deinen Arsch. Ich verhungere.«

»Ich komme nicht mit.«

Ollie drängt sich herein und watet durch Kleiderhaufen zu mir. »Geht's dir nicht gut?«

»Doch. Ich finde nur, dass es keine gute Idee ist, zusammen essen zu gehen.«

»Wieso? Wir essen doch ständig zusammen.«

Das stimmt so nicht. Wir kochen zwar gemeinsam, mampfen Fritten in der Schulkantine und pfeifen uns manchmal auf dem Heimweg vom Pub was bei McDonald's rein, aber wir waren noch nie zusammen in einem guten Restaurant, und schon gar nicht mit Nina im Schlepptau.

»Nina ist unten«, antworte ich. »Sie behauptet, du hättest ihr eine SMS geschickt und sie zum Essen eingeladen. Ihr seid also wieder zusammen.« Ich blicke ihn streng an. »Stimmt das?«

Ollie streicht sich durch die Haare – ein verlässlicher Hinweis, dass er gestresst ist. »Blödsinn. Offenbar hab ich die SMS versehentlich ihr geschickt.«

»Aber seid ihr nun wieder zusammen oder nicht?«

»Ein bisschen.«

»Also ja. Ehrlich, wie blöd kann man sein? Du kannst doch nicht mit einer Frau zusammen sein und eine andere zum Essen ausführen, auch wenn es nur eine platonische Freundschaft ist. Geh mit Nina aus und amüsier dich. Ich weiß, dass ich in den letzten Wochen nicht leicht zu ertragen war.«

»Ich weiß nicht, wie du darauf kommst«, sagt Ollie.

Weil Scheißnina es mir gesagt hat, würde ich am liebsten schreien.

»Ich würde das alles jederzeit wieder für dich tun«, fügt Ollie hinzu. »Und das mit Freuden. Du bist meine Freundin.«

»Na klar sind wir Freunde«, sage ich rasch, »aber wir kriegen ein furchtbares Chaos, wenn wir anfangen, miteinander essen zu gehen und solche Pärchensachen zusammen zu machen, während du liiert bist. Doch, absolut!«, ergänze ich, als Ollie den Mund aufmacht, um zu widersprechen. »Das ist Nina gegenüber nicht fair.«

Wie ich das sagen kann, ohne zu ersticken, werde ich wohl nie begreifen. Nennt mich einfach die heilige Katy von Ealing.

»Seit wann scherst du dich um Nina?«, fragt Ollie. »Du kannst sie doch nicht ausstehen.«

»Es geht nicht nur um sie«, erwidere ich hastig. »Stell dir vor, James erfährt, dass ich mit dir ausgehe. Das könnte einen ziemlich falschen Eindruck machen.«

»Augenblick mal. Du machst dir immer noch Gedanken darüber, was dieser Wichser denkt? Nach allem, was der dir angetan hat? Und du willst wirklich und wahrhaftig, dass ich mit Nina ausgehe?«

»Sie ist doch dein Typ. Und ihr habt eine gemeinsame Geschichte.«

»Du meinst dieselbe Nina, von der du gesagt hast, sie sei eine eingebildete Zimtzicke? Diese Nina?«

Ähm ... wäre schon möglich, dass ich so was mal gesagt habe.

»Sie ist gar nicht so übel. Jedenfalls ist sie verrückt nach dir.«
»Aber Katy, ich...«

Ich halte die Hände hoch. »Bitte, sag nichts mehr. Geht einfach aus und amüsiert euch. Ehrlich gesagt bin ich froh, dass du ihr die SMS geschickt hast. Ich bin nämlich ziemlich müde und wäre lieber allein.«

»Schön«, sagt Ollie. Er sieht gekränkt aus. »Wenn es das ist, was du willst.«

»Ja, ist es. Ach, nun komm schon, Ollie, sei nicht sauer. Unten wartet deine Freundin, geh zu ihr. Wir beide sind doch gute Freunde, wir können auch ein andermal reden.«

»Da bin ich mir nicht so sicher, Katy. Es ist eher so...« Ol hält inne und fährt dann mit rauer Stimme fort, »ich finde, dass die Situation hier allmählich ein bisschen sonderbar wird, oder? Es wäre vielleicht nicht schlecht, wenn du dich demnächst nach einer anderen Bleibe umschauen würdest.«

»Du möchtest, dass ich ausziehe, damit du mit Nina allein sein kannst?«

Ollie weicht meinem Blick aus. Plötzlich scheint er den abscheulichen Siebziger-Jahre-Teppich unter seinen Füßen sehr faszinierend zu finden. »Das hast du gesagt, nicht ich.«

Ich schlucke. »Verstehe. Ich werd Jewell anrufen. Bei der kann ich bestimmt ein Weilchen unterkommen, damit ihr beide hier mehr Platz habt.«

Ollie löst den Blick von den psychedelischen Wirbeln am Boden. »Wäre das okay für dich?«

Nein, eigentlich nicht. Ich kann die Vorstellung überhaupt nicht ertragen, dass Nina ihre French-Manicure-Krallen in meinen wunderbaren Freund schlägt, aber das kann ich Ollie wohl kaum sagen, oder? Nina hat es perfekt drauf, supergiftig zu sein, wenn sie mit mir allein ist, und dann zuckersüß zu werden, sobald Ollie dazukommt. Deshalb kann er natürlich nicht verstehen, wieso ich Probleme mit ihr habe, und ich wiederum traue mich nicht, es ihm zu erklären, weil er denken könnte, ich sei bloß eifersüchtig. Was ich nicht bin. Das ist ja wohl klar.

Weil ich all das nicht sagen kann, nicke ich nur. »Na klar. Kein Problem. Bis ihr vom Essen zurückkommt, hab ich alles geregelt. Seit James mich rausgeschmissen hat, war ich im Grunde obdachlos, es spielt also eigentlich keine Rolle, wo ich unterkomme. Das kann genauso gut bei Jewell sein. Hier hält mich ohnehin nichts.«

Ollie starrt mich einen Moment lang an. Dann zuckt er die Achseln und sagt: »Na gut, ruf Jewell an. Du hast dich klar ausgedrückt, was deine Gefühle angeht. Ich geh jetzt wohl besser und lass dich künftig in Ruhe.« Mit diesen Worten stapft er hinaus und knallt die Zimmertür so heftig hinter sich zu, dass das ganze Haus wackelt.

Ich starre fassungslos auf die Tür. Was war das denn jetzt? Ich bemühe mich, eine rücksichtsvolle Freundin zu sein, indem ich ihm Freiraum für Nina lasse und mich angestrengt bemühe, ihm keine Schuldgefühle zu machen, weil er mich rauswirft, und was kriege ich dafür? Nichts. Nada. Nix und wieder nix.

Männer. Die haben es echt drauf, alles kompliziert zu machen.

Ich fühle mich vollkommen missverstanden, schmeiße mich aufs Bett und schließe die Augen. Von dem vielen Sekt ist mir schwindlig, und das Zimmer schwankt, als befände ich mich in einer Achterbahn. Als ich mein Gesicht wieder vom Kissen löse, ist es draußen dunkel, und am Boden zeichnen sich die orangefarbenen Lichtteiche der Straßenlaternen ab. Abgesehen vom Telefon, das ein paar Mal klingelt, und Gemurmel aus der Nachbarwohnung, ist es total still.

Da ich von dem Sektexzess rasenden Durst habe und mein Schädel im Technobeat hämmert, schleppe ich mich nach unten in die Küche, um Wasser zu holen. Dann tappe ich in die Diele und höre den Anrufbeantworter ab. Ihr könnt mich gerne für neurotisch halten, aber ich will sichergehen, dass Dr. Morris nicht noch mal angerufen hat, um mir mitzuteilen, dass es einen Irrtum gab und ich doch Krebs habe.

Heute würde mich gar nichts wundern.

Die erste Nachricht ist für Ollie. Sie ist vom Reisebüro und ziemlich schwer verständlich. Ollie wird mitgeteilt, dass er seine Anzahlung für den stornierten Skiurlaub nicht zurückbekommt.

Das ist sonderbar. Er hat mit keinem Wort erwähnt, dass er seinen Urlaub abgesagt hat. Ollie liebt Wintersport und spart das ganze Jahr darauf, an Weihnachten in Skiurlaub fahren zu können.

Da muss ein Irrtum vorliegen. Ich höre mir die nächste Nachricht an.

»Hallo! Hallo! Katy?«

Tante Jewells durchdringende Stimme erfüllt den Raum, und ich muss wider Willen grinsen. Für Jewell sind Anrufbeantworter unverständliche Gerätschaften, mit denen sie nicht selten ausführliche Gespräche führt.

»Wo bist du denn, Kindchen? Ich war auf einem spirituellen Retreat. Furchtbar ernste Angelegenheit mit ganz viel Gesinge. Deine Eltern wären begeistert gewesen. Na, jedenfalls freue ich mich sehr über deine guten Neuigkeiten. Ich habe eine Heilmeditation für dich gemacht, die offenbar wirklich geholfen hat.«

Ich schüttle den Kopf. Wieso stoße ich in meiner Familie immer wieder auf diesen Hippiescheiß?

»Aber, Schätzchen«, fährt Jewell in leicht verwirrtem Tonfall fort, »ich verstehe nicht, weshalb du mir drei Nachrichten hinterlassen hast, in denen du dich für die Privatbehandlung bedankst. Ich wünschte, ich hätte daran gedacht, natürlich hätte ich sie stante pede bezahlt. Hab ich aber nicht, Kindchen. Vielleicht hast du einen heimlichen Verehrer, wie aufregend!

Sag mir Bescheid, wer es ist, ja? Alles Liebe! Viele Küsschen! Lass uns bald reden!«

Der AB schaltet sich aus, und ich starre entsetzt darauf. Man muss nicht über das Gehirn eines Stephen Hawking verfügen, um zu begreifen, was geschehen ist.

Wieso hat Ollie mir nichts davon gesagt?

Und noch wichtiger: Weshalb hat er die Behandlung überhaupt bezahlt?

Ich bin gerade im Begriff, in die Küche zurückzutappen und ein paar von Ollies Fosters-Dosen aus dem Kühlschrank zu befreien, um dieses Rätsel angemessen lösen zu können, als es wie wild an der Tür hämmert. Allmählich komme ich mir vor wie der Pförtner in *Macbeth*. Ich versuche mich zwischen dem Mountainbike, Stapeln von Fastfood-Werbung und diversem anderen Plunder vorbei zur Tür vorzuarbeiten und schreie dabei »komme schon, komme schon!« und »verfluchte Scheiße!«, als ich mir das Schienbein an einem Fahrradpedal ramponiere. Warum können die nicht alle abhauen und mich in Ruhe meinem Elend überlassen?

Ich reiße die Tür auf und schreie entsetzt, als sich eine Mutantenpflanze auf mich stürzt und umschlingt.

»Reg dich ab, Pummel.« James drängt sich an mir vorbei, tritt die Tür zu und erstickt mich fast mit einem Lilienstrauß. Speigelber Blütenstaub rieselt auf mich hernieder, und ledrige Blätter klatschen auf meine Nase. »Die sind für dich.«

»Wer ist gestorben?«

James reißt die Augen so weit auf, dass er wie ein trauriges Hundebaby aussieht. »Die sind für dich, weil ich mich bei dir entschuldigen und dir sagen will, dass ich sterbe, wenn du mir nicht verzeihst und ich wieder mit dir zusammen sein kann. Ich liebe dich, und ich kann nicht ohne dich leben.«

Bin ich gestürzt, in Ohnmacht gefallen und in einem Paralleluniversum gelandet?

»James«, sage ich gedehnt. »Was geht hier vor sich?«

Er drückt mir den Strauß in die Arme – was ist das nur heute mit mir, Männern und Blumen –, packt meine Hände und zieht mich an sich. Doch obwohl sein Armani-Anzug und die gedrückten Lilien zwischen uns sind, fällt mir unwillkürlich auf, dass James im Vergleich zu Ollie echt schmächtig ist. Und seine Hände... waren die immer schon so feucht?

»Ach, Pummel«, murmelt er in mein Haar, »ich war ja so ein Idiot. Kannst du mir jemals verzeihen? Ich war so blind, so dumm und blind, dass du mir entglitten bist.«

»Ich bin dir nicht entglitten«, rufe ich ihm in Erinnerung und versuche mein Gesicht möglichst unversehrt aus den Lilien zu ziehen. »Du hast mich rausgeschmissen. Müllsäcke durch die Luft geschleudert. Meinen Roman zerfetzt. Kommt dir das irgendwie bekannt vor?«

»Ich war ein furchtbarer Idiot«, pflichtet er mir bei, packt meine Hände noch fester und sticht mir dabei mit einem Lilienblatt fast ein Auge aus. »Ich habe meinen Stolz über unsere Liebe gestellt.«

»Ach Blödsinn.« Ich zwänge mich unter seinem Arm hindurch, um in die Freiheit und in pollenfreie Luft zu entkommen. »Du vögelst mit einer anderen. Nee, du brauchst es gar nicht zu leugnen«, füge ich hinzu, als ich merke, dass er genau das tun will. »Alice Saville! Ich hab euch bei Millward zusammen gesehen, und als ich in der Wohnung anrief, war sie am Telefon.«

Für den Bruchteil einer Sekunde meine ich, Ärger in seinen Augen zu sehen, bevor sie tränennass glitzern.

»Da habe ich kurz den Verstand verloren. Diese Sache bedeutet mir nichts.«

»Aber mir!«, schreie ich. »Ich habe dich mit ihr zusammen gesehen, James! Ich habe gesehen, wie ihr euch vor dem Millward-Gebäude geküsst habt, und es sah durchaus nicht nach nichts aus! Und sie hat das Telefon abgenommen. In deiner Wohnung.«

James seufzt. »Ich muss wohl einiges erklären.«

»Ich glaube nicht, dass du irgendwas *erklären* kannst.«

»Will ich aber.« Der Lilienstrauß landet auf dem Boden. »Ich war wütend, verletzt und gedemütigt, und Alice hat sich mir an den Hals geschmissen. Ich hatte einfach einen Aussetzer, Pummel.«

»Nenn mich nicht Pummel!«, fauche ich. »Das finde ich unerträglich. Genauso wie die Tatsache, dass ein paar Tage nach unserer Trennung ein anderes Mädel bei dir eingezogen ist.«

»Ich war wütend auf dich!«, klagt James. »Du hast meine Beförderung ruiniert! Und du weißt genau, wie wichtig mir diese Stelle war, Pum ... ähm, Katy. Du hast mich regelrecht dazu getrieben, das siehst du doch bestimmt ein?«

Ist der noch recht bei Trost? Glaubt er ernsthaft, er könne mir für sein beschissenes Benehmen die Schuld in die Schuhe schieben?

»*Ich* bin also schuld daran, dass du mit der ins Bett gegangen bist?«

»Das habe ich nicht gesagt. Hör mir doch richtig zu, okay?«, verlangt James, und nun höre ich eine Spur der vertrauten Gereiztheit in seiner Stimme. »Ich versuche dir zu erklären, dass die Sache mit Alice ein Irrtum war, dass das ganze dumme Missverständnis zwischen uns ...«

»James, du hast mir meinen Verlobungsring weggenommen und meine Sachen aus dem Fenster gefeuert. Was gibt es daran misszuverstehen?«

»Ich habe aus Leidenschaft so gehandelt!«, schreit er und läuft rosa an, was darauf hinweist, dass er in Kürze ausrasten wird. »Ich liebe dich, Katy, und ich möchte wieder mit dir zusammen sein. Ich will dich in die Arme nehmen und nie wieder loslassen. Ich möchte, dass dein Lächeln das Letzte ist, was ich abends vor dem Einschlafen sehe. Ich ... äm ... möchte deine rubinroten Lippen küssen.«

Ich glotze ihn fassungslos an. Entweder hat er gerade einen Nervenzusammenbruch, oder er hat eine potentiell tödliche Dosis Schnulzenprosa abgekriegt.

»Schatz, hat unsere Liebe nicht eine zweite Chance verdient?« James setzt zum Finale an, indem er auf mich zutritt, um mich vermutlich im Romanheldenstil mit großer Geste in die Arme zu schließen. Das muss ich ihm lassen – er kennt mich gut genug, um zu wissen, welche Knöpfe er drücken muss. Er weiß, dass ich mir bei *Titanic* jedes Mal die Augen ausheule, er kennt meine imposante Liebesroman-Sammlung und war häufig genug dazu verdammt, das Schnulzen-Medley mit anzuhören, das ich in der Badewanne zu schmettern pflege. Früher haben ein paar zuckrige Phrasen und ein Blumenstrauß ausgereicht, damit ich gewillt war, arschlochmäßiges Benehmen zu vergeben. Es ist also nachvollziehbar, dass James nun glaubt, nach seinem Auftritt mit dem Monsterlilienstrauß und den wiedergekäuten Songtexten würde ich ihm dankbar in die Arme sinken. Schließlich weiß ja jeder, dass Katy Carter ein romantisches Seelchen ist, nicht wahr?

Aber etwas hat sich verändert, und es könnte gut sein, dass ich selbst es bin.

Seit vier Jahren bekomme ich James' Äußerungen eingeflößt, die an meinem Selbstvertrauen nagen und mir das Gefühl geben, ich sei wirklich so unfähig und fett und dumm, wie er behauptet. Wenn einem jemand ständig sagt, dass man ein hoffnungsloser Fall ist – selbst wenn diese Bemerkungen von Lächeln und Haarewuscheln begleitet sind –, glaubt man es irgendwann.

Aber wenn er nun gar nicht recht hat und noch nie recht hatte? Wenn ich gar nicht so unfähig bin, wie er immer sagt? Ich bewältige einen anstrengenden Beruf. Ich zahle meine Rechnungen – jedenfalls meistens. Ich komme sogar mit der Angst zurecht, an Krebs erkrankt zu sein.

Vielleicht bin ich also doch nicht so ein unbrauchbares kleines Pummelchen?

»Nicht, James!« Ich hebe die Hände, um ihn abzuwehren. Urplötzlich, nachdem ich mir wochenlang inbrünstig gewünscht habe, dass er seinen Fehler bereuen und erkennen möge, dass ich die große Liebe seines Lebens bin, wird mir klar, dass ich das gar nicht will.

Ist das Leben nicht niederträchtig?

»Was ist los?«, fragt James.

»So geht das nicht.« Ich schaue ihn an, und es kommt mir vor, als täte ich das zum ersten Mal. Ich frage mich, weshalb mir nie zuvor aufgefallen ist, dass er schmale Lippen und eng stehende Augen hat, die ihn ziemlich unsympathisch wirken lassen. »Es ist vorbei, James. Aus und vorbei.« Und als ich das sage, merke ich, dass ich tatsächlich jedes Wort meine. Ich will wirklich und wahrhaftig nicht mehr mit James zusammen sein.

Die letzten vier Jahre erscheinen mir plötzlich wie ein Alptraum.

»Das meinst du nicht wirklich«, sagt James entschieden, so wie er das früher getan hat, wenn ich sagte, ich äße nicht gerne Austern oder könne Opern nicht ausstehen. »Sei nicht albern und komm nach Hause, Pummel. Du hast deinen Standpunkt ja jetzt klargemacht.«

Ich schüttle den Kopf. »Mein Standpunkt ist, dass ich nicht mit dir nach Hause gehen werde, James. Es ist wirklich aus mit uns. Du hattest recht, obwohl ich das lange nicht erkennen konnte. Uns geht es besser, wenn wir getrennt sind. Und uns andere Partner suchen.«

Die Röte weicht aus James' Gesicht, bis auf zwei leuchtende Flecken auf seinen Wangen, die an Ronald McDonald erinnern, und er atmet schnaubend, was ein verlässliches Zeichen für die drohende Ausrastung ist. Die Haut um seinen Mund nimmt einen grünweißen Farbton an.

»Du bist mit jemand anderem zusammen«, schnaubt er. »Wer ist es?«

Als kleines Kind war ich versessen auf Ochsenschwanzsuppe; ich löffelte den Teller immer im Nu leer und verputzte den Rest dann mit einem Stück Brot. Dann, kurz nachdem ich lesen gelernt hatte, kam ein Tag, der sich unauslöschlich in mein Gedächtnis gegraben hat. Ich blickte nach dem Mittagessen auf meinen leeren Teller, und mir wurde mit zunehmendem Grauen bewusst, was ich mir da immer einverleibt hatte. Ochse und Schwanz. Ochsenschwanz. Ochsenschwänze! Krass. In einem einzigen Moment wurde mir etwas, das ich zuvor heiß geliebt hatte, total zuwider. Allein beim Gedanken daran hätte ich kotzen können.

Ich gehe mal davon aus, dass ihr diesen Vergleich versteht.

In Ollies Diele, an das Treppengeländer gedrängt, während sich der Griff eines Mountainbikes in meine Hüfte bohrt, danke ich dem Herrn, dass James mich abserviert hat, bevor ich die Dummheit begehen konnte, ihn zu heiraten.

»Es gibt niemanden«, erwidere ich fest, während ich am Türriegel herumhantiere. »Aber selbst wenn es so wäre, geht dich das nichts an, James.« Ich öffne die Haustür. »Ich möchte, dass du jetzt gehst. Es hat, glaube ich, auch keinen Sinn, wenn wir Freunde bleiben, weil wir uns von Anfang an nicht richtig gut verstanden haben. Jedenfalls weiß ich jetzt, wer meine wahren Freunde sind.«

»Freunde?«, zischt James. »Oh, verstehe. Du bildest dir ein, du hättest eine Chance bei Ollie, oder? Versuch nicht, mich für dumm zu verkaufen«, fährt er fort, als ich widersprechen will. »Du warst immer schon wie ein Teenie in den verknallt. Das ist echt peinlich, denn seien wir doch mal ehrlich: Welcher Mann will schon dich, wenn er jemanden wie Nina haben kann?«

»Du zum Beispiel«, sage ich.

»Nur wegen ...«

»Nur wegen was?«

»Nichts.« James' zusammengezogene Lippen gleichen einem Katzenpo. »Spielt keine Rolle.«

»Sag es mir«, insistiere ich. »Was habe ich, das Nina nicht hat?« Von roten Haaren und einem dickeren Hintern abgesehen. »Wieso warst du mit mir zusammen?«

Er schaut mich mit blauäugigem Unschuldsblick an. »Weil ich dich liebe. Niemand wird dich jemals so lieben, wie ich dich liebe.«

Die Worte klingen irgendwie misstönend, wie wenn man ein Instrument falsch spielt. Ich kann keine Liebe entdecken, wenn ich James' Gesicht jetzt betrachte. Er beißt die Zähne zusammen, und unter seinem linken Auge zuckt ein Muskel. Ärger, Wut, weil er seinen Willen nicht bekommt, aber Liebe? Wohl eher nicht.

Ich seufze. »Vielleicht hast du mich irgendwann mal geliebt. Ich weiß jedenfalls, dass ich dich geliebt habe. Aber es ist aus, James, denn deine Art, mich zu lieben, genügt mir nicht.«

»Das meinst du nicht so. Du brauchst mich.«

Ich schüttle den Kopf. »Nein, absolut nicht. Es ist aus, und ich möchte, dass du jetzt gehst.«

»Keine Sorge, ich verschwinde«, sagt James und tritt beim Rausgehen auf die Lilien. Es riecht unangenehm nach Begräbnis. »Aber du begehst den größten Fehler deines Lebens.«

Ich drücke mich gegen die Flocktapete, ziehe dabei noch den Bauch ein, damit ich nicht mit James in Berührung komme, und wünsche mir, dass mir nicht so idiotisch nach Heulen zumute wäre. Ich sollte aus Erfahrung wissen, wie unerträglich James sein kann, wenn er seinen Willen nicht bekommt. Er bleibt in der Tür stehen, vermutlich, um irgendeine pathetische Bemerkung zu machen, übersieht dabei aber, dass einer von Ollies

Skiern kreuz und quer im Weg steht, kommt ins Stolpern und fliegt mit Karacho in das Unkrautsortiment und den Matsch, der sich als Ollies Garten ausgibt. Unglücklicherweise begehe ich die Kardinalsünde, in Gelächter auszubrechen. Und zwar nicht in dezentes Gekicher, sondern in röhrendes Lachen, das den Jumbojets am Himmel alle Ehre macht.

»Lach du nur«, schreit James, rappelt sich auf und versucht sich Dreck vom Hintern zu wischen. Der allerdings aussieht, als hätte er in die Hose gekackt, was mich zu noch lauterem Gewieher animiert. »Du wirst dir noch wünschen, dass du mein Angebot angenommen hättest. Ich bin das Beste, was dir jemals passiert ist. Du hast deine Chance gehabt.« Er versucht möglichst würdevoll zum Gartentor zu gelangen — was schwierig ist, wenn man sich Unkraut aus den Haaren zupfen muss — und wirft mir einen garstigen Blick zu. »Das wirst du noch bereuen.«

»Möchte ich bezweifeln«, erwidere ich und sehe zu, wie James hocherhobenen Hauptes, die Hände an den Seiten zu Fäusten geballt, zu seinem BMW marschiert. Ich bin mir nicht sicher, was diese bizarre Episode zu bedeuten hat, habe aber so eine Ahnung, dass James nicht so schnell lockerlassen wird. Mit einem flauen Gefühl im Magen schließe ich die Tür und befasse mich damit, die lädierten Lilien vom Boden aufzuklauben und mir Pollenflecken von den Fingern zu schrubben wie eine neuzeitliche Lady Macbeth.

Und hoffe dabei inständig, dass der gruftige Geruch nicht als Omen gedeutet werden muss.

II

Gute Güte!«, ruft Jewell aus und beäugt meine vollgestopften Koffer – die ich mir von Ollie geliehen habe, weil ich die Mülltüten mittlerweile herzlich satthabe. »Wie lange bleibst du denn? Ich bin ja sehr dafür, dass wir Mädels all unsere hübschen Sachen dabeihaben, aber...« Sie verstummt und beobachtet, wie der Schachbrettboden des Vorraums im Nu unter meinem Laptop, zwei Wintermänteln und dem vermaledeiten Zwicki in seinem Eimer verschwindet, »ist das nicht ein bisschen *übertrieben* für ein Wochenende?«

Ich muss ihr recht geben. Elisabeth I. hatte vermutlich weniger Gepäck bei ihren Reisen durchs Land. Aber ich bin eine Frau mit einer Mission, und ich werde nichts dem Zufall überlassen. Meine Anwesenheit in der Milford Road stellt ein Hindernis für Ollies Liebesleben dar, weshalb ich beschlossen habe, ihn und die Fiese Nina sich selbst zu überlassen. Und ich kenne mich selbst so gut, dass ich nichts zurücklassen wollte, um es später abholen zu müssen. Das wäre nämlich die emotionale Entsprechung zum Abzupfen von Schorf auf einer Wunde.

Ich bücke mich und streichle eine von Jewells Katzen. »Ich hatte eigentlich gehofft, dass ich ein bisschen länger bleiben könnte als nur übers Wochenende – wenn das ginge, Tante Jewell.«

»Aber natürlich!« Jewell nickt, was die grünen Federn an ihrem Turban zu begeistertem Wippen veranlasst. »Ich habe gern junge Leute hier. Es wird uns einen Riesenspaß machen, wieder Mädchen zu sein! Wie nennt man das heutzutage? Bei jemandem pennen? Wir können uns gegenseitig die Nägel lackieren und uns auftakeln.«

Jewells Lippenstift hat die Farbe von getrocknetem Blut, und ihre Augenbrauen bestehen aus aufgemalten Strichen.

»Super«, äußere ich matt.

»Wie wär's, wenn du das ganze Zeug«, sie weist auf meine weltliche Habe, »nach oben in dein altes Zimmer schaffst? Und ich mache uns derweil eine schöne Tasse Tee.«

Mein altes Zimmer befindet sich auf dem Dachboden, und nachdem ich den ganzen Plunder da raufgeschafft habe, bin ich schweißgebadet und habe vermutlich eine Kleidergröße weniger. Keuchend sinke ich auf mein altes Bett und sinne trübsinnig darüber nach, dass ich mich mit annähernd dreißig Jahren wieder am selben Ort befinde wie mit sieben. Kommt mir vor, als hätte ich beim Leiterspiel beinahe Feld hundert erreicht – verlobt mit einem Banker, hübsche Wohnung in West London, anständiges Sozialleben – und sei dann auf der längsten Leiter gelandet, die mich umgehend zurück auf Feld eins befördert hat.

Ich weiß. Ich weiß. Es ist echt erbärmlich, aber würdet ihr euch an meiner Stelle nicht auch zumindest ein winziges bisschen selbst bemitleiden? Und was soll ich nun mit Ollie und der Tatsache machen, dass ich ihm ein kleines Vermögen an Arztkosten schuldig bin? Wieso hab ich das nicht gleich kapiert? Er muss mich für total undankbar halten.

Seit dem verhängnisvollen Abend in der Milford Road ist die Stimmung zwischen Ollie und mir ziemlich angespannt. Ich habe mich natürlich bei ihm bedankt, dass er die Rechnungen übernommen hat. Und angeboten, alles zurückzuzahlen, aber davon wollte Ollie nichts wissen.

»Ich habe das gern gemacht«, beharrte er, den muskulösen Rücken mir zugekehrt, während er im Spülbecken nach einer

Gabel suchte, um sich sein Hühnchen Madras einzuverleiben.

»Keiner hat mich dazu gezwungen.«

»Aber das war doch viel zu viel.«

»Herrje!«, raunzte Ollie das schmutzige Geschirr an. »Es ist erledigt, okay? Hör endlich auf, darauf herumzureiten.«

»Aber das muss ein Vermögen gekostet haben.« Das weiß ich übrigens deshalb ganz genau, weil ich die Mülltonnen nach dem Beweisstück durchsucht habe – ein widerwärtiges Unterfangen, nach dem ich froh war, dass ich nicht den illustren Beruf der Journalistin ergriffen habe, sondern Lehrerin geworden bin. Nachdem ich die Rechnung entdeckt und sie von chinesischen Essensresten befreit hatte, stellte ich fest, dass ich Ollie über tausendfünfhundert Pfund schulde, was für mich bei meiner gegenwärtigen Finanzlage so viel ist wie fünfzehn Millionen. Ich bin aber wild entschlossen, ihm das Geld zurückzuzahlen, auch wenn ich noch keinen blassen Schimmer habe, wie ich das anstellen soll. Vielleicht sollte ich mich mal bei Reverend Rich erkundigen, ob der Teufel immer noch Seelen ankauft.

»Vergiss es!« Ollie zerrte eine Gabel unter einem Stapel schmutziger Teller hervor. Unglücklicherweise hatte er kein gutes Händchen bei diesem Geschicklichkeitsspiel, weshalb Teller und Töpfe schwungvoll zu Boden stürzten und Scherben durch die Luft flogen.

»Verfluchte Scheiße!«, brüllte er, was mich fast zu Tode erschreckte. Ollie ist der entspannteste Typ unter der Sonne. Er rastet nie aus, weshalb er unter anderem so ein guter Lehrer ist. Die Kids kapieren immer schnell, dass sie Mr Burrows mit gar nichts stressen können.

Das gelingt offenbar nur mir.

Weshalb ich sicher davon ausgehen konnte, dass ich ihn ernsthaft verärgert hatte.

»Nun hör endlich auf damit«, knurrte er und bückte sich, um die Scherben aufzuklauben. »Du schuldest mir kein Geld, wenn dir das Sorgen macht. Und ich erwarte auch nicht, dass du mir deinen Körper zum Dank anbietest.«

Seine Wut veranlasste mich dazu, augenblicklich die Klappe zu halten. Und nicht nur das. Ich tappte nach oben in mein Zimmer und flennte so lange, bis man mich als Rudolph das rotnasige Rentier auf eine Weihnachtskarte hätte kleben können. Dann rief ich Jewell an und fragte sie, ob ich bei ihr unterkommen könnte. Ollie stürmte inzwischen aus dem Haus – vermutlich zu Nina–, und den Rest der Geschichte kennt ihr.

Was mir außerdem Kopfschmerzen bereitet, ist die Tatsache, dass James offenbar nicht aufgeben will. Er hat mir unzählige Entschuldigungsbriefe geschickt, und mit dem Mann von Fleurop bin ich inzwischen per Du. Dazu bin ich stolze Besitzerin von Heliumballons, erlesenen Pralinen und seit heute Morgen sogar Fahrkarten für den Orientexpress. James' Fantasie sind derzeit offenbar keine Grenzen gesetzt. Ich habe allmählich den Eindruck, dass er vollkommen durch den Wind ist. Glaubt er ernsthaft, ich würde ihm verzeihen, nach allem, was er sich geleistet hat? Nein, ich habe nicht die geringste Absicht, jemals zu dem Mann zurückzukehren. Ich werde mich nie mehr damit zufriedengeben, wie zweite Wahl behandelt zu werden. Weshalb ich alle Geschenke mit der Aufforderung, er möge sich verpissen, zurückschicke und mich bei Jewell verstecke, bis er hoffentlich demnächst aufgibt.

Ein Jammer, dass er nie solches Interesse an mir hatte, als wir noch zusammen waren.

Ich stelle die trübsinnigen Grübeleien ein, überzeuge mich, dass Zwicki sich in Jewells riesiger Wanne mit Klauenfüßen wohlfühlt, und tappe nach unten in die Küche.

»Vorsicht, da ist Tabitha«, flötet meine Patentante, als ich mir um ein Haar den Hals breche, weil ich auf der Türschwelle über eine Katze stolpere.

Tabitha wirft mir aus gelben Augen einen giftigen Blick zu.

»'tschuldigung.« Ich pflanze mich an den großen Eichentisch, auf dem wie üblich allerhand Geraffel, von Rechnungen und vergilbten Zeitungen bis zum Terrarium von Jewells Python und der einen oder anderen Katze lagert. Das macht einen chaotischen Eindruck, aber Jewell schwört auf ihre spezielle Form von Ordnung.

Sie platziert eine braune Teekanne mit Macken auf die Fernsehzeitung mit dem Konterfei des schmalzig lächelnden Gabriel Winters. »Jetzt trinken wir eine schöne Tasse Tee, und du erzählst mir, warum du hier bist.«

»Was für einen Tee gibt's denn?« Jewell hat schon alles von Brennnesseln bis Cannabis für ihr Gebräu verwendet. Was offenbar beim Vikar einmal für so schlimmen Heißhunger gesorgt hat, dass der Mann seinen gesamten Vorrat an Hostien verputzte. Aber das ist eine andere Geschichte.

»Ganz gewöhnlicher Earl Grey«, versichert sie mir, gießt eine hellgelbe Flüssigkeit in zwei Becher und schiebt mir einen hin. Dann setzt sie sich, befördert eine der Katzen auf ihren Schoß und betrachtet mich über ihre Halbbrille hinweg. »Also entweder ist es mit meiner Sehkraft nicht mehr weit her, oder du hast die Absicht, etwas länger als nur übers Wochenende zu bleiben.«

Ich starre traurig in meinen Becher. »Es ist so ein Chaos, Tante. Ich hab alles kaputt gemacht.«

»Blödsinn«, erwidert Jewell unverblümt. »Ihr jungen Leute habt gar keine Ahnung, was schlimm oder schrecklich ist. Es gibt wenig im Leben, das man nicht wiedergutmachen kann, Schätzchen. Aber manchmal muss man dazu auf seinen Stolz verzichten und zugeben, dass man sich geirrt hat. Und meiner Erfahrung nach hängt das stark davon ab, was man bereit ist zu tun, um etwas wiedergutzumachen.«

Ich fische ein Katzenhaar aus meinem Tee. »Ich bin bereit,

Fehler zuzugeben, aber ich glaube, es ist zu spät, um etwas zu reparieren.« Und während ich den brühheißen Tee schlürfe, erzähle ich Jewell die ganze Geschichte: dass es mit James aus ist und dass ich versehentlich auch noch die beste Freundschaft zerstört habe, die ich je hatte. Als ich zum Ende der epischen Leidensgeschichte komme, bin ich wieder am Heulen und tupfe mir die Augen mit einem Geschirrtuch ab.

»So war es«, schniefe ich. »James ist zum Stalker geworden, Ollie ist mit der Fiesen Nina zusammen, und ich bin mutterseelenallein.«

Jewell streichelt die Katze. In der Diele tickt die alte Standuhr, und in der Ferne hört man ein Martinshorn. Im Licht eines Sonnenstrahls sehe ich Stäubchen und Tierhaare zu Boden sinken.

»Schätzchen«, sagt Jewell dann schließlich, als ich mich schon zu fragen beginne, ob sie mich überhaupt gehört hat, »was willst *du* denn?«

»Wie?«

»Was willst du selbst am liebsten tun?«

Diese Frage finde ich nun etwas nervig. Ich dachte, ich hätte mich klar ausgedrückt. »Ich möchte einfach, dass James ...«

»Nein, Katy!« Jewells knochige Hand fährt über den Tisch und packt meine. Unter der papierdünnen Haut mit den tintenblauen Adern verbirgt sich eine erstaunliche Kraft, und ich zucke zusammen, als sich ihre Diamantringe in meine Finger bohren. »Hast du meine Frage nicht verstanden? Ich will wissen, was du dir wünschst, Katy, *du*! Nicht James oder Ollie oder irgendeiner der anderen jungen Männer, denen du dich gewidmet hast. Was sind *deine* Hoffnungen und Träume? Was wünschst *du* dir mehr als alles andere?«

Sie starrt mich durchdringend an.

»Was erwartest du vom Leben, Schätzchen? Was macht dich glücklich? Du hast nur davon geredet, was du tun kannst, um andere Menschen glücklich zu machen. Aber was möchtest du für dich selbst?«

Irgendwas hat wohl klammheimlich meine Stimmbänder geraubt, denn ich kann nicht sprechen. Offen gestanden: Ich fürchte, nach all den Jahren mit James, in denen ich heuchelte, Austern zu mögen, obwohl sie nach Rotz schmecken, in denen ich die *Times* lesen musste, obwohl ich lieber in einer Klatschgazette geblättert hätte, und in denen ich ihm zuliebe einen minimalistischen Schrein als Wohnung akzeptiert habe, weiß ich nicht mehr, was ich gerne mag oder was mich glücklich macht. Ich weiß nur, dass mit Ollie herumzuhängen meiner Vorstellung von Glück ziemlich nahekam und ... Mist! Jewell hat recht. Ich sehe mein persönliches Glück schon wieder im Zusammenhang mit den Männern in meinem Leben.

»Du«, fährt Jewell mit der Feinfühligkeit eines Nashorns fort, das über Eierschalen trampelt, »hast all deine Fähigkeiten darauf ausgerichtet, Männer glücklich zu machen statt dich selbst. Deine eigenen Wünsche, Vorstellungen und Bedürfnisse hast du untergeordnet. Du bist ein Opfer des Patriarchats.«

Hatte ich erwähnt, dass Jewell in den Siebzigern eine militante Feministin war? Sie behauptet, Germaine Greer hätte alles von ihr gelernt (»Obwohl sie in Big Brother wirklich ein ziemliches Theater veranstaltet hat! Man hätte meinen können, nach jahrelanger Belagerung der Atomwaffenbasis hätte sie die Wohnung als Luxusapartment empfinden müssen!«).

»Ja, aber macht man das nicht immer so, wenn man jemanden liebt? Den anderen Menschen an erste Stelle setzen?«

»Aber nicht, indem man seine eigene Persönlichkeit aufgibt, Liebes. Denk doch mal über die letzten Jahre nach. Wann hast du wirklich das getan, worauf du Lust hattest? Sogar deine Hochzeit wäre nach James' Geschmack gestaltet worden.«

Ich trinke einen großen Schluck Tee. Jewells Worte erwecken

halbverborgene Ängste zum Leben, die nun wie Schemen aus dem Nebel nach und nach Gestalt annehmen.

Ich bin peinlich berührt, als mir bewusst wird, wie ich mich verhalte, sobald ich eine Beziehung eingehe. Es ist beinahe so, als ob ich den Mann automatisch höher bewerte als mich selbst. Ich verabrede mich nicht mehr mit Freunden, für den Fall, dass der Mann irgendwelche Pläne mit mir hat – weil ich fürchte, eine schlechte Freundin zu sein, wenn ich nicht dauernd verfügbar bin. Und weil ich fürchte, dass er sich dann nach einer anderen umschauen wird, die größer, dünner und deutlich weniger rothaarig ist. Ich setze alles daran, dass er sich wohl fühlt, und vernachlässige meine eigenen Interessen so extrem, dass ich mich irgendwann kaum mehr daran erinnern kann, was ich selbst eigentlich für Hoffnungen und Träume hatte. Und dann bleiben nur noch erbärmliche Gefallsucht übrig und der klägliche Versuch, vom jeweiligen Mann ein paar Almosen an Zuwendung zu ergattern. Ich sollte eigentlich ein kariertes gerüschtes Hauskleid tragen, denn ich bin die perfekte Verkörperung eines Hausweibchens aus den fünfziger Jahren.

Hmm. Scheint, als hätte ich ein paar Probleme mit meinem Selbstwertgefühl.

Je länger ich über mein einwandfrei idiotisches Verhalten nachdenke, desto frustrierter werde ich. Was hat mir die ganze Selbstaufopferung denn nun gebracht? Wusste James die totale Aufgabe meiner Identität zu schätzen, oder hielt er mich für einen Fußabtreter und sah nur knapp davon ab, mir »Willkommen« auf die Stirn zu schreiben und sich auf mir die Schuhe zu säubern?

Ich glaube, wir alle kennen die Antwort auf diese Frage.

»Ich bin so furchtbar dumm«, stöhne ich.

»Bist du nicht, Schätzchen!«, ruft Jewell aus. »Du bist ein wunderbares, großherziges Mädchen, das leider leicht Gefahr läuft, von rücksichtslosen Menschen ausgenutzt zu werden.

Außerdem«, sie redet sich zusehends in Fahrt, »bin ich der Meinung, dass deine Eltern sich ruhig mal fragen könnten, warum du so leicht in emotionale Abhängigkeit gerätst. Die beiden sind zwar tolle Menschen, aber als Eltern waren sie ziemliche Nieten. Kein Wunder, dass du versuchst, in Beziehungen die Geborgenheit zu finden, die du in deiner Kindheit vermisst hast.«

Sie hält inne, und ich weiß, dass wir jetzt beide an jenen kalten Dezembermorgen denken, an dem meine Eltern beschlossen hatten, unbedingt nach Marokko gehen zu müssen, und Holly und mich mitsamt einer hastig gekritzelten Nachricht vor Jewells Haustür zurückließen. In dem darauffolgenden halben Jahr, in dem Jewell sich unserer annahm, redete ich mir ein, dass meine Eltern nicht verschwunden wären, wenn ich eine hübschere artigere Tochter gewesen wäre, die nicht über Moms stinkenden Afghanenmantel meckerte, klaglos Mungobohnen aß und alles tat, was von ihr verlangt wurde. Ich gelangte zu der Überzeugung, dass der Wunsch meiner Eltern, in der Weltgeschichte herumzureisen, Hasch zu rauchen und ihre Chakras zu sortieren, auf meine Unzulänglichkeit zurückzuführen war.

Man muss nicht Sigmund Freud sein, um zu kapieren, worauf das alles hinausläuft.

»Aber um deine Eltern brauchst du dich jetzt nicht zu kümmern«, fährt Jewell fort. »Es geht nicht um Schuldzuweisungen, sondern darum, wie du dein Leben weiter gestaltest. Betrachte diese Situation doch als Chance für Veränderungen. Du hast James kostbare Jahre deines Lebens geschenkt – nun könntest du dir selbst mal was gönnen. Und was deine Gesundheit angeht, bist du auch glimpflich davongekommen. Vielleicht will das Schicksal dir damit etwas sagen?«

Ich taste unwillkürlich nach dem kleinen Pflaster an meiner Brust und bin ganz berauscht vor Erleichterung, wenn ich daran denke, wie das hätte ausgehen können. Und ich fühle mich schuldig, weil ich hier herumhocke und mich über mein verhunztes Liebesleben auslasse, während ich doch lieber dankbar sein sollte für die glückliche Fügung.

»Keiner von uns weiß, wie viel Zeit er hat«, seufzt Jewell und tätschelt mir die Hand. »Wir sind es uns selbst schuldig, jede einzelne Minute unseres Lebens zu genießen.«

Sie sieht so wehmütig aus, als sie das sagt, dass ich es mit der Angst zu tun bekomme. In einer Seifenoper würde sie jetzt erklären, dass sie nur noch wenige Wochen zu leben hat, und mich inständig darum bitten, loszuziehen und an ihrer statt das Leben in vollen Zügen zu genießen. Doch zum Glück sind wir im wirklichen Leben. Jewell äußert nichts dergleichen, sondern wirft mir ein sonniges Lächeln zu, und die düstere Stimmung verfliegt.

»Lieber Himmel! Wie trübsinnig!« Jewell lässt meine Hand los, stemmt sich hoch und tappt schwerfällig zum Küchenschrank. Sofort streicht ihr eine Schar flauschiger Tiere um die Knöchel, und lautes Schnurren ertönt, als Jewell vier Dosen Whiskas öffnet und den Inhalt mit einer Gabel in diverse Fressnäpfe befördert. Ich nehme mir einen gefüllten Keks und kaue nachdenklich. Bin ich zu abhängig von Männern? Bin ich unfähig, für mich selbst zu sorgen?

Ich kann nur hoffen, dass es sich nicht so verhält, sonst bin ich angeschmiert.

Und plötzlich weiß ich es. Es liegt so nahe, dass ich laut auflache. Ja, ich weiß *ganz genau*, was ich tun will. Ich habe es schon immer gewusst. Und Tante Jewell wird der Plan auch gefallen, denn er hat rein gar nichts mit Männern zu tun.

Na ja, indirekt vielleicht schon, aber nicht mit echten Männern.

»Ich will schreiben!«, rufe ich aus. »Ich will ausprobieren, ob ich es wirklich kann. Ich will weg aus London, durch Moore stapfen und im Regen spazieren gehen. Ich will mir die Gelegenheit geben herauszufinden, ob aus mir wirklich eine Schriftstellerin werden kann.«

Oder ob meine Geschichten tatsächlich erbärmliches Geschmiere sind, verfasst von einer Lehrerin aus einer miesen Prol-Schule, wie James es so charmant formuliert hat. Ich möchte eine Auszeit, in der ich mich ausschließlich mit schmucken Banditen und leidenschaftlichen Piraten befassen darf.

Jewell klatscht in die Hände. »Gute Idee! Dann solltest du genau das tun!«

»Ja, aber das ist Traumstoff. Wie sieht die Wirklichkeit aus? Wo soll ich leben? Und wovon? Wie soll ich meine Kreditkartenrechnungen bezahlen?«

Letzteres macht mir zunehmend Sorgen. Die Rechungen – die, übrigens auch durch James, der in meinem Namen Geld ausgibt, zu astronomischen Summen auflaufen – sind inzwischen so hoch, dass der Everest dagegen wie ein Ameisenhügel wirkt.

»Geld? Pah!« Jewell feuert die leeren Dosen in den Abfalleimer. »Davon solltest du dich nicht von der Verwirklichung deiner Träume abbringen lassen. Kündige deine Arbeit, zieh für eine Weile bei mir ein und schau, wonach dir der Sinn steht. Oder besuch die nette Maddy in Cornwall. Und was die Rechnungen angeht...« Sie kramt in einer voluminösen Handtasche herum und bringt ein Scheckbuch zum Vorschein, »da spiele ich gern mal die gute Fee. Ich bezahle deine ganzen wüsten Schulden, damit du dich aufs Schreiben konzentrieren kannst, und bevor du widersprichst«, fügt sie rasch hinzu, als sie sieht, wie ich den Mund aufmache, »sage ich dir auch noch, dass ich jeden Cent zurückhaben will, sobald du deinen ersten Vorschuss kriegst. Möglicherweise verlange ich sogar eine prozentuale Beteiligung am Umsatz. Das wäre doch ein fairer Deal, oder? Und vergiss nicht, wie viel Geld ich nun für das Hochzeitsgeschenk spare.«

»Tante Jewell, ich kann mir kein Geld von dir borgen. Und schon gar nicht auf deine Kosten leben.«

Sie wirft mir einen durchtriebenen Blick zu. »Einen kleinen Teilzeitjob musst du dir ohnehin suchen, Schätzchen; so reich bin ich nicht. Aber ich gebe lieber dir Geld, als James noch mehr zu leihen.«

»Du hast James noch mal Geld geliehen?« Mir klappt die Kinnlade runter.

Jewell nickt. »Hier mal tausend, da mal tausend, Liquiditätsprobleme, wie er sagte, aber ich fing schon an, mich zu fragen, was da los ist, Liebes. Und glaub bloß nicht, mir wäre nicht aufgefallen, mit welchem Blick er mein Haus betrachtet hat, um den Wert einzuschätzen. Der hatte Pfundzeichen in den Augen. In dieser Hinsicht ist er seiner Mutter viel zu ähnlich. Ich mag James gerne, Schätzchen, und ich habe mich gefreut, als ihr euch wiederbegegnet seid, aber ich muss mir doch ab und an Gedanken über seine Motive machen.«

Dazu kann ich nicht viel sagen, weil ich mir diese Gedanken inzwischen auch mache. Ich schäme mich für James und noch mehr für mich selbst, weil ich außerstande war, ihn zu durchschauen. In meinem Fall hat die Liebe nicht so sehr blind gemacht als vielmehr taub und obendrein dumm wie Bohnenstroh.

»Aber James verdient doch haufenweise Geld«, wende ich ein. »Wozu musste er sich da von dir was leihen?«

Jewell zuckt die Achseln. »Keine Ahnung, Liebes, aber Cordelia hatte schon immer hohe Ansprüche. Vielleicht hat das auf James abgefärbt.«

Ich denke an die maßgefertigten Schuhe und die Designerhemden in seiner Hälfte des Kleiderschranks, während ich mich mit Billigklamotten aus dem Supermarkt zufriedengebe.

Ja, man kann mit Recht behaupten, dass James großen Wert auf Qualität legt. Aber sie auch zu bezahlen scheint für ihn auf einem anderen Blatt zu stehen.

»Aber scher dich nicht mehr um den, der ist Geschichte«, sagt Jewell jetzt entschieden. »Du solltest nach vorn schauen, Liebes. Hol eine Flasche Moët aus dem Kühlschrank und lass uns auf deine beginnende Laufbahn als Autorin anstoßen!«

Ich weiß aus Erfahrung, dass es kein Halten gibt, wenn Jewell sich was in den Kopf gesetzt hat. Da wäre es Knut dem Großen noch eher gelungen, die Flut zum Zurückweichen zu bewegen.

Jewell entkorkt die Flasche, schenkt ein und hält ihr Glas hoch. »Auf Katy Carter, ihre neue Karriere und einen neuen romantischen Helden!«

Als wir anstoßen, bemühe ich mich, unabhängig und dynamisch auszusehen, aber innen drin fühle ich mich leider ganz anders.

Ziemlich einsam nämlich.

Und ausgesprochen verängstigt.

12

Wir erreichen in Kürze Liskeard! Nächster Halt ist Liskeard!«

Ich bin völlig verdattert über diese näselnd vorgetragene Ankündigung und kriege fast einen Schock, als ich mich unversehens in einem Zugabteil wiederfinde, das so vollgestopft ist, dass eine Sardinenbüchse dagegen geräumig wäre. Mein Stift verharrt über meinem neuen Notizbuch, und ich frage mich, wo denn plötzlich Millandra und das Schloss geblieben sind.

Noch nie ist Zeit so langsam vergangen wie auf dieser Zugfahrt von Paddington Station nach Cornwall. Als ich noch zur Schule ging, fand ich eine Doppelstunde Mathe unerträglich, aber das war nichts gegen den Aufenthalt in diesem überfüllten Zug. Ich sitze neben einer Person mit einem massiven Hygieneproblem, atme deshalb schon seit Reading nur durch den Mund und höre mich an wie Darth Vader. Und wieso bin ich vom bloßen Herumhocken so müde? Das sollte ich doch mühelos beherrschen. Wenn Auf-dem-Arsch-Sitzen eine olympische Disziplin wäre, würde ich bestimmt Gold holen.

Irgendwann begab ich mich in den Speisewagen, wobei ich durch das Ruckeln des Zugs torkelte wie eine Besoffene und bei jedem Schlingern andere Fahrgäste malträtierte. Mit einem Snickers, einem Becher Kaffee und diversen Verbrennungen zweiten Grades gelangte ich schließlich wieder zu meinem Sitzplatz, wobei ich mich an Stink-Mann vorbeiquetschen und mich mit zahlreichen Verrenkungen um sein Gepäck herumschlängeln musste. Dann mampfte ich mein Snickers und sann darüber nach, ob ich mich richtig entschieden hatte. Wenn es mir derart mies geht, starte ich normalerweise eine gigantische Einkaufstour und verbrenne Kohle, bis die Kreditkarte schmilzt. Aber sonderbarerweise hat das gerade gar keinen Reiz für mich, was vermutlich daran liegt, dass ich von jetzt an jeden Cent umdrehen muss. Außerdem habe ich einige merkwürdige Briefe von James bekommen, in denen er fordert, dass ich mich an diversen Rechnungen und sogar an der Abzahlung der Hypothek beteilige.

Nun, das kann er vergessen. Wieso sollte ich? Ich lebe nicht mehr mit ihm zusammen, und abgesehen davon verdient er viermal so viel wie ich. Soll sich doch Scheißalice Saville darum kümmern.

Ich schaue aus dem Fenster auf die sanfte grüne Hügellandschaft, die wirklich wunderschön ist. So komisch es klingen mag: Ich bin tatsächlich noch nie weiter nach Westen gekommen als bis nach Devon, weshalb diese Reise in gewisser Weise ein echtes Abenteuer für mich ist. Ich wage mich mutig in unbekannte Gefilde und staune über die fremdartige Landschaft. Die Erde auf den gepflügten Äckern ist ziegelrot und steht in leuchtendem Kontrast zu den dunklen Baumgruppen und dem türkisblauen Himmel. Neben dichten Wäldchen sitzen kleine Cottages wie Inseln in einem Meer aus Kornfeldern und Weiden. Für jemanden, der aus Ealing kommt, wo sich die Leute nur sicher fühlen, wenn der nächste Supermarkt nicht weiter als fünf Minuten entfernt ist, fühlt sich das alles erfrischend fremd an. Vielleicht werde ich in der Natur Trost finden wie eine der romantischen Heldinnen aus der Literatur? Ein Jammer, dass Wordsworth seit dreihundert Jahren den Lyrikmarkt beherrscht, denn ich vermute stark, dass meine gequälte Seele derzeit eine imposante lyrische Ballade hervorbringen könnte.

Am schönsten finde ich die Fahrt, als der Zug so dicht am Meer entlangfährt, dass ich fast den Fuß reinstrecken könnte.

Ich fühle mich wie in einem fremden Land; die glitzernde See hat so gar keine Ähnlichkeit mit der schlammbraunen Themse, und die bedächtige, gelassene Sprechweise der anderen Fahrgäste hat nichts gemein mit dem Straßenslang der Jugendlichen an meiner Schule. Die Fischerboote und Windsurfer mit den bunten Segeln erinnern mich an Ollie. Wenn er jetzt hier wäre, würde er sich die Nase an der Scheibe platt drücken und mir eifrig erklären, was für Manöver sie ausführen können. Ollie kann einen ganzen Tag über Windsurfen reden, wenn sich die Gelegenheit dazu bietet.

Mit mir redet er derzeit allerdings wenig. Er hat es gerade mal geschafft, meine Abreise zu registrieren und mir in mürrischem Tonfall viel Glück zu wünschen.

Offenbar färben Ninas Charme und ihr freundliches Wesen schon auf ihn ab.

Wie ich es Jewell versprochen habe, nehme ich nun tatsächlich eine Auszeit von meinem Job und ziehe für eine Weile zu Maddy, um mein Leben als Autorin von Liebesromanen zu beginnen. Maddy ist schon ganz versessen darauf, mir die scharfen Männer zu zeigen, und natürlich werde ich meinen Roman in dem neuen Notizbuch schreiben, das Frankie mir am Bahnhof gekauft hat.

»Und du bist dir wirklich sicher, Schätzelchen?«, fragte er mich am Bahnsteig.

Frankie hat Bedenken, weil ich bei Mads wohnen will. Er findet die Vorstellung von Männern in Priestergewändern zwar aufregend, ist aber nicht sonderlich angetan von Richard. Weshalb ich ihm wohlweislich verschwiegen habe, dass Richard noch nicht mal was von seinem Glück weiß. Mads und ich hielten es für besser, ihn vor vollendete Tatsachen zu stellen. Und was soll er uns schon antun, wenn wir es ihm sagen? Er ist schließlich Pfarrer.

»Ich bin mir absolut sicher«, antwortete ich. »Hier halte ich es keine Sekunde länger aus. James macht mich rasend, und außerdem ist es besser, wenn ich Ollie und Nina in Ruhe lasse.«

Frankie runzelte die faltenlose Stirn. »Ich begreife diese ganze Nina-Geschichte überhaupt nicht. Die Frau passt doch überhaupt nicht zu ihm. Kannst du nicht hierbleiben und ihn dazu überreden, der den Laufpass zu geben? Du kriegst deine Stelle sicher sofort wieder, wenn du nett zum Direx bist.«

»Ich will aber meine Stelle gar nicht wiederhaben. Diese Krebssache hat mich aufgerüttelt. Auch wenn es so schwer ist, dass ich daran eingehe – ich will jetzt was anderes ausprobieren.«

»Hast wahrscheinlich recht«, meinte Frankie, als er mir in den Zug half. »Jewell sieht das schon richtig. Du wirst dich besser fühlen, wenn du was unternimmst, anstatt auf deinem Arsch zu hocken und dich wegen James zu bemitleiden. Das hätte Hamlet auch nichts gebracht, oder?«

»Hamlet ist durchgedreht und starb«, rief ich ihm in Erinnerung.

»Ach, echt?«, sagte Frankie erstaunt. »Ich hab mir das nie zu Ende angeguckt – war zu grausam für mich, mir vier Stunden lang diese ganzen schönen Jungs in Strumpfhosen anzuschauen, ohne an sie ranzukommen. Ich musste rausgehen und was trinken, um mich abzuregen.« Er riss sich mit Mühe aus seinen verführerischen Erinnerungen und wandte seine Aufmerksamkeit wieder mir vergleichsweise langweiligem Wesen zu. »Und du weißt noch, was ich dir wegen Gabriel Winters gesagt habe?«

»Wenn ich ihn sehe, soll ich dich sofort anrufen«, betete ich artig vor.

»Ganz genau!« Frankie klatschte in die Hände. »Ich hab ja jetzt deine Nummer und komm dich bald besuchen.«

Damit wandelte er von dannen, um Zwicki beim Schaffner abzugeben, und ich blieb, den Tränen nahe, zurück. Trotz seiner Überdrehtheit mag ich Frankie echt gern. Carrie aus *Sex and the*

City hat wirklich recht: Jede Frau sollte einen schwulen Freund haben.

Bei heterosexuellen Freunden sieht die Sache allerdings anders aus ...

»Sie wollten doch in Liskeard aussteigen«, sagt die Dame mir gegenüber. »Dann sollten Sie sich auf die Socken machen, Liebes! Sie haben ja so viel Gepäck.«

Recht hat sie. Ich habe mehr Taschen als Louis Vuitton und obendrein Zwicki, der sich im Schaffnerabteil in einer Plastikwanne aalt. Mal wieder ziehe ich mit Sack und Pack durch die Gegend; scheint mir in letzter Zeit zur Gewohnheit zu werden.

Als der Zug in den Bahnhof einfährt, raffe ich mein Zeug zusammen und stemme mich bei dem Versuch, die Tür zu öffnen, mit aller Kraft dagegen. Was damit endet, dass ich ruckartig aus dem Zug falle und meine Sachen überall verstreue.

Super.

Ich stehe also auf dem Bahnsteig, umgeben von meinen Habseligkeiten und Menschenmassen, die hier aussteigen. Alles ist anders hier. Das Licht wirkt heller, und die Luft ist klar und kalt. Ich sauge sie gierig in großen Zügen in meine verdreckte Stadtlunge.

»Ist das Ihrer, junge Frau?«, fragt mich der korpulente Bahnhofsvorsteher und rollt eine blaue Plastikwanne auf mich zu, die Zwicki enthält.

Ich nicke. Zwicki wirft mir einen wissenden Blick aus seinen Knopfaugen zu.

»Bin hier mal diesem Starkoch begegnet, der die Fischrestaurants hat«, verkündet der Bahnhofsvorsteher. »Der hatte allerdings keinen Hummer dabei. Abendessen, oder?«

Zwicki sieht zutiefst verletzt aus. »Lange Geschichte«, antworte ich. »Eher so was wie ein Haustier. Ich bringe ihn ans Meer, um ihn da freizulassen.«

Der Bahnhofsvorsteher verdreht die Augen.

»Heiliger Strohsack! Ein Hummer als Haustier? Was denn noch? Wär doch viel besser mit 'nem Schuss Ketchup. Na ja, ist natürlich Ihre Sache. Soll ich Ihnen vielleicht was tragen?«

»Das wäre nett.« Meine Arme fühlen sich von den schweren Taschen schon so überdehnt an, als würden sie gleich gorillamäßig am Boden schleifen.

Ich folge dem Stationsvorsteher durch Scharen müder Pendler und munterer Urlauber eine steile Treppe hinauf, über eine Überführung und eine weitere Treppe hoch zur Straße. Als ich meine Taschen abstelle, pfeife ich fast auf dem letzten Loch. Ich muss echt fitter werden – ein weiterer Punkt auf meiner rasant anwachsenden Liste guter Vorsätze.

»Soll ich Ihnen ein Taxi rufen?«, fragt der Mann. »Um sechs mach ich nämlich Feierabend, und die Telefonzelle ist kaputt.«

»Danke, nicht nötig. Ich werde abgeholt.« Ich halte Ausschau nach Maddy, die aber noch nirgendwo zu sichten ist. Was mich vorerst nicht weiter beunruhigt, weil Mads immer zu spät dran ist. Sie kam sogar zu ihrer eigenen Hochzeit eine Stunde zu spät. »Ich wohne bei meiner Freundin in Tregowan.«

»Hübsch da«, sagt er und stellte Zwicki ab. »Aber ich würd da nicht wohnen wollen. Ich und meine Frau parken gern vor dem Haus, wissen Sie.«

Er kehrt zum Bahnsteig zurück, und ich sinne über seine Worte nach. Was ist Tregowan denn für ein Ort, wenn man dort kein Auto parken kann? Vor meinem geistigen Auge entsteht ein Bild von schmalen Kopfsteinpflastergassen und Schmugglern, die Brandyfässer in Felshöhlen rollen.

»Ist das nicht aufregend?«, sage ich zu Zwicki, aber er kehrt mir den Rücken zu und beginnt seine Fühler zu säubern. Undankbares Vieh. Nächstes Mal soll Ollie ihn ruhig kochen.

Aber es wird wohl kein nächstes Mal geben, oder? Meine Augen brennen, und ich blinzle wütend. Das hier ist mein

Neuanfang, der Beginn meines aufregenden neuen Lebens. Ich werde jetzt nicht heulen. Höchste Zeit, nach vorn zu schauen.

»Positiv denken«, verordne ich mir streng.

Ob ich das schaffe, kann ich gleich mal unter Beweis stellen, denn von Maddy immer noch keine Spur. Aber noch regt mich das nicht weiter auf. Die letzten Sonnenstrahlen wärmen mein Gesicht, und der sachte Wind duftet nach Bärlauch. Vom entfernten Brummen eines Traktors und dem zittrigen Geblöke von Schafen abgesehen ist es vollkommen still. Ein paar vereinzelte Autos sind vorbeigefahren – vermutlich die kornische Version der Rushhour. Ich setze mich zu meiner Habe und warte.

Vierzig Minuten später warte ich immer noch und fange an, panisch zu werden. Die Sonne verschwindet hinter den Hügeln. Dabei verströmt sie zwar ein bezauberndes rosafarbenes Licht, aber es wird auch merklich kühler. Es ist schließlich erst April, und mir ist in meiner Zigeunerbluse und meinem weiten Rock allmählich kalt.

Ich angle mein Handy aus der Handtasche, stelle aber fest, dass ich hier kein Netz habe. Na großartig. Frustriert verstaue ich es wieder und warte weiter. Als die Sonne nur noch einem goldenen Fingernagel am scharlachroten Himmel gleicht, erwäge ich, meine Stellung aufzugeben und zu Fuß in die Stadt zu gehen. Wo immer die auch sein mag. Ich blicke an meinen Beinen hinunter und stelle bedauernd fest, dass ich mir dabei wohl meine schönen Wildlederstiefel ruinieren werde. Es mag ja Frühling sein in Cornwall, aber die Straße sieht aus wie eine Schlammgrube.

Ich werde Maddy Lomax umbringen, wenn sie mir das nächste Mal unter die Augen kommt.

Ich bin schon am Rande der Verzweiflung, als ein monumentaler schwarzer BMW X5 vorbeifährt und ich einen Moment lang von den Seitenlichtern beleuchtet werde. Dann höre ich, wie geschaltet wird, der Wagen fährt rasch rückwärts und hält direkt neben mir. Der Fahrer stellt den Motor ab, und das getönte Fenster wird heruntergefahren.

Maddy? Wohl kaum in einem BMW, es sei denn, die Church of England hat das Salär ihrer Pfarrer drastisch erhöht.

Ich versuche den Fahrer zu erkennen, aber die letzten Sonnenstrahlen spiegeln sich auf dem schimmernden Lack und blenden mich, so dass ich nur einen sonnengebräunten Arm erkennen kann. Einen sonnengebräunten *männlichen* Arm.

Eindeutig nicht Maddy also.

Typisch. Der einzige Perversling von ganz Cornwall, und er muss natürlich mich finden. Ich bereite mich mental auf einen schleimigen Widerling vor und durchforste mein Gehirn nach einer möglichst ätzenden Abfuhr.

Dann streckt der Fahrer den Kopf aus dem Fenster und lächelt mich an, und ich falle vor Schreck fast in Ohnmacht.

Oh Gott. Der Stress der letzten Wochen muss mir schlimmer zugesetzt haben, als mir bewusst war.

»Zwick mich, Zwicki«, fordere ich den Hummer auf. »Ich hab Halluzinationen.«

So muss es sein, denn andernfalls würde ich schwören, der Mann, der mich jetzt mit so blendend weißen Zähnen anlächelt, dass ich fast eine Sonnenbrille brauche, sei Gabriel Winters selbst. Ich schaue weg, zähle bis fünf und schaue wieder hin.

Heiliger Bimbam! Er ist es tatsächlich! Leibhaftig!

»Hallo«, sagt Gabriel Winters mit der erotischen kehligen Stimme, die unlängst vor den Augen der ganzen Nation Jane Eyre verführt hat. »Sie sehen ein bisschen verloren aus.«

»Ich sollte abgeholt werden.« Ich versuche eine Art sexy Schnurren zustande zu kriegen, höre mich aber an wie Donald Duck. »Meine Freundin ist nicht gekommen. Sie wollte mich nach Tregowan mitnehmen.«

Er setzt die Sonnenbrille ab, und ich blicke in seine leuchtend saphirblauen Augen. »Was für ein glücklicher Zufall – da fahre ich nämlich hin. Wollen Sie Ihre Sachen nicht einfach in den Kofferraum werfen? Ich nehme Sie mit, wenn Sie wollen. Ich kann doch eine schöne Frau nicht einsam am Straßenrand stehen lassen.«

Ich drehe mich um, weil ja vielleicht Angelina Jolie hinter mir stehen könnte.

Nee, da ist tatsächlich nur die kleine rothaarige Katy Carter. Oh. Mein. Gott. Mr Rochester findet mich schön!

Na ja, in der letzten Folge wird er ja auch geblendet.

Ich sollte das Angebot freilich ablehnen; weiß ja schließlich, dass man nicht zu fremden Männern ins Auto steigen soll. Aber es handelt sich hier um Gabriel Winters, den derzeit wahrscheinlich angesagtesten Schauspieler ganz Großbritanniens – nicht um irgendeinen alten Perversen im Regenmantel. Dieser Mann wird mir nichts Unsägliches antun.

Ich sollte mich glücklich schätzen.

»Meinen Sie wirklich?«, frage ich, den Blick auf die langen Beine in Jeans geheftet, die jetzt aus dem BMW auftauchen. An den Oberschenkeln spielen kraftvolle Muskeln unter dem Stoff. Ich erhasche auch einen Blick auf einen betörend straffen braungebrannten Bauch, als das weiße T-Shirt hochrutscht. Oh mein Gott! Er ist wahrhaft die Verkörperung des Alpha-Männchens aus den Liebesromanen!

»Na sicher.« Gabriel hebt mein Gepäck so mühelos hoch, als sei es aus Styropor, und verstaut es im Kofferraum. »Außerdem fahre ich sowieso dorthin. Haben Sie nicht in der Presse gelesen, dass ich mir in Tregowan ein Haus gekauft habe?«

»Nein«, antworte ich.

»Oh.« Er sieht enttäuscht aus, was denselben Effekt hat, als ginge die Sonne unter.

»Aber es steht bestimmt überall in den Zeitungen«, füge ich rasch hinzu. »Ich habe nur seit Ewigkeiten keine mehr gelesen.«

Das scheint ihn etwas aufzuheitern.

»Ich drehe gerade in Tregowan, deshalb dachte ich mir, ich könnte mir da auch gleich was kaufen«, fährt er fort und hält mir die Hand hin, um mir beim Einsteigen behilflich zu sein. Ich hoffe inständig, dass mein Po in dem weiten Rock nicht zu gigantisch wirkt. »Immobilien in Cornwall sind doch eine hervorragende Investition, nicht?«

»Auf jeden Fall!« Ich nicke heftig, obwohl ich mir nicht mal ein Puppenhaus leisten kann.

Gabriel legt den Gang ein, und ich kann den Blick nicht von der kräftigen sonnenbraunen Hand auf dem Schaltknüppel lösen – jener Hand, die Jane Eyre in Ekstase versetzt hat. »Das Haus heißt ›Smuggler's Rest‹. Ein wundervolles Anwesen, mit fantastischer Aussicht. Es muss allerdings einiges dran gemacht werden, ich werd vielleicht Sarah Beeny mal bitten, einen Blick drauf zu werfen.«

»Echt?« Ich bemühe mich, nicht zu beeindruckt zu klingen. Die berühmte Fernsehmoderatorin und Innenausstatterin, wow!

Wir fahren einen steilen Hügel hinunter und in ein Waldstück hinein. Violette Schatten fallen auf die Straße. Türkisfarbene Wolken schweben am Himmel, und ein schmaler Sichelmond lächelt zu uns herunter. Ich komme mir vor wie in einem höchst sonderbaren Traum.

»Tregowan ist großartig«, sagt Gabriel. »So was wie das Ideal eines Dorfes. Es wird Ihnen bestimmt gefallen ... äm ...«

»Katy«, sage ich. »Katy Carter. Ich wohne bei Maddy Lomax, der Pfarrersfrau. Sie lebt noch nicht so lange hier.«

Aber das interessiert Gabriel offenbar nicht.

»Hat *Jane* Ihnen gefallen?«, fragt er, als wir nach einer Haarnadelkurve einen steilen Berg hinauffahren.

Ich überlege, ob ich ihm sagen soll, dass ich die postfeministische Darstellung von Jane für einen gravierenden Irrtum halte und seine Darstellung des Rochester komplett frauenfeindlich finde, nehme aber davon Abstand, als ich seinen erwartungsvollen Gesichtsausdruck bemerke.

»Hinreißend!«, flöte ich unaufrichtig. »Die erotische Szene war vor allem toll.«

Gabriel nickt, und seine goldenen Locken wippen anmutig.

»Colin Firth war echt sauer deshalb«, sagt er grinsend. »Und Helen hat mir gesagt, sie wird das in ihrem nächsten Roman verwenden.«

»Helen?« Die einzige berühmte Helen, die ich kenne, hat vor Äonen bei *Big Brother* mitgemacht. Würde mich wundern, wenn die ihren Namen richtig buchstabieren geschweige denn ein Buch schreiben könnte.

»Fielding.« Gabriel schaltet einen Gang runter, und wir fahren langsam den nächsten steilen Hügel hinauf. »Die *Bridget Jones* geschrieben hat! Mein Agent wird mir eine Option auf die Rolle des Rochester verschaffen, Bridgets neuen Liebhaber. Renee ist auch schon dran. Und Hugh.«

Mir schwirrt der Kopf, und ich komme mir vor, als sei ich mitten in einem Klatschblatt gelandet. Im nächsten Moment kommen bestimmt Posh und Beckham unter dem Rücksitz hochgeploppt.

»Aber jetzt genug von mir!«, sagt Gabriel mit einem kehligen Lachen. »Was machen Sie denn so?«

Wie soll ich da nur mithalten?

»Ich arbeite an einem Roman«, antworte ich, weil sich das besser anhört als arbeitslos und abserviert. »Ich werde eine Weile bei Mads wohnen, damit ich in Ruhe schreiben kann. Sie meint, Cornwall sei sehr inspirierend.« Ich beschließe, den Teil über die kraftvollen Männer und meine Suche nach einem eigenen romantischen Helden nicht zu erwähnen. Das käme mir doch angesichts der Tatsache, dass ich gerade neben einem sitze, ziemlich albern vor.

Gabriel schaut mich an und wirft mir ein echt goldiges Lächeln zu. Ich finde es total süß, dass sein Grinsen ein bisschen schief ist, und wünschte, ich könnte sofort ein paar Ideen aufschreiben. Millandra könnte durchaus noch einen weiteren Verehrer brauchen, damit Jake sich ordentlich ins Zeug legen muss.

»Ich finde Cornwall jedenfalls sehr inspirierend«, verkündet er. »Es gibt acht Pubs in Tregowan, und manchmal findet man sogar tolle Mädels am Straßenrand!«

Tolle *Mädels?* Die Kids in der Schule halten mich quasi für scheintot. Wayne Lobb hat mich sogar mal gefragt, wie das Leben im Krieg gewesen sei, der freche kleine Mistkerl.

Gabriel schmiert mir echt Honig ums Maul, aber ich fühle mich absurd geschmeichelt, dass er wahrhaftig versucht mich anzubaggern. Den Rest der zwanzigminütigen Fahrt zum Dorf verbringen wir mit lockerem Geplauder – meist über ihn – und gemäßigtem Flirten. Als der BMW dann einen nahezu senkrechten Abhang hinunterfährt, weiß ich alles über Gabriels Berufslaufbahn, von der Zahnpastawerbung bis zum jüngsten Piratenfilm. Und dass Gabriel über mich wenig mehr weiß als meinen Namen, ist nicht weiter erstaunlich; schließlich ist er ein Fernsehstar, und ich bin lediglich eine derzeit arbeitslose Englischlehrerin.

»Willkommen in Tregowan«, sagt er.

Ich halte die Luft an, denn die Aussicht ist atemberaubend schön. Es wird langsam dunkel, und die Landschaft liegt im Zwielicht, aber man kann noch die flechtenbewachsenen Dächer kleiner Cottages erkennen, auf denen Möwen neben dem Schornstein hocken, um sich zu wärmen. Ganze Schwärme von Möwen kreisen aufgeregt über dem Dorf und ziehen den Fischerbooten entgegen, die mit grünen und roten Lichtern ihre Rückkehr ankündigen. An der Kaimauer wippen Boote auf und ab, und die bunten Farben von Lichterketten in den Fenstern eines Pubs glitzern auf dem Wasser.

Das ist was anderes als Lewisham.

»Wunderschön«, sage ich ergriffen.

»Da ist mein Haus«, erklärt Gabriel und weist auf ein ausladendes weißes Anwesen am Hang des Tales. »Die Familie Lomax wohnt da drüben, in dem rosa Cottage über dem Fischmarkt.«

Ich beuge mich vor und blinzle. Entweder habe ich mir mit dem jahrelangen Korrigieren von Schulheften die Augen verdorben, oder es gibt dort weit und breit keine Straße.

»Stimmt«, bestätigt Gabriel, als ich das zur Sprache bringe. »Hinter dem Fischmarkt gibt es einen Pfad nach oben. Der Pfarrer hilft Ihnen bestimmt mit dem Gepäck.«

Richard wird begeistert sein.

»Ich muss Sie jetzt hier absetzen«, sagt Gabriel und hält auf einem asphaltierten Rastplatz. »Näher kommen wir mit dem Auto nicht ran.«

»Macht nichts«, sage ich und schnalle mich ab. »Vielen Dank. Ich bin Ihnen was schuldig.«

»Sie können mich ja auf einen Drink einladen.« Gabriel holt meine Taschen aus dem Kofferraum, überlässt es aber mir, Zwicki zu tragen. »Wenn Sie Lust haben?«

Ich traue meinen Ohren kaum. Gabriel Winters möchte mit mir ausgehen! Wer war James gleich wieder? Mads hat auf ganzer Linie recht: Diese Reise aufs Land ist eine exzellente Idee.

»Das ist ja wohl das Mindeste, was ich tun kann«, erwidere ich so ruhig, als würde ich tagtäglich von reichen und berühmten Schauspielern gefragt, ob ich mit ihnen ausgehen wolle.

Ich folge ihm also eine schmale Straße entlang, vorbei an kunterbunten Cottages und Geschenkläden mit Schaufenstern voller Kobolde und Bonbons. Wir kommen am Fischmarkt vorüber, wo eine Schar Urlauber den Fischern im Ölzeug zuschaut, wie sie ihren Fang wiegen. Es riecht durchdringend nach Fisch, und ich rümpfe die Nase, aber Zwicki fuchtelt so begeistert mit seinen Fühlern, als wolle er mir sagen, dass er schon fast daheim sei.

»Wir gehen ins *Mermaid*«, verkündet Gabriel. »Ein toller Pub. Wird Ihnen gefallen.«

Wir steigen ein paar in dunklen Fels gehauene Stufen zu dem von Lichterketten umkränzten Häuschen hinauf, das ich schon aus dem Auto gesehen hatte. Gabriel weicht einem Grüppchen Raucher aus, die sich auf der Terrasse um einen schwächlichen Heizpilz scharen, öffnet eine robuste Holztür und duckt sich, als er hindurchgeht. Ich folge ihm – wobei mir natürlich das »Ist er das wirklich?«-Geraune hinter uns nicht entgeht – und wünsche mir, ich hätte noch Zeit gehabt, mich meinen Locken mit einer Bürste zu nähern. Mein erstes und einziges Rendezvous mit einem Star, und meine Haare sehen aus wie die von Ronald McDonald.

Mal wieder typisch.

Im Pub ist es ausgesprochen warm und dunkel. Die Leute drängen sich am Tresen und wetteifern um die Gunst der Barkeeperin. In den Fensternischen brüten Touristen mit Wanderstiefeln über Reiseführern und spielen Domino. Die Einheimischen, die sich in einer schummrigen Ecke am anderen Ende der Bar herumdrücken, bleiben unter sich. Am Kamin spielt ein Mann mit großem Hut Gitarre und singt lauthals, während seine Freundin die Zecher davon zu überzeugen versucht, dass sie alberne Hüte aufsetzen und mitsingen sollen. Binnen kurzem habe ich einen Sombrero auf dem Kopf und gröhle mit, während Gabriel, der mit einem Dreispitz lachhaft unwiderstehlich aussieht, gut gelaunt Autogramme gibt. Etliche Leute bewundern Zwicki in seinem blauen Behältnis, aber niemand wundert sich auch nur im Geringsten darüber, dass ich einen Hummer im Schlepptau habe, wenn ich ein Gläschen trinken will.

»Hier.« Gabriel drückt mir einen Fünfzig-Pfund-Schein in

die Hand – ich glaube zumindest, dass es einer ist, da ich so was noch nie zu Gesicht gekriegt habe. »Hol uns Bier! Ich suche einen Platz.«

Ich komme mir wie ein rothaariger Zwerg unter Riesen vor, als ich mich, Ellbogen und Biergläsern ausweichend, zum Tresen durchdrängle und dabei durch eine brennende Zigarette fast ein Auge einbüße. Am Tresen stelle ich mich auf die Fußleiste. Schon besser. Jetzt bin ich mindestens zehn Zentimeter größer und genieße von diesem erhöhten Aussichtspunkt den neuen Blick auf die Welt. Dennoch bin ich nur ein kleines Händchen, das inmitten einer Menschenmasse, wie man sie beim Madonna-Konzert finden würde, einen Geldschein schwenkt.

Die Barkeeperin wirft mir einen Blick zu und lächelt mich entschuldigend an, während sie einem Fischer, der mit dröhnender Stimme Hinz und Kunz erklärt, was er von der Fischereipolitik hält, eine riesige Runde ausschenkt. Irgendwann zahlt er endlich, und ich bin dran. Während mir die Keeperin zwei Gläser sehr stark aussehenden Cider zapft, schaut sie immer wieder zwischen Gabriel und mir hin und her. Ich finde es cool, wie ihr Nasenpiercing im Kerzenlicht glitzert. Vielleicht sollte ich so was auch haben. Seit James mich nicht mehr herumkommandiert, kann ich ja tun und lassen, wozu ich Lust habe.

Berauschender Gedanke. Vielleicht lasse ich mir auch ein Tattoo machen, eines dieser kleinen im Nacken, die er immer als vulgär bezeichnet hat. Ich könnte mir *LMA James* auf Sanskrit oder so tätowieren lassen. Das wäre lustig.

»Katy! Bin hier drüben, Süße!«, ruft Gabriel. Er braucht mir das allerdings nicht mitzuteilen, da die Scharen von Urlaubern, die sich um ihn drängen, um ein Autogramm zu ergattern, seinen Aufenthaltsort eindeutig preisgeben. Ich trinke aus beiden Gläsern einen Schluck ab, um nichts zu verschütten, während ich mir einen Weg durch die Menge bahne – was leichter gesagt als getan ist. Der kleine Pub ist so gerammelt voll, dass die

Londoner U-Bahn während der Rushhour dagegen ein geräumiger Ort ist.

»Danke, meine Liebe!« Gabriel nimmt sein Glas in Empfang und geleitet mich durch das Getümmel. Ich kann einfach nicht fassen, wie bizarr das Leben sein kann. Ich meine, gestern Abend um dieselbe Zeit war ich noch in London und fürchtete, dass James wieder mit dem halben botanischen Garten im Arm auflaufen würde. Und heute Abend bin ich in einem Pub in Cornwall mit Gabriel Winters am Zechen! Das wird mir zu Hause keiner glauben.

Ich selbst kann es kaum glauben.

Gabriel und ich setzen uns in eine Fensternische und bewundern die Aussicht. Damit meine ich, dass er aufs Meer und die wippenden Boote hinausschaut, während ich verstohlen sein Gesicht betrachte. Wie kann jemand nur so perfekt aussehen? Sogar die goldenen Bartstoppeln an seinem Kinn sind vom Feinsten. Seltsam ist allerdings, dass ich ihn zwar ästhetisch umwerfend toll finde, mich aber nicht im Mindesten zu ihm hingezogen fühle.

Offenbar habe ich die Trennung von James immer noch nicht verkraftet.

»Entschuldigung.« Eine Frau in der typischen Touristenuniform – Fleecejacke und Jeans – tritt an den Tisch. »Sind Sie nicht Gabriel Winters?«

Gabriel ist sichtlich geschmeichelt. »Gewiss doch.«

»Dürfte ich ein Foto von Ihnen machen?« Die Touristin wedelt mit ihrer Digitalkamera. »Ich bin ein ganz großer Fan von Ihnen. Ich hab jede einzelne Folge von *Jane* aufgenommen.«

»Sicher.« Gabriel lächelt. »Ich tue immer gerne etwas für meine Fans. Ohne sie wäre ich nicht da, wo ich heute bin.«

Die Frau macht ihr Foto, und es blitzt. Ich fühle mich nicht ganz wohl in meiner Haut. Gabriel ist wirklich wunderschön, aber er kann auch echt ölig sein.

»Tut mir leid«, sagt er dann zu mir, was wenig überzeugend wirkt. »Das passiert mir ständig.«

»Sie wird bestimmt enttäuscht sein.« Ich bin immer noch geblendet von dem Blitz. »Ich bin auch mit auf dem Bild.«

»Sie kann dich ja rausschneiden«, antwortet er, ohne das im Mindesten witzig zu meinen.

Wie charmant! Aber vermutlich hat er recht. In letzter Zeit scheinen mich eine Menge Leute gerne aus ihrem Leben rauszuschneiden.

Während wir unseren Cider trinken, berichtet Gabriel mir von seinem Piratenfilm, der noch in der Planungsphase ist, seiner jüngsten Romanze mit einem Serienstar und den Renovierungsarbeiten an seinem neuen Haus. Zwicki und ich hören aufmerksam eine geschlagene halbe Stunde zu, in der Gabriel nur selten Luft holt. Ich versuche ihm etwas über *Das Herz des Banditen* zu erzählen, aber sein Blick weicht immer wieder ab, und mir wird klar, dass er in den glänzenden Messingscheiben des Pferdezaumzeugs an der Wand seine Frisur überprüft.

Allerhand, nicht mal James war so eitel.

Andererseits: Wenn ich so schön wäre wie Gabriel Winters, würde ich wahrscheinlich auch am Spiegel kleben. Ich werfe einen Blick auf mein Konterfei und zucke entsetzt zusammen. Mit meinen störrischen roten Locken und den von der Wärme rot angelaufenen Wangen sehe ich nun endgültig wie Ronald McDonald aus. Nicht gerade vorteilhaft.

»Also, ich bin jedenfalls hier, weil ...«, setze ich an und verstumme gleich wieder, weil Gabriel überhaupt nicht zuhört. Er schaut vielmehr auf seine Uhr. Die eine Rolex sein könnte, aber ich bin mir nicht sicher. Als Englischlehrerin kriegt man solche Teile eher selten zu Gesicht.

»Ach du meine Güte!«, ruft Gabriel laut aus, womit er weitere bewundernde Blicke der weiblichen Gäste auf sich zieht. »So spät schon? Ich muss um acht im Rick Stein's sein, um meinen Regisseur zu treffen. Trink schnell aus, Süße. Ich muss mich auf die Socken machen.«

Ich leere gehorsam mein Glas, als die Tür des Pubs auffliegt und ein großer Mann hereinmarschiert.

»Hat jemand meine Frau gesehen?«, fragt er und blickt um sich wie der Terminator.

»War den ganzen Tag noch nicht da«, antwortet die Barfrau rasch.

Sie steht mit dem Rücken zu mir, und ich sehe, dass sie die Finger verschränkt hat.

»Falls Sie sie sehen«, bellt der Mann, »sagen Sie ihr, dass sie heute Nachmittag die Mutter-Kind-Gruppe zu leiten hat. Und«, fügt er in gereiztem Tonfall hinzu, »die Musik hier ist viel zu laut. Ich höre sie in meinem Arbeitszimmer. Wenn sich das nicht ändert, reiche ich eine Beschwerde beim Stadtrat ein.«

Und mit diesen Worten dreht er sich um und stürmt mit wallenden schwarzen Gewändern hinaus.

»Vielleicht hat die gute Frau 'ne Affäre«, sagt die Sängerin und verzieht das Gesicht. »Diesen Monat sucht er sie schon zum dritten Mal hier.«

»Könnt ich ihr nicht mal verdenken«, äußert der Fischer mit der lauten Stimme. »Er ist ein elender Dreckskerl.«

Ich sinke in meinen Sitz und ziehe mir den Sombrero ins Gesicht, als der erboste Gatte draußen am Fenster vorbei- und die Treppe hinunterstapft. Mir ist danach zumute, in Windeseile umzukehren und so schnell nach London zurückzurennen, wie meine Füße mich tragen.

Denn unerfreulicherweise ist besagter aufgebrachter Gatte niemand anderer als der Reverend Richard Lomax.

13

Als ich endlich genug Mut beisammenhabe, um mich ins Pfarrhaus zu begeben, ist es schon fast dunkel, und die Lichter von Tregowan funkeln wie zahllose Sterne. Nach dem steilen Aufstieg keuche ich wie eine Gebärende, als ich oben ankomme.

»Wer braucht da noch ein Sportstudio?«, frage ich Zwicki, als ich auf der Türschwelle kollabiere. Hier werde ich schon nach wenigen Wochen dieselbe Kleidergröße haben wie Nina. Nur gut, dass ich mich noch mit ein paar Gläsern Cider gestärkt habe.

Zuvor habe ich eine Weile auf dem Fischmarkt herumgelungert und so getan, als interessierte ich mich für den Fang, aber eigentlich wollte ich wissen, ob Richard noch in der Nähe war. Ich weiß ja, dass er ein Geistlicher ist, aber wütend möchte ich den nicht noch mal erleben. Ich habe keinen blassen Schimmer, was los ist, aber ich kenne Maddy und habe das unangenehme Gefühl, dass es Richard nicht gefallen wird. Würde mich allerdings sehr wundern, wenn sie eine Affäre hätte, weil ich immer geglaubt habe, dass sie Richard tatsächlich liebt. Auch wenn ich das nicht so recht nachvollziehen kann, obwohl er vermutlich rein äußerlich schon attraktiv ist. Und unter der Soutane verbirgt sich wohl auch ein durchtrainierter Körper, wenn man Maddys Worten Glauben schenken darf.

Ich ziehe an dem Seil neben der Haustür, und irgendwo im Haus ertönt dräuend eine Glocke. Durchs Fenster kann ich in die behagliche Küche mit dem gusseisernen Herd blicken. Sämtliche Oberflächen sind mit irgendwelchem Kram vollgestellt. Mads ist die Königin des Plunders. Jeder Trödelladen ist ordentlicher als ihre Behausungen.

Die Haustür geht auf, und vor mir steht Mads mit Lockenwicklern in den dunklen Haaren und einer grünen Schmiere im Gesicht.

»Scheiße!«, keucht sie erschrocken. »Katy! Verfluchter Mist!«

»Ich freu mich auch, dich zu sehen«, sage ich. »Danke, dass du mich am Bahnhof hast stehen lassen.«

»Tut mir ja so leid!«, ruft sie und führt mich ins Haus. »Ich versteh nicht, wie ich dich vergessen konnte! Muss völlig außer mir sein!«

»Zum Glück für dich hat mich jemand mitgenommen«, berichte ich, stelle Zwicki ab und reibe mir den schmerzenden Rücken. »Aber meine Sachen musste ich im Pub lassen.«

»Die holen wir später«, verkündet Mads leichthin und späht in die Wanne. »Das muss der berühmte Zwicki sein.«

»Eher berüchtigt«, sage ich finster. »Hat es im Alleingang geschafft, meine Beziehung mit James zu ruinieren.«

»Gut gemacht!« Maddy grinst. »Du kannst von Glück sagen, dass du diesen Arsch los bist.«

Ich öffne den Mund, um ihr mitzuteilen, dass sie es ja wohl gerade nötig hat, mich über Beziehungen mit Vollidioten zu belehren, mache ihn dann aber wieder zu. Vorerst sollte ich mich wohl wie ein vortrefflicher Gast betragen.

»Jetzt bringen wir dich erst mal irgendwo unter«, sagt Mads zu Zwicki und trägt die Wanne eine sehr schmale Treppe hinauf. »Und dann werden Mami und ich schön zusammen Tee trinken.«

»Ich bin nicht seine verdammte Mami«, murmle ich vor mich hin. Ganz im Ernst! Würde ich für jedes Mal ein Pfund kriegen, wenn ich mir wünsche, dass Ollie das verfluchte Vieh gekocht hätte, wäre ich bald so reich wie die Beckhams. Es kommt mir vor, als seien alle meine Probleme auf den Moment zurückzuführen, in dem Ollie mit dem abgefeimten Krustentier meine Wohnung betrat.

Das Pfarrhaus wirkt von innen noch winziger als von außen, wie die Tardis umgekehrt. Es ist entzückend – überall Holzböden, bunte Teppiche und niedrige Balken –, aber selbst ich muss mich auf der Treppe ducken. Das Badezimmer ist kaum größer als ein Schrank; während Mads Wasser einlaufen lässt, muss ich auf der Schwelle stehen bleiben, weil für uns beide kein Platz ist. Von hier aus kommt man zu zwei Zimmern, und eine weitere steile Treppe führt nach oben auf den Dachboden.

»Geh doch schon mal hoch und schau dir dein Zimmer an«, schlägt Maddy vor. »Ich hab es für dich saubergemacht.«

Da Mads vom Putzen so viel versteht wie ich von Atomphysik, bin ich überrascht, als ich das gemütliche Zimmerchen unter dem Dach betrete. Auf dem Doppelbett liegt eine schöne Steppdecke, und an dem winzigen Fenster hängen blau karierte Vorhänge. Mads hat sogar ein paar Blumen auf das Fenstersims gestellt und Bücher auf den Nachttisch gelegt. Die Vorstellung, nach einem Abend im *Mermaid* diese Treppen raufzusteigen, finde ich nicht erhebend, aber davon abgesehen ist es eine wunderbare Unterkunft. Ich knie mich in die Fensternische und schaue hinaus auf Tregowan. Und die Aussicht ist wirklich so, wie Maddy mir verheißen hat: Wellen und glitzernde Lichter. Ich kann mir gut vorstellen, wie ich mich hier verkrieche und an der Fortsetzung von Jake und Millandra arbeite, und zum ersten Mal seit Ewigkeiten bin ich richtig freudig aufgeregt. Ich *weiß*, dass ich hier schreiben kann, mit Maddy werde ich viel Spaß haben, und ich habe sogar schon einen romantischen Helden kennengelernt, der mir als Inspiration für mein nächstes Kapitel dient. Alles wird wunderbar sein. Ich weiß es einfach.

Das unangenehme, verdrehte Gefühl in meinem Bauch, das mich so lange begleitet hat, verschwindet, und ich fühle mich... ich fühle mich...

Ich fühle mich wieder wie *ich selbst*.

Mein Gott! Echt. Nicht wie Pummel, nicht wie Miss Carter oder Ollies Freundin, sondern wie ich, Katy Carter. Wie toll ist das denn?

Jewell hatte völlig recht. Hierherzukommen war genau das, was ich brauchte. Mein Leben in London war schon so lange aus dem Lot, dass ich es gar nicht mehr gemerkt habe. Gegen Ende waren James und ich keine gleichberechtigten Partner mehr – vielleicht sind wir es auch nie gewesen –, und ich habe mir viel zu lange eingebildet, ihn sowohl emotional als auch finanziell zu brauchen. Aber so angestrengt ich mich auch bemüht hätte, diese Beziehung zu verbessern – es wäre mir nie gelungen, weil wir einfach zu unterschiedlich waren. Und vielleicht war ich auch vom armen Ollie viel zu abhängig?

Höchste Zeit, dass ich mich verändere und auf eigenen Beinen stehe.

Wie Jewell schon sagte: Ich muss herausfinden, was ich selbst eigentlich will.

»Tee!«, ruft Mads und reißt mich damit aus meinen tiefschürfenden Gedanken. Von unten ist das Klappern von Tassen zu vernehmen.

»Komme!« Ich gehe rasch zur Tür, aber dabei fällt mir auf, dass unter dem Bett die Ecke einer Kiste hervorragt. Daran will ich mir nicht nachts das Schienbein stoßen, weshalb ich das Ding vollständig unters Bett schiebe. Und ich hätte mir nichts weiter dabei gedacht, wenn es nicht urplötzlich ein Geräusch von sich gegeben hätte.

Brumm-brumm-brumm macht die Kiste.

Mir schlägt das Herz bis zum Hals.

Brumm-brumm.

Ich schaue mich schuldbewusst um. Was habe ich angerichtet? Was habe ich kaputt gemacht? Garantiert irgendetwas Teures, das Richard gehört, womit mein ohnehin schon besudeltes Schönschreibheft einen weiteren Fleck abkriegt. Was soll ich tun?

Gerade verstehe ich Pandora sehr gut, als sie die Büchse öffnete, denn es juckt mich in allen Fingerchen, diese Kiste aufzumachen. Ich kann sie ja nicht einfach weiterbrummen lassen, oder? Im Grunde tue ich Richard einen Gefallen, indem ich das Ding abschalte und so die Batterien schone. Ich bin nicht neugierig. Nur hilfreich.

Ehe ich mir Einhalt gebieten kann, zerre ich die Kiste unter dem Bett hervor. Das Brummen wird lauter. So wie ich mein Glück kenne, ist es wahrscheinlich eine Riesenhornisse.

Ich klappe die Kiste auf.

Oh. Mein. Gott.

Riesig ist das Ding.

Aber es ist weder Wespe noch Hornisse.

Schön wär's.

Was da aufgebracht vor sich hin brummt, ist der größte Vibrator, den ich in meinem ganzen Leben gesehen habe. Nicht dass mir schon besonders viele unter die Augen gekommen wären. Und es ist übrigens nicht nur einer. Die Kiste ist voller Vibratoren in allen erdenklichen Farben und Formen. Einige sind mit real wirkenden Adern ausgestattet (weshalb nur?), andere sind quietschrosa, ein besonders furchterregendes Exemplar ist ein fünfundzwanzig Zentimeter langes schwarzes Plastikteil mit drehenden Stacheln. Ich glotze so fasziniert wie entsetzt auf das Teil.

Ich bin ein Mädel des 21. Jahrhunderts, ziemlich unverkrampft, und ich war auch schon mal im Sexshop. Na gut, ich habe meine Kapuze aufbehalten. Könnt ihr euch denken, wie mein Leben in der Schule ausgesehen hätte, wenn Wayne Lobb und Co. ihre Englischlehrerin beim Testen von Körperfarbe mit Schokogeschmack oder beim Herumspielen mit Vaginalkugeln ertappt hätten? Für die Mädels aus *Sex and the City* mag es richtig sein, in New York nach Lust und Laune ihre Fantasien auszuleben; die müssen auch nicht mit Teenagern umgehen, deren Hormone so entfesselt sind, dass man sie förmlich mit Händen greifen kann. Nichts kann einem so nachhaltig die Lust auf Sex vergällen wie der Lehrerberuf – so unbeschreiblich abstoßend ist die Vorstellung, dass man dabei womöglich selbst einen Teenager erzeugt.

Ich weiß also Bescheid über Vibratoren; allerdings bin ich noch nie zuvor einem begegnet. Und das Teil hier ähnelt ohnehin weniger einem Vibrator als vielmehr einer Massenvernichtungswaffe. Mir kommen schon beim bloßen Anschauen die Tränen.

Wieso hat Mads eine Kiste mit Sexspielzeug unter dem Bett versteckt? Sie hat mir immer erzählt, ihr Sexleben mit Richard sei super. Ich würde mir zwar lieber mit einer Zange die Nägel rausziehen, als mit dem Reverend zu vögeln, aber Mads behauptet, unter der Soutane sei Richard ein Liebesgott. Und ich war davon ausgegangen, dass sie ihn vor allem deshalb geheiratet hat.

Wegen seines Humors kann es jedenfalls nicht gewesen sein.

Dann kommt mir ein grauenhafter Gedanke. Wenn dieses Zeug jetzt Richard gehört? Und Maddy nichts davon weiß? So muss es sein. Sie wollte mir neulich am Telefon etwas erzählen, musste aber dann auflegen, weil Richard in die Küche kam. Vermutlich macht sie sich Sorgen, dass er eine Affäre hat. Und er tut so, als rege er sich über sie auf, um sich zu tarnen.

Der miese Schweinehund!

Ich bin genial im Aufklären von Verbrechen. Könnte Hercule Poirot glatt in die Tasche stecken.

Ich greife in die Kiste und schalte den Vibrator aus.

»Krass.« Ich schaudere.

»Du magst den Tobenden Theo nicht?« Ich habe fast einen

Herzstillstand, als Mads sich urplötzlich über mich beugt und das stachlige Ungetüm aus der Kiste nimmt. »Vielleicht ist der Hase mehr nach deinem Geschmack?« Sie wedelt mit einer rosa Variante vor meiner Nase herum. »Hat drehende Perlen zur idealen Klitorisstimulation.«

Ach ja? Und ich dachte, Hasen hätten niedlich zuckende Nasen und flauschige Schwänzchen. Ich war eindeutig zu lange mit James zusammen. Dessen Vorstellung von aufregendem Sex bestand aus einmal Vögeln in der Wochenmitte.

»Nun schau nicht so schockiert«, lacht Mads, schmeißt sich aufs Bett und fuchtelt mit dem Tobenden Theo herum wie Obi-Wan Kenobi mit seinem Lichtschwert. »Das soll Spaß machen. Sei doch nicht so prüde.«

»Du weißt von diesen Teilen?« Ich möchte nur sicher sein können. Momentan habe ich den Eindruck, mich in einem abartigen Paralleluniversum zu befinden. Ich bin nicht in einem Pfarrhaus, sondern in einem Sexshop in Soho.

»Na klar! Die gehören mir. Na ja, nicht ganz, aber das sind unsere Demo-Modelle. Mit denen wir spielen.«

»Es geht ja nur Richard und dich etwas an, was ihr so alles macht«, sage ich züchtig. »Tut mir leid, dass ich so neugierig war, aber die Kiste hat gebrummt.«

»Ich und Richard?« Mads schnaubt und lacht dann so heftig, dass die grüne Schmiere auf ihrem Gesicht auf die Bettdecke tropft. »Das ist nicht dein Ernst. Kannst du dir Richard mit diesen Dingern vorstellen?«

Äm... meine Einsichten behalte ich jetzt wohl besser für mich.

»Der würde mich umbringen«, sagt Maddy. »Das ist nun gar nicht seine Baustelle. Aber...«, sie schaut mich an wie Paddington der Bär, »viele Leute sehen das anders. Angeblich besitzen zwei von drei Frauen einen Vibrator. Und sie müssen die Teile irgendwo kaufen können, vor allem hier in der Pampa, wo man nicht mal schnell in die Stadt fahren kann. Ganz ehrlich, Katy, es ist fantastisch! Ich habe hier den Markt erobert. Du würdest niemals glauben, wie viele unglückliche frustrierte Frauen es an diesem Ort gibt.«

Ach was!

Maddy hopst vom Bett und bringt sechs weitere Kisten zum Vorschein. »Und deshalb bin ich hier und mache sie glücklich. Nippelschmuck. Essbare Höschen. Schokoladenpimmel. Nie mehr langweiliger Sex.«

Sie ist endgültig durchgedreht. Ich wusste doch, dass wir während des Studiums zu viel Dope geraucht haben.

Mein konsternierter Gesichtsausdruck ist offenbar nicht die Reaktion, die Mads sich erhofft hat, als sie Kartons auf dem Bett aufstapelt wie eine anzügliche Weihnachtsfrau. »Findest du das nicht super? Ich werd ein Vermögen verdienen.«

»Noch mal Klartext, damit ich das checke«, sage ich. »Du verkaufst dieses Zeug?«

»Aber ja! Du glaubst doch wohl nicht, dass ich das alles für mich selbst brauche, oder? Oh doch, das hast du gedacht!«, kreischt Maddy. »Du bist doch echt blöd. Natürlich ist das nicht meins. Du dusslige Kuh! Ich bin Vertreterin!«

»Das ist dein Job?« Ich kann es immer noch nicht recht kapieren. »Du verhökerst Sexspielzeug?«

»Wieso überrascht dich das denn so?«, erwidert Maddy gekränkt. »Nur weil ich verheiratet bin, muss ich doch nicht von der Hüfte abwärts gefühllos sein.«

»Du bist mit dem *Pfarrer* verheiratet«, rufe ich ihr in Erinnerung und muss dabei unwillkürlich wieder auf die Vibratoren schauen. »Was hält Richard denn davon?«

Mads schweigt, und ich wittere Unrat.

»Er weiß es nicht, stimmt's?«

»Würdest *du* ihm das sagen? Kannst du dir vorstellen, was er davon halten würde?«

Wir bleiben beide stumm, während wir uns dieser bedrohlichen Vision hingeben.

»Ich glaube kaum, dass es seinem Beruf förderlich wäre«, seufzt Mads dann. »Besser heiraten, als von Begierde verzehrt werden, steht in der Bibel. Der Bischof würde vermutlich einen Herzinfarkt kriegen. Die Frau muss dem Manne untertan sein und der ganze Scheiß. Richard wäre es lieber, wenn ich mich der Sonntagsschule und dem Frauenkreis widmen würde.«

»Die haben sich nackt fotografieren lassen«, gebe ich zu bedenken.

»Aber sie haben kein Sexspielzeug verkauft«, erwidert Mads. Damit hat sie recht.

»Jedenfalls«, fährt sie fort und tupft sich mit dem Bademantelärmel die Maske vom Gesicht, »darf Richard das nie erfahren. Das wäre das Ende unserer Ehe.«

»Aber warum machst du es, wenn Richard es nicht will?«

Mads steigen Tränen in die Augen. »Wo soll ich anfangen? Ich brauch erst mal ein Glas Wein, glaub ich.«

In der Küche gießt sie mir ein Glas kalten Weißwein ein, und ich mache es mir in der Fensternische gemütlich. Draußen auf dem tintenblauen Meer wogen die Wellen. Mads lehnt sich an den Herd und lässt gedankenvoll den Wein im Glas kreisen. »Ich glaube, dass Richard eine Affäre hat.«

»Was?«

»Ich sagte, ich glaube, dass Richard eine Affäre hat. In letzter Zeit benimmt er sich so komisch. Abends ist er so gut wie nie zu Hause, und wenn er endlich kommt, scheint er nicht mit mir reden zu wollen. Sobald er daheim ist, geht er duschen und sagt dann, er sei zu müde für Sex.«

Ich denke an James. Ist so ein Verhalten nicht ganz normal?

»Aber so läuft das in Beziehungen«, teile ich Mads weise mit.

»Ach, Blödsinn«, sagt sie wegwerfend. »Richard und ich hatten immer ein tolles Sexleben, aber in letzter Zeit will er nichts mehr davon wissen. Er ist so abgelenkt. Wenn ich ihm sage, dass man im Bett noch mehr machen kann als nur schlafen, schaut er mich an, als sei ich nicht recht bei Trost. Und ...«, sie legt eine dramatische Pause ein, »er wäscht ständig seine Kleider.«

»Vielleicht möchte er einfach sauber sein und gut riechen?«

Mads blickt traurig. »Oder er steht nicht mehr auf mich.«

Mads sieht super aus. Sie ist zierlich und gertenschlank und hat wilde schwarze Locken. Gegen sie wirken Supermodels fett und hässlich.

»Du irrst dich ganz bestimmt«, sage ich und berichte ihr von meinem Erlebnis im Pub. »Er hat sich aufgeführt, als hättest *du* eine Affäre!«

Mads wird bleich, als ich ihr erzähle, wie Richard die Barfrau ins Verhör genommen hat.

»Sie hat doch hoffentlich nichts gesagt, oder?«

Ich schüttle den Kopf.

»Puh!« Mads atmet erleichtert aus. »Jo ist über alles im Bilde. Wie konnte ich nur die Mamas mit ihren Kleinen vergessen? Ich musste unbedingt nach Plymouth, um Ware einzukaufen.«

»Du hast noch mehr von dem Zeug?«

Mads grinst. »Na, sicher doch! Aber das bewahr ich nicht im Haus auf, sondern im Minibus der Kirche. In Kartons mit der Aufschrift ›Bibeln‹. Genial, oder?«

»Solange niemand eine Bibel kaufen will«, sage ich. »Süße, du bist doch völlig durchgeknallt. Wieso setzt du dich diesem ganzen Stress aus? Kannst du denn keinen normalen Job annehmen?«

Maddy durchquert die Küche, kramt in einer Schublade herum und fördert Schnur, alte Korken, Geschirrhandtücher und eine Socke zutage, bevor sie einen Packen Prospekte zum Vorschein bringt.

Sie reicht mir den ganzen Stapel. »Deshalb.«

»›Sandals‹«, lese ich, »›Die ultimative Karibik-Romantik‹. Moment mal. Du verkaufst Vibratoren, damit du im Sandals Urlaub machen kannst?«

»Schau dir das doch an!«, ruft Maddy aus und schiebt mir den Prospekt beinahe in die Nase. Vor meinen Augen tummeln sich braungebrannte Paare im azurblauen Meer. »Wenn ich genug Geld beisammenhabe, damit Richard und ich nach St. Lucia fahren können, dann wird unsere Ehe auch wieder romantischer werden. Wir brauchen nur mal ein bisschen Zeit zusammen. Du warst doch mit James auch da, weißt du nicht mehr?«

»Doch«, sage ich zögernd.

»Und war das nicht der romantischste Ort unter der Sonne?«

Unter Umständen schon, hätte James nicht nonstop über die Hitze gejammert und die meiste Zeit vor seinem Laptop verbracht, um den Börsenindex zu checken. Unterdessen schaute ich verliebten Paaren beim Turteln zu und wurde fürchterlich geröstet.

»Katy! Hallo!« Mads schnippt mit den Fingern. »Es muss dort wirklich wunderbar sein. Du warst meilenweit entfernt.«

»Sehr romantisch«, verkünde ich artig.

»Wenn ich sechs Riesen beisammenhabe, gebe ich diesen Job auf. Im Moment ist das die bestbezahlte Arbeit, die ich kriegen kann. Die Löhne hier sind so niedrig. Wenn ich Theo und seine Kumpel verkaufe, verdiene ich an einem Abend das Doppelte von dem, was ich für zwei Tage am Tresen im Imbiss kriege.«

Ich bleibe stumm. Ich kenne Maddy lange genug, um zu wissen, dass es vergeudete Liebesmüh ist, ihr etwas ausreden zu wollen.

»Toll, dass du hier bei uns wohnst. Sollte Richard irgendwas rauskriegen oder einen Anruf entgegennehmen, können wir behaupten, es sei dein Job.«

Professioneller Sündenbock? Seht es mir nach, wenn ich keine Freudensprünge mache. Die Vorstellung, Richard könnte glauben, ich veranstalte Sexspielzeug-Partys, finde ich nicht erquicklich. Der würde vermutlich scharfes Geschütz auffahren und mich mit Weihwasser bespritzen oder so was.

»Aber ich hab nicht deshalb gesagt, dass du herkommen sollst«, fügt meine Freundin hastig hinzu.

Na klar doch. Gegen Mads ist Machiavelli ein Unschuldslamm.

»Du müsstest ja gar nichts machen. Nur so tun, als sei es deine Idee gewesen, wenn Richard fragt.«

Das gefällt mir gar nicht. »Es ist doch bloß eine Frage der Zeit, bis er dahinterkommt.«

»Einerlei!«, sagt Mads leichthin. Sie ist jetzt der Meinung, dass die Sache geregelt ist. Und ich bin schneller von der Englischlehrerin zur Sextoy-Verkäuferin geworden, als man ein Glas Wein leeren kann. Selbst Harry Potter hätte seine liebe Mühe mit einer derart rasanten Verwandlung.

Mads schenkt mir nach. »Du wirst bald mitkriegen, wie das so läuft. Heute Abend mach ich wieder eine Party, in Fowey.«

Ich stöhne. »Ich bin total erschöpft. Hat das nicht noch Zeit?«

Um ehrlich zu sein, hatte ich mich richtig darauf gefreut, mich hier mit Jake und Millandra einzugraben. Irgendwo in meinem Hinterkopf lauert eine neue Figur. Der Mann hat ein bisschen Ähnlichkeit mit Gabriel, und ich kann es kaum erwarten, ihn zu Papier zu bringen. Ein Zimmer voller kreischender Frauen, die Krankenschwesterntrachten und Korsagen anprobieren, verlockt mich gerade überhaupt nicht. Kann man mich nicht mal einen Abend in Ruhe meinen Spinnereien überlassen?

»Ganz sicher nicht«, antwortet Mads entschieden, als ich diesen Antrag stelle. »Das ist der Anfang deines neuen Lebens, Katy. Hast du schon vergessen, dass du eine Frau werden willst, die Bestseller schreibt und sich einen umwerfenden romantischen Helden schnappt? Die ins Fitnessstudio geht und gesund isst? Was ist daraus geworden?«

Ich habe so eine Ahnung, als könnte mir diese neue Frau schon in Bälde furchtbar auf den Zünder gehen.

»Außerdem gibt es hier massenhaft tolle Typen, die nur darauf warten, ein Single-Girl wie dich kennenzulernen.«

»Aber die tollen Typen treff ich bestimmt nicht bei der Sextoy-Party«, gebe ich zu bedenken.

»Nee«, räumt Mads ein. »Aber du kannst schon mal das Zubehör ordern, zum Beispiel sexy Dessous, irgendwas Rot-schwarzes vielleicht.«

»Ich will meinen Mr Darcy suchen und mich nicht fürs Moulin Rouge bewerben.«

»Ein süßer G-String? Ein Push-up-BH?« Mads gibt nie kampflos auf. Sie ist bestimmt eine gute Vertreterin. »Irgendwas, womit du dich total feminin fühlst? Und wir müssen auch was mit deinen Haaren machen.« Sie wuschelt mir durch die Locken und schüttelt den Kopf. »Und mit deinen Klamotten. In Tregowan kannst du mit diesen albernen Stiefeln nicht überleben. Du brauchst eine Generalüberholung.«

Mads geht so zartfühlend vor wie ein Brigadegeneral, aber ich bin zu müde, um mich zur Wehr zu setzen. Außerdem hat sie ja vielleicht recht. Die alte Katy Carter war nicht gerade der Renner bei Männern.

»Du wirst nie erraten, wer nach Tregowan gezogen ist.« Mads bürstet ihre Haare und schaut dabei auf die Uhr. »Ich hab gleich an dich gedacht, weil der echt perfekt ist. Mr Rochester in Gestalt von Gabriel Winters!«

»Ich weiß. Er hat mich am Bahnhof mitgenommen, als du mich hast sitzen lassen«, sage ich lässig.

»Und das hast du mir verheimlicht? Der hat dich tatsächlich mitgenommen? Oh mein Gott! Das ist ja fantastisch!«

»Er hat mich im Auto hierhergefahren, Mads«, sage ich lachend. »Keinen Heiratsantrag gemacht.«

»Aber er hat dich in der Stunde der Not gerettet. Wie romantisch! Katy Carter! Du bist erst ein paar Stunden hier und hast dir schon den erlesensten Junggesellen geangelt. Hab ich dir nicht gesagt, es wimmelt hier von tollen Männern? Bist du nicht froh, dass du hier bist?« Mads tanzt aufgeregt durch die Küche, und ich höre förmlich, wie ihr Gehirn rattert. Sie hat uns quasi schon verheiratet.

»Reg dich ab«, sage ich. »Es waren nur eine Autofahrt und ein Drink im Pub.«

»Er war mit dir im Pub?« Mads ist ganz aus dem Häuschen vor Entzücken. »Gabriel Winters hat dich auf einen Drink eingeladen? Weißt du, was das heißt?«

»Dass er Durst hatte?«

»Herrjemine, Katy!« Maddy schaut mich entnervt an. »Wie willst du romantische Romane schreiben, wenn du selbst nichts von Romantik verstehst? Das heißt, dass er dich mag, du Dussel!«

Ach so? Kann nicht behaupten, dass ich davon was mitgekriegt hätte. Gabriel mag der schönste Mann sein, der mir je unter die Augen gekommen ist, aber irgendwie hat er keine erotische Ausstrahlung. Aber hey, was weiß denn ich schon?

»Meinst du?«

»Na klar! Ist doch keine Frage!« In Maddys Augen glitzert der Wahnsinn. »Und nun musst du dich aufpeppen, Mädel! Du kommst mit zu meiner Party und kaufst dir ein paar sexy Höschen. Ich hab ein gutes Gefühl bei der Sache.«

Mads hüpft mit wippenden schimmernden Locken die Treppe hinauf, ein Ausbund an Energie, während ich mich müde hinter ihr herschleppe. Meine Lebenslust scheint irgendwo auf der Strecke geblieben zu sein.

Wenn ich nicht mal das geringste bisschen Begeisterung für

Gabriel Winters aufbringen kann, einen Mann, nach dem sich derzeit der Großteil der weiblichen Bevölkerung Großbritanniens verzehrt, bin ich wohl echt übel dran.

Am nächsten Morgen erwache ich nicht vom Kreischen der Möwen, wie ich es erwartet hatte, sondern vom sanften Ruf eines Kuckucks. Einen Moment liege ich ganz still und genieße die Sonnenstrahlen, die mir durch den Spalt im Vorhang ins Gesicht scheinen.

Ich döse an einem Wochentag morgens im Bett und muss weder aufstehen noch irgendwo hingehen, wenn ich keine Lust darauf habe. Es ist ein komisches Gefühl, frei vom üblichen Stress (Scheiße! Habe vergessen, die Hefte der Achten zu korrigieren!) und der dräuenden Vorahnung von Unheil (Mist! Die Elfte in der letzten Stunde!) zu sein. Ich sollte wohl ein schlechtes Gewissen haben, weil ich hier faul herumgammle, während meine armen Exkollegen sich in die U-Bahn quetschen und sich danach den ganzen Tag mit bockigen Jugendlichen herumplagen müssen, die ihre Sneakers nicht gegen andere Schuhe tauschen und sich die Krawatte der Schuluniform nicht binden wollen. Aber wisst ihr was? Ich habe überhaupt kein schlechtes Gewissen.

Ich fühle mich frei!

Ich schiebe die Decke weg, tappe über den Holzboden zum Fenster und schiebe die Vorhänge beiseite. Buttrig gelbes Licht flutet ins Zimmer, und das tiefblaue Meer glitzert im Sonnenschein. Im Hafen wippen die Boote fröhlich auf und ab, und Möwen lassen sich träge auf den Wellen treiben.

»Kuckuck! Kuckuck!«, höre ich wieder, und da ich jetzt einigermaßen wach bin, wird mir bewusst, dass mein Handy mich damit auf das Eintreffen einer SMS aufmerksam machen möchte. Draußen kreischen tatsächlich die Möwen, und ein besonders hartnäckiges Exemplar hackt am Kai auf einem

Fischkopf herum. Ich reibe mir die Augen, gähne, hole mir das Handy und kehre damit ins Bett zurück.

Maddys Party in Fowey war sogar richtig witzig. Die Fischerfrauen, Geldbündel vom letzten Fang ihrer Männer in den Taschen, betranken sich vergnügt und waren versessen darauf, so viel Geld wie möglich loszuwerden. Binnen kurzem wurden Mieder, Strapse und Lederkorsagen herumgereicht, und der Tobende Theo und seine Kumpane surrten und zappelten wie eine lebhafte Boygroup. Ich gewann beim Ratespiel unanständiger Wörter eine pimmelförmige Seife und erinnere mich verschwommen daran, irgendwelche absurd gerüschte Unterwäsche geordert zu haben. Mads sagte, sie hätte ihren bisherigen Rekord an Bestellungen gebrochen.

Das kann ich nur für sie hoffen. Je schneller sie ihren Urlaub bezahlen kann, desto schneller werde ich wieder entspannt durchatmen können. Sich vorzustellen, wie Richard mit einem Minibus voller Sexspielzeug, für das ich verantwortlich gemacht werde, durch die Gegend kurvt, ist nicht schlaffördernd. Zumindest ist es mir gelungen, letzte Nacht das nächste Kapitel von *Das Herz des Banditen* zu verfassen, und ich muss sagen, es ist ziemlich heiß geraten! Vielleicht hat Mads' neuer Job eine sonderbare Wirkung auf mich, und ich schreibe am Ende scharfe Erotika. Meine Eltern wären auf jeden Fall stolz auf diesen Ausdruck sexueller Befreiung!

Ich schenke dem Handy erst mal keine Beachtung, sondern ziehe mein Notizbuch unter dem Kopfkissen hervor. Unter keinen Umständen werde ich riskieren, dass dieses Werk in die Hände des Feindes gerät. Außerdem würde ich in Richards Achtung noch weiter sinken, wenn er meine literarischen Ergüsse zu Gesicht bekäme. Und da ich mich in dieser Hinsicht bereits auf Regenwurmniveau befinde, sollte ich das wohl lieber vermeiden.

»Oh Jake«, hauchte Millandra, »ich kann dir nicht länger widerstehen. Bitte nimm mich jetzt.«

Jake stöhnte. Sie war atemberaubend, wie sie in ihrem hauchdünnen Nachthemd vor ihm stand. Unter dem Stoff zeichneten sich die Rundung ihres Busens, ihr flacher Bauch und das dunkle Dreieck über ihren Schenkeln ab. Sie schien so rein und zart, dass er beinahe fürchtete, die Wucht seiner männlichen Leidenschaft könne sie zerschmettern.

Millandra sank auf das Pfostenbett, und ihr Haar breitete sich wie ein goldener Heiligenschein um ihren Kopf aus. Jake beugte sich über sie, küsste ihren Hals und streichelte sanft ihre Brust. Das Verlangen durchströmte ihren mädchenhaften Leib. Es kam ihr vor, als würde sie schmelzen.

Leider war diese Szene nur ein Produkt meiner fiebrigen Fantasien, aber ein Mädel darf ja wohl träumen, oder? Eines Tages wird mir gewiss selbst das Gefühl zu schmelzen zuteilwerden, auch wenn vermutlich kein Mann sich jemals den Kopf darüber zerbrechen wird, ob die Wucht seiner Leidenschaft mich zerschmettern könnte. Dennoch werde ich Mads bald mal zeigen, dass Leidenschaft auch etwas anderes sein kann als die rosa Häschen, die sie an halb Cornwall verhökert.

Mein Handy lässt nicht locker und meldet sich schon wieder. Ich werfe einen Blick darauf und stelle fest, dass ich eine SMS von James, zwei von Frankie und dazu einen Anruf von Ollie bekommen habe. Zumindest hat man mich offenbar nicht vergessen.

James' Nachricht ist kurz und unmissverständlich.

Wir müssen über Geld reden.

Und was ist aus »ich vermisse dich« und »bitte komm zu mir zurück« geworden?

»Dreckskerl«, knurre ich und lösche die SMS.

Wieso ist James von dem Thema Geld so besessen? Man könnte geradezu glauben, er sei bettelarm. Dabei dachte ich, Investmentbanker verdienen ein Vermögen. Aus mir kann er jedenfalls derzeit nichts rausquetschen – wenn überhaupt je.

Jewell mag zwar meine Kreditkartenrechnungen bezahlt haben, aber wenn ich in der nächsten Woche keine Arbeit finde, blüht mir am Ende wirklich noch das Verschachern von Vibratoren. Ich werde Mads bitten, mich nach dem Frühstück zur Jobvermittlung von Tregowan zu bringen.

Die anderen Textnachrichten sind von Frankie. Ich öffne die erste, die er noch gestern geschickt hat, und lache lauthals beim Lesen, weil Frankie genauso exaltiert schreibt, wie er spricht.

Oh mein Gott!!! Du glaubst es nicht! Was Unglaubliches ist passiert!! Paramour Records hat uns einen Plattenvertrag gegeben!!! Werde berühmt!!! Prada und Versace, ich komme! xxxxx

Großartig! Ich freue mich für Frankie. Irgendwer irgendwo mag die Screaming Queens offenbar, auch wenn ich finde, dass sie sich anhören, als würden sie aufgeknüpft und geviertelt. Ich öffne die nächste Nachricht, von der ich Ähnliches erwarte, lasse das Handy dann aber fallen wie eine heiße Kartoffel, als ich lese:

Hast du gepunktet? Bin eifersüchtig!

Ich nehme das Handy wieder hoch und starre aufs Display. Was soll das?

Ich schreibe zurück:

Was meinst du?

Nach wenigen Sekunden gibt das Telefon wieder seinen Kuckucksruf von sich. Frankie hat geantwortet:

Kauf dir mal die Sun!!!

Wie?

Ich starre auf die Nachricht, bis mir die Buchstaben vor den Augen verschwimmen. Was soll denn das? Wieso sollte ich mir wohl dieses erbärmliche Boulevardblatt kaufen? Das mag zwar Frankies bevorzugte Lektüre sein, aber ich als Englischlehrerin bin natürlich verpflichtet, so zu tun, als läse ich den *Guardian*.

Allerdings muss ich zugeben, dass ich jetzt neugierig bin.

Ich hopse aus dem Bett, ziehe mir ein T-Shirt und eine

verwaschene Jogginghose an, die in grauer Vorzeit mal Ollie gehört hat, und tappe nach unten in die Küche.

»Ich hab gerade eine echt sonderbare Nachricht gekriegt«, verkünde ich, das Handy schwenkend. »Du wirst es nicht glauben, aber...«

»In der Badewanne sitzt ein Hummer«, begrüßt mich Richard, der am Küchentisch sitzt, Tee trinkt und trockenen Toast kaut. »Wie lange willst du bleiben?«

Volltreffer. Sollte der nicht in einer Bibelstunde oder so was sein? Mir wird plötzlich bewusst, dass mein T-Shirt eine Nummer zu klein ist und auf meinen Möpsen die Aufschrift *Dominant* prangt. Richard hat eine sonderbare Wirkung auf mich. In seiner Nähe erfasst mich entweder das perverse Verlangen, mich so abscheulich und abartig wie nur möglich zu benehmen, oder aber alle meine Sünden zu beichten – was, um ehrlich zu sein, eine Weile dauern könnte – und dann abzuwarten, wie er darauf reagiert.

Vermutlich war ich in einem vergangenen Leben Katholikin.

»Hallo, Katy.« Richard steht auf und küsst mich auf die Wange, was sich etwa so falsch anfühlt, als würde man vom Direx seiner Schule geküsst. »Mads hat mir gesagt, dass du eine Weile bei uns bleibst.«

»Nur wenn das für dich okay ist«, sage ich rasch. »Wir haben es sehr schnell entschieden.«

Und vorher wochenlang geplant.

»Ach ja?« Richard zieht eine Augenbraue hoch.

Ja, verflucht.

»Möchtest du Tee? Das Wasser hat gerade gekocht.«

»Danke.« Ich angle mir einen Becher aus der Spüle und säubere ihn. »Wo ist Mads?«

»Das habe ich mich gestern auch schon gefragt«, erwidert Richard und schaut mich durchdringend an.

Scheiße. Er hat mich im Pub gesehen.

»Wenn du unbemerkt bleiben willst, würde ich an deiner Stelle diese roten Haare färben«, äußert er und beißt aggressiv in den Toast. »Sie hat dich wohl abgeholt? Und dann warst du noch auf einen Drink in der *Mermaid*?«

»Ähm, so war's, ja«, sage ich und warte darauf, dass mich der Blitz trifft. »Und dann waren wir auf einer Party.« Das ist nicht einmal gelogen, in gewisser Weise.

Richard seufzt geplagt. »Katy, du musst dir klarmachen, dass Madeleine nicht so ist wie du. Sie ist eine verheiratete Frau mit allen Verpflichtungen, die mit diesem Status einhergehen.«

Status? Wer ist sie, die verdammte Königin?

»Wenn du bei uns bleiben willst«, fährt Rich fort, »musst du dich den Gepflogenheiten dieses Haushalts anpassen. Und das heißt, dass du Maddy nicht dazu ermuntern darfst, ihren Gatten zu belügen.«

Das finde ich nun furchtbar ungerecht. War ich es nicht schließlich, die Mads darauf hingewiesen hat, dass es keine gute Idee sei, Richard etwas vorzumachen?

»Maddy ist die Ehefrau eines Pfarrers«, verkündet Rich hochtrabend, legte die Hände aneinander und fixiert mich mit strenger Miene. »Sie trägt Verantwortung gegenüber den Menschen dieser Gemeinde, ist verpflichtet zur Fürsorge und zu einem erbaulichen Leben. Sie hat nicht die Freiheit, einfach zu verschwinden, wenn ihr der Sinn danach steht, und das weiß sie auch. Wenn du hierbleiben möchtest, solltest du das verstanden haben.«

Hallo! Bin ich unversehens im Mittelalter gelandet? Für Richard ist Frauenemanzipation offenbar lediglich etwas, das anderen Leuten widerfährt. Weshalb er ungeachtet meines ungläubigen Gesichtsausdrucks – oder vielleicht gerade deshalb – unbeirrt weiterredet.

»Frauen müssen sich ihren Männern unterwerfen, Katy. Das sagt schon die Bibel. Der Mann ist der Hausherr, und dafür gibt es einen guten Grund. Es sorgt nämlich für eine stabile und glückliche Ehe«, endet er scheinheilig.

Ach so? Hört sich für mich eher nach vorprogrammierter Katastrophe an.

Vor allem wenn der Ehemann ein Idiot ist.

»Danke für die Info.« Ich weiß, dass ich mich frech anhöre, kann es aber nicht ändern. »Ich werde daran denken, wenn ich das nächste Mal mit einem Mann ausgehe.«

»Denk einfach dran, solange du hier bist«, erwidert Richard, macht die Waschmaschine auf und steckt Kleider aus einem Wäschesack hinein. Es riecht nach Terpentin und Weichspüler. Richard klappt die Maschine zu, richtet sich auf und wirft mir einen strengen Blick zu. »Schaff diesen Hummer ins Meer zurück, hilf ein bisschen im Haushalt mit, und wir kommen bestimmt alle prima zurecht.«

Schön, dass du dir da so sicher bist, denke ich, während ich heißes Wasser auf einen Teebeutel gieße – ich für meinen Teil kriege allmählich Zustände.

»Mads holt gerade Milch und die Zeitungen.« Nachdem er seine Predigt abgelassen hat, ist Richard nun offenbar bereit, meine ursprüngliche Frage zu beantworten. »Da kommt sie, schau!« Er deutet aus dem Fenster, und tatsächlich sichte ich draußen Maddy mit wippenden Locken. Sie nähert sich im Galopp dem Kai und verscheucht dabei ebenso viele Touristen wie Möwen.

»Rennt sie jetzt öfter?«, frage ich erstaunt. Gegen die Maddy, die ich von früher kenne, sind Schnecken rasante Wesen.

Richard runzelt die Stirn. »Eigentlich nie. Da stimmt was nicht.«

»Katy!« Mads kommt keuchend zur Seitentür hereingestürzt. »Du musst dir die Zeitungen anschauen!«

Nicht auch noch sie.

»Ich bin gerade am Teekochen.« Betont ruhig nehme ich die

Milch aus dem Kühlschrank, obwohl mir das Herz schon bis zum Hals schlägt. »Möchtest du einen?«

»Tee!«, kreischt Mads, schiebt Richards Frühstück beiseite und wirft einen Packen Boulevardzeitungen auf den Tisch. »Du brauchst garantiert was Stärkeres als Tee, wenn du das hier gelesen hast, Mädel!«

Ich stelle meinen Becher auf den Tisch und lasse mich von Maddy auf einen Stuhl drücken und mir die Zeitungen vorsetzen.

Die in der Tat ein ziemlicher Hammer sind.

ROCHESTER TAUSCHT JANE GEGEN MYSTERIÖSEN ROTSCHOPF!, brüllt die Schlagzeile der *Sun*. Darunter befindet sich ein unscharfes Konterfei von Gabriel Winters in weißem T-Shirt und Jeans, der lachend, blauäugig und mit stylish zerzausten Haaren wie üblich himmlisch aussieht. Nichts Neues also – bis auf die Tatsache, dass neben ihm eine Frau mit rosa Wangen abgebildet ist, die einigermaßen zerfleddert wirkt und sich gerade vorbeugt, so dass man ihren tiefen Ausschnitt und ein Stück Schenkel zu sehen bekommt. Ich natürlich. Diese fuchsroten Haare, wie Richard schon richtig bemerkte, verraten mich immer. Ich könnte jetzt bei der *Sun* anrufen und behaupten, es handle sich um einen Damendarsteller, aber da wird wohl keiner drauf reinfallen. Meine Haare sind eine echte Plage. Schon mein ganzes Leben lang hauen die mich in die Pfanne.

»Das muss diese Kuh mit der Digitalkamera gewesen sein!« Ich betrachte das Bild genauer. Keine Zellulitis. Dem Herrn sei Dank für schummrige Pubs. Aber wieso ist mir vorher nie aufgefallen, dass diese Zigeunerbluse so einen tiefen Ausschnitt hat? Und hat Gabriel mir tatsächlich den Arm um die Taille gelegt? Ich war doch nicht so besoffen, dass ich das nicht bemerkt hätte.

Ist dieses Foto bearbeitet worden?

Oh mein Gott. All die Jahre habe ich den Schülern Photoshop und seine Möglichkeiten erklärt und dabei nie an so was gedacht.

»Nur zur Erinnerung«, sage ich mit zittriger Stimme, »tobt im Irak nicht ein schlimmer Krieg? Werden in Zimbabwe nicht Menschen politisch verfolgt? Warum ist dieser... dieser Mist auf der Titelseite?«

»Weil die Leute verrückt sind nach Gabriel«, erklärt Maddy, zwirbelt ihre Haare zu einem Knoten und steckt ihn mit einem Essstäbchen fest. »Und noch verrückter sind sie nach Klatsch.« Sie betrachtet mich argwöhnisch. »Bist du sicher, dass da nichts läuft? Das sieht doch schwer nach Kuscheln aus.«

»Ich hab den Mann erst gestern kennengelernt!«

»Aber er hat den Arm um dich gelegt«, erwidert Mads. »Was ist da genau gelaufen?«

»Du warst doch dabei«, wirft Richard ein. »Oder etwa nicht?«

Verdammt. Wir konnten unsere Geschichten nicht abgleichen.

Ich werfe Maddy einen panischen Blick zu.

»War ich? Ach so, jaja«, sagt sie hastig. »Aber das hier hab ich nicht mitgekriegt. War ich, äm, wohl gerade auf dem Klo.«

»Das ist eine Katastrophe.« Richard stützt verzweifelt den Kopf in die Hände. »Die Presse wird über uns herfallen, und ich kann nicht mehr normal arbeiten.«

»Was wird Gabriel dazu sagen?«, denke ich laut.

»Um den musst du dir keine Sorgen machen«, erwidert Mads leichthin. »Der wird das super finden. Du weißt doch, nichts ist so gute Publicity wie Klatschgeschichten.« Sie blättert die anderen Revolverblätter durch. »In der *Mail* wirst du in Richard Kays Kolumne erwähnt, und der *Dagger* bringt ein Exklusivinterview mit Gabriels Freundin, die jetzt seine Ex ist und dich wohl gerne umbringen möchte. Und in *Sport's* gibt es Wetten über die Größe deiner Möpse.«

Richard stöhnt.

»Seite drei im *Express*, allerdings keine Erwähnung in den Großformatigen – bis auf eine kleine Notiz unter Allgemeines in der *Times*«, schließt Mads. »Viel Spaß mit deiner Viertelstunde Berühmtheit.«

»Ich will nicht berühmt sein«, greine ich.

»Dann geh eben nicht mit Stars in den Pub«, raunzt Richard mich an. »Tut mir leid, Katy, aber du musst wieder heimfahren.«

»Was?«, rufen Mads und ich wie aus einem Munde.

»So was kann ich hier überhaupt nicht brauchen«, teilt Richard seiner Gattin mit. »Bischof Bill wird alles andere als begeistert sein. Eine schlüpfrige Boulevardaffäre unter meinem Dach ruiniert meine Karriere.«

»Ich habe keine schlüpfrige Affäre«, protestiere ich. »Ich hab mit dem Typen nur ein Glas Cider getrunken.«

»So sieht es allerdings nicht aus«, gibt Mads zu bedenken.

Ich schaue mir das Bild noch mal an und muss ihr recht geben. Der tiefe Ausschnitt besagt nicht eben »unverfängliches Geplauder«.

»Ich habe mich vorgebeugt, um nicht mit auf dem Bild zu sein.«

»Na klar.« Maddy tätschelt mir die Schulter. »Aber für Otto Normalverbraucher sieht das nach ›komm und hol's dir‹ aus.«

Grundgütiger. Kein Wunder, dass Frankie mir diese SMS geschickt hat. Es macht wirklich den Eindruck, als sei ich kaum einen Tag nach meiner Abreise damit beschäftigt, Gabriel Winters in Cornwall den Verstand aus dem Leib zu vögeln.

Was, vermute ich mal, nicht wirklich lange dauern würde.

»Du musst verschwinden, bevor die Presse hier erscheint«, befiehlt Richard.

»Kommt nicht infrage«, verkündet Mads entschieden. »Die beruhigen sich schon wieder. Unter keinen Umständen gehst du zurück nach London, Katy. Du willst hier einen Helden finden und einen Roman zu Ende schreiben. Gabriel ist nur der erste Mann, der dir über den Weg gelaufen ist. Ich versprech dir, dass es hier haufenweise andere gibt.«

»Das ist ein Pfarrhaus, kein Puff«, explodiert Richard.

Wenn du wüsstest, was sich unter meinem Bett befindet, wärst du dir da nicht mehr so sicher, Richard!

»Und Katy ist doch Lehrerin«, fährt er fort. »Sie muss in die Schule zurück.«

»Keine Sorge«, erklärt Mads munter. »Sie hat ihre Stelle gekündigt.«

»Was?« Richard glotzt sie entsetzt an. »Kann sie da nicht wieder anfangen?«

»Hallo, Leute? Ich bin anwesend!«, mache ich mich bemerkbar.

»Was soll sie denn dann arbeiten?« Richard ist nun ernsthaft außer sich und misshandelt die *Sun*, indem er abwechselnd an einer Seite herumreißt und sie dann zerknüllt. Ich beobachte den Vorgang fasziniert. »Wie soll sie Geld verdienen? Fischen gehen? Brötchen backen? Wir haben keinen Bedarf an arbeitslosen Lehrern in Tregowan.«

»Ich schreibe ein Buch«, bringe ich hilfreich vor.

»Du hast deinen Beruf aufgegeben, um ein Buch zu schreiben?« Richard schlägt die Hände vors Gesicht. »Bitte gib mir Kraft, oh Herr.«

»Es ist ein Liebesroman«, berichte ich. »Über einen Banditen, der...«

»Erspar mir die Details«, stöhnt Richard. »Erzähl sie lieber der Presse, da kommen sie bestimmt gut an.«

»Liebling«, sagt Mads beruhigend zu ihrem Mann, »ich finde, du übertreibst. Das Ganze ist in Kürze vergessen, die Presse wird sich wieder verziehen, und Katy und ich werden einen schönen Sommer zusammen verbringen. Sie kann hier alles Mögliche machen. Wir gehen gleich nachher zur Jobvermittlung.«

»Aber was ist mit dem Bischof? Der wird bestimmt nicht erfreut sein über diesen Presserummel. Das lenkt von unseren eigentlichen Zielen ab.«

»Der Bischof ist ein aufgeschlossener Mann«, wendet Maddy ein. »Er bezeichnet sich gern als ›nicht weltfern‹, weißt du nicht mehr, Liebling? Katy braucht jetzt unsere Unterstützung. Sie hat eine schlimme Zeit hinter sich, mit dieser gelösten Verlobung und der Krebsangst. In solchen schwierigen Zeiten muss man seine Freunde um sich haben. Wo bleibt dein Mitgefühl, Richard? Was würde Jesus tun?«

Wow! Sie ist echt gut! Selbst mir kommen fast die Tränen.

»Er würde sie lieben und für sie sorgen, nicht wahr?«, legt Maddy noch nach.

Richard ist nun hin- und hergerissen zwischen dem Wunsch, mich vor die Tür zu setzen, und seinen christlichen Werten. »Vermutlich, ja. Ja, gewiss würde er das tun. Also gut, Katy. Du kannst bleiben.«

»Oh danke, mein Schatz!« Mads umarmt Richard und küsst ihn auf den Kopf, wobei sie mir zuzwinkert. »Katy wird ein Zugewinn für uns sein. Sie wird sich nützlich machen – im Haushalt mithelfen, die Kindergruppe übernehmen und so.«

Und Sextoys verhökern?

Ich nicke nachdrücklich. »Als Erstes bringe ich Zwicki ins Meer zurück.«

»Das ist ihr Hummer«, beeilt sich Mads zu erklären. »Außerdem musst du zugeben, dass es uns gelegen kommt, wenn Katy einen Teil der Miete übernimmt.«

Richard horcht auf. Der Mammon führt auch ihn in Versuchung.

»Ich werd ganz viel bezahlen«, gelobe ich. »Und kochen und saubermachen.«

»Nun übertreib es nicht«, sagt er trocken. »Ich hab ja schon zugestimmt. Versuch dich bitte nur von Fernsehstars fernzuhalten, ja?«

»Oh, ganz bestimmt! Von denen lass ich die Finger!«

Ich hoffe nur, dass Frankie nicht auf die Idee kommt, auf der Jagd nach seinem Schwarm unangekündigt hier aufzutauchen. Da würde den guten alten Rich wohl der Schlag treffen.

Richard befreit sich von seiner Gattin und murmelt etwas davon, dass er nach Truro müsse. Als wir die Haustür hinter ihm zufallen hören, stoßen Mads und ich einen Seufzer der Erleichterung aus.

»Scheiße noch mal«, sagt sie. »Das war verdammt knapp. Das nächste Mal sag mir bitte vorher, welche Lügen du meinem Mann aufgetischt hast.«

»Und du sagst mir Bescheid, bevor du deinem Mann Skandalstorys über mich in Schmierblättern zeigst«, versetze ich.

Ich schalte den Wasserkocher ein, obwohl ich, offen gestanden, tatsächlich was Stärkeres als Tee vertragen könnte. Mads blättert weiter in den Zeitungen, aber ich kann nicht mal hinschauen. Seit heute glauben Ollie, James und der Großteil der Bevölkerung Großbritanniens, ich sei Gabriel Winters' neuste Flamme.

Scheußliches Chaos.

Chaos? Das ist die Untertreibung des Jahrzehnts. Ich habe so gut wie allen Beziehungen in meinem Leben den Garaus gemacht. Und meine Eltern reden nur deshalb noch mit mir, weil ich sie kaum sehe.

Während ich mich meinen trübsinnigen Gedanken hingebe, klingelt das Telefon. Maddy nimmt ab und klemmt sich den Hörer unters Kinn, während sie das heiße Wasser in eine blaue Porzellanteekanne gießt.

»Pfarrhaus Tregowan. Oh! Hallo! Ja? Schön!«

Was ist los mit ihr? Sie klingt wie Marilyn Monroe mit Asthma.

»Katy? Ja. Sie ist hier.«

Maddy legt die Hand auf die Sprechmuschel und schaut mich mit fiebrig glänzenden Augen an.

»Bist du sicher, dass du mir alles erzählt hast, Katy Carter?«, fragt sie und droht mir mit dem Finger. »Sonst gibt's echt Ärger.«

»Na klar«, antworte ich. »Warum?«

Mads deutet auf den Hörer. »Weil Gabriel Winters dran ist. Und er sagt, er kann es kaum erwarten, dich wiederzusehen. Du hast echt Schwein, Katy! Volltreffer!«

14

*P*iskie's Kitchen sucht Kellnerin. Keine Berufserfahrung nötig. Tariflohn««, lese ich vor. »Was meinst du?«

Wir stehen vor der Jobvermittlung und drücken uns die Nase an der Scheibe platt. In dem Schaukasten hängen haufenweise handschriftliche Zettel, auf denen eine Vielzahl von Jobs angeboten wird. Ich könnte als Bäckerin, Krankenpflegerin oder Barfrau antreten. Und wäre an sich mit allem einverstanden, aber Mads hat andere Vorstellungen.

»Nein, nein und wieder nein«, verkündet sie kategorisch. »Zweck der Übung ist doch, dass du den romantischen Helden findest, den du brauchst.«

Ach so? Ich dachte, ich wäre auf Jobsuche.

»Und den findest du bestimmt nicht im Altersheim«, fährt Mads fort, als ich die nächste Anzeige vorlese. »Vielleicht einen reichen, so wie Anna Nicole Smith, aber keinen starken jungen Liebesgott.«

»Nun mal halblang. Ich brauche keinen Liebesgott! Sondern ich überlege mir grade, mein Geschlechtsorgan zu spenden, weil ich keine Verwendung mehr dafür habe.«

»Blödsinn! Du hast sehr wohl Verwendung dafür! Hattest du es nicht furchtbar eilig herzukommen, als ich dir von den tollen Typen hier erzählt hab?«

»Ich musste aus London weg«, rufe ich ihr in Erinnerung.

»Und wir müssen einen Helden finden, für deinen Roman«, erklärt Maddy und schreibt eifrig Telefonnummern ab. »Obwohl du das ja offenbar schon im Alleingang geschafft hast.

Mr Winters war ganz versessen darauf, mit dir zu reden. Was läuft denn da nun?«

Wir betrachten uns in der Glasscheibe, und ich muss lachen, weil Maddy bedeutsam mit den Augenbrauen zuckt. »Du bist so schweigsam, seit er angerufen hat«, fährt sie fort. »Was hat er denn gesagt? Will er mit dir ausgehen? Erzähl schon! Hat er dir einen Heiratsantrag gemacht, um deine Ehre zu retten? Hat euch *OK!* einen Exklusivvertrag angeboten?«

»Wer ist hier die Romanautorin?«, sage ich lachend. »Du solltest dich mal selbst hören. Er hat mich nur zum Abendessen in sein Haus eingeladen, damit wir uns gemeinsam überlegen können, wie wir mit dieser Situation umgehen.« Ich werfe einen Blick auf mein Spiegelbild. Riesige Sonnenbrille und Basecap bringen es vielleicht für Victoria Beckham, aber nicht für mich. Ich kann nur hoffen, dass Gabriel versierter darin ist, die Presse abzuschütteln, als Maddy. Immerhin haben wir es geschafft, den einsamen Reporter von der *Cornish Times* loszuwerden, der uns vor der Haustür auflauerte.

»Arrgh!«, kreischt Mads so laut, dass ein paar Touristen herumfahren und uns anstarren. »Ich kann nicht glauben, dass du das den ganzen Morgen für dich behalten hast! Bisher ist noch niemand aus dem Dorf in Smuggler's Rest eingeladen worden. Gabriel schottet sich total ab. Du musst dein neues Höschen anziehen, dann bist du voll im Rennen, Süße!«

»Aber darum geht es doch nicht«, widerspreche ich. »Er ist einfach nur nett.«

»Blödsinn«, sagt Mads grinsend. »Männer sind nur nett, wenn sie was von einem wollen.«

»Glaub, was du willst. Der ist nicht interessiert an mir. Das spüre ich.«

Dieses Telefongespräch zum Beispiel. Dabei surrten die Drähte nicht gerade vor Leidenschaft.

»Hi«, hatte ich gesagt und Mads den Rücken zugekehrt,

weil sie Knutschmündchen machte. »Tut mir echt leid, dieses Missverständnis in der Presse.«

Gabriels Lachen klang dunkel und samtig. »Mach dir keine Gedanken, das gehört zu meinem Job. Ich rufe nur an, um zu hören, ob bei dir alles okay ist. Ich hoffe, dein Freund ist nicht furchtbar sauer.«

»Darüber brauchst du dir keine Sorgen zu machen. Ich habe keinen Freund.«

»Oh«, sagte Gabriel gedehnt.

»Falls dich das beunruhigt hat«, fügte ich hastig hinzu.

»Nein, hat es nicht.« Gabriel legte eine kurze Pause ein, vermutlich des dramatischen Effekts wegen. »Ich frage mich nur, was mit den Männern in London los ist. Na, wenigstens muss ich jetzt nicht fürchten, von einem wütenden Partner zum Duell gefordert zu werden.«

Ich lachte. »Nee, so was steht eher nicht an.«

»Tja, die Presse wird uns wohl noch ein, zwei Tage nerven«, sagte er. »Wundre dich nicht, wenn ein paar Reporter bei dir auftauchen. Wir sollten uns treffen, um uns gemeinsam eine Geschichte auszudenken.«

»Kann ich nicht einfach alles abstreiten?« Man mag mich ja für naiv halten, aber ich dachte mir, wenn ich den Kopf in den Sand stecke, geht das alles von selbst vorbei. Die Vogel-Strauß-Taktik hat bei mir noch nie versagt.

»Es wäre mir lieber, du würdest das nicht tun«, sagte Gabriel langsam. »Vielleicht werden sie dann noch hartnäckiger. Die werden uns belagern, bis sie eine Geschichte kriegen, und wenn sie keine haben, werden sie eine erfinden. Oder so lange herumstochern, bis sie irgendwas Schlüpfriges ans Licht zerren können. Du hast doch keine Leichen im Keller, oder?«

Ich dachte an die Vibratoren unter meinem Bett. Herumschnüffelnde Reporter waren in der Tat das Letzte, was wir brauchen konnten. Eine Pfarrersfrau mit einem Doppelleben als Vertreterin für Sexspielzeug gäbe eine fantastische Story ab.

Richard würde durchdrehen.

Und noch schlimmer: Ich wäre obdachlos.

»Natürlich nicht«, antwortete ich. »Und du?«

Gabriel blieb stumm.

Au Scheiße, dachte ich und kriegte schweißnasse Hände. Der hat irgendwas Furchtbares am Bein.

»Eigentlich nicht.« Seine Stimme klang angespannt. »Aber es gibt da etwas, was ich mit dir besprechen sollte.«

Mein Hirn machte olympiareife Verrenkungen. Was hatte der Mann zu verbergen? »Na ja, du bist der Experte in Sachen Berühmtheit. Was schlägst du vor?«, fragte ich.

»Ich bin fast den ganzen Tag unterwegs.« Ich hörte, wie er in einem Terminkalender blätterte. »Komm doch heute zum Abendessen zu mir. So um sieben?«

Ich blieb erst mal stumm. Wollte ich mit Gabriel zu Abend essen?

»Dann können wir überlegen, wie wir mit der Situation umgehen. Ich werd meinen Agenten um Rat fragen«, fuhr er fort. »Mach dir keine Sorgen, Katy, wir kriegen das schon hin. Und ich kann gut kochen. Mein Coq au vin ist legendär.«

Ich befand mich in einer surrealen Lage. Einer der umwerfendsten Männer unter der Sonne lud mich zu sich zum Abendessen ein. Der Großteil der weiblichen Bevölkerung Großbritanniens hätte alles gegeben, um an meiner Stelle zu sein – weshalb blieb ich dann so gelassen? Hatte ich nicht genau das gewollt? Neue Horizonte? War ich nicht deshalb nach Cornwall gekommen?

»Klingt super«, hörte ich mich sagen. »Also bis heute um sieben.«

Gabriel beschrieb mir noch den Weg zu seinem Haus – offenbar musste man einen Abhang hinaufsteigen – und legte dann auf. Danach tigerte ich in der Küche herum, bis Maddy mich schnappte und nach oben führte, damit ich mich endlich anzog. Jobsuche war genau das Richtige, um mich von der Andy Warhol'schen Viertelstunde Ruhm abzulenken, aber Mads ließ mir ja keine Ruhe.

Nachdem ich ihr mein Gespräch mit Gabriel in allen Einzelheiten geschildert habe, frage ich mich, ob wir jemals wieder über etwas anderes reden werden. Man könnte meinen, ich hätte einen Sechser im Lotto gehabt, anstatt einfach nur zu einem Fernsehstar nach Hause eingeladen zu werden. Gabriel mag berühmt sein, aber ich bin mir sicher, dass er genauso rülpst und furzt wie alle anderen Menschen.

»Geh auf's Ganze, Mädel«, jauchzt Mads. »Ein Date mit Gabriel Winters. Jetzt bist du doch bestimmt froh, dass du das sexy Höschen gekauft hast, oder?«

»Das ist kein Date«, erwidere ich entschieden. »Sondern eine Maßnahme zur Schadensbegrenzung.«

»Ein Essen für zwei in einem entlegenen Haus«, kreischt Mads. »Komm schon, nicht mal du kannst so naiv sein!«

Ich schüttle den Kopf. Mads soll denken, was sie will, aber ich bin mir absolut sicher, dass Gabriel kein sexuelles Interesse an mir hat. Ich meine, er sieht fantastisch aus und ist ein begabter und charismatischer Schauspieler, aber ich weiß einfach, dass er nicht scharf auf mich ist. Klar, wir haben gelacht und geplaudert und sogar ein klein bisschen geflirtet, aber da war nicht das geringste Fünkchen erotischer Spannung zwischen uns.

»Aha!« Mads lässt vom Thema Gabriel ab und betrachtet mit Interesse eine Jobanzeige. »Wir kommen der Sache näher. Wie steht es um deine Reitkünste?«

Ich löse mich aus meinen Erwägungen über Gabriel und wende mich Maddy zu. »Meine was?«

»Reitkünste.«

»Auf Pferden, meinst du?«

»Natürlich! Was dachtest du denn, du verdorbenes Ding?«

Jetzt steht es fest. Mads ist wahnsinnig geworden. Dieses ganze Vibrator-Verticken hat sie in den Irrsinn getrieben.

»Ich bin mit fünfzehn zum letzten Mal geritten.« Ich denke zurück an die Zeit, in der ich bis über beide Ohren verliebt war in ein Pony namens Toffee und keine anderen Sorgen hatte, als mein Pferd zum Kanter zu veranlassen. Damals war mein Leben zweifellos unkomplizierter.

»Aber das ist doch wie Radfahren, oder? Das vergisst man nicht«, wendet Maddy ein.

»Vermutlich«, sage ich zweifelnd.

»Super! Dann haben wir vielleicht einen Job für dich. Tristan Mitchell sucht ein Stallmädchen für die Reitschule. Muss Pferde bewegen und Ausritte anführen können, steht da. Das kann ja nicht so schwierig sein.«

»Ich bin aber echt aus der Übung.« Ich hege ernsthafte Zweifel an meinen Fertigkeiten als Reiterin. »Ich glaube nicht...«

»Tristan Mitchell ist ein echt toller Typ!« Maddy sprüht förmlich Funken vor Aufregung. »Du musst ihn sehen, Katy. Pures Testosteron. Der ist ideal, um dich von James abzulenken.«

»Ich glaube wirklich nicht, dass der Job zu mir passt«, versuche ich mich zu wehren. Aber Mads hört gar nicht zu; sie ist viel zu beschäftigt damit, anzurufen und einen Vorstellungstermin für mich zu vereinbaren. Ich seufze und finde mich damit ab, mal wieder mit einer von Maddys verrückten Ideen leben zu müssen. Allmählich zeichnet sich ein Muster ab.

»Fantastisch«, kräht sie und klappt das Handy zu. »Tristan ist morgen da und will mit dir reden. Du wirst total auf ihn abfahren, Katy. Seine Oberschenkel sind so fest wie ein Schraubstock. Die Pferde zittern, wenn er auf ihnen sitzt.« Ihr Blick wird träumerisch. »Die haben es gut...«

Ich bin zutiefst beunruhigt. Was auch immer zwischen Maddy und Richard läuft – es ist kein gutes Zeichen, wenn Mads sich Fantasien von anderen Männern hingibt. Und diese ganze Pferdesache erinnert mich viel zu sehr an die Romane von Jilly Cooper. Je schneller Mads die sechs Riesen zusammenhat und Richard ins Sandals entführt, desto besser.

»Da ist noch was.« Sie kommt jetzt richtig in Fahrt. »Das wäre ideal für dich. ›Teilzeitkinderbetreuung gesucht, um zwei Kinder von der Grundschule abzuholen und sie von halb vier bis halb sechs zu betreuen. Kontakt: Jason Howard‹. Du wirst Jason großartig finden, Katy.«

»Lass mich raten«, sage ich matt. »Er ist supersexy.«

»Und ob! Woher weißt du das? Du hast ihn doch wohl nicht schon kennengelernt, oder?«, fragt Mads argwöhnisch, weil sie offenbar um ihren Status als Kupplerin fürchtet.

»Nee.«

»Ihm gehört Arty Fawty, die Kunstgalerie am Kai.« Mads notiert sich die Telefonnummer. »Vor einem Jahr hat seine Frau ihn und die Kinder verlassen. Die armen mutterlosen Schätzchen! Denk nur, Katy. Du wärst wie Maria aus der Trapp-Familie.«

Ich habe die abscheuliche Vision, wie ich mit krassem Kurzhaarschnitt in Nonnentracht über eine mit Butterblumen gesprenkelte Wiese hüpfe. Lehrerin scheint mir plötzlich der Traumberuf schlechthin zu sein, und ich denke wehmütig an meinen Saustall von einem Klassenzimmer.

»Wenn das mit Tristan nichts wird«, fährt Mads entschlossen fort, »rufen wir Jason an. Der ist so schnucklig mit seinen langen Haaren und den Hippieklamotten. Du wirst ihn hinreißend finden.«

»Was ich noch hinreißender fände«, sage ich, als ich auf der anderen Straßenseite ein Café entdecke, »wäre was zu futtern.«

»Du bist echt herzlos.« Mads steckt das Notizbuch weg

und hakt sich bei mir unter. »Ich ackere hier wie verrückt, um den richtigen Mann für dich zu finden, und du kannst nur ans Essen denken. Muss allerdings zugeben«, fügt sie hinzu und steuert das gemütlich wirkende Café an, »dass man mit was im Magen besser segeln kann.«

»Segeln?«, frage ich verständnislos. »Was meinst du mit Segeln?«

»Hatte ich das nicht erwähnt?«, antwortet Mads mit Pokerface. »Dass wir heute Nachmittag aufs Meer rausfahren, um Zwicki freizulassen?«

»Nein, das hast du zufällig nicht erwähnt.« Die appetitlichen Törtchen im beschlagenen Fenster des Cafés wirken weitaus weniger verlockend auf mich, wenn ich mir vorstelle, wie sie über Bord gehen.

»Ach, wie dumm von mir!« Mads schlägt sich an die Stirn. »Um zwei fahren wir mit der *Dancing Girl* raus. Damit das klappt, musste ich mich ziemlich einschleimen, ihr schuldet mir also was, Zwicki und du. Fischer mögen nämlich keine Frauen an Bord. Sie glauben, die bringen Unglück.«

»Kann ich verstehen.« Mir schwant Übles. Ich und Boote sind keine glückliche Liason. »Ich glaube, das bringt auf jeden Fall Unglück, Mads. Erspar mir das. Du weißt doch, dass ich nichts tauge auf See. Erinnerst du dich noch an die Schiffsfahrt damals an der Uni? Nach Cherbourg? Zum Alk kaufen?«

Mads besitzt immerhin genug Anstand, um verlegen zu blicken.

»Ich fing schon das Reiern an, als wir noch im Hafen waren«, frische ich ihr Gedächtnis auf. »Und hab dann die ganze Zeit neben dem Supermarkt auf einer Bank gelegen, während ihr euch zugesoffen habt.«

Ferner gab es die Bootsfahrt auf der Themse mit dem Kollegium meiner Schule, bei der Ollie alle Hände voll zu tun hatte, meine Überreste von den Planken zu kratzen und wieder an

Land zu befördern. Aber dazu sage ich jetzt nichts. Ich kann zurzeit nicht über Ollie reden. Je öfter ich daran denke, was für einen wunderbaren Freund ich verloren habe, desto mehr steht mir der Sinn danach, den Kopf in den Gasherd zu stecken.

»Nun sei bloß nicht so eine Memme!«, zetert Mads. »Das ist ja wohl das Mindeste, was du für Zwicki tun kannst. Er braucht dich beim Abschied.«

»Wir nehmen nicht an seiner Abschlussfeier teil«, entgegne ich, »sondern werfen ihn ins Meer.«

Wir wenden uns vom Café ab und dem nächsten Drogeriemarkt zu. »Geh da rein und kauf dir was gegen Seekrankheit«, befiehlt Mads. »Ich will nicht, dass du dem Fischer was vorkotzt. Das findet der garantiert nicht sexy.«

»Ich dachte, wir wollten Zwicki freilassen und nicht auf Männerjagd gehen.« Ich kriege weiche Knie. In der Ferne sehe ich am Kai Boote auf und ab wippen. Bilde ich mir das ein, oder ist mir jetzt schon schlecht?

»Wir sind Frauen«, sagt Mads, »und somit Multitasking-Spezialisten. Wenn du Guy Tregarten erst zu Gesicht bekommen hast, wirst du nicht mehr das Kotzen, sondern das Sabbern anfangen. Unter seinem Ölzeug steckt nämlich ein Wahnsinnsbody. Stell dir George Clooney in *Der Sturm* vor, das kommt hin.«

»*Der Sturm*? Sind da nicht alle ertrunken?«

»Herrgott nochmal!« Mads schiebt mich in den Drogeriemarkt. »Die Sonne scheint, und das Meer ist absolut ruhig. Was soll da schiefgehen? Denk doch an den armen kleinen Zwicki.«

»Der fühlt sich prima in seiner Wanne.«

»Nicht mehr lange, wenn Richard ihn da noch mal vorfindet. Dann gibt's schneller Hummer zum Essen, als du Meeresfrüchte sagen kannst.« Mads wirft ein Fläschchen Tabletten und zwei grellorange Armbänder gegen Seekrankheit in ihren Einkaufskorb. »Sieh's doch mal von der Seite«, fügt sie hinzu. »Sollten irgendwelche Reporter auftauchen, bist du weit draußen auf dem Meer. Bin ich nicht genial? Du brauchst dich nicht zu bedanken. Dazu sind Freunde ja da.«

»Dann hätte ich lieber Feinde«, murmle ich.

So hatte ich mir meinen Sommer in Cornwall nicht vorgestellt. Von wegen Muße, Schreiben und Spaziergänge auf den Klippen; bei diesem Angebot hier würde ich mich noch lieber mit Wayne Lobbs Hausaufgaben herumschlagen. Sogar Cordelia mit ihrem endlosen Gemecker war ein Pappenstiel gegen Maddy Lomax auf Kreuzzug.

»Nun schau nicht so besorgt«, sagt Maddy, als sie die Sachen bezahlt. »Alles wird gut. Um einen Helden für dich zu finden, fürchten wir weder Tod noch Teufel.«

»Und Ersterer wird uns wohl bald ereilen«, knurre ich.

Habt ihr schon mal versucht, über zwei Fischerboote zu klettern, um ein drittes zu erreichen? Nein? Nun, da habt ihr Schwein gehabt, kann ich nur sagen, weil man nämlich so beweglich wie Spiderman und so schwindelfrei wie ein Trapezkünstler sein muss, um diese Turnübung halbwegs erfolgreich zu absolvieren.

Das Deck der Boote ist mit Möwenkacke gesprenkelt, einem gelben Schleim, der in Tregowan allgegenwärtig ist, und ich rutsche in meinen Flipflops ständig aus und lande dann in höchst unwürdiger Haltung auf dem Boden. Als ich mich zum dritten Mal aus Fischinnereien und Möwenscheiße hochrappeln muss, geht mir allmählich der Humor flöten. Was nicht für Guy Tregarten gilt, der sich als der laute Fischer aus dem Pub erweist und der die Show mit der Landratte aus der Großstadt, die wegen ihres unpassenden Schuhwerks andauernd auf ihrem Arsch landet, sagenhaft komisch findet.

»Was für bescheuerte Schuhe sind das denn?«, johlt er, als

ich mich erneut aufrapple und versuche auf die *Dancing Girl* zu klettern, was nicht eben einfach ist mit einem kurzen Röckchen, das bei einer falschen Bewegung hochrutscht, so dass alle Welt meine Unterwäsche betrachten kann.

Tödlich beleidigt blicke ich auf meine Füße. Ich finde meine rosa Flipflops mit den gelben Blumen fantastisch. Frankie beneidet mich total um sie.

»Katy kommt aus London«, erklärt Mads.

Guy nickt, als erkläre das alles, und beobachtet von seinem Aussichtspunkt auf Deck mit verschränkten Armen meine Bemühungen. Um seine Lippen spielt ein belustigtes Lächeln. Er macht keinerlei Anstalten, mir zu helfen, sondern scheint sich prächtig zu amüsieren.

Ich hasse den Mann.

»Sie könnten mir ruhig helfen«, fauche ich, als ich schließlich mit dem Bauch zuerst auf der *Dancing Girl* lande und über den Boden schlittere.

»Wieso denn?«, erwidert Guy und balanciert mit sicheren Schritten wie ein Seiltänzer auf dem Bootsrand. »Sie schaffen das doch allein. Oder haben Sie keine Beine? Nee, dachte ich mir. Ist ja nicht mein Problem, wenn Sie alberne Klamotten anhaben, oder?«

Er springt über die vertäuten Boote hinweg und klettert am Kai behände eine Leiter hoch.

»Hübscher Arsch«, schnauft Mads, den Blick auf das in Jeans gehüllte Hinterteil des Mannes geheftet.

»Totaler Arsch, würde ich eher sagen«, äußere ich und schaue wütend auf Guys Kehrseite. »Wenn du das nächste Mal wieder so eine tolle Idee hast, sag es mir bitte rechtzeitig. Dann nehme ich mir was weniger Anstrengendes vor, eine Operation am offenen Herzen ohne Narkose zum Beispiel.«

»Nun sei doch nicht so.« Mads wischt mir Algen und Möwenkacke von den Kleidern, während ich eine beleidigte

Schnute ziehe. »Du musst doch zugeben, dass der Mann scharf aussieht.«

Ich schirme die Augen gegen die Sonne ab. Guy steht breitbeinig am Kai und hebt gerade Zwickis Kiste hoch. Seine Oberarmmuskeln schwellen an. Mit den dunklen Haaren, die so kurz geschnitten sind, dass sie wie Maulwurfsfell wirken, der sonnenbraunen Haut und den blendend weißen Zähnen sieht er dem blutjungen George Clooney zum Verwechseln ähnlich.

Leider hat er eher die Manieren von George Clooneys Hausschwein.

»Okay«, räume ich ein, »ich verstehe, was du meinst, aber ein romantischer Held ist er auf keinen Fall.«

»Ich wollte mich ja nur nützlich machen«, sagt Mads gekränkt. »Dich von James ablenken und dir helfen, damit du deinen Roman schreiben kannst.«

»Ich weiß, aber du könntest ein bisschen dezenter vorgehen.«

»Was zum Teufel soll das sein?« Guy hält mir Zwicki unter die Nase.

»Ein Hummer«, antworte ich ruhig. »Solche Tiere leben im Meer.«

»Dass das ein Hummer ist, seh ich selbst«, erwidert Guy. »Aber ich würd gern wissen, weshalb ich mit dem aufs Meer rausfahren soll. Wenn ich mal erklären darf, was ein Fischer macht: Ich hole Zeug aus dem Meer und verkaufe es. Leicht zu kapieren, würd ich meinen.«

»Wir schenken ihm die Freiheit«, teile ich Guy mit. Zwicki macht einen etwas nervösen Eindruck, was verständlich ist, wenn man bedenkt, dass Guy vermutlich zahllose Verwandte von Zwicki massakriert hat und im Hummerfernsehen bestimmt ein gesuchter Schwerverbrecher ist. »Er ist ein geretteter Hummer.«

»Den wollen Sie ins Meer werfen?«, fragt Guy ungläubig.

»Das ist doch ein Prachtkerl. Ich erspar uns das ganze Theater und geb Ihnen einen Zehner dafür. Den kann ich auf dem Fischmarkt für das Zehnfache verkaufen.«

»Kommt nicht infrage!«, rufe ich aus. »Ich werde doch jetzt nicht aufgeben. Wenn Sie wüssten, für wie viel Stress dieser Hummer schon gesorgt hat, würden Sie das nicht vorschlagen. Schippern Sie uns aufs Meer raus, Mann!«

»Verfluchte Touristen«, bemerkt Guy, aber seine Augen glitzern, vermutlich aus Vorfreude beim Gedanken daran, was wir für die Fahrt blechen müssen und was für ein Brüller diese Story im Pub sein wird. »Na ja, ist Ihr Geld.«

»Ist es«, murmle ich vor mich hin. Ich weiß nicht genau, wofür ich so heftig zur Kasse gebeten werde, aber es muss irgendwas Furchtbares gewesen sein. Ich glaube kaum, dass ich je eine Rückführung in frühere Leben machen möchte. Wahrscheinlich würde ich etwas Entsetzliches herausfinden. Na ja. Mein gegenwärtiges Leben ist auch nicht gerade der Hit.

Die Tabletten scheinen tatsächlich zu wirken, denn als wir in See stechen und die Landzunge umrunden, stelle ich fest, dass ich das sanfte Wippen des Bootes, das auf den Wellen tanzt, eigentlich angenehm finde. Das Wasser glitzert in der Sonne, und ich lege den Kopf in den Nacken und genieße die Wärme auf meinen Wangen. Das Kielwasser sieht aus wie weiße Spitze, Tregowan verschwindet in der Ferne und sieht mehr denn je wie ein Spielzeugdorf aus. Auf den Klippen wandern streichholzgroße Figuren entlang, andere sitzen da und bewundern die Aussicht. Eine winkt uns zu, und ich winke zurück. Dann umrunden wir erneut eine Landzunge und lassen die Klippen hinter uns.

Plötzlich ist mir ein bisschen hoffnungsvoller zumute.

Mads sitzt am Heck, umklammert mit einer Hand die Netzwinde und hält mit der anderen ihre Haare aus dem Gesicht. Guy hockt nicht müßig herum wie seine Passagiere, sondern eilt umher – womit er mir einen furchtbaren Schrecken einjagt, bis ich merke, dass er das Boot auf Autopilot gestellt hat –, wickelt die Seile auf, die sich schlangengleich um unsere Füße winden, stapelt gelbe Kisten und befördert Abfälle ins Meer. Jetzt, da er in seinem Element ist und den Mund nicht mehr aufmacht, kapiere ich, was Mads mir vermitteln wollte. Der Mann hat etwas Erdiges und zutiefst Maskulines an sich. Ob das nun damit zu tun hat, dass er tagtäglich sein Leben aufs Spiel setzt, oder einfach daran liegt, dass er anstrengende körperliche Arbeit leistet – er strahlt eine Selbstsicherheit aus, die an Überheblichkeit grenzt. In Kombination mit seinem muskulösen Körper, dem sinnlichen Mund und Wangenknochen, für die etliche Frauen ein Vermögen blechen würden, ist der Effekt ziemlich umwerfend.

Ein attraktiver Bursche, das merke ich wohl. Aber ich stehe trotzdem nicht im Mindesten auf ihn. Nicht auf Gabriel und auch nicht auf Guy. Was ist los mit mir? Frankie würde sich im siebten Himmel wähnen angesichts dieser Auswahl an Prachtkerlen.

Ich bin einigermaßen verstimmt. Kommt mir vor, als wäre ich in einer Schokoladenfabrik und hätte plötzlich eine Aversion gegen Süßigkeiten.

Ich beobachte Guy, wie er sich auf dem Boot bewegt, und bewundere die Sicherheit, mit der sich seine Bewegungen den Wellen anpassen. Vor meinem inneren Auge sehe ich ihn in engen weißen Kniehosen und pluderigem Leinenhemd, mit Messer an der Hüfte und einem gefährlich glitzernden Diamanten im Ohr. Und der rostige Fischtrawler verwandelt sich in eine prachtvolle Galeone mit gewaltigen weißen Segeln und hoch aufragender Takelage.

Hey! Vielleicht hat Mads tatsächlich recht mit dieser verrückten Heldenidee. Ein Jammer, dass ich mein Notizbuch nicht dabeihabe.

Millandras Handgelenke waren fest verschnürt, das raue Seil schürfte an ihrer zarten Haut. Das Schiff schwankte und bebte unter ihren Füßen und pflügte mit solch wilder Wucht durch die Wellen, dass Millandra gewiss gestürzt wäre, wenn man sie nicht an den Mast gefesselt hätte.

An den Mast? Das ist vielleicht ein bisschen übertrieben. Ich schaue auf und bin ganz verblüfft, als ich Guy nicht in Piratenkluft sehe, sondern in einer Ölhose, die so gelb ist wie Katzenkotze. Er macht irgendwelche waghalsigen Sachen auf dem Dach des Steuerhauses, und aus rein recherchetechnischem Interesse bemerke ich, dass er sein T-Shirt ausgezogen hat und halb nackt arbeitet. In der Sonne Netze herumzuhieven bleibt offenbar nicht ohne Wirkung, denn sein Oberkörper ist bronzefarben, muskulös und sehnig.

Da würde so mancher Mann vor Neid erblassen.

»Alles okay?« Guy bemerkt meinen Blick und zwinkert mir zu.

Oh Scheiße! Er glaubt, ich hätte ihn beäugt! Ich laufe rot an und schaue rasch weg. Wie absolut entsetzlich peinlich.

»Alles bestens, danke«, antworte ich steif.

»Bestens!«, echot Guy grinsend. »Hört sich an, als hätt ich die Queen an Bord!« Leichtfüßig springt er auf Deck und verschwindet im Steuerhaus. Kurz darauf verstummt der Motor, und himmlische Stille tritt ein. Man hört nur noch das Schwappen der Wellen und das Kreischen der Möwen, die sich im Nu über uns versammeln.

»Okay«, sagt Guy. »Dann werft den Kerl ins Wasser, und wir fahren zurück.«

Ich blicke zum Horizont. Tregowan ist zu ein paar Punkten in einem grünen Klecks geschrumpft. Davor erstreckt sich meilenweit das tiefblaue Meer. Ich fühle mich wie der alte Seemann aus dem Gedicht von Coleridge – nur mit cooleren Schuhen.

»Was haben diese ganzen Fähnchen zu bedeuten?«, frage ich.

»Die zeigen Hummerfangkörbe an«, erklärt Maddy. »Ziemlich durchschaubar, Guy.«

Guy knurrt irgendwas von Quoten und der EU und Existenzkampf vor sich hin und bewegt das Boot etwa hundert Meter weiter.

»So, damit hat sich's«, verkündet er und fixiert Mads und mich mit stählernem Blick. »Mehr Sprit verschwend ich nicht auf einen Scheißhummer. Nun schmeißt das verdammte Vieh endlich ins Wasser.«

Ich schaue Zwicki an, und Zwicki schaut mich an. Ich weiß, dass es furchtbar albern ist, aber mir ist ziemlich weh ums Herz.

»Nun beeilen Sie sich schon.« Guy verschränkt die Arme. »Er braucht keinen Abschiedskuss.«

»Leb wohl, Zwicki«, flüstere ich und hieve die Kiste auf die Reling. »Danke, dass du James verjagt hast. Ich steh in deiner Schuld.«

Zwicki blickt ziemlich panisch; vermutlich fragt er sich, was aus seiner Edelbadewanne und dem teuren Koi-Fischfutter geworden ist. Die Aussicht auf Freiheit scheint ihn nicht gerade zu begeistern. Das ist vermutlich so, als müsse man plötzlich beim Billigdiscounter einkaufen, wenn man die Feinschmeckerabteilung eines Luxuskaufhauses gewöhnt ist.

»Sieh dich vor Hummerfangkörben vor«, rät ihm Mads.

»Allen außer meinen«, wirft Guy grinsend ein.

Ich schließe die Augen, kippe die Kiste um und platsch!, Zwicki ist weg.

»Dem Himmel sei Dank«, äußert Guy, kehrt ins Steuerhaus zurück und startet den Motor. Wir tuckern Richtung Festland zurück, und nur ein paar kleine Wellen künden noch von der Stelle, an der Zwicki in die Freiheit abgetaucht ist.

Mads legt den Arm um mich. »Sei nicht traurig. Wir können dir jederzeit einen Hamster oder so was besorgen.«

Ich presse die Fingerspitzen in die Augenwinkel. Ich werde jetzt nicht wegen Zwicki das Heulen anfangen. Es ist nur so, dass dieser Hummer das letzte Bindeglied zu meinem alten Leben gewesen ist – in dem ich zwar keineswegs immer glücklich war, aber wenigstens alles klare Strukturen hatte. Ich war verlobt, James war ein Arschloch und Ollie mein Freund. Jetzt ist alles anders, und ich habe keine Ahnung, wie es weitergehen soll. Ich habe keinen festen Platz mehr in meinem eigenen Leben. Was soll nur aus mir werden? Es kommt mir gerade so vor, als hätte ich nicht nur Zwicki über Bord geworfen, sondern auch mein gesamtes Wissen und meine Hoffnungen.

So viel zum Akzeptieren von Veränderungen und Dankbarkeit für eine zweite Chance. Offenbar schwanke ich im Stundenrhythmus zwischen freudiger Erregung und völliger Panik hin und her.

Jewell würde sich für mich schämen. Ich muss mir mehr Mühe geben.

Während das Boot Richtung Hafen schippert, starre ich übers Meer und bemühe mich um Zuversicht.

»Schau mal!«, ruft Mads aus. »Was ist denn da am Kai los?«

Die *Dancing Girl* hat die Landzunge umrundet, und Guy drosselt den Motor für die Einfahrt in den Hafen. An der Kaimauer hat sich eine große Menschenmenge versammelt, die unser Boot zu beobachten scheint.

»Hey, die Leute winken uns zu!« Mads winkt aufgeregt zurück. »Hallo! Hallo!« Sie schaut mich an, und ihre Wangen sind ganz rot vor Aufregung. »Ist das nicht romantisch? Mit dem Fischerboot in einen alten Hafen einlaufen? Die Touristen finden das richtig toll. Schau nur, wie sie alle winken.«

Ich schirme die Augen gegen die grelle Sonne ab. Tatsächlich herrscht am Kai ein heftiges Gewimmel; jeder versucht sich vorzudrängen, um die beste Aussicht zu ergattern, Kameras blitzen, und mit Camcordern wird die Ankunft unseres Bootes gefilmt. Das aufgeregte Geschnatter hört man sogar über das Dröhnen des Motors hinweg.

Wisst ihr, so verrückt es sich anhört, ich bilde mir ein, dass sie meinen Namen rufen. Was ja wohl nicht sein kann, oder?

»Katy! Katy! Stimmt es, dass du mit Gabriel Winters zusammen bist? Hat er für dich wirklich Stacy Dean verlassen?«

Mir wird abscheulich flau im Magen – etwa so wie in dem Moment, als die Schüler meiner Klasse zur Prüfung antraten und ich merkte, dass ich die falschen Lektionen mit ihnen vorbereitet hatte. Dieser Haufen hier besteht garantiert nicht aus Touristen. Man sieht nirgendwo ein Eis am Stiel, und keiner mampft irgendwelche Sandwiches, was meiner Erfahrung nach unerlässlich ist für Touristen. Unerquicklicherweise sehen diese Gestalten, die jetzt mitsamt ihren Kameras fast vom Kai fallen, verdächtig nach Reportern aus.

»Maddy!«, stöhne ich. »Ich glaube, die Presse ist mir auf den Fersen!«

Ein Blitzlichtgewitter bricht los, und ich schlage die Hände vors Gesicht.

»Ich bin ungeschminkt!«

»Egal!« Mads zerrt mich übers Deck und schiebt mich ins Steuerhaus. »Wie können wir denen jetzt entkommen?«

»Scheiß drauf! Die versperren mir den Weg!« Guy lässt wütend die Bootshupe ertönen. »Verpisst euch! Haut ab!«

»Darauf hören die nicht«, merke ich an, als plötzlich vor dem Fenster eine Kamera auftaucht, raffiniert an einer Planke befestigt.

»Ach ja? Meinst du?« Guy schüttelt den Kopf. »Herrje! Ich hätte einfach fischen gehen sollen.« Er stürmt auf Deck und schmeißt glitschige Seile nach oben auf die Reporter. »Ich kann nicht anlegen, wenn ihr Idioten hier im Weg rumsteht!«

»Wie komm ich von diesem Boot runter?« Ich gerate zusehends in Panik. Es hat nicht nur den Anschein, als müsse ich eine Leiter hochklettern, um an Land zu gelangen, sondern mir außerdem einen Weg durch die Paparazzi-Menge bahnen. Und diese Typen sehen aus, als wollten sie mir die Glieder einzeln ausreißen und sich um die besten Happen streiten.

Ich schaue ins Wasser und frage mich, ob ich mich schwimmend zur anderen Seite retten könnte. Ollies Training müsste sich doch auszahlen. Aber das Wasser sieht trüb und ölig aus, und eben treibt ein Fischkopf vorbei, der mich mit missbilligendem Blick anstarrt. Ich bin wirklich nicht scharf drauf, da reinzuspringen. Davon kriegt man wahrscheinlich Typhus.

Guy drückt mir einen Südwester auf den Kopf und reicht mir eine Öljacke. »Zieh das an. Darin erkennt dich keiner.«

Naserümpfend schlüpfe ich in die kalte Jacke. Zu behaupten, dass sie nach Fisch stinkt, wäre die Untertreibung des Jahres. Aber als Verkleidung taugt sie.

»Woher wissen die, dass du auf See warst?«, sinniert Mads. »Ich dachte, wenigstens da draußen wärst du vor der Meute sicher. Ich hatte Guy gebeten, niemandem auch nur ein Sterbenswörtchen zu sagen.«

Guy blickt betreten. »Kann sein, dass ich das vergessen hab, als ich mit der alten Lady im Pub geredet hab.«

»Du Vollidiot«, ruft Mads und wirft ihm einen Blick zu, der ihn in einer gerechten Welt umgehend ausgeknockt hätte. »Ich hatte doch ausdrücklich gesagt, dass es keiner wissen darf. Und was für eine Lady überhaupt?«

»Ach, bloß so eine Alte im *Mermaid*, die nach Katy gesucht hat«, antwortet Guy. »Ziemlich irres Weib. Säuft Gin wie Wasser und spielt Karten wie ein Profi. Hat mich völlig ausgenommen. Da ist sie ja!« Er deutet zum Ende der Kaimauer, wo sich eine kleine, grün gekleidete Gestalt mit einer Art federgeschmücktem Turban auf dem Kopf rabiat durch die Menge drängt und jedem, der ihr zu nahe kommt, einen Hieb mit einem violetten Sonnenschirm verpasst.

»Huuhuuu!«, flötet die Person. »Katy, mein Schatz! Bist du das? Nimm doch diesen grässlichen Hut ab, Gelb steht dir gar nicht. Sieht schlimm aus zu roten Haaren. Komm hallo sagen! Schau nur, wie viele nette Leute ich gefunden habe! Sie wollen dich alle unbedingt kennenlernen. Hier sind alle richtig freundlich, nicht so garstig wie in London.«

Ich schlage wieder die Hände vors Gesicht. Ja, man kann wohl behaupten, dass es eine einleuchtende Erklärung dafür gibt, wie ich von der Presse gefunden werden konnte.

»Das ist meine Patentante«, sage ich.

Jewell hat es indessen ganz nach vorn geschafft und trällert: »Warum versteckst du dich denn, Schätzchen? Komm sofort hier hoch! Diese Leute sind ganz versessen darauf, mit dir zu reden! Das ist ja so aufregend!«

Jewell hätte kaum mehr auffallen können, wenn sie nackt und lila angemalt auf dem Dach des Fischmarkts herumgetanzt wäre. Da sie ziemlich schwerhörig ist, geht sie davon aus, dass der Rest der Welt auch nicht besser hört, und spricht stets mit der Lautstärke einer abhebenden Concorde. Was zur Folge hat, dass nun auch die Reporter, die eben noch im Pub hockten und sich ein Ale hinter die Binde gossen, mit Kameras und Notizblöcken in den klebrigen Pfoten herausgetaumelt kommen.

»Nun mach schon!« Die Federn auf Jewells Kopfbedeckung wippen aufgeregt. »Hier ist ein ganz reizender Mann von der *Sun*, der es kaum erwarten kann, mit dir über den himmlischen Gabriel zu sprechen. Obwohl ich ja sagen muss«, sie lehnt sich so gefährlich weit über die Mauer, dass einer der Schreiberlinge sie vorsichtshalber festhält, »dass ich ausgesprochen gekränkt bin, weil du mir nicht zuerst davon erzählt hast.«

»Es gibt nichts zu erzählen«, erwidere ich und strecke dazu den Kopf aus dem Steuerhaus, ziehe ihn aber sofort wieder zurück, als Kameras aufblitzen und mindestens zwanzig Stimmen meinen Namen schreien.

»Scheiße«, schnauft Maddy.

»Kann man wohl sagen.« Mein Herz fühlt sich an, als sei es auf einen Springstock gespießt. Wie kann man nur berühmt sein wollen? Das ist doch widerwärtig. In meinem ganzen Leben werde ich niemals an einer Castingshow teilnehmen. So nervig das Lehrerdasein auch sein mag, normalerweise machen die kleinen Plagegeister wenigstens, was ich ihnen sage.

»Ich kann dich nicht verstehen, Schätzchen!«, schreit Jewell. »Komm endlich hoch! Wir haben die ganze weite Reise gemacht, um dich zu sehen! Also versteck dich nicht!«

Wir? Der Springstock beschleunigt. Ist etwa Ollie bei ihr? Wenn Ollie in Tregowan ist, dann wird alles gut. Ol ist quasi Experte für die Bewältigung grässlicher Schlamassel. Ein Segen.

»Ich komme!«, rufe ich und klettere über gestapelte Fischkisten und aufgerollte Seile. Wobei ich mit meinen Flipflops gelegentlich mal ins Stolpern komme – na schön, ziemlich oft – und irgendwer bestimmt ein prima Zellulitis-Bild ergattert, das morgen die Titelseite eines Revolverblatts zieren wird. Aber was soll's. Wenn Ollie hier ist, um alles zu regeln, kann nichts mehr schiefgehen.

»Vorsichtig, Schätzchen«, ruft Jewell, als ich, geblendet von Migräne auslösenden Blitzen, die Leiter hochkraxle. »Pass auf deine Fingernägel auf!«

Meine Fingernägel machen mir im Moment am wenigsten Sorgen; vielmehr schlittere ich so auf den Sprossen herum, dass ich Todesangst kriege. Das Deck der *Dancing Girl* ist plötzlich sehr weit unter mir und ganz bestimmt nicht weich, wenn man daraufstürzt. Gott, wie ich es hasse, irgendwo hoch oben zu sein! Mir wird schon schwindlig, wenn ich im Doppeldeckerbus oben sitze. Und jetzt ist mir hundeelend, ich fühle mich vom Leben ultramies behandelt. Ich will doch bloß meine Ruhe haben und meinen Roman schreiben. Und nicht als Klecks auf dem dreckigen Boot eines Mannes enden, der so manierlich ist wie Dünnschiss.

Vielleicht wurde Katy Carter in einem Paralleluniversum wenigstens von einem Multimillionär mit einer Jacht gerettet und nicht vom unflätigen Guy mit seinem stinkenden Fischkutter.

Meine rechte Hand glitscht auf frischer Möwenkacke aus, und alle kreischen entsetzt, als ich den Halt verliere. Ich schreie lauthals, rutsche ab und kann mich erst ein paar Sprossen weiter unten wieder festhalten. Einer meiner hübschen Flipflops fällt ins Hafenbecken, und idiotischerweise bin ich nun auch noch den Tränen nahe.

War ja klar, dass ich in dem verratzten der beiden Universen landen würde.

»Verfluchte Scheiße«, sagt Guy genervt. Er ist hinter mir hochgeklettert, und seine starken Arme sichern mich. »Schau nach oben und steig endlich hoch, du dumme Kuh. Ich pass schon auf, dass du nicht runterfliegst.«

Wie charmant! Dieser Typ wird *ganz bestimmt nicht* das Vorbild für meinen romantischen Helden abgeben. Jake würde Millandra niemals als dumme Kuh bezeichnen! Wenn Richard Lomax und Guy Tregarten Maddys Vorstellung von einem Helden entsprechen, dann hat die Gute ein ernsthaftes Geschmacksproblem.

Dennoch werde ich jetzt nicht mit Guy streiten. Ich schaue nach oben und versuche das riesige Objektiv zu übersehen, das auf meine Brust gerichtet ist. Ein paar Sprossen später liege ich auf der Kaimauer, mit Wabbelbeinen und wunden Händen.

Ich lebe!

Ich kann es mir nur mit Mühe verkneifen, wie der Papst den Boden zu küssen.

In meinem ganzen Leben werde ich keinen Fuß mehr auf Guys Kutter setzen.

Jewell piekt mich mit ihrem Sonnenschirm. »Steh auf, Katy! Man kann dein Höschen sehen.«

Die Kameras blitzen munter, und ich springe hastig auf und ziehe meinen Rock runter.

»Wo ist Ollie?« Ich schaue mich suchend um, erblicke aber nur fremde Gesichter und Kameraobjektive. Doch der helle Lockenschopf und das vertraute Grinsen können nicht weit entfernt sein.

Jewell runzelt so heftig die Stirn, dass sie wie Yoda im Chanel-Kostüm aussieht. »Ist das nicht der reizende Junge in Unterhosen, der bei meiner Geburtstagsparty war?«

Das Motto von Jewells letzter Party waren die Römer, und Ollie und ich hatten viel Spaß damit, uns aus zerrissenen Bettlaken Togen anzufertigen; im Gegensatz zu James, der sich ein kostspieliges Cäsar-Kostüm auslieh und versuchte, mit der sturzbetrunkenen Jewell Gespräche über die Hochfinanz zu führen. Ollie jedenfalls kam supergut an, vor allem als seine Toga runterrutschte und er in Batman-Boxershorts dastand.

»Ja doch, ja!«, sage ich ungeduldig. »Wo ist er denn nun?« Ich verrenke mir den Hals für den Fall, dass Ollie sich hinter einem orangen Schleppnetz versteckt hat oder in einer Netztonne hockt.

»Wie kommst du darauf, dass er hier ist?« Jewell legt den Arm um mich und strahlt in die Kameras. »Meine andere Seite ist fotogener, Liebchen!«

Mein Herz ist wirklich arm dran. Jetzt schnellt es auf und ab wie ein durchgeknallter Bungeespringer. Kein Ollie? Peinlicherweise bin ich am Boden zerstört.

»Ich bin mit diesem entzückenden Frankie hergefahren«, berichtet Jewell, rückt ihren Turban zurecht und entblößt ihre Beißerchen für die Fotografen. »Er hat mich angerufen, als er die Schlagzeilen gelesen hat, und darauf bestanden, dass du unsere Hilfe brauchst. So ein Goldschatz! Er hatte es richtig eilig herzukommen.«

Das kann ich mir vorstellen. Ich nehme mir vor, Frankie qualvoll zu meucheln, sobald ich ihn zu Gesicht kriege.

»Wollte Ollie nicht mitkommen?«

»Ollie?« Das gepuderte alte Gesicht legt sich in Falten. »Ich glaube, der war gar nicht da, Schätzchen. Frankie meint, er sei mit seiner Freundin unterwegs. Wieso eigentlich?« Sie mustert mich prüfend. »Hast du ihn erwartet?«

»Nein, natürlich nicht«, antworte ich hastig. »Ich dachte bloß.« Dann kommt mir ein anderer Gedanke. »Und wo ist denn nun Frankie?«

Jewell lacht. »Keine Ahnung. Wir haben ein oder vielleicht zwei Gläschen getrunken, und dann war er plötzlich verschwunden. Ist wahrscheinlich ein bisschen spazieren gegangen, der nette Junge.«

Ich stöhne. Das hat mir gerade noch gefehlt.

Jewell hakt sich bei mir unter. »Und ihr möchtet jetzt alles ganz genau wissen, nicht wahr?« Die Reporter nicken heftig und bekunden lautstark ihre Zustimmung. Als sie immer näherrücken, kriege ich es mit der Angst zu tun, weil ich keinen Fluchtweg mehr sehe. Auf der einen Seite der Kaimauer befindet sich dreckiges Hafenwasser, auf der anderen donnernde Wellen – beides wenig verlockend. Als ich den Reportern ausweichen will, stoße ich an eine Netztonne und habe plötzlich die Reste verrottender Fische im Gesicht.

»Ihr Lieben, tretet zurück und lasst uns durch!«, ruft Jewell.

»Erst wenn Sie uns alles erzählt haben.« Eine knochige junge Frau in silbriger Bomberjacke hält mir ein Mikro unter die Nase. »Angela Andrews vom *Daily Dagger*. Haben Sie Gabriel Stacey Dean abspenstig gemacht?«

»Ist er gut im Bett?«, ruft jemand.

»Ja, genau, ist er?«, will auch Jewell wissen.

»Weiß ich nicht!«, fauche ich. »Ich kenne den Mann ja kaum!«

»Stimmt es, dass er hier ein Haus gekauft hat?«

»Sind Sie Schauspielerin? Oder was machen Sie?«

»Was ich mache? Momentan krieg ich Zustände«, stöhne ich.

Jewell und ich werden immer enger an die Tonne gedrückt. Wenn das so weitergeht, werden wir demnächst drin landen. Jewell fuchtelt mit ihrem Sonnenschirm herum, aber die Reporter sind Schlimmeres gewöhnt.

»Wenn Sie mich mit dem Ding schlagen, verklage ich Sie wegen Körperverletzung«, droht Angela Andrews.

»Wer behauptet denn, dass ich Sie damit *schlagen* will?«, versetzt Jewell und piekt die Reporterin ins knochige Gesäß, was diese tatsächlich zum Ausweichen veranlasst. Das kann ich gut nachvollziehen; Jewell kann einen das Fürchten lehren.

»Aus dem Weg, Oma!« Ein vierschrötiger Fotograf kommt auf uns zugewalzt. »Wir brauchen bloß 'ne Aussage von Katy.«

»Jetzt reicht's!« Vom Boot ergießt sich ein Wasserschauer über die Reporter, die kreischend auseinanderstieben und ihre Kameras zu schützen versuchen. »Sie will nichts sagen, ihr habt's doch gehört!«

Guy hält den Schlauch zum Deckputzen im Anschlag wie Arnie seine Uzi. Fehlt nur noch, dass er »hasta la vista, Baby!« brüllt. Er schwenkt den Schlauch noch mal hin und her, und eiskaltes Wasser platscht auf die Meute nieder.

»Fantastisch!«, flötet Jewell, als die Reporter wie aufgescheuchte Ameisen in alle Richtungen davonrennen. »Kommt das in den Nachrichten?«

»Aufs Boot!«, schreit Guy. »Die Leiter runter!«

Ich will soeben darauf hinweisen, dass ich mich in Gesellschaft einer Achtzigjährigen befinde, die wohl kaum eine Leiter runterklettern kann, als Jewell an mir vorbeisaust, den Abstieg beginnt und mir zuruft: »Beeil dich, Katy! Du brauchst keine Angst zu haben!«

»Ich danke Ihnen, mein Bester«, säuselt sie, als Guy sie aufs Boot hebt. »Haben Sie Dank, dass Sie einer gebrechlichen alten Dame Hilfe leisten.«

Gebrechliche alte Dame? Ich hab schon schwächere Panzer gesehen.

Jewell zwinkert mir aus Guys Armen zu. »Dieser entzückende junge Mann wird dir helfen. Er ist ja so stark.«

»Ich sterbe lieber, als mir von dem helfen zu lassen«, verkünde ich, während ich mühsam abwärtsklettere.

»Bewegen Sie Ihren Arsch!«, donnert Guy. »Sonst fahren wir ohne Sie los.«

Das lasse ich mir nicht zweimal sagen, weil nämlich Angela Andrews, die nun klatschnass ist und wegen ihrer ruinierten Prada-Bomberjacke hysterisch herumkreischt, wieder an der Kaimauer auftaucht. Ich steige schneller die Leiter runter, als ich beim Klingeln aus der Schule flitze – und das pflege ich sehr schnell zu tun –, und springe aufs Boot.

Der Motor erwacht dröhnend zum Leben, blauer Rauch quillt aus dem Auspuff, und Guy eilt auf Deck umher und holt Seile und alte Autoreifen ein.

»Leinen los!«, schreit er Maddy und mir zu. »Wenn ich achtern bin, stoßt euch von der Mauer ab.«

Wir tun wie uns geheißen, obwohl die Mauer rau und glitschig ist und wir keinen blassen Dunst haben, was achtern zu bedeuten hat. Aber ich würde tatsächlich fast alles tun, um möglichst viel Abstand zwischen mich und Prada-Bomberjacke zu bringen. Die ist nämlich schon fast auf der *Dancing Girl*, steht nur noch mit einem Fuß auf der Leiter. Sie sieht stinkwütend aus, und ich lege nicht den geringsten Wert darauf, ihr in die Hände zu fallen. Als Lehrerin habe ich zwar mehr Chancen, auf den Mond zu kommen als zu Prada, aber ich kann mir ungefähr vorstellen, was das Jäckchen gekostet hat.

Doch zu meinem Glück geht Guy nun auf volle Kraft voraus, und die *Dancing Girl* schießt ruckartig los. Etliche Möwen kreischen empört, erheben sich in die Lüfte und kacken munter auf die erneut herbeiströmenden Reporter.

Jewell klatscht in die Hände. »Wunderbar!«

Und noch wunderbarer ist das laute Platschen, mit dem Angela Andrews kopfüber im Hafenbecken landet.

»Hoppla!«, äußert Guy im Steuerhaus. »Ist da etwa jemand ins Wasser gefallen?«

Angela Andrews paddelt mit wutverzerrtem Gesicht im Wasser herum. Die silberne Jacke plustert sich auf wie eine ultraschicke Rettungsweste, und auf ihrem Kopf thront ein glibberiger Algenhaufen. Oben am Kai schütten sich ihre Kollegen vor Lachen aus und fotografieren eifrig.

»Ich hoffe nur, dass Richard das alles nicht mitkriegt«, sagt Mads besorgt. »Der dreht sonst durch.«

Es liegt mir auf der Zunge, sie zu fragen, ob sich das von seinem normalen Zustand unterscheidet, aber ich halte lieber den Mund. Angesichts der Wutfratze von Angela Andrews, der aufgebrachten Reportermeute und der Ollie-Lücke in meinem Leben brauche ich wahrhaftig jeden einzelnen Freund, der mir geblieben ist. Es ist schon traurig genug, dass ich Richard zu diesem rapide schwindenden Grüppchen zählen muss.

Guy tritt aus dem Steuerhaus. »Planänderung. Wir fahren nach Fowey, da gibt's einen guten Pub. Dort könnt ihr euch aufhalten, bis es dunkel ist, und dann zu Fuß nach Tregowan zurückgehen.«

»Gute Idee«, sagt Mads. »Wenn wir den Weg über die Klippen nehmen, finden die uns nicht.«

»Wir schwärzen uns das Gesicht!«, ruft Jewell begeistert. »Und tarnen uns mit Blättern!«

Ich sinke auf eine leere Fischkiste und schlage die Hände vors Gesicht.

»Ich brauch was Starkes zu trinken«, sage ich.

Und zwar nicht nur ein Glas davon. Sondere mehrere, randvoll.

Allmählich wünsche ich mir, ich wäre in London geblieben.

Als das Taxi uns am Tregowan Hill rauslässt, wird es schon dunkel. Das rote Sonnenlicht am Horizont ist so blass wie die Reste des scharlachroten Lippenstifts auf Jewells Mund, und unter uns funkeln die Lichter des Dorfes. Wir sind an einem überwucherten Trampelpfad abgesetzt worden, der offenbar seit der Zeit der Schmuggler nicht mehr benutzt wurde, und dürfen uns nun einen Weg durch die verhedderten Ranken bahnen.

Nicht dass das jemanden stören würde. Alle sind viel zu besoffen, um sich darum zu scheren. Guy trägt Jewells Turban und raucht einen Joint, Mads legt sich immer wieder auf den Erdboden, um zum Himmel aufzublicken, und Jewell singt aus vollem Hals »Show Me the Way to Go Home«. Ab und an macht jemand »schsch!«, gefolgt von einem Lachanfall.

Ach so! Das scheine ich selbst zu sein.

»Katy!« Maddy packt mich – heftig schwankend – am Arm. »Schau nur!«

»Was?«

»Im Pfarrhaus ist kein Licht. Wo ist Richard?«

Wir schwanken gemeinsam hin und her, und die glitzernden Lichter drehen sich schwindelerregend.

»Ausgegangen«, fügt Mads hinzu. »Zu einer anderen Frau.«

Ich halte das für höchst unwahrscheinlich. Und zwar deshalb, weil ich es schon erstaunlich finde, dass Rich überhaupt eine einzige Frau gefunden hat, die mit ihm vögeln will. Dass es nun sogar zwei sein sollen, kann einfach nicht sein.

»Ich werd ihn finden«, gelobt Mads und tappt mit Volldampf ins Dunkel. »Und dann hack ich ihm die Eier ab.«

»Autsch.« Guy zuckt zusammen.

»Ich helf dir«, offeriert Jewell, die hinter Mads herstolpert.

»Und wo willst du hin?« Guy hält mich am Ärmel fest, als ich ihr folgen will. »Du sollst doch bei Gabriel Winters sein. Dinner bei Mr. Sexyman, schon vergessen? Und der wohnt da drüben.« Er weist mit dem Zeigefinger nachdrücklich auf einige weit entfernte Lichter.

Ich weiß, dass ich einigermaßen angeschickert bin, aber dieses Haus ist doch fast zwei Kilometer weit weg und hinter einem sehr dichten Wäldchen gelegen. Zweifelnd blicke ich auf meine Füße, die jetzt in viel zu großen Gummistiefeln von Guy stecken. Ich sehe aus, als hätte ich Flossen.

»Das schaffe ich nie«, verkünde ich. Der Weg sieht sehr düster aus, und ich bin mir sicher, dass ich im Schatten schon einen Vampir lauern sehe. »Kannst du nicht mitkommen?«

»Wasn Scheiß! Das ist ewig weit!« Guy gibt mir einen Schubs. »Du brauchst mich nicht. Was issn mit Frauenpower?«

Ich glaube nicht, dass ich über die jemals verfügt habe, aber das verschweige ich Guy lieber.

Ist ja nur ein Weg durch waldiges Gelände. Dem werd ich's zeigen.

Aber er wird mich sowieso begleiten.

»Na schön.« Ich richte mich auf. »Dann geh ich allein. Tschüss.«

»Tschüss«, erwidert Guy munter und verschwindet in der Dämmerung.

Was? So sollte das aber nicht laufen!

Plötzlich stehe ich mutterseelenallein im dunklen Wald. Eine solche Dunkelheit kenne ich gar nicht. Und was ist dieses orange Leuchten?

Ich wünschte, ich hätte mir niemals *The Blair Witch Project* angeschaut.

Oder *Scream*.

Oder überhaupt Horrorfilme.

Tief durchatmen, Katy. Du schaffst das. Ich tappe vorwärts und strecke dabei die Hände aus. Ist doch schließlich nur ein Marsch durch den Wald. Auch wenn es dunkel ist und der Pfad immer steiler wird. Zu gern würde ich den sadistischen Hornochsen metzeln, der es toll fand, sich ein Haus in dieser Wildnis zu bauen. Echt! Und ich bin sicher, dass die Luft von Schritt zu Schritt dünner wird. Wenn Gabriel Gäste haben möchte, sollte er ihnen Sauerstoffflaschen zur Verfügung stellen oder zumindest eine Seilbahn.

Verdammt rücksichtslos, möchte ich mal sagen.

Ich bleibe einen Moment stehen und ringe um Atem. Es ist auch nicht grade hilfreich, dass das Wetter umgeschlagen hat und ein unangenehmer Nieselregen vom Meer herüberweht. Meine Haare kräuseln sich, und mir läuft die Nase, was bestimmt nicht sexy ist. Ich lege es zwar nicht darauf an, für Gabriel gut auszusehen, aber ein Mädel hat schließlich seinen Stolz. Und ich bin auch nicht alle Tage bei einem berühmten Star zum Essen eingeladen.

Keuchend lehne ich mich an einen Baum und blicke auf das Dorf unter mir. Dichter Nebel umwabert die alten Häuser, den Strand sieht man schon nicht mehr. Die Cottages, die auf schwindelerregender Höhe über dem Meer am Hang stehen, sind fast verschwunden unter der Nebeldecke, die Lichter nur noch matt. Ich habe das grauenerregende Gefühl, dass die Welt langsam, aber sicher ausgelöscht wird.

Ich setze mich wieder in Bewegung und tappe den Weg entlang. Offenbar verfüge ich plötzlich über bewegliche Ohren, denn ich kann unglaublich gut hören. Kein noch so weit entferntes Rascheln im Busch oder Knacken im Geäst entgeht mir.

Und ich merke, dass sich noch jemand in diesem Wald aufhält. Ich weiß es einfach. Da atmet etwas. Und zwar von Sekunde zu Sekunde lauter.

Okay, Katy. Jetzt nur keine Panik.

Knack! Direkt hinter mir zerbricht ein Ast. Das war's dann. Ich drehe durch. Blindlings haste ich los, stolpere mit den klobigen Stiefeln über Wurzeln, hangle mich durch Gestrüpp.

Wieso habe ich nicht früher auf meine Kondition geachtet? Warum nur habe ich meine guten Vorsätze nicht schon längst in die Tat umgesetzt? Jetzt ist es garantiert zu spät. Ich kenne diesen Film, ich weiß, was als Nächstes passiert. Das kleine rothaarige Mädchen wird von dem Irren mit der Maske gemetzelt. Ich werde meine Innereien um den Hals tragen und schneller am nächsten Ast baumeln, als man *Slasher-Film* sagen kann.

Inzwischen bin ich schon fast am Haus angelangt. Nur noch ein kleines Stück Weg. Gleich bin ich da. Ich platze aus dem Wald wie ein Korken aus der Flasche und hämmere mit beiden Fäusten an die Haustür.

»Gabriel!«, brülle ich. »Lass mich rein!«

Nichts rührt sich. Im Haus brennt Licht, aber es ist niemand zu Hause, was eine witzige Metaphorik wäre, wenn ich nicht von Freddy Krueger verfolgt würde. Ich hämmere wieder an die Tür, diesmal so fest, dass sie plötzlich aufgeht und ich ins Haus taumle, während genau in diesem Moment mein mysteriöser Verfolger auf mich hechtet.

Und mir das Gesicht ableckt.

Augenblick mal, hier stimmt was nicht. Sollte es nicht »zückt das Messer und weidet mich aus wie einen Fisch« heißen? Habe ich die Genres verwechselt?

Ich klappe ein Auge auf, um meinen Angreifer todesmutig zu betrachten.

Es ist ein Zwergpudel.

Natürlich weiß ich, dass ich schon einige Drinks intus habe, aber auf so was würde ich nicht mal im Vollsuff kommen. Ich liege in Gabriel Winters' ländlichem Anwesen auf dem Fußboden und werde von einem flauschigen weißen Pudel zu Tode geleckt.

»Hallo, Katy.« Gabriel kommt, in einen Bademantel gehüllt, die Treppe heruntergewandelt. Goldene Löckchen, noch feucht von der Dusche, hüpfen wie Sprungfedern neben seinen Wangen auf und ab. »Wie ich sehe, hast du Mufty schon kennengelernt.«

»Mufty?«

»Meinen Hund«, erklärt Gabriel. »Warum war er nur draußen? Möchtest du was trinken?«

Habe ich mir eine Gehirnerschütterung geholt und liege bewusstlos im Wald?

»Katy?«, fragt Gabriel. »Einen Drink?«

»Ach so! Ich!«

»Na sicher du. Oder kennst du Hunde, die Champagner trinken?«

Nee. Allerdings kenne ich einen Hund, der gerne Guinness säuft, aber an Ollie und Sasha will ich jetzt nicht denken. Ich bin allein mit Gabriel Winters, der unter dem dünnen Bademantel splitternackt ist. Das ist doch wohl der Stoff, aus dem die Träume sind! Komm schon, Katy! Schau dir nur diese goldbraunen Beine mit den muskulösen Waden an. Denk an die Liebesszene. Schäl den Burschen aus diesem Stoff und lass deine Hände über seinen Prachtkörper gleiten. Wo bleibt denn deine Libido?

Hat offenbar Urlaub genommen.

Typisch.

Ich folge Gabriel in die Küche. Obwohl er behauptet hat, dass sein Haus gerade umgebaut wird, sieht alles nagelneu und makellos aus. Der helle Kiefernholztisch ist hübsch gedeckt, und die Kerzen flackern romantisch.

»Du kommst ein bisschen zu früh.« Gabriel kramt in einem Schrank herum. »Ich bin noch nicht ganz fertig.«

»Ich bin nicht zu früh«, sage ich erstaunt. »Du hast gesagt, um sieben. Außerdem hatte ich einen ziemlich verrückten Tag.« Und ich berichte ihm von den Reportern und meiner überstürzten Flucht aus Tregowan. Während ich drauflosplappere, gießt Gabriel mir ein Glas Wein ein und rührt in einem blubbernden Stew. Er wirkt recht ungerührt, aber derlei Szenen gehören vermutlich zum Alltag, wenn man berühmt ist. Erst als ich Prada-Bomberjacke erwähne, sieht er beunruhigt aus.

»Angela Andrews?« Er zieht eine seiner perfekt gezupften Augenbrauen hoch. Wann habe ich meinen zuletzt liebevolle Pflege angedeihen lassen? Ich berühre eine. Krass! Die müssen inzwischen aussehen wie rote Raupen.

»Sie schreibt für den *Daily Dagger*.«

»Ich weiß.« Gabriel macht ein besorgtes Gesicht. »Sie ist ein ziemliches Biest. Ihre Kollegen nennen sie den ›Rottweiler‹. Wenn sie eine Story gewittert hat, lässt sie nicht mehr los.«

»Na, dann ist es ja gut, dass es keine Story gibt.« Ich sehe eigentlich nirgendwo ein Problem bei der Sache. Eigentlich habe ich mich nur so reingehängt, um Richard nicht noch mehr aufzuregen. »Wir tun einfach kund, dass es sich um ein Missverständnis handelt. Wenn sie merkt, dass sie keinen Skandal serviert kriegt, wird die Sache uninteressant für sie.«

»Diese grässliche Person verfolgt mich schon seit Wochen. Ich hatte gehofft, dass du mir einen Gefallen tun könntest. Es hätte auch Vorteile für dich.«

»Ach so?«

»Ein Auftrag sozusagen«, sagt Gabriel. »Ich würde dich gut dafür bezahlen.«

»Einen Auftrag könnte ich schon gebrauchen«, sage ich und denke dabei an die fünfzehnhundert Pfund, die ich Ollie schulde – ganz zu schweigen von der grausamen Riesensumme, die

Jewell mir geliehen hat. »Was soll ich machen? Putzen? Mit dem Hund Gassi gehen?« Ich nehme mal an, dass ich es sogar hinkriegen würde, einen Hund namens Mufty auszuführen, wenn mir auf diese Weise Mads mit ihrem Sexspielzeug und ihrer schaurig langen Liste verfügbarer Männer erspart bleibt.

»Nicht ganz.« Gabriel steckt sich eine Kippe an, zieht und bläst den Rauch durch die Nase aus. »Ich wollte dich fragen, ob du offiziell meine Freundin und Partnerin sein möchtest.«

»Wie bitte?« Keine Frage, ich liege bewusstlos im Wald. Gleich kommt ein weißer Hase vorbeigerannt und fragt mich nach der Uhrzeit.

»Natürlich nicht in Wirklichkeit«, fügt Gabriel etwas zu hastig hinzu. »Ich würde dich gerne damit beauftragen, offiziell die Rolle meiner Freundin zu spielen, damit mir die Presse vom Hals bleibt. Du kannst dir gar nicht vorstellen, wie lästig es ist, ständig nach seinem Liebesleben ausgequetscht zu werden und permanent irgendeine doofe Tusse am Arm hängen zu haben, damit mein Manager Ruhe gibt. Wenn wir verbreiten könnten, dass du meine feste Partnerin bist und in Cornwall lebst, wäre das super.«

Ich starre ihn stumm an.

»Du könntest sogar tatsächlich hier wohnen!«, ruft Gabriel jetzt aus, sichtlich begeistert von seiner Idee. »Umsonst! Sag mir einfach, wie viel Geld du möchtest, Katy. Du könntest hier in Ruhe deinen Roman schreiben und müsstest nicht irgendeinen Scheißjob annehmen. Du müsstest dich nur manchmal mit mir in der Öffentlichkeit blicken lassen und von Zeit zu Zeit ein Interview geben, mehr nicht. Du hast doch gesagt, dass du keinen Freund hast, also würde sich niemand darüber aufregen, wenn du dich als meine Partnerin ausgibst.«

»Aber wieso brauchst du überhaupt jemanden, der das vortäuscht?« Ich bin völlig verwirrt und nicht mal halb so geschmeichelt, wie Gabriel offenbar erwartet hat. »Du könntest doch jede Frau haben. In der letzten *Heat* warst du der *Oberkörper der Woche*.«

Gabriel seufzt tief.

»Kann ich mich darauf verlassen, dass du ein Geheimnis bewahren kannst?«

»Sicher«, antworte ich.

Er verengt die blauen Augen. »Es ist ein ganz großes Geheimnis, und du darfst es absolut niemandem erzählen. Niemals.«

»Was ist es denn?«, frage ich gespannt.

Gabriel streichelt Muftys flauschigen Kopf. »Hast du wirklich keine Ahnung?«

»Hast du eine heimliche Geliebte? Die verheiratet ist? Oder womöglich berühmt *und* verheiratet?«

»Nee, weit gefehlt.«

Ich zermartere mir das Hirn. Mir fällt wirklich nicht der geringste Grund dafür ein, warum ein so toll aussehender und erfolgreicher Mann wie Gabriel Winters eine Freundin vortäuschen müsste. Aus meiner allwöchentlichen heimlichen Lektüre der Klatschpresse – heimlich, weil Englischlehrerinnen an sich Erbauliches wie die Literaturbeilage der *Times* lesen sollten – habe ich eher den Eindruck gewonnen, dass es Scharen umwerfender Frauen gibt, die sich um diesen Job bewerben würden.

Wieso will der Mann da eine Freundin vortäuschen?

Ich blicke mich in der Küche um, für den Fall, dass es irgendwo einen augenfälligen Anhaltspunkt gibt. Neben der Keramikspüle stehen ein benutzter Teller und ein Glas, und an der Tür sehe ich rosa Cowboystiefel, aber das ist auch alles. Ich lächle. Frankie hat uns fast in den Wahnsinn getrieben, bis er genau solche Stiefel gefunden hatte. Vielleicht sollte ich Gabriel gegenüber lieber nicht erwähnen, dass er denselben Geschmack hat wie der Sänger einer schwulen Rockband. Das wäre sicher nicht so toll für sein Image.

Augenblick mal. Vielleicht bin ich hier auf was gestoßen.

Ein Mann, der so umwerfend aussieht, dass Brad Pitt gegen ihn geradezu eine Vogelscheuche ist, kann nur dann eine Freundin vortäuschen wollen, wenn er eigentlich keine haben möchte.

Das heißt ... das heißt ...

Dass er vielleicht keine *Freundin* haben will.

Ich zeige auf die Stiefel. »Solche hab ich schon mal gesehen.«

Gabriel bleibt stumm.

»Es ist noch jemand im Haus, oder?«, sage ich langsam. »Jemand, den man hier nicht finden soll. Deshalb hast du mich nicht erwartet, und deshalb war der Hund draußen, ohne dass du es bemerkt hast.« Ich blicke mich so wild in der Küche um, als würde gleich ein Mitglied einer Girlband unter der Spüle hervorspringen. »Brauchst du mich *dafür*? Als Ablenkungsmanöver?«

»Nicht direkt, aber es gibt vielleicht schon jemanden.« Gabriels Miene ist undurchdringlich. »Es ist noch ganz am Anfang und sehr kompliziert. Muss ich deutlicher werden?«

Ich blicke von den verrückten Stiefeln auf das leicht rosa angelaufene Gesicht des Schauspielers. »Nein, ich glaube nicht. Ich weiß, wem diese Stiefel gehören.«

Frankie. Genau dem Frankie, der jetzt schuldbewusst in die Küche geschlichen kommt und mein Leben gerade um ein Millionenfaches komplizierter gemacht hat.

Und den ich gleich umbringen werde.

15

Ich halte den großen Keramikbecher in beiden Händen und starre über den Eichentisch auf die beiden verlegen wirkenden Männer mir gegenüber. »Möchte mir jetzt vielleicht mal jemand erklären, was hier läuft?«

Frankie und Gabriel wechseln einen Blick.

»Ihr beide habt euch doch nicht eben erst kennengelernt, oder?«

»Wir haben uns vor ein paar Monaten auf einer Backstage-Party getroffen«, gibt Frankie zu. »Gabe hatte einen VIP-Ausweis, und ich konnte mich reinmogeln, weil Nicky, mein Bassist, ein Bandmitglied kannte. Gabe war da und...«

»Hat dir ein Canapé angeboten«, falle ich ihm ins Wort. »Diese Geschichte hast du mir schon mindestens hundertmal erzählt.«

Gabriel errötet. »Wirklich?«

Ich nicke. »Ist schon ganz abgegriffen.«

»Wir haben ein Weilchen geplaudert, und dann hab ich Gabriel meine Telefonnummer gegeben«, fährt Frankie fort. »Ich hab sie ihm in die Tasche gesteckt, und er hat versprochen, dass er mich anruft.«

»Aber woher wusstest du denn, dass er sich für dich interessiert?«, fragte ich. »Wenn Gabriel das doch geheim gehalten hat?«

Frankie grinst. »Mein ›Schwudar‹ funktioniert eben besser als deiner, Schätzelchen!«

»Ich habe seine Nummer leider verloren«, erzählt nun Gabriel weiter. »Deshalb konnte ich Frankie nicht mehr erreichen, obwohl es mich schon gelockt hätte.«

»Und Gabriels Manager hat keinen meiner Anrufe durchgestellt und mir keine Kontaktdaten gegeben. Ich war schon am Durchdrehen«, berichtet Frankie. »Ich dachte, das sei es gewesen. Aber dann schlage ich eines Morgens die Zeitung auf und – Bingo! Du hattest ihn für mich gefunden.« Frankie grinst. »Ich war völlig aus dem Häuschen. Da ich nicht wusste, wo du jetzt wohnst, und Ollie verreist war, bin ich sofort nach Hampstead gerast, um Jewell zu fragen. Die war in Reisestimmung – und der Rest ist Geschichte.«

»Aber wieso hast du mir das damals nicht genauer erzählt?«, frage ich Frankie. »Anstatt so zu tun, als sei es nur eine Schwärmerei? Mich hätte das doch nicht gestört.«

»Ich konnte es dir einfach nicht sagen.« Frankie lässt seinen Tee im Becher kreisen und wirft mir ein zerknirschtes Lächeln zu. »Ich konnte es niemandem erzählen. Nimm es nicht persönlich.«

»Ich versteh das nicht«, sage ich zu Gabriel. »Heutzutage kräht doch kein Hahn mehr danach, ob jemand schwul ist oder nicht. Vor allem in der Unterhaltungsbranche.«

Gabriel lacht. »Jaja. Wie viele schwule Hollywood-Schauspieler kennst du? Oder vielleicht sollte ich sagen: Hollywood-Schauspieler, die sich zum Schwulsein bekennen?«

Ich denke angestrengt nach. »Rupert Everett?«

»Und?«, hakt Gabriel nach, nimmt Mufty auf den Schoß und streichelt den Pudel gedankenverloren. »Wen noch?«

Absurderweise fällt mir wirklich kein weiterer Name ein, was ich völlig verblüffend finde.

»Eben«, sagt Gabriel. »Es gibt keinen, nicht wahr? Oder kannst du dir vorstellen, dass man Bruce Willis und Arnie noch als Actionhelden besetzen könnte oder Brad Pitt als Frauenschwarm durchginge, wenn man wüsste, dass sie schwul sind?«

Ich glotze ihn verdattert an. »Brad Pitt ist schwul?«

»Nein! Na ja, ich glaube es jedenfalls nicht, aber darum geht es nicht. Meinst du vielleicht, die wären solche Superstars, wenn sie sich als schwul geoutet hätten? Oder glaubst du eher, sie würden ins Abseits geraten und irgendwann vergessen werden? Denk mal drüber nach, Katy. Wie viele erfolgreiche schwule Männer siehst du im Fernsehen?«

Ich überlege fieberhaft. »Paul O'Grady?«, schlage ich dann vor. »Graham Norton? Der kleine Dicke aus *Little Britain*?«

»Ich meine nicht Komödianten oder Talkshowmoderatoren«, versetzt Gabriel mit flammendem Blick in den blauen Augen, »sondern angesehene Charakterdarsteller.«

»Mir fällt keiner ein«, gestehe ich ratlos. Hätte man mich früher gefragt, hätte ich Stein und Bein geschworen, dass es Hunderte von berühmten schwulen Schauspielern gibt. Aber Gabriel hat recht. Auf mehr als eine Handvoll Namen kommt man nicht.

»Dann weißt du jetzt, was mein Problem ist«, sagt er seufzend. »Ich bin Schauspieler und erfolgreich obendrein, und ich möchte mir meine Rollen weiterhin aussuchen können. Ich will Actionhelden und romantische Figuren spielen können; ich will mit Feuerwaffen herumballern und Schwertkämpfe ausfechten. Ich will sogar James Bond und Hamlet spielen!«

»Find ich gut«, sage ich. Da sehe ich mit meinem Wunsch, Liebesromane zu verfassen, ein bisschen blass dagegen aus. Vielleicht sollte ich mir glamourösere Ziele stecken. Der neue Shakespeare werden oder etwas in der Größenordnung.

»Das kann ich alles vergessen, wenn bekannt wird, dass ich schwul bin«, fährt Gabriel fort. »Dann werde ich in die zweite Liga abgeschoben und nur noch als zickiger schwuler Freund oder so was besetzt. Kein Agent wird sich mehr für mich interessieren, weil ich nicht mehr lukrativ bin, und meine Karriere wird im Sande verlaufen. Ich werde ein Niemand sein.« Er schaut mich mit beschwörendem Blick an. Eine goldene Locke fällt ihm ins Auge, und ich kann wieder mal nicht umhin, ihn hinreißend zu finden.

Was für ein Jammer. Kein Wunder, dass ich nicht auf ihn abgefahren bin.

»Jedenfalls«, sagt er in heroisch-dramatischem Tonfall, »habe ich mich deshalb ständig mit schönen Schauspielerinnen umgeben, um die Presse zu täuschen. Ich hatte keine Lust darauf, ständig was über mein Sexualleben erzählen zu müssen.«

»Das Problem ist nur«, wirft Frankie ein, »dass diese Mädchen alle irgendwann mehr wollen.«

»Ja, das ist der nächste Punkt«, sagt Gabriel mit besorgter Miene. »Es ist nur noch eine Frage der Zeit, bis eine von denen irgendeinem Klatschblatt berichtet, was wir alles *nicht* gemacht haben. Und selbst wenn das nicht passiert, wird früher oder später diese Angela Andrews dahinterkommen; die hat irgendwie Blut geleckt.«

Frankie studiert eingehend die Ketchupkleckse auf dem Tisch. »Wenn du die Person meinst, an die ich jetzt denke, könnten wir ein Problem haben.«

»Prada-Bomberjacke?«, frage ich.

»Ja! Ein göttliches Teil!« Frankies Augen leuchten. »Genau die meine ich. Sie war vorhin hier, als Gabriel unter der Dusche stand. Ich habe ihr die Tür aufgemacht. Sie war total nett, und wir haben uns super unterhalten. Tut mir leid«, sagt er zu Gabriel, der die Hände vors Gesicht geschlagen hat. »Ich dachte, das sei eine Freundin von dir. Sie wusste so viel über dich.«

»Tja, das war's dann«, sagt Gabriel ergeben. »Nun weiß sie es.«

»Aber woher denn?«, kreischt Frankie empört. »Ich hab ihr doch nicht gesagt, dass ich schwul bin.«

Gabriel und ich schauen ihn an. Frankie trägt ein leuchtend grünes Seidenhemd zu seiner violetten Lieblingslederhose und hat eine großzügige Schicht Mascara von Yves Saint Laurent aufgetragen. Er könnte nicht klischeehafter rüberkommen, wenn er sich Latex-Hotpants anziehen und wie der Typ in der Fernsehserie verkünden würde, er sei der einzige Schwule im ganzen Dorf.

»Sie könnte es sich gedacht haben«, sagt Gabriel behutsam. »Das ist eine intelligente Frau.«

Frankie beißt sich auf die Lippe. »Dann müssen wir uns eben einen Grund für meine Anwesenheit ausdenken. Soll ich noch mal mit ihr reden? Und ihr verklickern, ich sei der Putzmann oder so was?«

»Nein!«, erwidern Gabriel und ich wie aus einem Munde.

»Verstehst du jetzt, warum es mir so wichtig ist, dass du mein Angebot annimmst?« Gabriel schaut mich an. Schwer zu sagen, wer die größeren Hundeaugen hat, er oder Mufty. »Die Idee ist perfekt, Katy. Du gibst dich als meine Freundin aus, und weil du auch mit Frankie befreundet bist, kann er kommen und gehen, wann er will. Dann wird den Reportern bald langweilig, und sie verziehen sich.«

»Aber das ist doch gelogen«, wende ich ein.

Wo kommt denn das her? Ich wohne erst seit vierundzwanzig Stunden im Pfarrhaus, und schon hat sich Richard in meinem Kopf eingenistet. Und wieso werde ich in letzter Zeit nur ständig zum Lügen aufgefordert?

»Das ist bloß eine Formsache«, meint Gabriel und wedelt wegwerfend mit seiner perfekt manikürten Hand. »Du bist eine Frau, und du bist meine Freundin.«

»Bin ich das denn?«

»Na sicher!«, kreischt Frankie. »Er findet dich grandios! Nicht wahr, Gabe?«

Gabriel nickt heftig. »Absolut!«, bestätigt er.

Ich nage an meiner Lippe. Das Angebot ist durchaus verlockend. Leicht verdientes Geld, sozusagen. Alle Vorteile einer

Beziehung, aber ohne den Sexstress. Ich könnte in diesem fabelhaften Haus wohnen und in Ruhe meinen Roman schreiben, während alle Welt glaubt, dass ein supererotischer Traumtyp verrückt nach mir ist. Eins auf die Fresse für all die Männer, die mich im Laufe meines Lebens wie Dreck behandelt haben.

Nicht dass es da so viele gäbe.

Wie auch.

Aber ein paar sind es schon. Da wäre zum Beispiel James. Und Cordelia zu ärgern würde auch großen Spaß machen. Vielleicht könnte ich mir einen Dauergutschein bei Vera Wang zusichern lassen, verbunden mit der Verpflichtung, dass sie mir Kleider in Größe 42 schneidert.

Oder sicherheitshalber in 44.

Und dass Cordelia aus ihrem Laden verbannt wird...

»Was ist mit Ollie?«, frage ich Frankie, der aufgesprungen ist und eine Flasche Schampus aus dem Kühlschrank holt. »Was wird der dann denken?«

Frankie schüttelt die Flasche wie ein Formel-1-Fahrer nach dem Sieg. »Was hat das denn mit Ollie zu tun?«

Gabriel verengt die Augen. »Du hast doch behauptet, du hättest derzeit keinen Partner.«

»Ollie ist nicht ihr Partner«, erklärt Frankie. Der Korken knallt, Champagner gischtet aus der Flasche, und ein köstlicher keksartiger Geruch verbreitet sich in der Küche. Frankie ist einwandfrei sozial aufgestiegen. Normalerweise konnten Ollie und ich uns am Zahltag mit Mühe und Not einen schlichten Sekt genehmigen.

»Ollie ist mein Cousin«, ergänzt Frankie. »Er ist mit einer grässlichen Tusse mit hundsmiserabel aufgepeppten Möpsen zusammen.«

»Die Möpse sind falsch?«, frage ich. »Und die Sache mit Nina läuft immer noch?«

»Soweit ich weiß.« Frankie schenkt uns allen ein. »Er ist

ziemlich oft ausgegangen in letzter Zeit, und sie ruft ihn ständig an. Ehrlich gesagt, habe ich Ollie nicht allzu oft zu Gesicht gekriegt, seit du zu Jewell gezogen bist. Er benimmt sich total arschig. Und klar sind die Möpse nicht echt. So dünne Frauen haben nicht derart riesige Teile. Nicht mal Victoria Beckham.«

»Lassen wir doch jetzt diesen Ollie«, sagt Gabriel ungeduldig und beäugt mich über sein Glas hinweg. »Also, nimmst du das Angebot an?«

»Was hast du zu verlieren?«, ergänzt Frankie. »Du redest doch ständig davon, dass du einen romantischen Helden willst; nun kannst du ihn haben.«

»Wie viel soll ich dir zahlen?«, fragt Gabriel drängend.

Irgendwie habe ich das Gefühl, dass ich diese Sache bereuen werde. »Ich werd es mir überlegen, okay? Ich brauch ein bisschen Zeit, um mich mit der Vorstellung vertraut zu machen. Außerdem sehe ich nicht gerade aus wie die feste Freundin eines Starschauspielers.«

»Wir können viel an deinem Äußeren verändern«, sagt Gabriel rasch. »Ich lass dir die Haare machen, kauf dir ein paar hübsche Klamotten und bring dir den Umgang mit den Medien bei. Das macht bestimmt Spaß. Ist wie in *My Fair Lady*.«

Eine neue Garderobe! Ich gerate ernsthaft in Versuchung. Hebe dich, Satan, von mir!

»Und dann lassen wir deine Zähne richten.«

»Meine Zähne? Was stimmt nicht mit meinen Zähnen? Ich bin doch nicht Austin Powers.«

»Die bräuchten eine Aufhellung oder sogar Keramikschalen. Und wir suchen dir ein gutes Fitnessstudio, damit du ein paar Pfunde loswirst und dich in Form bringen kannst.« Gabriel streicht sich sinnend über seine goldenen Bartstoppeln; er hat sichtlich Freude an seiner Rolle als Professor Higgins. »Wird nicht lange dauern, dann hast du genau das richtige Aussehen für die Rolle.«

»Hör bloß auf!«, sage ich angewidert. Das alles klingt verdächtig nach Cordelia und ihrem Essens-Faschismus. Mir geht es schon mies genug; wenn ich jetzt auch noch unentwegt Hasenfutter zu mir nehmen und Sit-ups machen muss, schneide ich mir die Pulsadern auf, ganz ehrlich.

»Ich finde dich natürlich auch so toll«, setzt Gabriel hastig hinzu. »Wir machen das nur für den Fall, dass die Leute argwöhnisch werden. Ich könnte jede haben, weißt du. Die Leute müssen es überzeugend finden, dass ich mit dir zusammen bin.«

Ich starre ihn fassungslos an. Seine Eitelkeit und Taktlosigkeit sind rekordverdächtig.

»Komm schon«, drängt Frankie. »Du bist doch sonst so für Romantik.«

»Ich denke darüber nach«, erwidere ich entschieden. »Und damit ist das Thema für heute abgeschlossen. Ich sage euch morgen Bescheid.«

Und in der Zwischenzeit werde ich mich bemühen, mir einen anderen Job zu suchen, und zwar vorzugsweise einen, der nichts mit Tobenden Theos und Ouvert-Slips zu tun hat.

Aber Gabriel und Frankie prosten sich zu und strahlen mich so an, dass man auf die Idee kommen könnte, ich hätte mich gerade auf ihren Vorschlag eingelassen.

Ich habe gar kein gutes Gefühl bei der Sache.

Als ich das Pfarrhaus betrete, bin ich stocknüchtern, im Gegensatz zu Frankie und Gabriel, die indessen die nächste Flasche Schampus niedermachen. Und total erschöpft bin ich auch. Nachdem ich im Dunkeln den Pfad durch den Wald entlanggestolpert bin, während der Nieselregen meine Haare durchnässt hat und der rustikale Pulli, den Jewell mir in Fowey aufgedrängt hatte, einen durchdringenden Geruch nach Schaf verströmt, habe ich gute Lust, mein Zeug zu packen und auf dem schnellsten Wege nach London zurückzufahren. Ich bin nach Cornwall gekommen, um Ruhe zu finden, mich von der Krebsangst zu erholen und zu schreiben – und was passiert? Inzwischen bin ich in mehr Komplotte verwickelt als der britische Geheimdienst.

Die Küche ist dunkel bis auf den milden Schein einer Tischlampe und das rote Licht der Herzchenkette, die Mads ins Fenster gehängt hat. Während ich den Wasserkocher fülle, schaue ich aufs Dorf und die tosenden dunklen Wellen hinunter. Das Fenster ist angelehnt, der Wind trägt die Musik aus dem Pub herüber. Vom Meer nähert sich eine gespenstische Nebelwand.

Ich denke gerade über eine Szene nach, in der Millandra vor der bösen Lady Cordelia flüchtet und sich im dichten Nebel verirrt, als ich hinter mir lautes Schniefen vernehme. Ich drehe mich um und sehe Mads im Sessel in der Ecke kauern. Sie hält die halbe Kleenex-Fabrik in Händen und heult sich die Augen aus dem Kopf.

»Um Himmels willen, was ist denn los?«, frage ich, nehme sie in den Arm und lasse sie ein Weilchen weinen, bis meine Schulter sich klatschnass anfühlt. Mads schnieft wieder lautstark, hebt den Kopf, wischt sich mit dem Handrücken übers Gesicht und atmet zittrig ein. Ihre Augen sind so zugeschwollen, als hätte sie fünf Runden gegen Mike Tyson hinter sich. Sie muss schon seit Stunden am Weinen sein.

»Entschuldige«, keucht sie und streicht sich feuchte Haarsträhnen aus dem erhitzten Gesicht.

Ich quetsche mich neben ihr in den Sessel. »Was ist passiert?«

Sie holt mühsam Luft. »Womit soll ich anfangen?«

»Als ich dich zuletzt gesehen habe, ging's dir noch gut.« Ich sehe noch vor mir, wie sie im Nebel verschwand, mit dem festen Vorsatz, Richard die Eier abzuschneiden. »Wo sind denn die anderen hin?«

»Guy ist mit Jewell im Pub, und ich bin hergekommen, um

nach Richard zu schauen. Aber er war nicht da!« Erneut laufen ihr Tränen aus den Augen und rinnen ihre Wangen hinunter. »Er ist weg, und ich weiß nicht, wo er ist!«

»Irgendwas für die Kirche?«, mutmaße ich hektisch. »Gebetsstunde? Äm ... Choralprobe?«

»Heute Abend ist aber nichts.« Mads tupft sich mit einem Kleenex, das in etwa so aufgelöst aussieht wie sie selbst, die Augen ab. »Und er ist auch in keinem der Pubs. Ich war überall.«

Ich bin ratlos. »Vielleicht ist er bei Freunden zu Hause? Oder besucht ein Mitglied der Gemeinde? Es muss was Harmloses sein, Mads – es handelt sich schließlich um Richard.«

»Früher hätte ich dir zugestimmt, aber jetzt nicht mehr.« Sie fördert einen Briefumschlag aus ihrer Jackentasche zutage. »Das hab ich gefunden, als ich oben auf dem Kleiderschrank abgestaubt habe.«

»Du hast den Schrank abgestaubt?« Das ist zutiefst beunruhigend. Mads muss krank sein. Die Sache ist offenbar dramatisch.

Mads macht ein schuldbewusstes Gesicht. »Ich hab nach Geld gesucht. Rich versteckt es da manchmal.«

»Und was ist mit: Du sollst nicht stehlen?«

»Was ist mit: Du sollst nicht die Ehe brechen?« Sie streckt mir den Umschlag hin. »Schau dir das an. Mal sehen, ob du dann immer noch behauptest, es sei harmlos.«

Ich öffne den Umschlag so vorsichtig, als enthalte er eine Briefbombe. Es handelt sich aber um fünf neue Zehn-Pfund-Scheine und einen zusammengefalteten Zettel. Mit zitternden Händen entfalte ich ihn und lese:

Richard! Du warst fantastisch! Ich danke Dir! Isabelle xxx

»Wer ist Isabelle?«, frage ich.

»Woher zum Teufel soll ich das wissen?« Mads bricht wieder in Tränen aus. »Irgendeine Schlampe, mit der er vögelt, vermute ich mal.«

»Lass uns keine voreiligen Schlüsse ziehen«, rate ich, was aus meinem Mund ziemlich albern klingt, da ich Meisterin im Voreilige-Schlüsse-Ziehen bin. »Vielleicht ist sie einfach nur ein dankbares Gemeindemitglied.«

»Und wieso gibt sie ihm Geld?«

»Vielleicht gehört es ihm.«

»Richard besitzt nicht mal fünfzig Pence, geschweige denn fünfzig Pfund. Er hat eine Affäre, ich weiß es genau. Deshalb ist er ständig unterwegs, joggt wie ein Verrückter und übergießt sich jedes Mal förmlich mit After Shave, wenn er das Haus verlässt.«

»Das wissen wir nicht«, widerspreche ich in beruhigendem Tonfall. Vom Umgang mit hysterischen Teenagern weiß ich, dass sie einem irgendwann zustimmen, wenn man mit Entschiedenheit auftritt. Und man darf sich keinerlei Angst anmerken lassen; wie Tiere wittern Teenager jede noch so kleine Schwäche schon auf hundert Meter Entfernung.

»Hör auf mit diesem Lehrergehabe«, faucht Mads.

Autsch. Hatte ganz vergessen, dass sie dreißig ist, nicht dreizehn.

»Nein, er hat eine Affäre, und wir werden rauskriegen, mit wem.« Mads rappelt sich auf, tappt zum Schrank und holt eine Flasche Cognac heraus.

Wieso ist schon wieder von »wir« die Rede?

»Ich bin so froh, dass du hier bist, Katy.« Sie kippt Courvoisier in Gläser und lächelt mich matt an. »Ich wüsste gar nicht, wie ich das ohne dich durchstehen soll.«

Vielleicht sollte ich ihr lieber gestehen, dass ich nach London zurückwill.

»Ich muss dir was sagen«, fange ich an.

»Oh Gott.« Mads fängt wieder zu weinen an, und die Tränen tropfen in ihren Cognac. »Du willst nach Hause zurück, oder? Du willst abreisen? Wie soll ich das nur aushalten? Erst Richard und nun du. Ich bin völlig allein. Und wenn Richard mich verlässt, werd ich auch nie ein Kind haben!«

»Ein Kind?«

»Richard und ich haben immer gesagt, wenn er eine Pfarrei hat, wollen wir ein Kind. Aber seit er seine eigene Gemeinde hat, rührt er mich nicht mehr an. Wir hatten seit Monaten keinen Sex mehr! Wie soll ich ein Kind kriegen, wenn mein Mann mich nicht mehr anfassen will? Sondern irgendeine Schlampe namens Isabelle vögelt? Ich muss Richard dringend von hier weg ins Sandals locken.«

Ich bin ernsthaft besorgt. Ich kenne Mads seit über zehn Jahren und habe sie noch nie so aufgelöst erlebt. Als sie das Wort »Kind« ausspricht, liegt der fanatische Blick religiöser Eiferer in ihren Augen. Diesen Blick habe ich bei zahllosen Freundinnen und Kolleginnen gesehen, kurz bevor sie dann auf Nimmerwiedersehen schwanger davonwatschelten in eine Wildnis aus Windeln und wunden Brustwarzen.

»Kinder werden vollkommen überschätzt«, bemerke ich und denke dabei an Wayne Lobb und Konsorten. »Ich weiß, wovon ich rede, ich bin Lehrerin.«

»Du verstehst das nicht. Wenn man ein Kind will, kann man nichts dagegen tun. Ich kann dir das nicht erklären, Katy, es ist ein sehr mächtiges Gefühl.«

»Merke ich.«

»Und«, fährt sie fort, »wenn man den Mann fürs Leben gefunden hat, ist es auch das natürlichste Gefühl der Welt. Du wirst merken, Katy, wenn du den richtigen Partner hast.«

Man kann mir wohl nachsehen, dass ich nicht ausflippe vor Begeisterung. Es ist wahrscheinlicher, dass ich als Großbritanniens nächstes Topmodel gekürt werde, als dass ich einen Mann fürs Leben finde.

»Liebst du Richard denn noch?«, frage ich. »Obwohl du glaubst, dass er dich betrügt?«

»Aber natürlich.« Nun schaut Maddy mich an, als sei *ich* die Verrückte. »Wenn man jemanden liebt, ist man bereit, an allem zu arbeiten. Ich war auch nicht immer die Idealfrau.«

So viel zu dem Plan, Richard mit einer stumpfen Schere seiner Eier zu berauben. Chaucer hat recht: Liebe ist tatsächlich blind.

»Wir müssen Richard beobachten und rausfinden, was er treibt«, beschließt Mads. »Und du hilfst mir, ja?«

»Na klar«, höre ich mich sagen.

Was! Wo kam das denn her?

Mads umarmt mich und drückt mich derart fest, dass meine Rippen um ihr Leben fürchten. »Ich hab dich so lieb! Du bist die beste Freundin, die es gibt! Eigentlich hab ich dich gar nicht verdient!«

Ich umarme sie auch. Die Flucht nach Hause muss aufgeschoben werden. Zumindest bis ich weiß, was mit Richard los ist. Und ich schwöre bei Gott: Wenn er Maddy tatsächlich betrügt, wird er es bereuen.

Eierabsäbeln ist Pipifax im Vergleich zu dem, was den Mann dann erwartet.

Das Nervigste an der Provinz ist, dass es überall gleich aussieht. Die Straßen sind kaum breiter als ein Auto und von hohen dichten Hecken gesäumt, so dass man Dornröschens Schloss dahinter vermuten könnte. Und was Wegweiser angeht: Ich glaube, nach dem Krieg hat man sich nicht mehr die Mühe gemacht, welche aufzustellen.

Kurz und gut: Ich habe mich verfahren. Und habe nicht den blassesten Schimmer, wo ich bin.

Ich schaue auf meine Uhr. Fünf vor halb zwölf. In fünf Minuten bin ich mit Tristan Mitchell verabredet, und ich habe nicht die geringste Ahnung, wo ich mich gerade befinde. Ich könnte im Grunde überall im südwestlichen Cornwall sein.

Wahrscheinlich wird man mich in fünfzig Jahren finden – ein Skelett in uralten Reithosen am Steuer eines Kirchenbusses voller Sextoys in Bibelkartons.

»Elende Scheiße«, murmle ich vor mich hin und drehe Mads' Skizze auf den Kopf, damit sie vielleicht mehr verrät. Tut sie aber nicht. »Wo bin ich bloß?«

Ich bin nicht eben schwungvoll in den Tag gestartet, was vor allem der Tatsache geschuldet ist, dass ich wegen der nächtlichen Cognac-Sauferei und den endlosen Erörterungen, ob Richard nun eine Affäre hat oder nicht, dröhnende Kopfschmerzen habe. Mads und ich haben das Thema so lange ausgiebig diskutiert, bis wir uns gegenseitig davon überzeugt hatten, dass Isabelle vermutlich ein altes Muttchen im Altersheim der Heilsarmee ist und Richard Geld für die Kollekte gespendet hat. Dann überlegte Mads, was »fantastisch« wohl zu bedeuten habe, und es ging wieder von vorn los, bis wir so viele Szenarien ersonnen hatten, dass Casanova im Vergleich zu Richard so züchtig wie die Jungfrau Maria erscheint. Und ich hatte das Gefühl, dass ich es nicht bringen konnte, mich ins Bett zu verziehen und unter der Decke zu verstecken, weil Mads sich immer stundenlang mein Gelaber über James angehört hatte. Ich fand, deshalb müsse ich ihr nun bei der Analyse von Richards Verhalten behilflich sein.

Gott, denke ich, als ich knirschend den Gang des Minibusses einlege, was für eine emotionale Verschwendung das war. James liegt meilenweit hinter mir. Ich würde gerne eine Zeitreise machen und der Person, die ich vor ein paar Monaten gewesen bin, einen kräftigen Arschtritt versetzen. Heute würde ich alles anders anfangen, so viel steht fest.

Ich schaue wieder auf die Uhr. Inzwischen bin ich schon spät dran. Vielleicht sollte ich zur letzten Gabelung zurückfahren und den anderen Abzweig nehmen. Das Problem ist nur, dass ich nicht mehr weiß, wo ich hergekommen bin.

Ich massiere meine schmerzenden Schläfen. Der Tag entwickelt sich nicht zum Besseren.

Als Tante Jewell aus dem Pub ins Pfarrhaus getorkelt kam, hatte Richard sich indessen wieder eingefunden und lieferte sich mit Mads in der Diele eine Riesenschreierei.

»Lasst euch nicht stören, ihr Süßen«, hickste Jewell, als sie an ihnen vorbeistolperte. »Ist gesund, alles rauszulassen.«

Richard verstummte abrupt, als Jewell den Aufstieg antrat und dabei schwankte, als sei sie noch immer auf der *Dancing Girl*.

»Wer ist das?«, fragte er, bleich vor Wut.

»Katys Tante Jewell«, schrie Mads. »Und wer, verfluchte Scheiße, ist Isabelle?«

Richard zuckte zusammen. »Du weißt, dass ich diese Ausdrucksweise nicht billige.«

»Und ich billige es nicht, wenn du mit anderen Frauen vögelst«, kreischte seine Gattin, und so ging es weiter bis in die frühen Morgenstunden. Jewell, die in der Sekunde einpennte, als ihr Kopf das Kissen berührte, machte das nichts aus. Aber ich wälzte mich herum bis zum Morgengrauen, weil sich der Schlaf wegen Richards und Maddys Gebrüll und Jewells Schnarchen wohlweislich von mir fernhielt.

Heute früh jedenfalls fuhr Jewell mit Guy auf dem Boot raus – die beiden scheinen eine bizarre Freundschaft zu entwickeln –, und ich beschloss, mich nach alternativen Tätigkeiten umzusehen und Gabriel zu sagen, er könne sich sein Angebot sonst wohin stecken. Im Morgengrauen stürmte Richard aus dem Haus und schmiss die Tür so heftig hinter sich zu, dass das Pfarrhaus beinahe den Abhang runtergerutscht wäre. Und Maddy trank aus der Wodkaflasche, während sie Cornflakes frühstückte.

Die Lage ist vertrackt.

Mag ja sein, dass ich mich jetzt in den entlegensten Winkeln von Cornwall verirrt habe, aber ich bin jedenfalls froh, nicht mehr in Tregowan zu weilen. Wenn mir das nächste Mal der Sinn nach einem friedlichen Dasein steht, suche ich mir gleich was Ruhigeres, eine sechsspurige Autobahn beispielsweise.

Ich lasse die Kupplung kommen, und der Minibus schießt nach hinten. Schnell versuche ich auf die Bremse zu treten, aber meine kurzen Beine baumeln in der Luft, weil das Kissen, das ich mir in den Rücken geschoben hatte, verrutscht ist. Es ist einige Jahre her, dass ich zuletzt auf den Minibus der Schule losgelassen wurde – was daran liegen mag, dass ich bei meiner letzten Tour damit vier Mülltonnen und einen Container plattgemacht habe –, aber es heißt doch, dass man Autofahren nie verlernt.

Was freilich voraussetzt, dass man es einmal richtig beherrscht hat.

Jedenfalls rast der Bus rückwärts und bleibt mit durchdrehenden Rädern in einer Hecke stecken, worauf ich entnervt die Stirn ans Lenkrad schlage. Meine Eltern müssen vergessen haben, die böse Fee zur Taufe einzuladen oder so was, denn eine solche Pechsträhne spottet jeder Beschreibung. Dann fällt mir wieder ein, dass meine Altvorderen Heiden sind und keinen Wert legen auf Taufen. Nun gut, dann ist eben meine Aura beschädigt oder irgendwas. Der Minibus ist jedenfalls unter Garantie demoliert, und Richard wird ausrasten.

Ich höre ein Klopfen, und mir bleibt fast das Herz stehen, als ein Kopf durchs Fenster guckt. »Ist Ihnen was passiert?«

»Ich glaube nicht«, antworte ich. »Aber ich habe mich total verfahren. Ich wollte eigentlich zum Reitstall.«

Der junge Mann grinst mich an. Er hat einen dunklen Lockenkopf und an einem Schneidezahn eine Macke. Die leicht schiefe Nase ist mit Sommersprossen übersät, und auf seinen Wangen zeigen sich dunkle Bartstoppeln. Er sieht nicht klassisch gut aus, hat aber ein niedliches Grinsen.

»So schlimm verfahren haben Sie sich gar nicht«, sagt er. »Sie sind gerade in eine unserer Koppeln gefahren.« Er streckt die Hand durchs Fenster, und wir begrüßen uns. »Ich bin Tristan Mitchell. Und Sie sind bestimmt Katy Carter.«

»Ich fürchte ja«, sage ich düster. Das ist nicht die bevorzugte Methode, seinen künftigen Chef zu beeindrucken.

Tristan öffnet die Tür. »Es ist nur ein paar Minuten Fußweg bis zum Hof. Ich rette Ihren Wagen, gehen Sie schon mal vor. Oma kann Unpünktlichkeit nicht ausstehen.«

»Danke.« Ich springe aus dem Wagen. Als ich draußen bin, sehe ich, dass Tristan enge beige Reithosen trägt, die seine schlanken sehnigen Schenkel gut zur Geltung bringen. Mads hat recht. Der Bursche ist sexy. Sie hat allerdings vergessen zu erwähnen, dass er offenbar kaum älter ist als achtzehn. Im Ernst! Er sieht aus, als könnte er in einem meiner Abschlusskurse sitzen und den jambischen Versfuß erörtern. Ich habe allmählich echt den Eindruck, dass die Landluft Maddy nicht guttut.

Um eine lange und höchst unangenehme Geschichte kurz zu machen: Nach knapp zwanzig Minuten sitze ich wieder im Minibus. Tristan könnte eine Figur aus den Romanen von Jilly Cooper sein, aber seine Großmutter wäre von Stephen King ersonnen worden.

Oder anders ausgedrückt: Sie ist der blanke Horror.

»Katy Carter?«, bellt sie, als ich auf den Hof gehetzt komme. »Sie sind zu spät dran!«

»Ja, tut mir leid!«, keuche ich. »Aber...«

»Kein Aber, Mädchen! Zeit ist kostbar! Ich bin Mrs M. Mir gehört der Reiterhof. Du kannst doch reiten, nicht wahr?«

»Na ja, ich habe...«

»Ja oder nein?«, raunzt sie mich an. »Na los doch! Bisschen plötzlich! Ich hab nicht den ganzen Tag Zeit!«

»Ja«, sage ich unsicher. Und bevor ich mich's versehe, kriege ich einen Sturzhelm auf den Kopf gerammt und werde in eine Art Rüstung gepackt, die meine armen Möpse quasi am Rücken rausdrückt. Ich muss aussehen, als sollte ich gleich aus einer Kanone geschossen werden.

»Los geht's!«, bellt Mrs M, die nun ein riesiges graues Pferd aus einem Stall führt. »Das ist Spooky. Hoch mit dir, und nun zeig mal, was du kannst!«

An diesem Punkt des Geschehens hätte ich eigentlich dankend ablehnen und mit noch unversehrtem Stolz meiner Wege gehen sollen. Aber irgendetwas an Mrs M lässt keinen Widerspruch zu. Sie trägt altmodische Ballonreithosen aus den Fünfzigern, mit denen sie mühelos als SS-Gruppenführer durchgehen könnte. Fehlt nur noch das Hakenkreuz. Und es gefällt mir auch gar nicht, wie sie mit der Reitgerte an ihre Stiefel schlägt.

»Hopp, hopp!«, knurrt Mrs M und hebt mich so ruckartig aufs Pferd, dass ich beinahe auf der anderen Seite wieder runterfalle. »Bein rüber!«

Von da an geht's buchstäblich bergab. Ich halte mich nicht mal fünf Sekunden auf dem Pferderücken, weil Spooky sich schwungvoll aufbäumt, worauf ich durch die Luft segle und unsanft auf dem Rücken lande. Mrs M schnalzt missbilligend mit der Zunge und schiebt mich wieder auf das Pferd – mit dem Ergebnis, dass ich ein weiteres Mal in die Umlaufbahn geschossen werde.

»Ich gebe auf!«, ächze ich nach dem dritten Fiasko.

»Aufgeben?«, ruft Mrs M angewidert. »Was ist nur mit euch jungen Leuten los? Ich bin bei der Hofreiterei ausgebildet worden, Mädchen, und damals gab es kein Aufgeben. Reiterin ist man erst nach sieben Stürzen! Aufs Pferd!«

Sieben Stürze? Bis dahin bin ich tot. Mein Po ist jetzt schon verunstaltet.

»Tut mir leid«, sage ich. »Ich glaube, daraus wird nichts.«

Und ich nehme die Beine in die Hand, während Mrs M etwas über die heutige Jugend und ihr mangelndes Pflichtgefühl vor sich hin knurrt. Nun, da irrt sie sich aber gewaltig. Ich fühle mich zum Beispiel nachhaltig verpflichtet, mir nicht das Genick zu brechen.

Als ich wieder am Minibus ankomme, stelle ich erleichtert fest, dass Tristan ihn aus der Hecke manövriert und gewendet hat. Aber von dem jungen Mann selbst keine Spur.

Merkwürdig.

Ich öffne die Tür und steige vorsichtig ein. Meine Knochen schreien Zeter und Mordio, und ich habe Schmerzen an Stellen, von denen ich bislang noch gar nichts wusste. Ich muss wohl der traurigen Tatsache ins Auge blicken, dass man mit annähernd dreißig nicht mehr richtig abfedert.

»Huch!«, keuche ich erschrocken, als ich in den Rückspiegel schaue und Tristan entdecke. »Ich hab Sie gar nicht gesehen!«

Tristan blickt staunend auf Maddys schlüpfrige Fracht, die bei dem Zusammenstoß mit der Hecke aus den Kartons gefallen ist. In einer Hand hält er den Tobenden Theo, in der anderen einen essbaren G-String.

»Welcher Kirche gehören Sie an?«, erkundigt er sich. »Ich möchte auch religiös werden.«

»Packen Sie das weg!«, zische ich. »Das Zeug gehört mir nicht!«

»Nur die Ruhe.« Er verstaut die Waren wieder in den Kartons. »Das war aber ein schnelles Vorstellungsgespräch. Haben Sie den Job?«

»Nein.«

»Schade.« Tristan zwinkert mir zu. »Wir hätten sicher 'ne Menge Spaß miteinander haben können.«

Werde ich etwa gerade von einem Achtzehnjährigen angebaggert?

Tristan springt aus dem Wagen und schlägt die Tür zu. »Falls

Sie mal Lust auf einen Ausritt haben: Sie wissen, wo Sie mich finden. Bis dann!«

Und er schlendert den Weg entlang, wobei seine festen jungen Pobacken sich verlockend unter der Hose abzeichnen. Ich laufe von Kopf bis Fuß rot an, bin aber auch ein bisschen stolz. Ich verfüge weder über Ninas Möpse noch über makellose Zähne und einen durchtrainierten Körper – aber soeben hat ein Achtzehnjähriger mit mir angehender Greisin geflirtet! Ich scheine also doch noch Begehrlichkeiten wecken zu können.

Vorsichtig lege ich den Gang ein und lasse die Kupplung kommen. Mir tut jeder einzelne Knochen weh, aber ich lächle sogar noch, als ich wieder im Dorf ankomme. Ich habe nach wie vor keinen Job, dafür aber bessere Laune als seit ewigen Zeiten. Außerdem habe ich noch die Nummer von Jason Howard in der Tasche. Vielleicht schaue ich mal bei Arty Fawty vorbei und rede mit dem Mann. Es kann ja nicht so schwer sein, sich um zwei kleine Kinder zu kümmern. Jedenfalls kaum so lebensbedrohlich wie meine Begegnung mit Spooky. Und ich bin schließlich Realschullehrerin. Ich bin hart im Nehmen.

Wie man sich irren kann. Es ist erst Viertel vor sechs, aber ich bin schon am Ende meiner Kräfte und kann es kaum erwarten, bis Jason Howard nach Hause kommt. Mein Kopf hämmert, und mein Hals ist wund, weil ich ständig diese beiden Ausgeburten der Hölle anschreien muss, die so raffiniert als niedliche Kinderchen getarnt sind. Seit ich die von der Schule abgeholt habe, bräuchte ich eigentlich Augen im Rücken.

Fester Vorsatz: niemals Kinder haben.

Kein Wunder, dass Jason Howard so gut zahlt. Das ist Gefahrenzulage.

Als ich vom Reitstall nach Tregowan zurückkam, parkte ich den Minibus mit der lädierten Seite zur Wand, mit dem Hintergedanken, dass Richard die neuen Dellen vielleicht übersehen würde, und wanderte ins Dorf. Es war ein strahlender Nachmittag; Schlüsselblumen blühten in den Gärten, und die Hecken waren von Wiesenkerbel gesäumt. Die Möwen segelten munter durch die Lüfte, und in den schmalen Straßen und am Hafen wimmelte es von Urlaubern. Ein Plunderteilchen futternd, ließ ich mich mit dem Touristenstrom in die Souvenirshops treiben und bewunderte die Aussicht, bis ich schließlich am Kai ankam.

Arty Fawty war kaum zu übersehen. Der Eingang der Galerie ist in leuchtenden Elementarfarben gehalten, die Schrift in Kreischrosa darübergepinselt, was mich an Migräne erinnerte. Ich spendierte den Rest des Gebäcks den Möwen, trat durch die offene Tür und erblindete beinahe angesichts der knallbunten Bilder, die jede freie Fläche bedeckten. Boote in Regenbogenfarben wetteiferten mit leuchtenden Häuschen in Zinnober- und Purpurrot. Das Ganze war wild, bunt und pittoresk, auch wenn es aussah, als hätte sich eine Horde Sechsjähriger hier austoben dürfen.

»Kann ich Ihnen helfen?« Ein Mann erschien wie von Zauberhand. Er trug farbbekleckste Tarnhosen und einen verwaschenen blauen Fischerkittel, der mit grellen Farbpunkten gesprenkelt war. Seine langen welligen Haare hatte er im Nacken mit einem Gummiband zusammengefasst, und seinen Nasenrücken zierte ein Farbstreifen, ganz im Stil von Adam Ant.

Ich war etwas enttäuscht. Ich hatte eine tragische Figur à la Baron von Trapp erwartet. Jason dagegen mit seinem Hippiestil, dem coolen Stirnband und der schlaksigen Figur war zweifellos attraktiv, aber überhaupt nicht mein Typ.

Zum einen ist der Mann rothaarig.

Ich weiß! Ich weiß! Wer im Glashaus sitzt, soll nicht mit Steinen werfen. Aber ich kann nichts dafür. Wenn wir uns zusammentun würden, sähen wir aus wie Brüderchen und Schwesterchen. Und erst unsere armen Kinder, die dann die doppelte

Gendröhnung Blasshäutigkeit und Sommersprossen abkriegen würden. Unvorstellbar.

Ich musste dringend mal ein ernstes Wörtchen mit Mads reden. Sie hat offenbar nicht den blassesten Schimmer, was einen romantischen Helden ausmacht. Ich sollte sie dazu verdonnern, sich meine gesamte Liebesroman-Sammlung reinzuziehen.

»Jason? Ich bin Katy Carter.« Ich streckte ihm die Hand hin. »Ich komme wegen der Kinderbetreuung.«

»Dem Himmel sei Dank!« Jason packte meine Hand und umklammerte sie. »Sie sind eingestellt!«

»Wollen Sie denn keine Referenzen sehen?«, fragte ich verdattert.

»Die sind bestimmt gut«, antwortete Jason. »Außerdem wohnen Sie beim Vikar. Ich habe vollstes Vertrauen zu Ihnen.«

Ich machte den Mund auf, um einzuwenden, dass ich doch sonst wer sein könnte, schwieg mich dann aber aus. Schließlich legte ich Wert auf den Job. Alles war besser, als Gabriels Freundin spielen zu müssen. Und obwohl meiner Erfahrung nach die meisten Eltern sich eher mit einem Rasenmäher die Haare schneiden würden, als ihre kostbaren Sprösslinge irgendeiner Unbekannten anzuvertrauen, schöpfte ich nicht auf Anhieb Verdacht. Meine Eltern waren schließlich auch immer froh gewesen, wenn sie Holly und mich irgendwo abgeben konnten. Und Jason mit seinen langen Haaren und seiner verträumten Miene erinnerte mich sowieso irgendwie an meine Erzeuger.

»Ich bin Lehrerin mit Berufserfahrung«, sagte ich. »Ich war die letzten sieben Jahre an einer Schule in der Londoner Innenstadt.«

»Sind die Kids da nicht extrem schwierig?«, fragte Jason.

Das werde ich immer gefragt – als wären diese Kinder fleischfressende Ungeheuer, die Lehrern eigenhändig die Glieder ausreißen würden. Dabei braucht es in Wirklichkeit nur eine klare Ansage, coole Schuhe und ein witziges Federmäppchen, um sie zur Ruhe zu bringen. Aber wieso sollte ich den Leuten ihre Illusionen nehmen?

Ich nickte. »Wie Raubtiere.«

»Großartig!«, rief Jason aus.

Wie bitte?

»Ich meine, ich finde es großartig, dass Sie Lehrerin sind«, fügte er rasch hinzu. »Sie haben die Stelle.«

Das war echt einfach, dachte ich mir, als ich die Galerie verließ. Jason hatte versprochen, die Direktorin der Grundschule anzurufen und Bescheid zu sagen, dass Luke und Leia später von mir abgeholt würden.

Luke und Leia! Ich lachte in mich hinein, als ich den Hügel hinaufstieg, auf dem irgendein hirnloser Idiot die Grundschule gebaut hatte. Die beiden müssten leicht zu erkennen sein: der Junge mit Lichtschwert und das Mädchen mit Schneckenfrisur.

Drei sehr lange Stunden später ist mir das Lachen gründlich vergangen. Luke und Leia? Satan und Luzifer wären trefflichere Namen.

»Katy Carter?« Eine abgehärmt wirkende Lehrerin drängte sich durch die Menge wartender Mütter, einen kleinen Jungen und ein Mädchen hinter sich her zerrend.

»Das bin ich!«, meldete ich mich mit munterer Mary-Poppins-Stime. »Und du«, sagte ich, ging in die Hocke und lächelte den kleinen Jungen mit den karottenroten Haaren an, »bist bestimmt Luke.«

Luke betrachtete mich mit leuchtenden Augen.

»Du bist echt 'n Klugscheißer«, sagte er.

Mir verschlug es die Sprache. Vielleicht hatte ich mich verhört? Ich holte tief Luft und lächelte das blonde Engelchen an, das vor sich hin kicherte.

»Und du bist Leia?«

»Nee, du Doofkuh, ich bin Luke!«, kreischte sie und schüttete sich förmlich aus vor Lachen. Unterdessen hatte ihr Bruder einem anderen Jungen ein Bein gestellt und war damit beschäftigt, dessen Schultasche über den Hof zu kicken.

»Komm und hol sie dir, du Wichser!«, schrie er.

Mir hing die Kinnlade bis zum Boden runter. In den gesamten sieben Jahren an meiner Schule waren mir solche Wörter nicht zu Ohren gekommen. Ich schaute die Lehrerin an, die hilflos die Achseln zuckte.

Mir schwante Übles, als ich dabei zusah, wie Luke und Leia andere Kinder terrorisierten. Und ich hatte schon dünne Nerven, nachdem ich die beiden den Hügel hinuntergeschleift hatte und im Dorf ankam. Zwischen dem Postamt und dem Arty Fawty war Luke abgehauen, und ich fand ihn dann schließlich im Süßwarenladen, wo er Weingummis in seinen Rucksack stopfte. Als ich ihn am Kragen rauszerrte – wobei er schrie »ich hetz dir das Jugendamt auf den Hals, du alte Hexe!« –, musste ich feststellen, dass Leia unterdessen Ruderboote losgebunden hatte und quietschvergnügt dabei zusah, wie sie aufs Meer hinaustrieben. Aber als ich endlich mit den beiden in Jasons Wohnung eintraf, hätte eigentlich alles in trockenen Tüchern sein müssen.

Weit gefehlt. Sobald ich die Tür aufschloss, wurde ich beinahe platt getrampelt, denn Luke und Leia schossen wie Torpedos zum Kühlschrank.

»Verfluchte Scheiße!«, brüllte Luke, als er ihn aufgerissen hatte und nichts außer einer Packung Milch und verschimmeltem Käse darin vorfand. »Der dämliche Wichser hat wieder vergessen einzukaufen.«

»Arschloch!«, kreischte seine Schwester, schmiss sich aufs Sofa und begann wie eine Wahnsinnige darauf herumzuhopsen. »Arschloch! Arschloch! Arschloch!«

Ich warf einen Blick auf meine Uhr. Viertel vor vier. Ich hatte keine Ahnung, wie ich das bis halb sieben durchstehen sollte.

Luke knallte den Kühlschrank zu und kramte mit einem

Ausdruck äußerster Entschlossenheit auf seinem bösen kleinen Gesicht im Gemüsekorb herum. Nach einer kurzen Rangelei mit einigen Möhren brachte er eine Flasche Wodka zum Vorschein.

»Jawoll!«, schrie er. »Hab sie!«

»Cool!« Leia kam in die Küche gestapft. »Schenk ein!«

Luke suchte in einem Küchenschrank nach Gläsern. Ich war zwar vor Grauen zur Salzsäule erstarrt, aber das versetzte mich nun doch in Bewegung. Unter keinen Umständen würde ich zulassen, dass ein Achtjähriger und eine Sechsjährige, für die ich verantwortlich war, sich Wodka hinter die Binde gossen. Im Nu war ich bei Luke und entriss ihm die Flasche.

Er funkelte mich wütend an. »Gib die sofort zurück.«

Ich atmete langsam und bewusst ein und aus, wie ich es in dieser Sendung mit der Supernanny gesehen hatte. Ruhe bewahren und beherrscht bleiben waren die Methoden der Wahl.

»Das ist Saft für Erwachsene«, verkündete ich. »Ich hole euch Milch.«

Lukes Oberlippe kräuselte sich so angewidert, als hätte ich ihm eine Tasse Kotze angeboten. »Was sollen wir mit Scheißmilch?«

»Die ist gut für euch.« Ich umklammerte die Wodkaflasche und drückte sie an die Brust.

»Scheiß auf gut«, ließ Luke verlauten.

»Schau mal, was ich hier habe, Katy.« Leia stupste mich an. »Sag hallo, Sammy.«

Ich blickte nach unten. Um Leias Hals ringelte sich die größte Schlange, die ich jemals gesehen hatte.

Knall! Die Flasche entglitt mir und zersprang. Auf dem Boden breitete sich eine Wodkalache aus.

»Er ist ganz lieb.« Leia wackelte mit dem Schlangenkopf. »Er mag Babysitter. Zum Tee!«

Ich hasse Schlangen.

Und von nun an hasste ich auch Kinder.

»Die letzte hat er gefressen«, berichtete Luke. »Wie hieß sie gleich wieder?«

»Blöde Kuh!«, schrie Leia. »So hab ich sie genannt.«

»Lasst diese Schlange verschwinden«, befahl ich. »Sonst muss ich euren Dad anrufen.«

»Oh-oh.« Luke grinste höhnisch. »Da haben wir aber Angst.«

»Unserem Dad ist es ganz egal, was wir machen«, erklärte Leia und küsste die Schlange auf den Kopf. »Er muss nämlich nett zu uns sein, weil wir keine Mama haben.«

»Wir dürfen alles machen, was wir wollen«, ergänzte Luke. »Er meint, wir sollten uns ungehemmt ausdrücken dürfen.«

Und das taten sie. Leia schüttete Farbe über den Teppich, Luke versenkte seine Hausaufgaben in der Toilette, und beide zusammen spuckten aus dem Fenster auf Touristen, während ich im Wohnzimmer kauerte, ein Auge auf die Schlange und das andere auf die Uhr gerichtet.

Gegen diese zwei Monster waren die schlimmsten Pubertierenden an meiner Schule niedliche Lämmchen.

Jason kommt eine halbe Stunde zu spät. Dafür habe ich durchaus Verständnis – wenn diese beiden meine Kinder wären, würde ich mir ein Einfach-Ticket zum Mars kaufen –, aber ich weiß nicht mehr, wie ich es länger mit ihnen aushalten soll. Ich habe sämtliche mir bekannten Techniken ausprobiert von Drohen (»ach ja, wir fürchten uns ja so grässlich!«) bis zu Schimpfen (»Du bist noch blöder als die Supernanny!«) – nichts fruchtet. Außer Waffengewalt fällt mir nun nichts mehr ein.

Aber falls Mads noch immer in Kinderstimmung ist, wenn ich zurückkomme, habe ich eine prima Idee, wie ich sie davon kurieren kann. Ich selbst werde mich im Eilverfahren sterilisieren lassen.

Jason kommt schließlich um sieben angeschlichen, was verzeihbar wäre, wenn er nicht im Erdgeschoss des Hauses arbeiten würde. Und er riecht zweifelsfrei nach Alkohol. Muss sich wohl Mut antrinken, denke ich, während ich nach meiner Tasche greife und den Fluchtweg antrete. Um hier jemals wieder hierher zurückzukehren, bräuchte ich Nerven wie Drahtseile.

»So.« Jason streicht sich über die Haare und wirft einen nervösen Blick auf die Kinder, die engelsgleich auf dem Sofa sitzen und so tun, als hätten sie nur Augen für die Fernsehserie. »Alles okay?«

Er kann nicht fassen, dass ich noch am Leben bin.

»Alles gut«, sage ich und bewege mich im Rückwärtsgang Richtung Tür. »Ich muss jetzt los.«

»Kommen Sie morgen wieder?«, fragt Jason hoffnungsvoll.

Ich werfe einen Blick auf Luke und Leia und könnte schwören, dass sie sich die Lippen lecken.

Wie kann ich es ihm möglichst schonend beibringen? Deine Kinder sind die Brut des Satans, und kein Geld der Welt könnte mich dazu veranlassen, noch mal in deren Nähe zu kommen?

Hmm. Vielleicht doch lieber anders.

»Leider habe ich gerade ein anderes Jobangebot bekommen.« Was im Grunde nicht gelogen ist. »Ich fürchte, deshalb habe ich nun keine Zeit mehr für Luke und Leia.«

Jason Howard fällt vor meinen Augen in sich zusammen. »Wie schade. Ich hatte den Eindruck, dass die beiden Feuer und Flamme für Sie sind.«

»Ja, gewiss.« Ich erinnere mich lebhaft, wie ich Luke ein Feuerzeug entwinden musste, mit dem er die Haare seiner Schwester in Brand stecken wollte. »Tut mir leid.«

Und dann mache ich mich in Windeseile vom Acker und steuere auf direktem Wege das *Mermaid* an. Ich finde, nach diesem Tag habe ich einen Drink verdient. Oder auch sechs.

Im Pub ist es ruhig, weil die Nachmittagstrinker schon nach Hause getorkelt sind und die Fischerboote noch nicht angelegt haben. An dem Ende des Tresens, wo immer die Einheimischen sitzen, murmelt eine Verrückte irgendwas vor sich hin, und am Kamin haben sich zwei Männer niedergelassen, die verdächtig nach Reportern aussehen. Ich hole mir ein Glas Wein, setze mich in die Fensternische und schaue zu, wie sich die roten und grünen Lichter der Fischtrawler langsam dem Ufer nähern. Dann hole ich mein Notizbuch heraus, starre einen Moment darauf und stecke es wieder weg. Ich bin viel zu müde zum Schreiben. Mein Rücken schmerzt von den morgendlichen Torturen, und dank des Nachmittags mit Satans Abkömmlingen sind meine Nerven völlig zerfetzt.

Ich gebe das nur höchst ungern zu, aber Gabriels Jobangebot erscheint mir von Minute zu Minute verlockender. Soll ich doch annehmen?

Aber sicher. Alles ist besser, als Kindermädchen von Beavis und Butthead zu sein.

Warum zögere ich also noch?

Ich trinke einen Schluck Wein. Das Einzige, was mich davon abhält, ist Ollie. Ich weiß, wie dumm das ist, er ist schließlich mit Nina zusammen, aber ich möchte einfach nicht, dass er glaubt, ich hätte mir so kurz nach der Trennung von James gleich den nächsten Mann geangelt. Das wirkt so oberflächlich, oder nicht?

Ich bin doch echt albern! Hier ist von Ollie die Rede. Von meinem guten alten Freund Ollie, dem Menschen, der mich besser kennt als jeder andere – nicht von irgendeiner Fantasiegestalt. Ollie könnte ich doch von Gabriels bizarrem Vorschlag erzählen, oder?

Ich genehmige mir noch einen großen Schluck Wein und treffe eine beherzte Entscheidung.

Ich werde Ollie anrufen und ihm sagen, dass er mir fehlt. Ich werde mir meinen Stolz verkneifen, kein Blatt vor den Mund nehmen und sämtliche Redensarten kreuz und quer bemühen, wenn es uns damit gelingen sollte, dieses alberne Desaster zu klären und wieder Freunde zu sein. Und so einen Scheiß nie wieder zu machen. Wenn ich eines gelernt habe aus der scheußlichen Krebsangst, dann ist es, dass die Zeit nicht dehnbar ist.

Carpe diem!

Meine Finger huschen über die Handytastatur, als würden sie ein Eigenleben führen, und wählen Ollies Nummer. Es tutet endlos, und schließlich breche ich den Anruf ungeduldig ab und wähle stattdessen seine Handynummer. Nach ein paar Mal Klingeln höre ich ein Klicken, als jemand rangeht.

»Ol!«, schreie ich, und in meinem Bauch tummeln sich wieder diese vermaledeiten Schmetterlinge, die dieses Mal auch noch alle ihre Kumpel mitgebracht haben. »Ich bin's, Katy! Wie geht's dir?«

»Hallo, Katy.«

Ninas knappem Tonfall nach zu schließen ist sie alles andere erfreut, mich zu hören. Ich lasse vor Schreck fast das Handy fallen.

»Oh, hallo.« Ich bemühe mich, mir meine Enttäuschung nicht anmerken zu lassen. »Kann ich Ollie mal sprechen?«

»Er ist beschäftigt. Soll ich ihm was ausrichten?«

»Eigentlich nicht. Ich müsste mit ihm selbst reden.«

»Das geht jetzt leider nicht«, sagt Nina, als sei ich ein Telefonstalker, der auch noch beim Essen anruft. »Wir sind nämlich gerade«, fügt sie mit gesenkter Stimme hinzu, »beim Shoppen.«

»Shoppen?« Wenn sie mir erzählt hätte, dass sie nackt durch den Bahnhof Ealing Broadway flanieren, hätte ich kaum verblüffter sein können. Ollie hasst Shoppen wie die Pest. Ich habe ihn immer einem Guinness im Pub überlassen, wenn ich mir eine kurze Shopping-Therapie gönnen musste. »Das macht er doch gar nicht gern.«

»Mit *mir* macht er es gern«, erwidert Nina triumphierend. »Und ich verrate dir noch ein Geheimnis: Wir waren beim Juwelier und haben uns Ringe angeschaut. Ich habe einen wunderschönen Weißgoldring mit einem Solitär gesehen, und Ollie ist offenbar gerade zurückgegangen, um ihn zu kaufen. Du weißt doch sicher, was das bedeutet, nicht wahr, Katy?«

Na klar. Dass Ollie den Verstand verloren hat.

»Ihr verlobt euch?«

Sie lacht. »So sieht's aus.«

Ich glaube, ich muss kotzen. Wie kommt Ollie in nur sechs Wochen von der Bemerkung, er sei *vielleicht* wieder mit Nina zusammen, zu der Entscheidung, sich mit ihr zu verloben?

»Glückwunsch.« Wie ich das äußern kann, ohne daran zu ersticken, ist mir ein Rätsel. »Könntest du Ollie bitte was ausrichten?«

»Er ist jetzt wieder da«, sagt Nina. »Soll ich dich weiterreichen?«

»Nein!« Scheiße, nein! Was zum Teufel soll ich ihm denn sagen? Würde ich überhaupt ein einziges Wort hervorbringen, wenn ich doch bei der Vorstellung, dass der hinreißende lustige Ollie die Fiese Nina heiratet, in Heulen und Schreien ausbrechen möchte? »Sag ihm nur schöne Grüße und, äm, Glückwunsch.«

»Mach ich doch«, erwidert Nina, die sich in ihrer Siegerposition nun großzügig geben kann. »Aber du solltest wirklich aufhören, ihn zu belästigen, Katy. Such dir neue Perspektiven im Leben.«

»Oh, das hab ich schon getan!« Ich gebe ein halberstickes künstliches Lachen von mir. Ol wüsste auf Anhieb, dass ich lüge, aber Nina checkt so was natürlich nicht. »Hast du nicht Zeitung gelesen? Ich bin mit Gabriel Winters zusammen. Mr

Rochester? Wir sind ein Paar. Das wollte ich Ollie eigentlich erzählen. Er sollte es von mir erfahren, für den Fall, dass er von Reportern belagert wird. Aber du richtest es ihm aus, ja? Ich würde gerne noch mit dir plaudern, aber ich muss los. Gabriel will mit mir essen gehen.«

Damit breche ich das Gespräch ab – wenigstens ist es mir ein einziges Mal gelungen, Nina sprachlos zu machen.

Mein Herz hämmert wie verrückt. Ich brauche noch ein Glas Wein. Und wenn Ollie sich tatsächlich mit Nina verlobt, brauche ich ganz viele Gläser.

Ich gehe zur Bar, und mir fällt auf, dass es ganz still ist. Das Feuer knistert, und oben hört man die Klospülung, aber das ist auch alles. Ich merke plötzlich, wie laut ich gesprochen habe. Alle hier im Pub, von Jo der Barfrau bis zu der irren Alten am Tresen, haben das Gespräch mit angehört und starren mich nun an. Die beiden Reporter am Kamin sabbern förmlich, und einer hängt schon am Handy und diktiert seinem Redakteur den Text.

Au Scheiße.

Sieht aus, als würde ich Gabriels Angebot nun doch annehmen.

16

Kennt ihr die alte Redensart, derzufolge man vorsichtig sein soll, was man sich wünscht, denn es könnte vielleicht in Erfüllung gehen? Da ist verdammt viel dran, das kann ich euch sagen. Als ich noch eine arme Lehrerin war, habe ich mein klägliches Gehalt für Hochglanz-Klatschmagazine ausgegeben und bin vor Neid gelb angelaufen beim Anblick der coolen Fotostrecken und Luxusvillen. Beim Heftekorrigieren oder eingequetscht in der U-Bahn mit der Nase in der Achselhöhle wildfremder Menschen habe ich von einem himmlischen Lebensstil als Berühmtheit mit Geld, Ruhm und Horden von Fans geträumt.

Aber die Wirklichkeit sieht anders aus.

Erst drei Tage sind vergangen seit meinem faustischen Pakt mit Gabriel, und meine Welt ist schon völlig aus den Fugen geraten. Wo ich auch auftauche, richtet sich eine Kamera auf mich, oder jemand versucht mich in ein Gespräch über meine »Beziehung« zu verwickeln. Vor zwei Tagen, als ich gerade eine Glückwunschkarte zur Verlobung an Ollie abschicken wollte, wurde ich von Angela Andrews heimgesucht, die mir für meine Story einen Betrag bot, der so hoch war, dass ich erst einmal eine Sauerstoffflasche gebraucht hätte, um das Angebot überhaupt zu erwägen. Das Dasein als Berühmtheit treibt mich zwar zum Irrsinn, aber Maddy hat mir berichtet, dass sämtliche Unterkünfte in Tregowan von Reportern belegt sind, weshalb ich bei den Einheimischen wohl sehr beliebt bin.

Leider gilt das nicht für meine Gastgeber.

»So geht das nicht weiter!«, ruft Richard und zieht im Wohnzimmer die Vorhänge zu, weil vor dem Fenster Paparazzi herumlungern. »Ich kann nicht mehr denken, und arbeiten kann ich so gewisslich nicht mehr. Du musst ausziehen, Katy.«

»Keine Sorge«, sagt Gabriel, der auf dem Sofa sitzt und die Morgenzeitungen durchblättert; Irak, Afghanistan und Zimbabwe sind ihm einerlei, während er die Klatschspalten überfliegt. »In ein paar Wochen haben die sich beruhigt.«

»Ein paar Wochen?« Richard erbleicht. »Unter keinen Umständen kann ich so lange mit diesem Medienrummel leben!«

»Ich auch nicht«, bekräftigt Maddy, die zweifellos fürchtet, dass ihr Doppelleben demnächst in irgendeinem Revolverblatt ausgebreitet wird.

»Das müssen Sie auch nicht«, erklärt Seb, Gabriels Manager, und blickt von seinem BlackBerry auf. »Katy wird heute Nachmittag im Smuggler's Rest einziehen. Als Gabriels Freundin sollte sie auch dort leben.«

»Ich kann es nicht gutheißen, dass Unverheiratete zusammenleben«, verkündet Richard scheinheilig.

»Keine Sorge, wir warten mit dem Sex, bis wir verheiratet sind«, teile ich ihm mit.

Er starrt mich aufgebracht an.

»Obwohl es mir wirklich schwerfällt, die Finger von ihr zu lassen«, sagt Gabriel hastig und vernachlässigt die Zeitung, um mich auf die Wange zu küssen. »Ich werde ständig kalt duschen müssen.«

Mads und ich wechseln einen raschen Blick. Ihr habe ich natürlich von Gabriel und Frankie erzählt – wie könnte ich meiner besten Freundin so etwas verheimlichen? Sie hat absolutes Stillschweigen gelobt, und darauf kann ich mich verlassen. In letzter Zeit kann Maddy echt gut Geheimnisse bewahren.

»Dein Handy klingelt schon wieder.« Richard runzelt erbost die Stirn. »Kannst du das bitte abstellen?«

Ich blicke aufs Display, wo in Neongrün *OllieHan* steht. Vermutlich will er sich für die zwanzig Steine bedanken, die ich als Verlobungspräsent in den Umschlag gesteckt habe. Ich schalte das Handy aus und stecke es in die Chloe-Handtasche, die Gabriel mir geschenkt hat. Gerade bin ich viel zu gestresst, um mich auch noch mit Ollie und der Fiesen Nina zu befassen.

»Ich habe dafür gesorgt, dass Katys Sachen heute Nachmittag abgeholt werden«, sagt Seb, »und Temperley schickt per Kurier eine Auswahl an Modellen. Um halb sechs kommt ein Personal Trainer und morgen früh um neun ein Coiffeur.«

»Toll«, sage ich matt, weil Seb mich ziemlich nervös macht. Der Mann hat eine Ausstrahlung wie ein Rasiermesser, und es grenzt an ein Wunder, dass er bislang weder sich selbst noch jemand anderen geschnitten hat. Ich lehne mich an Gabriels muskulöse Brust und zwinge mich zu einem Lächeln. Dabei wäre ich entspannter, wenn ich über glühende Kohlen laufen würde. Gabe spielt die Rolle des hingebungsvollen Liebhabers perfekt, aber ich bin in etwa so hölzern wie Guys Schaluppe.

Gabriel drückt mir die Schulter. »In null Komma nichts wirst du Victoria Beckham ausgestochen haben.«

»Katy sieht prima aus so, wie sie ist«, äußert die treue Maddy.

»Na klar«, pflichtet Gabriel ihr bei. »Ich kann es kaum erwarten, meine tolle Freundin zum Lunch auszuführen und mit ihr anzugeben.«

»Der Tisch im Restaurant ist für halb eins reserviert.« Seb checkt seinen Terminplan. »Vielleicht solltet ihr euch jetzt auf den Weg machen. Ich habe den Presseleuten angekündigt, dass sie ein paar Fotos kriegen.«

»Lasst mich noch mal einen Blick auf ihn werfen.« Lisa, Gabriels Stylistin und Visagistin, springt herbei, zupft behutsam an den blonden Locken und zieht den Kragen des verwaschenen Jeanshemds zurecht, das Gabes lavendelblaue Augen besonders gut zur Geltung bringt. Dann pudert sie seine wohlgeformte Nase und betont seine dichten Wimpern mit einem Hauch Mascara.

»Perfekt«, verkündet sie dann.

Ich schaue Gabriel an und muss ihr recht geben. Mit den goldenen Locken, die von einem schlichten Lederband zusammengehalten werden, sieht Gabriel aus wie ein Armani-Model. Ich kann es kaum fassen, dass ich, die schlichte alte Katy Carter, gleich mit einem der begehrtesten Junggesellen Großbritanniens abgelichtet werden soll.

Ein Jammer, dass alles nur Lug und Trug ist.

»Gabriel ist denen doch im Moment gar nicht wichtig«, bemerkt Mads. »Die sind vor allem scharf auf Katy.«

Ich schlucke nervös. Heute ist mein erster offizieller Auftritt als Gabriels Freundin, und die ganze Chose ist durchgeplant bis ins letzte Detail. Wir essen im *Trawlers*, einem reizenden kleinen Fischrestaurant am Kai, und auf dem kurzen Weg dorthin sollen die Reporter ihre Bilder schießen. Danach, versichert mir Seb, werden sie erst mal das Interesse verlieren und sich andere Opfer ... ich meine, andere Prominente suchen.

»Sehe ich okay aus?« Ich bin durchaus nicht überzeugt, dass monströs hochhackige Schuhe mit engen Jeans ein vorteilhaftes Outfit für mich sind. Und wirke ich mit der riesigen Sonnenbrille nicht wie ein Insekt?

»Super«, strahlt Lisa und besprüht mich mit einem Hauch Coco. »Viel Spaß.«

»Und für uns hoffentlich Frieden«, murmelt Richard hinter der *Church Times*.

Ich verzichte darauf, ihm einen Kinnhaken zu versetzen, und tipple hinter Gabriel in den Flur. Mein Magen fühlt sich an, als habe jemand meine Gedärme zu Makramee geknüpft. Wenn sich Stars ständig so fühlen, wundert es mich nicht, dass die alle so dünn sind.

Die Tür wird geöffnet, und im selben Moment geht ein Blitzlichtgewitter los, und Leute rufen meinen Namen. Zum Glück habe ich die Sonnenbrille auf den Augen. Blinzelnd wie ein Maulwurf im Licht und lächelnd wie eine Irre umklammere ich Gabriels manikürte Hand und wandle mit ihm den Gartenweg entlang.

»Mach ein glückliches Gesicht«, raunt er und zieht mich an sich, worauf ich fast an einer Paco-Rabanne-Duftwolke ersticke. »Steck deine Hand in meine hintere Hosentasche und lehn den Kopf an meine Schulter.«

Das tue ich, worauf irgendwas in meinem Nacken knackt. Aua! Na, wenigstens sehe ich bis über beide Ohren verliebt aus, auch wenn es schweinisch wehtut. Aber Gabriel kann seiner Entourage doch jederzeit einen Chiropraktiker hinzufügen, nicht?

»Wie habt ihr euch kennengelernt?«, schreit ein Reporter.

»Stimmt es, dass ihr es sechsmal pro Nacht macht?«, ruft ein anderer.

»Beachte sie nicht, schau nur einfach glücklich«, murmelt Gabriel. »Wenn sie gute Fotos haben, lassen sie uns in Ruhe. Die werden nur wild, wenn sie keine Bilder kriegen.«

»Geht klar«, sage ich, als sei es mein täglich Brot, von Paparazzi belagert zu werden. »Glücklich aussehen. Hab verstanden.«

Vor dem *Trawlers* bleiben wir stehen. Es ist ein milder Frühlingstag, und am hellblauen Himmel treiben weiße Wölkchen. Die Fischerboote sind schon lange draußen auf dem Meer, die Flut ist ihnen gefolgt und hat einen Streifen glitzernden Sand hinterlassen. Ein Hund rast wie wild über den Strand, den buschigen Schwanz hoch aufgerichtet, und bellt die Möwen an.

Ein Irish Setter, elegant und dämlich, wie Sasha.

»Schau in die Kameras«, zischt Gabriel. »Oder zu mir hoch.«

Ich löse den Blick von dem Hund und richte ihn wieder auf den schönen Mann an meiner Seite. Es gibt bestimmt Millionen von Settern im Land, und sie sehen vermutlich alle aus wie Sasha und benehmen sich auch so, aber dennoch...

Während Gabriel mit den Reportern redet, lächle ich ausdruckslos und blicke wieder zum Strand. Der Besitzer des Hundes wirft einen Stock, und irgendwas an der Art, wie er sich bewegt, veranlasst mich dazu, noch angestrengter hinzuschauen. Total albern. Es gibt garantiert unzählige Typen um die dreißig, die Timberlands und verwaschene Jeans tragen. Das ist nicht Ollie. Ausgeschlossen. Er ist Hunderte von Kilometern entfernt und wird von infernalischen Neuntklässlern gepeinigt.

»Glotz nicht so auf den Typen am Strand«, kommandiert Gabriel und hält mir die Restauranttür auf. »Wir sind ein Paar, hast du das schon vergessen?«

»Ich schaue auf den Hund«, wende ich ein, aber Gabriel ist zu beschäftigt, sein Spiegelbild in der Glastür zu bewundern, um mir zuzuhören. Fehlen nur noch ein Hirsekolben und ein Glöckchen, dann könnte man ihn zu Jewells Kanarienvögeln setzen.

Als der Besitzer uns zum Tisch geleitet und dabei ob der kostenlosen Werbung für sein Restaurant fast einen Kniefall macht, beginne ich mich zu fragen, ob es nicht ein kolossaler Fehler war, diesen Job anzunehmen. Wenn Gabriel mich schon nach drei Tagen förmlich zum Irrsinn treibt, wie soll ich es da einen ganzen Sommer mit ihm aushalten? Vermutlich wäre ich mit Luke und Leia noch besser dran.

»Wie findest du das Restaurant?«, fragt Gabriel, als wir unseren Platz am Erkerfenster einnehmen, so nahe am Meer, dass wir beinahe paddeln könnten. »Ist es nicht zauberhaft?«

»Wunderschön«, sage ich – der perfekte Hintergrund für ein romantisches Mahl in einer Romanszene. Die Leserschaft der Klatschgazetten wird vor Neid erblassen, wenn sie uns hier turteln sehen.

Wer behauptet, die Kamera lüge nicht, hatte noch nie ein Rendezvous mit Gabriel Winters.

Selbiger studiert gerade die Speisekarte, während uns ein Kellner Champagner einschenkt. »Wie möchtest du deinen Fisch?«

Ich bin gerade im Begriff, »schön in Butter gesotten und in Gesellschaft eines großen Bergs Fritten« zu sagen, besinne mich dann aber eines Besseren. Wo ist der Seebär aus der Werbung für Fischstäbchen, wenn man ihn braucht?

»Gedünsteten Thunfisch für uns beide«, teilt Gabriel dem Kellner mit, noch bevor ich Luft holen kann, »und den Salat mit Dillsoße, das Dressing aber möglichst fettarm. Und kein Brot.«

»Kein Brot?« Ich starre ihn entgeistert an. Die knusprigen Brötchen sind das Einzige, was ich von diesem Mahl überhaupt zu mir nehmen will.

»Keine Kohlenhydrate, Katy. Du musst auf deine Figur achten.«

Ich öffne gerade den Mund, um Gabriel wissen zu lassen, wo genau er sich die Brötchen hinstecken kann, als er so fest meine Hand packt, dass ich quietsche.

»Lass dir nicht anmerken, dass du es weißt«, flüstert er, »aber an dem Tisch in der Ecke sitzt Angela Andrews.«

Ich drehe unauffällig den Kopf, und tatsächlich hockt da Bomberjacke und zerlegt mit der Akkuratheit eines Hirnchirurgen einen bedauernswerten Fisch. Autsch. Sollte sie beschließen, sich für das ruinierte Prada-Teil rächen zu wollen, sehe ich alt aus.

Gabriel drückt noch fester zu. »Wie hat die es geschafft, hier reinzukommen? Ich wusste doch, dass sie irgendwas im Schilde führt.«

»Kannst du den Wirt nicht bitten, sie vor die Tür zu setzen?«

»Aus welchem Grund? Bislang isst sie ja nur.« Ein verstörter Ausdruck liegt in den blauen Augen. »Wenn die eine Story gewittert hat, lässt sie nicht mehr locker. Es sei denn...«

Gabriel springt auf, und bevor ich protestieren kann, kriege ich einen Zungenkuss verpasst. Seine Arme umschließen mich wie Schraubzwingen, während seine Zunge eine Waschmaschine im Schleudergang imitiert. Wenn er noch lange so weitermacht, wird er mir den Mund verrenken.

»'tschuldige«, murmelt er, als er endlich Luft holt. »Ich musste ihr ein bisschen Stoff liefern.«

»Das ist dir gelungen. Ich dachte, du seist sch...«

»Ich bin Schauspieler.« Er streicht sich die goldenen Locken aus dem Gesicht. »Und zwar ein ziemlich guter.«

»Wäre mir lieber, du würdest dir deine Schauspielkünste fürs Filmset aufheben«, sage ich und widerstehe tapfer dem Impuls, mir den Mund abzuwischen.

»Hat aber funktioniert. Sie schaut her.« Seine Augen leuchten auf wie Gasflammen. »Ich wusste, dass das eine gute Idee war. Nun bieten wir ihr mal was, worüber es sich *wirklich* zu schreiben lohnt!«

Und bevor ich die Chance habe, etwas einzuwenden, schraubt er seinen Mund erneut über meinen, starrt mir durchdringend in die Augen und wühlt in meinen Haaren. Heiliger Strohsack, dieser coole Dreitagebart ist die Hölle auf Erden, ich wünschte, er würde das lassen. Ich bin an sich jederzeit für eine gute Knutscherei zu haben, aber das hier ist lächerlich und nicht mal halb so angenehm, wie Gabriel offenbar glaubt.

Ich werde wohl ein paar klare Grundregeln festlegen müssen.

Nach dem Übergriff nehmen wir bedächtig unser Essen zu uns, füttern uns gegenseitig mit Fischhäppchen und stoßen mit unseren Gläsern an. Angela Andrews hat inzwischen Stielaugen, und wenn sie weiter so auf ihren BlackBerry einhackt, wird sie einen Tennisarm kriegen. Als wir unser Mahl beenden, haben sich alle Gäste uns zugewandt. Einigen dürfte auch der Appetit vergangen sein.

»Waren Sie zufrieden?«, fragt der Restaurantbesitzer, als Gabriel nach der Rechnung verlangt.

»Das Essen war hervorragend.« Gabriel wirft dem Mann ein sonniges Lächeln zu. »Es war absolut fantastisch hier, nicht wahr, Katy?«

»Fantastisch«, plappere ich ihm nach, obwohl der Thunfisch mich eher an etwas aus der Notaufnahme erinnert hat. Aber vermutlich verstehe ich nichts davon.

Der Besitzer strahlt. »Freut mich sehr. Darf ich sagen, wie viel Freude es mir bereitet, ein so verliebtes Paar zu erleben?«

Ich spüre, wie mein Essen – jedenfalls die paar Bissen, die ich zu mir genommen habe – wieder hochkommt.

»Deshalb wollte ich auch nicht stören, als dieser Mann Sie vorhin unbedingt sprechen wollte«, fährt der Wirt fort. »Es ist sicher schwer genug, einmal seine Ruhe zu haben. Da muss man sich nicht noch beim Essen unterbrechen lassen.«

»Meine Fans mögen ja sehr hartnäckig sein, aber ihnen verdanke ich meinen Erfolg«, erwidert Gabriel mit einem Achselzucken. »Hat er etwas dagelassen für ein Autogramm?«

»Eigentlich wollte er Miss Carter sprechen«, antwortet der Mann verlegen.

»Mich?«, frage ich überrascht. »Wer war es denn?«

»Ein junger Mann Anfang dreißig. Er hatte einen großen Hund bei sich, der hätte das Restaurant ohnehin nicht betreten dürfen. Jedenfalls wollte er unbedingt eingelassen werden, bis Sie beide begannen, sich zu küssen. Es wundert mich nicht, dass Sie ihn beide nicht gesehen haben, Sie haben sich ja so tief in die Augen geschaut.«

»Ja, wir sind ganz vernarrt ineinander«, sagt Gabriel.

»Das hat dieser Mann auch festgestellt. Er meinte, er würde

Sie lieber in Ruhe lassen, es sei ja unübersehbar, was Sie füreinander empfänden.«

Der Thunfisch fängt jetzt in meinem Bauch das Paddeln an. Ich kann einfach nicht fassen, dass ich Ollie verpasst habe. Wieso habe ich mich nicht auf meine Intuition verlassen und bin zum Strand gegangen? Ich wusste, dass er es war.

»Schau nicht so betreten, Katy«, sagt Gabriel, als wir zum Pfarrhaus zurückgehen. Die Reporter haben sich verzogen, wie er es prophezeit hatte – was auch gut ist, denn ich sehe gerade überhaupt nicht wie jemand aus, der glückselig und bis über beide Ohren verliebt ist. »Wenn er wirklich so ein guter Freund ist, wie du behauptest, wird er bestimmt noch mal wiederkommen.«

Dessen bin ich mir nicht so sicher. Mich mit Gabriel zu sehen scheint Ollie aus irgendeinem Grund verstört zu haben, und offenbar ist er wutentbrannt davongestürmt. Die Frage ist natürlich, weshalb er sich so furchtbar darüber aufregt, dass ich mir nach James einen neuen Freund gesucht habe. Ollie war nun wahrlich kein Fan von James, und dass ich künftig keusch wie eine Nonne leben wolle, habe ich nie behauptet.

Obwohl mir diese Option zunehmend attraktiver erscheint.

Aber die noch drängendere Frage, vor der ich so viel Angst habe, dass ich sie am liebsten überhaupt nicht beantworten möchte, ist doch, weshalb ich völlig am Boden zerstört bin, weil ich Ollie verpasst habe, und wieso es mir so übel zu schaffen macht, dass er glaubt, ich hätte einen neuen Mann.

Was zum Teufel geht hier vor sich?

17

Früher habe ich für mein Leben gern Klatschmagazine gelesen. Im Bus blätterte ich die Hochglanzhefte durch und betrachtete die makellos gebräunten Stars, die in Designerklamotten und mit blendendem Lächeln, das »beneide mich« zu sagen schien, vor ihren unglaublich glamourösen Villen standen. Ich stellte mir vor, wie großartig ihr Leben doch sein musste, und sagte mir, dass ich auch so aussehen würde, wenn ich zuhauf Personal Trainer zur Verfügung und keine anderen Sorgen als meine letzte Schönheitsbehandlung hätte. Ich dagegen hatte jedes Recht, verlottert auszusehen und gesplisste Haare zu haben, weil ich schuften musste. Ich konnte mich nicht wie die Ladys in den Illustrierten dem Müßiggang hingeben. Dann stopfte ich die Hefte wieder in meine Tasche und widmete mich meinem mühsamen Alltag als Englischlehrerin, in dem Designer-Jogginganzüge und auf mich gerichtete Zoomobjektive nicht vorkamen.

Oh Gott! Lang ist's her.

Jordan und Posh, ich nehme alles zurück. Es ist überhaupt nicht leicht, so gut auszusehen.

Es ist vielmehr eine üble Plackerei.

»Sehr gut, Schätzchen«, sagt der Fotograf und misst das Licht neben mir mit einer Gerätschaft, die aus *Raumschiff Enterprise* zu stammen scheint. »Ein bisschen zurücklehnen, ja! Gut so!«

Ich befinde mich im frisch renovierten Wohnzimmer von Gabriels Haus, wo ich wie ein Cäsar des einundzwanzigsten

Jahrhunderts auf einem edlen weißen Sofa lagere, und zwar – was ich ausgesprochen peinlich finde – in einem limonengrünen Nicki-Jogginganzug. Nicht dass ich in letzter Zeit noch viel zu vermelden hätte, was meine Kleidung betrifft – Gabriel Winters' Freundin muss was hermachen –, aber diese Jogginganzüge kann ich echt nicht ausstehen. Unverschämt teuer, und ich finde, sie sehen aus wie Strampelanzüge, mit denen Promis in ihren Laufställen herumhampeln.

Habe ich Laufställe gesagt? Ich meine freilich Villen.

»Den Kopf ein wenig nach links, Katy.« Der Fotograf stupst mich an, und ich gehorche.

»Also, Katy«, beginnt eine Blondine mit Pferdegesicht, die ihren Bleistift in tadellos manikürten Händen rollt – wiewohl ich ja sagen muss, dass ich dieser Tage auch sehr gepflegte Hände habe –, »die Leser von *Hiya!* würden für ihr Leben gerne wissen, wie Sie und Gabriel in Ihrem zauberhaften Schlupfwinkel in Cornwall Ihre Tage verbringen.«

Ist das zu glauben? Diese Leute reden auch wie eine Illustrierte.

»Tja«, antworte ich und lasse mich in die dicken Kissen sinken, »ich verkaufe Sextoys und schreibe, während Gabriel tagelang auf meinem schwulen Freund herumlümmelt.«

Nun gut, das äußere ich natürlich nicht, würde es aber gerne tun. Ich muss schon sagen: Hut ab vor all diesen Leuten, die systematisch ihr Ehegespons betrügen. Dauerflunkern ist eine echte Herausforderung – etwa so, als müsse man die Handlungen von drei kompletten Seifenopern im Kopf haben, ohne was durcheinanderzubringen.

»Wir führen ein großes Haus.« Sprachlich beherrsche ich inzwischen alle Kniffe; nach zwei Monaten als Gabriels Partnerin habe ich reichlich Erfahrung mit Interviews. Ich habe der *Mail* verraten, wie es ist, in einen berühmten Mann verliebt zu sein, in *Heat* gab es unvorteilhafte Zellulitis-Fotos von mir, und *Hiya!* wird in der Herbstausgabe eine lange Reportage über uns bringen.

»Das tun wir in der Tat.« Gabriel lässt der Reporterin sein Hundert-Watt-Lächeln zukommen, und sie blickt ihn verzückt an. Er sieht aber auch wieder umwerfend aus in seinen ausgewaschenen Jeans und dem kuschelweichen Kaschmirpulli, der so hyazinthblau ist wie seine Augen. Die langen maisblonden Locken umrahmen seine glatte sonnenbraune Stirn und streifen sein markantes Gesicht, das man in Kürze wieder im Fernsehen erblicken wird, wenn er einen kühnen Piratenkapitän verkörpert. Gabriel nimmt meine Hand und küsst sie. »Katy ist eine exzellente Köchin.«

Die Kotztüte bitte.

»Und eine talentierte Schriftstellerin«, schwärmt Gabriel. »Sie hat gerade ihren ersten Roman fertiggestellt.«

»Sie schreibt Romane«, sagt die Reporterin. »Hinreißend.«

Ich schaue zum Couchtisch, auf dem zwischen üppig gefüllten Obstschalen meine beiden Notizbücher liegen. Trotz aller Widrigkeiten – die von James zerfetzte erste Fassung und die halbe Ewigkeit, in der ich Banalitäten von mir geben oder mit Mads Sextoys verkaufen musste – ist es mir tatsächlich gelungen, *Das Herz des Banditen* zu Ende zu schreiben. In diesen beiden Notizbüchern gibt es so viel lodernde Leidenschaft, dass es an ein Wunder grenzt, wenn sie nicht demnächst in Flammen aufgehen. Ich werde schon ganz kribbelig, wenn ich nur an die Schlussszene denke, in der Jake und Millandra sich auf der Klippe lieben.

Bedauerlicherweise war das auch alles an Sex, was es in letzter Zeit in meinem Leben gab.

»Ich muss ihn noch überarbeiten und mir einen Agenten suchen«, sage ich, aber Gabriel hat sich bereits einem wesentlich erschöpfenderen Thema zugewandt: sich selbst. Mit einem Seufzer blicke ich auf meine Uhr, ein abscheulich teures Teil, das ich wegen des Showeffekts tragen muss, und stelle entnervt fest, dass es noch nicht mal Zeit zum Abendessen ist.

Die Zeit ist bleiern, wenn man eine Dame des Müßiggangs ist, so viel steht fest. An der Schule war sie immer im Nu um. Ollie und ich haben stundenlang ohne Pause und sogar ohne Kaffee durchgehalten und sind erst zur Ruhe gekommen, wenn wir um vier im Pub auf die Sitze sanken.

Ich blicke in den riesigen Spiegel, den ein berühmter TV-Designer unbedingt über dem Kaminsims aufhängen wollte, und stelle erstaunt fest, dass es sich bei der Person, die ich sehe, um mich selbst handelt. Dieses Herummarschieren an den verfluchten Abhängen in diesem Dorf hat mich etliche Pfund gekostet. Ich schüttle den Kopf, und das Mädchen mit den seidigen glatten Haaren im Spiegel schaut mich traurig an. Ich fühle mich hundeelend. Wenn ich nur die Uhr zurückdrehen könnte zu dem Lunch im Trawlers...

Danach rief ich Ollie sofort an und jaulte vor Frust, weil sein Handy ausgeschaltet war. Als ich ihn endlich erreichte, war er nicht in Redestimmung, und sobald ich ihm die Sache mit Gabriel irgendwie erklären wollte, wechselte er das Thema.

»Hör zu, Katy«, sagte er schließlich, »du brauchst mir das nicht haarklein zu erzählen. Ich war schließlich da. Ihr scheint sehr glücklich zu sein. Das freut mich für dich. Ganz ehrlich.«

»Aber es ist nicht so, wie du denkst!«

»Doch, klar. Gabriel Winters ist der perfekte romantische Held. Er ist genau der Mann, nach dem du immer gesucht hast.«

»Nein, das stimmt nicht!«

»Es ist okay«, sagte Ollie sanft. »Als ich Gabriel und dich zusammen gesehen habe, ist mir vieles klar geworden. Er ist perfekt für dich, er kann dir alles geben, was du brauchst!«

»Nein, kann er nicht! Wirklich nicht!«

»Doch, doch, Katy. Er kann dir alles geben, wovon du immer

geträumt hast, und ich freue mich für dich. Du hast es verdient. Ihr passt sehr gut zusammen, und ich bin froh, dass du ihn gefunden hast.«

»Wenn das stimmt, weshalb warst du dann überhaupt in Tregowan? Vielleicht weil ...«

Aber Ollie wollte mich nicht ausreden lassen. »Nina und ich sind auch sehr glücklich zusammen. Ist das nicht toll, wie sich jetzt für dich und mich alles gefügt hat?«

»Aber ich muss dir das wirklich erklären. Gabriel und ich sind lediglich gut befreundet.«

Ollie atmete genervt aus. »Katy, ich habe Augen im Kopf, du musst nicht versuchen, mich zu schonen. Hör zu, ich muss jetzt los. Nina ist gerade vorgefahren. Ich sollte sie lieber nicht warten lassen. Wir hören uns wieder.«

»Bitte leg noch nicht auf«, sagte ich flehentlich. »Ich kann dir nicht sagen, was wirklich los ist, obwohl ich es gerne möchte. Aber glaub mir einfach: Zwischen mir und Gabriel ist nichts! Ganz im Ernst!«

»Katy«, sagte er, und seine Stimme klang fremd und hart, »behandle mich bitte nicht wie einen Idioten. Konzentrier dich auf Gabriel, so wie ich mich auf Nina konzentriere, und leb dein Leben. Und ruf vielleicht mal eine Weile nicht an. Ich glaube, wir beide brauchen ein bisschen Abstand, meinst du nicht?«

»Nein, das meine ich überhaupt nicht, Ollie. Weshalb denn?«

»Weil es uns guttun wird, Katy. Wir müssen uns beide auf die Menschen einlassen, die wir uns ausgesucht haben. Und das ist leichter, wenn wir uns eine Weile nicht sehen.«

»Leichter?«, wiederholte ich verständnislos. »Also für mich macht das nichts leichter. Im Gegenteil, es macht alles schlimmer. Wie kommst du nur auf so eine blöde Idee?«

»Das nennt man ›Tough love‹«, antwortete er trocken. Dann war er weg, und ich zitterte und fühlte mich erbärmlich. Ich hatte die schönste Freundschaft meines Lebens verspielt. Was war los mit Ollie? Wie zum Teufel waren wir in diese Lage geraten?

Ich tappte ins Pfarrhaus zurück und brachte den Rest des Nachmittags damit zu, mir die Augen aus dem Kopf zu heulen und mir dabei eine Familienpackung Schokokekse und eine Flasche Whisky von Richard einzuverleiben. Nichts ergab irgendeinen Sinn, und je mehr ich trank, desto wirrer fühlte ich mich. Ich konnte einfach nicht fassen, dass Ollie mir die Freundschaft aufkündigte, nur weil ich mit Gabriel Winters zusammen war. Wegen James hatte er nie so einen Zirkus veranstaltet.

Wieso reagierte er so überdramatisch? Und weshalb war ich so außer mir? Wenn ich noch heftiger heulte, würde es eine Überschwemmung im Pfarrhaus geben. Ich riss mir ein Stück von der Küchenrolle ab, putzte mir damit lautstark die Nase und machte mich über den neunten Keks her. Gott! Derartig am Boden zerstört war ich nicht mal, als James mich rausgeworfen hatte – und der war immerhin mein Verlobter gewesen, mit dem ich zusammengelebt hatte.

Ollie war nur ein Kumpel, wohingegen ich James geliebt hatte.

Oder?

Und dann wurde mir so schlagartig alles klar, als sei mir ein Vorschlaghammer auf den Kopf gefallen.

Ich war verliebt in Ollie.

Was?

Wie war das denn passiert?

Ollie war überhaupt nicht mein Typ.

Ollie war alles andere als ein romantischer Held.

Doch eigenartigerweise schien das keine Rolle zu spielen. Die Küchenrolle war inzwischen patschnass, weshalb ich mir jetzt das Gesicht mit dem Ärmel abwischte und der erschütternden

Wahrheit ins Auge blickte. Ich hatte den idiotischen Fehler begangen, mich in meinen besten Freund zu verlieben, und das mit völlig verhunztem Timing, weil er nämlich jetzt mit der Fiesen Nina verlobt war und ebenso wie der Rest der Welt annahm, ich sei mit Gabriel Winters zusammen.

Ich versuchte Ollie noch mal anzurufen, aber sein Handy war ausgeschaltet, und am nächsten Tag konnte man in den Zeitungen die Fotos von meinem romantischen Rendezvous mit Gabriel betrachten. Als ich Ollie das nächste Mal zu erreichen versuchte, war am Handy nur die Mailbox zu hören, und bei ihm zu Hause ging immer Nina dran, die meine Nachrichten garantiert nicht ausrichtete. Danach schrieb ich ihm sogar einen Brief, in dem ich ihm genau erklärte, was ich für ihn empfand und dass ich wirklich keine Liebesbeziehung mit Gabriel hatte.

»Wenn du mir nicht glaubst, frag bitte Frankie«, bat ich ihn in dem Brief. »Das wird ihm nicht gefallen, aber er kann dir alles erklären. Ich vermisse dich jedenfalls, Ol, und du solltest wissen, dass meine Gefühle für dich inzwischen nicht mehr nur freundschaftlicher Natur sind, sondern darüber hinausgehen. Wenn das für dich auch gilt, dann ruf mich doch bitte an.«

Doch er antwortete nie und reagierte auch nicht auf meine E-Mails und SMS-Nachrichten. Ollie konzentrierte sich auf seine Verlobte und überließ mich meinem romantischen Helden, genau wie er es versprochen hatte. Ich erwog, nach London zu fahren, um ihn persönlich zu sprechen, doch wozu sollte das gut sein? Er hatte sich entschieden. Für Nina. Da wäre es wohl ziemlich unwürdig, ihn jetzt zu stalken, oder? Außerdem war ich nach Cornwall gezogen, um ein neues Leben zu beginnen und mich von der dämlichen passiven Katy, die sich nur über ihre Männer definierte, zu verabschieden. Und mit der war ich tatsächlich schon lange fertig.

Ich würde Ollies Entscheidung einfach annehmen und mein eigenes Leben leben müssen.

Das setzte ich mir nun zum Ziel, und deshalb spielte ich mit vollem Einsatz meine Rolle in der gutbezahlten Farce mit Gabriel, überarbeitete unterdessen meinen Roman und schickte Ollie einen Scheck über die Summe, die er für meine Arztrechnungen ausgegeben hatte. Am Ende des Sommers hatte ich Geld auf der Bank, ein fertiges Manuskript und die begehrteste Garderobe im Südosten von Cornwall. Aber machte mich all das glücklich?

Nicht die Bohne.

Ich seufze. Wenigstens sehen meine Haare gut aus. Schon erstaunlich, was man mit teuren Produkten alles erreichen kann. Ein paar Termine beim Starfriseur und einige Behandlungen mit dem Glätteisen, schon heißt es adieu, fuchsroter Lockenkopf, und ich grüße euch, neue glatte Haare, so rostrot und seidig wie Sashas Fell.

Mir steigen immer noch Tränen in die Augen, wenn ich an Sasha denke. Wieso lande ich in Gedanken nur immer wieder bei Ollie? Frankie meint, er sähe seinen Cousin kaum noch, was nicht weiter verwunderlich ist, denn seit die Screaming Queens einen Plattenvertrag bekommen haben, ist er nur noch auf Achse. Er zieht von einer Promo-Party zur nächsten, und in dieser Woche herrscht noch mehr Aufregung, weil die erste Single gerade herausgekommen ist. Ich finde immer noch, dass die Queens sich anhören, als würde man ihnen mit Cocktailspießen die Eingeweide rausziehen, aber was weiß denn schon ich? Alle anderen scheinen sie toll zu finden.

»Alles okay, Katy?« Gabriels Manager Seb taucht neben mir auf.

»Alles gut«, antworte ich. »Wie lange dauert es noch?«

Seb zieht eine Augenbraue hoch. »Macht es dir keinen Spaß?«

Das ist vermutlich die Untertreibung des Jahres. Ich habe Kummer und Sorgen – aber wenigstens hatte ich die Gelegenheit, mein Buch zu schreiben und über mein Leben nachzudenken. Und ich habe ein paar Entscheidungen getroffen.

Doch bevor ich die jemandem kundtue, muss ich mich um Mads kümmern, die immer noch Vibratoren von den Dimensionen Cornwalls verhökert und glaubt, Richard betrüge sie mit irgendeiner Hure namens Isabelle. Ich kann meine Freundin unmöglich ihrem Elend überlassen.

»Ich gehe gleich mit Maddy aus«, sage ich zu Seb. »Muss allmählich mal los.«

»Wollt ihr feiern, dass du deinen Roman vollendet hast?« Er weist mit dem Kopf auf die Notizbücher.

»So ähnlich«, antworte ich ausweichend. De facto ist Mads mit dem Tobenden Theo und Konsorten bei einem Weiberabend vor einer Hochzeit im Einsatz, und ich werde ihr moralische Unterstützung leisten. Und den Umsatz ankurbeln, denn irgendeine der anwesenden Damen erkennt mich immer und will dann die gleichen Höschen tragen wie die Freundin von Gabriel Winters. Seit ich Gabriels offizielle Partnerin bin, macht Mads so gute Geschäfte, dass sie bestimmt bald Richtung Karibik unterwegs sein wird.

Und ich vermutlich in Richtung Klapsmühle, wenn ich diesen Stress, Richard, den Medien und der Welt im Allgemeinen etwas vorzumachen, noch länger aushalten muss.

»Katy!«, flötet die Reporterin. »Könnten Sie bitte zu Gabriel auf die Terrasse kommen? Wir brauchen eine Aufnahme von Ihnen beiden, wie Sie sich im Sonnenuntergang in die Augen schauen. Und dann müssen Sie den Lesern unbedingt noch erzählen, wie Sie Ihren romantischen Helden gefunden haben.«

Wisst ihr, romantische Helden habe ich mir echt abgewöhnt. Irgendwas stimmt mit denen nämlich nicht. Gabriel zum Beispiel: Der ist unerträglich selbstverliebt. Der scharf aussehende Guy ist unflätig, und Jake hat eine Schwäche für Barmädchen mit wogendem Busen. Die Burschen sind alle völlige Abturner, wenn ihr mich fragt.

Ich glaube, für meinen nächsten Roman suche ich mir ein anderes Genre – die Farce vielleicht, denn genau das ist mein Leben zurzeit.

»Du kommst zu spät!«, hält Mads mir vor, als ich schließlich im Pfarrhaus eintreffe. »Ich hatte dich schon fast aufgegeben.«

»Tut mir leid«, rufe ich, rase die Treppe hoch und stürze in das winzige Badezimmer. »Ich hatte ein Fotoshooting für *Hiya!* Ich mach nur schnell diesen Mist hier ab, dann helf ich dir mit den Kartons.«

Ich spritze mir eine große Portion Reinigungsgel in die Hand und verteile es weitflächig auf meinem Gesicht. Nach einigen Minuten eifrigen Schrubbens geben sogar die Edelprodukte von Clinique klein bei, und ich sehe wieder wie ich selbst aus, wenn auch etwas rosiger. Ich verwuschle gerade meine Haare, als ich unten laute Stimmen höre. Offenbar haben Richard und Mads sich wieder in der Wolle.

»Verleugne nicht, dass es dir gehört!«, kreischt Mads.

»Okay.« Richard hört sich noch relativ ruhig an, aber ich weiß aus Erfahrung, dass das nur die Ruhe vor dem Sturm ist. »Es gehört mir. Hast du was dagegen?«

»Was glaubst du wohl?«, schreit Mads. »Ich weiß, was das bedeutet! Du hast was mit der Schlampe, nicht wahr?«

Ich bin auf halber Höhe der Treppe und erstarre zur Salzsäule. Auf keinen Fall werde ich mich in diese Mutter aller Ehestreits einmischen.

»Nicht schon wieder«, erwidert Richard müde. »Ich habe dir doch gesagt, dass es keine andere gibt.«

»Und wozu brauchst du dann das da?«

Ich halte die Luft an. Was um alles in der Welt hat sie gefunden?

»Was meinst du wohl?« Ich höre, wie sich etwas bewegt. »Ich habe weder die Zeit noch die Absicht, das alles schon wieder zu besprechen, Madeleine. Ich muss weg.«

»Weg! Weg! Ständig bist du weg!«, kreischt Mads. »Und wohin gehst du diesmal?«

»Zur Andacht«, antwortet Richard. »Und du?«

»Zu einer Freundin. Was dagegen?«

»Natürlich nicht, ich finde nur, dass du in letzter Zeit furchtbar oft bei Freundinnen bist.« Er hält inne. »Bist du sicher, dass du nicht vielleicht selbst eine Affäre hast?«

Das ist entsetzlich. Ich komme mir vor wie ein Kind, das heimlich den Streit seiner Eltern mit anhört. Meine eigenen Eltern habe ich zwar nie streiten hören – weil sie dazu immer viel zu stoned waren –, aber ich habe genug klischeehafte Fernsehfilme gesehen, um im Bilde zu sein.

»Na toll! Jetzt drehst du den Spieß um! Ich weiß, dass du mit irgendeiner Schlampe was hast, du brauchst gar nicht erst zu versuchen, mir was vorzumachen. Eine Andacht nach der nächsten, stimmt's?«

»Ich bin Pfarrer. Als solcher sollte ich wohl öfter mal zur Andacht gehen, nicht?«

Ich schleiche die Treppe so weit runter, dass ich in die Küche spähen kann. Mads steht an der Spüle, die Hände in die Hüften gestützt. Ihr Gesicht ist rot angelaufen, und ihre langen Locken zittern empört. Richard, der groß und in letzter Zeit deutlich muskulöser ist als früher, steht mit dem Rücken zu mir. Eine betäubende Aramis-Wolke steigt mir in die Nase.

»Und wofür brauchst du das?« Mads weist mit dem Finger auf den Ghettoblaster, den Richard im Arm hält. Das Ding ist aus abscheulichem gelbem Plastik und sieht aus wie ein Überbleibsel des Beatles-U-Boots nach der Außerdienststellung. Bisher habe ich so was noch nie zu Gesicht gekriegt. Das

Teil würde bei einem Achtziger-Jahre-Flohmarkt vermutlich ein Vermögen einbringen.

»Der Bischof und ich dachten, wir könnten zum Beten ein paar Hymnen abspielen.« Richard nimmt seine Jacke vom Stuhl und zieht sie an. »Wenn du nichts dagegen hast?«

Mads schweigt, aber ihr Mund ist so verkniffen wie ein Katzenpopo.

»Das deute ich als Billigung. Warte nicht auf mich, es wird spät werden. Viel Spaß bei deiner Freundin.« Richard fährt auf dem Absatz herum und rennt mich beinahe über den Haufen. Ich drücke mich flach an die Wand, als er hinausstürmt wie ein menschlicher Tornado.

Hier hängt der Haussegen mehr als schief.

»Dreckskerl!«, kreischt Maddy, als Richard die Tür hinter sich zuknallt. »Untreuer Schuft!«

»Beruhig dich!«, sage ich beschwörend, weil es mir gar nicht gefällt, dass ihre Knöchel weiß anlaufen und ihre Augen fiebrig glänzen. »So kannst du dich nicht länger aufführen.«

»Und ob ich kann, das sollst du mal erleben!«, faucht Maddy. »Für wie blöd hält der mich? Ich schwöre bei Gott, Katy, ich werd ihn verlassen. Ich habe fast fünftausend zusammengespart, damit komme ich fürs Erste aus.«

»Das kannst du nicht machen! Du liebst ihn doch! Und was ist mit dem Sandals?«

»Vergiss das Sandals. Ich geh doch da nicht mit einem untreuen Scheißkerl hin, der mich betrügt.«

»Du weißt überhaupt nicht, ob er dich betrügt.« Keine Ahnung, weshalb ich mich für Richard einsetze. Der Mann macht mich rasend. Aber ich bin fest davon überzeugt, dass er Maddy treu ist.

»Doch, ich weiß es.« Mads hält mir einen Karton hin. »Hier ist der Beweis.«

»›Grecian 2000, Naturschwarz‹«, lese ich vor. »›Wirkt in

nur fünf Minuten, so schnell wie ein Shampoo«.« Ich ziehe die Augenbrauen hoch. »Ich dachte, du hättest Kondome oder so was gefunden. Wieso soll das hier beweisen, dass Richard dich betrügt?«

»Weil«, erklärt Maddy in dem gedehnten Tonfall, in dem man für gewöhnlich mit Dorftrotteln oder Kleinkindern spricht, »er sich die Haare färbt. Er will gut aussehen. Offenbar für eine andere Frau, denn ich weiß, dass er graue Haare bekommt. Er kriegt sogar schon graue Schamhaare.«

Auf diese Info hätte ich gut verzichten können.

»Ich färbe mir auch die Haare«, wende ich ein. »Und du.«

»Aber wir sind Frauen! Wir müssen eitel sein. Hier geht es um Richard, Katy, nicht um deinen Gabriel.«

»Er ist nicht *mein* Gabriel«, sage ich verdrossen. Mads weiß das allerdings; sie ist der einzige Mensch außer Jewell, dem ich es erzählen durfte. Aber Jewell zählt nicht. Die hält sich derzeit zur Entgiftung in einer Schönheitsfarm auf, um für ihre Geburtstagsparty fit zu sein. Typisch Jewell. Die meisten Leute entgiften *nach* Exzessen, aber sie legt Wert darauf, ihre Leber auf eine Misshandlung im großen Stil vorzubereiten.

»Egal.« Maddy wedelt wegwerfend mit der Hand. »Ausgerechnet Richard! Hast du jemals einen Mann getroffen, dem weltliche Dinge weniger bedeuten als Richard?«

Nein, vermutlich nicht. Ich glaube, dass Rich als Mann in mittleren Jahren mit Soutane zur Welt kam.

»Und jetzt«, jammert Mads, »hat er ein Handy und ist nie zu Hause. Und wenn er mal da ist, steckt er im Badezimmer und wäscht sich die Spuren von diesem Flittchen ab!« Ihre Stimme klingt gefährlich zittrig. »Und was ist mit dem Geld und dem Zettel auf dem Schrank? Das kann nichts Harmloses sein.«

»Aber manchmal muss man ein bisschen genauer hinschauen, um unter die Oberfläche zu blicken«, sage ich, eingedenk meines eigenen derzeitigen Lebens.

Mads starrt mich an. »Hältst du dich jetzt für Yoda oder was? Er ist ein untreuer Schuft, und ich werde es beweisen.«

»Und wie willst du das anstellen?«

Sie zuckt die Achseln. »Wenn mir was eingefallen ist, bist du die Erste, die es erfährt.«

Als ich sehe, wie Maddy danach vor sich hin murmelnd durchs Haus stapft und aufgebracht die Kisten mit Ware die Treppen hinunterzerrt, kann ich nur hoffen, dass ich nicht in ihrer Nähe bin, falls sie tatsächlich entdecken sollte, dass Richard sie betrügt – was ich einfach nicht glauben kann. Er benimmt sich zwar wirklich zwielichtig, aber ich bin mir sicher, dass er keinen Ehebruch begehen würde. Zum einen ist er Pfarrer, und zum anderen weiß ich, dass er Maddy aufrichtig liebt.

Während ich mit Prospekten und Kartons beladen hinter ihr den Weg hinuntertrabe, versuche ich irgendwie Durchblick in diesem Chaos zu kriegen, aber es will mir nicht so recht gelingen.

Auf der gesamten Fahrt nach Bodmin ereifert sich Mads über Richard, und ich darf mir auf der vierzig Kilometer langen Strecke unentwegt »Dreckskerl!« und »Wichser!« anhören, worauf ich an passenden Stellen mit »Mhm« oder »echt ein Idiot« reagiere.

Dabei schaue ich aus dem Fenster und versuche die Aussicht zu genießen, was nicht so einfach ist, wenn die menschliche Entsprechung zum Ätna neben einem am Steuer sitzt. Es ist ein wunderbarer Sommerabend, und ich kurble das Fenster runter und atme tief den betörenden Duft von warmer Erde und frisch gemähtem Gras ein. Als wir durch ein Wäldchen fahren, freue ich mich an den smaragdgrünen Bäumen und den weißen Blütenkerzen auf den ausladenden Blättern der Kastanien. Lichtstrahlen brechen durch das Blätterdach über uns und tanzen wild auf dem Asphalt, und die Hecken sind gesprenkelt mit blühendem Wiesenkerbel, roten Lichtnelken und Butterblumen.

»Ist das nicht bezaubernd?«, sage ich, in der Hoffnung, die Laune meiner Freundin zu verbessern. Aber Mads ist zu beschäftigt damit, wutschnaubend darüber nachzusinnen, wie sie ihrem Gatten auf möglichst schmerzhafte Weise die Eingeweide rausreißen kann, um sich über die Schönheit der Natur auszulassen.

»Arschloch«, murmelt sie. »Wart's nur ab.«

Irgendwie hege ich die Befürchtung, dass dieser Abend von der endlos langen Sorte sein wird.

Bodmin ist ein Städtchen, das ganz plötzlich aus dem Nichts aufzutauchen scheint. Im einen Moment sind wir noch auf dem Land, umgeben von tirilierenden Vögeln und blökenden Schafen, im nächsten stehen wir an einem riesigen Kreisverkehr und fahren durch ein Industriegebiet.

»Sind wir hier richtig?«, frage ich und blicke nervös auf die Betonwüste draußen, die mich stark an *Uhrwerk Orange* erinnert.

»Sind wir.« Mads biegt rechts ab, und wir fahren unter einer Eisenbahnbrücke durch. Linker Hand befindet sich eine Schule, die mit ihren grauen Wänden und schmutzigen Fenstern Ähnlichkeit mit meiner eigenen hat. Aber vielleicht sehen alle Schulen wie Gefängnisse aus. Wiewohl ja nicht alles schlecht war an meiner Schule. Ich werde sogar ein bisschen wehmütig beim Gedanken an sie. Das kann doch wohl nicht sein, dass ich tatsächlich meinen Schulalltag vermisse! Normalerweise habe ich zu dieser Zeit des Jahres immer wie eine Irre Lottoscheine ausgefüllt und Kapitel meines Romans an Agenten verschickt, in der verzweifelten Hoffnung, dass mich bis Ferienende jemand retten würde. Und nun, da ich ein Leben ohne Kreidestaub und schmierende rote Kulis führen kann, sehne ich mich doch wahrhaftig danach, mich vor einem Haufen mürrischer Pubertierender ins Zeug zu legen.

Das Leben ist wirklich sonderbar.

Und natürlich würde ich zu gerne Ollie wiedersehen. Wenn wir uns auf ein, zwei Kippen in den Heizungskeller verdrücken würden, könnten wir die ganzen Missverständnisse bestimmt aus dem Weg räumen. Und falls das nicht klappen sollte, könnte ich immer noch Nina Pasta aus der Schulkantine zu essen geben, eine undefinierbare pappige Masse, die eher an Tapetenleim denn an Nahrung erinnert und die Nina gewiss im Handumdrehen den Garaus machen würde.

»Okay.« Es ist ein Wunder, dass die Handbremse nicht abbricht, als Mads sie wütend hochreißt. »Wir sind da.«

Da bedeutet, dass wir uns in einer kleinen Wohnsiedlung befinden, die aus puppenhausartigen Gebäuden in Bonbonfarben besteht. Schweinchenrosa Reihenhäuser mit sonnengelben Terrassen umrunden eine winzige Grünanlage inklusive Ententeich.

»Nummer elf.« Mads springt aus dem Minibus. »Trag schon mal was rüber, ich sag inzwischen Bescheid, dass wir hier sind.«

Ich mache die Hecktüren auf, schnappe mir ein paar Kartons und bewege mich damit Richtung Haus. Dabei muss ich mich zwischen geparkten Autos durchdrängen. Was an sich nichts Ungewöhnliches ist, aber mein Blick fällt auf einen kleinen blauen Fiesta, der vor der Nummer elf steht. Auch das ist eigentlich nicht merkwürdig, wenn nicht auf dem Rückfenster ein Sticker mit Fischsymbol kleben würde, was mich beschäftigt, da Richard genau so ein Auto hat.

Das ist ein eigenartiger Zufall, weil Richard sich wohl kaum bei einem Weiberabend in Bodmin aufhalten wird. Außerdem ist dieses Auto mit Farbeimern und -rollen vollgeladen, nicht mit Bibeln und Kirchenutensilien. Bei der Vorstellung von Richard bei einem Weiberabend muss ich kichern, aber dann vergesse ich das Ganze wieder und konzentriere mich auf unsere Vorbereitungen. Während Mads sich ein Glas Wein genehmigt und mit den schon schwer angeschickerten Ladys plaudert, baue ich das Dessous-Display auf und sortiere die Karten für das erotische Wortspiel, wobei ich missbilligend feststelle, dass Maddy das Wort »Cunnilingus« falsch geschrieben hat.

Einmal Lehrerin, immer Lehrerin.

Die Party läuft prima. Die Weiber sind ganz wild auf unsere Spiele und noch wilder darauf, ihr Geld loszuwerden, und es hagelt Aufträge. Die Anstreicher sind wohl im Haus, arbeiten aber im Esszimmer, so dass die Frauen angesichts des Tobenden Theos und seiner Kumpane hemmungslos herumkreischen können. Mads und ich kommen mit dem Papierkram für die Bestellungen kaum hinterher. Ich drücke so fest die Daumen, damit Maddy heute Abend ihre Marge erreicht, dass mir fast das Blut stockt. Okay, es ist eine langweilige Leier, aber ich kann diesen Stress nicht mehr länger ertragen. Ich brauche ein ruhigeres Leben.

Und ich brauche Ollie.

Mads und ich haben uns zur Buchführung in die Küche gesetzt. Ich versuche angestrengt, gedanklich nicht wieder in der Ollie-Sackgasse zu landen, und konzentriere mich auf die Rechnungen. Mads hat ihre Brille aufgesetzt und tippt, die Zunge zwischen den Zähnen, Zahlen in den Taschenrechner ein. Wir haben fast alles erledigt, als aus dem Wohnzimmer aufgeregtes Gekreisch zu vernehmen ist.

»Der Stripper!«, schreit eine der Frauen. »Runter mit der Montur!«

Mads und ich beachten den Tumult nicht weiter. Stripper bei Weiberabenden vor Hochzeiten sind eine erfreuliche – Verzeihung, lästige – Ablenkung, auf die wir gut verzichten können. Außerdem wäre Gabriel wohl nicht begeistert, wenn seine Freundin in so einer lechzenden Truppe gesichtet würde.

Als die Musik anfängt – wie zu erwarten war, Tom Jones, der verkündet, den Hut müsse man nicht ablegen –, beende ich schnell meine Arbeit und spähe rasch um die Ecke.

Worauf ich um ein Haar in Ohnmacht falle.

Die Musik dröhnt aus einem narzissengelben Ghettoblaster. So ein Ding gibt es ja wohl kaum zweimal in Großbritannien, geschweige denn in dieser entlegenen Ecke im Südosten von Cornwall?

Oh. Mein. Gott. Das kann doch wohl nicht wahr sein.

Während die Frauen johlen und klatschen, entkleidet sich der als Polizist aufgemachte Stripper bis auf seinen G-String und lässt seine Handschellen über dem Kopf wirbeln. Sein Gesicht kann ich wegen der Horde aufgedrehter Weiber nicht erkennen, aber plötzlich ist mir der Zusammenhang zwischen dem scheußlichen Ghettoblaster, dem blauen Fiesta vor dem Haus, Richards häufiger Abwesenheit und der Haarfarbe sonnenklar.

Richard wird doch wohl nicht ...

Das ist nicht ...

Das kann einfach nicht ...

Ich verrenke mir den Hals, bin aber wie üblich zu klein und kann nichts erkennen. Doch als etwas zu kurz geratene weibliche fuchsrote Version von Hercule Poirot ist für mich die Sache eindeutig – ich habe das Rätsel gelöst.

Ich zupfe Maddy am Ärmel. »Komm schnell und schau dir den Stripper an.«

Sie runzelt genervt die Stirn. »Ich bin immer noch Pfarrersfrau, weißt du. Und außerdem«, sagt sie und wendet sich wieder den Büchern zu, »reicht es, wenn man so was einmal gesehen hat, die sind alle gleich.«

»Glaub mir, so einen hast du noch nie gesehen.«

»Ich will hier Rechnungen schreiben.«

»Im Ernst, Mads. Du musst dir diesen Stripper unbedingt anschauen!«

»Na schön.« Mads knallt ihren Stift auf den Tisch. »Wenn du dann endlich Ruhe gibst...« Sie schaltet ihren Taschenrechner aus und drängt sich zwischen den kreischenden Weibern nach vorn durch.

Ich schließe die Augen und fange zu zählen an. Eins, zwei, drei...

»Ja, nett«, sagt Mads, als sie zurückkommt. »Obwohl ich nicht verstehe, was du an dem besonders toll findest. Du solltest öfter mal ausgehen, wenn dich so was anturnt. Mmhm, aber *der* ist nicht übel!«, fügt sie mit Blick auf einen Mann hinzu, der sich in der Küche über die Spüle beugt, um Farbroller zu säubern. »Der Tapezierer hat einen echt knackigen Arsch!«

»Lass doch den blöden Tapezierer! Siehst du denn nicht, wer der Stripper ist?«, kreische ich und stelle mich verzweifelt auf die Zehenspitzen, um den Mann selbst zu sehen. «Mads! Der Stripper ist Richard! Pfarrer Rich ist ein Stripper!«

Wie aufs Stichwort verstummt die Musik, und meine Äußerung ist überall zu hören. Die Frauen drehen sich um und starren mich an. Dann treten sie beiseite, und ich kann den Stripper, auf dessen ölglänzender Haut sich indessen zahlreiche Lippenstiftspuren abzeichnen, mit eigenen Augen sehen. Er steht inmitten der Frauenhorde, die Handschellen hängen schlapp herunter.

Es ist nicht Richard.

Auweia.

Aber der Maler, dessen Allerwertesten Mads gerade bewundert hat, dreht sich um, und obwohl sein Gesicht und seine Haare mit Farbe bekleckert sind, gibt es keinen Zweifel an dem Entsetzen des Mannes, der soeben feststellt, dass er von seiner Gattin und deren Freundin im Overall entdeckt worden ist.

»Richard?«, keucht Mads fassungslos. »Was ist denn das? Was um alles in der Welt machst du hier? Bitte sag mir, dass du nicht als Stripper auftrittst!«

»Natürlich nicht!«, raunzt er sie an. »Katy, was denkst du dir dabei, derartige Verleumdungen zu verbreiten? Wie kannst du es wagen zu behaupten, dass ich Stripper bin? Hast du jetzt endgültig den Verstand verloren?«

»Aber der Ghettoblaster!«, krächze ich. »Das lange Duschen! Die Haarfarbe!«

»Ich arbeite als Tapezierer, um mehr Geld ranzuschaffen, und dabei höre ich gerne Musik. Dieser junge Mann hat sich heute meinen Kassettenrecorder ausgeborgt, weil seiner kaputtgegangen ist«, erklärt Richard mit gereiztem Unterton. »Und wenn ich nach Hause komme, muss ich mir die Farbe abwaschen. Ich ziehe mir nicht die Kleider aus, sondern nur Tapeten ab, Katy. Ich bin Pfarrer, um Himmels willen!«

»Du arbeitest als Tapezierer?«, fragt Mads verständnislos.

»Aber was ist mit der Haarfarbe?«, hake ich nach, weil mir das tatsächlich keine Ruhe lässt.

Richard verdreht die Augen. »Ich kriege graue Haare, Katy! Und wäre dir dankbar, wenn du das nicht gleich deinen Freunden von der Klatschpresse erzählen würdest.« Er errötet. »Es ist schon schlimm genug, dass meine Frau erfährt, wie eitel ich bin.«

»Das weiß ich doch«, erklärt Maddy. »Aber wofür brauchst du mehr Geld?«

»Graue Haare! Das erklärt alles«, antworte ich an Richards statt. Und jetzt sollte ich wohl lieber die Beine in die Hand nehmen, bevor Richard mir den Kopf abreißt und mich damit windelweich prügelt.

»Nicht ganz«, sagt Richard. »Aber was macht ihr beide eigentlich hier? Seid ihr zu der Party eingeladen?«

»Äm, nicht so wirklich.« Mads verzieht das Gesicht. »Sagen wir mal, du bist nicht der Einzige, der zusätzliches Geld ranschaffen will.«

Richard blickt hinüber ins Wohnzimmer, wo Rüschendessous, fröhlich kreisende Hasen und essbare G-Strings dargeboten werden, und erbleicht. »Großer Gott! Doch wohl nicht so!«

»Ich glaube, wir müssen über einiges sprechen, Liebling. Offenbar haben wir beide in letzter Zeit die Wahrheit ein bisschen vernachlässigt«, sagt Mads hastig, als an Richards Schläfe eine Ader heftig zu pulsieren beginnt, nachdem er den Tobenden Theo erblickt hat. »Vielleicht sollten wir uns in etwas ruhigerer Umgebung unterhalten.«

»Gute Idee«, sage ich rasch. Alles, was mich aus der Schusslinie bringt, ist mir recht. Wie wäre es mit einem netten Aufenthalt auf dem Mond?

Während Mads und Richard sich eiligst in den Minibus verziehen, packe ich in Rekordzeit unser Zeug ein, und die fröhlichen Weiber beschließen, um die Häuser zu ziehen. Zu behaupten, dass ich völlig fassungslos bin, wäre die größte Untertreibung aller Zeiten. Richard Lomax insgeheim ein Tapezierer? Kann nicht behaupten, dass ich auf so was gekommen wäre.

Aber dem Herrn sei Dank, dass Richard nicht als Stripper aufgetreten ist. Ich bräuchte eine Psychotherapie, um diesen Anblick zu verarbeiten.

Die Weiber machen Polonaise zur Haustür raus und kreischen dabei so vergnügt wie Teenies, während ich den letzten Karton »Bibeln« zum Minibus schleppe. Jetzt gibt es kein Pardon mehr. Ich muss ans Fenster klopfen und die Kisten einladen. Das Ehepaar Lomax hatte an die zwanzig Minuten Zeit, um sich entweder abzumurksen oder zu versöhnen. Wenigstens sehe ich keine Blutspritzer an den Fenstern.

Daumen drücken.

»Katy!«, schreit Mads mit geröteten Wangen und funkelnden Augen, als sie die Tür aufmacht. »Tut mir leid, dass ich dir nicht beim Aufräumen geholfen habe, aber...« Sie wirft einen Blick auf Richard in seiner farbbekleckerten Arbeitskleidung, »... ich musste ein paar Sachen mit meinem Mann klären.«

»Na klar!«, sage ich munter, klettere ins Auto und versuche die gespannte Atmosphäre zu ignorieren. »Was ist los? Oder sollte ich lieber nicht fragen?«

»Oh, Katy!«, sprudelt Mads und grinst so breit wie ein Halloween-Kürbis. »Er ist ja so süß. Richard hat meine Prospekte vom Sandals gefunden und wollte Geld verdienen, um mich an diesen romantischen Ort zu entführen. Wir hatten beide dieselbe Idee! Daran sieht man doch, wie sehr wir uns lieben, oder?«

»Ich wusste, dass Maddy nicht glücklich war«, erklärt Richard, »aber ich wusste nicht, was ich tun sollte. Dann entdeckte ich eine Anzeige für einen Job als Maler und Tapezierer und dachte mir, wenn ich mich richtig ins Zeug legen würde, könnte ich genug Geld verdienen, um Maddy einen Urlaub auf St. Lucia zu ermöglichen. Und sie damit dafür zu entschädigen, dass ich so ein schlechter Ehemann war. Ich wollte das nur ein paar Monate lang machen, bis ich genug Geld beisammenhätte. Und es sollte eine Überraschung sein, deshalb habe ich nichts davon gesagt.«

»Aber du bist doch gar kein schlechter Ehemann!«, ruft Mads aus, nimmt Richards Hand und drückt sie an ihre Wange. »Ich liebe dich doch, du Trottel! Ich habe geglaubt, dass du eine Affäre hättest. Ich wollte diesen Urlaub nur mit dir machen, damit du mich wieder interessanter findest.«

»Aber ich finde dich interessant!«, protestiert Richard. »Ich bin regelrecht verrückt nach dir! Ich dachte nur, ich sei nicht mehr gut genug für dich, und je länger ich mich darüber ausgeschwiegen habe, desto schlimmer wurde alles. Du hast so unglücklich gewirkt, und plötzlich waren da so viele Geheimnisse, dass ich nicht mehr wusste, wo ich überhaupt anfangen sollte.«

»Wie das Geld auf dem Kleiderschrank«, werfe ich ein. »Und die heiße Nachricht von Isabelle.«

»Du hast das oben auf dem Schrank gefunden?« Rich stöhnt.

»Gibt es denn gar keine sicheren Orte? Die Nachricht war nur in deiner Fantasie heiß. Ich hab sie nach meinem allerersten Auftrag bekommen. Isabelle ist sechzig, und ihre Töchter haben mich dafür bezahlt, dass ich zu ihrem Geburtstag ihr Schlafzimmer neu streiche. Sie hat mir fünfzig Pfund Trinkgeld gegeben und mir weitere Aufträge bei ihren Freunden verschafft. Ich verdanke ihr sehr viel.«

Mads küsst Richard auf die Nase. »Ich bin so froh, dass du keine Affäre hast. Und ich verstehe überhaupt nicht, weshalb du geglaubt hast, du seist nicht gut genug für mich. Deine Figur ist doch super!«

»Ich glaube, durch die körperliche Arbeit bin ich ein bisschen kräftiger geworden«, erklärt Richard und zieht seine Frau auf seinen Schoß. »Und ich muss zugeben, dass ich mich in letzter Zeit auch besser fühle. Aber ich werde jetzt aufhören mit diesem Job. Euch beide hier heute Abend zu treffen hat mir einen schweren Schock versetzt. Stellt euch nur vor, es wäre der Bischof gewesen.« Er wird etwas grün im Gesicht bei dieser Vorstellung. »Wenn der wüsste, dass ich nebenbei schwarzarbeite und dass meine Frau und ihre Freundinnen Sexhilfen verkaufen, würde man mich vermutlich exkommunizieren. Ich kann mir schon denken, dass man bei diesen Partys gutes Geld verdient, aber das ist zu riskant für eine Pfarrersfrau.«

»Ganz meine Meinung!«, sage ich sofort. »Und ich habe nur assistiert, möchte ich klarstellen.«

»Ich kann es mir wohl kaum erlauben, euch Vorhaltungen zu machen, nicht wahr?«, sagt Richard reuevoll. »Ich habe schließlich selbst nicht die Wahrheit gesagt. Aber das muss alles ein Ende haben, bevor wir in Teufels Küche kommen oder einer von Katys Pressefreunden was darüber schreibt.«

»Das sind nicht meine Freunde!«, protestiere ich. »Ich kann ja wohl kaum was dafür, dass die alle so verrückt sind nach Gabriel.«

Richard zieht eine Augenbraue hoch, und ich mache mich auf eine Predigt gefasst. Doch dann seufzt er nur.

»Das ist wirklich ein Schlamassel, den ich dir nicht in die Schuhe schieben kann, Katy. Aber«, sagt er zu seiner Frau, »wir müssen mehr miteinander reden, Maddy, anstatt immer nur zu mutmaßen, was der andere empfindet.«

Dem Blick nach zu schließen, mit dem Maddy ihn ansieht, steht ihr allerdings der Sinn nach ganz anderen Tätigkeiten als Reden. Sie sitzt mitten in einer Busladung Sextoys mit dem durchtrainierten Richard in den Armen, und ein eiliger Rückzug scheint mir angebracht.

Ich habe in letzter Zeit genügend verfängliche Situationen erlebt, um zu wissen, wann ich unerwünscht bin.

»Ich fahr das andere Auto zurück«, erbiete ich mich, schnappe mir die Schlüssel und bewege mich nach draußen. »Dann könnt ihr euch in Ruhe, äm, austauschen.«

Aber Mads und Richard knutschen schon und können nicht mehr antworten. Irgendwie glaube ich, dass die eine ganze Weile nicht mehr recht bei sich sein werden. Ich komme mir vor wie eine prüde alte Jungfer, als ich die Tür schließe und zum Fiesta tappe.

Während der Rückfahrt nach Tregowan sinne ich über die Ereignisse des Abends nach. Wäre unser aller Leben in letzter Zeit nicht erheblich unkomplizierter gewesen, wenn Mads Richard ihre Gefühle offenbart hätte? Dann hätte er ihr im Gegenzug gestanden, wie unglücklich er war, und *voilà!* Kein Krach, keine Tränen und ganz sicher keine Nebenjobs. Immerhin können die beiden jetzt ins Sandals abdüsen und total verliebt wiederkehren, und alle sind glücklich bis an ihr Lebensende, vor allem meine Wenigkeit, die nicht länger in Angst und Schrecken leben muss, weil Richard womöglich dem Doppelleben seiner Gattin auf die Spur kommen könnte.

Als ich den Wagen geparkt habe und den Weg zum Pfarrhaus hochwandere, gestehe ich mir ein, dass auch mein Leben wesentlich unkomplizierter wäre, wenn ich mich in meinen Beziehungen aufrichtiger verhalten hätte. Wenn ich mir die Mühe gemacht hätte, meine Beziehung mit James genauer zu betrachten, hätte ich mir Jahre verschwendeter Gefühle ersparen können. Und wenn ich Ollie gesagt hätte, was ich wirklich für ihn empfinde – wer weiß? Ich hätte mich gewisslich nicht als Gabriel Winters' Freundin ausgegeben und damit praktisch die ganze Welt belogen.

Das fühlt sich alles überhaupt nicht gut an.

Genau genommen wird es von Tag zu Tag unerträglicher.

Ich muss irgendetwas dagegen tun.

Im Pfarrhaus gieße ich mir ein großes Glas Wein ein und spaziere damit in den Garten – oder vielmehr zu dem Grasstreifen, der als Garten fungiert. Er ist ziemlich verwildert, ein Wirrwarr aus Winden und Gestrüpp; Blüten gibt es nur an den wilden Hundsrosen und der Kapuzinerkresse, die sich über die Trockenmauer hangelt. Ich setze mich auf die Türschwelle, atme die nach Seetang und Grillrauch riechende Luft ein und blicke aufs dunkle Wasser, auf dem sich die Lichter spiegeln. Ein eng umschlungenes Paar tritt aus der *Mermaid*, bleibt am Kai stehen und blickt lange übers Meer. Die beiden scheinen sich sehr nah zu sein.

Ich denke an Maddy und Richard, die sich im Minibus in den Armen liegen, und an Gabriel und Frankie, die es sich im Smuggler's Rest gut gehen lassen, und fühle mich entsetzlich einsam.

Ich kippe mir den Wein hinter die Binde und krame mein Handy heraus. Scheiß drauf. Ich rufe jetzt Ollie an. Was habe ich schließlich noch zu verlieren? Er redet ja sowieso nicht mehr mit mir.

Ich wähle seine Festnetznummer und versuche mich innerlich gegen endloses Klingeln oder den Anrufbeantworter zu wappnen. Als er tatsächlich abnimmt, verschlägt es mir fast die Sprache.

»Ollie?«, sage ich. »Ich bin's. Bitte leg nicht auf. Ich muss unbedingt mit dir reden.«

»Katy?« Ollie hört sich sehr erstaunt und nicht allzu begeistert an. »Hast du eine Ahnung, wie viel Uhr es ist?«

»Es ist Freitagabend«, sage ich. »Ich dachte, du seist noch auf.«

»Es ist ein Uhr«, seufzt Ollie. »Ich hab schon geschlafen. Ganz ehrlich, das ist ziemlich rücksichtslos. Wochenlang höre ich von dir nur über die Klatschpresse, und dann rufst du mitten in der Nacht an.« Ich höre die Bettfedern quietschen, als er sich aufsetzt. »Was willst du?«

»Ich habe immer wieder versucht dich anzurufen. Und ich habe dir einen Brief geschrieben.« Ich fühle mich furchtbar ungerecht behandelt. Wenn er wüsste, wie oft ich ihn angerufen und mit der Fiesen Nina gesprochen oder Nachrichten auf dem AB hinterlassen habe. Und dann der Brief. Wenn ich nur daran denke, wie ich da mein Herz ausgeschüttet habe, wird mir ganz heiß vor Scham. »Du bist nie zu Hause, und dein Handy ist ständig ausgeschaltet.«

»Das Handy habe ich schon vor Monaten verloren«, sagt Ollie. »Weiß der Himmel, was damit passiert ist. Ich hab es bislang nicht ersetzt, weil ich die Ruhe ziemlich genossen habe.« Er gähnt laut, und ich sehe ihn förmlich vor mir: die Haare, die chaotisch hochstehen, und die rosa Zunge hinter den leicht schiefen Zähnen.

Ist es nicht komisch, dass ich Ollies schiefe Hauer viel süßer finde als Gabriels perlweiße Beißerchen?

»Und?«, knurrt Ollie ungehalten, als ich schweige. »Was ist los? Muss ja echt dringend sein, da du uns aufgeweckt hast. Oder bist du besoffen?«

Uns? Dann muss Nina bei ihm sein. Meine Vision von Ol in Boxershorts und krumpligem T-Shirt wird verdrängt durch das Bild von Nina im Seidennachthemd, die sich mit gestählter Idealfigur um Olli schlingt wie eine Designerpython.

»Tut mir leid«, flüstere ich. »Es ist nur ... ich wollte nur ...«

Mein Hals ist wie zugeschnürt, meine Augen brennen, und ich umklammere das Handy so krampfhaft, dass ich das rosa Plastik knacken höre.

»Ich vermisse dich.« So, jetzt ist es raus.

»Ach ja?« Ollie wirkt nicht sonderlich erfreut. »Wundert mich, dass du überhaupt Zeit hast, bei deinem neuen Promi-Lebensstil irgendjemanden zu vermissen.«

»Das ist alles nicht so, wie es aussieht. Ich hab dir doch geschrieben, du sollst Frankie fragen.«

»Als würde ich den jemals noch zu Gesicht kriegen, seit er in diesem Star-Zirkus zugange ist. Und du bist weitergezogen und aufgestiegen, Katy. Die Schule ist inzwischen bestimmt eine fremde Welt für dich.«

»Die Schule vermisse ich auch«, krächze ich.

»Heiliger Strohsack. Du bist auf jeden Fall besoffen, wenn du die Schule vermisst. Ich kann's kaum erwarten, da abzuhauen.«

»Du hörst auf?«

»Zum Schuljahrsende«, erklärt Ollie, und ich höre, dass er lächelt. »Wir wollen reisen. Ich hab ein Wohnmobil gekauft und will das Haus verkaufen. Es kommt einiges in Bewegung. Du bist nicht die Einzige, die ihr Leben geändert hat.«

Ich weiß nicht, was ich darauf sagen soll. Wenn ich ihm gratuliere, hört es sich an, als wolle ich ihn loswerden, aber wenn ich ihm gestehe, dass mir das Herz in die Hose rutscht, klingt das jämmerlich. Mich packt eine fürchterliche Angst. Ollie verlässt die Schule, verkauft sein Haus und verändert sein Leben von Grund auf. Ich sehe ihn plötzlich mit Nina irgendwo am Strand Cocktails trinken, in einem fantastischen glutroten Sonnenuntergang. Und dann spazieren die beiden durch feinen weißen Sand davon.

Dieser verfluchte Sandals-Prospekt hat sich sogar in meinem Kopf festgesetzt.

»Ich bin dir eigentlich zu Dank verpflichtet«, fügt Ollie hinzu. »Ohne dich hätte ich das alles nicht geschafft.«

»Ohne mich?«

»Ja. Ich habe gesehen, wie du dich aufgeschwungen und ein neues Leben angefangen hast, ohne auch nur einmal zurückzublicken. Und da hab ich mich gefragt, weshalb ich das nicht auch schaffen soll. Ich möchte pragmatisch und leidenschaftslos sein. So wie du.«

Ich bin völlig perplex. »Pragmatisch und leidenschaftslos? Ich?«

Das ist unfassbar unfair. Wenn Ol wüsste, wie viele Tränen ich seinetwegen vergossen habe. Ich meine, es mag ja so wirken, als sei ich total verliebt in Gabriel, aber ich habe mich schließlich nicht verlobt, oder? Und ich habe auch nicht unsere Freundschaft abgebrochen und jeglichen Kontakt gemieden.

»Das find ich ja ziemlich dreist aus deinem Mund«, platze ich heraus. »Du hast dich doch überhaupt nicht gemeldet.«

»Was? Hör mal, ich habe zig Nachrichten bei diesem *Manager* hinterlassen.« Verächtlicher kann man das Wort nicht aussprechen. »Hätte es dir wirklich geschadet, wenn du mal angerufen hättest, Katy? Ich hatte geglaubt, wir seien Freunde. Das war wohl nichts, oder?«

Ich traue meinen Ohren kaum. »Du hast versucht mich zu erreichen?«

»Nun komm schon, das musst du doch wissen. Ich habe mich vermutlich völlig zum Narren gemacht. Weiß der Himmel, was dieser Typ, Seb, sich denkt. Der hält mich vermutlich für einen Stalker oder so was.«

353

»Ich habe keine einzige von diesen Nachrichten bekommen, Ollie. Ich schwöre bei Gott. Der muss mich total abgeschirmt haben.«

»Scheiße, das gibt's doch nicht«, sagt Ollie.

»Aber was war denn mit *meinen* Nachrichten? Ich muss an die hundert auf deinem Anrufbeantworter hinterlassen haben. Und mein Brief? Hast du den nicht gekriegt?«

Einen Moment lang herrscht Schweigen am anderen Ende. Dann seufzt Ollie tief. »Ich glaube, ich hab eine Ahnung, was da passiert ist. Verfluchte Scheiße, was für ein elender Schlamassel.«

Ich fange an zu lachen, aber aus dem Lachen wird ein Schluchzen. »Also war es gar nicht so, dass du nichts mehr mit mir zu tun haben wolltest?«

»Natürlich nicht! Aber Katy, du bist jetzt mit Gabriel zusammen, und ich verstehe schon, was sein Manager sich gedacht hat. Und ich bin auch gebunden. Vielleicht war das alles gut so.«

»Nein, war es nicht!«, erwidere ich flehentlich. »Wir müssen uns so viel erzählen. Ich muss wirklich dringend mit dir über bestimmte Sachen reden.«

Ollie seufzt. »Ja, es gibt sicher viel nachzuholen, aber ich muss morgen früh um sechs zum Rudern los und brauche noch ein bisschen Schlaf.«

Ich bin imstande, dezente Hinweise zu verstehen. Ich soll aus der Leitung verschwinden. Aber ich will einfach noch nicht auflegen. Was ich stattdessen tun will, ist jammern, dass es mir schrecklich leidtut, dass ich alles verbockt habe und dass ich wohl wirklich in ihn verliebt bin. Aber ich glaube, das will er nicht hören, weil er sein Leben doch jetzt so prima geordnet hat und es so verflucht toll ist.

So viel zu Aufrichtigkeit.

»Okay«, sage ich schnell und schlucke heftig, damit der

Kloß in meinem Hals verschwindet. »Dann erzählen wir es uns eben ein andermal. Kommst du nächste Woche zu Jewells Geburtstagsparty? Ich weiß, dass sie dir eine Einladung geschickt hat.«

In dieser Woche haben alle möglichen Leute in ganz Großbritannien Jewells regenbogenbunte Einladungskarten auf ihren Fußmatten vorgefunden. Dieses Jahr ist das Partymotto »Komm als dein Lieblingspromi«, was ein Witz, vielleicht aber auch ernst gemeint sein könnte. In jedem Fall wird das Haus in Hampstead Heath zu diesem Anlass mit Lichterketten geschmückt und bis unters Dach voll sein mit bezechten Partygästen, die frühestens im Morgengrauen aufbrechen. Jewell hat den festen Vorsatz gefasst, dass die Party in diesem Jahr die beste von allen sein soll. Die Meldung über ihren bevorstehenden Geburtstag stand sogar schon in der *Times*.

»Ja, ich hab die Einladung gekriegt«, bestätigt Ollie. »Aber ich weiß nicht, ob ich kommen soll. Bin mir nicht sicher, ob das wirklich eine gute Idee ist.«

»Du musst unbedingt kommen!« Ich bin schockiert darüber, wie versessen ich darauf bin, ihn zu sehen. »Ihr beide, du und Nina natürlich.«

»Nina?«, fragt Ol so verwundert, als hätte ich vorgeschlagen, er solle mit Liz Hurley kommen.

»Aber sicher!« Ich werde auf jeden Fall im Himmel reich belohnt werden. Und vermutlich kann ich sogar Nina ertragen, wenn ich dafür ein paar Minuten mit Ollie haben kann. Ich weiß, dass die Tusse mich hasst, aber was soll sie mir bei einer Party schon antun? Mich mit ihren Hüftknochen erstechen? »Bitte komm, Ol. Jewell wäre todtraurig, wenn du nicht dabei wärst.«

»Nur Jewell?«, fragt Ollie leise.

Diese Horde Schmetterlinge findet sich wieder in meinem Bauch ein, führt diesmal allerdings einen Holzschuhtanz auf.

Ich hole hastig und zittrig Luft und kratze die kläglichen Überreste meines Muts zusammen. Aufrichtigkeit, weißt du noch?

»Nicht nur Jewell«, murmle ich. »Ich auch. Bitte komm, Ollie. Ich vermisse dich wirklich sehr.«

Irgendetwas in der Leitung knistert. Ich halte die Luft an. Dann atmet Ollie ganz langsam aus, als ließe er etwas los, das er krampfhaft festgehalten hat.

»Ich vermisse dich auch«, sagt er so leise, dass ich mir nicht mal sicher bin, ob er es wirklich geäußert hat. »Ich komme zur Party, Katy. Ich werd da sein.«

Ich höre das Klicken, als er auflegt, und danach ist es ganz still. Mein Handy fällt zu Boden, und mir wird bewusst, dass das Dröhnen in meinen Ohren nicht Meeresrauschen, sondern mein Herzschlag ist.

Ich schlinge die Arme um die Knie. Ich weiß, dass es albern ist, aber ich bin gigantisch glücklich.

Ollie vermisst mich.

Ich grinse irr in die Dunkelheit. Mir ist nach Singen und Tanzen zumute, und ich fühle mich so beschwingt, als könne ich mich wie eine Möwe mühelos in die Lüfte erheben und wild kapriolend übers Dorf segeln.

Also gut. Er hat bislang nur gesagt, dass er mich vermisst.

Aber das ist immerhin ein Anfang.

Am nächsten Morgen bin ich so früh auf wie die Lerche – wobei das in Tregowan eher die Möwen sind –, und während ich Frühstück mache, muss ich unentwegt gähnen. Ich habe kaum ein Auge zugetan; zum einen, weil ich so wütend darüber bin, dass Ollies Nachrichten mir nicht ausgerichtet wurden, und zum anderen, weil das endlose Quietschen von Richards und Mads Bett kaum zu überhören war. Ich wünsche mir beinahe, ich würde wieder bei Gabriel wohnen, aber ich bin so stinksauer auf Seb, dass ich mir nicht sicher bin, ob ich dem Mann nicht den Kopf abreißen würde.

Außerdem habe ich so viel zu erledigen, dass ich nicht mal weiß, wo ich anfangen soll. Ich lehne mich an den Herd und mümmle ein bisschen Toast, bin aber so überdreht, dass ich kaum was runterkriege und den Toast fast unberührt wieder auf den Teller fallen lasse. Verdammt! Ich leide an Appetitlosigkeit. Vielleicht habe ich wirklich Ähnlichkeit mit Millandra.

Apropos Millandra: Ich sollte jetzt unbedingt was mit meinem Manuskript unternehmen. Solange es bei Gabriel auf dem Couchtisch liegt, kann nichts daraus werden. Und ich kann nur hoffen, dass jemand es kaufen will, weil ich mich nämlich in der Stille der Nacht meiner Devise »Ehrlich währt am längsten« entsonnen und eine weitere Entscheidung getroffen habe.

Ich werde diesem ganzen lächerlichen Theater mit Gabriel ein Ende bereiten.

Er hatte durch mich ein paar unbehelligte Monate. Aber wenn wir das noch länger durchziehen, fangen die Klatschblätter bestimmt bald an, über Verlobung zu spekulieren, und dann finde ich mich womöglich unversehens in einem Leopardenmuster-Outfit auf ein Sofa drapiert wieder, wo ich einen straußeneigroßen Ring in die Kamera halten darf, der so protzig ist, dass sogar Liberace seine liebe Not damit gehabt hätte. Gabriel ist alles zuzutrauen. Er ist völlig besessen von seiner Karriere. Aber ich denke, dass Seb für uns schon eine halbwegs glaubwürdige Trennung konstruieren kann. Ich kann abschließend auch gerne noch verkünden, was für ein fantastischer Liebhaber Gabriel ist, wenn ihn das glücklich macht.

»Kannst du bitte möglichst leise sein?«, stöhnt Mads, als sie in die Küche getaumelt kommt und verschlafen den Kessel unter den Wasserhahn hält. »Es gibt Leute, die heute Morgen ganz schön fertig sind.«

»Was erwartest du, wenn du die ganze Nacht vögelst, anstatt zu schlafen?«

Mads lacht und streicht sich die zerzausten Haare aus dem Gesicht. »Ich komme mir vor, als sei ich wieder in den Flitterwochen. Ich liebe ihn so sehr.«

»Das ist grandios, Süße!«, sage ich und umarme sie. Ollie vermisst mich und kommt meinetwegen zu Jewells Party, weshalb in meiner Welt alles in Ordnung ist und ich gerne allen anderen Menschen auch eine Freude machen möchte. Ausgenommen vielleicht dem verfluchten Seb. »Freut mich echt für dich.«

»Wir haben stundenlang geredet!«, berichtet Maddy, reißt das Fenster auf und lässt die frische salzige Meeresluft herein. »Wir werden verreisen, wie wir es geplant haben, und versuchen, ein Baby zu kriegen. Alles wird gut.«

Ich mache den Mund auf, um ihr von meinen Neuigkeiten zu erzählen, klappe ihn aber vorerst wieder zu. Mads ist gerade zu aufgekratzt und soll jetzt erst mal ihr Glück auskosten. Danach bin hoffentlich ich dran. Vielleicht sollte ich nach Truro fahren und mir ein fantastisches Abendkleid kaufen, um dem Glück etwas nachzuhelfen? Aber darüber wird Ollie sich wahrscheinlich kranklachen. Ich sollte wohl doch lieber auf die guten alten Samtschlaghosen zurückgreifen.

»Morgen!« Bob der Postbote streckt den Kopf durchs Küchenfenster und hält uns einen Stapel Briefe hin. »Wunderschöner Tag!«

»Absolut«, pflichtet Mads ihm bei. »Wirklich fantastisch!«

»Wo ist der Herr Pfarrer?«, erkundigt sich Bob mit sehnsüchtigem Blick auf den Wasserkessel. »Hat er seit Neuestem samstags frei?«

»So ähnlich.« Mads schließt die Augen und hält das Gesicht in die Sonne. »Richard bleibt heute im Bett.«

»Geht's ihm nicht gut? Armer Kerl«, bekundet Bob sein Mitgefühl. »Da passt es ja bestens, dass ich dem Bischof gesagt hab, er bräuchte euch nicht extra zu stören. Hab ihm berichtet, dass ich so ein Jammern gehört hab, als hätte jemand arge Schmerzen.«

»Ich habe gesungen«, sage ich pikiert.

»Der Bischof?« Mads erwacht schlagartig aus ihrer glückseligen Sextrance. »Was wollte denn der?«

»Nichts Wichtiges«, antwortet Bob. »Er meinte, er wollte nicht stören, ich soll Ihnen nur ausrichten, er würde sich den Minibus ausleihen, weil sein Auto zur Reparatur ist. Nur damit Sie nicht glauben, er sei geklaut worden. Außerdem will er die Kisten in die Kirche bringen und auspacken, weil sie knapp sind an Bibeln.«

»Au Scheiße!« Mads wird kreidebleich und rast wie angestochen in Pantoffeln und Morgenmantel zur Haustür raus.

»Was hab ich denn gesagt?«, fragt Bob verwirrt und bedient sich mit einem Rest Toast.

Ich muss so furchtbar lachen, dass ich nicht antworten kann, weshalb Bob seiner Wege geht und irgendwas über verrückte Zugezogene vor sich hin murmelt, während er die Frühstücksreste vertilgt.

Ich sortiere die Post, die hauptsächlich aus Rechnungen für Richard, einem Brief für Mads von ihrer Sextoys-Firma und einem säuberlich mit Computer geschriebenen Brief an mich besteht. Ich öffne ihn und falle vor Schreck fast in Ohnmacht.

Katy,
da du dich weigerst, auf meine Nachrichten zu reagieren oder in irgendeiner Weise mit mir in Kontakt zu treten, muss ich dir nun schreiben.
Unsere finanziellen Angelegenheiten müssen geklärt werden. Da deine

Lebensumstände sich geändert haben, wirst du mir gewiss eine angemessene Ausgleichszahlung anbieten können.
Wir sehen uns dann beim siebzigsten Geburtstag deiner Patentante.
Ich freue mich darauf.
Bis dahin,
James

Ich zerknülle den Brief und werfe ihn in den Müll. Was ist das nur mit James und dem Geld? Wie er auf die Idee kommt, dass ich – oder vielmehr Gabriel – ihm eine Finanzspritze zukommen lassen würde, entzieht sich völlig meinem Verständnis. Stehe ich nicht schließlich ohne Unterkunft und Vermögen da? Sollte nicht er mich unterstützen? Er ist ja wohl finanziell deutlich bessergestellt.

Die Vorstellung, James wiederzusehen, verdirbt mir gründlich die Laune. Ich habe keinen Schimmer, wer dieser Damokles war, aber sein Schwert andauernd über meinem Kopf zu spüren ist ein übler Zustand. Ich wünschte, Jewell würde mich fragen, bevor sie irgendwelche Männer aus meinem Leben zu ihren Geburtstagspartys einlädt. Warum gibt sie sich nicht mit Stricken und Karamellbonbons zufrieden wie andere ältere Damen?

Mein Handy hat zwar einen Riss, funktioniert aber noch. Ich meine jemanden zu kennen, der etwas Licht in diese Sache bringen könnte. Ohne zu zögern, wähle ich die Nummer von Millward Saville und lasse mich zu Ed durchstellen.

»Edward Grenville am Apparat.«

»Hallo, Ed«, sage ich, erstaunlich erfreut, als ich seine Quäkstimme vernehme. Ich hatte nie was gegen Ed. Nur James und Sophie haben dafür gesorgt, dass ich mich in seiner Nähe so unwohl fühlte wie Kate Moss in einer Schokoladenfabrik.

»Hier ist Katy. Katy Carter.«

»Katy Carter! Liebe Güte!« Ed ist vollkommen verblüfft.

»Mensch, wie geht's dir? Mit deinem schnuckligen Schauspieler? Sophie hat überall die Fotostrecke aus der *Hiya!* herumgezeigt. Und sämtlichen Freundinnen erzählt, dass sie dich kennt.«

»Hör zu, Ed, ich rufe nicht einfach so an, sondern weil ich beunruhigt bin wegen James. Ich kriege sonderbare Briefe von ihm, in denen er Geld von mir verlangt.«

Am anderen Ende herrscht tödliche Stille, von einem leichten Knirschen abgesehen, das vermutlich von den Zahnrädern in Eds Gehirn herrührt. »Ah«, sagt er schließlich. »Das ist eine lange Geschichte, meine Liebe. Die Sache ist... herrjemine, Katy, das ist alles furchtbar unangenehm. James arbeitet nämlich nicht mehr bei uns.«

Ich kriege sofort ein schlechtes Gewissen. »Womöglich wegen der Essenseinladung?« Dann hätte James freilich allen Grund, von mir Geld einzuklagen.

»Essenseinladung?«

»Das kannst du doch nicht vergessen haben?« Ich kann nicht fassen, dass ich ihn daran erinnern muss; dieser Abend hat sich unauslöschlich in mein Gedächtnis gebrannt. »Hummer? Kaktus? Hund im Büro?«

»Ach ja!« Ed gluckst. »War wahnsinnig witzig! Julius amüsiert sich noch heute darüber.«

Freut mich, dass das jemandem gelingt.

»Aber nein, es hat gar nichts mit diesem Abend zu tun.« Ed senkt die Stimme etwas; die Leute in Australien müssen sich jetzt anstrengen, um ihn noch zu verstehen. »Das Problem ist: James ist in eine dumme Sache verwickelt.«

»Dumme Sache? Drogen oder was?« Und dabei bin ich doch diejenige mit der Nurofen-Sucht.

»Nein!«, sagt Ed schnell – etwa mit demselben Tempo, in dem Mads gerade am Kai dem Minibus hinterherrennt. »Nicht so was. Es handelt sich um eine Finanzgeschichte. Er hat sich ziemlich idiotisch angestellt und sich auf ein Insidergeschäft eingelassen.« Ich sehe förmlich, wie Ed sich auf die Nase tippt. »Er hatte ein paar geheime Informationen über ein Takeover und hat heftige Verluste eingefahren. Du weißt ja, wie so was läuft.«

Öm – nee, eigentlich nicht. Meine Beschäftigung mit der Hochfinanz bestand bis jetzt daraus, dass ich mir in den Achtzigern *Wall Street* angeschaut habe. Rote Hosenträger, Gier ist gut, und nur Flaschen essen zu Mittag – darauf beschränken sich meine Kenntnisse in diesem Bereich.

»Ist das schlecht?«

»Schlechter geht's gar nicht«, erklärt Ed. »Es ist illegal, Katy. Und es war keine kurzfristige Sache. James hat sich total reingeritten. Er hat Schulden in Höhe von mehreren Hunderttausend, und ich fürchte, das ist noch eine vorsichtige Schätzung. Er hing da schon seit Jahren drin.«

Mein Mund fühlt sich staubtrocken an. »Wie viele Jahre?«

»Schwer zu sagen, aber wohl mindestens vier. Es wurde allerdings schlimmer, nachdem ihr beide euch zusammengetan habt. Er behauptete, du hättest eine reiche Tante, die in den letzten Zügen läge und euch viel Geld zur Hochzeit schenken würde.«

Mir ist wohl bewusst, dass ich James nicht mehr liebe und vielleicht, wenn ich schmerzhaft ehrlich bin, auch nie geliebt habe, aber es ist nie schön, wenn sich die schlimmsten Befürchtungen bewahrheiten, nicht wahr? Niemand möchte gerne ausgenutzt werden.

Was für ein widerlicher Idiot. Der hatte leichtes Spiel mit mir. Ich war Wachs in seinen Händen, weil ich erbarmungswürdig dankbar dafür war, dass ein so erfolgreicher Typ – der überdies die wandelnde Antithese zu allen Werten meiner verrückten Eltern darstellte – sich für mich interessierte.

Es war zu schön gewesen, um wahr zu sein. Was mir nun bestätigt wurde.

Ollie hatte recht. James muss gedacht haben, unsere Hochzeit wäre wie Geburtstag und Weihnachten zusammen. Kein Wunder, dass er es so eilig hatte, mir den Ring an den Finger zu stecken.

»Danke, Ed«, sage ich. »Ich glaube, ich habe genug gehört.«

»Tut mir leid, altes Haus.« Ed hustet verlegen. »Unschöne Geschichte, ich weiß. Julius musste James entlassen, um den Ruf des Hauses nicht zu schädigen. Malcolm Saville hat natürlich getobt vor Wut, und Alice hat James fallen lassen wie eine heiße Kartoffel. Ich denke mir, der Bursche ist jetzt ziemlich verzweifelt. Gerüchten zufolge bleibt ihm nicht mehr viel Zeit, um seine Schulden zu begleichen.«

Wir verabschieden uns, und ich sitze eine Weile reglos da und nage an meiner Lippe. Mein Bauch fühlt sich an, als täte sich ein Rudel Hyänen daran gütlich. Man lebt nicht mehrere Jahre mit jemandem zusammen, ohne einiges über diesen Menschen zu erfahren. Und ich weiß, dass James ziemlich skrupellos werden kann, wenn er unter Druck gerät. Jake und Millandra können ein Lied davon singen.

Vielleicht wäre jetzt ein guter Zeitpunkt, wieder mit Nägelkauen anzufangen? Entweder das, oder ich bitte Richard darum, ein paar Gebete für mich gen Himmel zu senden. Aber wenn ich mir anschaue, mit welchem Affenzahn Mads jetzt den Gartenpfad entlanggerannt kommt, braucht Richard seine Gebete wohl derzeit für sich selbst.

Es wäre vermutlich schlau, sich hier jetzt rarzumachen und Gabriels Villa anzusteuern. Ich kann nur hoffen, dass sich durch den mühseligen Aufstieg meine Rachegelüste gegenüber Gabriel und Seb etwas reduzieren.

Sonst brauchen diese beiden stärkeres Geschütz als Gebete, wenn ihnen ihr Leben lieb ist.

Der Aufstieg zum Smuggler's Rest ist kein bisschen beruhigend; bei jedem Schritt gerät mein Blut noch mehr in Wallung, und mein Kopf hämmert wie verrückt. Als ich die Haustür öffne, bin ich so in Rage, dass ich fürchte, an Ort und Stelle zu explodieren und auf dem edlen Schieferboden nur ein Paar qualmende Gummistiefel zu hinterlassen. Wie können Seb und Gabriel es wagen, für mich zu entscheiden, mit wem ich sprechen soll und mit wem nicht? Das war nie Teil unserer Abmachung!

Die Vorstellung, wie der hinterhältige Seb meine Anrufe abwimmelt, treibt mich zur Raserei. Und ich weiß, dass das Ganze auf seinem Mist gewachsen sein muss, da Gabriel, nüchtern gesprochen, einfach nicht intelligent genug ist, um so eine niederträchtige Intrige zu ersinnen. Er mag schön sein, aber als Gott das Gehirn verteilt hat, war Gabe zu beschäftigt damit, sein Spiegelbild zu betrachten, um sich seinen Anteil abzuholen. Was nicht bedeutet, dass er deshalb unschuldig wäre an der Sache. Keineswegs! Von nun an soll er sehen, wie er zurechtkommt, denn was mich betrifft, so ist mein Sommerjob definitiv beendet. Lieber passe ich die nächsten sechs Monate auf Luke und Leia auf, als auch nur noch eine weitere Sekunde Gabriels Partnerin zu spielen.

Vielleicht hat Richard doch nicht so unrecht, gestehe ich mir widerwillig ein und knalle dabei die Haustür so heftig hinter mir zu, dass eine von Gabes Filmtrophäen von der Kommode fällt. Es spricht wirklich eine Menge für Aufrichtigkeit in Beziehungen, und sie macht das Leben gewiss einfacher. Vielleicht sollte ich Richard mal auf ein Schwätzchen zu seinem berühmten Nachbarn und dessen Manager schicken.

Eine Predigt vom Herrn Pfarrer ist das *Mindeste*, was diese beiden verdient haben.

Gabriel hat Glück, weil er nämlich unter der Dusche ist, als ich auftauche, und Seb hängt in seinem Büro am Handy. Was mir die Gelegenheit verschafft, wieder zu Atem zu kommen und mich ein bisschen abzuregen. Es wäre vermutlich nicht sehr hilfreich, wenn die beiden nach der Aussprache mit mir ihre Eier als Ohrringe tragen könnten, auch wenn mir dann wohler zumute wäre. Ich muss ruhig und beherrscht bleiben, nicht wahr? Aber ich habe schließlich ein Recht auf kalte Wut und heißen Zorn!

So viel Recht wie man haben kann, wenn man drei Monate lang mehr oder minder ganz Großbritannien belogen hat.

Während ich auf Gabriel warte, was – wie ich aus Erfahrung weiß – dauern kann, weil Marie Antoinette bezüglich Schönheitswahn noch eine Menge von ihm lernen könnte, stapfe ich in der Küche herum, ohne ein Auge für die schöne Aussicht oder das im Sonnenschein schimmernde Eichenmobiliar zu haben. Es sieht aus wie im Saustall hier: In der Spüle stapeln sich schmutzige Teller, in der Pfanne modert das Fett von einer Woche vor sich hin, und auf den Arbeitsflächen ist Kaffeepulver verstreut. Gabriel mag göttlich aussehen, aber er lebt wie ein Schwein; da kann man Frankie nur Glück wünschen, wenn die beiden zusammenziehen. Obwohl es gewiss nicht zu meiner offiziellen Rolle als Gabriels Freundin gehört, für ihn sauberzumachen, lasse ich meine Wut nun an dem Chaos aus, indem ich Teller in den Geschirrspüler packe und Töpfe in Regale knalle, während der arme Mufty sich in sein Körbchen duckt und sich vermutlich fragt, was diese Irre hier zu suchen hat.

»Ich hab die Wut, weißt du!«, erkläre ich ihm, während ich einen vollen Müllsack zur Küchentür rausfeuere und damit beinahe eine Möwe erschlage. »Wie können Gabriel und Seb sich erdreisten, über mein Leben zu bestimmen? Wofür zum Teufel halten die sich?«

Schon sonderbar, dass noch vor wenigen Monaten James diese Rolle zufiel und ich so schwach und apathisch war, dass ich ihn gewähren ließ. Ich muss wohl geglaubt haben, dass er alles besser wüsste und nur mein Bestes wollte. Was sich im besten Fall als übler Schwachsinn und im schlimmsten Fall als emotionale Misshandlung erwiesen hat.

Dem Himmel sei Dank, dass ich den Absprung geschafft habe.

»Wenn Gabriel es wagt, auch so eine Nummer abzuziehen, kriegt er einen dieser Töpfe auf den Schädel«, teile ich dem besorgt blickenden Mufty mit, als ich einen Topf aus dem Spülbecken wuchte. »Jetzt ist Schluss mit lustig! Die sanfte Katy gibt's nicht mehr!«

Ich sichte mein Spiegelbild im Edelstahl-Kühlschrank: Ich sehe anders aus, aber nicht nur, weil ich schlanker bin und meine Haare glatt sind. Da ist auch der eisern entschlossene Blick in den Augen und das energisch vorgereckte Kinn.

Pummel hat das Weite gesucht. Wenn Jewell mich nur sehen könnte!

»Wenn man zu lange auf dem Beifahrersitz hockt, verlernt man das Fahren«, erkläre ich dem verstörten Pudel. »Und ich kann gut Auto fahren, was James auch verzapft hat. Mit Ollies Käfer konnte ich hervorragend umgehen. Ich habe noch nie jemanden getroffen, der sich gleichzeitig die Nägel lackieren und den Kreisverkehr an der Hanger Lane bewältigen konnte.«

»Mit wem redest du?« Seb kommt in die Küche geschlendert, klappt sein Handy zu und schaltet den Wasserkessel ein. Seit er zuletzt im Dorf war, hat er sich einen Kinnbart wachsen lassen, was sein ohnehin schon hageres Gesicht noch wieselartiger wirken lässt.

»Interessant, dass du das fragst«, antworte ich und starre ihn finster an. »Mit wem sollte ich deiner Ansicht nach sprechen? Oder vielleicht formuliere ich das besser anders: Mit wem sollte ich deiner Ansicht nach *nicht* sprechen?«

Seb beäugt mich argwöhnisch. »Bist du betrunken? Es ist erst neun Uhr morgens.« Er seufzt geplagt. »Bitte kein Suchtdrama.

Ich kann es wirklich nicht gebrauchen, dir einen Platz in der angesagtesten Entzugsklinik verschaffen zu müssen. Ich weiß nämlich, dass die total ausgebucht sind.«

Seb kann von Glück sagen, dass die Kochinsel – die eher ein Kontinent als eine Insel ist – sich zwischen uns befindet. Sonst hätte er sich nämlich einen Platz in der Notaufnahme verschaffen dürfen.

Ich hole tief Luft. Ruhig und gelassen war der Vorsatz, nicht wahr?

»Möchtest du mir vielleicht mal erklären, warum du meine Anrufe abgefangen hast?«

»Ach so.« Sein Blick flackert, und er schaut rasch weg. »Das.«

»Ja, das.« Ich marschiere um die Kochinsel herum, wobei ich an den Sabatier-Messern vorbeikomme. Als ich neben dem Holzbrett mit den Messern stehen bleibe, wirkt Seb nachhaltig beunruhigt. Wozu er allen Grund hat, denn ruhig und gelassen zu bleiben gehört einfach nicht zu meinen Stärken.

Ich wusste doch, dass ich nicht grundlos mit fuchsroten Haaren geboren wurde.

»Was gibt dir das Recht zu entscheiden, mit wem ich zu reden habe?«, knurre ich.

Er zuckt die Achseln. »Ich bin dein Manager. Das gehört zu meinem Job.«

»Es gehört zu deinem Job, Anrufe von meinen Freunden abzufangen? Das war nicht Teil meiner Absprache mit Gabriel. Und abgesehen davon bist du nicht *mein* Manager.«

»Ich bin aber für Gabriels Image verantwortlich. Und das gilt auch für dich. Schau dir nur mal an, wie viel Geld er dir für dieses Theater zahlt. Und du hast alles aufs Spiel gesetzt, indem du männlichen Freunden von dir erlaubt hast, anzurufen und unangekündigt hier aufzutauchen. Einer von uns musste schließlich Vernunft bewahren.«

»Du solltest es lieber lassen, mir jetzt auch noch Vorhaltungen zu machen! Ich hatte eingewilligt, als Gabes Partnerin aufzutreten, und nicht, in einem Überwachungsstaat zu leben!«

»Ich vermute mal, es geht um deinen hartnäckigen Busenfreund Ollie?« Seb seufzt. »Na schön, ich geb es zu. Den hab ich ein paar Mal abwimmeln müssen.«

»Ein paar Mal? Wohl eher jedes Mal!«

»Was kann ich dafür, wenn der Telefonterror betreibt? Und woher sollte ich ahnen, dass du mit ihm sprechen willst? Er hätte dich schließlich auch auf deinem Handy oder im Pfarrhaus anrufen können.«

»Er hatte sein Handy verloren und hatte deshalb meine Nummer gar nicht mehr. Und wieso sollte er wohl im Pfarrhaus anrufen, wenn du ihm den Eindruck vermittelst, dass ich überhaupt nicht mit ihm sprechen will?« Meine Stimme klingt furchtbar schrill und laut. Wenn ich meine Rolle als Gabriels Freundin gekündigt habe, kann ich eigentlich gleich als Fischweib anfangen.

»Schau«, sagt Seb und geht einen Schritt auf Abstand, immer noch nervös die Messer beäugend, »meine Aufgabe ist es, Gabriels Image aufrechtzuerhalten, und wir wissen beide, warum das schwierig ist. Das Letzte, was ich brauchen konnte, war ein liebeskranker Freund, der hier auftaucht und meine ganze harte Arbeit auf einen Schlag zerstört. Es war nötig, ihn von hier fernzuhalten.«

»Aber vielleicht war das nicht mein Wunsch?«

Er fixiert mich mit seinen Wieselaugen. »Genau *das* habe ich nämlich befürchtet. Und Gabriel kann es nicht brauchen, dass seine sogenannte Freundin ihn wegen eines anderen Mannes verlässt. Stell dir nur mal die Schlagzeilen vor – eine Katastrophe. Nenn es Schadensbegrenzung, wenn du willst, Katy – es hatte jedenfalls keine persönlichen Gründe. Ich habe nur meine Arbeit gut gemacht.«

»Schadensbegrenzung?«, wiederhole ich. Habe ich es hier

mit einem Menschen zu tun, oder hat man dem gleich nach der Geburt die Gefühle amputiert? »Hast du auch nur den Schimmer einer Ahnung, wie unglücklich ich gewesen bin? Du spielst mit dem Leben von Menschen, Seb, und so läuft das bei mir nicht. Ich liebe Ollie, und du hast ihm den Eindruck vermittelt, dass ich nichts mit ihm zu tun haben will. Wahrscheinlich hast du alles zwischen ihm und mir verdorben. Wie konntest du das wagen?«

»Beruhige dich!« Seb hebt die Hände und weicht zurück. Ich beglückwünsche mich gerade dazu, dass ich offenbar mein Lehrertalent, Leute das Fürchten zu lehren, nicht eingebüßt habe, als mir auffällt, dass ich mir das größte, grausigste Messer aus dem Block gegriffen habe und damit im Rhythmus meiner Worte herumfuchtle. Mist. Ich lege es rasch weg; es mag zwar verlockend sein, Haschee aus Seb zu machen, aber der Kerl ist es nicht wert, dass man für ihn einsitzt. Vielleicht sollte ich mal wieder einen Kurs für Wutmanagement belegen.

»Hör zu, es tut mir leid!«, beteuert Seb und verzieht sich in die Ecke hinter dem Kühlschrank. »Wenn du dich beruhigt hast, können wir darüber reden, ja?«

»Ich hab gar keine Lust, mich zu beruhigen, im Gegenteil. Und ich scheiß auf diesen blöden Job. Such dir jemand anderen zum Herumschubsen. Ich kündige!«

Sebs Gesicht nimmt exakt den schneeweißen Farbton des Morgenmantels an, in dem Gabe gerade in die Küche spaziert kommt.

»Du kannst jetzt nicht aufhören! Nicht während der Kampagne für *Pirate Passion*. Das macht alles kaputt.«

Ich funkle ihn erbost an. »Und was geht mich das an?«

»Du hast der ganzen Sache zugestimmt.«

Ich verschränke die Arme vor der Brust. »Ich habe niemals zugestimmt, dass jemand mein Leben beherrscht. Ich bin nicht diejenige, die hier die Ziele verschoben hat, Seb.«

»Hey, wieso streitet ihr beiden? Ich versuche zu meditieren, und jetzt ist es vorbei mit meiner Konzentration«, beklagt sich Gabriel und gießt Orangensaft in ein Glas. Unter normalen Umständen würde er die Stirn runzeln, aber er hat gerade eine Botox-Behandlung hinter sich und sieht eher aus wie ein erschrockenes hartgekochtes Ei.

»Ich weiß Bescheid darüber, dass Ollies Anrufe abgefangen wurden«, sage ich so eisig, dass durchaus ein paar Pinguine in einem Schneesturm vorbeiwatscheln könnten. »Und ich habe es satt, dass andere Menschen über mein Leben bestimmen, Gabriel. Such dir eine neue Vorzeigefreundin. Da arbeite ich lieber als Aushilfslehrerin hier an der Schule, als dass ich diese Farce noch länger mitmache.«

»Was redet sie da?«, will Gabriel von seinem Manager wissen. »Was für abgefangene Anrufe? Was zum Teufel ist hier los?«

Er wirkt absolut perplex, und mir wird klar, dass er von Sebs Machenschaften offenbar wirklich keine Ahnung hatte. So ein toller Schauspieler ist Gabriel nämlich auch nicht, vor allem mit Botox-Gesicht.

»Ich habe vielleicht ein paar Nachrichten von ihrem Freund Ollie nicht ausgerichtet«, murmelt Seb verdrossen.

»Er hat sie allesamt unterschlagen«, fauche ich. »Und Ollie den Eindruck vermittelt, als wolle ich nicht mit ihm reden.«

»Und jetzt will sie abhauen«, fährt Seb fort. »Gerade jetzt, wo du sie am meisten brauchst wegen den Fernsehpreisen und der Kampagne für den neuen Film, hat sie beschlossen, dich hängen zu lassen und ihre Liebe zu einem anderen Mann zu verkünden. Angela Andrews wird triumphieren, und die ganze Sache wird einen Riesenskandal verursachen.«

»Das kannst du nicht machen!« Gabe schlägt entsetzt die Hände vor den Mund. »Diese Woche ist absolut wichtig für mich! Sie könnte der Beginn meiner Hollywood-Karriere sein.

Wenn jetzt alles rauskommt, bin ich erledigt. Seb, mach ihr klar, dass das nicht geht. Bitte, Katy, das kannst du nicht tun!«

Ich funkle alle beide erbost an. »Das werdet ihr ja sehen!«

»Es war ein Fehler von mir, deinen Freund zu belügen«, sagt Seb rasch. »Das ist mir jetzt klar, Katy. Ich hätte das niemals tun dürfen. Es war falsch und dumm von mir. Ich werde ihn selbst anrufen und ihm erklären, was ich getan habe, wenn das hilfreich ist. Bitte schmeiß jetzt nicht hin. Gabriel braucht dich.«

Gabe nickt so heftig, dass die goldenen Locken fliegen, und in seinen saphirblauen Augen glitzern Tränen. »Wenn jetzt die Wahrheit ans Licht kommt, wird niemand den neuen Film ernst nehmen, und das Studio wird Millionen einbüßen. Und mir wird man vermutlich nie wieder eine Rolle anbieten.« Er ergreift meine Hände. »Bitte, Katy, ich flehe dich an. Lass mich jetzt nicht im Stich. Ich verdopple dein Honorar, ich zahle dir, was du willst!«

»Es geht nicht um Geld, Gabe. Ich kann einfach nicht mehr lügen.«

»Das musst du auch nicht«, wirft Seb ein. »Gib mir eine Woche Zeit, um eine Geschichte zu entwerfen und ein Starlet zu suchen, das mit Gabriel zur Premiere erscheint. Dann bist du frei. Ich verspreche dir, dass ich Ollie anrufe und ihm alles erkläre. Aber bitte hilf uns noch diese eine Woche.«

Ich schüttle den Kopf. »Ich muss Ollie jetzt sehen. Ich kann keine ganze Woche mehr warten.«

»Morgen fahren wir zur Verleihung der Fernsehpreise nach London.« Seb hackt wie ein Irrer auf seinen BlackBerry ein. »Sienna schuldet mir einen Gefallen, vielleicht übernimmt sie die Premiere, aber morgen bei den Preisen brauchen wir dich, Katy. Die Reporter stürzen sich auf diesen Event wie Fliegen auf Scheiße, und wenn du da nicht erscheinst, hat Gabriel keine ruhige Sekunde mehr. Dann werden sie nicht lockerlassen, bis sie irgendwas ans Licht gezerrt haben.«

»Das stimmt«, sagt Gabriel weinerlich. »Bitte, Katy, nur ein paar Tage! Du kannst Ollie hierher einladen, wenn es unbedingt sein muss, aber lass Frankie und mich jetzt nicht hängen. Du weißt, dass wir nur durch dich hier zusammen sein können, ohne uns Sorgen machen zu müssen. Bitte, nur dieses eine Wochenende noch. Damit Frankie und ich noch ein bisschen Zeit füreinander haben...«

Es ist ein genialer Schachzug, Frankie ins Spiel zu bringen. Ich weiß, wie viel es Frankie bedeutet, mich hier zu haben, damit er unbehelligt mit Gabe zusammen sein kann. Frankie ist mein schwuler bester Freund – glaubt jedenfalls die Klatschpresse –, weshalb er unbesorgt überall sein kann, wo Gabriel und ich uns aufhalten. Ich weiß auch, dass Frankie drei Wochen lang nonstop auf Tour war, sich furchtbar nach Gabe sehnt und untröstlich wäre, wenn er ihn nun nicht sehen könnte.

Ach Scheiße aber auch. Ich mag ja die neue starke Katy Carter sein, aber an diesem alten Schuldthema muss ich wohl noch arbeiten.

»Bitte?« Gabriel, der spürt, dass ich weich werde, schaut mich mit großen tränenglänzenden Hundeaugen an. »Wenn schon nicht für mich, dann für Frankie? Nur noch dieses eine letzte Wochenende?«

»Danach kannst du tun und lassen, was immer du willst«, ergänzt Seb. »Dann kannst du ruhig mit diesem Ollie zusammen sein, wenn es denn sein muss. Ich gebe Gabes Trennung bekannt und kümmere mich um die Medien. Und du bist völlig frei. Komm schon, was ist ein Wochenende im großen Weltenplan?«

Ich nage an meiner Lippe. Immerhin bin ich bei Jewells Party mit Ollie verabredet, wo wir hoffentlich unsere Freundschaft reparieren können. Ein letztes Wochenende als Gabriels Freundin müsste also schon noch zu ertragen sein. Das kann ich irgendwann meinen Enkelkindern erzählen – falls ich jemals welche haben werde, was mir an diesem Punkt in meinem Leben recht unwahrscheinlich vorkommt.

»Ein Wochenende«, sage ich entschieden. »Und danach ist wirklich Schluss.«

»Du bist ein Engel!« Gabriels Lächeln ist so strahlend, dass ich förmlich von seinen Veneers geblendet werde, und Seb stößt einen erleichterten Seufzer aus. »Du wirst es nicht bereuen, das verspreche ich dir!«

»Das kann ich nur hoffen«, erwidere ich, weil ich mich nämlich jetzt schon frage, ob ich nicht doch einfach hätte abhauen sollen. Aber was wäre dann aus dem armen Frankie geworden? Er wäre völlig verzweifelt gewesen, wenn er Gabriel nicht hätte sehen können.

Also gut, dann eben noch dieses eine Wochenende.

Das kann ja keinen großen Schaden anrichten, oder?

18

Als eifrige Leserin der Klatschpresse meinte ich immer, recht gut informiert zu sein über Ereignisse von internationaler Bedeutung wie die Verleihung der Fernsehpreise und die Ernennung des Serienstars des Jahres. Ich habe zu diesem Zweck sogar schon an Umfragen in der Fernsehzeitschrift teilgenommen. Aber im Vergleich zu Gabriel weiß ich so gut wie nichts. Wenn er in einer Rateshow zum Thema »Obskure Auszeichnungen für Fernsehdarsteller« befragt würde, könnte er zweifellos den Sieg davontragen. Das einzige Thema, das Gabriel noch mehr an seinem eitlen kleinen Herzen liegt, ist er selbst. In dieser Hinsicht hat er einen Doktortitel verdient.

Seit ich diesen zusehends bizarreren Job gekündigt habe, kann ich es kaum erwarten, auch wirklich damit aufzuhören. Mir wird schon förmlich schwindlig bei all diesen Lügen, und ich hasse es, mich ständig umschauen zu müssen, weil Angela Andrews und Konsorten womöglich im Unterholz lauern oder irgendein irrer Fan sich hinter den Mülltonnen versteckt. Ich freue mich sogar schon darauf, als Vertretungslehrerin hier an der Schule anzufangen, und da Teenager Aushilfslehrer etwa so empfangen wie die Löwen im Kollosseum seinerzeit die Christen, könnt ihr in etwa erahnen, wie verzweifelt ich bin. Das Leben als Partnerin eines Promis ist das Allerletzte.

»Nach Jewells Party höre ich auf«, verkünde ich Maddy am Telefon von meinem behaglichen Kissenberg auf dem riesigen Bett in Gabriels Suite im Claridges. Ich hänge kopfunter vom Bett und genieße es, wie mir das Blut in den Kopf fließt. Ganz ehrlich: So was Aufregendes hat mein Hirn seit Jahren nicht mehr erlebt. »Das wird unser letzter offizieller Auftritt als Paar. Ich hab Gabe versprochen, dass ich so lange durchhalte, damit er noch eine Weile in Ruhe mit Frankie zusammen sein kann. Frankie will sich bemühen, Gabe zum Coming-out zu überreden, weil er dieses Lügen und Betrügen auch nicht mehr aushalten kann.«

»Und wie stehen die Chancen dafür?«

»Etwa so gut, wie dass ich zum Mond fliege, aber ich will Frankie seine Illusionen nicht rauben. Es geht ihm richtig elend, weil er Gabes dunkles Geheimnis ist. Ganz ehrlich, du solltest ihn mal sehen – er hat seine ganze Lebhaftigkeit eingebüßt.«

»Du auch«, sagt Mads.

»Ja, weil ich es keine Minute länger ertragen kann, idiotisch in die Kamera zu grinsen und so zu tun, als könnte ich es kaum erwarten, über Gabriel herzufallen. Und diese ganzen verblödeten Preisverleihungen nerven mich zu Tode.«

»Du Ärmste. Was steht heute Abend an?«

»Die Preisverleihung für das beste Fernsehdrama«, sage ich mit dem altvertrauten Anflug von tödlicher Langeweile. »Gabriel kriegt gerade eine komplette Körperenthaarung.«

Mads prustet. »Danke, mehr will ich gar nicht wissen. Aber davon abgesehen: Wie gefällt dir die Reise? Wie ist das Claridges? Und wie ist Gordon Ramsay? Furchtbar sexy?«

Ich lache. »Womit soll ich anfangen? Die Reise ist anstrengend, und wenn Gabriel noch länger gezupft und enthaart und gepeelt wird, ist er ein völlig neuer Mensch, was vielleicht nicht schaden könnte. Das Claridges ist...« Ich blicke mich in dem Zimmer mit den schneeweißen Damastdecken und dem Golddekor um, »... ganz hübsch.«

»Ganz hübsch? Du solltest dich mal hören, Ms Hochnäsig! Ich kriege vermutlich eher den Mond als das Claridges zu Gesicht. Mehr Infos, auf der Stelle! Wie ist Gordon?«

»Cool. Als Gabe einen fettarmen Hauptgang haben wollte, hat er zu ihm gesagt, er könne ihn mal.«

Mads lacht. »Das hätte ich gern gesehen. Und wie ist deine Suite?«

»Gigantisch. Da würde euer ganzes Haus reinpassen.«

Mads pfeift durch die Zähne. »Erzähl weiter.«

Fügsam schalte ich die Freisprechfunktion ein, wandere durch die Zimmer und beschreibe die flauschigen Teppichböden, die Handtücher, die weißer und weicher als Schneewehen sind, und den Inhalt unserer Minibar, die alles andere als mini ist. Ich ziehe sogar die schweren Vorhänge auf und öffne die Fenster, damit Mads den Londoner Verkehrslärm hören kann. Während sie begeisterte Ahs und Ohs von sich gibt, komme ich mir vor wie eine Betrügerin. Ich habe einen Roman geschrieben und ein neues Leben begonnen, und nun wohne ich in diesem Luxushotel und bin unglücklicher als je zuvor. Was für einen Sinn hat es, so etwas Großartiges allein zu erleben? Seit ich hier bin, mache ich nichts anderes, als Fernsehen zu schauen und Ollie zu vermissen. Ich habe ihn sogar zu Hause angerufen, ihm auf Band gesprochen, dass ich in der Stadt bin, und die Nummer des Hotels hinterlassen. Aber bislang herrscht Funkstille. Ich kann nur hoffen, dass er sein Versprechen hält und zu Jewells Party kommt.

Ich beschließe, Mads nicht zu erzählen, dass ich Ollie angerufen habe. Sie wird nicht begeistert sein, wenn sie mitkriegt, dass ich seine Nummer sechsmal gewählt habe, nur damit ich seine Stimme auf dem AB hören und wieder dieses wohligwarme Kribbeln in mir spüren kann. Ich möchte nicht, dass meine beste Freundin mich für eine durchgeknallte Stalkerin hält.

Das bin ich nämlich nicht. Ich nehme nur mein Schicksal selbst in die Hand, nicht wahr?

»Katy!« Ein empörter Ruf ertönt blechern aus dem Lautsprecher. »Nun sag doch schon! Was ziehst du heute Abend an? Und mit welchen Schuhen? Erzähl, sofort!«

Gehorsam tappe ich zu dem riesigen Kleiderschrank – in dem ich wahrscheinlich Faune und Löwen vorfinden werde –, klappe ihn auf und betrachte das zauberhafte grüne Kleid von Alice Temperley mit den unzähligen Perlen und Stickereien, das mit Sicherheit das schönste Gewand ist, das ich je gesehen habe. Darunter stehen die Riemchenpumps von Jimmy Choo, die ich tragen werde, wenn ich über den roten Teppich tänzele – hoffentlich ohne dabei umzuknicken. Es ist bittere Ironie, dass ich früher bestimmt vor Freude fast gestorben wäre, wenn ich etwas so Schönes hätte mein Eigen nennen können, mich aber jetzt so lasch fühle wie ein Glas Cola, das seit einer Woche rumsteht.

Ich betrachte die neue durchtrainierte und glatthaarige Katy Carter in dem gewaltigen Spiegel. Und vermisse plötzlich die kurvige Version meiner selbst mit der wilden krausen Mähne so sehr, dass es schon fast körperlich schmerzt.

Ich sacke aufs Bett. »Ich hab es so satt, jedermann zu belügen!«

»Ist doch nur noch für kurze Zeit«, säuselt Mads in ihrer Küche beruhigend. »Und denk doch an dein Schreiben. Du hast bestimmt Superstoff sammeln können an der Seite von Mr Rochester.«

»Ich kann mich nicht erinnern, dass Mr Rochester jemals zur Maniküre ging.« Nennt mich heuchlerisch, aber irgendwas stimmt nicht, wenn ein Mann im Badezimmer länger braucht als ich.

»Aber es ist doch so«, erwidert Mads so geduldig wie jemand, der einer Amöbe die Teilchenphysik zu erklären versucht, »dass die Frauen landauf, landab Gabriel sexy finden. Er ist genau das Material, das du brauchst, der Sinn und Zweck deiner ganzen Heldensuche.«

Ich murmle zustimmend und versuche die leise Stimme in mir zu überhören, die hartnäckig behauptet, Ollie in seinem löchrigen Seemannspulli, mit verwaschenen Levis und nackten braunen Füßen sei Millionen Mal erotischer als der atemberaubend schöne Gabriel.

»Katy! Verschweigst du mir irgendwas?«

Ist es nicht einfach furchtbar, dass Freundinnen einen immer durchschauen?

»Die Sache mit James ist doch wohl inzwischen ausgestanden?«

Muss ich etwa Maddy ihre Stellung als beste Freundin aufkündigen? Ihre Fragen sind viel zu indiskret. Ich habe ihr erzählt, dass ich meine Rolle als Gabriels Freundin wegen Sebs Verhalten aufgebe. Aber ich habe eben nicht erklärt, warum ich so aufgebracht bin. Mads wittert nun natürlich, dass da was im Busche ist. Doch ich muss mich zum Glück nicht weiter in Lügen verstricken, weil nämlich jemand zackig an die Tür klopft und sich dann mehrfach nervös räuspert. Es handelt sich um den Hoteldirektor, der nun ins Zimmer späht.

»Verzeihung, Madam, aber an der Rezeption ist ein Herr, der Sie unbedingt sehen möchte. Er ist sehr hartnäckig. Soll ich ihn hochschicken?«

Oh mein Gott! Mein Herz fängt in meinem Brustkorb das Headbangen an, und mir wird ganz schwindlig. Ollie! Er hat meine Nachricht abgehört und den ganzen weiten Weg zurückgelegt, um mich zu sehen! Mein Blut scheint durch meinen Körper zu wirbeln, und irgendwer hat die halbe Sahara in meinem Mund ausgekippt. Da ich kein Wort hervorbringe, nicke ich nur debil.

»Ich muss aufhören. Ich ruf dich später wieder an«, teile ich Mads mit und lege auf. Danach fege ich durchs Zimmer wie angestochen, beiße mir auf die Lippen und kneife mich in die Wangen wie eine Jane-Austen-Figur. Anschließend stelle ich mich seitwärts vor den Spiegel und beäuge mich, in der Hoffnung, dass meine neue Jeans aus der Kollektion von Victoria Beckham meinen Po tatsächlich so apfelrund und meinen Bauch so flach erscheinen lässt, wie die Verkäuferinnen es mir verheißen haben. Wird Ollie die neue Katy gefallen?

Es klopft wieder an der Tür. Mein Herz schwillt an wie ein Heliumballon. Der allerdings schlagartig platzt, als ich die Tür aufreiße und mein Gegenüber erblicke.

»Hey, Pummel«, säuselt James und drängt sich an mir vorbei in die Suite. Er schaut sich um und schwelgt sichtlich in dem Luxus, der sich seinem Blick darbietet. »Allerhand. Du hast es ja ganz schön weit gebracht.«

Dieses Kompliment kann ich nicht erwidern. James sieht wie eine verlotterte Version seiner selbst aus. Seine Haut hat einen gräulichen Farbton, und seine Augen sind blutunterlaufen. Sein Anzug ist zerknittert, der Hemdkragen schmuddlig.

Ich schließe die Tür und verschränke die Arme vor der Brust. »Was willst du hier? Und woher weißt du, wo ich bin?«

James tippt sich mit dem Zeigefinger auf die Nase. »Ich habe meine Quellen.« Er lächelt, aber dieses Lächeln ist nicht erfreulich anzuschauen. Es erinnert an die Miene eines Krokodils, das einen gleich auffressen wird. Ich spüre ein nervöses Kribbeln auf meiner Kopfhaut.

»Verschwinde hier, James, bevor ich die Security rufe.«

»Das würde ich an deiner Stelle lieber lassen. Was würde dein Freund wohl sagen«, sinniert er, setzt sich auf den Bettrand und wippt mit den Füßen, »wenn er wüsste, dass du deinen Exverlobten in deine Suite eingeladen hast?«

»Ich habe dich nicht eingeladen«, stelle ich klar. »Du hast dich aufgedrängt.«

»Nur eine Frage der Auslegung.« Er zuckt die Achseln, und mir fällt auf, dass sein Sakko an den Schultern zu weit ist. »Inzwischen wissen bestimmt schon alle Hotelangestellten, dass die Freundin von Gabriel Winters einen anderen Mann auf dem Zimmer hat. Was werden sich die wohl denken?«

»James, auch Mick Jagger hat eine Suite hier. Glaubst du im Ernst, es interessiert die Angestellten, wenn ein ehemaliger Banker einer vollkommen unbedeutenden Person einen Besuch abstattet?«

»Du bist keine unbedeutende Person, sondern die Freundin des begehrtesten Mannes im ganzen Land. Alle reden über dich und fragen sich, wie um alles in der Welt es dir wohl gelungen ist, den an Land zu ziehen.«

Charmant wie eh und je, der Mann. Jetzt streift er durchs Zimmer, nimmt sich ein paar Trauben aus der Obstschale und inspiziert das riesige Badezimmer.

»Wo steckt Gabriel überhaupt?«

»Hat Interviews.«

James kommt wieder aus dem Bad, zwei Tiegel mit Edel-Duschgel in Händen. »Meinst du nicht, er wird sich sehr aufregen, wenn er die Sonntagszeitung aufschlägt und lesen muss, dass seine Freundin ihn betrogen hat, während er mit Arbeit befasst war? Unser Schäferstündchen wird sicher nicht gut ankommen bei ihm.«

»James«, sage ich zähneknirschend. »Ich weiß nicht, wie ich mich noch deutlicher ausdrücken soll. Es ist aus zwischen dir und mir, ein für alle Mal. Wir kommen auch nicht wieder zusammen. Ich werde nicht mit dir ins Bett gehen. Nie mehr.«

James verdreht die Augen. »Du warst immer schon so lahmarschig, Pummel. Hast du auch nur den Hauch einer Ahnung, wie entnervend das für mich war? Ich habe nicht die geringste Absicht, noch mal mit dir zu vögeln. Lieber Gott! Das war schon mühselig genug, als mir nichts anderes übrig blieb.«

Ich starre ihn fassungslos an.

»Nein«, fährt er fort, tritt ans Fenster und blickt auf die geschäftige Straße hinunter. »Diesen Mist hab ich zum Glück hinter mir. Ich habe mich bemüht, nett zu sein, Blumen zu schicken. Ich habe versucht, vernünftig zu sein. Und wohin hat mich das alles gebracht? Nirgendwohin. Du hast mir gar keine andere Wahl gelassen. Ich hatte die feste Absicht zu warten, bis das alte Schrapnell abkratzt. Ich war sogar bereit, dich zu heiraten, aber nicht mal das hat dir gereicht.«

Er dreht sich um und wirft mir einen eisigen Blick zu. In seinen Mundwinkeln hat sich Spucke gesammelt.

»Deshalb bleibt mir jetzt nichts anderes übrig, als unangenehm zu werden. Wenn ich diese Suite in allen Details«, er zieht eine Visitenkarte aus seiner Sakkotasche und betrachtet sie sinnend, »einer gewissen Angela Andrews vom *Daily Dagger* beschreibe und dem Hotellakaien fünfzig Kröten zustecke, damit er meine Aussage bestätigt, wirst du ziemlich schlecht dastehen, nicht wahr? Stell dir doch nur mal vor, wie ganz Großbritannien aufwacht und als Erstes erfährt, dass Gabriel Winters' Freundin in der Gegend herumgevögelt hat. Das wird seinem Image nicht allzu guttun.«

»Das kannst du nicht machen!«

»Ich denke, du wirst zu dem Schluss kommen, dass ich das sehr wohl kann«, erwidert James mit höhnischem Lächeln. »So ein Jammer aber auch. Dann wirst du schon wieder auf die Straße gesetzt. Das wird Mr Supersexy ganz schön ins Schleudern bringen.«

Ja, aber nicht aus den Gründen, die James vermutet. Für Gabriel zählt nur sein Image. Ich betrachte James' steinernes Gesicht mit den eiskalten Augen und frage mich ernsthaft, was ich jemals in diesem Mann gesehen habe. Mein Selbstwertgefühl muss damals total am Boden gewesen sein.

Jewell wird stolz auf mich sein. Ich habe mich wirklich verändert.

»Deshalb«, redet James weiter, »müssen wir beide eine Einigung erzielen, wenn du nicht möchtest, dass deine kleine

Romanze zu Ende geht. Mit hunderttausend Pfund wäre das zu erledigen. Bar.«

Mein Kinn hängt quasi in meinen Kniekehlen. Der Mann hat offenbar nicht nur seinen Job, sondern auch seinen Verstand verloren. »So viel Geld habe ich nicht! Das weißt du doch!«

Er zuckt die Achseln. »Aber Gabriel. Bitte ihn um ein neues Kleid oder irgend so was.«

»Er ist Schauspieler, James, nicht Bill Gates.«

»Dir wird bestimmt was einfallen, Schätzchen. Und falls nicht...«, er hält inne, »ist es aus und vorbei mit euch beiden. Armer Gabriel. Der wird dann ganz schön fertig sein.«

Ich hasse James. Ich habe ihn schon nach seiner Bemerkung über Jewell gehasst, aber jetzt hasse ich ihn erst recht. Er weiß gar nicht, dass ich nicht furchtbar verliebt bin in Gabriel. Aber das wäre ihm auch vollkommen egal. Er würde ohne mit der Wimper zu zucken mein Leben zerstören.

»Das ist Erpressung«, flüstere ich.

»Was für ein hässliches Wort. Ich würde es eher eine Geschäftsvereinbarung nennen wollen.«

»So wie unsere Beziehung es für dich war?«, sage ich bitter. »Ich weiß Bescheid über deine Geldprobleme, James. Ich weiß auch, was bei deiner Bank gelaufen ist. Aber ich verstehe nicht, wieso du bei mir gelandet bist, wenn du so dringend Geld brauchtest.«

James schenkt sich Whisky ein, hält das Glas gegen das Licht und betrachtet sinnend die bernsteinfarbene Flüssigkeit.

»Ich vermute mal, Ed hat gequatscht. Der konnte noch nie den Mund halten. Und hatte nie genug Mut, um Risiken einzugehen, so wie ich.«

Ich schweige. Und wie ein Schurke aus *Scooby-Doo* beginnt James nun, alles auszuplaudern.

»Na und? Ich hatte eben ein paar Spekulationen laufen, die nicht ganz hingehauen haben. Dabei habe ich Geld verloren, habe weiterspekuliert und noch mehr Schulden gemacht. Ich dachte, deine Patentante würde in Kürze abnippeln, aber die blöde alte Schachtel hat es sich leider anders überlegt. Und sich immer komischer aufgeführt, wenn ich mir von ihr was leihen wollte. Dann fing die Scheißrezession an, und es wurde richtig eng.« Er trinkt einen großen Schluck und wischt sich den Mund mit dem Handrücken ab. »Als ich dann Alice kennengelernt habe, dachte ich, mein Blatt hätte sich zum Guten gewendet. Keine Warterei mehr, dass irgendwelche alten Tanten abkratzen – Alice' Vater ist millionenschwer. Und als du dann die Essenseinladung in großem Stil vermasselt hast, Schätzchen, hatte ich die perfekte Ausrede, um unsere Verlobung zu lösen. Wer hätte mir dafür Vorhaltungen machen sollen?«

»Niemand«, murmle ich. »Nicht mal ich.«

»Wie rührend«, sagt James, kippt sich einen zweiten Whisky hinter die Binde und schenkt sich nach. »Und da ich dir ja so am Herzen liege, solltest du dich jetzt lieber ranhalten und mir das Geld beschaffen. Ansonsten kannst du Gabriel Winters in den Wind schießen. Hunderttausend in bar. Du kannst es mir morgen Abend bei der Party deiner Patentante übergeben.«

»Du erwartest von mir, dass ich über Nacht eine derartige Summe auftreibe?«

Er leert sein Glas. »Das sollte dir gelingen, ja. Sonst kriegt Angela Andrews ihren Knüller des Jahres. Ich bin sicher, die zahlt gut dafür. Bin ich verstanden worden?«

»Vollkommen«, antworte ich matt.

»Gut. Dann bis morgen also.« James knallt sein Glas auf den Tisch und spaziert hinaus.

Ich bleibe zitternd zurück. Seine gemeinen giftigen Worte kreisen in meinem Kopf, immer und immer wieder, bis ich meine, gleich irrsinnig zu werden. Wie konnte ich jemals in einen derart grauenvollen Menschen verliebt sein? Wieso war ich so entsetzlich dumm?

Nun muss endgültig Schluss sein mit dieser Dummheit. James hat mir den nötigen Stoß gegeben, um alles zu klären: mit Ollie, mit Gabriel, mit mir selbst.

James wäre fuchsteufelswild, wenn er wüsste, dass sein Benehmen tatsächlich etwas Gutes für mich bewirkt. Heute ist der letzte Abend, an dem ich Make-up auflege, mir die Haare glätte und als Gabriels Freundin auftrete. Morgen, nach der Party, werde ich den ganzen Schwindel beenden. Ich werde Gabriel die Wahrheit sagen, und James kann ruhig an die Öffentlichkeit gehen mit seiner Geschichte. Wer weiß, vielleicht ist sie Gabriel sogar nützlich. Auf jeden Fall erfährt dann niemand die Wahrheit über ihn.

Ich drücke mir die Handrücken auf die Augen und verkneife mir die Tränen. Ich kann nicht mit roter Nase und verquollenen Augen zur Verleihung erscheinen; das würde sich schlecht machen in der Presse. Außerdem will ich bei Jewells Party nicht wie ein Troll aussehen. Jewell hat einen schönen Abend verdient.

Und selbst wenn Ollie in Nina verliebt ist, will ich so gut wie möglich aussehen.

Träumen darf ich ja schließlich, oder?

19

Was meinst du?« Maddy dreht sich mit wehenden schwarzen Gewändern im Kreis. Sie glättet ihre rote Perücke und klemmt sich den zappelnden Mufty unter den Arm. »Kann man erkennen, wer ich bin?«

»Dein Mann ist ein bisschen verräterisch«, antworte ich, als Richard, mit strähniger schwarzer Perücke und violetter Sonnenbrille unschwer als Ozzy Osbourne zu identifizieren, munter das Siegeszeichen macht. Ich finde es erstaunlich, dass Richards Lieblingspromis wirklich und wahrhaftig Ozzy und Sharon sind. Wobei Mads schon recht hat mit ihrer Frage, wen ich denn wohl erwartet hätte. Cliff Richard und Thora Hird?

Vermutlich sollte ich inzwischen kapiert haben, dass Menschen häufig nicht so sind, wie sie scheinen. Auf jeden Fall sind Richard und Mads superlieb zu mir, seit der Bischof den Tobenden Theo in den Bibelkartons gefunden hat. Ich habe das natürlich auf meine Kappe genommen und musste mir eine endlose Predigt vom Bischof über Charakterstärke – offenbar etwas, das es nicht in Tüten gibt – anhören. Dafür kriege ich in der *Mermaid* nun jede Menge Drinks spendiert, und Richard macht mir keine Vorhaltungen mehr von wegen Aufrichtigkeit in Beziehungen.

Da denkt man doch unwillkürlich an das Glashaus und die Steine, oder?

»Vielleicht sollte ich noch mehr Lidschatten auflegen...« Mads kneift die Augen zusammen und betrachtet ihr Spiegelbild. »Bist du fertig mit dem Grün?«

»Fast.« Ich lege noch eine Schicht auf und klappere versuchsweise mit meinen falschen Wimpern. »So, ich glaube, das war's jetzt.«

Eine ganze Horde drängt sich in Jewells Ankleidezimmer und legt hastig letzte Hand an die Verkleidungen. »Komm als dein Lieblingspromi« war tatsächlich kein Witz; deshalb wimmelt es in dem Haus in Hampstead Heath von Kylies und Robbies, und ich habe sogar einen Darth Vader gesichtet, wobei mir nicht ganz klar ist, ob der als Promi zählt. Meine Eltern, umwabert von ihrer üblichen Cannabiswolke, wandeln als Herman und Lily Munster umher, was bei Mam keinen großen Kostümeinsatz erfordert hat, und meine Schwester Holly sieht als Lauren Bacall ziemlich nach Kampflesbe aus.

Jewell habe ich noch nirgendwo gesichtet, aber sie lässt es bestimmt krachen. Ihre Partys sind immer spektakulär, aber dieses Fest ist bislang der Superlativ, und ich frage mich, wie sie das nächstes Jahr übertreffen will. Im Garten steht ein imposantes Zelt, umkränzt von weißen und rosafarbenen Lichterketten und mit zahllosen weißen Lilien und üppigen rosa Rosenbouquets dekoriert. Auf einem Podium spielt ein Streichquartett, und von schwarz gewandeten Kellnern, die elegant einen Arm hinter dem Rücken halten, werden Unmengen von Champagner ausgeschenkt. Gerüchten zufolge sollen später die Screaming Queens auftreten, die zurzeit total angesagt sind und von vielen Gästen mit Spannung erwartet werden. Frankie, der als Freddy Mercury angetreten ist, amüsiert sich jedenfalls sichtlich. Wo man auch hinschaut, sieht man Promis plaudern und trinken. Chris Evans unterhält sich mit Posh Spice, und Heinrich der Achte tanzt mit Cher.

Und dabei habe ich noch nicht mal einen Tropfen Alkohol intus.

Ich zerzause meine blonde Perücke noch ein bisschen und

nuckle vielsagend an meinem Zeigefinger, während ich vor dem Spiegel in die Hocke gehe. »Was meinst du?«

Ich bin ziemlich beeindruckt von meiner Aufmachung, weil sie nicht allzu aufwendig war. Hot Pants, Wonderbra und eine tief dekolletierte Westenbluse kombiniert mit hochhackigen weißen Stiefeln, Bräunungscreme auf den Schenkeln und Transvestiten-Make-up und: Ta-da! Ich bin Busenwunder Jordan. Oder hoffe es jedenfalls.

Das mag ja erbärmlich sein, aber hatte Ollie nicht mal eine erotische Fantasie erwähnt, in der Jordan und ein Trampolin vorkamen? Und wenn ich mich nicht irre, hat Jewell eine Hüpfburg bestellt, was etwa aufs Gleiche rausläuft.

Ich hoffe nur inständig, dass Ollie überhaupt kommt, von mir aus auch mit der Fiesen Nina im Gefolge. Ständig schaue ich aus dem Fenster, aber bislang ist er nirgendwo in Sicht.

»Auweia«, sagt Mads und mustert mich von Kopf bis Fuß. »Du siehst genau aus wie Pamela Anderson. Hoffentlich kommt keiner als Tommy Lee.«

»Ich bin Jordan!«, protestiere ich, aber Mads hört nicht zu, weil sie damit beschäftigt ist, ihre Zunge in Ozzies Mund zu versenken. Ganz ehrlich! Die beiden sind in letzter Zeit schlimmer als Teenager; sie können einfach die Finger nicht voneinander lassen. Zum Glück konnte ich mich bislang in Gabriels Villa verziehen.

Ich überlasse Mads und Richard sich selbst, weil ich aus Erfahrung weiß, dass mit denen so schnell nichts mehr anzufangen ist, übe noch mal meine Schmollschnute und stöckle hinaus auf den Treppenabsatz. Von dort aus schaue ich auf das Treiben hinunter. James ist bislang Gott sei Dank nirgendwo zu sehen, aber das ist wohl nur eine Frage der Zeit. Ich kann mir allerdings nicht vorstellen, in welcher Verkleidung er erscheinen wird; auf BBC News gibt es keine große Auswahl an Promis.

Gemächlich spaziere ich durch die Menge, in der ich hie

und da ein bekanntes Gesicht sehe, nehme unterwegs ein Glas Champagner in Empfang und geselle mich schließlich zu Gabriel und Guy, die beide völlig unverändert aussehen.

»Wer bist du denn?«, frage ich Guy, der Bier aus der Dose trinkt und seine übliche gelbe Latzhose trägt. Es wundert mich, dass er überhaupt hier ist. Er muss Jewell wirklich sehr schätzen, um sich ihretwegen nach London begeben zu haben, was für ihn etwa gleichbedeutend ist mit Sodom und Gomorrha. Er ist im Übrigen der einzige Mensch, den ich kenne, der noch nie in einem Pizza Hut war. Ihn am Abend vorher von der Ice Cream Factory loszueisen war ein monströses Unterfangen.

»Aber ist das nicht offensichtlich?« Guy dreht sich einmal um die eigene Achse. »Ich bin George Clooney in *Der Sturm*.«

Ich applaudiere. »Tolles Kostüm, Guy! Und wer bist du?«, frage ich Gabriel, der Smoking und Fliege trägt und sich die blonden Locken im Nacken zusammengebunden hat.

»Ich bin als ich selbst da«, verkündet Gabriel ohne einen Funken Ironie. »Mir fiel niemand ein, der ich lieber sein wollte.«

»Na klar«, sage ich und tätschle ihm den Arm. Gabriel ist der eitelste Mensch auf dem Planeten, so viel steht fest. Als ich unlängst einen Anruf von der *Cosmopolitan* bekam und gefragt wurde, welche Gabriels Lieblingsstellung sei, habe ich geantwortet »vor dem Spiegel«. Die hatten keine Ahnung, wie zutreffend diese Antwort ist. Frankie muss Gabriel förmlich vom Spiegel wegzerren, wenn sie mal ausgehen wollen. »Du siehst super aus.«

»Danke.« Gabriel mustert mich. »Aber wieso bist du als Transe gekommen?«

Ich gebe auf.

»Ich hatte einfach Lust drauf«, sage ich.

»Lächeln!« Eine Kamera blitzt, und einen Moment lang sehe ich nur Sterne. Nach heftigem Blinzeln erkenne ich schließlich

Angela Andrews in raffinierter Verkleidung als Cruella de Vil. Der Fotograf an ihrer Seite ist sinnigerweise als Dalmatiner aufgemacht.

»Hallo.« Angela lächelt – oder jedenfalls versucht sie es, aber es hat eher den Anschein, als würde man von einem Piranha angestrahlt. »Großartige Party. Wir plaudern später noch. Sie haben ja bestimmt eine Menge zu erzählen.«

»Wer hat die eingeladen?«, fragt Frankie beunruhigt, der an Gabriels Seite aufgetaucht ist.

Ich runzle die Stirn. »Hat sich vermutlich reingemogelt. Also ist allerbestes Benehmen angesagt, Jungs. Kein Geknutsche, okay?«

»Schön wär's«, seufzt Frankie. Er sieht so unglücklich aus, dass er mir von Herzen leidtut. Ein Jammer, dass Gabriel sich nicht für Frankie zum Coming-out entschließen kann. Das würde das Leben der beiden so viel einfacher machen, oder?

»Sie muss an irgendwas dran sein«, sagt Gabriel besorgt. »Man nennt sie nicht umsonst den ›Rottweiler‹. Katy, du darfst mir nicht von der Seite weichen. Nimm mich am besten an der Hand oder so.«

Doch ich habe mitnichten die Absicht, mit Gabriel Händchen zu halten. Ich höre sogar kaum, was er sagt, denn etwas nimmt jetzt meine Aufmerksamkeit ganz und gar in Anspruch. Gerade schreitet nämlich ein Mann mit weißem Pluderhemd, engen beigen Kniehosen und hohen Stiefeln durch die Eingangshalle. Sein langes lockiges Haar ist im Nacken mit einer Samtschleife zusammengefasst, und er hält einen Dreispitz in der Hand. Es handelt sich um keinen Geringeren als Ollie.

Mir verschlägt es die Sprache.

Er ist als Johnny Depp gekommen, im Stil von *Fluch der Karibik* aufgemacht.

Und sieht absolut umwerfend aus.

Meine Beine verwandeln sich in verkochte Spaghetti, und

mein Herz schlägt einen Trommelwirbel, als sich unsere Blicke begegnen. Und als er mir dann dieses leicht schiefe Lächeln zuwirft, ist es um mich geschehen. Also ehrlich! Da verfasse ich jahrelang romantische Klischees, und dann erlebe ich so was am eigenen Leibe. Und das auch noch mit Ollie, dem Mann, den ich für die Heldenrolle als ungeeignet aussortiert hatte. Ollie, der den Klodeckel nicht zuklappt, leidenschaftlich gern Knoblaucholiven futtert, heimlich raucht und grässliche Sendungen im Fernsehen schaut.

Dieser Ollie. An den ich an jedem einzelnen Tag gedacht habe, seit ich aus London weg bin.

»Ollie!«, kreischt Frankie. »Oh! Mein! Gott!« Und dann tut er das, was ich für mein Leben gern tun würde, wenn ich nicht so schüchtern wäre: Er stürzt durch die Halle auf Ollie zu und fällt ihm um den Hals. »Schätzelchen! Was siehst du wunderbar aus! Ich könnte dich glatt *auffressen*!«

Gabriel runzelt finster die Stirn. Manchmal kann der hübsche Bursche ziemlich verdrossen wirken.

»Wer ist das?«, zischt er.

»Ollie«, antworte ich, und dabei breitet sich ein wohligwarmes Gefühl in mir aus. »Frankies Cousin.«

»Bleib mir vom Hals, olle Schwuchtel!«, erwidert Ollie, und die beiden rangeln ein bisschen, bevor sie sich zu uns gesellen. Ollies Pferdeschwanz hat sich gelöst, und mir fällt auf, wie lang seine Haare geworden sind – vermutlich weil ich nicht zugegen war, um mit der Küchenschere die Spitzen abzuschnippeln. Er sieht auch schmaler aus, und sein Gesicht ist gebräunt von Wind und Sonne. Auf seiner Nase tummeln sich Sommersprossen, und ich spüre den unwiderstehlichen Drang, jede einzelne zu küssen.

In einem verzweifelten Versuch, mich davon abzuhalten, trinke ich einen riesigen Schluck Champagner und verschlucke mich dabei heftig. Ollie und Frankie müssen mir minutenlang auf den Rücken hauen, bevor ich meine Lunge wieder unter Kontrolle habe.

Kein vielversprechender Anfang.

»Alles in Ordnung?«, fragt Ollie.

Ich nicke hektisch. Meine Perücke sitzt schief, und ich fürchte, ich habe eine falsche Wimper verloren, aber wenigstens bin ich noch am Leben.

»Du bist als Jordan gekommen?«, sagt Ollie. »Ich dachte, du kannst sie nicht ausstehen? Als ich diesen Fotokalender von ihr im Klo aufgehängt habe, hast du gesagt, sie sei eine hirnlose Tusse.«

Ach ja. Das war mir entfallen. Ich ermahne mich einmal mehr zur Aufrichtigkeit, hole tief Luft, schaue Ollie unverwandt an und rufe ihm seine Trampolinfantasie in Erinnerung, wobei ich zweifellos den Farbton von Rote Bete annehme.

Ollie wirft den Kopf in den Nacken und lacht, und mein Blick heftet sich auf die spielenden Muskeln an seinem Hals. Küss mich!, verkünden sie.

»Das war doch bloß ein Witz«, gluckst er. »Ich kann sie auch nicht leiden. Ich wollte dich bloß ein bisschen provozieren.«

»Im Ernst?« Stimmt das? Ich starre ihn entgeistert an. Volltreffer. Das war's nun mit meinem Verführungsplan; er war zwar eher schlicht, aber doch wenigstens ein Plan. Und nun stehe ich hier herum in einem freizügigen Outfit, in dem mir kalt ist und das auf Ollie etwa so erotisch wirkt wie Miederhosen. Hätte ich mir doch nur eine wirklich erotische und glamouröse Rolle ausgesucht – wie dieses Mädel da drüben, das mit Chiffonrock und glänzenden platinblonden Locken als Marilyn Monroe aufgemacht ist. In so einer Verkleidung hätte ich jetzt alles in trockenen Tüchern.

Marilyn stöckelt auf uns zu, und auf den blutroten Lippen liegt ein verführerisches Lächeln.

»Hallo«, gurrt sie und hakt sich bei Ollie ein. »Nett, dich

wieder mal zu sehen, Katy. Und noch fantastischer, *Sie* zu sehen!«, sagt sie zu Gabriel und klimpert so manisch mit den Wimpern, dass ich fürchte, wir brauchen demnächst Erste Hilfe für ihre Augenlider. »Ich bin Nina.«

Plopp. Mir sackt das Herz schneller in die weißen Tussen-Lackstiefel, als man »geplatzter Traum« sagen kann. Na klar, Nina als Marilyn. Und danach zu schließen, wie sie mit ihrer knochigen Hand Ollies Bizeps umklammert, sind die beiden auf jeden Fall ein Paar.

Ich bin so eine dämliche Kuh. Wieso fordere ich nicht noch mehr Leute dazu auf, meine Gefühle in den Fleischwolf zu packen?

»Das ist Nina«, sage ich gekünstelt munter, um sie allen vorzustellen. »Ollies Verlobte.«

»Verlobte!«, quäkt Frankie und schaut zwischen mir und Ollie hin und her. »Verlobte?«

»Katy«, sagt Ollie, »ich glaube...«

Doch was Ollie glaubt, erfahren wir nicht mehr, denn in diesem Moment betritt Jewell die Szene, unter großem Applaus, der noch lautstark von Ricky, dem Gitarristen der Queens mit der kreischrosa Mähne, auf der E-Gitarre untermalt wird. Jewell verharrt effektvoll auf dem Treppenabsatz und winkt ihren fassungslosen Gästen zu.

Denen es die Sprache verschlagen hat, weil man schließlich nicht alle Tage eine Siebzigjährige (und hierbei wäre noch zu erwähnen, dass Jewell bereits seit etwa zehn Jahren siebzig ist) zu sehen kriegt, die als Madonna auftritt. Und zwar nicht als die Madonna aus der hippiemäßigen Ray-of-Light-Phase.

Schön wär's.

Nein, Tante Jewell hat in die Vollen gegriffen und sich die Vogue-Ära ausgesucht, mit allen Schikanen wie der Korsage mit den spitzen Körbchen von Jean Paul Gaultier und der blonden Perücke. Sie sieht aus, als wolle sie jeden Moment »Hanky Panky« anstimmen – was ich ihr voll und ganz zutrauen würde.

»Ihr Lieben«, ruft Jewell und breitet so schwungvoll die Arme aus, dass die Federn auf ihrem Hütchen ins Wippen kommen. »Ich danke euch, dass ihr alle gekommen seid, um heute meinen Geburtstag mit mir zu feiern! Ein Mädel wird schließlich nicht jeden Tag siebzig!«

Nein, nur jedes Jahr.

»Ich freue mich so, euch alle hier zu haben«, verkündet sie strahlend. »Es gibt Drinks und Häppchen, und der liebe Frankie ist so nett, mir für den heutigen Abend seine Band auszuborgen. Aber bevor ihr euch jetzt alle ins Vergnügen stürzt, möchte ich, dass ihr mir, einer alten Dame, einen Gefallen erweist und ein Spiel mitmacht.«

Alte Dame – dass ich nicht lache. Unter ihren Runzeln besteht Jewell aus Stahl. Mir ist ordentlich mulmig bei ihrer Ankündigung, denn ich mache mich bei Jewells Partyspielen auf die eine oder andere Art grundsätzlich zum Narren.

Das überrascht euch bestimmt, oder?

»Ich habe hier Zettel mit Namen von berühmten Liebenden aus Film, Literatur und Geschichte«, verkündet Jewell und schreitet die Treppe hinunter. »Die werde ich nun an euren Rücken befestigen. Ihr müsst euren eigenen Namen durch Fragen erraten!«

Sie klatscht in die Hände, und sofort eilen zwei Kellner mit Körben voller Namensschilder herbei.

»Und wenn ihr dann euren Partner gefunden habt«, fügt Jewell hinzu und heftet den Namen *David Beckham* auf Guys Rücken, »müsst ihr auf ein Gläschen zusammenbleiben. Ich wünsche euch viel Spaß beim Kennenlernen toller neuer Leute! Amüsiert euch!«

»Sieh dich bloß vor«, sagt meine Schwester Holly warnend,

als sie – mit der Aufschrift *Posh* auf dem Rücken – an mir vorbeikommt. »Jewell führt bestimmt wieder was im Schilde.«

Davon bin ich überzeugt. Aber wenigstens kann ich mich auf diese Weise unauffällig von Ollie und Nina entfernen. Ich lasse mir noch ein Glas Schampus geben, beginne Fragen zu stellen und wandere ewig und drei Tage durch die Gegend. Danach weiß ich, dass ich eine Figur aus der Literatur bin und auch in einem Film aufgetaucht bin, aber das ist bislang alles. Frankie ist mit Marilyn zusammengekommen – man kann dem armen Burschen nur Glück wünschen –, und Guy und Holly plaudern angeregt.

Um mich herum verschwinden die Gäste paarweise, und ich gerate zusehends in Panik. Ich fühle mich wie damals in der Schuldisco, wenn der Stehblues anfing und ich mich mit dem Rücken an die Wand presste und mir inständig wünschte, entweder im Erdboden zu versinken oder von keinem monströs hässlichen Jungen aufgefordert zu werden. Als fuchsrotes und ziemlich kurz geratenes Mädchen gehörte ich unweigerlich zu den Ladenhütern.

Keine schöne Erinnerung.

Ollie taucht neben mir auf und kehrt mir den Rücken zu, »Wer bin ich?«

»Das ist geschummelt!«, sage ich streng und versuche die Tatsache zu ignorieren, dass sich meine Innereien bei seinem Anblick in schmelzende Eiscreme verwandeln. »Du sollst mir Fragen stellen.«

»Scheiß auf Fragen«, erwidert Ollie. »Auf deinem Rücken steht Elizabeth. Und auf meinem?«

»Darcy«, lese ich vor. Volltreffer, Jewell.

»Hallo, Miss Bennet.« Ollie nimmt meine Hand. »Möchten Sie einen Drink?«

Nein, ich möchte, dass du mich liebst und nicht Nina.

»Das wäre reizend«, antworte ich anmutig. Kann ja nicht

schaden, sich in die Figur der Lizzie Bennet einzufühlen, auch wenn ich eher aufgemacht bin wie eine Nutte. Man darf schließlich träumen. Ich bemühe mich, weniger hastig zu atmen. Wenn ich noch mehr Sauerstoff abkriege, falle ich in Ohnmacht.

Ollie kehrt mit zwei randvollen Gläsern zurück.

»Geht's dir gut?«, fragt er. »Du siehst ein bisschen komisch aus.«

»Es ist so heiß hier drin«, verkünde ich nervös. Wie mir allerdings in Hot Pants und einer Korsage heiß sein kann, gehört zu den großen Mysterien des Lebens.

Ollie zieht die Augenbrauen hoch; der Gedanke scheint auch ihm gerade gekommen zu sein. Er klemmt sich beide Gläser in eine Hand und führt mich in den Garten.

Als wir durch die Flügeltüren auf die dunkle Terrasse treten, verebbt der Partylärm hinter uns. Die Luft duftet nach Rosen, und die Sterne am Himmel glitzern wie auf einer Weihnachtskarte.

»Setz dich.« Ollie führt mich zu einer flechtenbewachsenen Steinbank. Ich lasse mich dankbar nieder und zucke etwas zusammen, als meine nackten Schenkel mit dem rauen Stein in Berührung kommen.

Ollie betrachtet mich prüfend. »Was ist los mir dir, Katy?«

Jetzt gibt es kein Pardon mehr. Die Stunde der Wahrheit.

Ich atme tief die kühle Nachtluft ein. Zum Glück kann Ollie in der Dunkelheit nicht erkennen, dass ich käseweiß bin.

»Warum heiratest du Nina?« Mein Sprechtempo beträgt an die hundert Stundenkilometer.

»Ich heirate Nina nicht.«

»Ich meine, ich weiß, dass sie tolle Titten hat und kochen kann und all das ...« Moment mal. Bremse reinhauen. »Was hast du gesagt?«

»Ich habe gesagt«, wiederholt Ollie so langsam und deutlich, als spräche er mit völlig vernagelten Siebtklässlern, »dass ich nicht mit Nina verlobt bin. Ich weiß gar nicht, wie du auf diese Idee kommst. Da ist mal wieder deine Fantasie mit dir durchgegangen, vermute ich.«

»Nein!« Ich bin zutiefst gekränkt. Meine arme alte Fantasie mag zwar für vieles verantwortlich sein, aber dafür gewiss nicht. »Das hat Nina mir erzählt. Als ihr zusammen shoppen und beim Juwelier wart. Und euch die Ringe angeschaut habt.«

Ollie blickt mich völlig verständnislos an. »Hast du mir deshalb diese Verlobungskarte geschickt?«

»Na sicher! Nina hat mir quasi gesagt, du hättest den Ring gekauft.«

»Nina hat sich Ringe angeschaut. Ich war derweil im Camperladen.«

Ich starre ihn an. »Ich habe geglaubt, dass du ihr einen Verlobungsring gekauft hast. Deshalb hab ich dir doch die Karte geschickt!«

Ollie schüttelt den Kopf. »Und ich dachte, du wolltest mir damit sagen, dass ich dich zufriedenlassen und mich mit Nina zusammentun soll. Wann genau hat sie dir das gesagt?«

Ich denke nach. »So vor drei Monaten.«

»Etwa zu der Zeit, als du mit Gabriel Winters zusammengekommen bist?«

»Genau an dem Tag sogar. Ich hatte ja schließlich nichts mehr zu verlieren. Ich habe zig Nachrichten und SMS auf deinem Handy hinterlassen. Und ich habe Nina immer wieder gebeten, dir was auszurichten. Du hast dich nie bei mir gemeldet, Ollie. Und jedes Mal, wenn ich angerufen habe, musste ich mir ewig anhören, wie toll alles zwischen euch sei. Dass du nur nett zu mir warst, weil ich dir leidgetan habe. Dass... dass...« Jetzt versagt mir die Stimme, und zu meinem maßlosen Entsetzen spüre ich, wie mir Tränen über die Wangen laufen. Und das sind bei mir keine kleinen diamantähnlichen Tränchen. Wenn ich heule, dann richtig. Mein Pech, dass Rotz und verquollene Augen nicht sexy sind. »Dass du stinksauer warst, weil ich dich mit dieser Brustkrebssache so viel Zeit gekostet habe. Dass du mit Nina zusammen sein wolltest und ich dich stattdessen ins Krankenhaus gezerrt habe.«

Ollie sieht völlig erschüttert aus. »Das ist ja wohl die übelste Scheiße, die mir jemals zu Ohren gekommen ist. Du kennst mich doch wohl gut genug, um so was nicht zu glauben? Warum um alles in der Welt hast du dir das angehört? Und vor allem: Wieso hast du es auch noch geglaubt?«

Ich atme langsam aus. Jetzt, drei Monate später, glaube ich es tatsächlich nicht mehr. Aber das liegt daran, dass ich nicht mehr das verunsicherte Häufchen Elend bin, das sich nicht für wert befand, ernst genommen zu werden. Die schädliche Wirkung von James ist verflogen, und ich bin stolz auf alles, was ich in Tregowan erreicht habe. Ich habe Arbeit (in gewisser Weise jedenfalls) und Freunde gefunden, die mich schätzen; ich habe meinen Roman zu Ende geschrieben und einen Großteil meiner Schulden abbezahlt. Da mir nicht klar ist, wie ich das alles einigermaßen verständlich zum Ausdruck bringen soll, zucke ich nur die Achseln. »Ich fand es wohl damals einleuchtend.«

Ollie ergreift meine Hand und streichelt mit dem Zeigefinger meine Handfläche. »Die Vorstellung, dass du krank sein könntest, war so schlimm für mich. Ich wollte für dich da sein. Und natürlich hat mir das nichts ausgemacht. Bitte wein nicht, Katy.«

Ich bemühe mich krampfhaft, nicht zu schniefen. Und um ehrlich zu sein: Was er da mit dem Zeigefinger macht, trägt erheblich dazu bei, mich vom Weinen abzulenken.

»Aber wieso hast du dich nicht gemeldet?«, sage ich, weil ich es jetzt genau wissen will. »Ich hab nicht nur angerufen, sondern auch geschrieben, und du hast dich trotzdem nicht gerührt.«

»Dass mein Handy seit drei Monaten verschwunden ist, hab ich ja schon erzählt«, sagt Ollie. »Und ich glaube, wir wissen jetzt auch, wer dafür gesorgt hat, oder? Dann hat Gabriels Agent meine Anrufe abgefangen. Und vermutlich hat Nina den Brief beseitigt. Sie hatte immer noch einen Hausschlüssel.«

»Aber warum sollte sie das tun? Sie lebt quasi mit dir zusammen. Es hätte ihr doch nicht geschadet, wenn ich mal ein bisschen mit dir geredet hätte.«

»Sie lebt überhaupt nicht mir zusammen!«, protestiert Ollie. »Verflucht, die muss mich echt dafür hassen, dass ich mit ihr Schluss gemacht habe.«

»Du hast mit ihr Schluss gemacht?«

»Schon vor Monaten. Und zwar an dem Tag, als ich in der Zeitung gelesen habe, dass du mit Gabriel Winters zusammen bist. Ich hab die Zeitung in den Mülleimer gefeuert, Nina angerufen und ihr den Laufpass gegeben. Dann bin ich wie ein Irrer nach Cornwall gerast. Den Rest der Geschichte kennst du.«

»Und mit wem wolltest du dann auf Reisen gehen?«

»Mit Sasha natürlich, du Dummi! Jedenfalls nicht mit Nina, so viel steht fest.«

»Du bist nicht verlobt?«, sage ich langsam, weil ich das noch mal explizit hören muss.

»Natürlich nicht! Ich sag's dir doch: Ich hab an dem Tag mit Nina Schluss gemacht, als ich dich überall in den Zeitungen mit Mr Supersexy gesehen habe.« Ollie schüttelt den Kopf. »Mann, war ich neben der Kappe. Und Nina ist total ausgerastet, als ich ihr gesagt hab, dass es aus sei zwischen uns. Ich dachte, die kocht Sasha bei lebendigem Leibe oder irgendwas in der Art.«

Ich würde ihr derlei auch zutrauen. Sasha kann von Glück sagen, dass sie nicht als Settersuppe geendet ist.

»Aber wenn es aus ist zwischen euch, wieso ist sie dann heute Abend hier?«

»Weil du gesagt hast, ich soll sie mitbringen!«, antwortet Ollie entnervt. »Wir sind jedenfalls seit Monaten nicht mehr zusammen. Na gut, ich hatte vielleicht einen Rückfall, aber nur eine Nacht, als du mir gesagt hast, dass wir lieber einfach nur Freunde bleiben sollten. Ansonsten habe ich sie nicht mehr gesehen. Was echt Arbeit war, kann ich dir sagen, weil sie nämlich eine Art menschlicher Klettverschluss ist.«

»Aber ich dachte, du wolltest mit ihr zusammen sein!« Ich bin froh, dass ich sitze, denn so langsam stehe ich echt unter Schock. »Ich dachte, du würdest heute Abend nur kommen, wenn du sie mitbringen könntest!«

Wir schauen uns an und lachen los.

»Und ich dachte, du wolltest uns wieder verkuppeln.« Ollie schüttelt den Kopf. »Ich hab es überhaupt nicht kapiert. Und als du dann was mit Gabriel Winters angefangen hast, war ich stinkwütend auf dich, da will ich dir nichts vormachen. Ich fand es weniger schmerzhaft, dich in dem Glauben zu lassen, dass Nina und ich noch ein Paar wären. Weil du so glücklich mit ihm warst.«

Ich drücke Ollies Hand. »Meine Beziehung mit Gabriel ist nicht das, was sie zu sein scheint.«

»Ist mir egal«, erwidert Ollie. »Wie lange kennst du mich?«

»Eine Ewigkeit«, schniefe ich.

»Und wieso hast du dann Nina geglaubt? Wusstest du in deinem tiefsten Inneren nicht, dass ich solche Dinge niemals sagen würde?«

Ich kenne die Antwort auf diese Frage. Und ich muss mich beherrschen, damit ich nicht die Hand in die Luft reiße und »Ich weiß es, Sir!« schreie.

»Aber Nina ist so, wie du dir deine Freundin vorstellst«, rufe ich ihm in Erinnerung. »Sie ist blond, dünn und erfolgreich.

Alles in allem das Gegenteil von mir. Alle deine Freundinnen waren wie Nina, Ol. Man muss keine höhere Mathematik beherrschen, um das zu erkennen.«

»Dann können wir ja von Glück sagen, dass du Englisch und nicht Mathe unterrichtest«, sagt Ollie. »Du bist doch echt ein Dödel, Katy. Was glaubst du wohl, wieso diese Beziehungen alle nicht lange gehalten haben?«

Darf ich mal das Publikum fragen?

»Weil, du Dämeline«, Ollie legt mir die Hand an die Wange, »ich mir nur die Zeit vertrieben habe, während ich auf jemand anderen gewartet habe, auf eine ganz besondere Frau. Die Bratspeck-Sandwiches genauso liebt wie ich, die Hummer rettet und in der Badewanne unterbringt, die in der Pause heimlich mit mir eine rauchen geht.« Er streichelt meine Wange. »Kennst du so jemanden, Katy Carter?«

Ich kriege kaum noch Luft. »Schon möglich.«

»Tja«, murmelt Ollie. »Ich auf jeden Fall. Und diesmal lasse ich mich nicht mit irgendwelchem Gerede über Freundschaft abspeisen, weil ich da keinen Bock mehr drauf habe, Katy. Ich möchte nicht mehr dein Freund sein.«

Ich beschäftige mich eingehend mit einer falschen Wimper. »Was denn dann?«

Aber Ollie hat offenbar auch keinen Bock mehr auf Reden. Stattdessen zieht er mich an sich, und seine Lippen streifen die meinen. Was eine verblüffende Wirkung hat! Es kommt mir vor, als seien perlende Lustbläschen in meinem Blut unterwegs, und mir wird ganz schwindlig. Dann legt Ollie die Arme um mich und küsst mich sachte. Seine Zunge liebkost die meine und erkundet meinen Mund. Ich lege meine Hand in seinen Nacken – und weiß nun endlich, wie es sich anfühlt, diese weichen Locken zu berühren.

Himmlisch nämlich.

Ich könnte ihn küssen bis in alle Ewigkeit.

»Mein Gott!« Ollie löst sich von mir. Seine dunklen Augen wirken aufgewühlt, und seine Hände zittern. »Du weißt ja gar nicht, wie lange ich das schon tun wollte.«

Vielleicht weiß ich es aber doch – womöglich so lange, wie ich es mir selbst auch gewünscht habe. Warum habe ich mir nur so lange eingeredet, Ollie sei nur ein platonischer Freund für mich? Wem wollte ich etwas vormachen? Ich ziehe mit den Fingern die Konturen seines sinnlichen Mundes nach und lächle. Wie kam ich nur auf die Idee, er sei als romantischer Held nicht geeignet? Wenn ich an den schrillen Haufen Männer denke, die ich in den letzten Monaten kennengelernt habe, könnte ich mich schlagen, weil ich so blöd war. Der perfekte romantische Held war die ganze Zeit in Reichweite, direkt vor meiner Nase. Romantische Helden können Beanie-Mützen tragen und beim Kochen die Küche verwüsten. Sie können vergessen, den Klositz runterzuklappen und staubzusaugen. Sie können sogar stundenlang Xbox spielen. Auf dieser kalten Steinbank in Jewells Garten habe ich eine Offenbarung, ähnlich wie dieser Typ aus der Bibel, dem es wie Schuppen von den Augen fiel, nur weniger unappetitlich. Um ein romantischer Held zu sein, muss man keinem bestimmten Bild entsprechen, denn – seien wir ehrlich – Gabriel und Guy mögen den äußeren Anschein eines Helden haben, sind aber in etwa so romantisch wie kalter Kaffee. Um mein romantischer Held zu sein, braucht es aber gar nicht viel.

Man muss nur Ollie sein.

Die Magnolien raunen leise, und die Lichterketten zwischen den Bäumen erzittern, als sich ein leichter Wind erhebt. Silbrige Lichtstrahlen leuchten auf unseren Gesichtern. Ollie hebt mein Kinn an und küsst mich auf die Lippen, so zart wie dieser Windhauch. Dennoch macht mein Magen einen Purzelbaum, etwa wie damals, als Jewell mich in einem Vergnügungspark gezwungen hat, mit ihr Achterbahn zu fahren.

Diesmal muss ich aber zum Glück nicht kotzen.

Ich fühle mich plötzlich wie ein schüchternes Mädchen, was ich ziemlich seltsam finde, da ich doch mit Ollie zusammen bin. Es gibt keinen Grund, in seiner Anwesenheit scheu und verlegen zu sein. Er war Zeuge, als ich aufgeschnitten wurde, und er hat mich x-mal nach gemeinsamen Saufereien reiern sehen. Als mir ein Zahn gezogen wurde, hat er erlebt, wie ich als sabberndes Nervenbündel aussehe.

»Das darf alles nicht sein«, sagt Ollie dann abrupt. »Du bist mit jemand anderem zusammen.«

»Das ist vorbei«, sage ich hastig. »Und im Grunde genommen war da nie was.«

»Er ist ein Filmstar. Mr Rochester. Alles, was du dir immer gewünscht hast. Er kann dir alles geben.«

Ja. Mit Ausnahme einer entscheidenden Sache.

Ich muss es ihm jetzt sagen. »Du musst etwas wissen über Gabriel. Er ...«

Ollie legt mir den Finger auf die Lippen. »Ich will nicht mehr über Gabriel oder Nina reden. Ich weiß, dass ich dir nicht viel zu bieten habe. Einen gelben Campingbus, einen Irish Setter und gerade mal dreihundert Mäuse auf dem Konto. An der Seite von Gabriel Winters könntest du ein Leben führen, von dem die meisten Menschen träumen. Ich kann dir nichts Entsprechendes bieten.«

Ich versuche etwas zu sagen, aber Ollies Hand ist mir im Weg. Er weiß aus Erfahrung, dass ich nur mit drastischen Mitteln zum Schweigen zu bringen bin.

»Aber ich liebe dich. Ich liebe dich Millionen Mal stärker, als er es jemals vermag. Ich weiß, dass du überall Chaos machst und dass du leere Milchpackungen im Kühlschrank stehen lässt und alle Brötchen aufisst.«

Niemals! Ich esse nie alle Brötchen.

Na ja, vielleicht ab und an mal.

»Du putzt das Bad nicht, versteckst deine Kreditkartenrechnungen unter der Spüle und hast einen grauenhaften Musikgeschmack«, fährt Ollie mit seiner Aufzählung fort, die allmählich erschreckende Dimensionen annimmt. »Aber ich will dich genau so. Gabriel Winters kann dich *niemals* so lieben wie ich.«

Du weißt ja gar nicht, wie recht du hast, Ollie!

»Komm mit mir«, sagt Ollie und drückt meine Hand. »Heute Abend noch. Der Bus steht draußen; wir müssen nur einsteigen und losfahren. Ich bespreche alles mit Nina – wenn sie einen falschen Eindruck gewonnen hat, muss ich das klären –, und du kannst mit Gabriel reden. Und dann verreisen wir zusammen. Nur du, ich und Sasha.«

»Ehrlich?« Eine gewaltige Glücksblase steigt in mir auf und verdrängt den ganzen Morast dieser Leidensmonate. »Dein Ernst?«

»Na, aber sicher!«, lacht Ollie und küsst mich so stürmisch, dass unsere Nasen aufeinanderknallen.

»Aua!«, äußere ich kichernd, als ich wieder Luft kriege.

»'tschuldige.« Er grinst. »Ich führe mich auf wie ein Sechzehnjähriger. Ist mir aber ganz egal. Das Leben ist zu kurz, um es zu vertrödeln. Wenn ich in den letzten paar Monaten irgendwas gelernt habe, dann das.«

Wir sitzen dort draußen eine gefühlte Ewigkeit, umhüllt von unserem Glück. Wir reden, lachen, küssen uns, während drinnen die Party weitergeht. Die Lichterketten glitzern, und ich höre Jewell lachen. Ich kann es kaum erwarten, ihr von uns zu erzählen – obwohl ich eigentlich das Gefühl habe, dass sie schon Bescheid weiß. Sie wirkt heute Abend ihre Magie.

»Okay«, sagt Ollie schließlich und verschränkt seine Finger mit meinen, »treffen wir uns in einer halben Stunde vor dem Haus, ja? In der Zeit kannst du Jewell Bescheid sagen und mit Gabriel alles klären. Und ...«, er schaut mir tief in die Augen, und in seinem Blick liegt so viel Hoffnung, aber auch Unsicherheit, dass mir ganz anders wird, »du kannst in dieser Zeit auch noch mal in Ruhe nachdenken und es dir anders überlegen.«

»Das werde ich aber nicht tun.«

»Es ist eine große Entscheidung«, erwidert Ollie fest. »Ich möchte, dass du es dir wirklich genau überlegst. Ich selbst hatte monatelang Zeit, das alles zu durchdenken, aber dich habe ich jetzt damit überfallen. Du musst sicher sein wegen Gabriel.«

Gabriel? Kommt mir vor wie ein Name aus einem anderen Leben, einer anderen Welt. Wieso war ich so aberwitzig dumm, mich in all diesen Lügen zu verstricken? Das ist nicht mal mehr ein Spinnennetz, sondern eher schon eines von Guys Schleppnetzen. Ich weiß, dass ich geschworen habe, nichts zu verraten, aber ...

Ich *muss* Ollie die Wahrheit über Gabriel sagen.

Ich hole tief Luft, öffne den Mund und ...

»Ach, *hier* seid ihr!«, kreischt Frankie, der durch die Verandatür getorkelt kommt und uns entdeckt hat. »Wir haben uns schon Sorgen gemacht um euch!«

Wieso tritt Frankie immer in entscheidenden Momenten in Erscheinung? Das scheint ihm zur Gewohnheit zu werden.

Kurz darauf kommt Marilyn Monroe hinter ihm in den Garten gestöckelt. Ihre Riesenmöpse drohen jeden Moment aus dem Neckholderkleid zu ploppen. Ich bin wider Willen fasziniert, da ich noch nie zuvor die unechte Variante zu Gesicht bekommen habe. Und ich kann es Ollie nicht verdenken, dass er sich davon blenden lässt. Ich weiß, dass er wunderbar ist und alles, aber unter dem Strich ist er eben auch nur ein Mann.

»Wir haben uns als Paar gefunden«, erklärt Frankie mit verzweifelter Miene, die Nina zum Glück entgeht; er verdreht die Augen, zieht den Finger quer über die Kehle, kehrt uns den Rücken zu und deutet auf sein Schild mit der Aufschrift *Homer*. Nina scheint über ihre Rolle als Marge alles andere als begeistert zu sein. »Ich glaube, ich bin nicht der, den Nina sich erhofft hatte. Deshalb dachte ich, wir suchen euch mal.«

»Schönen Dank auch«, sagt Ollie, aber Ironie zu deuten gehört nicht zu Frankies Stärken.

»Keine Ursache!« Er lässt sich zwischen uns auf die Bank plumpsen. »Uuuh! Ist das eng hier! Macht mal Platz. Seid ihr gerade in Kuschelstimmung, oder was?« Er beäugt uns. »Hey! Seid ihr etwa am Händchenhalten? Oh!« Frankie schaut in einem derartigen Schneckentempo von Ollie zu mir, dass nicht nur der Groschen Zeit zum Fallen hätte, sondern Frankies gesamtes rapide anwachsendes Bankkonto. »Au Scheiße! Entschuldigung!«

»Oliver«, faucht Nina, deren Brüste sich nun heben wie zwei Heißluftballons. »Ich habe dich überall gesucht.«

»Ich hab mit Katy geredet«, entgegnet Ollie kalt.

Nina nimmt mich in Augenschein.

»In der *Cosmopolitan* stand doch, dass du abgenommen hättest«, äußert sie dann.

Die Charmeschule, die sie besucht hat, sollte ihren Eltern das Schulgeld zurückerstatten.

»Danke, dass du Ollie so nett von all meinen Nachrichten erzählt hast«, sage ich.

Nina besitzt nicht mal genug Schamgefühl, auch nur verlegen auszusehen.

»Die habe ich nur verschwiegen, um zu verhindern, dass Ollie ausgenutzt wird.«

»Ich habe Ollie niemals ausgenutzt«, erwidere ich empört. »Wir sind richtig gute Freunde.«

»Ach ja?«, sagt Nina amüsiert. »Und ihr habt auch keine Geheimnisse voreinander, vermute ich mal?«

An dieser Stelle sollte ich jetzt die Finger verschränken. Sobald sich die Gelegenheit ergibt, werde ich Ollie *alles* erzählen.

»Natürlich«, antwortet Ollie.

Nina blickt zweifelnd. »Da hat James mir aber gerade etwas ganz anderes erzählt.«

»James?«, fragt Ollie verwirrt.

»Der Banker? Sehr charmant?« Nina lächelt mich höhnisch an, während sie die Aufzählung fortsetzt. »Hat mit Katy zusammengelebt, die jetzt, soweit ich weiß, mit Gabriel Winters zusammen ist?« Sie wedelt mahnend mit einer ihrer blutroten Krallen. »So viele Männer, Katy. Wie schaffst du das nur? Ich sehe dich in einem ganz neuen Licht.«

Hört sich nach Rotlicht an.

»Ollie«, sage ich rasch, weil das selbst in meinen Ohren so klingt, als sei ich ein Flittchen ohne jede Moral. »Ich kann das alles erklären. Vor allem was Gabriel angeht.«

»Nein, kannst du nicht«, zetert Frankie.

»Aber kannst du die Sache mit James erklären?« Nina stützt die Hände in die Hüften, und ich höre förmlich ihre Gelenke knirschen. Selbst wenn ich nie wieder auch nur einen Bissen zu mir nähme, wäre ich niemals so dünn wie sie. »Kannst du erklären, was er gestern Nachmittag in deinem Hotelzimmer zu suchen hatte?«

»Ist James hier?« Ich schaue nervös über die Schulter, als würde er da irgendwo im Schatten lauern, um Hader und Zwietracht zu säen wie ein bösartiger Kobold im Nadelstreifenanzug.

»Natürlich ist er hier«, giggelt Nina. »Du hast ihn doch selbst eingeladen.«

»Du hast James eingeladen?« Ollie schaut mich verblüfft an.

»Nein, aber ich wusste sozusagen, dass er kommen würde.«

»Sozusagen?«, wiederholt Ollie.

»Sei doch ehrlich«, faucht Nina. »Ihr beide seid wieder zusammen, oder? Du willst den armen Gabriel abservieren und zu James zurückrennen!«

»Aber ganz bestimmt nicht!«, platze ich heraus. »Da nage ich mir lieber die Beine ab!«

»Das stellt James aber ganz anders dar.« Nina kostet sichtlich ihre Macht aus. Weiß der Himmel, was James alles verzapft hat. Ich vermute mal, er hat sich Jewells tolles Anwesen noch mal eingehend betrachtet und wieder überall das Pfundzeichen gesichtet. »Er sagt, ihr beiden telefoniert ständig.«

Ollie schaut mich völlig perplex an.

»Ständig ist total übertrieben«, sage ich schnell. »Höchstens mal ab und an eine SMS. Und gestern kam er einfach vorbei.«

»Das hast du mir nicht erzählt«, sagt Ollie ruhig.

»Weil es nichts zu erzählen gibt. Alles andere muss ich dir später berichten. Unter vier Augen.«

Nina platziert eine Kralle auf Ollies Arm. »Wir zwei müssen wirklich mal reden. Aber nicht hier draußen. Lass uns reingehen, da ist es wärmer.«

»Fünf Minuten«, sagt Ollie grimmig. »Fünf Minuten, nicht länger.«

Ich bin das reinste Nervenbündel. Was hat James jetzt wieder angerichtet?

»In einer halben Stunde, vergiss es nicht«, sagt Ollie über die Schulter. Seine Haare schimmern, als er unter den Lichterketten hindurchgeht. »In einer halben Stunde – es sei denn, du überlegst es dir noch anders.«

»Tu ich auf keinen Fall«, gelobe ich.

Als die Verandatüren aufgehen, hört man für einen kurzen Moment Stimmen und Musik, dann herrscht wieder Stille.

Ollie dreht sich nicht mehr um, und trotz der zärtlichen Küsse, die erst einige Momente zurückliegen, kommt es mir vor, als verwandle sich das Fundament meines Glücks gerade in Treibsand.

Ich kriege Gänsehaut an den Armen. »Was hat James ihr erzählt?«

»Ach, irgendeinen Scheiß«, antwortet Frankie leichthin. »Darüber würde ich mir an deiner Stelle keine Gedanken machen. Ollie liebt dich, Katy.«

»Meinst du?« Seit Ollie verschwunden ist, scheint es mir, als seien die Erlebnisse von vorhin nur ein Traum gewesen; Gewissheiten kullern davon wie Quecksilber.

Frankie nickt. »Ja, das meine ich allerdings. Hätte ich dir auch schon vor Monaten sagen können. Weiß doch jeder, dass er verrückt nach dir ist.«

Ach ja? Und wieso hat mir keiner was davon gesagt? Recht herzlichen Dank auch.

Frankie lächelt vage. »Du kannst echt froh sein, dass du jemanden hast, der dich so liebt.«

»Aber du hast doch Gabriel.«

Frankie lässt den Kopf hängen. Als er wieder aufschaut, sehe ich erschrocken, dass in seinen Augen Tränen glitzern. »Meinst du den Gabriel, der so tut, als sei er hetero, um seine ach so kostbare Karriere zu retten? Und der dich bezahlt, damit du dich als seine Partnerin ausgibst?«

Ähm, ja.

Den Gabriel meine ich.

»Das ist doch sinnlos«, schluchzt Frankie nun und schlägt die Hände vors Gesicht. »Was für eine Zukunft haben wir, wenn er nicht zu mir steht? Kann man das Liebe nennen, Katy?«

»Aber er kann sich nicht zu dir bekennen«, rufe ich Frankie in Erinnerung. »Das hast du doch von Anfang an gewusst. Gabriel ist seine Karriere enorm wichtig. Du hast es mir selbst gesagt.«

»Wichtiger als ich?« Frankie wischt sich mit dem Handrücken die Augen. »Er wird es niemals jemandem erzählen, nicht? Ich werde immer sein dunkles Geheimnis bleiben. Ich seh da keinen Sinn drin.«

»Aber was für eine Lösung kann es sonst geben? Du meinst, Gabriel soll sich outen?«

»Großer Gott, nein!« Frankie blickt erschüttert. »Das würde ihn umbringen. Er ist der festen Überzeugung, dass er damit als Schauspieler erledigt wäre. Niemand darf die Wahrheit jemals erfahren.« Er packt mich an den Armen. »Versprichst du, dass du es niemals verrätst? Dass du niemandem etwas sagst?«

»Ollie muss ich es sagen.«

»Nein!«, ruft Frankie aus. »Absolut niemand darf es erfahren. Wenn das rauskommt, ist alles aus für Gabriel. Es würde ihn zerstören!«

»Dann solltest du von jetzt an sehr sorgfältig überlegen, was du tust, Katy.«

Huch, was war das? Nicht Frankies Stimme jedenfalls. Ich habe wohl dem Schampus zu kräftig zugesprochen und liege nun irgendwo besoffen herum, denn sofern Frankie nicht bauchreden kann, hätte ich schwören können, James' Stimme gehört zu haben.

Hinter den Fliederbüschen raschelt es, und eine schwarze Gestalt tritt in Erscheinung.

Das ist echt ein abgefahrener Traum. Nicht genug, dass ich den halben Abend damit beschäftigt war, Ollie zu küssen – nun erscheint auch noch Darth Vader im Garten meiner Patentante. Ich bin bitter enttäuscht. Garantiert werde ich jeden Moment aufwachen, Ollie wird immer noch mit Nina zusammen sein, und ich hänge in Cornwall herum und leide vor mich hin.

Elender Mist.

»Aarrgh!«, kreischt Frankie. »Wer ist das?« Er springt so panisch auf, dass er mich von der Bank stößt und ich mit den Knien im Schotter lande.

Aua. Das Zeug kann ich mir jetzt bestimmt wochenlang aus den Knien pulen.

Was wohl heißt, dass ich doch wach bin.

»Wisst ihr«, sagt Darth Vader und schält sich langsam die Maske vom Gesicht, »ich finde es immer sehr interessant, was man alles erfährt, wenn man sich in Büschen versteckt. Die Leute neigen dazu, überaus indiskret zu sein.« Er schüttelt den Kopf, und eine dunkle Locke fällt ihm ins Gesicht. »Hallo, Pummel«, sagt James, »echt witzig, dich hier zu sehen. Und auch dich, Frankie.« Er mustert uns von Kopf bis Fuß und zieht eine Augenbraue hoch. »Wirklich *sehr* interessant.«

Ich schlucke. Wie viel hat er gehört?

»Du hast genau fünf Sekunden, um dich zu verpissen«, sagt Frankie mit gepresster Stimme. »Andernfalls werde ich dich so windelweich prügeln, dass du wochenlang Zähne spuckst.«

»Und mit was?«, höhnt James. »Mit deiner Handtasche?«

»Er ist es nicht wert«, sage ich zu Frankie. »Bleib ruhig.«

»Ruhig?« Frankie hört sich an, als wolle er dem Vesuv gleich beibringen, wie man anständig ausbricht. »Er spioniert uns hinterher und lauscht, und du findest, ich soll ihn zufriedenlassen? Nach allem, was er dir angetan hat?«

Er tritt einen Schritt vor, und James weicht hastig zurück, wobei er über seine Robe stolpert. Nicht so eindrucksvoll für die dunkle Seite der Macht.

»Es geht hier nicht um Katy«, sagt James eilig. »Mich fasziniert eher *deine* kleine Romanze. Wer hätte gedacht, dass Gabriel Winters eine Tunte ist? Nicht unbedingt das Image, das er haben möchte, oder?«

»Das reicht jetzt«, knurrt Frankie. Und urplötzlich liegt James im Gras, und aus seiner Nase tropft Blut.

»Frankie!«, kreische ich. »Du hast ihn geschlagen!«

»Autsch! Das hat ja richtig wehgetan.« Frankie reibt sich erstaunt die rechte Hand. »Hoffentlich hab ich mir nichts gebrochen.«

James tupft sich mit dem Ärmel seines Darth-Vader-Kostüms die Nase ab.

»Du wirst dir noch wünschen, du hättest das nicht getan«, schnieft er. »Du hast gerade den Preis erheblich hochgetrieben.«

Ich seufze. »Ich hab's dir doch schon gesagt, James, ich verfüge nicht über solche Summen. Tut mir leid, dass du dich in so eine Misere gebracht hast, aber ich kann dir nicht helfen.«

»*Du* hast vielleicht nicht so viel Geld. Aber Gabriel Winters ganz bestimmt. Und ich schätze mal, er wird mehr als willig sein, etwas davon rauszurücken, damit ich über ihn und seinen Liebhaber den Mund halte, oder?«

»Das kannst du nicht machen!« Ich bin völlig fertig. Wie konnten wir nur so leichtsinnig sein, an einem öffentlichen Ort über Gabriels Geheimnis zu sprechen? Warum nur, warum wurde mir bei der Geburt nicht die Zunge abgeschnitten?

»Aber sicher doch«, versetzt James triumphierend. »Es sei denn, du hast eine bessere Idee?«

Was freilich nicht der Fall ist. Ich starre ihn entsetzt an, diesen eiskalten Fremden, in den ich einst glaubte, verliebt zu sein. Wie konnte ich mich so verheerend irren?

Gut, das lassen wir jetzt mal.

»Das ist Erpressung«, sagt Frankie fassungslos.

James blickt verdrossen. »Tut mir leid. Ich sag dir was, Pummel: Ich gebe dir noch ein bisschen Zeit zum Überlegen.« Er schaut auf seine Uhr oder vielmehr auf die leere Stelle, an der sich früher seine Rolex befand, was die dramatische Wirkung der Geste ziemlich ruiniert. »Wie wär's mit einer halben Stunde? In der Zeit müsstest du es wohl schaffen, dir was von deinem Tantchen zu borgen. Eine halbe Million würde reichen.«

»Eine halbe Million?« Frankie fängt an zu lachen. »Du bist vollkommen verrückt. So viel Geld hat Jewell nicht.«

»Oh, ich denke, da irrst du«, erwidert James. »Ich habe meine Hausaufgaben gemacht. Und wusstest du, dass sie ein schwaches Herz hat? Erstaunlich, was die Leute alles an Papieren herumliegen lassen. So unvorsichtig.«

Ich bin sprachlos.

»In einer halben Stunde also?« James lächelt – oder vielmehr zucken seine dünnen Lippen. »Ihr könnt mir dann sagen, ob ich mich an die Presse wenden soll oder ob Gabriel Winters und ich ein bisschen über sein Liebesleben plaudern werden. Und glaubt bloß nicht, ich würde nichts sagen. Hier schwirrt eine blonde Reporterin herum, die ganz gierig ist auf eine Story. Sie würde mir garantiert ein Vermögen bezahlen für die Info, die ihr hier gerade enthüllt habt.«

Das irreale Gefühl stellt sich wieder ein. Wie konnte aus diesem besten Abend meines Lebens der schlimmste werden?

»Frankie! Katy!« Die Verandatüren fliegen auf, und Jewell späht hinaus in die Dunkelheit. »Ihr kleinen Bengel! Ihr habt die Paare nicht eingehalten! Was macht denn der süße Ollie mit dieser ordinären Blondine?«

Nichts, hoffe ich.

Jewell winkt uns. »Beeilt euch. Ich muss was verkünden.«

»Und da ist sie nicht die Einzige«, sagt James warnend.

Frankie packt meine Hand so fest, dass die Knochen aufjaulen.

Jewell klatscht in die Hände. »Herein mit euch allen! Jetzt wird es erst richtig lustig!«

»Das glaube ich auch«, sagt James. Er packt mich am Arm und zieht mich zu sich. »Ich meine es ernst, ja? Auf die eine oder andere Art komme ich an die Kohle.«

Dann schreitet er mit großen Schritten ins Haus, umweht von seinem schwarzem Mantel. Ich wundere mich, dass ich nicht das düster-drohende Darth-Vader-Thema dazu höre und ein paar Stormtrooper sichte.

»Hilf mir, Obi Wan«, murmle ich.

»Ist das eine leere Drohung?«, fragt mich der kreidebleiche Frankie.

»Schön wär's. Er hat offenbar massive Finanzprobleme, weil er in Insidergeschäfte verwickelt war. Ed Grenville meint, James hätte einen katastrophalen Schuldenberg, den er dieser Tage begleichen muss.«

»Großer Gott.« Frankie pfeift durch die Zähne. »Das ist heftig. Dafür kann er im Knast landen.«

»Und entsprechend verzweifelt ist er«, sage ich. »Wenn wir die Kohle nicht ranschaffen, wird er sich wirklich an die Presse wenden.«

»Das darf auf keinen Fall passieren!«, ruft Frankie entsetzt. »Es wäre Gabriels Ende. Er würde mir niemals verzeihen, dass ich seine Karriere zerstört habe. Sie ist sein Lebensinhalt.«

Als wir die Halle betreten, schaut Frankie zur Treppe hinüber, wo Gabriel, nichtsahnend, dass der ganze Schwindel in Kürze auffliegen könnte, lächelnd mit seinen begeisterten Fans plaudert.

»Und du meinst, es besteht keinerlei Aussicht, dass er die Wahrheit öffentlich machen will?«, frage ich.

»Null. Niemals. Da würde er noch eher die Beziehung mit mir beenden. Wir müssen dafür sorgen, dass niemand etwas erfährt, Katy.«

Als Gabriel mich entdeckt, löst er sich aus der Gruppe, schreitet durch die Menge und zieht mich beiseite. »Alle mal herhören!« Er hebt die Stimme nur wenig an, steht aber sofort im Mittelpunkt der Aufmerksamkeit. »Ihr kennt ja alle meine Liebste, Katy Carter.«

Die Leute nicken und murmeln zustimmend. James steht mit verschränkten Armen und einem spöttischen Lächeln auf dem Gesicht etwas abseits von den anderen.

»Katy hat mich wirklich glücklich gemacht«, strahlt der ahnungslose Gabriel. »Und nun möchte ich sie auch glücklich machen. Schon seit Ewigkeiten denke ich darüber nach, wie ich ihr danken kann, bis ich eines Abends einen Einfall hatte.« Er hält inne und kostet die Spannung aus. »Katy schreibt Bücher, und sie ist sehr begabt.«

Was versteht Gabriel denn von Büchern? Er liest doch lediglich die Kritiken über seine Rollen, und auch da nur die schmeichelhaften.

»Sie hat gerade einen wunderbaren Roman geschrieben«, verkündet er im Brustton der Begeisterung und blickt in die Runde, um sich zu versichern, dass auch wirklich jeder im Raum ihn anschaut. »Er heißt *Das Herz des Banditen*. Mein Agent hat ihn sich angeschaut, und wir haben ihn an ein Drehbuchautorenteam weitergereicht, die daraus einen Film machen werden.« Gabriel zieht mich in die Arme und küsst mich auf den Mundwinkel. »Und ich spiele die Hauptrolle. Herzlichen Glückwunsch, Liebling! Du hast es geschafft!«

Die Gäste applaudieren. Und ich erstarre zur Salzsäule.

Wie kann er es wagen?

Wie kann Gabriel es wagen, sich Jake und Millandra anzueignen, ohne mich vorher zu fragen? Wie kann er es wagen zu entscheiden, dass er die Rolle von Jake spielen wird? Er hat nicht die geringste Ähnlichkeit mit Jake. Als ob Jake drei Stunden beim Friseur zubringen oder einen Stylisten beschäftigen würde. Wohl eher nicht!

Ich bin selbst schuld – ich hätte meine Notizbücher nicht auf dem Couchtisch liegen lassen sollen. Kein Wunder, dass Seb sie sich unter den Nagel gerissen hat. Wenn es um PR geht, gleicht der Mann einem Bluthund und rotiert schneller als meine Waschmaschine.

»Ja, natürlich!« Gabriel lacht, als er die Frage hört. »Selbstverständlich wird sie dafür Geld bekommen. Und zwar ziemlich viel.«

Ich sehe förmlich die stinkenden Dämpfe aufsteigen. Jetzt ist die Kacke am Dampfen. Die Frage wurde nämlich von James gestellt.

»Prima Neuigkeiten, Katy«, sagt James daraufhin zu mir. »Dann wirst du ja bald viel Geld haben.«

Ich mache den Mund auf, bringe aber keinen Laut hervor. Ich sollte im siebten Himmel schweben und ganz berauscht sein vor Freude. Aber alles ist falsch. Ich fühle mich, als würde ich in ein Auto gezerrt und entführt. Jemand drückt mir ein Glas Champagner in die Hand, und Scharen von Leuten fragen mich, wie ich mich fühle, und beglückwünschen mich.

»Gut gemacht«, sagt James leise, als er sich mit wehendem Mantel zu mir wendet. »Irgendjemand mag offenbar dein jämmerliches Geseire. Damit sind doch all deine Probleme gelöst, nicht wahr?«

Ich schätze mal, wenn ich damit James loswerde, könnte ich Jake und Millandra vielleicht sogar Gabriels Ego opfern. Eigentlich wollte ich zwar einen romantischen Liebesroman veröffentlichen, aber vielleicht kann ich die Zähne zusammenbeißen und damit leben, dass man daraus einen kitschigen Schmachtfetzen macht, in dem Gabriel in Leggings herumstolziert.

Ich schaue mich nach Ollie um. Er steht an der Tür. Ich wünschte, Gabriel würde nicht so besitzergreifend den Arm um mich legen.

»Sind Sie nicht ganz außer sich vor Freude?«, fragt Angela Andrews.

»Aber natürlich!«, antwortet Gabriel statt meiner. »Davon hast du doch immer geträumt, nicht wahr, Liebling?«

»Ja«, krächze ich. In meinen schlimmsten Alpträumen.

»Und wir haben so vieles, auf das wir uns freuen.« Gabriel ist wie ein Tsunami, der über mich hereinbricht und mich plattmacht. Ich versuche mich zu bewegen, aber er hält mein Handgelenk so fest umklammert wie ein Schraubstock. »Nächste Woche startet meine neue Serie.«

Angela Andrews wirkt nicht sonderlich beeindruckt. »Werden die Gerüchte über Ihre sexuelle Ausrichtung die Reaktion auf die Serie beeinflussen?«

Gabriel wirft den Kopf in den Nacken und lacht laut. Ich muss zugeben, dass er das ziemlich überzeugend hinkriegt. Ich weiß, dass er sich vor Angst fast in die Hose macht, aber er macht einen höchst amüsierten Eindruck.

»Nicht wieder diese olle Kamelle!« Er schüttelt den Kopf, dass die goldenen Locken fliegen, und zieht mich an sich. »Ich glaube, Katy kann bezeugen, dass es sich dabei lediglich um alberne Gerüchte handelt.«

Ich versuche Zehen, Finger, Beine oder irgendwas zu verschränken. Ich werde auf direktem Wege in der Hölle landen! »Aber natürlich!«

Angela verengt die Augen. »Es ist also nichts dran an den Gerüchten?«

Ich werfe einen raschen Blick auf James, der eine Augenbraue hochzieht.

»Aber selbstverständlich nicht!« Gabriel umschlingt mich in bester Schmonzettenpose. »Es ist vielmehr so, dass Sie die Erste sind, die uns gratulieren darf. Katy hat mir gerade die Ehre erwiesen, meinen Heiratsantrag anzunehmen. Wir haben uns verlobt!«

Mir klappt die Kinnlade so weit runter, dass ein Doppeldeckerbus in meinen Mund fahren könnte. Und für den Rest des öffentlichen Nahverkehrs wäre auch noch Platz.

Gabriel hat eigenmächtig meine Kündigung vereitelt. Und ich werde ihn jetzt umbringen.

»Herzlichen Glückwunsch!« Die Leute scharen sich um uns, und man schüttelt mir die Hand und küsst mich auf die Wange. Einen Moment lang bin ich völlig verdattert. Dann allerdings packt mich die nackte Wut, und es grenzt an ein Wunder, dass ich nicht explodiere.

»Gabriel!«, zische ich und schiebe ihn von mir weg. »Bist

du verrückt geworden? Wieso sollen wir verlobt sein? Wir wollen am Montag unsere Trennung bekannt geben, hast du das vergessen?«

Gabriel wirft die Haare in den Nacken und strahlt in die Kameras. Dabei raunt er: »Tut mir leid, aber ich bin mir sicher, dass Angela Andrews etwas gewittert hat. Sie gibt schon den ganzen Abend so seltsame Bemerkungen von sich. Ich dachte, es macht dir nichts aus. Wir müssen die Trennung noch aufschieben.«

»Es macht mir aber sehr wohl was aus. Und ich werde diese Farce nicht länger mitspielen.« Ich versuche seinen Arm wegzuschieben. »Scheiß auf den Montag. Ich mache jetzt sofort Schluss.«

»Das kannst du mir nicht antun!«, knurrt Gabriel, zieht mich in eine Ecke und klemmt mich so unter seinem Arm fest, dass es für die anderen den Anschein hat, als würde er mich küssen. Ich kann Ollie zwar nicht sehen, spüre aber seinen Blick förmlich in meinem Rücken brennen. »Dann steh ich da wie ein Idiot.«

«Weißt du was?« Ich schaue zu Frankie, der bleich und verzweifelt allein am Fuß der Treppe steht. »Ich glaube, das schaffst du sehr gut im Alleingang.«

Dann verrenke ich mir den Hals, um nach Ollie Ausschau zu halten, und er sieht tatsächlich wie vom Donner gerührt aus. Ich sehe, dass er »Glückwunsch« sagt und sich dann rasch umdreht und in Bewegung setzt.

»Frankie ist im Bilde«, sagt Gabriel. »Und du auch. Du hast eingewilligt. Noch dieses Wochenende, hast du gesagt.«

»Aber ich habe nicht gesagt, dass ich mit einer Verlobung einverstanden wäre. Lass mich los!« Ich versuche mich loszureißen, aber er umklammert mich mit eisernem Griff. »Die Verlobung ist gelöst.«

»Ist sie nicht.« Gabriel packt noch fester zu. »Jedenfalls jetzt noch nicht.«

Ich sehe Ollie Richtung Tür marschieren. Ich darf nicht zulassen, dass er verschwindet!

»Lass meinen Arm los!«, rufe ich, aber die Queens spielen jetzt, und bei dem Höllenlärm hört mich keiner. »Lass mich los! Im Ernst, Gabriel. Unser Arrangement ist beendet.«

»Ich hab dich bis Montag bezahlt«, knurrt er, »also erledige deinen Job und lächle; da drüben ist der Fotograf von *OK!*«

»*OK!* kann mich mal! Und ich zahle dir jeden Cent zurück. Lass mich auf der Stelle los, Gabriel. Ich sag's nicht noch mal. Ich lasse nicht mehr zu, dass du Frankie und mich so behandelst.« Ich drehe und wende mich, aber ich werde ihn nicht los; er ist erstaunlich stark für so ein hübsches Kerlchen. Die vielen Stunden im Fitnessstudio haben sich offenbar ausgezahlt. »Ich will mit Ollie zusammen sein. Er liebt mich, und ich liebe ihn, und kein Geld der Welt, das du mir hinterherwirfst, kann daran etwas ändern. Ich werde mit ihm gehen.«

»Wirst du nicht! Vor allem nicht jetzt vor den Augen von Angela Andrews. Ich lasse nicht zu, dass du aus einer Laune heraus meine Karriere zerstörst.«

»Ollie hat für mich nichts mit einer Laune zu tun!« Ich schreie jetzt regelrecht. »Ich liebe ihn! Und das war schon immer so!«

Meine sieben Jahre an der Schule haben dazu geführt, dass meine Stimme locker die Lautstärke eines startenden Spaceshuttles erreichen kann. Nun hätte ich sogar die Queens übertönen können. Plötzlich schauen alle auf uns, und wir sind der Mittelpunkt des allgemeinen Interesses. Gabriel wird bleich, lässt mich aber nicht los. »Ich flehe dich an, Katy. Nur noch eine Stunde. Bitte!«

Frankie drängt sich durch die Menge. »Um Himmels willen, bist du wahnsinnig? Was machst du denn mit ihr?«

Gabriels Blick ist so kalt wie Gletschereis. »Sie will alles kaputt machen, indem sie mit deinem verfluchten Cousin abhaut.

Sie hat versprochen, uns dieses letzte Wochenende zu geben, und jetzt will sie sich nicht an die Abmachung halten.«

»Wenn ich jetzt nicht zu Ollie kann, fährt er weg, weil er denkt, ich hab mich für Gabriel entschieden.« Ich schluchze beinahe. »Ich will ihn nicht noch mal verlieren.«

»Lass sie zu ihm gehen, Gabe«, sagt Frankie und versucht die zangenartigen Finger von meinem Oberarm zu lösen. »Die beiden sind füreinander bestimmt.«

»Sie wird alles zerstören, wofür ich gearbeitet habe«, giftet Gabriel. »Das kann ich nicht riskieren.«

»Gabe, es geht nicht nur um dich«, sagt Frankie sanft. »Andere Menschen haben auch ein Anrecht auf ein Leben, weißt du.«

Gabriel macht nicht den Eindruck, als wolle er das einsehen.

»Kinder!« Jewell kommt angelaufen. Sie ist bleich und hat die Hand aufs Herz gelegt. »Bitte streitet euch nicht! Das soll doch ein fröhlicher Anlass sein!«

»Ist es aber nicht!« Ich trete Gabriel gegen das Schienbein, und er zuckt zusammen, weil mein Tussenstiefel vorn sehr spitz ist. «Ich liebe Ollie, Gabriel. Ich kann nicht zulassen, dass er in dem Glauben wegfährt, ich sei mit dir zusammen.«

Diese Vorstellung ist absolut unerträglich. Ollie dort draußen in der Dunkelheit, und er denkt ... nein, darüber möchte ich mir lieber keine Gedanken machen. Sagen wir es mal so: Als Mutter Teresa komme ich bestimmt nicht rüber in seiner Vorstellung.

Eher als treulose Harpyie.

»Ich muss mich setzen!«, keucht Jewell, taumelt rückwärts und sinkt in einen Sessel. »Hab wohl zu viele Cocktails getrunken.«

»Lass Katy zu Ollie gehen«, befielt Frankie nun Gabriel. »Du brauchst niemandem mehr was vorzumachen. Du kannst wieder Single sein, weil ich dich nämlich verlasse. Dieser ganze

Bluff für die Medien hat dich zum Monster gemacht. Du bist nicht der Mann, für den ich dich gehalten habe. Es ist aus zwischen uns.«

Gabriel lässt mich so abrupt los, dass ich ins Stolpern komme und gegen Jewells Sessel falle. Meine Tante scheint erstaunlicherweise mitten in dem Tohuwabohu eingeschlafen zu sein. Ihr Kinn ruht auf ihrer Brust, die Federn ihres Kopfschmucks hängen schlaff herab. Eine Hand, knochig und geädert, hängt reglos über dem Armsessel. Einer ihrer Terrier kommt angetrottet, legt ihr die Pfote auf den Schoß und kratzt an ihrem Knie, um auf sich aufmerksam zu machen. Ihr Federkopfputz fällt zu Boden. Jewell, die doch sonst so eitel ist, macht keine Anstalten, ihn aufzuheben, obwohl die kühle Nachtluft jetzt ihr spärliches Haar zerzaust.

»Jewell?«, sage ich leise und wiederhole dann lauter: »Tante Jewell?« Ich rüttle sie ein bisschen, aber sie reagiert nicht.

Der Hund hört auf, an Jewell herumzuscharren, wirft den Kopf in den Nacken und heult so laut und herzzerreißend, dass das muntere Partygeplapper schlagartig verstummt. Die Laute sind markerschütternd und urtümlich, und sie künden von großen Weiten und schmerzhafter, unerträglicher Einsamkeit.

Oh mein Gott. Was haben Gabriel und ich getan?

Guy, der eine Ausbildung als Feuerwehrmann, Sanitäter und weiß der Himmel was sonst noch hat, ist sofort zur Stelle. Mit einer Behutsamkeit, die man gar nicht von ihm kennt, nimmt er mit seinen großen Pratzen Jewells knochiges Handgelenk und berührt sanft ihren Hals. Aber ich weiß auch ohne sein Kopfschütteln, was geschehen ist.

Entsetzen und Aufregung, gemischt mit morbider Faszination, ergreifen Besitz von den Gästen. Schreckenslaute und erregtes Gemurmel sind zu vernehmen, und jemand beginnt zu weinen.

Meine Knie fühlen sich an wie Pappmaché. Ich könnte Ollie nicht mal mehr nachlaufen. Erstarrt und vollkommen fassungslos stehe ich da, und alles scheint wie in Zeitlupe abzulaufen.

Mein Mund ist so ausgetrocknet, dass ich nicht sprechen kann.

Das gilt leider nicht für James. Er tritt zu mir und blickt auf die bedauernswerte Jewell. Dann raunt er so leise, dass nur ich es hören kann: »Sieht aus, als habe sich deine finanzielle Situation gerade beträchtlich verbessert.«

Ich stehe zitternd in dem Raum, der mir von Sekunde zu Sekunde leerer vorkommt, und starre ungläubig auf Jewell, die in Guys Armen liegt.

Draußen vor dem Haus wird eine Autotür zugeschlagen, und ein betagter Motor erwacht stotternd zum Leben. Dann röhrt er laut auf und wird schließlich immer leiser.

Es ist alles aus. Ollie fährt weg und verschwindet aus meinem Leben, weil er glaubt, dass ich mich für Gabriel entschieden habe.

Jewells Haus mag voller Menschen sein, aber ich habe mich in meinem ganzen Leben noch nie einsamer gefühlt als in diesem Moment.

20

Eigentlich liebe ich den Herbst. Er bedeutet für mich behagliche Stunden auf dem Sofa, Marmelade aus wilden Brombeeren kochen, neue Federmäppchen für die Schule und die erfreuliche Gelegenheit, meine voluminöseren Körperteile unter riesigen Pullis zu verstecken. Ich mag den rauchigen Geruch von Lagerfeuern und die grauen nebligen Tage und freue mich immer darauf, mit neuen Winterstiefeln durch welkes Laub zu streifen. Aber in diesem Jahr ist alles anders. Das ganze Leben erscheint mir wehmütig, obwohl der September erst begonnen hat. Die Blätter im Wind, der blaue Rauch der Holzfeuer, die kahlen Felder – in diesem Jahr finde ich es einfach nur trist und traurig.

Es ist Vormittag, und ich sitze mit einem großen Kaffeebecher in Händen auf der Treppe vor dem Pfarrhaus in Tregowan und blicke aufs Dorf hinunter. Die Sonne hängt rot wie eine Blutorange am zinngrauen Himmel, die Luft ist schlagartig frostig geworden, und die Möwen auf den Dächern drängen sich Schutz suchend aneinander. Es ist ein trüber Tag, und das ist mir durchaus recht, denn ich bin auch trüber Stimmung.

Um zwei Uhr wird Jewells Bestattung stattfinden. Ich könnte es, glaube ich, nicht ertragen, wenn es heute strahlend sonnig wäre – das fände ich nicht richtig, weil aus meinem Leben jeglicher Glanz und jegliche Freude verschwunden sind. Ich möchte King Lear im tosenden Unwetter sein und Catherine Earnshaw, die in den Regen hinausläuft und für die Liebe stirbt.

Ich will, dass die ganze Welt mit mir trauert.

Ich atme in tiefen Zügen die kalte Luft ein, wende das Gesicht der fahlen Sonne zu und sehe meinen Atemwolken nach, die gen Himmel steigen. Ich frage mich, ob sie irgendwann an Jewell vorübertreiben werden. Ob meine Tante sie dann wohl erkennen wird?

Wie unbegreiflich der Tod doch ist. Wie kann jemand im einen Augenblick noch da und im nächsten für immer verschwunden sein? Und was wird aus jenem Teil, der einen Menschen ausmacht? Ich versuche das Ganze mit dem Verstand zu verarbeiten, aber es will mir nicht recht gelingen. Ich meine, wem soll ich Glauben schenken? Richard würde mir weismachen wollen, dass Jewell irgendwo mit einer Harfe in Händen herumschwebt. Mam glaubt, dass sie wiedergeboren wird, und Frankie behauptet, das Leben sei nichts anderes als chemische Reaktionen. Wer von ihnen hat recht? Gibt es wirklich ein Muster, das allem zugrunde liegt? Ist das Leben wie ein Wandteppich, und ich bin nur so verwirrt, weil ich auf die Rückseite mit all den verworrenen Fäden und Knoten schaue anstatt auf das vollständige Bild?

Das Problem ist, dass ich eine Vollniete bin, was Handarbeiten angeht.

Ich trinke einen Schluck Kaffee, aber er schmeckt nach nichts. Wie auch das Essen, das Mads mir vorsetzt. Es kommt mir vor, als gäbe es keine Farben und keine Freude mehr. Ich habe binnen weniger Augenblicke die beiden Menschen verloren, die ich am meisten geliebt habe. Und ohne sie ist meine Welt dunkel und leer.

Sechs Tage sind vergangen seit Jewells Party, und ich stehe noch immer unter Schock. Alles ist verschwommen wie in einem Traum und kommt mir unwirklich vor – von den magischen Momenten mit Ollie im Garten über James' Erpressung bis zu Gabriels idiotischer Verkündigung.

Dabei sind James' Drohungen leider vollkommen real, denn ich kriege sie beständig am Telefon zu hören. Er ist der festen

Überzeugung, dass Jewell mir ihr gesamtes Vermögen vererbt hat, und wenn ich nicht bald zahle, wird er an die Öffentlichkeit gehen. Gabriel mag nicht gerade meine Lieblingsperson unter der Sonne sein, aber ich habe nicht die Absicht, seine Karriere zu zerstören. Offenbar hat doch irgendwas von dem Karma-Gerede, das ich mir immer von meinen Eltern anhören musste, auf mich abgefärbt, was ich ziemlich beunruhigend finde. Sollte ich irgendwann anfangen, Linseneintopf zu kochen, ist Vorsicht angesagt.

Ich fördere aus der Tasche meiner Patchwork-Jacke ein Papiertaschentuch zutage, das schon ganz zerfetzt ist und sich wahrscheinlich gleich auflösen wird. So wie ich vermutlich auch.

Ich tupfe mir damit die Augen ab und sage mir, dass Jewell meine Heulerei gar nicht gut finden würde. Über die Jahre hat sie mir wahrlich oft genug die Tränen getrocknet. Und ich wünschte mir so sehr, sie wäre jetzt bei mir, denn ich muss unbedingt mit ihr reden. Ollie ist unauffindbar. Ich habe ihm Textnachrichten geschrieben, bis mein Finger wund war und mir einfiel, dass Nina sein Handy eingesackt hat. Er ist irgendwo weit weg, ganz allein und in dem Glauben, dass ich Geld und Ruhm seiner Liebe vorgezogen habe. Es ist absolut unerträglich. Sobald ich im Bett liege und die Augen zumache, erlebe ich den Partyabend aufs Neue, immer und immer wieder, wie einen schrecklichen Film. Ich sehe mich auf die Straße rausrennen, Minuten zu spät, als nur noch der Geruch von Abgasen und ein Ölfleck davon zeugen, dass Ollies Wohnmobil dort gestanden hat. Ich spüre den Asphalt unter meinen Knien und wache an den Tränen auf, die mir übers Gesicht laufen. Wenn das so weitergeht, muss ich mir Anteile von Kleenex kaufen.

Niemand weiß, wo Ollie hingefahren ist, aber ich kann mir denken, dass er sich so weit wie irgend möglich von mir entfernen will.

In den Augen der Welt bin ich noch immer Gabriels Partnerin, aber sobald ich die Sache mit James irgendwie geregelt habe, werde ich für Klarheit sorgen. Gabriel hat sich in den letzten Tagen übrigens ziemlich verändert. Ich vermute mal, er hat Schuldgefühle. Er hat keine Interviews gegeben und sogar die Teilnahme an einer wichtigen Talkshow abgesagt. Und sich häufig mit Seb eingeschlossen, was sicherlich etwas zu bedeuten hat.

Frankie, der Gute, hat Wort gehalten. Keine Lügen und kein Betrug mehr. Er reagiert nicht auf Gabriels Anrufe, die sich auf etwa zehn pro Stunde belaufen, und schreibt indessen todtraurige Songs.

Ich vermute zumindest, dass sie todtraurig sind. Wenn ich sie mir anhöre, geht es mir nämlich hundsmiserabel.

Frankie ist jedenfalls furchtbar unglücklich. Er hat die letzten sechs Tage in Maddys zweitem Gästezimmer verbracht und kommt nur raus, um zu duschen oder sich einen Drink zu holen. All seine exzentrische Überdrehtheit und Spitzzüngigkeit sind verschwunden; er schleicht durchs Pfarrhaus wie ein verheulter Schatten seiner selbst. Seit Tagen hat er sich nicht mehr an meinem Schminkzeug vergriffen. Er scheint Gabriel wirklich zu lieben.

Ich kann es mir nicht erlauben, mich nur mit meinem eigenen gebrochenen Herzen zu beschäftigen, weil ich die Bestattung organisieren und mich um Frankie kümmern muss. Außerdem verfügt die arme Mads auch nicht über unbegrenzte Vorräte an Mitgefühl und Earl Grey. Deshalb spare ich mir meine Tränen für abends auf, wenn alle im Bett sind. Dann kann ich in Ruhe an Ollie denken und in mein Kissen heulen. Das Meer säuselt und rauscht und raunt, bis ich irgendwann einschlafe und ruhelose Träume habe. Ich kann mich nicht mal mit meinem Roman befassen, um mich zu trösten, weil der elende Seb mein Manuskript an sich gerissen hat und ich nicht die Kraft habe, ein neues Buch anzufangen.

Wenn ich ganz ehrlich bin, fällt mir ohnehin kein Liebesthema mehr ein.

Nachdem die Gäste alle verschwunden waren, trug Guy meine arme alte Tante behutsam nach oben in ihr Schlafzimmer. Wir machten Anrufe, ein Arzt kam, dann ein Krankenwagen. Die Abläufe nach einem Todesfall funktionierten reibungslos, während ich zitternd in einem Designersessel hockte, ein Cognacglas umklammerte und Jewells kalte runzlige Hand festhielt.

In der Stille von Jewells Zimmer benahmen sich alle völlig ungeniert. Guy rauchte aus dem Fenster, Gabriel und Frankie hatten ihren Streit vergessen und hielten sich in den Armen, und meine Eltern rollten sich einen Joint. Die anderen Gäste fuhren nach Hause, und von unten hörte man Geschirrklappern, als die Caterer ihre Utensilien einsammelten.

Eine Lampe mit Fransenschirm neben Jewells Bett spendete ein wenig tröstliches Licht. Die Hunde lagen mit traurigem Blick draußen im Flur, den Kopf auf die Pfoten gebettet. Richard Lomax telefonierte mit Bestattern und murmelte Gebete, was mich wider Willen zum Lächeln brachte. Jewell hätte es gigantisch gefunden, dass Ozzy Osbourne für sie betete.

»Es ist meine Schuld«, sagte Gabriel, kreideweiß im Gesicht. »Ich habe sie aufgeregt. Ich war so besessen von ...«

Ich schwieg, denn in dieser Situation hätte ich ihm beipflichten müssen.

»Nein, es ist nicht deine Schuld«, sagte Frankie beruhigend. »Mach dir keine Vorwürfe.«

»Doch, es stimmt.« Tränen glitzerten in Gabriels lavendelblauen Augen. »All die Lügen und die Täuschungen. Dafür bin nur ich verantwortlich.«

»Ich frage mich, was Jewell verkünden wollte«, sagte Mads, die sich an meine Beine gekuschelt hatte. »Sie wollte doch irgendwas bekannt geben.«

Ich zuckte die Achseln. »Das werden wir wohl nie mehr erfahren.«

Guy stand am Fenster. Seine Schultern waren angespannt, und mit einer Hand umklammerte er so verkrampft das Fensterbrett, dass seine Knöchel weiß wurden. Seit Jewells Tod hatte er Kette geraucht, eine stinkende selbstgedrehte Zigarette an der nächsten angezündet. Jetzt drückte er die letzte mit einem Seufzer aus und warf die Kippe aus dem Fenster. Kleine Fünkchen flogen durch die Dunkelheit.

»Ich kann euch sagen, was sie verkünden wollte«, sagte er langsam. »Sie hat es mir vorher erzählt.«

Ich wusste schon, dass Jewell und Guy sich in den letzten Monaten angefreundet hatten. Jewell hatte es fantastisch gefunden, mit ihm auf der *Dancing Girl* aufs Meer hinauszufahren und in seiner Begleitung mit anderen Fischern in der *Mermaid* zu bechern. Da ich meine exzentrische Tante gut kannte, hatte es mich gewundert, wie der derbe Guy mit ihr zurechtkam. Andererseits hatte Jewell immer erklärt, Alter sei nur eine Zahl. Für sie zählte nur der Mensch selbst, nichts sonst.

»Sie hatte ein Problem mit der Arterie hier am Hals.« Guy betastete die Ader an seinem eigenen Hals. »Sie war verstopft.«

»Die Halsschlagader«, warf Richard ein, der auch in so einer Situation noch als Besserwisser auftreten musste.

»Richtig.« Guy nickte. »Die war von irgendwelchem Zeug verstopft, so dass nicht genug Sauerstoff ins Gehirn gelangte. Die Ärzte hatten ihr gesagt, man könne operieren, aber es sei riskant. Es könne gut gehen, oder aber sie würde nicht mehr aufwachen. Jewell war eine Weile in einer Klinik und hat alles genau untersuchen lassen. Und sich dann gegen die Operation entschieden. Sie wollte die Zeit, die ihr noch blieb, genießen. Jede einzelne Sekunde, hat sie gesagt.«

Ich schlug die Hand vor den Mund. »Und ich dachte, sie sei in einer Schönheitsfarm!«

»Sie hätte jeden Moment sterben können«, fuhr Guy fort. »Das ließ sich nicht einschätzen. Es hätte noch Monate oder Jahre gutgehen können. Am wichtigsten war ihr jedenfalls, die Zeit in vollen Zügen auszukosten.« Seine Augen wurden feucht. »Auf See haben wir viel darüber gesprochen. Da draußen bekommt man einen Blick dafür, was wirklich wichtig ist im Leben.«

»Und das wollte sie jetzt allen erzählen?«, fragte ich.

Guy spreizte die Hände. »Vielleicht nicht mit so vielen Worten. Aber sie hat viel Zeit damit zugebracht, Briefe zu schreiben und ihre Bestattung zu planen. Sie wollte, dass die Feier in Ihrer Kirche stattfindet, mit Blick auf die See«, sagte er zu Richard. »Übrigens hatte sie keine Angst vor dem Tod. Sie ging sehr gelassen damit um.«

Wir schauten alle auf die fragile Gestalt auf dem Bett. Jewell sah aus, als mache sie nach einem Sherry zu viel ein Nickerchen.

»Sie wollte, dass ihre Asche ins Meer gestreut wird.« Guys Stimme brach. »Ich musste ihr zusichern, das für sie zu machen. Und ich habe es ihr versprochen. Ich habe ihr versprochen, dass alles so vonstattengehen wird, wie sie es sich gewünscht hat.«

Als ich nun vor dem Pfarrhaus sitze und mir die Hände an meinem Becher wärme, denke ich, dass Guy Wort gehalten hat. Jewell muss sich lange überlegt haben, wie ihre Bestattung aussehen sollte, denn sie hat nicht ein Detail ungeplant gelassen. Die Blumen sollen schlicht sein, die Musik wird – gelinde gesagt – sehr ungewöhnlich sein, und der Sarg ist aus Pappe und mit großartigen Bildern von ihren Tieren bemalt. Die Hunde hüpfen an den Seiten herum, Jo-Jo, Jewells grimmiger Papagei, breitet in der Mitte des Deckels stolz seine Flügel aus, flankiert von den eingerollten Katzen, und die Python Cuddles windet sich zwischen allen hindurch. Der Sarg sieht wunderschön und genau so aus, wie Jewell ihn haben wollte.

»Katy!« Maddys Lockenkopf erscheint im Küchenfenster. »Komm schnell rein. Gabriel ist im Fernsehen.«

Ich umklammere krampfhaft den Becher.

»Ich weiß«, sage ich bitter. »Er kann nicht zur Bestattung kommen, weil er in einer wichtigen Talkshow erscheinen muss. Er hat eben seine Prioritäten.«

»Im Ernst«, drängt Mads. »Du musst dir das anschauen. Er benimmt sich echt merkwürdig.«

Gabriel ist derzeit wahrhaftig nicht meine Lieblingsperson, weshalb ich mich nur widerwillig aufraffe und ins Wohnzimmer tappe, um verdrossen zuzuschauen, wie er sich mit den Moderatoren Holly und Phil unterhält.

»Dieser Arsch«, murmle ich, als Gabriel die blonden Locken über die Schuler wirft und Holly ihn anschmachtet.

Mads stößt mir den Ellbogen in die Rippen. »Nun hör halt zu!«

»Gabriel, seit Sie hier im Studio sind«, sagt Phil und lehnt sich vertraulich vor, »haben Sie angedeutet, dass Sie uns etwas sehr Bedeutsames mitteilen wollen. Und nun platzen wir beide schon fast vor Neugierde, nicht wahr, Holly?«

»Ooh, und ob«, kichert Holly. »Obwohl wir alle schon so eine Ahnung haben. Es hat etwas mit Ihrem Liebesleben zu tun, oder?«

»Da, siehst du!«, sagt Mads. »Schon die ganze Zeit, seit er seinen sexy Hintern auf dem Sofa geparkt hat, macht er Andeutungen, dass er in jemand ganz Außergewöhnlichen verliebt ist.«

Ich persönlich finde Gabriels Hintern etwa so sexy wie einen nackten Sumo-Ringer.

Ich habe euch ja gesagt, ich bin kuriert.

»Das ist ja wohl nichts Besonderes.« Ich wundere mich, dass meine Zähne nicht splittern, weil ich so fürchterlich damit knirsche. Wenn der Bursche noch mal so eine Nummer abzieht wie bei der Party, erspare ich James die Arbeit und verklickere Angela Andrews alles höchstpersönlich.

»Sie wollen sich verloben, nicht wahr?«, fragt Phil und zieht eine Augenbraue hoch. »Uns sind Gerüchte zu Ohren gekommen, dass Sie Ihrer Freundin...«

»Katy«, springt Holly ein, als Phil sich nicht an meinen Namen erinnern kann.

»Ja, Katy«, fährt Phil unbeirrt fort, »am letzten Wochenende einen Heiratsantrag gemacht haben.«

Gabriel leckt sich über die Lippen. An seiner Wange zuckt ein Muskel, und sein linker Fuß, den er elegant auf das rechte Knie gelegt hat, wedelt so heftig wie der Schwanz von Lassie.

Er sieht aus, als hätte er fürchterliche Angst.

Und die sollte er auch haben, wenn er weiter Lügen über mich verbreiten will.

»Na, nur Mut!«, lacht Holly und legt ihre schlanke Hand auf Gabriels Fuß, um ihn zu beruhigen. »Es liegt Liebe in der Luft, stimmt's?«

Gabriel holt tief Luft.

»Ja, Liebe«, sagt er langsam. »Aber nicht zu Katy. Zwischen Katy und mir war nie wirklich etwas. Wir sind einfach gute Freunde, mehr nicht.«

»Da!«, sagt Mads. »Ich hab's dir doch gesagt!«

Holly und Phil blicken erstaunt. Deren Research-Team kriegt wahrscheinlich gerade das Zittern.

»Ich liebe jemand anderen«, fährt Gabriel fort. »Schon sehr lange. Und am letzten Wochenende hat sich etwas ereignet, das mir gezeigt hat, was wirklich zählt im Leben. Und es ist nicht Geld oder Erfolg oder Ruhm. Das ist alles nur Schein. Wirklich wichtig sind die Menschen, die man liebt. Und in diesem Fall ist damit der Mensch gemeint, in den ich leidenschaftlich verliebt bin.«

Holly und Phil sabbern schon förmlich, weil sie spüren,

dass ihnen eine Sensation bevorsteht. Sie fragen sich fieberhaft, welcher berühmte Name gleich fallen wird – Serienstar oder Popprinzessin? Ich sitze auf der Sofakante und merke, dass ich unwillkürlich die Luft anhalte.

»Ich stimme Ihnen vollkommen zu!« Phil grinst Gabriel kumpelhaft an, aber der kann nicht lächeln, weil er zu sehr damit beschäftigt ist, an der Innenseite seiner Wange zu kauen. »Wer ist die Glückliche?«

»Es ist keine Frau.« Gabriel schaut so direkt in die Kamera, als blicke er mit seinen blauen Augen, in denen nun Ehrlichkeit und Leidenschaft liegen, sämtlichen schmachtenden Hausfrauen in ganz Großbritannien direkt ins Herz. »Es ist Frankie Burrows, der Frontmann der Screaming Queens. Ich liebe dich, Frankie. Es tut mir aufrichtig leid, dass ich mich wie ein Idiot benommen habe. Bitte verzeih mir.«

Hollys und Phils Mimik gleicht der von Goldfischen – und so sehen vermutlich gerade sämtliche Fernsehzuschauer des Landes aus, abgesehen von Mads und mir.

»Ich bin schwul«, verkündet Gabriel dem ganzen Land, für den Fall, dass jemand ihn nicht richtig verstanden hat. »Und war es auch schon immer. Wenn hiermit meine Karriere als Schauspieler beendet ist, dann kann ich es nicht ändern. Aber ich liebe Frankie, und ich will, dass das jeder weiß. Ich schäme mich nicht dafür. Ich bin stolz darauf.«

Mads und ich umklammern uns fassungslos.

»Er hat es gewagt!«, schreit sie. »Oh! Mein! Gott! Er hat sich im Fernsehen geoutet und allen verkündet, dass er Frankie liebt!«

Ich kann es selbst kaum glauben. Gabriel muss Frankie wirklich sehr lieben.

Holly und Phil sind Profi genug, um schnell die Fassung wiederzugewinnen, und überhäufen Gabriel nun mit Fragen. Mads rast nach oben, um es Frankie zu erzählen – er muss sich nicht mehr in Liebe verzehren wie eine viktorianische Romanfigur –, und ich gebe vor Erleichterung einen Stoßseufzer von mir. Irgendwie ahne ich, dass James mich von nun an in Ruhe lassen wird. Und als ich die verblüfften Freudenschreie von oben höre, muss ich unwillkürlich lächeln.

So gibt es wenigstens für einen von uns ein Happyend.

Man hätte sich denken können, dass Tante Jewell für sich die ausgefallenste Bestattung aller Zeiten ersonnen hat. Es fängt schon damit an, dass niemand in Schwarz erscheint, denn für Jewell sind bunte Farben im Tod so unverzichtbar wie im Leben. Ferner sind alle Trauergäste binnen kurzem außer Atem, nachdem sie zum dritten Mal den »Time Warp« aus der Rocky Horror Picture Show aufgeführt haben. Und die Kraftausdrücke, die Jo-Jo am laufenden Band von sich gibt, wollen auch nicht so recht zu Richards kleiner Kirche mit ihrer schönen Gewölbedecke und den leuchtenden Buntglasfenstern passen.

»Bitte nehmt alle Platz«, schnauft Richard und wischt sich mit einem gigantischen Stofftaschentuch die schweißglänzende Stirn.

Wir bemühen uns nach Kräften, seiner Aufforderung Folge zu leisten, aber die vielen Ballons und Luftschlangen, auf denen Jewell bestanden hatte, schlingen sich um unsere Knöchel. Außerdem mache ich mir Sorgen, weil offenbar niemand außer mir bemerkt hat, dass sich Cuddles, Jewells heißgeliebte Python, aus ihrem Terrarium entfernt hat. Ich habe Jewells Ansicht, dass die arme kleine Cuddles immer missverstanden wird, niemals geteilt. Eher gehöre ich der Denkrichtung an, nach der Cuddles einen Heidenspaß daran hat, nichts Böses ahnende Menschen zu Tode zu erschrecken, indem sie sich um ihren Hals windet. Ich konnte dieses Benehmen nie als Liebesbezeugung deuten. Sicherheitshalber taste ich die Kirchenbank ab, aber Cuddles scheint sich ein anderes Opfer zum Erschrecken gesucht zu haben.

Die Trauergäste haben sich hier versammelt dank einer kleinen grünen Einladungskarte, die mit lila Tinte beschriftet wurde. Und es ist eine wahrhaft bunt gemischte Gemeinde. Verflossene Liebhaber von Jewell, Stars aus Film und Fernsehen und Freunde sitzen Seite an Seite mit Fensterputzern, Verwandten und einheimischen Ladenbesitzern. Und auch Jewells Haustiere sind vollzählig versammelt.

Ich lasse den Blick durchs Kirchenschiff schweifen und wünsche mir so sehr, hier neben Ollie sitzen zu können. Was natürlich ein Ding der Unmöglichkeit ist. Ollie ist verschwunden, und ich werde ihn vielleicht niemals wiedersehen. Allein der Gedanke schneidet mir ins Herz.

Frankie tätschelt mir tröstend die Schulter. Während Richard meine Patentante mit feierlicher Stimme als bedeutende Persönlichkeit preist, schreit Jo-Jo an erstaunlich passender Stelle »alles Scheiße!«. Und ich kann immer nur daran denken, wie sehr ich Jewell vermissen werde.

Richard salbadert weiter, und ich blicke zu einem der wunderschönen Buntglasfenster auf. Es ist wirklich seltsam, aber just in dem Moment, in dem ich fürchte, die Fassung zu verlieren, bricht ein Sonnenstrahl durch die Düsternis und wärmt meine Wangen. Regenbogenbunte Muster flirren über die ausgetretenen Steinplatten, und Stäubchen tanzen durch die Luft. Die Farben tauchen den Sarg in ein rosiges Licht.

Wenn man von Ollie absieht, könnte man fast meinen, Jewell wolle mir damit bedeuten, dass ich mir keine Sorgen machen solle.

Aber das ist wirklich schwer, wenn der Mann, den man liebt, meilenweit entfernt ist und fälschlicherweise glaubt, man habe einen reichen eitlen Schauspieler ihm vorgezogen. Ich würde alles dafür geben, jetzt mit Ollie in seinem Wohnmobil zu liegen, seinen Atem an meiner Wange zu fühlen und seine kräftigen schlanken Hände auf meiner Haut zu spüren. Wir würden uns auf dem kleinen Herd Suppe wärmen, den Wellen lauschen und uns unter den Sternen lieben ...

Ich schüttle mich im Geiste kräftig durch – oder vielleicht doch nicht so sehr im Geiste, denn einige Gäste blicken mich beunruhigt an. Was bin ich doch für ein oberflächlicher Mensch, dass ich zu so einem Zeitpunkt mit meinem Liebesleben beschäftigt bin. Aber die letzte liebe Geste von Jewell für mich bestand darin, Ollie und mir ein bisschen Zeit für uns zu verschaffen. Sie wusste es. Ich bin mir ganz sicher.

Sie wusste, dass ich ohne Ollie einfach nicht leben kann.

»Kommst du?«, fragt Mads nach der Trauerfeier und weist mit dem Kopf Richtung Pub. »Wird bestimmt ein nettes Fest.«

Da Jewell den Inhalt ihres gut bestückten Weinkellers den Bürgern von Tregowan vermacht hat, kann man davon ausgehen.

»Lass mir noch einen Moment Zeit. Ich muss mich erst ein bisschen sammeln.«

Mads umarmt mich. »Geht in Ordnung, Süße. Wir warten auf dich.«

Ich stecke die Hände in die Taschen meines dicken Mantels und schlendere am Hafen entlang, vorbei an den Fischkästen, Richtung Meer. Die Luft riecht nach Salz, und ich suche mir einen Weg zwischen den Seilrollen und Tauen auf dem Kai über einen Betonarm, der sich ins Meer erstreckt. Von der *Mermaid* weht Stimmengewirr herüber, als die Feier in Schwung kommt. Guy, der es sich in der Fensternische bequem gemacht hat, winkt mir zu, schreit etwas und deutet zum Strand.

»Ich komme gleich!«, rufe ich, beachte das wilde Winken nicht weiter und wende mich ab. Ich brauche noch ein bisschen Ruhe, muss zu mir kommen, bevor ich in den Pub gehe und mir die Geschichten über Jewell und die Spekulationen über ihr Testament anhöre.

Ich will gar nicht wissen, was sie mir hinterlassen hat, weil mir dann bewusst wird, dass sie wirklich tot ist. Wenn ich mir anhören muss, wie die Leute ihre Habe unter sich aufteilen wie Aasfresser, die einen Kadaver zerlegen, kann ich mir nicht mehr einbilden, dass sie mal eben zum Shoppen nach St. Tropez oder New York gefahren ist. So hold, wie mir das Glück immer ist, habe ich vermutlich die Python geerbt. Manche Leute werden vom Schicksal angelächelt oder abgeknutscht, aber mir dreht es derzeit ständig eine lange Nase.

Der für Cornwall typische Nieselregen hat eingesetzt, ein sanfter Regen, in dem man schneller klatschnass wird als in einem Wolkenbruch. Meine Haare kräuseln sich, Tröpfchen lassen sich auf meiner dicken Jacke nieder, und der Geruch von feuchter Wolle liegt in der Luft.

Ich kraxle über ein paar Netztonnen und hangle mich auf die breite Kaimauer. Dort oben spaziere ich entlang, halte das Gesicht in den Regen und fühle mich wie Meryl Streep in *Die Geliebte des französischen Leutnants*. Unter mir rumsen vertäute Fischkutter an die Mauer, und über mir schweben Möwen, die immer wieder herabschießen wie gefiederte Jagdbomber. An dem schmalen Strand tobt vergnügt ein Irish Setter herum, ein lebhaftes Bild an diesem grauen Nachmittag. Der Hund bellt, und sein Herrchen, das eine Kapuze trägt, wirft einen Stock für ihn. Wenn ich die Augen zusammenkneife, könnte ich mir einbilden, ich sähe Ollie und Sasha.

Wenn es nur so wäre. Beim zweiten Versuch würde ich nicht mehr alles verpfuschen.

Na schön, es wäre der dritte Versuch.

Am Ende der Kaimauer schaue ich ins Wasser, das heute einen zornigen Grünton hat, und sehe zu, wie die Wellen an die Hafenzufahrt branden. Eine ziemlich seekrank wirkende Möwe lässt sich auf den Wellen treiben, und weißer Schaum sammelt sich an der Mauer wie in einer Werbung für Spülmittel.

Meine Gedanken wirbeln so wild durcheinander wie die Wellen. In so kurzer Zeit ist so viel passiert. Die Trennung von James, die Krebsangst, die Abreise aus London, die Begegnung mit Gabriel, Jewells Tod und der Verlust von Ollie. Die Liste scheint mir endlos, und ich bin so müde, viel zu müde, um das alles verstehen zu können. Früher einmal hätte ich jetzt mein Notizbuch herausgezogen und irgendwas Befreiendes geschrieben, aber inzwischen hat mich sogar mein Schreibdrang verlassen.

Na, er ist ja in guter Gesellschaft.

Ich schließe die Augen und atme ganz langsam ein. Ich will jetzt nicht weinen. Wahrscheinlich könnte ich nämlich nie wieder damit aufhören.

»Was für ein schöner Anblick«, sagt jemand hinter mir.

Ich weiß ja, dass Kummer die seltsamsten Dinge bewirken kann, aber mir war gerade wirklich, als hätte ich Ollies Stimme gehört. Und ich bilde mir ein, einen Blick zu spüren, der so intensiv ist, dass mir ganz heiß wird.

»Ja, es ist ein schönes Dörfchen«, sage ich.

»Ich meine nicht das Dorf.«

Ich fahre herum und stoße einen Freudenschrei aus. Es ist wahrhaftig Ollie. Auf seinem Gesicht liegt dieses hinreißende schiefe Lächeln mit den Grübchen, und Lachfältchen spielen um seine Augen. Sasha springt mich an und bellt so laut, dass die Möwen, die gerade auf dem Dach des Fischmarkts ein Nickerchen halten wollen, aufflattern und empört kreischen.

Aber ich bin alles andere als empört, als Ollie mich an sich zieht.

Ganz und gar nicht.

»Es tut mir leid«, sagt Ollie. »Es tut mir so leid, Katy.«

Er nimmt mein Gesicht in beide Hände und küsst meine

Stirn und meine Nase und sogar die Tränen, die mir aus den Augen rinnen, bevor er dann zu meinen Lippen findet.

»Jetzt ist alles gut«, flüstert er zwischen zwei Küssen. »Alles ist gut.«

Sein Mund ist so weich wie ein Mandelcroissant und tausendmal süßer. Ich erwidere den Kuss und halte Ollie ganz fest, weil ich fürchte, er könnte sich in Luft auflösen. Unterdessen hopst Sasha um uns herum wie ein Flummiball.

»Es tut mir so leid«, flüstert Ollie immer wieder, »es tut mir so leid, dass ich einfach abgehauen bin. Ich wusste doch nicht, dass Jewell gestorben war. Ich hab mich aufgeführt wie ein kompletter Idiot, weil ich so eifersüchtig war auf Gabriel. Kannst du mir jemals verzeihen?«

»Und ich schäme mich, weil ich dir verschwiegen habe, dass Gabriel schwul ist«, sage ich. »Ich wollte es dir ständig sagen, aber ich bin nie dazu gekommen.«

»Whoa!« Ollie reißt die Augen auf. »Sag das noch mal! Hast du gerade gesagt, Gabriel Winters sei schwul? Der einzige schwule Mann im ganzen Dorf, wie in der Fernsehserie?«

»Nicht ganz. Er ist schon lange mit Frankie zusammen und hat mich dafür bezahlt, dass ich als seine Freundin auftrete – das war so eine Art Sommerjob für mich. Ganz ehrlich. Gabriel und ich waren nie ein Paar.«

Ollie hängt buchstäblich die Kinnlade herunter. Ich drücke sie behutsam nach oben.

»Aber du hast Gabriel doch bestimmt heute früh in der Talkshow gesehen?«, sage ich. »In *This Morning*, als er es Phil und Holly offenbart hat? Oder nicht?«

Ollie starrt mich verständnislos an.

»Hast du es nicht gesehen?«, frage ich noch mal.

»Was glaubst du wohl, wie mein Wohnmobil ausgestattet ist? Ich hab keinen Fernseher da drin. Ich bin schon froh, dass ich eine Kochgelegenheit habe.«

»Aber wenn du die Talkshow nicht gesehen hast«, sage ich und schaue in seine karamellbraunen Augen, »wenn du das gar nicht weißt ... weshalb bist du dann hier?«

Ollie streichelt mir zärtlich die Wange. »Ich habe den Nachruf auf Jewell in der *Times* entdeckt und konnte die Vorstellung nicht ertragen, dass du das alles allein durchstehen musst. Ich weiß doch, wie viel Jewell dir bedeutet hat. Plötzlich spielte Gabriel gar keine Rolle mehr. Es war mir nur noch wichtig, dich zu sehen.«

Er küsst mich und schüttelt dann den Kopf. »Sag was«, flüstere ich. »Sag mir, was du denkst.«

»Ich denke, dass ich einfach nicht fassen kann, wie Frankie dieses Geheimnis für sich behalten konnte. Er ist doch eine totale Tratschtante«, sinniert Ollie. »Gabriel Winters ist wirklich und wahrhaftig schwul und mit Frankie zusammen?«

Ich nicke. »Die beiden sind schon wie ein altes Ehepaar. Sie haben sogar einen Pudel namens Mufty. Es war absolut dämlich von mir, mich auf Gabriels Plan einzulassen, Ol, aber ich dachte wirklich, du würdest dich mit Nina verloben.« Allein bei der Erinnerung daran wird mir die Kehle eng. »Ich hab geglaubt, du könntest mich nicht mehr leiden.« Mist. Jetzt kommen mir schon wieder die Tränen. Ich könnte diesen heulenden Babypuppen echt Konkurrenz machen.

Abzüglich vielleicht des Einnässens.

»Hey, hey, nicht weinen«, murmelt Ollie zwischen seinen Küssen. »Jetzt ist doch alles gut.«

»Ich weiß«, schniefe ich. »Deshalb weine ich ja.«

»Ich kann nicht zulassen, dass die Leute dich gleich mit roten Augen und Rotznase sehen«, sagt Ollie und tupft mir sachte mit seinem Jackenärmel die Augen ab. »Die sollen doch nicht glauben, dass ich meine künftige Frau zum Weinen bringe.«

Ich glotze ihn an. »War das etwa ein verkappter Heiratsantrag? Falls ja, fand ich ihn nicht sehr romantisch, muss ich sagen.«

»Entschuldige«, sagt Ollie und lächelt scheu. »Das kam etwas verquer raus.«

»Aber du hast es ernst gemeint?«

»Na klar!«, antwortet er und küsst mich zärtlich. »Wir sind doch beide schlecht im Flirten, was sollen wir also lange rumzögern? Außerdem kenne ich schon alle deine schlechten Angewohnheiten und liebe dich trotzdem.«

»Ich habe keine schlechten Angewohnheiten!«, erwidere ich gekränkt, beschließe dann aber, noch mal nachzudenken. »Na schön, eine oder zwei vielleicht. Aber du hast ganz viele!«

»Das bezweifle ich keine Sekunde«, sagt Ollie. »Und das ist es ja gerade, Katy. Wir beide kennen uns schon total gut. Außerdem«, seine Hand wandert zu meiner Brust, was meinen Blutdruck beträchtlich erhöht, »außerdem gibt es noch einen wichtigeren Grund neben der Tatsache, dass ich bis über beide Ohren in dich verliebt bin und dich absolut bezaubernd und sexy finde – und das schon seit Jahren.«

Er ist in mich verliebt?

Bezaubernd und sexy?

Ich?

Es ist zwecklos. Ich kann ihm nicht zuhören, während er da diese Sachen mit seiner Hand veranstaltet. Tut mir leid, Frauen in aller Welt. Ich bin offenbar die Einzige, die das Multitasking nicht beherrscht.

»Was kann denn noch wichtiger sein als Liebe?«

»Mein Hund mag dich«, antwortet Ollie. »Damit ist die Sache klar.«

»Okay, ich werd mich ganz sicher nicht mit Sasha anlegen. Ich hab ja gesehen, was sie mit James' Büro gemacht hat.«

Und dann lachen und weinen wir beide.

Vermutlich werde ich hinterher eine knallrote Nase haben, aber wisst ihr was? Ist mir so was von egal!

Aber was ist nun mit dem romantischen Heiratsantrag mit

Champagner und Rosen, von dem ich immer geträumt habe, höre ich euch fragen.

Ist echt seltsam, aber als ich Ollie küsse, den hinreißenden lustigen Ollie mit seinem braunen Haarschopf und seinem süßen schiefen Grinsen, merke ich, dass mir alles andere nicht mehr wichtig ist. Nichts kann romantischer sein, als mit Ollie an einem Herbstnachmittag im Nieselregen zu stehen.

Und dann kann ich es plötzlich erkennen, wie das letzte Stück in einem Puzzle. Das ist wahre Romantik: mit dem richtigen Menschen zusammen sein. Alles andere ist vollkommen bedeutungslos.

Diese verblödeten Liebesromane! Jemand sollte die Verlage verklagen, weil sie einem immer wieder falsche Tatsachen vorgaukeln. Große dunkelhaarige Helden in Reithosen?

Bandit? Schauspieler? Fischer?

Warum habe ich nicht kapiert, dass ich meinen wahren Helden schon die ganze Zeit vor der Nase hatte? Mein Held, der mich zum Lachen brachte, mich ins Krankenhaus begleitete und es sogar mit Fassung ertrug, dass ich seine Vorspeise in der Badewanne einquartierte.

Ich glaube, ich habe ein für alle Mal genug von romantischen Helden.

»Bedeutet das ja?«, fragt Ollie.

»Oh ja«, antworte ich. »Aber nur unter einer Bedingung.«

Ollie blickt ein wenig besorgt; vermutlich fragt er sich gerade, ob ich mir per Ehevertrag zusichern lassen will, dass ich das Haushaltsgeld in Buchhandlungen verjuxen darf.

»Und die wäre?«

»Dass es bei der Hochzeitsfeier keinen Hummer Thermidor gibt«, antworte ich entschieden. »So was möchte ich nicht noch mal durchmachen.«

»Abgesegnet«, sagt Ollie eifrig. »Ich behalte beim Duschen auch ganz gern meine Zehen.«

Und während wir uns küssen und lachen und uns wieder küssen, geschieht etwas sehr Sonderbares. Ich könnte schwören, dass unter uns plötzlich eine Hummerschere durch die Wellen bricht und uns zuwinkt, bevor sie erneut in den Tiefen des Ozeans verschwindet.

Ich mache Anstalten, es Ollie zu sagen, lasse es aber dann doch bleiben.

Wir wissen ja Bescheid über meine ausgeprägte Fantasie.

Aber als Ollie seine Finger mit den meinen verschränkt und mich zur *Mermaid* zurückführt, wo die Lichterketten glitzern und Mads, Guy und Frankie aus dem Fenster lehnen und uns zujubeln, weiß ich, dass ich mir nicht einmal in meinen wildesten Träumen und in meinen schmalzigsten Jake-und-Millandra-Szenen hätte vorstellen können, dass man so glücklich sein kann.

Es fühlt sich nicht an wie auf der Achterbahn.

Oder als ertrinke man in Augen, die so tief sind wie ein See.

Oder wie irgendein anderes dieser alten Klischees.

Von Ollie geliebt zu werden ist millionenfach besser.

Es fühlt sich an, als käme ich nach Hause.

Epilog

Sechs Monate später

Schnell!«, schreit Mads. »Hört auf zu knutschen, ihr beiden, und kommt endlich! Es geht los!«

Ollie und ich fahren verlegen auseinander. Wir hatten eigentlich den Auftrag, die Pringles und die Dips in Schalen zu verteilen. Aber dann sah Ollie so schnucklig aus, als er sich vorbeugte, um in den Kühlschrank zu spähen, dass ich seinen süßen Po angrapschen musste. Ganz ehrlich, die Liebe macht höchst sonderbare Sachen mit mir. Es gab mal eine Zeit in meinem Leben, da hätte ich die Pringles verführerischer gefunden.

»Und bringt auch noch eingelegte Rote Bete mit«, ruft Mads. »Und Kondensmilch!«

Ollie verzieht das Gesicht, und ich muss zugeben, dass ich unter leckerem Knabberzeug auch was anderes verstehe als in Kondensmilch getunkte Rote Bete, aber Mads kann von beidem nicht genug kriegen.

Die Freuden der Schwangerschaft.

»Danke, ihr Schätze«, sagt sie mit leuchtenden Augen, als Ollie die Schalen vor ihr abstellt. »Das Kleinchen hier kann gar nicht genug davon kriegen.« Mit einer Hand reibt sie ihren Kugelbauch, während sie sich mit der anderen ein Stück Rote Bete angelt.

»Rutsch mal«, befiehlt Richard und setzt sich neben sie aufs Sofa. »Ich bin schon ganz gespannt. Du nicht auch, Katy?«

»Doch, klar«, antworte ich. Offen gestanden bin ich eher furchtbar nervös. Wenn es nun völlig missraten ist?

»Es ist bestimmt klasse«, meint Ollie, lässt sich in einen

Sitzsack plumpsen und zieht mich auf seinen Schoß. »Entspann dich.«

Guy, der eng umschlungen mit meiner Schwester Holly im Sessel sitzt, hebt seine Bierdose. »War super, bei den Dreharbeiten zuzuschauen. Haufenweise tolle Titten.«

Holly zieht ihm scherzhaft eins mit der Wissenschaftszeitung über. Dabei rutscht ihr die Brille fast von der Nase, und sie schiebt sie wieder hoch. »Guy! Du bist furchtbar!«

Aber sie lacht, als sie das sagt.

Das Leben ist auf jeden Fall eigenartiger als alles, was ich mir hätte ausdenken können. Bei Jewells Party muss Magie gewirkt haben, denn ihr Paar-Spiel hat einige sehr spezielle Konstellationen hervorgebracht. Im Traum wäre ich nicht darauf gekommen, dass meine prüde Schwester sich aus den hohen Rängen der Wissenschaft zurückziehen und zu Guy nach Tregowan kommen würde, aber die beiden scheinen im siebten Himmel zu sein. Guy fährt zum Fischen raus und kurbelt den Umsatz der *Mermaid* an, während Holly in Plymouth Vorlesungen hält und seine Buchhaltung erledigt.

Noch absurder ist das Gerücht, dass James und Nina sich an diesem Abend gefunden haben. Ed zufolge hat Nina ein Vermögen verdient, als sie mit Domestic Divas an die Börse ging, und damit hat sie dann James' Schulden abbezahlt. Aber gerissen, wie sie ist, hat sie James das Geld nur geliehen, so dass sie jetzt nicht nur die Hosen, sondern sozusagen den ganzen Anzug anhat. Entzückendes Paar. Ich weiß gar nicht, wer mir mehr leidtun soll. Cordelia vielleicht? Nina hat eine Zunge wie ein Samuraischwert, und ich kann mir schlecht vorstellen, dass sie sich herumkommandieren lässt.

Wenn diese beiden aneinandergeraten, wäre ich wirklich gerne mal Mäuschen.

»Es geht los!« Ollie zieht mich an sich, während der Vorspann läuft. Die mystische Musik von Enya ertönt, und auf dem Bildschirm erscheint eine nebelverhangene Moorlandschaft. Man hört das Rumpeln von Rädern, Hufgeklapper und das Klirren von Pferdegeschirr. Eine Kutsche erreicht die Kuppe eines Hügels. Die Kamera schwenkt nach links auf einen maskierten einsamen Reiter mit einer Büchse in Händen.

Das Herz des Banditen verkündet nun der Schriftzug, gefolgt von einer Liste berühmter Namen, die mit Gabriel Winters beginnt.

»Du hast es geschafft!«, kreischt Maddy.

»Beruhig dich«, sagt Richard und legt ihr sacht die Hand auf den Bauch. »Du musst an deinen Blutdruck denken.«

»Scheiß auf meinen Blutdruck«, erwidert Mads. »Meine beste Freundin ist im Fernsehen! Das ist doch affengeil.«

Richard zuckt zusammen.

»Entschuldige, Schatz.« Mads wirkt wenig reumütig und zwinkert mir hinter seinem Rücken zu. »Muss an meinen Hormonen liegen.«

»Gabriel sieht echt gut aus mit der dunklen Perücke«, bemerkt Ollie. »Und er hat hart gearbeitet für die Rolle. Er schwimmt viel besser als vorher.«

»Er hat gedacht, die Reitstunden bei Mrs. M wären sein Ende«, berichte ich. »Frankie meint, Gabe hätte wochenlang gelitten wie ein Tier.«

Wir verstummen und konzentrieren uns auf den Film. Es ist ein wirklich eigenartiges Erlebnis, diese Figuren, mit denen ich im Geiste gelebt und gesprochen habe, nun als reale Menschen vor mir zu sehen.

Als Gabriel die Kutsche anhält und man seine schlanken muskulösen Beine in den engen Reithosen sieht und die saphirblauen Augen, in denen die Leidenschaft für Millandra glimmt, würde ich am liebsten vor Erleichterung in Tränen ausbrechen. Den Drehbuchautoren und Produzenten ist es tatsächlich gelungen, meinen Roman in einen überzeugenden

Film umzusetzen. Jake wirkt gefährlich und verführerisch, und die junge Schauspielerin, die aus Fernsehserien bekannt ist, sieht zart und zerbrechlich aus.

»Es ist richtig gut geworden!«, sage ich. Ich bin so dankbar, dass mir fast schwindlig wird.

»Na klar.« Ollie lächelt mich an. »Das sag ich dir doch schon seit einem halben Jahr.«

Ich denke zurück an die Wochen, in denen wir mit unserem Campingbus umhergereist sind, und an die vielen Gespräche bis spät in die Nacht, während wir uns in den Armen lagen und den Sternschnuppen am Himmel nachsahen. Es war wie früher, als wir einfach Freunde waren – nur besser.

Ich muss euch jetzt wohl nicht erklären, weshalb.

»Ist es nicht komisch, dass Gabriel seit seinem Coming-out noch beliebter geworden ist?«, bemerkt Mads und tunkt ein Stück Rote Bete in Kondensmilch. »Und er hat so viel Zeit vergeudet, weil er Angst hatte, seine Karriere zu ruinieren.«

»Aufrichtigkeit ist immer der beste Weg«, verkündet Richard scheinheilig. Interessanterweise kann er mir dabei nicht in die Augen schauen.

Aber es ist wirklich unglaublich, wie rasant sich Gabriels Beliebtheit seit seiner Offenbarung in *This Morning* gesteigert hat. Für die Klatschpresse war das Outing natürlich ein gefundenes Fressen, aber Seb hat die ganze Sache so souverän gehandhabt, dass Gabriel in jeder Hinsicht eine hervorragende Figur machte.

Woran ihm gewiss viel gelegen war.

Jedenfalls schadete es seinem Image nicht das Geringste, dass er am Ende an der Schulter des Talkshowmoderators in Tränen ausbrach. Die Screaming Queens sind so angesagt, dass er obendrein als enorm cool gilt, seit seine Beziehung mit Frankie bekannt wurde. Inzwischen haben die beiden ihre eigene Reality-Fernsehshow, hängen mit Elton John und seinem

Ehemann ab und gehen mit Posh und Beckham shoppen. Und man hört das Gerücht, dass sie sich nächsten Monat vor laufenden Kameras in *This Morning* das Jawort geben wollen. Derzeit posiert Frankie in Gabriels idyllischem Haus für Fotoshootings diverser Klatschblätter und macht sich dabei tausendmal besser als ich.

Mag also sein, dass Richard mit seinen Predigten über Aufrichtigkeit doch recht hatte.

»Schsch!«, macht Guy und beugt sich so weit vor, dass er Gabriel förmlich dabei behilflich sein könnte, Millandra aus der führerlosen Kutsche zu retten. »Ich will das sehen!«

Von da an betrachten wir den Film in angemessener Stille, und ich kann immer noch nicht fassen, was ich da sehe. Von meinem Gekritzel im Heft von Wayne Lobb bis hin zu den Schnipseln, die James aus dem Fenster warf – es hatte nie den Anschein gehabt, als würde dieses Buch jemals veröffentlicht werden. Vielleicht ist der Weg übers Fernsehen wirklich der richtige.

Allerdings habe ich ein Problem.

Ich habe seit Monaten kein Wort mehr geschrieben.

Ich habe Angst, dass ich es verlernt habe.

Ich habe Angst, dass es nicht mehr funktioniert.

Am nächsten Morgen stehe ich schon mit den Fischern auf, die draußen herumlärmen und mit ihren lauten Booten aufs Meer hinaustuckern. Ollie schläft ungerührt weiter – weiß der Himmel, wie ihm das gelingt – und regt sich kaum, als ich aus dem Bett steige. Ich küsse ihn auf die Wange und schleiche nach unten.

Tante Jewell hat mir keine Millionen vererbt – und zum Glück auch nicht Cuddles –, aber doch genug Geld, um ein kleines Fischerhäuschen direkt am Meer zu kaufen. Wenn Ollie und ich also irgendwann nicht mehr reisen wollen, können wir uns hier niederlassen. Oder wenn wir vielleicht irgendwann ein Kind wollen...

Es gibt hier weder Fußbodenheizung noch Laminatböden oder Designerküche. Die Möbel sind alt und abgenutzt, und alles ist voller Kissen, bunter Decken und bemalter Gläser. Sasha hat ein großes Loch ins Sofa gebissen.

So habe ich mir mein Zuhause immer gewünscht.

Ich tappe in die Küche und klappe die obere Hälfte der Stalltür auf. Die kühle Morgenluft weht herein, und Sasha bewegt sich ein bisschen in ihrem Korb, macht aber ebenso wenig Anstalten aufzustehen wie ihr Herrchen. Ich koche Kaffee und setze mich mit meinem klobigen Keramikbecher an den Kiefernholztisch. Vor mir liegen Notizbuch und Stift.

Kann ich?

Ist es der richtige Moment?

Ich schließe die Augen und stelle mir Ollie vor, wie er mit zerzausten Haaren im Bett liegt und sich seine schlanken, sehnigen, von der Sonne gebräunten Glieder auf den weißen Laken abzeichnen.

Der perfekte romantische Held.

Ich hole tief Luft, greife nach dem Stift und fange an zu schreiben.